Na Ponta do Leque

寺院

Na Ponta do Leque

Um romance de
Jocelyne Godard

Tradução
Ciro Mioranza

PRIMAVERA
EDITORIAL

PRÓLOGO

A imperatriz Akiko voltou seu rosto recém-maquiado para a jovem Yokohami, que esperava curvada diante dela. Esse rosto era branco, recoberto de creme de cerusa, e olhos vivos e reluzentes nele brilhavam com algumas faíscas de bom humor.

Ela observou por algum tempo a jovem antes de falar. Envolta e aconchegada em seu quimono de seda amarela que suas camareiras haviam sobreposto a suas vestes de brocado, cujo *dégradé* de cores ia do verde-primavera ao verde-cipreste, a imperatriz parecia menor ainda.

Ela teria gostado tanto de ter essa graça longilínea de Teishi Sadako, primeira esposa do imperador Ichijo, repudiada não porque não tinha dado-lhe filhos, mas por ter partido voluntariamente para um convento próximo ao palácio, onde, de resto, acabou morrendo. Sadako Teishi tinha sido tão bela que era difícil assemelhar-se a ela.

Akiko, porém, podia permitir-se não ser tão sedutora como a primeira esposa do imperador, pois possuía um dom que sua prima Sadako não tinha herdado em seu nascimento: uma grande inteligência, que fazia dela uma das mulheres mais cultas da corte. E Soshi Akiko orgulhava-se disso. Por nada deste mundo teria trocado seu saber e sua cultura pela beleza.

— Teu pai solicitou-me, Yokohami – disse ela, erguendo seu pequeno busto, precisamente para parecer um pouco mais alta –, que dispusesses de um lugar entre minhas primeiras-damas da corte.

A jovem ergueu-se, mas ficou de olhos baixos, como a etiqueta da corte exigia. Só poderia erguê-los por ocasião da primeira pergunta que lhe fosse feita.

— Devo informar-te, jovem senhorita, que adiei minha resposta, o que já expliquei a teu pai Tamekata Kenzo. Isso por duas razões. A primeira é que ele só pertence à categoria dos funcionários de terceira classe, e a segunda é que tua ascendência não procede da família dos Fujiwara.

As bochechas de Yokohami coraram, mas ela ficou de olhos baixos.

— Sabes desde quando teu pai serve na corte de Kyoto?

Esta pergunta permitia, enfim, à jovem erguer os olhos diante da imperatriz.

— Majestade! Meu pai serve Vossa Majestade desde o nascimento do primogênito dele, meu meio-irmão Kanuseke.

— E quem é a mãe de Kanuseke?

— A senhora Osuki, que morreu no nascimento de meu segundo meio-irmão Tameyori.

— Uma concubina[1]!

Yokohami estremeceu e o rubor cobriu todo o seu rosto, mas ficou em silêncio.

— Nas primeiras núpcias, teu pai casou com uma mulher de maior nobreza que a dele. Essa mulher, que voltou para sua província, não lhe deu filhos, mas ele não pôde repudiá-la, pois suas origens muito modestas não lhe teriam permitido permanecer na corte. Somente os laços que o prendiam à família de sua primeira esposa permitiam-lhe conservar seu posto junto do imperador.

— Oh!

— Não o sabias?

1- O romance *Na ponta do leque* faz uso das palavras concubina e cortesã em diversos trechos, porém com sentidos diferentes.
Concubina, em francês *concubine*, é a mulher que vive maritalmente com um homem sem estar casada. No texto, o tradutor utiliza a palavra sempre que fala de uma mulher que mantém uma relação duradoura sem ser casada, e o marido tem a esposa oficial (N. T.).

As mãos de Yokohami tremiam, e a imperatriz podia notar de seu trono como as articulações dos dedos dela branquearam. Mas Soshi Akiko encarava a jovem, que começava a transtornar-se.

— Não, Majestade.

— Isso é mencionado nos anais da corte. Tua mãe e a mãe de teus meios-irmãos eram apenas concubinas.

Levantou um braço cujo pulso estava oculto na grande manga do quimono de seda amarela. Depois levou a mão à fronte branca, alta e lisa como um objeto de opala, encimada por um pesado coque, atravessado por um grande alfinete de nácar, que lhe acrescentava alguns centímetros à altura.

— Quanto à quarta mulher que deita na cama dele, é apenas uma cortesã[2]. A senhora Kijiyu tem outros amantes, além de teu pai. Sabias disso também?

Yokohami teve a impressão de que lhe jogavam um balde de água gelada na cabeça. Ousou fitar os olhos da imperatriz, embora uma de suas pupilas escondesse-se pela metade atrás do belo leque com a armadura de madeira de tuia.

— Por todas essas razões, que não são pequenas, vou adiar por um tempo minha resposta e pôr-te à prova. Escreve um *waka*[3]. Quero um imediatamente sobre tua impressão. Vamos lá! Neste mesmo e exato momento.

Ela tocou o sininho e um criado trouxe uma pequena caixa com tampa laqueada, que depôs diante da jovem Yokohami, cujos olhos pareciam aterrorizados.

— Abre-a!

2- O romance *Na ponta do leque* faz uso das palavras *concubina* e *cortesã* em diversos trechos, porém com sentidos diferentes.

Cortesã, em francês *courtisane*, é uma dama da corte — a favorita do rei e geralmente mantida por ele. É definida pelo dicionário Houaiss como mulher de costumes libertinos, devassos e de vida luxuosa; prostituta que atende pessoas das altas camadas sociais. No texto, o autor usa o termo para designar uma mulher que se encontra com vários homens, sem ser "protegida" por nenhum (N. T.).

3- Poesia em língua japonesa (N. T.).

Com gestos cautelosos, a jovem fez girar o pequeno fecho de ouro da caixa e a tampa levantou-se.

— Vamos! — falou a imperatriz com voz impaciente. — Um *waka* escreve-se em alguns segundos.

Com a mão trêmula, Yokohami tirou uma pequena folha púrpura.

— Por que tentas escrever esse poema em uma folha dessa cor? Ignoras, menina, que o carmim não corresponde ao que te peço? Deverás ainda aprender as tonalidades que convêm a cada estilo de poema. Toma uma folha branca ou, se for realmente o caso, rosa, e compõe teu *waka*.

Em um momento desses, a imperatriz Akiko rejubilava-se. O que havia de mais simples para suas damas da corte, as mais hábeis e mais cultas, que compor um *waka* sobre suas impressões do momento? Com efeito, teriam sido necessários apenas alguns segundos para Murasaki Shikibu, sua criada mais dotada e mais letrada, escrevê-lo, da mesma maneira que outrora a senhora Izumi e a senhora Sei Shonagon.

Soshi Akiko gostava de cercar-se de mulheres letradas. Se aceitava na corte damas de casta mais baixa, era sob a condição de que a inteligência brilhante e o espírito compensassem a inexpressiva nobreza. Elas deviam conhecer a coleção compilada do século X, o *Kokin Wakashu, Poemas de outrora e de agora,* considerado a base de toda cultura. A senhora Sei Shonagon, que voltara para a província, não tinha contado em suas famosas *Notas de cabeceira* como a imperatriz submetia a exames suas damas, propondo-lhes os dois primeiros versos de um poema que elas logo deviam completar?

Yokohami remexia desajeitadamente seu bastonete na tinta, mas conseguiu finalmente, depois de alguns minutos que pareceram uma eternidade para a imperatriz, extrair uma tinta muito espessa e preta, porém aceitável.

Um espesso tapete recobria a sala e, em cada ângulo, um queimador de perfume difundia um aroma de jasmim e de aloés. Diante da imperatriz, Yokohami tomou a posição do lótus e pôs a caixa de escrever sobre seus joelhos. Sob seu olhar implacável, ela começou a traçar a primeira linha de seu poema, sentindo ao mesmo tempo algumas gotas de suor escorrendo-lhe da testa.

Seus 16 anos não estavam ainda prontos para esse tipo de exercício. Seu meio-irmão Kanuseke havia lhe confidenciado mais de uma vez que a única condição para que uma dama brilhasse na corte era ser bela e sedutora. Que poderia ele compreender de sua brusca confusão, ele que, como altivo suboficial da guarda das portas do palácio, era mais um soldado que um letrado? Ele que nunca tinha necessitado compor um poema! Não mais que seu irmão menor, de resto, orientado também ele para uma carreira militar que não gozava de muito prestígio na corte nessa época de paz, em que somente os Fujiwara brilhavam por sua cultura. Somente seu irmão Shotoko interessava-se um pouco pelas letras.

Yokohami não sabia como sair dessa situação e, nesse momento, odiava seu pai, que não havia preocupado-se em fazer com que aprendesse a arte de manipular as palavras sobre uma delicada folhinha. Ah, teria feito melhor se lhe tivesse ensinado os rudimentos de uma boa poesia, em vez de percorrer as casas de chá, onde se agrupavam as cortesãs com as quais envolvia-se! Ela tinha imaginado que poderia aparecer na corte e deslumbrar por sua graça, pela harmonia de sua silhueta e pela delicadeza dos traços de seu rosto. Ela só tinha visto os fastos, as prestigiosas cerimônias, as visitas aos templos, as festividades sazonais, os desfiles oficiais, em que poderia brilhar e talvez ultrapassar até mesmo suas colegas. Não tinha pensado que se veria no meio de refinados letrados, de poetas e de brilhantes espíritos, de onde logo seria afastada por falta de cultura. O poema que estendeu à imperatriz era de uma pobreza lamentável:

> GOSTARIA MUITO DE SERVIR VOSSA MAJESTADE, dizia o poema, E DESEJARIA FAZER PARTE DE SUAS JOVENS DAMAS DE HONRA, POIS ACABO DE COMPLETAR MEUS DEZESSEIS ANOS.

A imperatriz franziu as sobrancelhas e chamou seu criado.

— Mande entrar a pequena Soshi.

O sangue afluía para o rosto de Yokohami. Ela conhecia a jovem, de condição inferior à sua.

— Você não gostaria de ser uma de minhas damas, Soshi? — perguntou a imperatriz, logo que a jovem se pôs diante dela.

— É meu maior desejo, Majestade.

— Então, deverás aprender a maquiar melhor teu rosto e a sorrir com mais graça. Minhas jovens damas de honra devem ser sedutoras, e os jovens senhores estão ali para notá-las.

Yokohami teve um sobressalto e logo pensou que nem tudo estava perdido para ela. Sedução, ela tinha para dar e vender! Graça, cultivava-a desde a infância!

— E por ora, Soshi — retomou a imperatriz —, compõe um *waka* sobre tua impressão presente.

A jovem Soshi foi sentar-se ao lado de Yokohami, ciente de que também ela passaria pelo teste. Tomou uma folhinha azul pálida que, como o branco e o rosa, convinha ao texto que a imperatriz pedia. Concedeu-se alguns minutos de reflexão, escreveu sua primeira palavra e a riscou, o que não era muito elegante, mas logo que a inspiração veio, prosseguiu sem parar e estendeu o *waka* à imperatriz.

— Vamos, apresenta-o na ponta de teu leque, como uma nobre dama da corte deve fazer.

A jovem Soshi pôs desajeitadamente o poema sobre o leque e a folhinha caiu. Vermelha e confusa, ela o estendeu novamente e seu gesto, dessa vez, foi mais feliz. A imperatriz leu em voz alta:

> O PÁLIDO RAMO DA AMEIXEIRA
> EM SUA INEXPERIÊNCIA
> TEME A IRA DA TEMPESTADE
> QUE PODE ESTRAÇALHAR SUAS FLORES
> PARA SEMPRE.

Akiko aprovou lentamente com a cabeça. A jovem tinha traduzido maravilhosamente bem seu medo de não satisfazer a imperatriz e de ver-se rejeitada.

— Tu és um pouco lenta e tua caligrafia não é boa, mas teu poema é perfeito. Eu a felicito por teu espírito, Soshi. Trabalha tuas fraquezas e talvez vás longe.

Em seguida, ela voltou-se para Yokohami:

— Eu as contrato para trabalharem juntas. Uma pode ensinar à outra o gosto pelo poema. E esta, por sua vez, poderá ensinar à outra a arte da pose e da graça. Por ora, ambas serão destacadas para os serviços das procissões e dos desfiles da corte. Mais tarde, verei o que convém fazer.

◆

Algumas semanas mais tarde, Tamekata Kenzo saía da sala do imperador após uma entrevista da mesma ordem. Tinha solicitado para seu filho mais velho Kanuseke um posto no oitavo escalão da quarta classe no setor militar da corte.

— Há quanto tempo é destacado para a guarda das portas do palácio? — perguntou o imperador um tanto distraidamente.

— Três anos, Majestade!

— Os nomes que são destacados para o oitavo escalão da quarta classe do setor militar são votados nas assembleias gerais, à presença dos conselheiros do palácio. É impossível, portanto, dar-te uma resposta.

Diante da feição desapontada de seu súdito, continuou, porém:

— Falaste disso ao grande ministro supremo?

— Não, Majestade! Pareceu-me mais adequado debater essa questão com Vossa Majestade antes de levá-la ao senhor Michinaga.

— Então, aconselho-te a fazê-lo. Queres outra coisa?

— Sim, Majestade.

E Tamekata Kenzo tinha aproveitado para solicitar uma promoção, a fim de ascender da terceira classe dos Negócios da corte à segunda classe, aquela que incumbia-se do controle e da verificação das provisões das províncias do império.

Ante a nova hesitação do imperador, que se escondia a todo instante atrás do nome do grande ministro Michinaga, na ocasião seu sogro, Kenzo só tinha obtido promessas medíocres. E, por essa razão, não tinha ousado falar de seu filho menor, Tameyori, que desejava, por sua vez, ascender na hierarquia dos arqueiros imperiais.

Todos sabiam, na corte de Kyoto, que o ministro Michinaga era mais poderoso que o imperador, o qual, na verdade, só assumia as responsabilidades relativas aos templos, à religião e às cerimônias oficiais.

Julgando conhecer realmente seus dois filhos mais velhos, Kenzo se persuadia há muito tempo que eles tinham todas as possibilidades de ter êxito na corte. Kanuseke havia mostrado-se um bom elemento desde que fora destacado para o regimento dos arqueiros da guarda das portas do palácio e Tameyori seguia seus passos, ambos pouco propensos às questões administrativas, mas valentes militares, como todos os Tairas destinados a esses postos. E, visto que o imperador o aconselhava a dirigir-se ao grande ministro supremo, solicitaria uma entrevista.

Para ele, Tamekata Kenzo, da família dos Tairas, a questão se revelava mais delicada do que tinha pensado. O imperador Ichijo, que não tinha julgado útil contratar seus bons serviços como teria pensado, havia lhe afirmado claramente que as promoções eram votadas nas assembleias gerais diante dos conselheiros do palácio e o tinha uma vez mais enviado ao poderoso Michinaga. Sem dúvida, o grande ministro supremo responderia-lhe que não podia almejar posto mais alto, uma vez que nunca tinha realizado uma proeza extraordinária. Em resumo, ele lhe proporia um posto de vice-governador em uma região muito afastada da capital, o que já tinha recusado vinte anos antes.

Era evidente que Kenzo não pretendia deixar Kyoto, por isso já se preparava para permanecer no posto que ocupava no momento. Como poderia agir de outra forma, quando essa época de Heian favorecia os Fujiwaras a ponto de seu poder ultrapassar até mesmo as vontades do imperador?

Para compreender, era necessário remontar aos primeiros Fujiwaras e à sua descendência mais próxima. Isso datava do século VII, quando um dos primeiros membros dessa família, na corte de Yamato, tinha instituído um conjunto de reformas administrativas e legislativas que afetavam a distribuição das terras, os impostos, o estado civil e a formação de um corpo de funcionários para dirigir o país.

Além do mais, os Fujiwaras não tinham cessado de acumular riquezas e poder e, nesse início do século XI, prosseguiam em sua ascensão.

Michinaga, o atual grande ministro supremo, era um Fujiwara. Sua influência na corte tinha-lhe permitido impor sua filha Soshi como segunda esposa do imperador Ichijo. Tornando-se a imperatriz Akiko; pôs no mundo dois meninos, os príncipes Atsuyasu e Atsuhira que, por sua vez, tornariam-se imperadores. Assegurado pela ascendência imperial proveniente de sua própria família, Michinaga, tornando-se ministro dos Negócios Supremos, gozava de uma onipotência que o levava a suplantar as vontades e os desejos do jovem Ichijo.

Tamekata Kenzo conhecia evidentemente toda a história dos Fujiwaras, mas cometia o erro de acreditar que as outras grandes famílias japonesas, como os Tairas, da qual fazia parte, ou os Minamoto, tinham um lugar também importante na sociedade.

Empurrando a porta corrediça de seu gabinete, Kenzo estava pensativo. Seus dois filhos o esperavam. Tameyori se precipitou na direção dele.

— O que conseguiste, pai?

— Nem sequer falamos de você, Tameyori, mas de teu irmão. Kanuseke levantou-se, por sua vez, impaciente por saber mais.

— Conseguiste-me um grau mais elevado?

— É necessário esperar a próxima assembleia dos ministros. Os nomes daqueles que vão obter uma promoção serão então conhecidos.

— O que quer dizer? — interveio o filho, elevando o tom até torná-lo desagradável.

— O que quer dizer... O que quer dizer é que deves esperar como todos — retrucou por sua vez Kenzo com uma voz irritada.

— Como tu! — surpreendeu-se o mais jovem.

— Pois bem, sim! Nada posso fazer se o imperador estava de mau humor.

Aí estava ele, entrincheirando-se atrás da complexidade dos estados de alma do soberano, quando sabia perfeitamente que não era nada disso e que só faltavam no quadro as proezas que os três deveriam ter realizado para serem valorizados.

Desferindo um violento soco na mesa, feita de madeira de cedro, prosseguiu gritando:

— Aliás, que mais querem? Um posto de ministro?

Depois, diante da feição desapontada do mais jovem e da rabugice do mais velho, voltou a dizer, com voz mais serena:

— Vamos lá! Um pouco de paciência até essa assembleia, porque o imperador o exige.

Para não suscitar novas esperanças, não tinha nenhuma vontade de dizer que iria solicitar uma entrevista com o grande ministro Michinaga. Por isso terminou o diálogo com as únicas palavras que podiam acalmá-los:

— De qualquer forma, é preferível que possam dispor dos favores da capital antes que de um posto afastado na província, o que assinalaria o fracasso e talvez até mesmo a morte de ambos!

CAPÍTULO 1

A aurora suspendia seus primeiros raios nas árvores ainda fracas de uma primavera que mal saíra do chão. Yasumi tomou sua mala, que não era muito volumosa, mas que tinha o peso de tudo o que se leva quando se deixa a própria casa para ir não se sabe aonde.

A própria casa! Yasumi tinha realmente uma? Sua mãe acabara de morrer, deixando a filha desprovida de tudo. Só lhe restavam a juventude, sua graça e a inteligência!

Se Yasumi não possuía nada mais, seria necessário remontar ao tempo para procurar a causa disso, porque, desde seu nascimento, sua mãe Suhokawa Hatsu sempre tinha vivido em uma propriedade que pertencia a um de seus irmãos, com quem compartilhava afinidades, sentimentos e lembranças que nenhum dos dois queria esquecer.

Eis senão que um dia, um daqueles que terminavam o primeiro milênio, o grande drama havia chegado, deixando Yasumi com os olhos marejados: lágrimas, pesadas e ardentes, que ela secava, com um gesto de raiva, recusando-se a deixá-las manchar seu rosto. Seis meses separavam a morte de sua mãe da de seu tio Kishu. Yasumi estava só, órfã, em uma tristeza imensa. O tio tinha sido um verdadeiro pai para ela e, se não tivesse existido sua viúva, Kuniko, uma mulher seca, autoritária, fria e maldosa com ela, talvez tivesse permanecido na propriedade de Kishu.

Desde a morte da mãe de Yasumi, Kuniko havia secamente imposto duas opções à menina: deixar o local para permitir-lhe recuperar a integralidade da propriedade ou permanecer e ocupar um alpendre da casa destinado à criadagem, para executar o mesmo trabalho das outras criadas.

Yasumi tremia ainda de raiva quando essa mulher odiosa e perversa a havia posto contra a parede, sem mesmo deixar-lhe o tempo de refletir para pesar efetivamente sua resposta.

Ela! Simples criada! Ela! Uma Fujiwara da poderosa família que, desde o período de Nara, mantinha o poder no Japão. Uma Fujiwara a quem sua mãe havia ensinado a ler, contar, escrever, a quem seu tio tinha ensinado a arte da equitação e o manejo do sabre, embora ela fosse uma menina...

Yasumi conhecia mais de quinhentos ideogramas chineses, sabia preparar o chá com todo o ritual requerido, conhecia a arte da maquiagem, a arte da decoração floral, sabia também manipular o leque com uma incomparável destreza e sua mãe lhe havia ensinado a compor curtos poemas, *wakas*, tão apreciados na corte de Kyoto e que as damas estendiam na ponta de seu leque para melhor deixar-se cortejar.

Sim! Yasumi sabia comportar-se na alta sociedade, mas nunca tivera a oportunidade de prová-lo. De resto, quem poderia ter-lhe dado a oportunidade? Quem poderia ter oferecido-lhe essa ocasião a não ser seu tio que suportava, depois de seu pai e de seu avô, a desgraça da corte? E agora que tinha partido para juntar-se a seus ancestrais no reino dos mortos e que sua mãe o havia seguido, ninguém podia ajudá-la a ultrapassar a muralha que a separava da aristocracia japonesa.

O clã dos Suhokawa, oriundo dos poderosos Fujiwaras, estava excluído da corte de Kyoto havia cinquenta anos.

Velhas histórias de clãs que disputavam os favores imperiais os haviam relegado a uma província afastada, totalmente esquecida.

Os Suhokawa gozavam outrora de belo esplendor na corte, de prestígio que lhes rendia notoriedade e grandeza. O próprio avô de Yasumi, o conselheiro Jinichiro, tinha servido a dois imperadores. Tinha dado a mão de sua filha a um membro do clã dos Tamekata, oriundo da grande família dos Tairas. Mas o desacordo havia se instalado entre as duas famílias quando o imperador afastava Jinichiro para nomear em seu lugar um Taira e dar-lhe os poderes do governo. Qual má vespa tinha, pois, picado Jinichiro para levá-lo a vingar-se de tal ato, quando se conhece a rapidez com a qual os reis e os imperadores trocavam de conselheiros?

Certamente Yasumi compreendia o gesto desse avô muito impulsivo, transbordando de ambição e de orgulho, muito cioso também pela manutenção de seu prestígio. Mas o imperador Reizei tinha arrumado um pretexto para exilá-lo para bem longe de Kyoto. E, desde essa época, os Tairas e os Fujiwaras se opunham ferozmente, com a mão no sabre, fosse por razões pessoais, fosse por motivos políticos. Yasumi conhecia perfeitamente toda essa história. Seu tio havia lhe falado a respeito com muita frequência para que ela pudesse esquecer até mesmo os detalhes.

De momento, não havia alternativa, teve de tomar sua decisão e, por isso, encontrava-se agora pelos caminhos que seguiam a borda do mar, entre montanhas e céu, entre céu e campos. Quando sentia-se muito esgotada, ela se estirava entre as ervas altas, os juncos, os ramos de salgueiros caídos, com os quais se cobria para não passar frio. Mas devia sentir-se muito cansada para deixar-se cair sobre a terra nua, refrescada pela noite, à beira de pequeno e frio valo, pois era mais seguro dormir ao relento, com o dorso encostado na parede de uma casa de varanda florida.

Ela havia partido no primeiro mês da primavera e os campos ofereciam a seus olhos uma paisagem cujos esplendores tornavam menos penosa a viagem. As cerejeiras deixavam eclodir suas milhares de pétalas brancas. As íris cresciam no meio dos campos entre malvas almiscaradas e as campânulas brancas de grandes botões. As paulównias beiravam os caminhos com seu insustentável violeta-púrpura que invadia as pupilas de Yasumi da aurora ao crepúsculo. Múltiplos perfumes chegavam a suas narinas. Pela manhã, ela os percebia leves e frescos, ao passo que à noite tornavam-se pesados e agressivos.

Sim! Yasumi tinha escolhido a primavera para não se ver em uma estrada enfadonha. O céu etéreo lhe traria sorte e as andorinhas que rasgavam o espaço, lançando seus gritos agudos, mostrariam-lhe o caminho.

Mas antes de deixar sua província de Musashi, a nordeste do Japão, Yasumi tinha refletido longamente e, com andorinhas ou não, sabia como comportar-se. Em dois dias, tinha calculado tudo sobre sua longa rota. O mesmo com relação às numerosas paradas que havia estipulado para realizar alguns trabalhos miúdos que a ajudariam a sobreviver.

Assim, sabia que passaria na casa de Sumeko, filho de um camponês que conhecia desde a infância e cujo pai entregava o arroz a seu tio no início de cada chuva de outono. E pararia alguns dias na casa de sua amiga Mitsuka, filha de um pescador que não hesitaria em acolhê-la o tempo necessário para recobrar as forças. Se tudo saísse a contento, chegaria talvez às portas de Kyoto quando a neve começasse a cair.

◆

Desde o amanhecer, Yasumi caminhava com um passo pesado e fatigado; uma amargura a invadiu, uma angústia espessa, tenaz, aderente, um medo que lhe cortava as pernas. Foi obrigada a deter-se de novo e pôr sua carga no chão. O ar fresco lhe permitiu recuperar-se. Pensar... Que bom! Avaliar os riscos, as possibilidades, as deficiências! Pensar no que havia se tornado sua família, ou melhor, no que representava sua família: um pai do qual ignorava tudo, irmãos que não conhecia! Quem dentre essas pessoas poderia acolhê-la?

Ela suspirou. Não! Não seriam imagens sombrias que aniquilariam Yasumi. Agarrou sua mala por duas pequenas alças de bambu e deslizou-as para uma das extremidades do bastão de carga. Na outra extremidade, dependurou a bilha de água fresca. Finalmente, levantou tudo por sobre os ombros e retomou seu caminho.

Por que Hatsu tinha envelhecido tanto nesses dois últimos meses? Ela, cujo brilho e frescor da pele ainda encantavam há algumas estações apenas. A doença a havia corroído a tal ponto que havia tornado-se irreconhecível e, nos últimos tempos, o sofrimento havia feito tamanha devastação em seu moral, que não pronunciava mais uma palavra e não abria os olhos a não ser para assegurar-se de que sua filha estava bem perto dela.

As lembranças retornavam aos borbotões no espírito de Yasumi. Elas a haviam submergido o dia inteiro, enquanto avançava com passos trôpegos. Tinha observado a noite para conceder-se um pouco de descanso. E a noite tinha caído. Olhou sua mala novamente no chão e, dessa vez, não teve mais coragem de seguir adiante.

Como gostaria que sua mãe estivesse viva ainda! Como desejara que seu pai tivesse retornado um dia, arrependido, para ver o rosto de sua mãe iluminado de felicidade!

Aos dezesseis anos, Suhokawa Hatsu tinha seduzido Tamekata Kenzo. Jovens, fogosos, vivendo as mesmas esperanças, as mesmas expectativas, tinham se casado e vivido alguns anos em Kyoto. Infelizmente, passado o tempo, a ambição de Kenzo se sobrepôs à paixão. Renegando a honra e o amor, manipulou cuidadosamente suas peças no enebriante tabuleiro do amor e da política, formado pelos membros da corte. Tamekata Kenzo tornou-se perito no jogo da sedução, encantando homens e mulheres.

Foi assim que ele tinha primeiramente cortejado uma das damas mais cobiçadas da corte. Acompanhante da imperatriz Sadako, ela estava sempre envolvida no séquito da soberana e chamava-se Osuki. Com o pé firme nesse degrau de valor, Kenzo não largou mais a sedutora dama de honra, que logo tornou-se sua concubina.

Vivendo fora dos muros da corte, Hatsu, que era sua esposa legítima, nem sequer podia causar escândalo, porquanto haveria de prejudicar a promoção de seu marido. Kenzo aproveitou-se disso para seguir o rastro da rainha e infiltrar-se entre seus familiares, com os quais a dama Osuki se relacionava.

Hatsu, grávida há pouco tempo, ficou sabendo acidentalmente da ligação de seu marido com Osuki. Ficou profundamente chocada. Kenzo não lhe havia jurado um amor duradouro e exclusivo? Não tinham planejado juntos criar uma família que reequilibraria a harmonia entre os Tairas e os Fujiwaras por intermédio de seus dois clãs, os Suhokawas e os Tamekatas?

Hatsu recusou-se a compartilhar a cama de seu esposo com uma concubina. Deixou Kyoto e foi viver em casa de Kishu, seu irmão. Sua falta de condições não lhe permitia instalar-se sozinha na capital, nem viver em outro lugar, mesmo nas proximidades.

Enquanto em sua província, distante de Kyoto, Hatsu punha no mundo um filho natimorto, a senhora Osuki dava à luz o seu, Kanuseke, e, no ano seguinte, um segundo, Tameyori.

A sorte não lhe sorriu, contudo, longos anos, porque o nascimento de seu segundo filho custou-lhe a vida. Consternado, abatido, Kenzo teve então a ideia de ir a Musashi para reencontrar Hatsu, que não visitava havia quatro anos. Encontrando-a ainda mais linda, honrou novamente seu leito conjugal. Infelizmente, isso durou pouco, pois logo o leviano marido pensava em voltar para a capital.

Pode-se falar de instabilidade ou negligência em um país em que os costumes davam todos os direitos aos homens ricos ou influentes? Em todo caso, esses dignitários que viviam na corte de Kyoto podiam ter várias esposas ou concubinas, e isso pouco ou nada incomodava o imperador. Kenzo era o exemplo mais marcante. Depois da morte de Osuki, a etapa amorosa consagrada à sua esposa legítima foi breve, portanto. Passado o fogo do reencontro amoroso, voltou para Kyoto sem mesmo saber que deixava sua esposa legítima novamente grávida.

Kenzo decidamente não podia passar sem mulheres: logo que um perfume novo roçava suas narinas, voltava imediatamente o rosto para o lado de onde vinha o delicado eflúvio. Então, com os olhos dissimulados por trás de um leque ornado de ramos de salgueiro ou de flores malvas de tamargueira, uma graciosa dama da corte o observava atentamente.

Duas concubinas se sucederam. Uma chamava-se Asashi e, como ele, era uma Taira. Ela sentiu-se obrigada, por sua vez, a lhe dar filhos, e dois, primeiramente um menino, Shotoko, e uma menina em seguida, Yokohami. Quanto à concubina seguinte, a jovem e linda Kijiyu, cortesã na corte, ela já havia decidido que não acrescentaria nada à descendência já prolífica de seu amante.

Esse era o quadro delineado da família de Yasumi, família que ela não conhecia e que se preparava para encontrar. Ela havia posto na cabeça reabilitar seu nome, sua posição e seus privilégios na corte.

Sua bagagem era quase insignificante, pois, em sua mala tinha posto apenas um cobertor quente e um quimono apresentável, que não queria sujar viajando a pé; para defender-se, um sabre curto e leve que, outrora, pertencia a seu tio; um pequeno altar budista, que ela e sua mãe veneravam no dia de orações; uma tigela e os *hashi*[4], porque Yasumi sempre havia se recusado a comer com os dedos; e, para completar seu equipamento, o pequeno ábaco para fazer contas e o belo leque de laca vermelha que representava um sol poente, diante do qual caíam folhas de salgueiro. Era o leque com o qual sua mãe tinha conhecido seu pai.

Sua bagagem era sem dúvida diminuta, mas aquilo que escondia nela era considerável para conseguir a proeza que tinha decidido realizar: fazer-se reconhecer na corte de Kyoto como membro dos poderosos Fujiwaras.

◆

Partindo ao amanhecer do primeiro dia do mês Sem Lua, no início da primavera, Yasumi sabia que, para chegar às portas de Kyoto, o caminho seria longo, semeado de obstáculos e talvez até mesmo feito de voltas e desvios que alongariam sua viagem. Mas o tempo estava do lado dela. Tiraria lições úteis das situações com as quais deparasse, avaliaria as pessoas e as mediria por seu justo valor, aprenderia a prevenir-se de um passo em falso.

Yasumi nunca se transtornava. Nenhuma situação a assustava, nenhum sentimento de culpa a assombrava. Deprimia-se ligeiramente quando pensava muito em sua mãe e quando sentia-se cansada de tanto caminhar. Então, à noite, olhava as mariposas dançando e na aurora ouvia o galo cantar. Depois partia para uma nova jornada.

4- Varetas utilizadas como talheres pelos japoneses. Podem ser de madeira, bambu, marfim, metal e até mesmo de plástico (N. T.).

Se a estrada revelava-se longa, não era complicada, pelo menos depois do ponto de partida de Musashi, visto que, a partir de Shimosa, era necessário seguir a costa. As complicações viriam sem dúvida em seguida, quando deveria cruzar as montanhas que conduziam para a capital.

Longa estrada, certamente! De rio em rio, de lago em lago, de colina em colina, não era talvez muito longe para quem dispusesse de um bom cavalo, mas para Yasumi, que seguia a pé pelas estradas, uma após outra, com os riscos que semelhante viagem comportava, era uma aventura realmente perigosa.

Os suaves declives cobertos de neve recém-derretida, uma vez que a primavera era tímida ainda, apresentavam desenhos semelhantes a rendas, contra um céu pela manhã, era varrido por grandes estrias azuladas que Yasumi via mudar de cor ao longo de toda a jornada. Douradas ao meio-dia, tornavam-se avermelhadas e resplandecentes antes do cair da noite.

O musgo das colinas, o vento leste que ainda soprava na primavera, as poucas chuvas que vinham refrescar uma terra apenas aquecida pelo sol tornavam a natureza frágil, apesar de intensamente colorida e invadida pelo perfume de suas flores.

Sua segunda noite ao relento aproximava-se. Yasumi tinha caminhado o dia inteiro a passos lentos. Foi somente quando reabsorveu o temor ressurgido de todas essas velhas histórias, que não queria contudo esquecer, que pensou em apressar o passo. Quando levantava os olhos, a paisagem se impunha a ela como se quisesse imprimir-se à força no mais profundo dela. Yasumi sentia-se transformada em terra, mar, céu, montanhas e colinas.

Por ora, no entanto, ao mesmo tempo em que as primeiras cerejeiras floresciam e no solo germinava uma erva tenra, à qual se mesclava uma multidão de florzinhas azuis e brancas, essa decoração de declives suaves, ainda nevados, relembrou a Yasumi as primaveras de Musashi.

Yasumi retomou seu caminho pela quinta aurora. A pequena ponte de Ikada, que ela transpôs alerta, anunciava a província de Shimosa. Cruzava um rio em que rolavam seixos redondos e brancos, acima dos quais as nuvens rosa, iluminadas pelo sol poente, seguiam lentamente para o mar.

Um sol poente! Yasumi caminhava sonhando, a bagagem apoiada nos delicados ombros. Isso a reconduzia a quase oito anos atrás. Nos pequenos detalhes, era quase o mesmo espetáculo. Sim! Havia um só elemento, pequeno, ínfimo, que fosse diferente? Yasumi caminhava lentamente, fixando os olhos no céu vermelho. As imagens se sobrepunham e fascinavam seu olhar. Revia o quimono da mãe, que ela usava em seus aniversários. Incontestavelmente, o mais belo traje de sua vida. Teria usado um mais belo quando estava com Kenzo? Era púrpura-clara, dessa púrpura luminosa, essa púrpura incomparável, extremamente intensa, profunda, pura, com um cinto amarelo dourado que lhe cingia a cintura fina, e os motivos dos bordados representavam um sol poente, uma ponte, um rio, montes ainda nevados e, sobre o *obi*[5], estendia-se uma fiada de flores.

E seu décimo aniversário! Yasumi recordava-se dele como de um acontecimento antigo, um episódio tão distante de sua jovem vida e, no entanto, tão próximo de seu espírito!

Naquele ano, Hatsu tinha-lhe oferecido seu primeiro espelho de metal polido, embutido em um pé laqueado, ricamente gravado com pequenos retângulos nacarados. Mas, como as diminutas finanças de sua mãe não lhe permitiam tais despesas, na realidade havia sido seu tio que o tinha comprado. E, no entanto, os lucros deste não iam além da produção de folhas de chá e de arroz, que suas propriedades lhe rendiam. Um belo arroz de grão cheio e um chá verde de grande qualidade, que podia vender por um preço razoável.

Ah! Esse céu límpido que encerrava esse grande sol alaranjado no quimono de sua mãe! Yasumi deixava seus olhos vagarem sobre o céu. A hora de sua sexta noite avançava, pois pareceu-lhe que uma bruma matizada de escuridão caía sobre a pequena aldeia, cujo contorno crescia a olhos vistos.

Chegou mais cedo que o previsto em Shimosa e disse a si mesma que não passaria talvez essa noite ao relento, porque reconheceu cam-

---

5- Faixa para quimono (N. T.).

pos que pertenciam a seu tio, uma pequena área deixada atualmente nas mãos ávidas e autoritárias de sua tia, cuja rapacidade não tinha limites quando se tratava da produção da terra.

Ainda alguns passos, os mais longos talvez! Em todo caso, os mais pesados, porque devia atravessar a lama pegajosa da terra fresca que conduzia à casa, cujo teto vermelho, arrebitado nas extremidades, já se percebia. Era a residência de Sumeko, cujos pais lhe ofereceriam sem dúvida abrigo por algumas noites.

Yasumi esforçou-se em contornar a borda dos campos para não sujar-se muito na lama. Mas os sulcos largos e enlameados não lhe deixavam praticamente a possibilidade de conservar os pés limpos. Por isso, disse para si mesma que os lavaria no primeiro riacho que encontrasse, logo que tivesse retomado a estrada.

Quando chegou perto da casa, ou melhor, de uma cabana, que Sumeko e seu pai tinham tentado tornar o mais acolhedora possível, viu seu companheiro perto do alpendre onde estavam amarrados o burro e a cabra.

— Yasumi! — exclamou o rapaz, cuja idade devia aproximar-se da sua, ou seja, apenas dezoito primaveras. — Que vens fazer aqui? — Caminhaste todos esses dias sozinha e sem cavalo?

Tinha toda a razão de estar surpreso, porque geralmente era ele ou seu pai que se dirigia à propriedade, seja para fazer um pedido, seja para levantar os produtos da estação. Por isso, ao ver a jovem diante dele, perto de sua modesta casa, com os pés repletos de lama, com as costas e os ombros suportando a pesada bagagem, com o ar fatigado e a respiração um pouco rouca, começou a corar pela grande emoção que se apoderava dele.

Yasumi continuava a olhar, sorrindo.

— Decidi deixar a propriedade de meu tio — falou, acentuando seu sorriso.

O jovem camponês arregalava os olhos, tamanha era a surpresa que marcava seu rosto. Esfregou as mãos em suas calças de tecido grosseiro e falou sem mais tardar:

— Venha! Vamos entrar em casa. Ali falaremos melhor. Aproximou-se da morada familiar, tomando ao mesmo tempo Yasumi pelo braço.

Depois bateu os pés no chão para desvencilhar-se da lama colada e Yasumi o imitou. Após um instante, ouviam-se no silêncio os quatro pés sapateando contra a pedra dura que levava à porta.

Não fazia muito tempo, a cabana de Sumeko era somente paredes de barro seco com um teto de palha e com argila em torno, oferecendo nada mais que umidade no inverno e secura no verão. Agora, a palha do teto havia sido substituída por um vigamento um pouco mais sólido que tinha custado à família mais de vinte estações de trabalho nos campos.

Na parte de trás da casa, sob um alpendre que fazia um pouco de sombra quando o sol dardejava seus raios escaldantes, um banco de madeira permitia um breve repouso para cortar em duas a longa e dura jornada de trabalho. E, um pouco mais longe, sempre atrás da casa, a argila bruta e grudenta de outrora havia se transformado em um pequeno quadrilátero de hortaliças, onde vingavam alguns legumes. O pai de Sumeko tinha até plantado um salgueiro na extremidade do minúsculo terreno, a fim de que a árvore delimitasse seu lote de terra.

Yasumi entrou na cabana e, de repente, um calor a invadiu. Como não apreciar essa casa rudimentar quando tantos outros camponeses, que trabalhavam tão duro quanto a família de Sumeko, estavam ainda na miséria?

Porém, é necessário dizer que Suhokawa Kishu, tio de Yasumi, ficava atento a seus camponeses e que sabia apropriadamente que, quanto mais bem alojados e alimentados, mais trabalhavam. Agora que Suhokawa Kishu havia morrido e que sua rapinante mulher tinha retomado as propriedades, aquela de Musashi e aquela de Shimosa, as coisas talvez não fossem tão bem. Sumeko e seus pais consolavam-se dizendo que não podiam tirar-lhes o que tinham adquirido.

◆

O interior da casa era simples e a mobília, mais pobre ainda. Yasumi logo compreendeu que necessitariam ainda alguns anos de esforços supervisionados por seu tio para trazer conforto a esse chão de terra batida e a essas paredes vazias, das quais pendiam somente réstias de cebolas e feixes de ervas secas.

Em um canto, viu um fogão rústico, com fogo aceso sob três pedras dispostas em triângulo, umas contra as outras, sobre o qual fervia a sopa. Ao lado, uma grande gamela cheia de bolinhos de arroz e alguns legumes imersos no vinagre boiavam em uma escudela. Aquilo cheirava bem e Yasumi sentiu as narinas estremecerem.

Uma cabaça no canto oposto devia servir de balde para trazer água do rio até a casa. Uma jarra de terracota continha farinha de arroz e outra menor, o óleo de soja. Voltando a cabeça, Yasumi viu também uma chaleira. A água fervia sobre o braseiro.

Duas mesas baixas de madeira de acácia, situadas no centro do cômodo, compunham a magra mobília, à qual se acrescentavam as três esteiras de junco trançado, sobre as quais se sentavam ou se ajoelhavam de acordo com a ocupação do momento, e que a família levava para o cômodo de dormir.

Na parede havia um grande buraco que dava para o quarto, sem dúvida tão pouco mobiliado como a cozinha. Talvez contivesse simplesmente uma cômoda para guardar as poucas roupas de que a família dispunha.

Começaram o jantar em silêncio e, quando Yasumi tomou em seus dedos o copinho do qual refluía o aroma de um chá quente que acariciava suas narinas, Sumeko interrompeu o silêncio.

— Para onde queres ir? — perguntou com uma voz surpresa.

— Para Kyoto.

— Pelos céus! — exclamou a mãe. A pé! Mas é muito longe! O pai sacudia a cabeça com ligeiros meneios sucessivos, ao mesmo tempo em que titilava com os grossos dedos uma erva seca que havia começado a lambiscar, depois de ter bebido seu chá.

— Sem carruagem! Sem cavalo! — acrescentou, com um ar tão duvidoso como o de seu filho.

— Mas vou chegar lá.

— Sem dúvida — falou a mãe por sua vez. E colocou na escudela de Yasumi mais um bolinho de arroz e alguns legumes cortados, que tirava de uma conserva em vinagre, sacudindo-os com pequenos gestos cautelosos.

— Mas já comi minha parte — interrompeu a jovem, corando.

— Amanhã, talvez nada tenhas para pôr entre os dentes. Então aproveita enquanto estás conosco.

— Sem dúvida ela tem razão — confirmou o pai, voltando para Yasumi seus olhos negros e tranquilos.

— Ela tem razão, pai — disse Sumeko. Essa mulher malvada que toma agora todo o nosso tempo não fará nada de bom para ela.

— Como, infelizmente, não fará nada de bom para nós — prosseguiu a mãe, apoiando com a cabeça. — Ah! Yasumi, receio que tenhamos vivido nossos melhores dias com teu tio.

— Veremos, veremos! — murmurou o pai, voltando-se para a jovem: — Nunca chegarás lá, pequena!

— Vamos, vamos! — interveio a mãe, dando de ombros. — A meu ver, sei que haverá de chegar. Ah! Meu esposo, não conheces as possibilidades das mulheres quando desejam alguma coisa! Se ela não encontrar vis bandidos pelo caminho, chegará às portas de Kyoto.

Ela se ajoelhou sobre a esteira e começou a comer o bolinho de arroz que tinha entre os nodosos dedos. Essa pequena mulher enérgica e magricela, de olhos cintilantes, com a testa escavada por mil pequenos sulcos profundos, apesar de seus trinta e quatro anos, trabalhava nos campos como seu marido e seu filho. Manobrava o arado com mãos tão hábeis como as de um homem e semeava infatigavelmente o grão, colhendo, empilhando, armazenando segundo as horas e as estações.

— Minha pobre pequena — continuou, enquanto triturava seu arroz com seus dedos deformados —, deves ter passado realmente maus bocados com a morte de tua mãe.

— Sim, muito. E não consigo acreditar que estou sozinha agora.

— Infelizmente! Nada podemos fazer por ti, a não ser oferecerte nossa modesta moradia até amanhã de manhã.

Yasumi sorriu para a corajosa mulher.

— Já é muito alimentar-me hoje como o fazem e acolher-me esta noite. Não encontrarei um convite tão generoso cada noite.

Os agradecimentos da jovem pareceram agradar à camponesa, que agradeceu com um largo sorriso. Depois voltou a cabeça para o filho, que lhe fazia um sinal.

— Oh! — fez ela, levantando-se rapidamente e precipitando-se para a única estante fixada abaixo da réstia de cebolas que pendia da parede. — Esqueci que tu não comes com os dedos. Perdoa-me, Yasumi, se meu filho não me tivesse chamado à ordem, creio realmente que o teria esquecido.

Ela apanhou o único par de *hashi* de que dispunha e que escondia atrás do pote que continha as folhas de chá. Simples varetas de bambu.

— São daqueles que eu dava a teu tio nas raras vezes em que vinha ver-nos. Tu os queres? Talvez te deem sorte.

Yasumi hesitou.

— Agora não temos mais necessidade deles. Guarda-os!

Ela havia piedosamente ajeitado em sua bagagem seu próprio *hashi*, aqueles que lhe pertenciam. Porque, em uma casa japonesa, os *hashi* destinados a comer eram como os grandes alfinetes do coque do cabelo, não se emprestavam.

A ideia de levar aqueles de seu tio a fez estremecer de alegria, porque não tinha podido tomar nenhum de seus objetos pessoais, nem qualquer objeto pertencente à mãe. Sua tia tinha sequestrado tudo. Aceitou, portanto, com prazer a proposta de sua generosa anfitriã, embora compreendesse que era um presente de peso para uma família tão pobre. Mas os olhos de seu amigo Sumeko brilhavam de alegria e recusar teria sido ofensivo para seus pais e entristecedor para ele.

— Eu lhes retribuirei isso — disse ela, tomando o *hashi* delicadamente entre os dedos brancos e finos. — Sim! Retribuirei tudo isso. Se a esposa de meu tio lhes criar aborrecimentos, eu os farei vir para os campos de Kyoto e terão uma cabra, um burro e uma mula, e talvez um galo e também uma grande horta.

Todos se puseram a rir, tanto a promessa parecia grandiosa e utópica.

— E tu, Sumeko — acrescentou ela, levada pela euforia de seu compromisso —, talvez te arrumarei um lugar como jardineiro na corte.

— Na corte! — exclamou este, arregalando os olhos.

— Sim, claro, porque é para lá que me dirijo.

Mãe e filho deram um grito de surpresa. Quanto ao pai, terminada sua refeição, limpou os lábios com as costas da mão.

— Bom! Por que não? — assentiu ele. — Se realmente chegares a Kyoto sem outras dificuldades que aquelas que surgirem pelo caminho, então por que não franquear as portas do palácio? Teu tio dizia que um dia voltaria à corte.

Yasumi olhou Sumeko, que não ousava perguntar-lhe se iria procurar o pai dela. Mas, sem que tivesse que perguntar, ela respondeu à sua pergunta muda.

— Vou tentar ver minha família, que não conheço. E vou fazer de tudo para reabilitar a posição que os Suhokawa perderam perante Fujiwara, há uns cinquenta anos. Sim! Juro que vou fazer isso. E vou conseguir.

◆

Partiu no dia seguinte, ao amanhecer. Sabia que outro privilégio a esperava pelo caminho. O de rever Mitsuka antes de chegar a Oito Pontes que, de lá, a conduziria para a província de Owari.

Porém, antes de ver sua amiga, havia muita estrada ainda a percorrer. Yasumi mal acabara de iniciar seu longo périplo. Devia primeiramente chegar à praia de Kurodo, antes de alcançar aquela de Kyomigaseki.

Em Kurodo, a areia que beirava os rochedos era tão branca, tão fina, que se poderia dizer que era farinha de arroz. Caminhava desde a manhã com passo firme. Descansada, tranquila, disse para si mesma que, forçando um pouco a marcha, na mesma noite chegaria às margens do rio Futoi e ali poderia passar a noite, com a cabeça pousada sobre uma pedra lisa.

Teve de atravessar vários bosques de pinheiros, nos quais se misturavam canforeiras silvestres espalhando um odor que lhe subia à cabeça. Por isso teve de livrar-se delas rapidamente, apressando o passo para que esse aroma tenaz não se tornasse demasiado repugnante.

A bagagem começava a ficar extremamente pesada em seus ombros e teve de trocar de extremidade a mala e a bilha. Mas, retomando a marcha, percebeu que uma quase não era mais leve que a outra e esteve a ponto de perder a coragem.

Cruzou alfenas de folhas finas e grandes pinhas odoríferas de cinco pontas. Em seguida, as canforeiras desapareceram e, em seu lugar, veio uma sucessão de meliáceas de pequenas flores violeta, cujo odor se revelava mais suave e mais repousante.

Quando o vento leste se pôs a soprar, Yasumi percebeu que a noite começava a cair. Não tinha conseguido ainda chegar ao rio Futoi. Será que iria se atrasar? Não ousou prosseguir, com medo de não encontrar mais o caminho se a noite a envolvesse por inteiro. O mês Sem Lua, o primeiro da primavera, não estava longe e Yasumi temia não ver nenhuma lua elevar-se na escuridão do céu.

Decidiu parar e, na saída do bosque que acabava de atravessar, recolheu ramagens de um grande carvalho vermelho para recobrir pacificamente seu sono. Um grande silêncio a cercava e as trevas caíram sobre ela.

Foi somente dois dias mais tarde que avistou o rio Futoi. Largo, bem escavado, água volumosa, servia de fronteira, separando a província de Shimosa daquela de Musashi. O vento leste levantou-se e um suave zéfiro soprou até altas horas do dia.

Permaneceu algum tempo na região, porque encontrou baías, arbustos aromáticos, azedas da mata, tenros brotos de bambu e, à noite, acendia um fogo e preparava uma frugal refeição, acrescentando-lhe cogumelos que havia colhido perto do rio, no meio das ervas molhadas pelo orvalho da manhã.

Não querendo em absoluto esquecer suas maneiras distintas, tirava então sua escudela e o *hashi* de seu tio, depois comia lentamente, saboreando sua refeição ao ar livre. Por fim, voltava o olhar para o céu, procurava uma lua ausente e, persuadida de que ela não se mostraria, desdobrava o aconchegante cobertor para se enrolar delicadamente.

Uma manhã, quando tinha conseguido avançar mais em sua marcha, as corredeiras do Kajami a despertaram. Produziam uma espécie de mugido intenso que relembrava um início de tempestade costeira. O barulho era tão infernal, que seria impossível dormir mais tempo por ali. Por isso levantou-se nessa manhã, decidida a não se demorar nesse local demasiado barulhento.

Mas, voltando os olhos em direção aos rochedos e logo mergulhando o nariz nas bacias que recebiam a água borbulhante, viu lagostins que seguravam algas com suas pinças e, nas algas, percebeu pequenas conchas, cuja carne conhecia o fino paladar. Partir nessas condições teria sido uma tolice para Yasumi! E a sólida refeição de crustáceos, que logo assou, restituiu-lhe força e coragem.

No dia seguinte, percebeu que a corredeira que se lançava do alto do rochedo devia ser imperativamente contornada para passar à outra margem. Foi, portanto, ao procurar atravessar o rio que encontrou um grupo de peregrinos que, exatamente como ela, devia cruzar a barragem.

Os peregrinos lhe falaram de um vau não muito longe dali, que permitia a travessia. Era provavelmente o único meio para atingir a outra margem.

Yasumi juntou-se ao grupo e não teve dificuldade alguma para encontrar um lugar na jangada posta à disposição dos viajantes. Era uma grande barcaça que todos faziam avançar movimentando um remo. Do outro lado da margem, homens e mulheres aguardavam para a travessia inversa.

Depois de Shimosa, a paisagem não ofereceu aos olhos de Yasumi nenhum encanto particular. Nada do que tinha atravessado até agora a encantava. Era um lugar descorado e ingrato, deixando uma impressão de aflição, de miséria. Algas espessas em alguns lugares e secas em outros, restos de conchas esvaziadas espalhavam-se em uma areia cinzenta, grudenta, grosseira. A praia estreita e longa beirava um imenso rochedo triste e preto.

Novamente sozinha, Yasumi se embrenhou pelo interior das terras onde a erva tornava-se rara. Nenhuma flor de cerejeira ou de ameixeira para alegrar os olhos. A jovem avistou um templo em ruínas, o de Takeshiba, e, na austeridade da paisagem, esse amontoado de pedras entristecia ainda mais o entorno. O teto não existia mais, as paredes caíam e o que restava do templo central desabava como o resto. Arbustos que cresciam viçosamente em altura ocultavam a visão, com algumas rochas enegrecidas espalhadas aqui e acolá.

Yasumi, no entanto, permaneceu mais tempo que o previsto nesse triste lugar, pois, no meio dos arbustos, apanhava codornizes, estorvinhos e até mesmo gafanhotos que, sobre seu fogo de palha, chegava a cozinhar. Condimentava-os com ervas aromatizadas que encontrava entre os arbustos, como genciana e valeriana, ou com salsa das margens que crescia um pouco em toda a parte.

Mas não podia eternizar-se nessa sombria região, embora fosse a única em que conseguia se alimentar convenientemente. Contava os dias com seu ábaco e se dava conta de que passavam uns após outros em uma velocidade de que não teria tido ideia antes de sua partida.

Em Sagami, as montanhas revelaram-se imponentes. Yasumi levantou os olhos e viu o picos serrilhados ainda totalmente nevados. No flanco da montanha, uma pequena aldeia encerrava umas trinta casas e, mais além, perdidas na erva verde dos campos, espalhavam-se uma dezena de outras. Uma ponte atravessava o rio.

Essa suave atmosfera agradou infinitamente a Yasumi. Não aguentava mais carregar sua pesada bagagem. Seus ombros ficariam totalmente machucados se não parasse uma semana ou duas para recobrar forças, e seus pés, que arrastava cada vez mais, esquentavam e começavam a cobrir-se de incômodas bolhas que a faziam sofrer.

Em um dos lados da montanha e bem perto da pequena aldeia, a areia branca da praia, alguns pinheiros de copa arredondada e os ramos floridos das cerejeiras ofereciam uma imagem muito agradável a contemplar, como um belo para-vento de quatro ou cinco painéis ornados com os mesmos motivos.

Esse local chamava-se Morokoshiga-Hara ou "Campo chinês". À medida que Yasumi avançava, arrastando os pés e sua bagagem, descobria os cravos silvestres, cuja eclosão era precoce. Logo apareceram cravos às dezenas, às centenas. Cravos de todas as cores, pálidas ou vivas, camafeus, contrastes, manchas aveludadas e luminosas. Uma sementeira de cravos, todos mesclados!

◆

Avançando para a entrada da aldeia, Yasumi ficou sem fôlego, tamanha a beleza que se descortinava a seus olhos, tamanho o esplendor que a fazia esquecer suas fadigas. Sob a ponte corria um rio, cujo filete raso e azulado ia perder-se em uma vegetação ainda mal reverdecida. Mais longe, viu os rochedos que desciam sobre o cascalho e a espuma branca do mar, que deslizava docemente sobre a areia nacarada da praia. Os imensos campos de cravos formavam um tapete de brocado. Seus pés voaram, puseram-se em uníssono com o céu e a luz. Não sentia mais cansaço. Toda a sua coragem retornou e aproximou-se da primeira casa.

Primeiramente observou montes de feno encostados na parede da casa que estava prestes a ultrapassar, a primeira da aldeia! Com um pouco de sorte, poderia oferecer-se para guardar o feno no celeiro. Isso lhe permitiria pagar cama e comida.

A construção pareceu-lhe calma. Viu dois asnos pastando no pequeno quadrilátero de relva que havia atrás da casa e algumas galinhas que ciscavam no pátio.

Como todas as outras moradias que se situavam entre o rio e o mar, era construída sobre estacas, o que permitia ao solo não ceder quando as cheias de inverno alagavam os campos.

Aproximando-se um pouco mais, viu uma mulher ajoelhada no corredor externo que cercava a casa. Devia plantar ou replantar mudas em um pote que se preparava para fixar na borda da balaustrada.

— Desculpe-me — falou, apontando o dedo para os montes de feno —, são teus?

A mulher se reergueu, perscrutou por alguns instantes a silhueta cansada de Yasumi e respondeu:

— Não, são de Yamatoko, que habita na terceira casa atrás da minha. Por que esta pergunta?

— Porque pensava que poderia ajudar o proprietário a carregá-los para o celeiro.

— Estás com fome? Viajaste o dia todo?

— Sim, e devo retomar a estrada amanhã de manhã. Mas estou cansada e gostaria de descansar.

— Para onde vais?

Yasumi hesitou. Deveria revelar a todos que encontrasse o verdadeiro destino de sua viagem? De resto, iriam acreditar? Kyoto estava tão longe. Anunciar sua próxima etapa talvez fosse suficiente.

— Dirijo-me para além da montanha de Sagami — disse. — Vou visitar um tio. Acabo de perder minha mãe e estou sozinha.

— Não tens, pois, mais ninguém além desse tio?

— Infelizmente é assim.

— E de onde vens?

— Venho de uma província distante, situada no norte do Japão, e sigo a rota do leste.

— Virias de Edo? — perguntou ainda a mulher.

— De um pouco mais acima, da província de Musashi.

— A pé!

— Sim. Não tenho mula, nem asno, muito menos um cavalo.

— Atravessaste as corredeiras de Kajami?

Esta simples pergunta parecia assustá-la e a resposta que esperava tinha desencadeado um pequeno tique nervoso em seu lábio superior.

— Havia muita gente que atravessava o vau. Não é muito largo. E, para chegar à margem oposta, há uma barcaça que garante a travessia.

— É impressionante de qualquer modo!

— Sim, porque todos são atingidos pela água que esguicha de todos os lados e porque todos se sentem enganados quando chegam diante dela.

A senhora, levantando-se, pôs as duas mãos nos flancos e fez uma careta. Sua juventude estava longe e seus gestos não tinham mais a mesma elasticidade que outrora.

Lançou os olhos sobre as mudas que restavam para plantar e decretou:

— Bem! Isso poderá esperar por amanhã. É o último pote que preciso arrumar.

Desceu do corredor externo pelos poucos degraus e chegou perto de Yasumi. Em seguida sorriu e tomou-lhe o braço.

— Venha, entre em minha casa. Posso oferecer-lhe um doce de arroz com gergelim e alguns pedaços de peixe cozido. Sobrou um pouco de solha e de lula. Queres?

Yasumi sentiu suas papilas se agitarem. Olhou os montes de feno. A generosidade dessa mulher iria até o ponto de alimentá-la, antes que realizasse essa tarefa ou outra? Estava tão cansada. A energia e a coragem, sentidas novamente há pouco, acabavam de esmorecer bruscamente.

— O que posso fazer em troca? Não tenho nada para retribuir. A mulher deu de ombros.

— Bem! — continuou. — Fiquei viúva há duas estações e, inteiramente sozinha, aborreço-me. Tua companhia pagará a refeição e a acolhida que te ofereço por esta noite.

— Muito amável de tua parte...

— Chamo-me Sohko e sou viúva de Minemo Yotake, o barbeiro da aldeia. E tu?

— Sou Suhokawa Yasumi.

Fê-la entrar em uma grande peça. A casa continha apenas dois, mas eram espaçosos e confortavelmente arranjados. Na parte de trás, uma grande varanda dava para um minúsculo jardim, no qual uma multidão de botões de flores começava a desabrochar. Margaridas, aciantos, glicínia rosa, grandes peônias e até malva almiscarada formavam pequenos espaços floridos em um tapete verdejante. Pedras planas na grama os ligavam entre si. No fundo, uma minúscula ponte transpunha um filete de água que serpenteava murmurejando sobre uma grande pedra branca e lisa.

A senhora Sohko devia ser uma boa jardineira, porque esse pequeno espaço verde era o reflexo dos jardins japoneses apreciados por qualquer pessoa da cidade.

— Tu me contarás tua viagem. Isso pagará amplamente tua cama e comida e partirás novamente amanhã, ao raiar do dia, refeita e disposta.

— És muito generosa, senhora Sohko, e agradeço-te de coração.

O cômodo na qual a fez entrar era claro e vasto. Grandes aberturas davam para o corredor externo. A senhora Sohko tinha especial cuidado por ele. Foi lá que Yasumi a viu plantando suas mudas. Em volta de toda a casa, um corrimão de madeira clara delimitava o corredor e convidava a caminhar, deslizando nele uma mão distraída.

Painéis de treliças que podiam ser abaixados ou levantados, segundo o desejo de mais luz ou penumbra, e portas corrediças que eram empurradas para entrar ou sair à vontade proporcionavam conforto.

Os dois cômodos eram separados por uma porta corrediça. Aquele onde as duas mulheres tomaram sua refeição era amplo. Um queimador de perfume difundia em um ângulo um odor de lótus e de peônia. Duas mesas baixas de aloés, um baú laqueado, um para-vento que se desdobrava quando a senhora Sohko queria isolar-se e, por toda parte, grandes vasos e grandes potes, laqueados ou de bambu, com ramos de cerejeira, de borda vermelha e de salgueiro conferiam a leveza aérea de sua composição.

Uma chaleira sobre um tripé espalhava um odor de chá verde que agradava infinitamente as narinas de Yasumi. Sua mãe lhe havia ensinado tão rigorosamente a arte de servir o chá, que essa mulher, com toda a sua boa vontade, não conseguia dominar de modo tão perfeito o ritual. Por isso, com voz baixa e tímida, pediu:

— Oh, senhora Sohko, deixarias que eu servisse o chá? Gostaria tanto de fazê-lo. Minha mãe sempre me incumbia dessa tarefa. Terei a leve impressão de estar com ela.

Aí está uma linguagem que só podia agradar à senhora desses lugares.

— Mas certamente, minha filha — respondeu sua companheira —, sensibilizada com o fato de a jovem Yasumi ousar compará-la com sua mãe.

A senhora Sohko deveria realmente aborrecer-se em oferecer acolhida a uma desconhecida que vagava pelas estradas e, o que é pior, em deixá-la servir o chá como se ela fosse a anfitriã da casa. Mas Yasumi inspirava confiança e sua intuição a tirava muitas vezes de situações embaraçosas.

Yasumi passou a narrar, portanto, à sua anfitriã o que ela queria ouvir e não esqueceu nenhum detalhe daquilo que havia visto e encontrado desde sua partida: as montanhas, os cumes nevados, a primavera nos campos, os rios, as pontes, o céu e especialmente a noite com a lua que mudava a todo momento.

O reconhecimento de Yasumi para com sua anfitriã atingiu o auge quando ouviu esta propor-lhe:

— Fica um ou dois dias a mais, minha filha. Apreciaria muito que fôssemos juntas orar no templo de Hakone. Pedirei a Buda para que te proteja até o fim da viagem.

— Sei que me guiará para onde vou.

Sim! A esperança, o entusiasmo e a esfuziante energia da jovem abateriam as montanhas, fariam cair os obstáculos, subverteriam as colinas e aplainariam os caminhos.

— E eu, senhora Sohko, pedirei a Amida Buda um favor, o de acompanhar-te em toda parte para confortar tua solidão.

Viver ao lado dessa mulher pareceu à jovem maravilhosamente reconfortante. Toda a sua fadiga sumiu, como uma andorinha apressada por alcançar em pleno céu suas companheiras. No fim de alguns dias, foi Yasumi que falou de sua partida. A senhora Sohko entregou-lhe víveres, recomendando-lhe que prestasse atenção aos ladrões que infestavam os caminhos.

Em seguida, passou-lhe o endereço do médico de uma aldeia vizinha, que conhecia há muito tempo e que havia tratado de seu marido durante duas estações, dizendo-lhe que ele não cessava de repetir que sua contabilidade estava atrasada.

Se Yasumi sabia utilizar seu ábaco chinês, ele poderia conservá-la por algumas semanas e talvez remunerá-la como melhor lhe aprouvesse.

— Dize-lhe que vens de minha parte — precisou ela. — É um homem encantador, um pouco rude, certamente, mas que não será de má companhia e não causará aborrecimentos. Conheço sua generosidade e sua benevolência e, se não tivesse tratado tão fielmente de meu marido, não me arriscaria em falar-te dele.

A senhora Sohko falou em seguida, e por longo tempo, de seu marido, de suas em numerosas qualidades, dos sentimentos que ela lhe devotava e das atividades que gostavam de compartilhar. Quando terminou, viu que sua companheira havia se estirado sobre uma das esteiras que estavam ali e que fechava os olhos. Então desdobrou um para-vento, pôs sobre a mesa baixa uma lamparina, cuja chama bruxuleava, e disse a Yasumi:

— Dorme bem, minha filha. Eu te despertarei amanhã pela aurora.

CAPÍTULO 2

Seguindo os benévolos conselhos da senhora Sohko, Yasumi dirigiu-se ao médico da aldeia. Ele ouviu com paciência o relato que a jovem já havia feito à senhora Sohko.

Velho ainda vigoroso, de olhos vivos e gestos precisos, o médico Heyji tinha servido outrora na corte. Sua silhueta diminuía com a idade e, acima de sua cabeça, um coque amarrado com anéis reunia os cabelos grisalhos. Tinha um ar grave, quase imperioso, mas quando observava-se de perto seus olhos sombrios, uma luz generosa e benevolente iluminava suas pupilas. Entretanto, muito rapidamente Yasumi vislumbrou que essa mesma luz se transformava em faísca crepitante, vivaz, para não dizer galhofeira, quando os olhos do médico pousavam nas formas graciosas daquela que a senhora Sohko tão cortesmente lhe enviara.

Homem sedutor e de bela aparência em seu tempo, usando orgulhosamente o traje da corte em sua juventude, infelizmente tinha sido envolvido em um escândalo, cujas consequências o haviam afastado definitivamente das altas esferas em que somente o imperador e a rainha tinham direito de decisão.

Mulheres da nobreza, cortesãs, comerciantes ou simples camponesas, o médico Heyji tinha sempre um recurso para fazer-se pagar quando essas senhoras não podiam assumir os custos das consultas. Elas o sabiam e, por trás do para-vento da inocência ou do malicioso leque, elas faziam o jogo da sedução. Algumas carícias, algumas palavras convincentes, alguns olhares ora de brasa, ora de veludo, o médico Heyji sabia maravilhosamente agir para mergulhá-las na embriaguez de uma cura mais rápida e mais adequada às necessidades delas.

Às vezes, porém, um grão de areia vinha entravar o belo mecanismo dessa engrenagem: uma senhora rebelde, uma menina púbere que gritava logo que tocada, uma perversa que se prestava a levar bem mais longe um ato para posterior chantagem, uma sentimental que não queria mais largá-lo... Esse era o quadro do velho sedutor em que estava imerso o médico Heyji.

Dessa tendência a seduzir todas as mulheres, a senhora Sohko nunca tinha sido informada. Seu marido sempre havia escondido dela e, como o médico Heyji nunca tinha tentado abusar da esposa de seu grande amigo, a coisa tinha passado despercebida. Agora ela era uma amiga muito velha para que a cortejasse e, além do mais, era fiel a seu falecido marido. Por isso, a libertinagem do médico não tinha chegado nem aos olhos nem aos ouvidos da senhora Sohko.

Plantada diante dele, a jovem hesitava estranhamente em dar ao médico as razões de sua viagem que havia inventado para a senhora Sohko. Ao mesmo tempo em que observava seus olhos fixos nela, ela já proferia outras palavras, enunciava outras causas e outros argumentos: dessa vez, ela fora criada em uma família amável e unida, pronta para acolhê-la após a morte de sua mãe. Sim! Uma família que mora precisamente atrás das montanhas de Mishitomi.

Yasumi sentia instintivamente que devia jogar duro. Esse velho médico a olhava com demasiada insistência. Sob suas grossas sobrancelhas desgrenhadas, que se realçavam de maneira indócil, seus olhos se dobravam como se quisesse conferir a si mesmo uma imagem de Buda ora benevolente, ora carregado de austeridade.

Heyji a ouviu sem interrompê-la, meneando ao mesmo tempo suavemente a cabeça, mas não acreditou em uma só palavra de seu relato. Fingiu, no entanto, fazê-la crer que não punha em dúvida sua história. Mas, por todos os Budas de suas crenças e por todos aqueles em quem não queria crer! Por todos os sutras que havia ou não recitado! Que podia realmente querer essa jovem percorrendo sozinha as estradas, com tão grande bagagem nos ombros?

— Bela criança, tu me dizes que queres trabalhar. O que posso, pois, dar-te para fazer?

— A senhora Sohko falou-me amavelmente de uma contabilidade que tinhas em atraso. Tenho meu ábaco chinês em minha bagagem e posso, rapidamente e sem erro algum, organizar tuas contas, poupando-te tempo e favorecendo teu lazer.

— Meu lazer! Ah, graciosa criança! Que sabes, pois, de meu lazer?

Yasumi começou a corar. Tinha talvez levado longe demais sua audácia? Tentou substituir sua ousadia por um vocabulário mais reservado.

— Posso também fazer outra coisa.

— Outra coisa!

Logo percebeu que essas não eram palavras apropriadas a pronunciar diante do médico Heyji. Como era tola! Para onde tinha ido sua prudência, até mesmo sua desconfiança, de pouco antes? Ele já aproximando-se dela e sussurrava, dardejando seus olhos negros sobre os de Yasumi, que repentinamente se abaixaram:

— Queres, pois, agradar-me?

Sua familiaridade desagradou Yasumi, mas ela preferiu ignorar sua mudança de atitude. Por isso recuou e, ficando de guarda, voltou a falar:

— Quero somente trabalhar para comprar uma mula.

— Mas as montanhas de Mishitomi não estão muito longe. Que farias com uma mula, agora que quase chegaste?

Eis uma conversa em que Yasumi começava a se confundir. No momento em que ia dizer que não queria mais trabalhar, ele se aproximou dela e tomou suas mãos, acariciando-as, abraçando-a depois como um apaixonado endoidecido.

— Largue-me! — disse ela com voz firme, repelindo-o com aspereza. — Tens razão, as montanhas de Mishitomi não estão muito longe. Partindo agora, provavelmente chegarei a elas em alguns dias. Não preciso de mula para isso.

O médico logo soltou suas mãos. Que velho imbecil era ele! Será que não via que não era uma boa maneira de seduzi-la...? Por isso mudou de método.

— Pois bem, que seja! Descansa em minha casa esta noite e amanhã cuidarás de minhas contas. Se fores tão rápida como dizes e se quiseres ficar, provavelmente as terminarás em alguns dias.

Observou seu rosto e viu que ela parecia satisfeita. Tranquilizado nesse ponto e acima de tudo para eliminar suas dúvidas, sentiu-se obrigado a questioná-la mais.

— Quando partiste?

— Deixei minha casa logo depois do enterro de minha mãe. Era o primeiro dia do mês Sem Lua, no início da primavera.

Heyji levantou suas sobrancelhas grisalhas e espessas.

— E aqui estamos quase no último dia do mês Florido — afirmou ele com um tom que queria torná-lo benevolente — e dentro de algumas semanas, estaremos no mês da Brotação do Arroz. Isso significa que já faz quase uma estação inteira que viajas. Um dos membros de tua numerosa família não pôde, pois, vir te procurar?

— Todos estão muito ocupados.

— Ah! Teus tios, teus irmãos, ninguém pôde vir a teu encontro?

— Viajar sozinha não me incomoda.

— Mas não tens carruagem nem cocheiro — insistiu voluntariamente o médico. — É muito imprudente da parte dos teus deixar-te viajar sozinha, é até mesmo quase falta de bom senso.

Yasumi suspirou. Será que iria acabar com esse interrogatório?

A senhora Sohko havia se mostrado menos curiosa. Ela havia contentado-se com o que Yasumi tinha lhe contado. Em nenhum momento, havia procurado saber mais sobre o relato que lhe havia feito a jovem. Mulher sedentária, mal se movera, desde seu casamento, para deixar sua aldeia. E, por conseguinte, só a viagem de Yasumi a havia interessado, e a jovem havia contado-lhe tudo tão bem, que ela se pusera a sonhar.

Yasumi ergueu os olhos para o médico que a observava sem dizer mais nada e compreendeu que ele não acreditava nela.

◆

A primeira noite, contudo, foi agradável e nada deixou supor que Yasumi era objeto de um estudo específico por parte do velho médico. Este havia dado-lhe um colchão confortável para dormir e a jovem sabia que ele poderia ter deixado somente uma simples esteira trançada de juncos. Por isso, passou uma noite muito agradável e dormiu até adiantadas horas da manhã.

Depois de ter servido uma copiosa refeição de legumes cortados, conservados em molhos temperados com especiarias, com pequenos cubos de peixes finos e bolinhos de arroz, perfumados com gengibre, convidou-a a dar um passeio por seu jardim.

Ao chegar, Yasumi tinha visto duas criadas e um cozinheiro ocupados em seus serviços, mas, depois que levantou, não os viu mais. Ele teria ordenado que não o incomodassem quando estivesse com ela? Ter-lhes-ia dado uma folga inesperada? Em todo caso, não os encontrou nem cruzou com eles durante o dia.

O passeio aconteceu em um local calmo e repousante. Pedras planas disseminadas em ordem perfeita conduziam, à esquerda, a uma pequena fonte artificial. Ela deixava escorrer tranquilamente uma água límpida e depois, subitamente, chegava à direita sob uma ponte em miniatura e ali se insinuava para ir perder-se em meio à grama verdejante, onde floresciam pequenos crisântemos multicoloridos.

Passando pela pequena ponte, o velho médico mantinha-se atrás dela, e a jovem sentia seu olhar fixado em suas costas. Deslizou sua mão branca e fina no parapeito, parou e voltou-se. Percebeu a insistência de seus olhos, mas ele se recompôs depressa e, com um tom quase breve, falou:

— Vamos! Voltemos para casa, porque é preciso pensar no trabalho, uma vez que para isso vieste.

— É o que também acho — replicou Yasumi, com uma voz tranquila.

Tomando um corredor exterior que contornava a casa, ele a fez entrar em um cômodo que dois biombos decorados com pássaros exóticos dividiam em três. Havia ali duas mesas baixas, dois tamboretes e uma caixa onde Heyji havia colocado seus documentos e seu ábaco chinês de pedras de marfim. O de Yasumi era muito mais simples, de pedras de madeira. A fim de provar ao velho que esse material era apropriado para a tarefa e que sabia servir-se dele, tirou-o de sua mala, que sempre carregava consigo quando se deslocava.

A casa de Heyji era sem dúvida uma das maiores da aldeia: Yasumi tinha realmente contado cinco ou seis grandes cômodos separados por para-ventos e duas ou três dependências nas quais vivia a criadagem, cujos rostos havia visto somente em sua chegada. Sem dúvida alguma, após sua expulsão da corte, o médico Heyji devia ter se beneficiado de uma rica clientela, porque, aparentemente, não lhe faltava dinheiro.

— Prefiro usar meu ábaco — disse ela, apoiando-o em seus joelhos enquanto acabava de acocorar-se diante de uma das mesas baixas.

— Como queiras. O essencial é que saibas usá-lo.

— Queres me testar?

— Para quê! Suhokawa Yasumi, confio em ti. De resto, logo vou perceber se mentiste para mim.

Aproximou-se dela e entregou-lhe o material para escrever, folhas brancas que eram destinadas aos documentos administrativos e contábeis — as folhas de cor eram utilizadas para mensagens, cartas sentimentais e poemas — e, por fim, documentos a contabilizar.

Depois, em pé ao lado dela, observou todos os seus gestos. Ele estava vestido com uma pesada túnica carmesim, bordada com motivos representando ramos de salgueiro. Por baixo, vestia outra mais leve e de cor mais clara, como impunha a moda: o velho Heyji se mantinha a par dos trajes que os homens de Kyoto e da corte imperial usavam.

Com a cintura cingida por um largo *obi* de cetim, salpicado de tintura violeta e com o coque sempre enrolado em anéis majestosos, ele tinha ainda uma pose altiva, ciente de que seus bem mais de cinquenta anos não se viam em seu porte nem em seu rosto.

— Suhokawa Yasumi — continuou o velho homem com uma voz adocicada —, aqui estão os documentos e podes começar teu trabalho desde já.

Realçou sua forma física como se quisesse desdobrar o grande corpo inteiramente em proveito próprio. Seus ombros endireitaram-se, seu queixo avançou algumas polegadas. Diante de seu ábaco, Yasumi teve a impressão que ia deitar raízes, tanto ele a fixava com os olhos, que tornaram-se reluzentes e duros.

— Quantos anos tens, Yasumi?

— Vinte anos.

Sem saber por que, tinha dito vinte anos em vez de dezoito. Esperou a reação do homem. Seus lábios finos esboçaram um sorriso apenas zombeteiro.

— Como é que ainda não és casada? As moças arrumam marido aos catorze ou quinze anos. Tua família deveria ter ocupado-se disso há mais de dois ou três anos.

Irritada, Yasumi abaixou os olhos e, com um tom seco, resmungou:

— Por ora, não falemos mais de minha família e deixe-me começar meu trabalho.

Mas o velho, teimosamente, prosseguiu:

— Ficar sem homem! É surpreendente! Uma jovem tão linda como tu.

Praguejou, retomou uma atitude mais de acordo com seus hábitos, deixando ao mesmo tempo a efervescência agitar seus espíritos. Em seguida foi instalar-se ao pé da outra mesa baixa, sobre a qual diversos papéis estavam esparramados. Sentado, fingiu folhear os documentos que devia entregar à jovem quando tivesse terminado a primeira fase de seu trabalho. Na realidade, só prestava atenção aos gestos de sua companheira.

Yasumi trabalhava rapidamente. Quantas vezes seu tio lhe havia dado as contas da administração da propriedade? Contas variadas e complexas, visto que englobavam os relatórios das plantações de arroz, dos campos de cultivo de chá e dos que produziam soja e cereais.

As contas que tinha diante dos olhos incluíam somente números, que era necessário acrescentar uns aos outros, a fim de conhecer o montante das entradas financeiras diminuídas das saídas. Quando copiou os primeiros números em uma das folhas, ele não esperou que ela os apresentasse, ele próprio a tomou e se pôs a estudar, andando em largos passos pelos dois sentidos da sala. Ia de um biombo a outro, empinava o nariz, respirando o suave odor de incenso que queimava no vaso de perfumes e refletia.

— Perfeito, senhorita Yasumi, tua conta é impecável. Para dizer a verdade, não acreditava que soubesses contar tão bem. Queres descansar um pouco?

— Já!? — exclamou a jovem. Mal comecei.

Depois avaliou o olhar que ele lhe lançava. Dirigia para ela os mesmos olhos fixos como há pouco na pequena ponte. Foi então que compreendeu que ele praticamente não tinha necessidade de seus serviços e que estava a ponto de dizê-lo a ela. Mas o velho médico contornou seu desejo de outra forma.

— Então, trabalhe até meio-dia. Depois almoçaremos. Em seguida, iremos dar mais um passeio. Verás que a cada hora do dia meu jardim muda de aspecto. A seguir, poderás retomar tuas contas até o jantar.

Ela executou seu trabalho. Na segunda noite, depois na terceira, na quarta e na quinta, Heyji desejou-lhe uma boa noite e a deixou dormir tranquilamente na sala onde trabalhava, dissimulada atrás do biombo que a escondia por inteiro.

Foi somente na noite do sexto dia que tudo desencadeou-se. Yasumi tinha terminado as contas do médico que, assim como foi dito, não eram nem complicadas, nem muito demoradas para fazer. A jovem decidiu, portanto, falar de sua partida e igualmente de sua remuneração.

— O trabalho está terminando — disse ela, ficando, no entanto, de guarda. — Estou pensando em partir. Tínhamos falado de um pagamento pelos serviços que executei.

— Oh! — fez Heyji, aproximando-se dela. — Não irás me deixar tão depressa. É agora que preciso de ti. Parece-me que tua presença se tornou indispensável para mim.

— Mas devo prosseguir minha viagem.

— Para onde?

Quase gritou: "Para Kyoto!", mas conseguiu conter-se, recordando-se do lugar muito mais próximo que lhe havia indicado.

— Senhorita Yasumi — interrompeu o médico —, não me mentiste sobre tua competência no trabalho, mas não me contaste a verdade no tocante à tua viagem. Não sabes para onde ir? Confessa!

Yasumi sentiu que corava. Devia imperativamente desiludi-lo, mas o olhar do velho brilhava e sua pupila encolhida deteve inteiramente a explicação que ela se preparava para dar:

— Confesse! — irritou-se, chegando bem perto dela.

— Não confesso nada. Eu te disse a verdade.

— Suhokawa! É falso — gritou, com as faces tornando-se subitamente de cor púrpura. — Não passas de uma mentirosa!

Seu rosto tomava a tonalidade carmesim de sua túnica de cetim desenhado, onde estavam impressas folhas de salgueiro.

— Mentirosa! Sim, mentirosa!

A mudança súbita de seu comportamento surpreendeu Yasumi da mesma maneira que o nome de sua família, Suhokawa, que ele acabava de pronunciar tão rudemente. Visto que a tratava agora como mentirosa e que o tom da discussão se envenenava, ela agiria de outra forma.

— Pois bem, que seja — retrucou friamente —, vou para Kyoto. Como se, obviamente, esperasse por isso, ele respondeu com uma voz profunda e baixa, sem sinal de raiva, que se esvaíra:

— É muito longe, não chegarás até lá sem obstáculos.

— Na verdade, fiz o trajeto de Musashi até aqui. A sequência não me dá medo.

— Então, sou eu que passo a temer por ti.

Ele tomou prontamente a mão dela em uma das suas e, suavemente, deslizou a outra ao longo do braço, introduzindo seus dedos entre o tecido de sua manga e a pele sedosa e suave. Uma dor aguda o atingiu como uma punhalada.

Yasumi quis afastar-se. Ele se aproximou com um violento furor nos olhos e puxou-a dessa vez para ele, apertando-a firmemente. Ela sentiu uma de suas mãos contra sua nuca. Bruscamente, jogou-a para trás. Com o tronco tenso, ele a cerrou contra si e sentiu seu hálito fresco contra o rosto.

— Deixe-me — protestou ela — ou gritarei, e teus criados, que só vi em minha chegada, perceberão teu comportamento estúpido.

— Grita, pequena Yasumi, grita! Nenhuma de minhas duas criadas virá. Meu cozinheiro, muito menos. Não são pagos para isso.

— És tu que mentes! Não estão aqui. Tu os dispensaste durante o tempo em que fiquei aqui.

Segurando-a em seus braços ainda vigorosos, conseguiu derrubá-la e deitá-la no chão. Yasumi debateu-se, mas o forte punho do velho Heyji não a largava e a segurava firmemente.

Era a primeira vez que tinha de enfrentar semelhante situação. Certamente, aos dezoito anos, não tinha conhecido homem, e sua virgindade estava intacta. Seu tio, em acordo com sua mãe, repetia sempre que já era o momento de casá-la. Mas por que as criadas desse velho lúbrico não se importavam com esses atos de seu patrão? E esse alto e espadaúdo cozinheiro, que tinha visto no dia de sua chegada, bem que poderia tirá-la dessa péssima situação!

O médico abateu-se sobre ela com uma respiração ofegante.

— Eu a quero, Suhokawa. Sim! Eu a quero! E juro por todos os sutras do céu que serás minha.

— Não!

— Tu o serás. Juro-o perante Amida Buda!

— E com que direito me tomarias assim, imediatamente? Nem sequer pagaste-me o trabalho que fiz. Tu me tratas de mentirosa; pois bem, eu, de minha parte, trato-te de ladrão.

Jogado sobre ela, apertou-a com tal força a ponto de tirar-lhe o fôlego.

— Quem te diz que não vou te pagar, quando estou te oferecendo muito mais. Uma casa! Ouro! Prazer! De que te queixas?

Presa sob seu enorme corpo, sentiu que ele começava a remexer sob sua roupa com dedos impacientes que apalpavam por toda parte e Yasumi começava a transtornar-se como um pobre cata-vento castigado por ventos contrários. Quando a mão do médico deslizou entre suas coxas, foi tomada de um impulso selvagem, odioso, cuja origem ignorava. Sim, agora, se conseguisse levantar-se, ela se sentiria capaz de matar esse homem.

— Solte-me! — gritou.

Ele riu com escárnio e conseguiu pôr de novo sua mão entre as coxas dela, sentindo o calor aveludado. Mas como Yasumi se debatia com a força de sua vontade, sua roupa se enredou na mão de Heyji. Ele teve de recompor-se para que seus dedos reencontrassem o caminho íntimo que procuravam.

Pousando sua boca sobre a de Yasumi, ele a bloqueou novamente. Foi, no entanto, sua derrota, pois o beijo que tentava impor desconcentrou-o por alguns segundos. Yasumi conseguiu livrar uma das mãos para procurar a mala que sempre guardava perto de si. Estava ali, bem ao lado da pequena mesa baixa. Remexeu-a apressadamente e dela tirou o pequeno sabre. Com a empunhadura rígida e fria, golpeou a nuca de seu carrasco.

De um salto, ela estava de pé, porque ele a havia soltado logo, caindo como velho farrapo mole sobre o assoalho de madeira.

Yasumi, que não havia terminado, tirou a arma de sua bainha de couro. Apontou-a contra o peito do velho que, lentamente, recuperava-se do choque.

— Agora, deixe-me partir ou corto tua cabeça com o sabre de meu tio.

Ela viu Heyji levantar-se, vacilar, tropeçar, abalado pela violência do golpe. Levou a mão à cabeça. Ela observava cada um de seus gestos desconexos, imprecisos.

— Deixe-me partir e não te farei nada.

Ele tossiu e vomitou no chão um longo jorro opaco, amarelado. Vendo-o recobrar-se, Yasumi disse para si mesma que o golpe não tinha sido talvez bastante forte. Foi nesse momento que, enfim, uma das duas criadas apareceu. Era jovem e viçosa. Yasumi não se lembrava mais de seu rosto, que havia entrevisto apenas uma vez. A criada foi até o médico, que a agarrou para reequilibrar-se. Essa moça, que a olhava com um ar de desdém, era sua amante?

— Deixe-me partir! Teu patrão quis estuprar-me. Só teve o que merece!

Yasumi apanhou seu ábaco e enfiou-o prontamente em sua mala, ajeitou sua roupa e passou diante da jovem criada, que não havia dito uma só palavra.

— Ocupa-te dele, agora. O golpe que lhe apliquei na cabeça não é uma catástrofe. Ele se recuperará e, sem dúvida, terá a oportunidade de receber outros se suas mãos mostrarem-se sempre tão irreverentes.

◆

Yasumi deixou a província de Sagami sem mesmo rever a senhora Sohko. Mas de que teria servido contar-lhe seu infortúnio? Talvez ela tivesse defendido seu amigo, com o pretexto de que Yasumi o teria provocado! Era preferível não se demorar mais nessa região tão hospitaleira em sua chegada e tão hostil em sua partida.

Enquanto a vista das montanhas de Nishitomi desaparecia a seus olhos como se um para-vento de painéis tivesse se fechado, a jovem prosseguiu seu caminho sem um tostão no bolso e, se não fosse pelo descanso físico de que havia usufruído tanto em casa da senhora Sohko como na casa do médico Heyji, sem dúvida teria enfrentado com dificuldade a segunda parte de sua viagem.

Mas Yasumi não sentia mais nenhuma fadiga nas pernas e seu estômago não gritava mais de fome. Já era um ponto positivo para ela. Pelo menos assim se consolava, porque sentia o coração pesado só ao pensar que tinha trabalhado para o médico sem conseguir o suficiente para comprar uma mula.

Entretanto, sentia o espírito leve ao pensar que já havia completado quase a metade do caminho e, determinada a chegar às portas de Kyoto antes da chegada do inverno, Yasumi enfrentou a estrada.

A primavera já havia escoado há muito tempo, o verão tinha tomado sua vez com raios solares escaldantes que esmagavam os campos e os faziam reluzir com mil brilhos cintilantes. Os campos já se transformavam e, passado o mês da Brotação do Arroz e o do Crescimento do Arroz, eis que se entrava no mês das Colheitas.

Os arrozais estendiam-se a perder de vista. As cheias os haviam submergido na água e os camponeses, curvados em seu trabalho, com os pés afundados até as canelas nos campos inundados, não levantavam o nariz nem em sua passagem nem na das aves que cruzavam os céus.

A colheita havia sido concluída enquanto Yasumi prosseguia sua viagem. O arroz, a soja e o chá tinham sido, diziam, de bom rendimento nesse ano. O verão passava e o mês dos Crisântemos, o primeiro do outono, indicaria-lhe que não deveria tardar muito para chegar à capital.

Havia decidido, no entanto, parar em casa de sua amiga Mitsuka. Seu pai não recusaria duas mãos a mais para ajudá-lo a colher os produtos do mar, duro trabalho que sua mulher e filha eram as únicas a realizar.

Avistou uma bela praia de areia fina, onde desenhavam-se longas curvas de ondas brancas. Redes haviam sido lançadas e, caminhando ao longo do pedregulho, distinguia de vez em quando uma solha ou uma perca saltando. Yasumi já imaginava sua amiga Mitsuka que, lançando-se habilmente na água, apanhava-as entre seus dedos velozes.

Yasumi voltou a cabeça e achou que a paisagem era a mais bela de todas aquelas que havia encontrado até então. Diante das montanhas, cujo topo estava sempre nevado, estendia-se o mar com ondas brancas e a areia tão fina, que se poderia dizer que era de veludo. Um pouco mais ao longe, os campos de cravos silvestres, que se esparramavam em profusão, sublimavam o espetáculo. A aproximação do outono logo iria sufocá-los com o crescimento dos crisântemos.

Foi no sopé da montanha Ashigara que Yasumi parou para passar a noite. O dia caía depressa agora e a lua não demoraria a iluminar o céu. A jovem, que conhecia a decoração celeste de cada estação, sabia que o céu de verão iluminava-se muitas vezes não somente com a lua cheia e redonda, mas também com milhares de estrelas que a embalavam com a maior tranquilidade do mundo. E, estirando-se sobre um tapete de musgo perfumado, disse para si mesma que essa noite seria longa.

Nos dias seguintes, enquanto prosseguia sua marcha ao longo de toda a costa beijada pela espuma branca, encontrou uma série de pequenas cabanas de bambu dos pescadores dos arredores que, de manhã cedo, deviam recolher o produto de sua pesca.

Encontrou uma que não parecia ocupada. Mas, logo que entrou, uma voz a interpelou:

— O que fazes aí?

Voltou-se e viu um homem de calças bufantes e túnica rota. Ele a olhava sem benevolência, de sobrancelhas carregadas, olhos negros de suspeita.

— Gostaria de passar a noite antes de partir novamente — respondeu Yasumi, depondo sua mala e sua bilha no chão.

— É que seria necessário pagar por isso — retorquiu o homem.

— Esta cabana é tua?

— Não, mas pertence a meu amigo Heido.

Yasumi observou o homem por alguns instantes sem responder e disse para si que deveria encontrar um meio de fazer-se aceitar pelo grupo de pescadores que trabalhava diante dela. Alguns deles reparavam redes rasgadas, outros suspendiam pesos em suas bordas. Viu dois homens amarrarem seu barco em um poste firmemente plantado na areia. A espuma das ondas, que o vento levantava a alturas incríveis, vinha desfazer-se ao pé das cabanas.

O amigo Heido chegava junto com seu companheiro. Mediu Yasumi que, ciente desta vez que não tinha de esconder-lhe o objetivo de sua viagem, disse sem esperar:

— Venho de Musashi e vou até a capital. Já concluí grande parte de minha caminhada e, no lugar onde parei algumas semanas, fui lograda por um homem para quem trabalhei. Parti novamente sem dinheiro e, dentro de alguns dias, devo chegar às margens do mar de Kyomigaseki.

— Está longe ainda, Kyomigaseki — aprovou o amigo de Heido, meneando sua grande cabeça de buldogue. — Os pescadores Tagonura não são amáveis como nós. Talvez nem te deixarão passar.

— Oh, sim! — fez Yasumi, sorrindo para o homem, surpreso ao ver que a graça desse rosto lhe era destinada. — Conheço uma menina da minha idade, cujo pai é pescador. Eles me acolherão por algum tempo e, se trabalhar um pouco para eles, disporei então de um pouco de dinheiro para comprar uma mula, o que me permitirá chegar a Kyoto sem grande fadiga.

— Como chama-se o pescador que conheces?

Era o outro que acabava de fazer-lhe a pergunta. Sempre suspeitando, seus olhos não haviam se iluminado ainda de benevolência.

— É o pai de Soyo Mitsuka. Chama-se Soyo Sutaku.

— Sim, eu o conheço. Ele vende sua produção a Yakamemoyo, o maior produtor da região. Por que ele quer continuar com esse mercador? Ganharia mais associando-se aos outros.

— Não sei — respondeu Yasumi, feliz por ver que a conversa tomava tão boa direção. — Mas creio que sua filha é uma pescadora tão hábil que não quer que trabalhe para algum outro.

— Deve ser assim, as boas pescadoras são raras e, quando se tem uma, não se deve deixá-la ir embora. Que idade tens, pequena?

— Dezoito anos.

— Bom! Podes instalar-te em minha cabana por esta noite, talvez até por duas se eu não regressar depois de amanhã. Devo partir por alguns dias.

O outro homem deu de ombros, mas não acrescentou nada. Ao virar as costas, contudo, Yasumi ouviu-o murmurar: "Ele sempre se deixa enganar pelas moças!"

A noite caíra. Acima do mar, a lua iluminava todo o céu e via-se brilhar as grandes estrelas, as do Boieiro e da Ursa Maior. Até as Plêiades cintilavam bem no fundo, encravadas entre dois pontos de uma luminosidade intensa, que Yasumi não conhecia.

Viu os pescadores acenderem uma grande fogueira, para tomarem a refeição. Não ousava aproximar-se com receio de ser mal recebida. Talvez não o tivesse feito, se um jovem não tivesse vindo até ela, com um sorriso caloroso.

— Queres comer algo? Vi que o gordo Heido cedia-te a cabana para esta noite.

Como Yasumi o agradecia com um olhar e já voltava a cabeça para um delicioso odor de peixe grelhado, ele criou coragem:

— Eu também a teria acolhido — disse ele — mas deveríamos compartilhar os espaços e...

— Não! Não! — replicou Yasumi, relembrando as mãos pouco escrupulosas do doutor Heyji. — Está muito bem assim. Partirei provavelmente amanhã de manhã, porque não devo me demorar.

— Menina, olhe — interrompeu o jovem pescador apontando com o dedo Heido, que fazia-lhes sinal. — Ele a convida para jantar.

Yasumi ficou encantada quando segurou entre as mãos um grande pedaço de perca grelhado que achou delicioso. Pensou em seu *hashi* de que praticamente não tinha mais feito uso desde sua partida. Tinha jurado não negligenciar sua boa educação. Mas como poderia agir na presença de pessoas tão simples que só sabiam comer com os dedos?

Kasumo, seu jovem companheiro, bem como os outros pescadores, rasgavam a dentadas as percas grelhadas.

— Então, tu vais a Kyoto? — perguntou à jovem, que comia com bom apetite.

— Como o sabes?

— Eu te ouvi há pouco porque falavas da jovem Soyo.

— Tu a conheces?

— Vejo-a todas as vezes que vou a Tagonura. Ela vende o peixe na praça do mercado. Gosto muito dela, mas acho que já tem namorado.

— Não a vejo desde o ano passado. Vou para a casa dela todos os anos. Era meu tio que me levava, mas acaba de morrer e, neste ano, vou sozinha.

— Por que não voltas para casa depois de ter visto tua amiga?

— Porque agora tudo é diferente para mim. Acabo de perder também minha mãe e devo encontrar em Kyoto os membros de minha família que não conheço.

Kasumo suspirou como se sentisse o pesar de sua companheira. O ambiente era agradável. Os pescadores falavam, riam e cantavam ao clarão da lua. Yasumi era nessa noite uma musa que decuplicava sua alegria de viver. E, no entanto, esse duro ofício não era certamente o mais entusiasmante. Mas sem dúvida era preferível nessa época ser pescador que camponês, pois a alma de seu jovem amigo Sumeko não era certamente tão feliz como a de Kasumo.

A noite passou, suave e tranquila. No dia seguinte, Heido não tinha retornado, de modo que ela ficou mais uma noite. Kasumo mostrou-se um simpático companheiro e, quando ela retomou o caminho, ele gritou, agitando a mão:

— Talvez nos encontremos na praça do mercado de Tagonura, se ficares por lá bastante tempo.

— Talvez! — respondeu Yasumi, agitando também a mão fina e branca, com sua carga nos ombros.

◆

Alguns dias mais tarde, após ter contornado a praia branca onde a espuma das ondas vinha morrer a seus pés, Yasumi chegou ao sopé do monte Hanoke. Árvores estranhas cresciam ali. Tinham folhas curiosas que eram utilizadas nas procissões, coroando a cabeça. As folhas sagradas de *Aoi*[6] eram colhidas em uma montanha dessa parte do Japão.

Yasumi sentia-se cansada. Tinha andado muito tempo, detendo-se somente à noite para descansar, e a região montanhosa que iniciava não lhe agradava muito. Diziam que os bandidos e os ladrões ali agrupavam-se e escondiam-se para escapar dos samurais, cujas rondas, vigias e guardas percorriam, às vezes, a região.

Quando tirou das costas sua mala e sua bilha, avistou o "buraco de Iwatsubo". Era um grande rochedo quadrado perfurado no centro, de onde jorrava uma água glacial.

Yasumi retomou sua carga para aproximar-se dele. Logo que chegou perto da grande rocha que escondia outras menores e nas quais havia sem dúvida como abrigar-se, hesitou, depois avançou de novo com a intenção de aspergir água para refrescar-se, recobrar desse modo as forças e partir imediatamente para um lugar mais seguro.

Foi então que ouviu murmúrios, ruídos, agitos. Inquieta de início, apurou o ouvido e deu-se conta de que eram cantos. Vinham de trás do rochedo perfurado.

Cantos! Não eram gritos, nem urros, cuja intensidade, assustadora, a teria levado a voltar para trás. Não! Tratava-se de vozes suaves, puras e cristalinas que se elevavam aos ares, subindo ao longo de toda a montanha.

6- Nome japonês para várias plantas usadas na heráldica japonesa, incluindo o *hollyhock* e o gengibre selvagem (N. T.).

Intrigada, Yasumi contornou o grande rochedo quadrado, o que exigiu dela uma boa meia hora. No limiar de uma caverna aspergida pelo gêiser de água fria, que desembocava na parte de trás do gigantesco rochedo perfurado, ficou de olhos esbugalhados diante do espetáculo que se oferecia.

Um acampamento havia sido instalado com várias carroças, burros, mulas, bois, caixas repletas de objetos e, no centro, ardia uma grande fogueira. Um pouco mais longe, umas quarenta moças cantavam e dançavam, borrifando-se com água. Tinham longos cabelos pretos que caíam nas costas e cada movimento que esboçavam fazia-as dançar ao ritmo de seus cantos.

Tinham o rosto branco ainda maquiado para uma antiga procissão, da qual deviam ainda completar os ritos. Foi quando uma delas aproximou-se de Yasumi, que percebeu que a maioria delas era jovem. Algumas, porém, eram mais velhas, e foi uma mulher de cerca de cinquenta anos, provavelmente sua chefe, que a interrogou:

— Quem és?

— Sou Suhokawa Yasumi e estou indo para Kyoto.

— Para Kyoto! — exclamou uma jovem cantora, vindo postar-se ao lado da mulher. — Viemos de lá. Vais também para a Cidade Real?

Yasumi logo observou que era a dançarina mais desnuda. Tomava seu banho sob a chuva gelada do gêiser e parecia sentir muito prazer.

Seu corpo de adolescente encantou Yasumi, de tanta graça e belo porte que apresentava, e, no entanto, seu jovem busto estava apenas formado e se mostrava chato e liso como um belo tecido de seda de gala. Seus quadris minúsculos se moviam como uma folha de salgueiro suspensa ao ramo que o vento faz estremecer. Suas coxas longas não ofereciam ainda a intimidade sedosa das mulheres e tinha os pés mais lindos e mais finos do mundo.

— Kamiya! Basta, por ora — gritou a velha mulher —, veste-te e vai para junto das outras.

Porém, Kamiya havia decidido seguir sua própria cabeça. Plantou-se na frente de Yasumi e mostrou-lhe seu rosto de mil facetas. Em primeiro lugar, sobrancelhas arqueadas e pupilas deformadas, mostrava todo o horror que se lia em seus olhos. Depois, como Yasumi a olhava, surpresa, esboçou nos lábios um lento sorriso visivelmente feito para intrigar. Era um sorriso plácido, um sorriso a um tempo presente e ausente, de uma alegria enigmática.

Yasumi viu deformar-se a máscara de seu rosto quando ela abriu a boca e mostrou os dentes como um cão que queria morder, fechando-a novamente com um estalido brusco do maxilar.

Finalmente, parando com o jogo, pôs-se a rir às gargalhadas.

— Kamiya, não estás no palco e ninguém te pediu para apresentar um número de mímica. Veste-te e junta-te às outras.

Mas a repreensão reiterada da guia do grupo, pois era precisamente ela que distribuía as ordens, só produziu gritos, risadas e súplicas. Uma dezena de meninas veio cercar Yasumi.

— A Cidade Real é mágica! — explodiu uma delas, torcendo com suas mãos uma camisa molhada que vestiu apressadamente, despreocupada com a sensação gelada. — Vimos o imperador e a rainha Akiko.

— Vimos também a rainha Sadako — interrompeu uma de suas companheiras que ajudava outra jovem, sentada em uma rocha, a desdobrar o quimono de algodão.

— Todas as damas da corte têm o cabelo armado em coque, atravessado por alfinetes e pentes altos como pernas de tamborete.

— Como são belas com sua maquiagem! — prosseguiu outra, levantando os cabelos como havia visto fazer essas lindas damas de que falava.

— E como cheiram bem quando passam perto! Elas se perfumam com jasmim, com cravo, com peônia.

— Sim! As damas de honra são umas mais lindas que as outras. Por que vais para lá?

— Somemari-Sen! — interveio a velha mulher com voz incisiva. — És muito indiscreta. Isso não te interessa.

Dito isso, ela ficou observando por um bom tempo essa jovem com uma curiosidade ávida, e Yasumi compreendeu que ansiava por saber mais.

— Não é indiscreta — disse ela, sorrindo para a velha senhora — e estou realmente feliz em tê-las encontrado, porque isso vai me permitir, se de fato o quiseres, ficar dormindo nos arredores, não muito longe de teu clã. Assim, não terei tanto medo. Dizem que os ladrões rondam com frequência por essas montanhas.

— Ladrões! — exclamou a jovem Kamiya. — Terias dinheiro, ouro, qualquer coisa que os atraia? Quanto a nós, temos apenas nossos cantos na cabeça e nossa dança no corpo. À parte isso, nada possuímos.

— Eu tampouco — falou Yasumi, rindo. Apontou com o dedo sua mala.

— Só trouxe um cobertor, minha tigela, o *hashi* e meu pequeno altar budista. Ah! Esqueci. E também meu pequeno sabre para me defender e meu quimono de troca.

— É tudo? — inquiriu Somemari-Sen.

— Não, esqueci meu leque, para tentar encantar os belos senhores.

Todas as meninas puseram-se a rir.

— Os senhores da corte são tão lindos que três dentre nós se apaixonaram. Por isso nossa mãe Susaka ficou com medo e partimos mais cedo que o previsto.

As jovens em questão se defenderam contra os ataques de suas companheiras, desencadeando a hilaridade geral. Apontaram para uma menina alta, cujos cabelos recobriam todo o busto, usando um vestido amplo e quimono, com os pés ainda descalços, refrescando-se em contato com a água fria que escorria sobre as rochas. Aquela apontada com o dedo ignorou-as e virou a cabeça.

— É ela que está mais apaixonada. Sim! É ela. Depois que cruzou com o príncipe Tamekata, não dorme mais à noite.

Ignorando o gracejo, a jovem deu de ombros e se pôs a cantar. Sua voz era suave e clara. Logo duas outras vozes misturaram-se a ela e alguns segundos mais tarde, todas cantaram.

— Entoar suas melodias e seus cantos as acalma. Deixemo-las e vem dizer-me o que te leva pelas grandes rotas. Depois, iremos todas dormir e, amanhã, retomaremos nossas respectivas estradas. Temos ainda, como tu, minha filha, um grande trajeto a percorrer. Devemos atingir a província de Kosuke, no norte, onde aguardam-nos para as grandes procissões da festa do mês Sem Lua.

— As cantoras das províncias do norte não são sagradas?

— Nós formamos um grupo muito peculiar, embora pertençamos a Amida Buda do Paraíso do Oeste, cantamos velhas melodias e dançamos árias que não são sagradas. São chamadas imayo. São cantos que outrora as cantoras improvisavam. Nosso folclore é rico e acima de tudo não creias que sejamos inferiores às cantoras da Cidade Real, bem pelo contrário. É sem dúvida por nossa cultura ancestral que a corte de Kyoto nos convida todos os anos.

— Viajam muito?

— Estamos sempre na estrada. Fazemos apresentações em todas as grandes cidades, de norte a sul. Todos os templos nos conhecem, nos acolhem e nos convidam. Nossa agenda é muito carregada e minhas meninas são fortes. Se não te atrasares pelo caminho, estarás em Kyoto antes do fim do inverno, minha filha. Desejo que encontres ali toda a felicidade que esperas.

— Infelizmente — suspirou Yasumi — receio na verdade que essa felicidade demore.

— Então, desejo-te muita sorte.

Cantos e danças prolongaram-se até tarde da noite. Depois Yasumi, gentilmente aceita entre as cantoras, dormiu na companhia delas. Apertadas umas contra as outras sob as grandes tendas fixadas na areia, despertaram com o chiar do gêiser que cuspia borrifos de água gelada.

Quando todas fecharam suas bagagens, abraçaram Yasumi e desejaram-lhe boa sorte.

— Desconfie do rio Fuji, minha filha — disse-lhe a velha superiora, deixando-a. — Parece calmo, mas é só fúria. Mal se pode vê-lo saltando da montanha. Ninguém desconfia dele o suficiente. Atravessa-o no local mais estreito.

Yasumi sacudiu a cabeça.

— Pensarei nisso.

Por muito tempo a mulher lhe fez sinais, depois, quando era apenas um pequeno ponto entre todas as suas cantoras, Yasumi desviou em direção sudeste. Seu coração apertava-se sempre que se encontrava só, ante sua aflição. Reconfortou-se pensando em sua amiga Mitsuka, que haveria de rever tão logo cruzasse a barragem do Fuji.

◆

Havia motivos para ficar impressionada com aquilo que via. Yasumi estava deslumbrada! Nunca tivera diante dos olhos semelhante imagem e, no entanto, ela se recordava de tantas belezas, tantos esplendores que havia contornado, admirado! Esse espetáculo era irreal, mágico, apertava corpo e alma até se fundirem, invadindo todos os sentidos.

O monte Fuji situava-se precisamente na província em que ela chegava. Passados os dois rios e a barreira que os separava, no centro surgia a montanha, de um azul profundo e coberta de neves eternas. Assemelhava-se a uma nobre dama, cujo grande manto malvo era claro de manhã e púrpura à noite. Uma mulher de porte extraordinário, que teria jogado sobre os ombros desse amplo manto colorido um véu de uma brancura incomparável.

A fumaça subia do planalto até o cume, e, à noite, chamas vivas projetavam seu brilho no céu. Como se podia conceber essa neve glacial e esse fogo, grande braseiro do universo? Como se podia explicar esse fenômeno fascinante? Dizia-se que todos os deuses reuniam-se no topo do monte Fuji para ali decidir grandes acontecimentos futuros. De resto, de tanto observar o cume, Yasumi acreditava ver o rosto benevolente dos deuses que certamente a ajudariam.

Em torno do Fuji, a fumaça se elevava, alongava-se, dispersava-se, em leves arcos que se tornavam pesados pelos variados sentimentos daqueles que os olhavam. De alto a baixo, caía a deslumbrante neve e, em volta de todo o centro do cume, o fogo cuspia suas chamas. Sim! Como Yasumi poderia esquecer tal espetáculo?

Foram necessários dias para deixar essa visão de sonho, quando subitamente o rio Fuji apareceu. Descia saltando pela montanha. Mas não rugia, tampouco mugia. Saltava, estalava, tamborilava. Dava uma vontade incontida de jogar-se nele, tanto parecia inofensivo e sereno.

Prevenida pela superiora das dançarinas que devia desconfiar dele, Yasumi seguiu ao longo da margem até sua extremidade, um minúsculo filete que pôde facilmente atravessar. Mas teve de subir pela outra margem, pois tinha descido muito, para chegar à pequena cidade de Kyomigaseki.

O mar ficava à esquerda, franjeado de branco. As casas amontoavam-se ao longo da praia de areia. Guardas marítimos postavam-se aqui e acolá, vigiando a passagem. Yasumi foi abordada várias vezes, interrogada e logo liberada, e pôde assim prosseguir sua viagem.

As casas eram baixas, construídas sobre estacas, com paliçadas que se estendiam às vezes até o mar. Apesar do cansaço, Yasumi não quis parar, porque sabia que, dentro de um dia apenas, estaria em Tagonura, onde Mitsuka a acolheria com surpresa e alegria.

Ansiosa por reencontrar a amiga, Yasumi caminhou a noite toda. Parou unicamente para devorar alguns camarões recolhidos na borda da praia. A lua era tão brilhante que via os camarões saltando na água. Só tinha que abaixar o braço, estender a mão e apertar os dedos para apanhar três ou quatro.

Andou tão depressa, esquecendo o cansaço, cantarolando até uma ária que as dançarinas do rochedo perfurado de Iwatsubo cantavam, que na aurora chegou a Tagonura. Ali as ondas se erguiam com tal força, que chegou a se perguntar se um mar revolto e furioso não tinha substituído a gentil e suave maré noturna, que havia contornado a noite toda.

Mas Yasumi, que nessa noite não tinha repousado nem um pouco, havia abusado de suas forças. Sentiu-se tão cansada, que não conseguia mais pôr um pé diante do outro. Jogou a mala e a bilha não muito longe de si, estirou-se sobre a areia e adormeceu no segundo seguinte. Nem pensava mais que, ao despertar, veria Mitsuka.

Sonhou com ela, no entanto; conhecia muito bem o prazer de sua amiga, o de vir cedo pela manhã remexer na praia à procura de conchas de formas e cores incomuns. Com elas fazia colares que vendia no mercado da aldeia, onde as bancas de caranguejos, de enguias, de solhas e calamares se misturavam sempre com aquelas das bijuterias de conchas de todas as espécies.

Yasumi tinha pensado que, talvez, Mitsuka passasse por ali enquanto ela dormia sobre a areia, entre as ondas e os campos de peônias. Por isso, ao despertar, quase não ficou surpresa ao ver o rosto da amiga reclinado sobre o seu.

CAPÍTULO 3

Mitsuka! — murmurou Yasumi, cujo despertar estava ainda nebuloso. — Sabia que virias.

— Oh! Yasu. Não tinhas mais forças para vir até minha casa? Onde estão tua carroça e teu boi?

Um soluço fechou a garganta de Yasumi. Um soluço de angústia que misturava-se à alegria intensa de reencontrar a amiga. Sua amiga! Quase sua irmã! Pelo menos sua irmã de leite! As circunstâncias tinham sido estranhas e a sorte as havia realmente seguido, ainda que, agora, essa mesma sorte a abandonasse um pouco. A mãe de Mitsuka não a havia nutrido com seu leite quando a sua, a pobre Hatsu, muito perturbada pelo abandono do marido, não o tinha para amamentar sua filha…? Seu tio Kishu havia então enviado as duas para a província de Totomi, em Tagonura, onde um pescador, que conhecia desde a juventude, tinha uma mulher que acabava de dar à luz.

Soyo Asatori havia, portanto, amamentado as duas meninas durante o tempo em que a senhora Hatsu recuperava-se de suas amarguras e de suas tristezas. Depois, Yasumi ia todos os anos a Tagonura durante todo o mês da Espiga de Arroz, que começava no outono. Nessa época, o mar começava a crescer e as cheias chegavam. Era o momento em que os peixes afluíam e os pescadores podiam ainda apanhá-los com rede, com arpão ou com as mãos. Passado esse tempo, as cheias aumentavam, as águas formavam corredeiras e a pesca ficava muito perigosa para os homens.

— Vim a pé — murmurou Yasumi.

— Que me dizes? E tua mula? Teu burro? Teu cavalo?

— Não tenho mais nada de tudo isso.

— Mas...

— Mitsuka! Escuta o que vou te dizer. Minha mãe morreu e meu tio também.

E as duas romperam em soluços. Abraçadas uma à outra, estavam abatidas pela mesma tristeza e respiravam o mesmo ar que lhes trazia odores marinhos bem frescos.

— Mas Yasumi! Por que não nos avisaste?

— Não tenho mais nada, Mitsu! Nada mais que esta mala e esta bilha. Olha! Aí está meu tesouro. Tu tens mais que eu, agora.

Ela se pôs a rir, para refrear um novo soluço. Depois, com um gesto cansado e indiferente, despejou sobre a areia o conteúdo de sua mala.

Esparramam-se pelo chão todos estes objetos misturados: o quimono de sua mãe, o espelho de metal polido, o belo leque de laca púrpura que representava o sol poente, o pequeno sabre de seu tio posto cuidadosamente em sua bainha de couro preto e que, sabe-se, já tinha servido-lhe; o pequeno altar budista, a tigela e os dois pares de *hashi*, o seu e aquele que lhe havia dado a mãe de Sumeko.

— Aí está! — disse ela, com um gesto vago sobre o conjunto de objetos que logo recolocou na mala. — Nada de cavalo, nada de carroça, nada de boi, nem mesmo uma simples mula para me transportar. Nada, Mitsu! Nada! Não tenho mais nada. Essa terrível mulher que era a esposa de meu tio expulsou-me de casa.

— Mas o que vais fazer? Para onde vais? Pelo que te conheço, não vieste para cá para ficar encerrada em Tagonura.

— Queria ver-te.

Mitsuka a abraçou novamente e a apertou contra o peito. Ah! Como era doce e agradável sentir o rosto de sua amiga encostado em seu ombro! Como apreciava esse momento em que Yasumi precisava dela!

— Fizeste bem. Iremos pescar juntas. E eu vou vender muitos colares de conchas. Poderás talvez comprar um burro, pois estou certa de que queres ir para Kyoto.

— Sim! É minha intenção.
— E crês que podes encontrar os teus que nunca viste?
— Sim.
— Então, não é de um burro que precisas, nem de uma mula. É de um cavalo.

Yasumi olhou sua amiga com assombro não fingido.
— Um cavalo! — exclamou.
— Certamente, um cavalo! Como queres te apresentar na corte montada em um simples burrico? Todos os senhores e mesmo os criados vão zombar de ti. Vão rir nas tuas costas, vão apontar-te com o dedo e vão jogar-te pela porta.
— Mas um cavalo custa muito caro. Como vou fazer?

Mitsuka livrou-se dos braços de sua companheira e soergueu o busto, no qual caía uma simples túnica de algodão cinza, longa e ampla, apertada na cintura e vestida diretamente sobre a pele. Um hábito de uma simplicidade extrema, que ela tirava quando mergulhava nas ondas para apanhar peixe com suas mãos ágeis.

— Tu o disseste há pouco — falou em um tom jovial. Virás pescar comigo e venderei colares de conchas no mercado de Tagonura e, se for necessário, iremos até o de Numajiri. O rio Oï, que banha o povoado, tem mais transeuntes que por aqui. As barreiras do Kyomigaseki impedem a grande circulação.

— Onde posso comprar um cavalo, caso consiga pagá-lo?
— Irás procurá-lo em Oito Pontes, na província de Mikawa. Há um grande mercado de animais. Meu pai vai para lá todo início de estação para trazer um galo.
— Ah, sim, um galo...

Yasumi nunca pôde dar-se ao único prazer que o pai de Mitsuka se concedia: apostar em seu galo contra o galo de um adversário. Esses combates davam muito lucro para o proprietário do animal vencedor, e às vezes ocorria que o galo de Soyo Sutaku saía vitorioso. Infelizmente, acontecia também de perder. E, nesse caso, Soyo perdia seu galo, porque o combate era mortal. Era necessário, então, comprar outro e seu ganho único de pescador só permitia-lhe isso na época das cheias, quando a pesca era farta.

Porém, Soyo era o mais forte da aldeia em matéria de rinhas de galos, e todos vinham pedir-lhe conselhos.

◆

Quando entraram na pequena casa do pescador e depois que Soyo Asatori abraçou Yasumi, a jovem reencontrou rapidamente a aconchegante atmosfera familiar que todos os anos apreciava.

— Tua mãe nos ajudou muito, Yasumi — resumiu Asatori olhando a jovem com afeição. — É normal que por nossa vez te prestemos auxílio. Se não tens mais nada, podes ficar aqui o tempo que quiseres. Não partas depressa demais para Kyoto. Amadurece teu projeto.

— Queria tanto rever vocês. Para mim, é uma etapa necessária a fazer, antes de começar a seguinte.

— Sim! — anuiu Asatori, sacudindo a cabeça. Aquela que te levará para tua família. Não esqueças, Yasumi: tua mãe sempre me disse que teus irmãos nunca fariam nada por ti.

— E meu pai?

Asatori deu de ombros.

— Já o teria feito.

— Mas ele não sabe que sua esposa legítima morreu.

— Morta ou não, Yasumi, isso não o impede de tomar as concubinas que desejar, as quais lhe darão filhos que serão criados no palácio como se fossem filhos de sua esposa legítima. Não tens medo de que esses rapazes te rejeitem insolentemente?

— Não! Não tenho medo. Não é isso que receio.

— O que temes então?

— Sei que vou entrar no palácio para fazer-me reconhecer e não são meus irmãos que terão o poder de me jogar para fora. Em contrapartida, se quiserem me deserdar, não hesitarão em relembrar o escândalo causado por meu avô, que brigou com um Taira. E vão achincalhar novamente os Fujiwara de quem descendo.

Ouvindo essas palavras, Asatori sabia que a sabedoria guiava Yasumi. Não faria nada que arriscasse comprometer a missão de que se propôs: reabilitar na corte os Fujiwara de sua família. Asatori conhecia Yasumi tão bem como Mitsuka. Não as havia nutrido com seu seio? Com esse leite que as fez a seu exemplo: gentis, sensatas e inteligentes. Foi por isso que murmurou, voltando-se para Yasumi:

— Agora, sou um pouco tua mãe.

Yasumi aquiesceu lentamente com a cabeça e mergulhou seus olhos nos dela. Eram serenos e modestos como a vida aparentemente tranquila dos pescadores.

— Tens razão, Asatori, nada deve apressar meu projeto, nem refreá-lo; ele não pode ser obstruído por gestos, fatos ou movimentos muito precipitados. Ficarei contigo, portanto, o tempo que for necessário e ajudarei na pesca, visto que é a época das cheias.

Sutaku não dizia nada. De acordo com sua esposa, meneou suavemente a cabeça, mostrando que uma vez mais Asatori havia proferido palavras convenientes. Sim, Yasumi ficaria por algum tempo em Tagonura. Agora que estava a meio caminho de sua viagem, não adiantava nada fazer coisas sem ter refletido e sem ter controlado cada detalhe. Ela não podia em absoluto correr o risco de ser expulsa da corte de Kyoto antes mesmo de fazer-se reconhecer. Por isso devia juntar todos os trunfos, e Mitsuka não deixava de ter razão quando afirmava que a amiga não podia dirigir-se à corte montada em um burro ou em uma mula. Antes de partir novamente, refletiria, pois, sobre a possibilidade de adquirir um cavalo.

Mitsuka havia ajoelhado-se ao lado de Yasumi e passava-lhe as pequenas tigelas em que havia legumes em conserva e pedaços de peixe e, como se a amiga tivesse lido seus últimos pensamentos, de repente falou, olhando seu pai:

— Iremos pescar juntas — disse ela, levando o *hashi* aos lábios.
— A venda do peixe que Yasumi efetuar lhe pagará um cavalo.
— Então, tua amiga tem possibilidade, porque dizem que a pesca será excelente. As cheias não estão nem muito fortes nem muito fracas. O peixe deverá pulular. Quem sabe, poderia até comprar um galo novo para mim!

— Mas já tens um! — protestou sua esposa.
— Se perder a próxima rinha, terei um para reposição. Não esque-

ças que após a pesca desta cheia, será necessário esperar a do próximo ano. Não quero correr o risco de ficar privado de um galo durante um ano inteiro.

— Tu, meu caro Soyo — retorquiu Asatori, elevando a voz —, tu nos levarás à bancarrota comprando galos antes que cabras, que nos forneceriam leite e queijo. Joga uma derradeira vez e deixa isso de lado para sempre. Nós nos contentaremos com a venda dos peixes para viver. Temos a pesca de mergulho, a pesca com rede e a pesca com arpão.

Sutaku deu de ombros e preferiu ficar calado. Era precisamente esse o único ponto de desacordo com sua mulher. Nunca levantava a voz e não protestava. Agiria, no entanto, somente segundo sua cabeça! Nunca abandonaria suas brigas de galo. Deixar de lado seu único prazer era arrancar-lhe tanto o coração como o espírito.

E, além do mais, sabia que a pesca que dava mais lucro era a de mergulho. Ora, sua filha envelheceria e não teria sempre a agilidade que a levava a fazer maravilhas. Quantas vezes, quando ele puxava a grossa corda que a prendia por um pé, ela subia no barco com um peixe que mal conseguia segurar com suas mãos de tão grande que era? E ele o vendia caro.

Esse tempo terminaria um dia e Asatori ficaria talvez feliz ao ver cair sobre a mesa as moedas que coroariam suas vitórias de rinhas de galo. E sabia muito bem, Soyo Sutaku, que nesse domínio seu julgamento era o mais certo da aldeia, que seus conselhos eram considerados os melhores e que seus olhos não perdiam nada de vivacidade quando treinava os galos para as lutas. Por isso, optou por calar-se e ouvir as três mulheres prosseguindo sua conversa.

Yasumi ficava sempre surpresa ao ver como sua amiga comia delicadamente. Tomava entre as pontas do *hashi* um minúsculo pedaço e o levava com toda a cautela aos lábios. Comia tão pouco! Melhor, beliscava, para não aumentar de peso. Era incompatível com a pesca de mergulho. Quanto a Yasumi, os repetidos jejuns tinham mantido seu corpo leve. Prometeu, pois, dedicar-se a fundo durante os dias de pesca.

— Sei que um cavalo custa caro. Será necessário apanhar grandes peixes de carne apreciada — falou Yasumi, com um tom em que transparecia a excitação.

— Um bom cavalo — replicou Asatori — é tão caro como um bom galo de rinha, pelo menos se escolheres um ganhador.

Ela se voltou para seu marido.

— Devemos realmente um cavalo a esta filha, mesmo que não apanhe nenhum peixe. Não esqueças, Soyo, que é graças à mãe e ao tio dela que hoje vivemos por nossa conta. Lembra-se quando outrora partias para o mar, durante dias e noites, e que teus peixes iam parar todos nas mãos do patrão para quem trabalhavas.

Certamente! Sua mulher tinha razão. Ele voltou a cabeça para Yasumi, que terminava seu bolinho de arroz cozido no vapor.

— Come, minha filha, e deita-te cedo. Partiremos amanhã de madrugada para pescar a perca.

◆

Na manhã seguinte, bem alimentada, bem descansada, Yasumi estava pronta para enfrentar o mar com Mitsuka. Ela sentia-se duplamente motivada para assumir esse risco que, ano após ano, durante o outono, permitia-lhe ajudar seus amigos pescadores. Mas, dessa vez, ela o faria para comprar um cavalo e entrar dignamente no palácio do imperador e da rainha Akiko.

Quando chegaram à área do pedregulho, avaliaram imediatamente a altura e a potência das ondas. Sua crista esbranquiçada pela espuma batia violentamente na areia molhada e ecoava um estrépito inquietante, sinistro para os pescadores.

— O mar está revolto esta manhã — murmurou Sutaku, com um ar inquieto no rosto. — Meninas, será preciso subir rapidamente à superfície — e tu, Yasumi, nenhuma imprudência, pois não tens o domínio e a resistência de Mitsuka. Fica para trás, se tiveres medo, e deixa Mitsuka tomar a iniciativa. Ela conhece o trabalho melhor que tu.

Na margem, outros barcos já estavam em plena atividade. Uns partiam, outros retornavam. Alguns pescadores preferiam trabalhar à noite, estimando que o silêncio favorecia seu trabalho. As redes que Sutaku estendia eram lançadas depois do cair da noite e recolhidas na tarde seguinte, o que lhe permitia praticar com a filha a pesca de mergulho pela manhã.

Sem ser muito excessiva ainda, a agitação na praia começava a fazer-se sentir. Sutaku desamarrou o grande barco já pronto. As duas jovens o seguiam de pés descalços, com o anel de amarra de junco preso ao tornozelo.

Quando o barco foi lançado nas ondas, as duas jovens tiraram a roupa para nadar mais livremente. Vestiam somente uma espécie de camisa fina que colava à pele. Suas silhuetas longas e finas agitaram-se no barco, enquanto Sutaku tentava com dificuldade mantê-lo no raso para que não balançasse demais nas ondas. Depois, quando pareceu-lhe ter encontrado o ponto de estabilidade necessário, abriu o gancho que fechava o anel de junco que cingia o tornozelo das meninas e fixou a corda que devia manejar de seu barco. Sutaku sabia que sua força podia permitir-lhe segurar uma corda em cada mão, mas era necessário ainda resistir à violência das ondas.

Uma delas veio bater contra o casco, e Yasumi ficou molhada dos pés à cabeça.

— É sempre isso que acontece — disse ela, rindo. — Pelo menos, já tomei meu banho.

E, sem esperar, mergulhou. Mitsuka logo a seguiu, saltando. Sutaku jamais observava sua filha desaparecer assim nas ondas sem mostrar apreensão. Ele só readquiria o bom humor quando ela retornava para dentro do barco. Mas isso durava pouco, pois logo ela mergulhava de novo.

As duas meninas não tinham a mesma maneira de lançar-se ao mar. Mitsuka, mais profissional, saltava na água em pé, de pés juntos, o que lhe permitia surpreender melhor os peixes e apanhar um deles rapidamente. Yasumi mergulhava de cabeça e ficava aturdida alguns segundos antes de reagir ao ambiente das ondas.

De pé no barco, pernas afastadas para manter o equilíbrio, com as mãos segurando as cordas, Sutaku não tirava os olhos do local onde as jovens tinham saltado. Quando sentia uma das cordas estremecer, sabia que era o momento de puxá-la para si. Então curvava-se e valia-se de um enorme gancho fixado no barco, que retinha a corda enrolada. Surpreso ao notar que era a corda de Yasumi que estremecia primeiro, tomou grandes precauções para não desestabilizar a jovem em sua subida. Puxando a corda, viu aparecer a cabeça da jovem. Seus cabelos estavam amarrados atrás e enrolados para não causar nenhum embaraço. Percebeu seu rosto risonho, pois segurava uma enorme enguia. Ela a prendia curvando-a entre suas mãos para que não escapasse, o que era frequente quando o peixe era segurado de maneira negligente.

Depois foi Mitsuka que deu puxões na corda para pedir a subida. Os dois braços de Sutaku deviam obrigatoriamente conduzir o corpo das jovens, porque Yasumi tinha dificuldade em subir ao longo do casco, visto que não podia usar as mãos, ocupadas em segurar o peixe. Sutaku tomou um longo fôlego, ao mesmo tempo em que puxava. Se soltasse a corda de Yasumi, ela logo cairia de novo no turbilhão revolto das ondas.

Quando a cabeça de Mitsuka apareceu, puxou com mais força a outra corda e sua filha agitou uma perca entre as mãos. Ela explodia de alegria. Flexível, ágil, treinada todos os dias nesses exercícios, entrou no barco antes da companheira, que não conseguia subir a bordo da embarcação com a enguia remexendo-se em suas mãos. Logo que Mitsuka pôde tomá-la de suas mãos, escalou o frágil barco.

— Perfeito, meninas — rejubilou-se Sutaku. — Mais alguns como estes e a venda será lucrativa.

O segundo mergulho de Yasumi foi mais bem estudado e o terceiro foi quase perfeito. Acabava de apanhar uma perca no instante que se seguia a sua imersão e logo puxava a corda presa em seu tornozelo para que Sutaku a fizesse subir prontamente. Às vezes, a presa escapava-lhe das mãos e devia mergulhar de novo, mas, não tendo a destreza da companheira, sentia rapidamente falta de oxigênio e não conseguia permanecer muito tempo sob a água.

Mitsuka realizava seu trabalho com uma arte excepcional. Sua silhueta aparecia, desaparecia e as grandes presas enchiam o fundo do barco que ganhava peso e se estabilizava sobre as ondas. Sutaku precisou esvaziar por três vezes a embarcação para que não soçobrasse. Guardava os peixes em grandes cestos de junco trançado que depositava na borda da praia.

Em cada uma dessas transferências, as jovens entregavam-se a um merecido descanso. Yasumi sentava na areia e massageava o tornozelo. Sua pele parecia mais delicada que a de sua companheira, sem dúvida endurecida nesse local, pois já não sentia mais dor há muito tempo.

Depois Sutaku recobrava o barco na água e as meninas partiam novamente. Mergulhavam e subiam sem cessar. Só pararam quando a respiração passou a ser dificultosa. De resto, a maré começava a baixar e os peixes partiam para o largo.

O resultado da pesca da manhã foi deslumbrante. Pescaram dezenas de percas, solhas e grandes enguias.

◆

A praça do mercado de Tagonura fervilhava de gente, de barracas e de vendedores ambulantes. Muitos vinham das aldeias vizinhas para vender o produto de sua colheita ou de sua pesca.

Encostado à orla da cidade, o mercado ecoava mil rumores. Uma multidão sempre nova estava à procura do objeto ou do artigo que não se encontrava em outro lugar. Certamente aqui não faltavam alimentos, pois as caixas de peixes se amontoavam. No fundo de seus cestos de junco trançado ou em cestos de vime, os mercadores tinham posto seixos molhados sobre os quais grandes caranguejos escuros subiam uns nos outros, agitando suas pinças. Sobre algas frescas, camarões apinhavam-se ao lado de pequenos peixes que ainda saltavam. Enguias ondulavam, percas, solhas ainda vivas fitavam os transeuntes com seus grandes olhos globulosos. Tudo isso revelava ao cliente que a pesca era realmente a daquela manhã.

Os cereais, arroz branco e arroz escuro, as folhas de chá, as sementes de gergelim, o gengibre, a soja, o feijão vermelho, as couves vindas da China e as raízes ocas de lótus alinhavam-se lado a lado. Seus perfumes chocavam-se com os odores marinhos dos peixes.

Na parte de trás, barracas ofereciam aos transeuntes estorninhos e gafanhotos assados. O vapor dos alimentos ferventes e a fumaça das carnes grelhadas envolviam a multidão agitada. Turbilhões de odores esvoaçavam acima das bancas e gritos atordoavam compradores e vendedores até a periferia da aldeia.

Alguns ficavam atônitos, tanto pela balbúrdia quanto pela destreza dos malabaristas que jogavam bolas para o ar ou pelo rufar dos bailarinos que seguravam o tamborim com uma mão e batiam com a outra. Admiração ou fascínio, eles seguiam o ritmo dos bailarinos: giravam os olhos, apertavam-nos, reabriam-nos, regalavam-nos como se estivessem no palco de um teatro, diante de um público entusiasta. Não se sabia mais quem era o artista e quem era o espectador.

As ervas aromáticas, espalhadas pelo mercado, exalavam eflúvios que agrediam as narinas mais sensíveis: ácoros, agrião, salsa das margens, azeda silvestre, genciana, valeriana e fibras tenras de bambu estavam amarrados em maços, premidos uns contra os outros.

Tudo o que a gulodice dos homens podia desejar encontrava-se aqui, nesse mercado. Frutas frescas e secas, doces de pasta de gergelim, bolos de soja, bolinhos de arroz. Nenhum mercador deixava de gritar que seus produtos eram os melhores do país.

Depois de toda essa exposição de alimentos, vinham as cestas de junco trançado, as redes de pesca e os utensílios de madeira. Depois, as sandálias e os vestuários. Túnicas amplas, vestidos, saias, quimonos de algodão grosseiro ou de tecido estampado. Às vezes, um objeto um pouco mais luxuoso destoava e atraía a cobiça dos mercadores vizinhos. Um *obi* de cetim com flores bordadas em fios de seda, um espelho de metal polido, um leque decorado com folhas de salgueiro, um estojo de laca preta, um apoio de chaleira em tripé trabalhado, um biombo de cinco painéis, ornado de borboletas ou de flores exóticas.

Esse era o mercado Tagonura! Asatori e sua filha, que nesse dia acompanhavam-se de Yasumi, entraram na praça da aldeia como verdadeiras conquistadoras. Não tinham o hábito de, duas vezes por semana, dirigir-se para lá, a fim de vender o produto de sua pesca? Sutaku tinha construído, atrás de sua casa, uma espécie de viveiro que enchia de água fresca todos os dias, para manter seus peixes vivos até a venda seguinte. Às vezes, um atacadista das redondezas com pouca produção ou uma fábrica dos arredores comprava seu estoque completo. O preço global sem dúvida era fixado no patamar mais baixo, mas a família Soyo estava certa de vender tudo.

Toda vez que Sutaku e sua filha traziam peixes, Asatori separava uma pequena parte para suas necessidades pessoais, e ora eles os comiam frescos, ora ela os salgava, os defumava e conservava para o inverno. E, quando o ano de pesca era ruim, tinham como negociar seus peixes conservados em salmoura.

— Asatori! Deixe-nos vender os peixes — disse Yasumi à mãe de sua companheira quando terminaram de expor sua mercadoria. Aproveita minha presença para voltar para casa. Tens tantas coisas a fazer.

— Pois bem, que seja. Mas não fiquem até muito tarde da noite. Sempre fico preocupada quando Mitsuka volta tarde.

Ao lado das enormes percas e das enguias de sua última pesca, cujo tamanho e peso não tinham nada a invejar dos outros peixes do mercado, Mitsuka tinha alinhado seus belos colares de conchas. Ela os montava com um fio fino e sólido, extraído de uma fibra de bambu. Suas cores e suas formas se sobressaíam, porque ela recolhia apenas as conchas mais bonitas, a fim de vender mais caro seus colares.

Elas logo foram agredidas por meninas insolentes de túnicas sujas.

— Vão embora! — gritou Mitsuka, vendo as meninas zombando e tentando roubar seus colares.

— Se não forem embora — ameaçou Yasumi, observando que uma delas tinha apanhado um dos braceletes mais finos, feito de conchas nacaradas, rosadas no centro e em forma de asas de borboleta —, vou chamar o guarda que vi passar há pouco e ele as jogará na prisão.

Mas a garota não ficou com medo e fugiu com o bracelete, seguida pelas outras que urravam de alegria.

— Deixa comigo — gritou Yasumi à sua amiga —, sei defender-me melhor que tu. Cuida dos peixes. Volto em seguida.

Ela se pôs a correr atrás das pequenas ladras. Mas as garotas descaradas eram aguerridas e, perdendo-se ela própria nos labirintos do mercado, perdeu-as também de vista.

De mãos vazias, teve de procurar o caminho de volta e, quando o encontrou, regressou à banca, furiosa.

— Bom! É sempre assim — explicou Mitsuka — toda vez me roubam alguma coisa. Às vezes, consigo apanhar a ladra, mas na maioria das vezes escapa-me. Não te preocupes, elas nunca voltam no dia em que cometeram um furto.

Ela passou os olhos em volta de sua banca.

— Tenho ainda muitos para me satisfazer.

— Isso lhes pertence? — ouviram alguém dizer atrás delas. Yasumi foi a primeira a voltar-se.

— Kasumo! — exclamou.

— Eu havia dito que nos encontraríamos no mercado de Tagonura.

Estupefatas, as duas meninas olhavam o jovem pescador de Ashigara. Estendia na ponta dos dedos o pequeno bracelete de conchas.

— É teu, parece-me, senhorita Soyo.

Mostrando seus dentes brancos em um largo sorriso, aproximou-se das jovens, apresentou-lhes o rosto castigado pelos borrifos do mar, rosto em que faiscavam de malícia olhos negros. Testa alta, ombros arredondados, corpo musculoso, Kasumo era um esbelto e belo rapaz.

— Sim! É meu — respondeu Mitsuka, estendendo a mão fina para tomar o bracelete. — Como fizeste para tirá-lo das meninas?

— Oh! Eu as vigiava com o canto dos olhos. Yasumi pôs-se a rir.

— Acho antes que tu espiavas há algum tempo Mitsuka. Voltou-se para sua companheira.

— Mitsu! — prosseguiu rindo —, este jovem pescador deseja há muito tempo falar contigo. Sei o que ele quer te dizer, mas confessou-me que tu o intimidavas totalmente. Não ousa te abordar, porque nunca estás sozinha.

Depois, dirigindo-se ao jovem pescador:

— Posso te garantir que ela não tem namorado.

Kasumo era um belo rapaz. Ali, de pé diante de Mitsuka, ele a fitava quase com audácia, procurando em seus olhos o brilho que cruzasse com o dele.

Sua alta estatura, de porte ágil, vivo, pronto a saltar, pular, e seu rosto, em que tudo era móvel, atraía a simpatia. Mitsuka já o tinha visto várias vezes no mercado de Tagonura, mas nunca havia falado com ele. Perambulava pelo mercado, sempre sozinho, enquanto Mitsuka estava invariavelmente com sua mãe. Um dia, Sutaku havia lhe dito que ele era pescador e que sua aldeia situava-se ao pé das montanhas de Ashigara.

— Mitsu! — falou Yasumi, apontando com sua mão o jovem —, eu apresento-te Kasumo.

— Nós nos conhecemos — replicou Mitsuka.

— É de Kyomigaseki, a aldeia situada ao sopé das montanhas de Ashigara. Sem ele, acredito que nunca teria tido a cabana de seu amigo Heido para passar a noite. Penso também que minha barriga teria ficado desesperadamente vazia enquanto eu observava todos eles comendo um bom peixe grelhado.

— De qualquer forma, não a deixaria sozinha e faminta naquela praia que não conhecias, enquanto nós comíamos e contávamos histórias.

Ao mesmo tempo em que falava, olhava Mitsuka que o observava sem piscar. Apesar da calma aparente, uma ligeira tonalidade rosada avivava suas faces, usualmente pálidas, e Yasumi compreendeu que seu coração estava apaixonado.

— Olha, aqui está teu bracelete, senhorita Soyo — disse o jovem pescador a Mitsuka, que não tinha ainda retomado a joia.

Deslizou-o na palma de sua mão.

— Guarde-o. Tu o mereceste realmente. Poderás vendê-lo, se quiseres. Olhe! — acrescentou, apontando para sua banca — tenho muitos outros ainda.

— Então — continuou Kasumo com ar muito sério — deixe-me oferecê-lo a ti e não o vendas nunca.

A delicada atenção do jovem encantou Mitsuka: ela lhe ofereceu um maravilhoso sorriso e estendeu-lhe o pulso.

— Não me deixará nunca mais. Coloque-o em meu pulso.

Viu que a mão do jovem tremia um pouco, mas ele o enganchou com segurança e sobretudo com grande delicadeza.

— Tens as mãos mais belas do mundo — murmurou ele.

Depois soltou seu braço. Suas mãos recaíram ao longo da túnica de algodão. Podia-se ver na extremidade inferior de suas largas calças dois pés bronzeados, calçados com sandálias de bambu.

Mitsuka sorriu-lhe uma vez mais. Ele a achava de um rosto tão belo e com tanta graça, que levantou a mão como se quisesse tomar a dela de novo entre seus dedos escuros e musculosos.

— Posso ajudá-las a vender os peixes — ofereceu-se.

— Não tens mais nada a fazer?

— Não! Estou livre o dia inteiro.

— Então, queremos sim que nos ajudes — interveio Yasumi. Olha! Toma teu lugar aqui. Ficarás perto de Mitsuka e os dois poderão falar à vontade.

Até quase o cair da noite, permaneceram no mercado de Tagonura. Venderam tudo, peixes e colares de conchas. Mitsuka nunca tinha visto um dia tão lucrativo. Os cestos vazios foram empilhados; o dinheiro, embolsado; as esteiras, enroladas; e o burro, que se impacientava, batendo os cascos no chão, foi requisitado para o regresso.

— A noite vai cair e se a lua não se mostrar...

— Não te preocupes, Mitsu — interrompeu Yasumi. — Tenho o hábito de viajar à noite pelas estradas. E agora conheço tão bem o caminho que poderia percorrê-lo de olhos fechados. Tua mãe não se inquietará, porque estás comigo.

— Mas não é o caso de deixá-las regressar sozinhas — retorquiu Kasumo. — Eu as acompanho e as deixarei à porta de casa.

— Então, entrarás em nossa casa e pedirei à minha mãe para que jantes em nossa companhia — replicou por sua vez Mitsuka.

— Tu realmente o mereceste.

Agora as coisas tinham mudado. Mitsuka ousava olhar corajosamente o jovem e falava-lhe livremente. Pelo menos é o que pensava Yasumi, observando tranquilamente sua companheira. E deleitou-se em imaginar que, antes de sua partida para Kyoto, esses dois apaixonados já teriam seguido um caminho juntos.

◆

Aí está por que Kasumo, cuja intenção era permanecer em companhia das jovens até a noite, tinha solicitado a permissão para acompanhá-las. Liberdade que Yasumi apreciou, pois julgava favoravelmente o amigo de Mitsuka. Não tinha ouvido os pescadores de Ashigara declararem que era um dos melhores elementos de sua equipe?

Enquanto a noite caía lentamente, o pequeno grupo avançava ao ritmo do burro. Montada no único animal, Yasumi mantinha-se de cabeça alta e busto ereto, como se estivesse cavalgando o mais belo cavalo do mundo. Com os cestos vazios enfiados uns nos outros e fixados na frente dela, imprimia à sua montaria o andar de pequeno trote leve.

Atrás dela caminhavam Mitsuka e Kasumo, de mãos dadas. A lua tinha surgido em um céu vermelho flamejante. Mal havia se mostrado, branca e redonda, iluminando o alto do vale que descia para as casas dos pescadores, e Kasumo já havia enlaçado sua companheira pela cintura.

Nessa época do mês Sem Deuses, no fim do outono, os crisântemos começavam a desaparecer. Deixando-se embalar pelo pequeno trote do burro, Yasumi pensava que logo precisaria chegar a Kyoto. Tendo partido no início da primavera, não havia fixado a entrada do inverno para terminar sua viagem? Ficou por um momento receosa de que isso não fosse possível, porque lhe faltava sempre um bom cavalo, apesar das pescas lucrativas em que ela tinha desempenhado com afinco sua parte no trabalho.

Yasumi esperava, portanto, que houvesse um mercado de cavalos nos arredores. Sutaku havia pagado o seu salário, uma bela soma de dinheiro, à qual Mitsuka havia acrescentado a venda de alguns colares de conchas, e Asatori, uma pequena parte de suas economias, para que a jovem pudesse adquirir o melhor cavalo do mercado.

Poderia sem dúvida comprar uma montaria mais digna que um asno para fazer sua entrada na corte. E estava realmente decidida a não comprar qualquer cavalo. Ela o escolheria jovem, impetuoso, talvez até mesmo um cavalo de corrida, um belo e altivo garanhão de flancos sensíveis, que logo pisaria o chão das grandes avenidas de Kyoto, onde desenrolavam-se as corridas.

Novas ideias surgiam na cabeça de Yasumi. Que faria se acaso fosse rejeitada por toda a sua família, o que lhe parecia muito provável? Como viveria? Certamente, sabia escrever, ler e contar, sabia também preparar o chá como ninguém mais, e ainda compor magníficos arranjos florais. Mas o que sabia melhor ainda era cavalgar uma montaria ardente, fogosa, impetuosa.

Sim! Que faria se as portas do palácio lhe fossem irremediavelmente fechadas? Como distinguir-se, fazer-se apreciar por uma corte que valorizava justamente o que ela não seria? Preparar o chá ou compor buquês nos quarteirões ricos da capital não bastariam para brilhar em um lugar onde só encontraria damas distintas, que a tomariam por uma cortesã.

De reflexão em reflexão, teria de encontrar outra coisa. Além disso, o talento que mostrava em contar depressa e com toda a segurança em seu pequeno ábaco a levaria a uma obscura banca de mercador, onde não ganharia o suficiente para manter seu cavalo.

Suas ideias então haviam se impelido para outros horizontes. Aqueles das raias de corrida, que todos os dignitários de Kyoto apreciavam, a começar pelo imperador. Dizia-se que as corridas da capital realizavam-se na Segunda Avenida, onde a via era mais larga e mais desimpedida. Os nobres e os senhores eram todos apaixonados por esse lazer de aristocratas. E seu tio Kishu, grande fã de corridas, tinha ensinado-lhe tudo.

Um cavalo ganhador lhe traria dinheiro e dois cavalos duplicariam as apostas. Seria então muito estranho que o imperador não quisesse saber mais sobre os vencedores da corrida.

Yasumi voltou-se e viu o casal de jovens caminhar lentamente atrás dela. Avançavam no mesmo passo, enlaçando-se pela cintura. Mitsuka parecia saborear essa familiaridade. Encantada, Yasumi achava que sua companheira havia tomado muita liberdade com o jovem pescador durante esse longo dia. Eis que, no caminho de volta, os dois avançavam de braços dados. E a lua era tão bela!

Uma lua de outono exaltante, sublime! Diante deles, a colina parecia feita de jade branco. Um véu de mulher coberto por uma claridade de lua inclinada para os céus. Não esse véu caprichoso e fugaz que a primavera deixa flutuar sem saber onde cai, ou aquele do verão, mais difuso, mais arejado, que se instala sem mais se agitar. Não! Era aquele das noites profundas de outono, que cai em silêncio, em uma magia extraordinária.

Deslumbrante e redonda, era uma lua à imagem de Mitsuka, uma lua de outono lânguida, amorosa. Uma lua que inflava o coração dos homens para torná-los calmos, em harmonia consigo mesmos.

A estrada descia suavemente para a casa, à margem da praia. Os campos do lado oposto pareciam recobrir-se de um bordado sedoso, pálido, iluminado pelos raios lunares.

Yasumi refletia, impondo ao mesmo tempo ao burro um pequeno trote tranquilo. Sorria. Aí estava Mitsuka, que apaixonava-se diante dela!

Quando chegaram à pequena casa dos Soyo, Asatori correu para eles. Ao primeiro olhar, viu os cestos vazios e suspirou de alegria. Que lindo dia! Mais de oito percas bem carnudas, vinte solhas, dois cestos grandes de caranguejos pesados, bem cheios, enguias às dezenas, raias com asas frementes! Que dia benéfico!

Na segunda olhada, viu Yasumi montada no asno. Onde estava sua filha? Quando forçou o olhar na noite, avistou-a. Um leve tremor agitou suas mãos. Um rapaz a segurava pela cintura. Seria o caso, pois, que já tivesse caído nos braços de um homem e que abandonasse o aconchego familiar? Sua mente deu um salto para trás, e viu-se aos dezessete anos nos braços de seu Sutaku, profundamente apaixonado por ela.

O rapaz largou a cintura da moça e Mitsuka correu para a mãe. Ela a viu aproximar-se.

— Ele chama-se Kasumo, mãe. Correu atrás das pequenas ladras que haviam roubado um bracelete. Depois ele o trouxe para mim e...

Asatori baixou os olhos para o bracelete de conchas que Mitsuka tinha em seu braço. Nunca usava as joias que confeccionava, preferindo vendê-las para trazer o dinheiro à família.

— E ele o ofereceu a ti, minha filha.

— Como o sabes?

— Por teus olhos, adivinho-o. Adiante, meu rapaz, vais jantar conosco. Parece-me que realmente o mereceste. Fiz um bolo de sêmola de arroz. Terás de prová-lo. Estás contente, Yasumi? Pelo jeito, poderás adquirir teu cavalo dentro de apenas alguns dias. Pedirei a Sutaku para que te acompanhe a Oito Pontes, na província de Mikawa. Há um grande mercado de cavalos, o maior e mais importante de toda a região. Ele poderá, além disso, comprar seu galo para a próxima rinha.

◆

Os poucos dias passaram tão depressa que Yasumi e Sutaku logo se viram prontos para partir para Oito Pontes. O pequeno pacote de dinheiro de Yasumi era suficiente para comprar o cavalo imediatamente. Por isso preferiu não esperar mais e partiu com Sutaku para Mikawa.

A região de Oito Pontes deveria ter tido oito delas outrora, pontes de madeira que cruzavam as nascentes e os rios, mas hoje não havia mais nenhuma. Sem dúvida tinham sido destruídas em uma época remota. Foi preciso passar o monte Myaji e suas árvores de folhas vermelhas que resplandeciam ao sol de outono. Uma aurora de sonho.

— É a estrada que vais tomar para partir depois — disse-lhe Sutaku. Olha, ela costeia o mar até Ise. Quando estiveres nessa estrada, entrarás na província de Owari. Muitos obstáculos ainda a impedirão de avançar, mas conseguirás. Então, poderás dizer-te que sempre reto e no fim desta longa estrada é que terminará tua viagem.

Montada no asno, Yasumi sentiu seus membros estremecerem. Sim! Sua viagem tomava outra perspectiva. A de sua realização.

Olhou em linha reta diante dela. Entre Mikawa e Owari, a travessia seria sem dúvida difícil, mas era o último ponto delicado do périplo. Diziam que as marés da noite elevavam-se tão alto como as casas, mas que nenhum outro caminho conduzia a Kyoto. Diziam também que na fronteira de Mino, uma das grandes divisões do Japão que se abria para treze províncias em torno do centro de Kyoto, os soldados barravam a chegada dos viajantes.

O mercado de animais parecia imenso entre suas barreiras de bambu. Ouviam-se os cavalos e as mulas relincharem, os burros zurrarem, as cabras e as ovelhas balirem, e as galinhas carcarejarem. Os galos, na aurora, já tinham dado seus gritos de vitória. Só os grandes bois permaneciam silenciosos, esperando que viessem desamarrá-los para levá-los para onde o acaso os destinava.

— Vai ver os cavalos, minha filha — disse-lhe Sutaku. — Eu vou ocupar-me de meu galo. Compreendes, é uma escolha difícil. Não quero enganar-me. É necessário que esse galo ganhe a próxima briga.

— Mas já tens um!

— Não está suficientemente treinado, aquele que vou comprar o será. Vamos! Agora vai ver os cavalos.

— Oh! Sutaku, não queres acompanhar-me?

Como via a feição um pouco perturbada da jovem, que esperava sem dúvida por uma presença masculina e reconfortante junto dela, diante da escolha que teria de fazer, prosseguiu, pondo a mão sobre seu ombro:

— Ninguém pode escolher esse cavalo para ti, como ninguém mais senão eu posso escolher meu galo. Cada um com suas responsabilidades, minha filha. Vai! Vamos nos reencontrar em torno do meio-dia. Se tivermos alcançado êxito, partiremos logo em seguida. Senão, que seja, passaremos algumas horas a mais.

Após reconhecer que ele tinha toda razão, Yasumi dirigiu-se até os cavalos, com o coração borbulhando de impaciência. Sabia que dispunha do dinheiro necessário para não comprar qualquer cavalo ordinário, que os mercadores se apressariam sem dúvida a oferecer-lhe.

Em um recinto, mais de quarenta cavalos amarrados com as rédeas apertavam-se uns contra os outros. Eram jovens, todos negros e todos similares. Cavalos de soldados, de guerreiros, de combatentes. Sim! Fogosos e corajosos, animais feitos para bater-se, ouvir o barulho das espadas, dos sabres, ver voar as flechas e senti-las passar acima de suas cabeças. Que faria Yasumi com semelhantes animais? Não eram cavalos de corrida.

Ela os inspecionou rapidamente com o olhar e prosseguiu seu caminho. Passando uma segunda vez diante do recinto oposto, vislumbrou de repente um mercador que segurava três animais pelas rédeas. Éguas cinzentas que pareciam dóceis. Tinham cinco ou seis anos, sete talvez. Muito velhas para realizar corridas brilhantes, se não fossem treinadas. Seu porte, contudo, era refinado e distinto, e inspiravam confiança. Outro homem entrou pelo outro lado do recinto. Em cada mão, segurava um cavalo de bela pelagem escura, ligeiramente ruiva, que se avermelhava sob os raios do sol. Esses cavalos eram feitos para pequenos trotes tranquilos em estradas calmas.

Decepcionada, deixou o recinto onde agrupavam-se os grandes criadores, para dirigir-se ao centro, onde ficavam os pequenos mercadores. Um deles logo aproximou-se e apresentou-lhe um de seus dois cavalos. De pelagem brilhante e negra, tinha uma mancha branca na cabeça e sua crina era cinzenta.

— É um cavalo de corrida de que necessito. Receio que não seja o caso deste — disse a jovem, observando o animal com atenção.

— Mas é um deles.

Yasumi fitou seus olhos no olhar zombeteiro do mercador.

— Certamente não julgas que eu seja ignorante em matéria de cavalos. Fui criada no meio dos mais belos que possa haver.

Mentira bem compreensível para tentar convencer seu interlocutor que, sem dúvida, procurava enganá-la.

— Então talvez seja o caso deste — acrescentou o mercador, apontando uma montaria bastante frágil, mas fogosa e cheia de energia.

— Este me pareceria bom, se fosse destinado às corridas de província, mas temo que para as de Kyoto...

— Às corridas de Kyoto! — assobiou um desconhecido atrás dela, sem lhe dar tempo de prosseguir a frase. — Então, olha este, estou certo de que te servirá.

Yasumi voltou-se. Um homem estava atrás dela e apontava com a mão seu cavalo de cor branca. Um belo animal, certamente. Que olhos!

Que balanceamento da cauda! Acariciou-o com a mão e o cavalo respondeu agitando a cabeça. Ela veio plantar-se diante dele e fixou seu olhar. Os grandes olhos negros do cavalo a observaram por alguns instantes e, de repente, o animal se pôs a relinchar, sacudindo novamente a crina.

— É bom! — comentou ela. — Este cavalo é o mais atraente de todos os que acabo de encontrar. Onde estarás, se eu desejar rever-te? Pretendo dar uma volta pelo mercado antes de tomar uma decisão.

— Bom! Eu também vou circular. Tu me encontrarás sem dificuldade a qualquer momento.

No instante em que ia afastar-se, um homem de certa idade, de bela compleição física, olhar reluzente, chapéu de seda laqueado, mãos bem cuidadas, aproximou-se do animal.

— É uma égua soberba. Quanto queres por ela?

Quando o mercador anunciou o preço, o homem, visivelmente um aristocrata, um frequentador das corridas, meneou lentamente a cabeça.

A soma era alta, mas Yasumi a possuía ali mesmo com ela, dentro de uma pequena bolsa enfiada no cinto que cingia seu único vestido de festa, o quimono de sua mãe. Ao ver o rápido interesse desse cliente, ela disse para si que era esse o cavalo de que precisava. Esse homem, sem dúvida um governador de província, tinha o nariz refinado, não enganava-se. Em um instante, se não reagisse, o homem iria levá-lo. Ela, portanto, logo se interpôs.

— Tens realmente a intenção de vendê-lo para mim? — disse ela, tocando com o dedo o braço do mercador.

— É uma égua.

— Sei e creio que me agrada.

O mercador voltou rapidamente a cabeça para o cavalheiro, cuja atitude parecia muito segura. Ciente de que não decidiria por si mesma a sorte dessa égua, Yasumi refletiu um instante e dirigiu uma saudação ao aristocrata, cada vez mais convencida de que, na realidade, era um deles.

Certamente, pelo interesse do eventual comprador, ela esperava que o mercador elevasse o preço do animal e, nessas condições, poderia ainda adquiri-lo? Ora, quanto mais refletia, mais o desejava.

— Foi treinada? — perguntou o desconhecido, ao mesmo tempo em que dirigia seu olhar para Yasumi.

— Muito pouco, pois é jovem. Mas basta fazê-lo. Esta égua não tem ainda dois anos. É nobre, fogosa, corajosa e de natureza infatigável. Um bom treinamento, curto, mas intensivo, fará dela uma excelente corredora. Isso te garanto.

Yasumi teve subitamente uma ideia que talvez desencorajasse o desconhecido. Por isso proferiu com uma voz delicada algumas palavras para levantar a dúvida:

— Dizem que os cavalos de corrida que vêm do interior têm menos valor que os da capital. É verdade?

— Certamente que não, menina! — estranhou o mercador.

— Por que teu pai não a acompanhou para comprar um cavalo? É uma questão que diz respeito mais aos homens.

— Em minha família — respondeu Yasumi —, as mulheres que se encarregam disso. Os homens confiam em nós.

— Essa jovem tem razão — interveio o desconhecido. — Em Kyoto, os criadores são reis. Prezam-se mais os cavalos que vêm das próprias criações. Os garanhões da capital são todos animais de grande seleção.

Com seus olhos incisivos, o aristocrata olhava sempre Yasumi, intrigado por sua atitude.

— É em parte para facilitar as buscas do imperador. Ele não teria tempo para dirigir-se aos quatro cantos do Japão para procurar seus cavalos. Sim, as criações de Kyoto são as mais afamadas.

— Pois bem — replicou o mercador —, estás equivocado, pelo menos no tocante a esta égua. Olha esta linha pura, sem falha, que vai do casco à garupa. Olha este flanco brilhante, este dorso musculoso, esta crina nobre. Tenho somente um cavalo comparável e cedo-te este pela metade do preço.

O desconhecido voltou-se para Yasumi.

— Gostarias de tê-lo?

Yasumi hesitou. Esse homem procurava conhecer sua intenção e, de sua resposta, dependeria o que iria ocorrer. Iria jogar com franqueza ou com astúcia? Yasumi era muito esperta para cair na armadilha.

Desde quando podia confiar nos homens que não conhecia? Sua triste experiência com o médico Heyji ficaria por muito tempo em sua memória.

— É de um cavalo preto que necessitas, senhor, não de um branco. Teu porte de aristocrata, tua distinção só podem harmonizar-se com a cor da noite. Tingida com fascinantes trevas nas quais se naufraga com a mais voluptuosa das delícias. A noite não tem o brilho das estrelas?

Sua mãe lhe havia ensinado a compor poemas. É agora que terá de se servir dessa ciência.

— Tu me convenceste, bela jovem. Deixo-te, portanto, com tua égua branca.

Ela teve então o gesto, a atitude necessária para concluir brilhantemente seu ímpeto poético. Inclinou-se diante do cavalheiro, abaixando discretamente seu olhar para o chão e, de busto soerguido, aproximou de seus olhos sua mão fina e branca, como que escondendo seu rosto atrás de um leque. Depois abriu os lábios e sorriu.

Era uma demonstração perfeita, que teria sem dúvida oportunidade de repetir no palácio imperial, com o leque na mão.

— Talvez nos vejamos em Kyoto, bela jovem.

Os lábios de Yasumi estenderam-se em um sorriso maroto.

— É possível, na Segunda Avenida.

— Na Segunda Avenida! Com um cavalo desses! É nas corridas de Kamo que deves ir. Essa égua deve enfrentar os melhores corredores de todo o país.

— As corridas de Kamo!

A surpresa de Yasumi não tinha escapado ao olhar aguçado de seu companheiro, e a jovem compreendeu que tinha falhado na réplica. As corridas de Kamo! Como teria podido esquecer esse lugar, às portas da capital, onde se encontravam os maiores treinadores e os mais ricos, os corredores mais rápidos, os apostadores mais refinados e mais obstinados... Até mesmo o imperador e a rainha se dirigiam para lá. Yasumi se recuperou, no entanto, com muita habilidade:

— Longa Lua se mostrará em primeiro lugar na Segunda Avenida. Só depois a liberarei para as loucuras de Kamo.

O homem lançou-lhe um olhar insistente, esperou que ela pagasse o preço que o mercador pedia, depois, percebendo que ela possuía realmente a soma exigida, curvou-se diante dela e desapareceu.

◆

Yasumi havia voltado a Tagonura com sua égua branca, trotando alerta atrás dos dois burros, e Sutaku tinha posto diante dele a gaiola que continha um soberbo galo de rinha.

Yasumi não pôde cavalgar Longa Lua durante o percurso de regresso, porque seu quimono, muito estreito, a impedia de efetuar os movimentos necessários a todo bom cavaleiro. Mas a havia montado no dia seguinte em Tagonura e havia rapidamente convencido-se de que a égua faria proezas, corridas dignas das maiores que houvesse.

Porém, antes de chegar a isso, passaria tempo; de fato, tinha partido com Mitsuka e seu pai para uma das aldeias vizinhas para assistir a uma briga de galos.

Muito excitados, os espectadores apertavam-se uns contra os outros e, diante deles, sentadas no chão poeirento, as crianças gritavam de alegria. Era realmente um espetáculo que Yasumi detestava. Uma briga de galos! Mitsuka parecia gostar mais que ela. Mas seu sorriso não era destinado a Kasumo, que a devorava com os olhos, segurando-a pela mão, antes que às aves barulhentas que se agitavam em sua gaiola?

Cacarejos feriam os ouvidos. Percebia-se até o rumor do voo pesado de galos que procuravam escapar. Mas, firmemente trancados, caíam novamente no chão de sua gaiola.

Oito rinhas sucessivas estavam previstas para esse dia e Sutaku era o que abria os debates. "Quanto apostas?", ouvia-se de todos os lados.

A agitação chegava ao auge e, exatamente como nos grandes combates selecionados, aqueles que punham em competição os galos mais batalhadores e mais virulentos urravam o nome de seus favoritos, galos que brigavam até a morte.

O local onde ocorriam as lutas estava separado em quatro grandes quadrados, onde cada batalha tomava uma cor relativa à sua importância. As lutas de menor interesse desenrolavam-se na extremidade do terreno: os ganhos, se não eram muito elevados, continuavam sendo suficientemente interessantes para os mais obstinados.

Cada um levava galhardamente seu galo em seu cesto e pensava que era ele o melhor. Raros eram os que refletiam sobre os pequenos desafios que fariam para compensar os ferimentos infligidos a seu galo.

Ouviam-se rapazes negociar ruidosamente a importância desses desafios. "Quanto trouxeste, pequeno?", urravam, com a mão como alto-falante. "Dá-me crédito, eu te reembolsarei!" Os criadores contavam as moedas que caíam na frente deles, os apostadores anunciavam seus desafios. "Pronto!" Os galos partiam, desafiavam-se, lançavam-se um sobre o outro.

— Oh! O galo de teu pai, Mitsu, parece-me em plena forma — gritou Yasumi, enquanto esforçava-se por interessar-se pelo combate.

— Há dois dias que não come nada.

— Achas realmente que isso vai torná-lo mais agressivo?

— Certamente — confirmou Kasumo, apertando a mão de sua bem-amada na sua, como se fosse voar dali.

Inclinou-se sobre ela e abraçou sua suave nuca livre. Mitsuka estremeceu de prazer. Os lábios quentes de seu companheiro sobre sua pele davam-lhe certamente mais prazer que esses galos barulhentos e brigadores.

Finalmente, foi anunciada a primeira briga. Sutaku avançou no meio da rinha com sua carga real. Altivo como um imperador em roupagem de gala, de feição severa. Ah! Como Yasumi preferia a perturbação desse homem ao ver a filha dele mergulhar nas ondas para garantir sua sobrevivência! Ah! Como detestava de repente esse homem que bateria palmas de alegria se ganhasse a partida. Ela acalmou o desgosto por esse jogo grotesco, pensando que era o único prazer de Sutaku, que arriscava constantemente sua vida no oceano.

— Esperem! — ouviu. Há pessoas que querem apostar ainda. Esperem! Não comecem imediatamente.

Sutaku esperou antes de abrir a gaiola. Seu adversário já se preparava para lançar seu galo contra o dele. Cada um media a distância que os separava. Os espectadores gritavam, os apostadores urravam. O árbitro apareceu. Era um homem alto e seco com sobrancelhas proeminentes e um queixo que avançava. "Prontos?" falou, quando viu que todas as apostas haviam sido feitas.

Em um voo pesado de cristas e penachos, os dois galos encararam-se.

— Vai, Pena Negra! Vai! — gritou Sutaku.

— Vai, Bela Praia! Vai! — gritou seu adversário.

Gritavam os nomes dos galos. Havia brigas na multidão quando um dos espectadores não estava de acordo com seu vizinho. As duas aves esticaram o pescoço e observaram-se, antes de lançar-se uma contra a outra.

Yasumi tinha vontade de ir embora, mas se mostraria ingrata para com seu anfitrião, que havia mostrado-se tão benevolente desde sua chegada a Tagonura.

Os galos procuravam atingir-se. Golpes de bico, golpes de garras. Nada faltava à sua crueldade. Um deles ia tremer de medo, depois de agonia, antes de encontrar a morte. De resto, plumas ensanguentadas começavam a esvoaçar.

Em uma quase histeria, um menino gritou:

— É Pena Negra!

Um homem retorquiu com uma voz esganiçada:

— É Bela Praia!

Mas, por ora, não era nem um nem outro. Percebia-se simplesmente duas aves que enfrentavam-se, com a irritação no coração, com a ideia de destruição nelas. Cada galo queria ser mais forte, pronto para morrer sob os gritos do público. Rolaram por um momento um sobre o outro na maior confusão.

O silêncio dessa luta encarniçada e sangrenta só era cortado pelo bater das asas. A honra do galo estava em jogo! A de seu proprietário igualmente.

Bela Praia tinha perdido as penas de sua cauda e viu-se que sua crista vermelha estava em sangue e um filete marrom escoria atrás dele. Pena Negra tinha levado um forte golpe no flanco. Ficou inerte um instante, antes de retomar a luta.

Sutaku gritava: "Vai, meu belo, vai!" O galo deve ter ouvido, porque recobrou a coragem e foi uma verdadeira confusão sanguinária que se seguiu. Bela Praia o agarrou pelo pescoço brutalmente. A multidão delirava, urrando o nome de seu campeão. Sutaku sentia o suor escorrer por suas costas. Se perdesse, terminaria em definitivo com as brigas de galos. Se ganhasse, ficaria rico, por um tempo pelo menos. Essa era a vida de Sutaku, o pescador de Tagonura.

As duas aves se dilaceravam, estraçalhavam-se com grandes golpes mortíferos de bico. Dir-se-ia que os galos estavam nos estertores, um esperando a morte do outro ao enfrentar-se. Mas puro engano, cada um deles estava em uma tensão extrema. "Estou sendo trapaceado, estou sendo roubado!", repetia incansavelmente um ancião que via seu campeão perder parte do bico.

De repente, um grito ecoou. Era um garoto que havia aproximado-se um pouco mais perto do que devia. Inclinando a cabeça para assegurar-se de que não se enganava, levantava os braços ao céu:

— É Pena Negra que está ganhando! Sim! É Pena Negra! Sutaku estava molhado de suor. Suas pernas tremeram e seu espírito só clareou quando repetiram seguidamente:

— É Pena Negra, o vencedor! Bravo, Sutaku!

CAPÍTULO 4

Yasumi aproximava-se de Kyoto. O outono terminava. As folhas caíam lentamente uma a uma, impelidas por um vento úmido e frio.

Depois que havia deixado a pequena aldeia de Tagonura, o pior havia passado. Cavalgar pelas bordas do mar entre a província de Mikawa e a de Owari tinha sido simples e repousante. Mas as dificuldades tinham chegado com as escarpas, os precipícios, a passagem perigosa dos rochedos, que era necessário atravessar para encontrar-se na margem do outro lado.

Yasumi devia manter firmemente Longa Lua com as rédeas e roçar prudentemente o rochedo, pois as ondas que elevavam-se a alturas vertiginosas podiam esguichar sobre a jovem e sua égua, levantá-las do chão e carregá-las na espuma para arremessá-las no fundo do rochedo, que caía a prumo sobre o mar.

Quantas vezes, no entanto, Yasumi teria sido engolida por esses monstros gigantescos que a teriam esmagado, se não soubesse nadar como uma verdadeira pescadora de grande mergulho. Teria afogado-se sem dúvida pelo menos três ou quatro vezes.

Longa Lua tinha provado à sua nova patroa que era também valente como ela e capaz de reter sua respiração em pleno mar.

A jovem não conseguia acreditar em sua sorte. Tanta alegria a submergia. Tanta esperança e tantos projetos que a revigoravam. Chegava a esquecer os momentos felizes de sua infância perto de uma mãe amável e de um tio com a atenção voltada a pensar somente no futuro.

E toda essa alegria lhe chegava como um vibrar de chicote, porque agora cavalgava seu próprio cavalo. Uma bela alazã, cuja inteligência era evidente, um cavalo como sempre tinha desejado ter. Ao partir de sua casa, tinha vestido sua ampla túnica e suas calças bufantes fechadas nos tornozelos para ficar à vontade. Já estaria na hora, quando estivesse residindo em Kyoto, de assumir modos de dama, de intelectual, de cortesã, se fosse necessário. Porque até agora, tinha vivido mais como camponesa desinibida, intrépida em todas as situações que os homens enfrentam. Seu tio tinha ensinado-lhe como encará-las. Ele dizia sempre à sua mãe que deveria ter sido um rapaz, porque tinha o temperamento de um deles.

Sim! Ainda que sua mãe lhe tivesse ensinado a escrever poemas e a ler os ideogramas chineses, ainda que soubesse compor um arranjo de flores de ameixeira e de folhas de salgueiro acompanhadas de mil outros ramos floridos e ainda que soubesse preparar o chá e servir o saquê, ela preferia montar a cavalo e manejar um sabre. Seu tio havia suficientemente repetido que as primeiras crônicas da história do Japão, bem antes da época de Nara, estavam repletas de proezas das "rainhas da guerra", comandando suas tropas no combate contra os bárbaros inimigos.

Não era certamente a indomável Yasumi, que não tinha receado caminhar meses inteiros, sozinha contra sol, ventos e marés para atingir a capital de Kyoto, como ela havia prometido a si mesma, que ia capitular diante dos rochedos e das ondas terrificantes que ameaçavam matá-la. Não! Não era certamente Yasumi que ia renegar suas raízes de mulher asiática, selvagem combatente.

E, por ora, ela prosseguia seu caminho com Longa Lua entre o mar ameaçador e a montanha sinistra, ciente de que possuía um cavalo excepcional.

Tendo saído das perigosas montanhas de Futumura e do monte nevado de Miyaji, exatamente na fronteira de Mino, após ter feito travessias de barcaça, a estrada tornou-se mais clemente. Atingiu a província de Owari e seguiu novamente as costas de Narimi até a barreira de Fuha.

O monte Atsumi desvendou-lhe uma vista extraordinária. Também estava coberto de neve e, abaixo de seu flanco, que uma cintilante brancura recobria, seu sopé estava recoberto de folhas vermelhas de bordos que deixavam um tapete aveludado que, ao cair da noite, tingia-se de uma cor púrpura violácea. Estava matizado pelo brilho da lua. E, quando ela via as sete estrelas da Ursa Menor, a última das quais, aquela do segundo dia do Rato, iluminava seu caminho, suspirava dizendo-se que talvez chegasse às portas da capital antes que a neve caísse.

Pelo caminho, via cair todas as folhas de outono. Às vezes, uma delas pousava em seu rosto e ela aspirava suavemente esse anúncio perfumado do inverno. Estava bem longe a primavera que havia visto a partir de sua província de Musashi.

Entrou na região de Tosando, que se abria ao pé da montanha Mitsusaka. As cidades de Inugami, de Kasaki e de Yasu permitiram-lhe deter-se nos mercados, a fim de vender os colares de conchas que Mitsuka lhe havia confiado.

Foi em Yasu que fez a melhor venda. A receita permitiu-lhe pagar um pouco de forragem e de feno para sua égua, pois Longa Lua parecia mais faminta que cansada. Tolerante, resistente, um pouco teimosa, prosseguia pela estrada sem fadiga. Às vezes, Yasumi cochilava em seu dorso, e a sensação de despertar, enquanto a viagem prosseguia, proporcionava-lhe imensa alegria.

A neve caiu nessa noite pela primeira vez. Com os olhos perscrutando ao longe, o clarão da lua permitiu a Yasumi avistar o teto de um pagode que se elevava ao céu. Era o templo de Amazu, às portas da cidade imperial. Teve vontade de parar ali, em vez de prosseguir até a capital.

Talvez fosse bom para ela fazer uma última parada antes de levar adiante seus projetos. O que ia fazer, agora que a primeira parte de seu combate havia terminado? Como iria proceder para ficar frente a frente com esse pai que não conhecia? De momento, nenhuma ideia lhe vinha à mente.

— Vamos! Anda, minha Longa Lua! Anda! Tu e eu encontraremos realmente o meio de nos impor.

A égua correu como uma flecha até as portas do pagode e, intuitivamente, parou. Pôs-se a relinchar suavemente e curvou a cabeça quando a jovem acariciou-lhe o pescoço.

Nevou a noite toda. Yasumi havia abrigado-se em uma cabana de bambu, erguida rente ao pagode. O telhado parecia sólido, e a casca de cipreste que o recobria permitiu-lhe proteger-se da neve. Um pouco de palha dentro da casinha vazia tinha sido suficiente para Longa Lua restaurar-se. Quando encheu a barriga, não restou mais nada para Yasumi preparar uma camada aceitável para deitar. Mas que importava! Não tinha seu cobertor para envolver-se por inteiro?

Ao raiar do dia, a jovem viu que a neve não continuava a cair, exceto nos flancos e ao pé da montanha, onde havia se acumulado. Uma chuva misturada com granizo começava a cair. Ah, tinha tido realmente razão de deixar Musashi na primavera. Jamais teria podido atravessar o país na tormenta do inverno.

A vista que descortinava, de pé na frente da cabana de bambu, fascinava-a. Avistava um grande lago cintilante no fundo do vale e, dali, as pequenas ilhas de Nadeshima se desvendavam belamente a seus olhos, como pérolas azuis e pretas caídas ao pé da montanha nevada. Vagou o dia todo sem saber como agir para bater à porta do grande pagode.

Aproximando-se de Amazu, observou que havia dois templos, a pouca distância um do outro. Um estava em parte destruído e não constituía mais que um amontoado de pedras com algumas esculturas que haviam escapado do massacre do tempo, entre outras um enorme rosto de Buda que se revelava tão bem conservado que ela pôde apreciar cada parte. Parecia benevolente e, para convencer que sua diligência era boa, disse para si mesma que seu sorriso a impelia a prosseguir na estrada em que havia lançado-se.

Um pouco retirado, à direita da chegada pela estrada que Yasumi havia tomado, outro templo construído há pouco valorizava a paisagem. Este brilhava em toda a sua beleza. Este é que se erguia ao lado da cabana, ou melhor, era a cabana que estava ao lado do grande pagode. Ela relembrava intensamente a configuração dos templos da época de Nara: dois elegantes tetos vermelhos sobrepostos de ângulos arrebitados. Nos diversos pisos, balaustradas de madeira ricamente esculpidas e decoradas corriam toda a volta e, do chão do pagode às primeiras balaustradas, alinhavam-se altas colunatas interconectadas por conjuntos de ripas tão ajustadas que não se podia ver o que se passava no interior.

Após ter vagado até a noite, voltou para a cabana e, quando terminou de deglutir os dois bolinhos de arroz que ainda restavam no fundo de sua mala, tomou a decisão de que, no amanhecer seguinte, iria bater à porta do templo.

Adormeceu tão rapidamente, que nem sequer sentiu a respiração quente de Longa Lua sobre seu rosto. E a noite passou sem problemas.

Quando reabriu os olhos, a minúscula claridade que chegava da porta irritou suas pupilas. Quanto tempo havia passado? A neve teria coberto o chão? Voltou a cabeça para ver onde estava Longa Lua. Em um ângulo, mastigava tranquilamente um resto de palha que arrastava sob seu casco.

E foi então que percebeu uma silhueta crescendo no ângulo oposto da cabana.

◆

A julgar pelo raio de luz que caía sobre a calva brilhante do homem, tratava-se de um monge. Observaram-se mutuamente por algum tempo sem nada dizer. O homem parecia inspirar-se com esse silêncio.

Yasumi, por sua vez, preferia não iniciar a conversa. Calava-se, portanto, fechando-se em uma espécie de angústia mal definida, como nunca tinha sentido. Mesmo quando tinha estado nas gargantas profundas de Iwatsubo! Mesmo quando tinha atravessado a torrente rumorosa do rio Oï, ou quando havia jogado-se nas ondas ameaçadoras ao lado de Mitsuka, com um pé amarrado à corda que a ligava ao frágil barco! Mesmo quando tinha seguido o grande lago Suwa, o qual, lançando-se no oceano, formava uma barreira onde as corredeiras eram particularmente perigosas!

O monge permanecia imóvel. Sentado no chão com as pernas cruzadas, mãos postas sobre os joelhos, ele esperava. Depois, como o raio de luz iluminava de repente o rosto de Yasumi, ela ouviu finalmente sua voz.

— Quem és?

— Suhokawa Yasumi, da família dos Fujiwaras.

— Conheço somente quatro grandes famílias procedentes dos Fujiwaras: os Minamis, os Kyos, os Kitas e os Shikis. De onde vem a tua?

— De um antepassado remoto, um Suhokawa casado com uma Minami. Foi meu avô Jinichiro que deixou minha mãe casar-se com um Taira. Isso só fez enfraquecer nossa família.

— Os Tairas também formam um clã muito poderoso. Não vejo onde está a desonra em unir-se com eles.

— Os Tairas fizeram a desgraça de minha mãe e, por conseguinte, meu infortúnio.

O monge não havia movido-se um palmo, com as mãos sempre postas tranquilamente sobre os joelhos. Seus olhos amendoados fitavam o rosto da jovem.

— Vejo que conheces perfeitamente bem a história de tuas origens. De onde vens?

— Da província de Musashi.

— Fizeste toda essa viagem até aqui?

— Sim, porque sou forte e não tenho medo.

O monge lançou um olhar em direção a sua bagagem.

— Tu viajas como os chineses.

— É a maneira de viajar própria de nossos antepassados.

— É especificamente a dos chineses.

— Foi meu tio que ensinou-me a viajar assim.

O monge meneou a cabeça e, dessa vez, apontou Longa Lua com um dedo magro que parecia tão nervoso como seu olhar.

— É teu cavalo?

— Só comprei Longa Lua em Tagonura. Tive de trabalhar para pagá-la. Não queria entrar na cidade de Kyoto em desvantagem.

— Certamente pensaste bem.

Mentir a um monge era mau negócio, e Yasumi sabia que só uma inteira franqueza poderia ajudá-la. Por isso decidiu não esconder nada deste que, obviamente, era um sacerdote budista.

— Então, tu te diriges para Kyoto. Sabes que não chegarás a entrar facilmente na cidade imperial? Não deixam mais entrar estrangeiros há muito tempo, pelo menos sem controlá-los e questioná-los. Talvez sejas obrigada a ficar acampada às portas da capital.

Yasumi sacudiu lentamente a cabeça da esquerda para a direita, em sinal de desaprovação.

— É impossível, é necessário que eu entre na cidade.

— Que queres fazer ali?

— Encontrar meu pai.

— Se for um Taira, não terás nenhum problema.

— Bem pelo contrário, terei as piores dificuldades, porque não o conheço. Nunca o vi e nada me garante que aceitará ver-me. Talvez até me desprezará, como desprezou minha mãe quando me pôs no mundo.

O monge meneou a cabeça. Uma cabeça redonda e chata com uma testa interminável, porque juntava-se ao crânio reluzente, no qual se percebiam as veias azuladas.

Evidentemente, a situação é mais complicada do que havia suspeitado.

— Por que teu pai deixou tua mãe no interior?

— Foi ela que retornou voluntariamente para sua família de Musashi, porque recusava-se a compartilhar sua vida com a concubina de meu pai.

Dubitativo, com as mãos sobre os joelhos, o monge meneou novamente a cabeça.

— Tua mãe agiu erroneamente ao proceder dessa forma. Tu o sabes?

Yasumi pareceu surpresa. Ninguém havia mostrado-lhe as coisas sob esse ângulo.

— Teu pai foi vê-la?

— Uma só vez. Ela não quis que ele retornasse.

— Então, é exatamente o que te dizia. A tuas reclamações, teu pai oporá seu justo direito. Ele te reconheceu?

Cada vez mais estupefata, Yasumi começava a inquietar-se. Como iria enfrentar a situação, se seu pai se recusasse a recebê-la? Em nenhum instante havia considerado esse detalhe de peso.

— Tens outra família?

— Minha mãe morreu. Parti logo em seguida, depois dos funerais dela. Isso era o melhor que poderia fazer, pois meu tio, que me criou com Hatsu, minha mãe, morreu no ano anterior. Foi a esposa dele que me pôs para fora de casa. Não quis tornar-me sua criada.

A tonalidade sombria dessas lembranças trouxe-lhe lágrimas aos olhos. Levantou-se e correu até sua mala. Depois, com a maior simplicidade do mundo, esvaziou-a diante dos olhos do monge e, quando ergueu seu rosto em direção ao dele, viu que ele tinha um olhar divertido e que um leve sorriso desenhava-se em seus lábios.

Esvaziar sua mala! Yasumi revia esse mesmo movimento que havia feito diante de sua amiga Mitsuka, esse mesmo soluço que apertava seu peito diante desses pobres objetos que espalhavam-se pelo chão e que, dentro de instantes, iria recolher novamente.

— És uma menina inteligente e sensata. Pensaste em carregar teu pequeno altar budista. Está bem, está muito bem. Buda te protegerá.

— Meu coração está menos pesado agora, porque tenho Longa Lua.

— E este sabre pequeno?

— Pertencia a meu tio, que educou-me como um menino. Recolheu todos os seus bens e retomou sua mala. Depois aconchegou-se ao cobertor, sobre o qual estava estendida há pouco. Mas permaneceu ajoelhada, parecendo concentrar-se sobre não se sabe qual lembrança ou qual projeto. Ergueu os olhos para o monge quando este acabava de abaixar a cabeça.

— Quem conheces da família de teu pai? — perguntou em voz baixa.

— Ninguém. Todos Taira! Um irmão, uma irmã de uma mulher que morreu, creio. E dois outros de outra concubina. Não sei muito bem. Minha mãe falava tão pouco.

— Que vais fazer em Kyoto, se ao menos conseguires entrar? Yasumi suspirou e não respondeu, porque era justamente ali que as coisas iriam se complicar. O que ia fazer?

— Uma jovem sem protetor não tem nenhuma possibilidade de ser levada a sério. Sabes disso?

— Sim. Eu sei. Mas será necessário efetivamente que me arranje e que me defenda.

— Defender-te! — ironizou o monge. — E se caíres nas mãos de um homem pouco escrupuloso que faz o comércio das cortesãs? Não terás nenhum meio, nenhum poder de sair disso. Que farás?

— Fugirei.

— Para onde?

— Não sei.

O monge tirou então as mãos dos joelhos e, levantando-as até a altura de seu queixo, apertou-as uma contra a outra e pôs a extremidade de seus indicadores contra a ponta de seu queixo.

Deu um suspiro e disse:

— Então, pequena, dou-te um conselho: se fugires e não souberes para onde ir, entra no primeiro templo que encontrares. Nós, monges, quer sejamos budistas ou xintoístas, não podemos expulsar aquele que vem nos pedir socorro. Se for uma mulher, sempre nos arranjamos para encaminhá-la a um convento adequado.

— Mas eu não quero tomar o hábito de monja.

— Nada te obrigará a isso. Poderás simplesmente deixar-te ficar para um tempo de reflexão. Depois partirás novamente e seguirás outra via.

— Não gosto dos xintoístas. Rejeitaram minha mãe quando lhes pediu socorro.

O monge repôs suas mãos sobre os joelhos e falou-lhe com voz extraordinariamente suave:

— Vem para perto de mim, vou explicar-te certas coisas. Vem! Senta-te ali e ouve bem o que vou te dizer.

Limpou a garganta e começou:

— Nós, budistas, estamos muito próximos da vida cotidiana. Quaisquer que sejam nossas orientações, nosso objetivo permanece o mesmo: compreender o homem que está na terra e ajudá-lo a viver o mais harmoniosamente possível com o corpo, o espírito e a natureza profunda que recebeu em seu nascimento. Somos professores, administradores, viajantes, pensadores, homens de negócios. Gostamos de gerir nossas próprias propriedades, nossos templos, nossos bens. Na primavera, gostamos das flores de cerejeira, no outono, das folhas de bordo vermelho. Gostamos do sol, do céu, da neve, do mar e da montanha. Alguns de nós gostam também de manejar o arco e montar a cavalo. Os dignitários, os aristocratas e mesmo os imperadores gostam de construir templos para nosso prestígio, nosso saber, nossa cultura. Gostam de multiplicar as cerimônias budistas, realizar peregrinações, fazer invocações a Amida Buda e, quando for necessário, gostam de consagrar-nos "Grande Bonzo".

Tomou um pouco de fôlego, marcando um segundo de silêncio, e prosseguiu:

— Os xintoístas são diferentes. Declaram-se superiores pela simples razão de que aqui, no Japão, são mais antigos. Na origem, suas divindades eram aquelas das comunidades espalhadas em todo o país. Fazem questão de manter uma pureza perfeita em torno de seus santuários e fogem do sangue, dos cadáveres e da morte. Têm proibições, tabus, preservam-se de toda mácula. Quando um acontecimento infeliz pesa sobre a sociedade, não passa de uma mancha que irritou as divindades e estas deixam eclodir sua cólera. Então, é necessário purificar tudo e, para isso, fazer oferendas, oferendas, sempre oferendas.

— E minha mãe, sussurrou Yasumi, não tinha os meios, infelizmente, para fazer oferendas.

◆

Yu Tingkuo era um chinês que viera bem jovem ao Japão para seguir seu mestre que o havia educado. Por sua vez, ele educava outros.

Yu Tingkuo tinha cerca de cinquenta anos. Sua longa trança atrás da cabeça a deixava lisa e brilhante, com duas ou três pequenas veias azuis. Essa trança recaía e esvoaçava em suas costas ao menor movimento dele.

Não podendo deixá-la alojar-se no templo, havia autorizado a jovem a permanecer nas ruínas do antigo santuário, onde certos muros de pedra ainda de pé formavam uma habitação digna. Foi assim que ela instalou-se ali pelo tempo necessário para amadurecer seus projetos.

Yeng, o jovem criado de Yu Tingkuo, menino de aproximadamente nove anos, tornando-se seu amigo e, por seu intermédio, Yasumi conhecia todas as atividades do templo. Em troca, deixava-o montar Longa Lua, que se mostrava de uma extraordinária doçura para com o menino.

Yeng trazia-lhe comida uma vez por dia. Em contrapartida, se Yasumi não entrava no templo, ele levava o cavalo diariamente à cavalariça de Amazu para que ali comesse sua ração de aveia. O menino era chinês. Órfão de pai e mãe, já brilhante para sua idade, seu mestre só tinha elogios para ele.

Yu Tingkuo nunca tinha revelado a Yasumi o grau de sua hierarquia no templo de Amazu. Mas a jovem compreendeu rapidamente que ele ocupava uma elevada posição na escala clerical, porque apresentava-se com a aparência de um sábio, e ela suspeitava que ele mascarava sua natureza agitada.

Yasumi admirava a autoridade tranquila de Yu Tingkuo nas ordens que dava aos monges do templo: as atitudes submissas deles exprimiam muito bem sua posição hierárquica no santuário de Amazu.

Rapidamente, Yasumi deu-se conta de que ele ia a Kyoto todo dia três de cada mês. Partia de manhã e voltava seja na tarde do mesmo dia, seja no dia seguinte ou dois dias depois. Yasumi começava a perguntar-se em que medida ele poderia ajudá-la a levar adiante seu projeto.

Mas, por ora, Yu Tingkuo tinha decidido tomar a seu encargo o resto de sua educação cultural e religiosa, ao mesmo tempo em que incutia-lhe as noções de história, que faltavam-lhe. Não cessava de afirmar-lhe que deveria mostrar-se competente em todos os domínios, se quisesse afirmar-se na capital, relembrando-lhe que três soluções apenas seriam possíveis.

A primeira seria casar-se com um jovem qualquer, subalterno em um medíocre posto na administração do palácio. Havia muitos jovens japoneses sem nome, sem apoio ou sem grande cultura, sem verve e sem ambição, que casavam-se com moças de condição tão simples quanto a deles.

A segunda solução — levando em conta a distinção e a cultura de Yasumi, mas apenas se soubesse usar isso a seu favor — era aceitar um posto de concubina de um rico membro da corte. Era bastante bonita para conseguir isso, embora esta solução exigisse muito tato e psicologia.

Finalmente, a terceira possibilidade de sobreviver era conseguir ser admitida em uma casa de chá para tornar-se uma cortesã: havia muitas delas na cidade, das mais renomadas às mais simples, passando pelos locais sórdidos, onde eram aceitas moças de baixa casta.

Yu Tingkuo não tinha hesitado em mostrar-lhe todas essas possibilidades. Tinha até acrescentado que havia ainda aquela dos templos femininos, mas uma vez que Yasumi não tinha nenhuma fortuna, era de todo excluído que ela se apresentasse ali para um simples retiro. As moças pobres que iam para lá deviam proferir seus votos após ter seguido o ensino religioso que era de praxe.

Certamente, depois desse leque de possibilidades, ela devia reexaminar de outra forma o problema. A questão não era mais saber como poderia entrar na corte, mas de refletir na maneira pela qual sobreviveria, esperando poder ali entrar. Além disso, apresentar um cavalo nas corridas da Segunda Avenida de Kyoto exigiria que ela fosse conhecida e que tivesse um nome de aristocrata, coisa em que Yasumi não havia pensado!

As lições que Yu Tingkuo ministrava ocorriam em uma das salas de estudo, exatamente à entrada do templo, onde a havia autorizado a entrar, o que demonstrava realmente o poder que devia ter na comunidade budista de Amazu.

Vendo, nesse dia, o rosto de Yeng aparecer na porta da sala e observando o brilho de seus olhos negros, ele lhe fez um sinal.

— Yeng, podes ficar, se quiseres.

O rosto do menino iluminou-se. Nada lhe agradava mais que assistir a uma lição destinada a uma idade superior à sua. Não se fez de rogado e entrou correndo no fundo da sala. Depois, em silêncio, sentou-se na posição do lótus sobre uma das esteiras dispostas para esse fim.

— Yasumi! — falou Yu Tingkuo. — Conheces talvez muito bem tuas origens, mas conheces muito mal aquelas de teu país. Vou ensiná-las para o caso em que tiveres necessidade de parecer erudita.

— Oh! Mestre Yu, como poderia pagar-te tudo o que fazes por mim?

— Não te peço nada, nenhum presente, nenhuma oferenda. Ele se pôs a rir.

— Como poderias dar-me algo? Não possuis nada. Quero simplesmente que me escutes e que tires tuas lições.

Depois, olhando-a nos olhos, prosseguiu com um tom muito mais baixo, como se Yeng não devesse ouvir, porque sabia que o menino procurava compreender tudo, mesmo que nem sempre perguntasse:

— Talvez um dia terei um serviço a pedir-te. Então, terás a oportunidade de agradecer-me.

Lançou um olhar a Yeng, que apurava seus ouvidos, e, quando quis começar, percebeu na pequena abertura da porta corrediça, que separava o corredor da sala, a cabeça de um jovem monge de rosto grave. Tinha a cabeça completamente raspada e seu alto corpo magro estava envolvido em um burel vermelho, quase escarlate, que conferia à sua tez uma estranha palidez. Mas o brilho de seus olhos e a serenidade de seu rosto equilibravam amplamente sua rigidez.

— Não me digas, Sishi, que também queres escutar o que ensino a Yasumi.

— Sim, mestre!

— Então, venha para perto dela.

O jovem monge Sishi tinha aproximadamente a idade de Yasumi. Apenas dezoito anos. Ele sorriu-lhe antes de tomar lugar a seu lado e Yu Tingkuo começou:

— Para compreender teu país, Yasumi, deves compreender a influência que a China teve sobre ele. Não esqueças que o chinês era considerado a língua da erudição, e isso bem antes que uma obra intitulada *Anais das coisas antigas* reunisse, no ano 712, todos os elementos conhecidos até então sobre a história do Japão.

Yeng e Sishi escutavam, e Yasumi arriscou uma pergunta:

— É o livro mais antigo escrito em japonês? Não existem outros?

— Não. É o mais antigo. Antes dessa época, todos os livros de história, de teologia, de ciências, bem como as leis referentes à sociedade eram redigidos em chinês. O país estava então nas mãos de dois clãs muito poderosos, os Saga e os Mononobe. É necessário que saibas que uma grande imperatriz contribuiu para o desenvolvimento do Japão, porque era portadora da influência chinesa.

— Era uma guerreira?

— Sem dúvida alguma! — respondeu o monge. — Como uma rainha nessa época podia não se envolver em combates, lutas, ataques e defesas encarniçados? Era a era de Asuka, e a corte imperial estava instalada em Yamato.

— Então, ela sabia cavalgar e manejar o sabre. Como chamava-se, mestre Yu?

— Suiko! Chamava-se Suiko. Ela abriu o caminho para o clã dos Nakatami, que havia tomado o poder, fazendo o xintoísmo recuar e o budismo progredir. Mais tarde, os imperadores seguintes marcaram a instauração de um sistema militar regulamentado e hierarquizado.

— Era a época de Nara, meu mestre? — perguntou Sishi. Yu Tingkuo meneou a cabeça.

— Ah! Nara — exclamou ele. Nara! É uma grande época, Yasumi. Em 794, a capital de Nara foi transferida para a Cidade da Paz em Kyoto. Mas eu falarei de Kyoto outro dia; voltemos às capitais de Yamoto e de Nara...

◆

Os ensinamentos de Yu Tingkuo agradavam a Yasumi, e o monge logo viu dois outros alunos do templo assistir a suas lições. Yasumi fazia poucas perguntas, intimidada por seus companheiros mais eruditos que ela, mas sua inteligência perspicaz e sua grande curiosidade compensavam as falhas de sua instrução.

Logo ela estava sabendo quase tanto quanto eles e começou a pensar em sua partida. Uma manhã, criou coragem:

— Como vou agir doravante, mestre Yu? Não posso aproveitar-me de uma de tuas viagens a Kyoto para partir?

— Infelizmente! Tu és uma menina e não posso dizer que és minha aluna sem incitar contra mim o clero da capital. Procuro o meio de ajudar-te, mas não o encontro. É impossível dizer à corte que és filha de Tamekata Kenzo, ninguém acreditaria.

— Será preciso, no entanto, que um dia isso seja admitido.

— Quando tiveres apresentado tuas provas, pequena. Não antes. Mas esperando, podes sempre passar pela parte menos vigiada de Kyoto. Falar-te-ei disso mais tarde. De momento, aconselho-te a seguir meus ensinamentos. Eles serão muito úteis no futuro.

Ela consentiu com a cabeça e suspirou.

— Olha! — continuou Yu Tingkuo. — Vou enviar-te ao grande templo de Enryakuji, no monte Hiye, na província a nordeste de Kyoto. Tenho uma mensagem a remeter ao grande sacerdote. Sishi vai te acompanhar, ele conhece os monges.

Longa Lua ficou feliz com essa aventura, porque começava a aborrecer-se. Tinha conseguido mostrar que a neve não a amedrontava, pois havia já alguns dias que nevava incessantemente e cada manhã a paisagem ficava mais branca. Quando o sol se mostrava, ela derretia e, apesar das noites frias, não congelava ainda.

Diziam, contudo, que nesse dia a neve não derreteria. Longa Lua partiu em uma marcha de trote leve que Yasumi imprimiu-lhe. O céu se abatia, as montanhas, as pontes, os rios, as árvores se revestiam de uma brancura extraordinária. Sishi cavalgava atrás dela. Aparentemente menos corajoso que Yasumi, temia forçar a marcha. Enlevada por essa brancura brilhante e magnífica, Yasumi se inebriava de sonho e ilusão. No silêncio, só ressoavam os pios de alguns passarinhos perdidos nos campos. Um pardal de cabeça vermelha veio pousar no pescoço de Longa Lua, que não arqueou sob a leveza do pássaro.

Às vezes, Yasumi deixava a montaria de Sishi bem para trás. Acostumado com seu mestre, seu cavalo não parecia querer imprimir um andar mais rápido. Mas foi ao perceber diante dela uma grande extensão de neve, cuja tonalidade e textura pareciam diferentes, que a jovem se deteve.

Alguns momentos mais tarde, o monge Sishi alcançou-a.

— Acho que é um lago congelado — ela gritou, quando ele se aproximava. — Olha, a superfície resvala.

— Então, seria mais prudente contorná-lo, se não quisermos cair nas profundezas da água gelada.

Julgando mais prudente cavalgar lado a lado, Yasumi decidiu diminuir sua marcha. Além disso, os rochedos do monte Hiye apareciam. Contornaram bastante lentamente o grande lago e chegaram pouco depois à margem oposta.

Longa Lua não parecia realmente cansada. O cavalo de Sishi ofegava um pouco.

— Que idade tem? — perguntou Yasumi, voltando sua cabeça para o animal.

— Oh! Não sei, mas é muito mais velho que Longa Lua. Um dia de inverno como este, um peregrino, que havia parado em nosso templo, partiu sem ele. Nunca mais veio procurá-lo. Sem dúvida morreu a caminho e talvez não quisesse que seu cavalo, abandonado à sua sorte, morresse de fome e de frio.

Mal terminara as explicações referentes a seu cavalo, quando um rumor atrás deles se fez ouvir e viram quatro cavaleiros surgir e partirem sobre eles.

Tiveram tempo de desviar para um dos lados da estrada, enquanto os homens os ultrapassavam em uma corrida impressionante.

— Que insensatez! — murmurou Yasumi. — Por que cavalgam tão depressa com um tempo desses?

Sishi e ela se preparavam para deixar a margem da estrada que contornava o lago congelado, quando perceberam com espanto que os quatro cavaleiros faziam meia-volta e retornavam sobre eles a todo galope.

Brancos de medo, tiveram de afastar-se tanto do caminho que roçaram as margens perigosas do lago. Deixando a espessa neve, os cascos dos cavalos ficaram pesados, e o chão molhado tornou-se lamacento.

Mal haviam recobrado-se do susto e os homens saltavam de novo, segurando firmemente nas mãos as rédeas de seus cavalos. Depois, soltando um grito de furor, voltaram ao ataque. Yasumi teria sentido sua última hora chegar, se Longa Lua e ela não soubessem nadar. O desvio que tiveram de tomar lançou-os literalmente na água. A superfície do lago, que estremecia, rachou com um barulho sinistro. Os dois cavalos caíram juntos e, alguns segundos mais tarde, só havia um triste borbulhar na superfície.

Quase instantaneamente, os cavaleiros desapareceram, depois a cabeça branca de Longa Lua apareceu e a mão encrespada de Yasumi agarrada à sua crina.

Longa Lua logo libertou seu corpo, fazendo aparecer o de sua jovem dona. Yasumi tinha sido tomada pelo frio, não pelo medo do afogamento. Retomando o fôlego, ela mergulhou imediatamente. Depois retornou à superfície. Essa água fria a paralisava.

— Fica aí, Longa Lua. Não te vás. É preciso que nos tires dessa armadilha.

Depois ela gritou:

— Sishi!

Ninguém respondeu. Então, sem esperar mais, porque sabia que cada segundo contava, mergulhou de novo e mais profundamente. Foi então que viu o monge e o cavalo à deriva, irremediavelmente atraídos para o fundo. Com grandes e rápidos movimentos das pernas, encolhendo-as e distendendo-as com forte impulso, conseguiu aproximar-se do corpo palpitante de Sishi e puxou-o pelo braço.

Viu com alegria que reagia e que devia estar simplesmente aturdido pela imersão inesperada.

Ciente de que Yasumi podia salvá-lo, agitou-se e ajudou-a tanto quanto podia.

Bem ou mal, agarrando-se à cauda e à crina de Longa Lua, conseguiram chegar às margens geladas do lago. Sishi tossia, chorava, tremia. Mas não estava morto.

— O cavalo afogou-se — disse Yasumi, lamentando. — Era ele ou tu.

Ela se pôs a rir. Um breve riso nervoso que reforçava o temor que tinha de ver reaparecer os quatro cavaleiros.

Sishi recuperava-se lentamente e, dessa história, só restavam os horríveis estremecimentos de frio que sacudiam seus corpos.

— Seria necessário chegar novamente até os rochedos — disse Yasumi. — Encontraremos um abrigo para secar-nos.

— Mas, se forem bandidos, corremos o risco de encontrá-los lá — replicou o monge, cujo rosto continuava decomposto. Não tenho vontade de ver o que se passa nas reentrâncias desses rochedos.

Yasumi estendeu a mão para o nordeste e apontou com o dedo em direção ao monte nevado.

— Eles partiram para lá. Na direção do templo de Enryakuji — disse ela com voz trêmula. A meu ver, devemos voltar de onde viemos.

— Mas a mensagem de mestre Yu?

Sim! Esse era realmente o problema. A mensagem de mestre Yu! Eis que o monge a quem tanto devia pedia-lhe um serviço, e ela não deveria voltar sem tê-lo realizado. Refletiu um instante. Longa Lua sacudia a crina. A água escorria ainda de seus flancos. Raspou a neve com o casco e pôs-se a relinchar. Parecia dizer a Yasumi e a seu companheiro que não era boa solução ficar ali sem movimentar-se.

— Vamos no sentido oposto, para o sudoeste — decidiu Yasumi. — Veremos bem mais tarde o que será conveniente fazer. O essencial é despistá-los. O ar vai nos secar. Refletiremos em seguida. Monta atrás de mim.

De fato, o ar secou-os rapidamente, porque Yasumi imprimiu a Longa Lua uma corrida desenfreada. Não deviam ir até a extremidade do lago, era melhor afastar-se o mais rapidamente possível.

Yasumi mal segurava as rédeas, porque sua égua sabia o que devia fazer. Levantava a neve aos blocos que recaíam em uma poeira branca logo atrás dela. O lago congelado logo desapareceu de seus olhos. O sol foi clemente e mostrou-se timidamente no céu, entre algumas nuvens que anunciavam que o vento logo ia expulsar a neve.

◆

Kyoto não devia estar longe, pelo menos a porta Oeste. Mas quanto mais Yasumi refletia, menos sabia o que devia fazer. Mal tinha afrouxado um pouco as rédeas de Longa Lua, e o temor tomou conta de novo dos dois jovens.

Na frente deles, galopava um cavaleiro. Tratava-se certamente de um dos homens que os tinham acossado. Ela reconhecia de longe a silhueta atarracada sobre o cavalo. E Yasumi investia à rédea solta contra ele. Deu um grande puxão nas rédeas. O cavalo deu um salto, uma leve guinada à esquerda, depois retomou o equilíbrio e parou bruscamente.

O cavaleiro aproximava-se. Yasumi sentiu Sishi tremer atrás dela. O jovem monge não parecia ter sua coragem e devia agir por dois. Sishi dispunha sem dúvida de grandes dotes intelectuais, mas seu grau de bravura era muito limitado, e ela perguntava-se se o pequeno Yeng não lhe teria sido de maior ajuda durante esse trajeto cada vez mais perigoso.

— Toma minha mala — gritou a Sishi, dando bruscamente meia-volta — e procura o sabre, está em um estojo longo e chato. Sem ver, teus dedos podem encontrá-lo.

Depois ela prosseguiu em tom mais baixo, quase para si mesma:

— Não são bandidos. Estou certa de que não são bandidos.

— Por que dizes isso?

— Porque procuram meter-nos medo.

— Mas por que procurariam assustar-nos? Não vejo o motivo.

— Mas eu vejo um. Sim! Agora vejo um. Encontraste o sabre?

— Acho que estou com ele. Mas não consigo abrir o estojo. Agora eles galopavam a toda brida no sentido oposto àquele que tinham tomado há pouco.

— Pela força das circunstâncias — gritou a Sishi —, iremos para os rochedos. Devemos sem dúvida esconder-nos. Tens o sabre?

— Não.

— Há um mecanismo no lado do estojo. Gira-o.

Apalpando, na mala aberta, encontrou o ponto sensível do estojo e pressionou-o. Um tremor tomou conta de seus dedos quando os sentiu roçar a curta lâmina fria e afiada. Era um pequeno punhal de lâmina recurvada e de cabo bastante curto, não mais que a mão, que os soldados de província utilizavam para defender-se dos agressores em plena campanha. Era necessário servir-se dele com um golpe seco, projetando-o bruscamente da direita para a esquerda ou inversamente, de modo a cortar o que estivesse ao alcance.

Agora ouvia o cavaleiro cavalgando atrás dela. Mas seu próprio galope era tão rápido que ela ganhava distância e, sem afrouxar a atenção nem o ritmo de sua cadência, depois de uma hora conseguiu despistá-lo completamente.

— Ali, à tua direita, os rochedos do monte Hiye. Não estamos longe do templo agora. Por que não retomas o caminho, visto que despistamos o agressor?

— Sishi, talvez sejas um sábio e um cientista, mas não és nada perspicaz. Esse cavaleiro, como os três outros, impedem-nos justamente de ir para lá.

— Como podes afirmar isso?

— Agora sei que somente a mensagem que transportamos os interessa. Pena que não a tenhamos lido antes.

— Yasumi — recriminou Sishi, remexendo-se a suas costas —, tu não deves tomar conhecimento dela.

— Preferes morrer estupidamente?

— N... não.

— Então, escondamo-nos em um desses rochedos. A meu ver, os quatro partiram em direções diferentes.

Os rochedos que acabavam de alcançar não constituíam alturas consideráveis. Era uma pequena barreira rochosa entre o monte Hiye e o templo; no momento com neve, devia estar coberta de flores silvestres na primavera. Escolheram a caverna mais alta para esconder Longa Lua.

— Receio deveras que será necessário passarmos aqui o resto do dia e da noite antes de partimos novamente. Mas estamos abrigados.

Ela apeou, inspecionou as paredes, puxando ao mesmo tempo o cavalo, do qual Sishi não havia ainda apeado.

— Aqui, olha! — disse o jovem monge, apontando com a mão um pequeno montículo de brasas extintas. — Acenderam um fogo há muito pouco tempo.

— Não, o carvão está frio. É necessário acendê-lo de novo. Procura duas pequenas pedras. Se conseguirmos, poderemos aquecer-nos.

Ela abriu sua mala.

— É sempre assim — disse ela, colocando-a no chão. Infelizmente, não encontraram nem pedra nem nada para acender o fogo e tiveram de enrolar-se no cobertor, a fim de atenuar o frio que corroía seus corpos. O calor mútuo os aqueceu e os reconfortou. Sishi se deixava levar pelo suave odor de Yasumi, por seu perfume delicado de mulher, pela sensação que o acometia repentinamente, cujos efeitos ao mesmo tempo benéficos e devastadores mal compreendia, por sentir esse corpo desejável que aquecia-se encostado nele.

Inversamente, não parecia ser o caso. Yasumi não sentia-se de modo algum atraída por esse grande corpo magro que se apertava contra o seu. Talvez tivesse preferido um monge bem vigoroso, jovem, bonito, atraente, que soubesse manejar o sabre e cavalgar pelo menos tão bem como ela.

Ela sentiu a mão dele correr em sua nuca.

— Sishi! — murmurou. — O que é que toma conta de ti?

— Nada! — redarguiu, retirando imediatamente seus dedos mendigantes. — És tão bela!

— Mas tu és um monge, Sishi.

— Conheço monges que...

— Conheces monges vulgares que frequentam casas de chá. Todos sabem que podem dirigir-se para esses locais e que são homens como os outros. Até eu, no fundo de minha província interiorana, não o ignorava. Com frequência os vi atravessar os campos, de cabeça baixa ou de olhar fugidio, com medo de que os reconhecêssemos.

Como ele insistiu, ela se zangou, utilizando, contudo, uma voz suave e tranquila:

— Proíbo-te de prosseguir, Sishi. Vou te dizer uma coisa. Sou virgem e pretendo realmente utilizar essa virgindade para fins menos instintivos. Talvez aconteça com um mau passo.

Como o sentiu melindrado, pôs-se a rir e prosseguiu com um tom mais alegre:

— Vamos! Não sou um monstro de insensibilidade. Se puder oferecê-la, um dia, àquele que amo, será muito melhor. Mas eu não te amo, Sishi. Que isso fique bem claro entre nós. De resto — acrescentou ela, deixando o cobertor —, acho que já estou bem aquecida. Um pouco de movimento fará o resto. Podes guardar o cobertor, se quiseres.

No fim de algum tempo, perguntou a seu companheiro, que parecia ter mergulhado definitivamente no silêncio:

— Sishi, por que entraste na vida religiosa?

O jovem monge não respondeu imediatamente. A pergunta podia surpreendê-lo, mas não desestabilizá-lo.

— Para "entrar no Caminho".

— Então és realmente um verdadeiro monge.

— Sim. Procuro o verdadeiro caminho, o único que conduz a Buda.

— Não é, portanto, uma fuga, como para a maioria dos velhos funcionários que deseja terminar sua vida na calma e na paz, não é uma etapa como para os que têm um erro ou um crime a expiar, nem um retiro como para os que estão cansados da vida terrena e querem escapar dos tormentos e dos conflitos incessantes. É realmente uma vocação que tens.

E foi para a abertura do rochedo, movimentando ao mesmo tempo os braços no ar.

— Vou dar uma olhada aí fora.

— Não te afastes, peço-te — falou Sishi com um tom pouco seguro. —Isso me deixaria muito preocupado e teria de correr atrás de ti. Volta logo. Juro por Buda Amida que não a tocarei mais.

◆

O final do dia havia passado na calma e a noite acabara por tranquilizá-los. Ao amanhecer, quando preparavam-se para partir, ela tomou a mensagem:

— Vamos tomar conhecimento dela.

— Não! Mestre Yu não ficará contente.

— Sishi! — insistiu Yasumi com um tom seco. — Mestre Yu faz questão que esta mensagem seja entregue no templo de Enryakuji. Pouco importa que tomemos conhecimento dela ou não e o meio pelo qual vamos transmiti-la.

E, com um gesto determinado, apanhou o pequeno rolo dissimulado em uma dobra de suas largas calças. O tecido do vestuário era tão espesso e a dobra estava tão profunda que, felizmente, não tinha sido danificado pela água e a escrita permanecia legível.

Ela o mantinha apertado entre os dedos e leu com voz abafada:

> PARA O VENERADO E TODO-PODEROSO MESTRE MISHISU DO GRANDE TEMPLO DE ENRYAKUJI. NO VIGÉSIMO DIA DO MÊS SEM DEUSES, MOTOKATA ENVIARÁ OS HOMENS DE SUA TROPA PARA SAQUEAR VOSSO TEMPLO E MASSACRAR OS OPOSITORES. QUANTO AO MAIS, SOMOS OBRIGADOS A ESPERAR. EU VOS VEREI EM KYOTO, NO PAVILHÃO MAIS AFASTADO DO OESTE, COMO PREVISTO.

A assinatura era a de Yu Tingkuo. Yasumi foi acometida de um tremor nas mãos ao redobrar a mensagem. Sishi a olhava parecendo não compreender.

— O que isso quer dizer? Que faz, pois, meu mestre?

— Vamos, Sishi, já é hora de abrires os olhos. Tens aí uma ocasião que, talvez, não se apresentará nunca mais para ti, a de te distinguir brilhantemente perante teu mestre. Então, tenta compreender que, se conseguirmos levar ao fim esta missão, por um lado salvaremos o templo e seus monges e, por outro lado, conquistaremos honras de que temos grande necessidade, tu e eu, para ascendermos em uma sociedade que praticamente não nos privilegiou.

Sishi sacudiu a cabeça, tranquilizado.

— Então, eis o que vamos fazer. Para enganar os cavaleiros que nos procuram e nos perseguem, porque suponho que um espião infiltrou-se no templo de Amazu para vigiar os feitos e os gestos de mestre Yu, vamos proceder desta maneira.

Sishi não tremia mais. A ideia de ser distinguido pelo mestre parecia dar-lhe a coragem necessária para enfrentar a situação.

— Eu vou partir sozinha para Enryakuji e tu vais continuar aqui, escondido neste rochedo. Para melhor ludibriar esses bandidos, ficarás com Longa Lua. E, se as coisas piorarem, galoparás o mais rápido possível para Amazu e contarás tudo a mestre Yu. Mas, se as coisas se voltarem a nosso favor, esperarás por mim.

— Mas tu — murmurou Sishi —, como podes partir a pé?

— Isso não assusta-me. Já percorri um caminho vinte vezes mais longo sem meu cavalo. Ficarei só um pouco incomodada se nevar novamente.

— E se encontrares os bandidos?

— O último cavaleiro que nos perseguiu não pôde observar que éramos dois sobre o cavalo. Eles têm sem dúvida a impressão de que um de nós morreu afogado no lago congelado. Então, é de Longa Lua que se recordam. Se me encontrarem, não passarei de mais uma viajante que procura chegar à capital de Kyoto.

Sishi meneou a cabeça e acabou por julgar que essa ideia era sem dúvida a mais correta e a mais realizável de todas as que poderiam surgir nesse impasse.

— Não devemos perder mais tempo, pois não temos alimentos para subsistir por mais de quatro ou cinco dias.

Tomou sua mala e tirou dela alguns bolinhos de arroz.

— É tudo o que resta. Mas, se comeres um por dia, podes manter-te por três dias. Adeus, Sishi! Pensa em toda a energia que está em ti e te salvarás.

Ela afagou os flancos de sua égua, aproximou o rosto do olhar inteligente do animal, e elas se observaram longamente com afeição. Depois, inclinando a cabeça em direção da orelha de Longa Lua, murmurou: "Adeus, minha princesa! Adeus, minha bela! Cuida de Sishi. Ele só tem a ti, enquanto me espera".

Depois deu alguns passos na direção da abertura arredondada do rochedo e voltou-se precisamente antes de esgueirar-se para fora:

— Se eu não estiver de volta daqui a quatro ou cinco dias, retorna para Amazu.

◆

Ela retomou seus antigos hábitos, com a mala e a bilha nas pontas do bastão que havia posto atravessado sobre os ombros. Avançando na neve, o que retardava consideravelmente seu passo, ela recordava-se de suas longas caminhadas na natureza primaveril, que havia apreciado tanto em sua partida de Musashi. Onde estavam as ameixeiras e as cerejeiras em flor? Onde estavam as nascentes borbulhantes que se perdiam no herval e pululavam de borboletas e gafanhotos? Sim! Onde estavam o céu azul e o belo sol do mês da Brotação do Arroz?

Em vez disso, havia essa neve desesperadamente branca, obscuramente branca, que deixava atrás dela pegadas fundas por causa de sua carga. Afastou-se da barreira rochosa e caminhou na direção do monte Hiye, cuja suave inclinação avistava no horizonte, anunciando o mosteiro. Então, pôs-se a pensar em sua mãe e no rosto crispado e doloroso de sua agonia. Expulsou essa imagem e viu em seguida o rosto de seu tio, sempre afável, sempre atento quando se tratava dos progressos surpreendentes que a sobrinha não cessava de realizar. "Ah! Se tivesses sido um menino!", murmurava. E Yasumi retorquia: "Que terias feito, tio, se eu tivesse sido um rapaz?" Teria, talvez, decidido levar-me à corte?

Levantando penosamente o pé para pô-lo onde a neve era virgem, teve de deixar seus pensamentos. Não ouvia um rumor abafado de casco? Sua concentração brusca a teria levado a distinguir esse rumor entre mil outros. Não, não se enganava, era realmente o ruído do passo de um cavalo que vinha bater a seu ouvido na espessura da neve, varrida por um vento glacial que soprava de leste para oeste.

Ela se pôs a refletir intensa e rapidamente. Ela era essa viajante à procura do caminho de Kyoto. Tinha-se perdido por causa da imensidão branca. Será que os cavaleiros poderiam indicar-lhe o caminho certo?

Quando os quatro ficaram diante dela, quase estremeceu de horror ao pensar que eram salteadores. Controlou-se, contudo, para não parecer assustada. Ignorar sua condição de ladrões lhe permitiria manter o sangue-frio.

Quando terminou de explicar com voz clara sua intenção de chegar à capital, pareceram acreditar. O mais desconfiado deles plantou-se diante dela, com ar bastante ameaçador:

— Não viste um cavaleiro que cavalgava nesta direção? Voltava seu braço em direção leste, para a barreira rochosa.

— Tratava-se de um cavalo branco?
Os três outros cavaleiros arrojaram-se sobre ela. Então, ela exclamou:
— Acalmem-se. Que querem saber?
— Como sabes que era branco?
— Porque meus olhos estão cansados do branco desde que estou andando e porque esse cavalo confundia-se com a neve.
O homem que a ameaçou primeiro sacudiu-lhe o braço:
— Fala ou te matamos!
— Matar-me! Mas por quê? Não fiz nada de mal a esse cavaleiro que parecem procurar, exceto perguntar-lhe se tinha um bolinho ou dois para me dar.
— Que te respondeu?
— Que não tinha.
— É tudo?
— Não! Acrescentou que não tinha tempo para conversar comigo.
— Para onde ia?
— Não sei. Tinha um ar misterioso.
— Para onde partiu?
— Por ali.

Apontou com a mão na direção de Amazu, e os quatro cavaleiros se agruparam para discutir.

— É exatamente o que pensava — disse um deles. — Resta mais um só. O outro pereceu afogado com seu cavalo. Se o perseguirmos sem tardar, podemos apanhá-lo.

O mais baixo dos homens saltou do cavalo e assinalou com gestos o rastro da montaria de Yasumi.

— É um bom cavaleiro. Conseguiu distanciar-se. Não temos tempo a perder.

Três deles não pareciam ser bandidos. Tinham antes um porte altivo em suas montarias que, além do mais, eram belos animais, batendo com os cascos ante a ideia de partir novamente. O quarto, malvestido, pois os outros tinham roupas quentes envoltas por mais uma capa bem espessa que devia isolá-los do frio, mostrava o rosto mais desconfiado. Pequeno, atarracado, era aquele que tinha apeado de seu cavalo.

— Não és um rapaz disfarçado?

— É antes o contrário que teria tido vontade de fazer, se tivesse receado empreender tão longa estrada.

Dizendo isso, tirou o capuz do pesado manto que recobria quimono e calças. Um gesto foi suficiente para tirar o pente que prendia sua cabeleira, e tudo despencou sobre suas costas. A imagem era deslumbrante! Os homens ficaram subjugados. Uma massa de cabelos pretos, opulenta, maravilhosa, que se assemelhava a uma noite em miniatura sobre a branca neve, uma suave e calma noite.

— Ou és inconsciente ou és tola — falou o mais alto dos homens.

Era também o mais majestoso de todos. Yasumi pensou no nome Motokata, escrito na mensagem. Era ele talvez?

— Ou tu és uma espiã a soldo do templo no qual te preparas para entrar ou...

— Sou uma viajante e vou para Kyoto — cortou Yasumi. — E se pudessem indicar-me o caminho, ficaria muito feliz.

— Abre tua mala — gritou o mais baixo, que não tinha voltado a montar no cavalo.

Os outros se calavam. Sem dúvida alguma era interessante saber o que uma moça podia carregar para uma viagem tão longa. Ela se resignou a estender tudo na neve: o quimono, o leque, o pequeno altar budista, o cobertor, o *hashi* e... o sabre.

— Um sabre! — urrou o homem baixo, mal barbeado, malvestido.

— Tinha razão, chefe, é sem dúvida uma espiã.

— Não sou espiã! — gritou Yasumi por sua vez. — Este sabre era de meu tio que morreu, e carrego-o comigo. É a única lembrança que me resta dele, representa para mim um objeto de culto e me recuso a separar-me dele. E isso — disse apontando o leque laqueado de vermelho — é a lembrança que me resta de minha mãe. Ambos morreram e estou à procura de minha família que reside em Kyoto. E se esse templo de que falam puder me ajudar, pois bem, sim, dirijo-me a ele. Os monges serão sem dúvida mais generosos que vocês e me indicarão o caminho da capital.

Finalmente, Motokata — pois, não tinha mais dúvida, tratava-se realmente dele — apeou de sua montaria e plantou-se ao lado de seu companheiro de pernas curtas. Este último era tão baixo que sua roupa desgastada arrastava na neve. Ele mal chegava aos ombros de Motokata.

— É uma moça, chefe. Que se faz com as meninas?

— Recolhe tudo isso — falou o chefe, indicando com a cabeça seu amontoado de coisas ainda espalhado sobre a neve. — De minha parte, acredito em ti. Tua história parece-me plausível. Só que não te deixarei partir. Virás conosco.

— Mas, chefe...

— Cala-te — gritou Motokata com voz colérica. — Fica certa de que eu jamais estuprarei uma mulher e que nunca deixarei que o façam debaixo de meus olhos.

Só faltava que Yasumi, estando tão perto de seu objetivo, tão perto de Kyoto, tão perto de conhecer seu pai, fracassasse de maneira tão lamentável... Cair nas mãos de um bando de salteadores! Deixar-se capturar por ladrões de estrada, comandados por esse Motokata que a levava, prisioneira, em suas redes.

CAPÍTULO 5

Yasumi não sabia que atitude tomar e como reagir. Para onde esses homens a levavam? Longa Lua fazia-lhe falta e, diante de sua impotência em cumprir a missão que havia confiado-lhe mestre Yu, sua revolta interior crescia. Ao mesmo tempo, sentia que um medo interior a paralisava e seu coração parecia explodir.

Consolava-a somente o conselho que havia dado a Sishi de voltar com Longa Lua ao templo de Amazu em quatro ou cinco dias, se ela não retornasse. Os homens de Motokata teriam partido dali e o perigo teria sido afastado.

Ela estremecia ainda à ideia de que nenhum dos homens tinha ousado olhar nas dobras das calças sob seu quimono recoberto por um manto forrado com chumaços de algodão. Mestre Yu o havia dado a ela na manhã de sua partida, ordenando-lhe vesti-lo para não deixar-se morder pelo frio da neve.

Se tivesse dado ordens de inspecionar suas vestes, Motokata teria ficado realmente surpreso ao constatar que o anão, o único que ousava enfrentá-lo, tinha razão quando se obstinava em dizer que essa moça não era uma simples viajante. Mas, por ora, os quatro cavaleiros, Motokata à frente, cavalgavam para o templo de Amazu. Foi com um medo pavoroso que ouviu o miserável anão exclamar:

— É preciso acelerar a marcha!

Yasumi sentia que a armadilha fechava-se novamente sobre ela. Mas tinha decidido que não deixaria Motokata e seus homens saquearem o templo de Enryakuji. Por isso lançou mão de todas as formas de diplomacia para com o chefe dos salteadores, que recusava restituir-lhe sua liberdade.

— Ele tem razão, é preciso acelerar a corrida — gritou Motokata.

— Esse homem era uma verdadeira flecha — asseverou Yasumi, voltando um pouco a cabeça para ele.

Ouviu o anão chicotear seu cavalo. Depois ela encarou longamente o rosto impassível de Motokata.

— Mesmo as flechas de teu arco não chegariam a alcançá-lo — prosseguiu —, ele chegou já faz muito tempo ao templo de Amazu, se é que para lá se dirigia.

— Talvez tenhas razão. Parece-me mesmo inútil persegui-lo. Yasumi aproveitou-se dessa hipótese para replicar:

— Por que não me libertas?

— Sabes demais, meu belo pássaro — disse Motokata, apertando-a contra ele.

Ele a mantinha apertada contra o peito. Sua cabeça estava cingida por uma faixa que se assemelhava ao chapéu laqueado dos dignitários da corte. Seu sabre pendia da cintura e balançava sobre sua coxa a cada movimento do cavalo. Um perfume sutil desprendia-se dele, embora fosse sofrivelmente resfriado pela atmosfera, mas as narinas de Yasumi eram muito delicadas para que não chegasse a impregná-las.

Quem era Motokata? Um chefe de bando enriquecido com suas empreitadas, com seus roubos, seus crimes? Um suspiro aflorou aos lábios de Yasumi. Seu rosto não parecia angustiado, mas sentia latejar as veias de suas têmporas enquanto um vento glacial vinha selvagemente chicotear suas faces vermelhas pela corrida trepidante que o cavaleiro impunha à sua montaria.

Como podia inquietar-se com a verdadeira identidade de Motokata, quando nem sequer conhecia aquela de Yu Tingkuo, cujas orações a haviam enganado a tal ponto que ela o havia tomado, certamente, por um sacerdote budista e, mais ainda, por um puro meditativo! Era realmente chinês? Yu Tingkuo era seu verdadeiro nome?

Tinha servido-se dela para chegar a seus fins? Devia realmente salvar o templo de Enryakuji? Tantas perguntas que, infelizmente, permaneciam sem resposta.

Pensou na impetuosidade de Longa Lua e sentiu um estremecimento percorrê-la. O essencial em todo esse negócio não era o de revê-la e cavalgá-la novamente?

— Por que queres agarrar esse cavaleiro?

— Isso não te interessa, meu belo pássaro!

— Disseste que eu sabia demais para deixar-me livre. Então, visto que decidiste guardar-me como prisioneira, podes dizer-me mais.

— Exato. Nada poderá fazer com que tu me escapes. Tu és minha prisioneira.

Yasumi voltou a cabeça, mas a corrida era muito rápida e cheia de solavancos para que ela distinguisse os traços do homem que a arrastava assim para um destino desconhecido. Entretanto, fato tão estranho como súbito, tinha quase certeza de que ele não lhe faria nenhum mal.

— Tu és o chefe deste bando. Agora, estou certa. Então quero saber por que persegues esse homem.

Deu uma grande gargalhada e apertou-a mais contra ele:

— Quero! Quero! Só sabes dizer isso?

— Sim — brincou Yasumi, cada vez mais consciente de que podia lisonjeá-lo. — Quero saber. Tenho o direito, uma vez que sou tua prisioneira.

— Ele tem uma mensagem importante.

Dessa vez, Yasumi estremeceu. Agora não podia mais duvidar de que o documento de mestre Yu era a causa. Parecia-lhe que a mensagem enrolada na dobra de suas calças roçava-lhe a pele para relembrar-lhe que não devia sair dali.

— Uma mensagem! — comentou ela, em tom falsamente surpreso. — E que o diz?

Motokata hesitou. Podia contar tudo a essa menina pouco amedrontada, cujas maneiras bárbaras agradavam-lhe? Devia confiar nessa aventureira? Peste! Por todos os budas da terra, podia muito bem assumir esse risco.

— Quero recuperar coisas que me pertencem.

— Que te pertencem! Não és, pois, um ladrão?

Outra vez se pôs a gargalhar e outorgou-se o direito de apertá-la com mais força contra ele. A velocidade vertiginosa que imprimia a seu cavalo o inebriava, bem como friccionava a nuca de sua companheira: ele imaginava abater a onda voluptuosa dos cabelos negros que havia visto há pouco.

— Nem ladrão, nem assassino, meu belo pássaro. Quanto a isso, portanto, fique tranquila. No momento, nada mais tenho a dizer-te.

Yasumi meneou a cabeça, depois voltou-se para ele e apoiou-se contra seu peito. Não sabia se era ou não uma fábula, mas sua decisão estava tomada. Para agradar ao monge de Amazu, ela salvaria o templo de Enryakuji. Teria muito tempo em seguida para distinguir quem era o mais íntegro dos dois: mestre Yu ou esse pirata de grande classe.

Quando chegaram ao nível da barreira rochosa da montanha Hiye, os temores de Yasumi retornaram. A paisagem extremamente branca oferecia apenas um céu pálido, às vezes atravessado pelo esvoaçar de um pássaro negro, grasnando. Seu coração enlouqueceu quando os cavaleiros ultrapassaram a abertura do rochedo no qual Sishi e Longa Lua mantinham-se escondidos.

O anão, curvado sobre sua montaria, ao vento, olhos fixos ao longe em direção da montanha rochosa, deu uma brusca meia-volta e seu cavalo ficou na frente daquele de Motokata que, há pouco, havia distanciado-se de seus companheiros.

— Chefe, propomos ir à frente, porque demoras muito com teu fardo na garupa.

— Meu "fardo na garupa" — replicou Motokata com tom incisivo — tem razão em afirmar que nosso homem chegou sem dúvida há muito tempo ao templo de Amazu. A essa hora, deve explicar-se diante do velho Yu Tingkuo, entregando-lhe lastimosamente a mensagem que lhe entregaram. Podemos estar certos de que não remeterá outra a um de seus cúmplices antes do vigésimo dia deste mesmo mês.

Yasumi não se agitou. Mas como não esquecer esse vigésimo dia do mês Sem Deuses escrito na mensagem de mestre Yu, dia do saque e dos massacres! Sim! Era necessário evitar tudo isso. Refletir intensamente, sopesar os riscos, avaliar as consequências e escolher aquelas que lhe pareciam menos arriscadas. Yasumi teria ao menos a possibilidade de entrever a melhor solução, enquanto seu espírito confundia-se?

Sempre presa entre os braços de Motokata, observou os homens montados nos cavalos. Eles se mantinham curvados, com os olhos ofuscados de embuste e desconfiança, inteiramente envolvidos nesse espaço e nessa liberdade em que viviam, respiravam, cavalgavam. Nenhum devia ter domicílio. De resto, nenhum teria aceitado deixar-se encerrar em um lugar, mesmo que fosse uma prisão dourada. Eram feitos para a liberdade, a rapina e a aventura.

Motokata seria da mesma farinha que esses piratas? Yasumi, que não cessava de observá-lo, estava submersa por impressões contraditórias. Ele surpreendia-se e ela quase deixava-se encantar, seduzir, tanto quanto desejava desprezá-lo e condená-lo. De repente, ouviu sua ordem com alívio extremo:

— Kyo! Deixemos para lá esse homem e dispersemo-nos até a data combinada, uma vez que a mensagem voltou a seu lugar de origem. No aguardo, vai juntar-te aos outros e confirma-lhes a data do ataque ao templo. Quanto a vocês — acrescentou, apontando o dedo para os dois outros cavaleiros —, estão liberados. Voltem aqui mesmo dentro de quinze dias, e que não falte um.

— E a moça? — perguntou o anão.

— A moça não te diz respeito.

— Sabemos! — ironizou um dos dois outros em um sorriso malicioso. — O melhor do butim é sempre do chefe.

— Não sou um butim! — gritou Yasumi, com as faces avermelhadas e os olhos revoltos pela raiva.

— O que és, pois, senão uma prisioneira? — retrucou o homem rindo.

— Estou certa de que seu chefe vai libertar-me daqui a pouco. A essas palavras, os outros romperam em gargalhadas. Risadas fustigantes que não deixavam prever nada de bom. E como essa hilaridade ameaçadora não terminava mais, repetindo-se até em eco nos rochedos vizinhos, Yasumi agitou-se no cavalo de Motokata. Ele a apertou mais em volta de seus braços, para que ela não se jogasse voluntariamente da montaria.

Enfim, um dos homens parou de rir e apontou com o dedo indicador para ela:

— Veremos! Mas acredito que vais passar um mau quarto de hora, minha linda!

— Basta! — vociferou Motokata, com os olhos negros de uma fúria contida. — Querem que os chicoteie por sua audácia e idiotice ou que os decapite por sua insolência?

Com uma mão, levantou seu chicote e, com a outra, puxou seu sabre e o fez rodopiar no ar.

Não houve mais palavra, e os dois cavaleiros, seguidos do anão Kyo, desapareceram em um galope desenfreado. Quando Motokata não viu mais senão três pontos desaparecendo no horizonte e sentiu Yasumi distender-se, perguntou, com voz estranhamente impregnada de doçura:

— Não estás com fome?

— Sim.

Puxou as rédeas e deu meia-volta. A jovem reencontrou sua serenidade ao vê-los afastar-se do rochedo onde escondia-se Sishi.

Deixou-se, pois, levar, tomada pela embriaguez desse novo trem do inferno.

No fim de um longo quarto de hora, diminuindo a marcha do cavalo, Motokata contornou o ângulo da barreira rochosa de Hiye, escondido por um antigo edifício cujas ruínas se acumulavam em um gigantesco montão de pedras. Em seguida, esgueirando-se em uma passagem estreita, cuja entrada só ele conhecia, seguiu-a até o fim, onde abria-se um espaço poupado pela neve. Yasumi ergueu os olhos e viu que os rochedos que o cercavam desciam como em declive suave, abrigando um local estranhamente calmo e sereno.

— É meu refúgio — falou. — Aqui ninguém vem incomodar-me. Aqui só fico para passar o tempo e descansar.

Depois empurrou uma grande pedra cinzenta que servia de porta. A pedra oscilou em sua base, rodou e uma caverna confortável abriu-se aos olhos esbugalhados de Yasumi. Mal notou que Ramo Ardente, o cavalo de Motokata, entrava no local como verdadeiro proprietário e convencido de que ali entregaria-se ao repouso.

O antro era espaçoso. Grandes baús laqueados de preto, outros laqueados de vermelho, decorados com motivos florais e fechados com cadeados de ouro, serviam de bancos e mesas. Cobertores de pele estavam estendidos no chão batido. Nas paredes da caverna, estavam dependuradas armas. Armas! Yasumi via-as por toda parte. Armas! Yasumi nunca havia visto tantas reunidas em um lugar tão estreito.

— De quem são? — ouviu-se a si mesma murmurar.
— De quem queres que sejam? Elas me pertencem.
— Tu as roubaste? — ele se pôs a rir.
— Roubar! Roubar! Por que roubar? Na verdade, recuperei muitas delas.
— Massacraste pessoas para acumular tudo isso?

Com um gesto de mão, ela deu uma volta no recinto.

— Já te disse que eu não era nem ladrão nem assassino. E sou adversário do clã de meu irmão. Os homens que viste são os dele.

Voltou-se para ela e viu um clarão estranho brilhar em seus olhos.

— Trata-se de bens e riquezas que recupero aos poucos. Simplesmente tento retomá-las de maneira diferente de meu irmão que, ele sim, só tem raiva e violência no coração. E esse monge de Amazu tem forte tendência a nos confundir.

— Ah! — fez Yasumi. — E onde estão todos esses tesouros?
— No templo de Enryakuji.

Yasumi sentia que podia prosseguir seu interrogatório. Estaria, pois, certo, nesse ponto, de que ela já era sua presa e que não escaparia?

— Por que tuas riquezas estão guardadas na casa dos monges de Enryakuji?

— Porque me foram roubadas. Velhos manuscritos chineses! Cerâmicas! Objetos de prata! Ouro! Nada pertence aos monges. Deram-lhes de presente esse furto, e é ilegal.

— Mas por quê?
— Isso, meu belo pássaro, é muito cedo para dizer-te!

Yasumi fez menção de ir embora. Mas para onde podia fugir?

A abertura da caverna estava fechada e ela não conhecia o mecanismo. Voltou-se para Ramo Ardente. Já havia apoderado-se da palha e da forragem que recobriam o fundo do antro.

Yasumi dirigiu-se à grande pedra chata que fechava a caverna. Em duas passadas Motokata a agarrou e a apertou contra ele. Ela deixou-se molemente descair, sem opor a menor resistência.

— Todo este ouro provém do patrimônio de minha família — esclareceu. — Mas meu método não é o mesmo que o de meu irmão. Para mim, as ameaças são suficientes. Para meu irmão, mortes e sangue são necessários. Não quero sujar meu nome.

— Teu nome! Qual é?

— Sou um Fujiwara.

Um vigoroso golpe de ar chicoteou-a como se voasse para o espaço e recaísse pesadamente no chão. Livrou-se dos braços de Motokata e inflou o busto:

— Eu também sou uma Fujiwara.

Poderia ter dito "Sou um demônio" ou "Sou um Buda", que ele não teria ficado mais surpreso. Ele a encarou sem compreender. Ela zombava? Ele observou longamente suas pupilas dilatadas e o rosa que tingia suas faces.

— Tu! Uma Fujiwara! Tu que viajas a pé, que não usas quimono elegante. Tu, cujas sobrancelhas não são depiladas e que não tens os dentes laqueados, nem o rosto maquiado de branco de cerusa. Tu, que te assemelhas a uma bárbara, tu, que...

Ela sorriu e escondeu o rosto por trás da mão erguida até a altura dos olhos. Depois inclinou a cabeça, estendeu-lhe a mão como se lhe apresentasse um leque e murmurou:

> Quando a lua está escondida atrás das montanhas,
> ninguém sabe como ela vai surgir por detrás delas.

Embaraçado, hesitou e não soube como sair de uma situação em que Yasumi tinha a vantagem e se mostrava mais instruída que ele. Seu poema era curto, mas fino e sutil. Enfim, reagiu e, por sua vez, murmurou:

> Quando a lua se levanta por detrás da montanha,
> nem sempre mostra sua verdadeira cor,
> é então que saem todos os demônios.

Yasumi pareceu satisfeita. Aproximou-se dele e cochichou com voz tranquila:

> Esta noite os demônios não sairão.

Ele a fitava quase duramente, sobrancelhas carregadas e lábios apertados, pensando no que devia responder. Yasumi voltou-se para ele e curvou a cabeça, dirigindo os olhos para a parte inferior de seu quimono e de sua roupa.
— Para mim também é difícil acreditar em ti, a julgar por teu aspecto de pirata, ainda que tentes escondê-lo sob teus ares de grande senhor.
Ele a tomou em seus braços e obrigou-a a reerguer a cabeça.
— Acredito em ti, não tens o aspecto de uma camponesa. Mas...
— Mas que eu seja da família dos Fujiwaras te deixa sem voz.
Largou-a, tossiu, com a mão diante da boca.
— Que vais fazer em Kyoto?
— Encontrar meu pai. Vive na corte.
— Quem é teu pai?
— Tamekata Kenzo.
— Mas eu o conheço!
A jovem deu um salto, desorientada. Para que não visse seus olhos, escondeu-os atrás de sua mão, palma aberta sobre as pálpebras levantadas. Ordenou a seu coração que se acalmasse e a seu corpo que não tremesse mais. Enfim, ela podia contar-lhe tudo. Suas pernas tremeram e viu-se confortavelmente encolhida nos braços de Motokata, enquanto ele respirava sobre sua delicada nuca.
Mais afastado, Ramo Ardente tinha estirado-se na palha e cochilava.

◆

Motokata apertava Yasumi tão fortemente, que ela teve a respiração cortada. Depois ele deu uma sonora gargalhada que mostrou todos os seus dentes. Sem nada acrescentar, ele a levantou do chão e carregou-a para a esteira desenrolada sobre uma das peles de leopardo. Ele a depôs suavemente como ao confiar a alguém um belo objeto precioso, mas esse "alguém" era ele próprio e, de momento, esse "ele próprio" contava realmente dispor das alegrias que lhe proporcionaria esse tesouro inestimável.

Ela se enroscou como uma criança, de que, de resto, tinha todo o aspecto: seu rosto, limpo de qualquer maquiagem, e seus dentes brancos como aqueles das meninas que ainda não aprenderam a laqueá-los de preto.

Yasumi ainda conservava uma aparência infantil: seus olhos... e sua boca, que não apresentavam o oblíquo do traço preto desenhado com pincel, mesmo sua boca, que não mostrava o desenho purpúreo dos lábios em coração.

— Como está? Sim! Como está meu pai? — perguntou com voz baixa, que subitamente tornou-se delicada.

— Por que esta pergunta? Não o conheces?

— Ele tinha uma concubina e minha mãe não suportou. Voltou para a terra em que nasceu. Foi lá que vivi até a morte dela, na primavera passada.

— E tu fugiste de tua casa.

— Eu não fugi, fui jogada para fora de casa.

— Estás sozinha? — aquiesceu com a cabeça.

— Quem é meu pai? — repetiu ela. — Dize-me, rogo-te.

Motokata devia ter entre vinte e cinco e trinta anos. Talvez mais, porque seu rosto estava tostado e pequenas rugas, tão leves como encrespaduras de lago levantadas por um zéfiro de verão, corriam em sua fronte. Uma barba nascente que invadia suas faces o envelhecia.

Belo, certamente! Magnífico e, mais ainda, uma grande distinção emanava de todo o seu ser. Um príncipe! Um senhor! Tinha motivos para apaixonar-se por ele.

Deitado sobre ela, retirou sua pesada capa forrada e jogou-a para longe, atrás dele. Ela estava vestida com o quimono de algodão, curto como uma túnica. Suas calças bufantes caíam-lhe até os tornozelos. Era seu vestuário de estrada, que praticamente nunca havia deixado.

O outro, aquele de seda, o quimono das festas, o vestido de gala, estava enrolado em sua mala.

Ele a encarou por alguns instantes, mediu a graça de sua silhueta, avaliou a elegância de sua pose, depois levantou-se e foi acender o fogo, porque as poucas tochas penduradas nas paredes entre as armas só iluminavam o antro, mas não o aqueciam.

— Teu pai não subiu muito na hierarquia dos grandes dignitários e lembro-me de que não realizou nenhuma proeza que o destaque, a não ser a de correr atrás das cortesãs, o que o deixou, várias vezes, em má situação.

A alusão que fazia à fraqueza moral de seu pai desconcertava-a um pouco. Mas o que achava? Ele a teria abandonado desse modo, se tivesse sido diferente?

— Ele não tem três filhos?
— Sim — respondeu a jovem.
— Conheço-os também.

Ele esfregava ativamente os pedaços de carvão de madeira para acendê-los. Uma fumaça acre e opaca começou a encher a caverna. Depois de alguns minutos, as chamas crepitaram e a fumaça desapareceu pelas minúsculas falhas que se infiltravam no rochedo.

— Os Tamekatas Tairas são, portanto, teus irmãos! — disse em tom irônico.

Levantou-se, aproximou-se de uma pequena caixa laqueada de vermelho e retirou algumas porções de peixe defumado, enroladas em folhas de acácia. Estendeu-as a Yasumi.

— Toma, come! Recobrarás as forças.

Depois recolheu-se em seu canto sobre a esteira, enquanto ela recortava o peixe em pequenos pedaços e comia delicadamente.

— Sim! Conheço teus irmãos, especialmente o mais jovem que, talvez, irá mais longe que seu pai. Os dois outros, acho, foram nomeados recentemente para a guarda das portas do palácio. Esses postos não são muito importantes e seria necessário que eles se distinguissem, por sua vez, para conseguir ascender à corte.

Ele a olhou com olhar desconfiado:

— Por que dizes que és uma Fujiwara? Teu pai não o é. Lentamente, voltou seu rosto para ele:

— Minha mãe e meu tio eram Fujiwaras. Por seu casamento, minha mãe entrou na família Taira. Mas eu não quero ser uma Taira.

Ele aquiesceu com a cabeça e prosseguiu:

— Tu tens mil vezes razão, porque são os Fujiwaras que governam o palácio. Depois da morte do conselheiro Michitaka, seu irmão Michikane chegou ao poder e manteve a regência. Mas estava doente e só governou alguns anos. Depois, foi Michinaga, filho caçula dos Fujiwaras, que ainda mantém o posto de Grande Conselheiro Supremo na corte.

Yasumi ouvia atentamente. Essas informações lhe seriam úteis quando chegasse às portas do palácio.

— Isso quer dizer que terei todas as chances?

— Não! Porque não poderás provar tuas origens se teu pai e teus irmãos quiserem prejudicar-te. Não se dobrarão certamente diante de ti. Então, ninguém acreditará em ti.

Yasumi sacudiu fortemente a cabeça e sua vasta cabeleira desceu sobre seus ombros, suas costas e em toda a volta dela. Semelhante espetáculo fascinou Motokata, que não podia desviar seus olhos dessa maravilhosa imagem. Em alguns segundos, a cabeleira de Yasumi a havia recoberto inteiramente.

Motokata aproximou sua mão e apanhou uma longa mecha preta e sedosa, que estirou suavemente, para fazê-la deslizar interminavelmente entre seu polegar e seu indicador.

Ao mesmo tempo em que a observava, enrolou em torno de seu braço a longa mecha escura que parecia enfeitiçá-lo tanto. Assim, Yasumi era duplamente sua prisioneira.

— Como é possível que tenhas ficado por tanto tempo longe da corte? Tua mãe deveria ter pensado em teu futuro.

— Meu avô Jinichiro foi banido outrora pelo imperador Reizei. Seu exílio atingiu o filho, meu tio, e a filha, minha mãe. Mas eu quero reabilitar o nome dele e fazer-me ouvir.

— Posso ajudar-te, mas vai levar muito tempo.

— Estas são as primeiras palavras suaves que ouço desde minha partida de Musashi.

— Posso dizer-te outras.

Agora sabia como fazer para valorizar-se junto a Yasumi. Passado seu primeiro assombro, estaria certamente à altura de sua companheira.

Levantou-se primeiramente e retirou seu cinto e seu sabre, que depôs no chão. Depois dirigiu-se para uma pequena caixa laqueada de preto, finamente incrustada de ouro e marfim. Observando o mecanismo, fez girar a fechadura, levantou delicadamente a tampa e tirou uma folha de papel, que tinha a cor das nuvens tingidas por um sol estival. Finalmente, tomou um estojo e o abriu com delicadeza, precisamente como havia aberto a caixa.

Depois de algumas hesitações, escolheu um pincel, esfregou-o na pedra de tinta posta em um pequeno compartimento da caixa de escrever e, lentamente, traçou seu poema, que logo depositou aos pés dela.

> A NEVE CAIU LEVE E DENSA
> E, NA ESCURIDÃO,
> RECOBRE A MONTANHA.
> COM O VENTO DA NOITE E NOS PERFUMES ESMAGADOS,
> GOSTARIA DE VER A SOMBRA DA FLOR CRESCER.

Yasumi leu lentamente e seus olhos cintilaram. Depois, levantou-se e dirigiu-se por sua vez para sua mala, a fim de retirar seu leque. Quando retornou para perto dele, ele estendeu-lhe uma folha e o pincel. Sua resposta foi a seguinte:

> SOB A NEVE ESPESSA DO INVERNO,
> A SOMBRA DA FLOR SE ESCONDE E ESTREMECE
> E NINGUÉM PODE VÊ-LA.
> MAS QUANDO A SOMBRA DESAPARECE
> AS PÉTALAS PERFURAM A NEVE E SE MOSTRAM.

Ela dobrou delicadamente sua folha, apanhou seu leque, depositou nele o poema e estendeu a ele. Todo o seu ser vibrava. O jogo da sedução começava. O olhar que Motokata pousava sobre ela acendeu-se de desejo e seus olhos estavam repletos de uma forte vontade de possuí-la. Mas soube esperar.

Sua cabeça estava descoberta, e a grande trança, que ele havia atado atrás, balançava ao ritmo de seus gestos.

Seus trajes limpos e luxuosos, apesar do caminho que havia percorrido desde sua partida de Kyoto, surpreenderam a jovem. Seu quimono externo de cetim verde-pálido, decorado de folhas cor de ouro, brilhava como um sol sob a luz das tochas penduradas nas paredes da caverna. Afastou os panos para mostrar sua roupa interior, e Yasumi viu que, sob o largo *obi* cor de ameixa silvestre, a tonalidade de seu vestuário de baixo era verde-cipreste.

— *A sombra da flor se confunde e se perde* — cochichou na parte côncava de sua orelha.

Yasumi nunca havia sido tomada por essa curiosa vertigem que a envolvia por inteiro. Que acontecia com ela? Dentro de um instante, ela ofereceria a intimidade de seu corpo a esse homem jovem e sedutor, esse cavaleiro impetuoso meio pirata, meio senhor. Ele iria roubar-lhe sua energia, suas esperanças, seus projetos? Ah! Como vencer essa doçura quando ele acariciava sua nuca? Como resistir a essa respiração que roçava sua boca, que deslizava por sua garganta?

Uma tocha fazia brilhar nos olhos deles um desejo recíproco. Suas mãos entrelaçavam-se em gestos cada vez mais prementes. O fogo crepitava suavemente. A tocha iluminava justamente o que devia para que o desejo se lesse em seus olhos e se transformasse até a loucura.

Para Motokata não era a primeira mulher, mas Yasumi estava muito longe de pensar que outras antes dela tinham recebido as mesmas carícias, ouvido os mesmos suspiros, vivido as mesmas comoções!

Estavam de joelhos, um diante do outro. Motokata tomou-a em seus braços e, puxando um tufo de seus cabelos, fez dobrar sua cabeça para trás, descobrindo sua garganta e seus dois pequenos seios palpitantes que ele tomou, ávido e guloso, em sua boca. Depois ele a prostrou para melhor cavalgá-la. Com suas vestes abertas e levantadas, Yasumi respirava em pequenos intervalos precipitados. Motokata começou a desenlaçar as ligaduras que apertavam seus tornozelos e as peças largas e infladas das calças voaram, depois se afastaram, deixando nu seu sexo e suas coxas sedosas.

Enfim, a flor perfura a neve e se mostra. Yasumi mantinha-se ali, enfeitada pela claridade de seu ventre branco e pelo batimento acelerado de seu coração. A sombra não a escondia mais e a neve estava prestes a estalar.

No fundo da caverna, Ramo Ardente não se movia. Era um belo alazão, tão fulvo como seu patrão. Nenhum relincho saía de seu peito, somente seus músculos e seu flanco vibravam ao ritmo de sua respiração. Haveria compreendido que aqui o barulho não devia sair da muralha e que, enquanto seu patrão dormisse ali, entre as paredes de pedra e os tesouros dos Fujiwaras, nada podia lhe acontecer?

◆

Dormiram pacificamente, depois despertaram e comeram um pouco. Como não havia mais peixe defumado, eram alimentos improvisados que Motokata escondia em um abrigo desse antro de amor: raízes de gengibre, sementes de gergelim, bolinhos de arroz e frutas secas. Havia abundância de alimentos, com que poderia aguentar um cerco de mais de vinte dias!

Yasumi, que não saía da caverna, vestia seu belo quimono de seda e deixava seus cabelos negros caírem até o chão. Motokata não cansava-se de olhá-los, alisá-los com seus dedos e acariciá-los.

A cada aurora — houve quatro, e era mais ou menos o tempo que Yasumi havia estabelecido para Sishi sair de seu refúgio —, Motokata encontrava-se entre suas coxas, que acariciava, que não se cansava de acariciar.

Yasumi degustou as incomparáveis volúpias desse amor inesperado. O tronco tenso e o sexo ereto de seu amante a faziam tremer de desejo. Ele a penetrava suavemente, com essa respiração rouca que ela retomava em cadência. Nenhuma vez ele a havia despido inteiramente. Nenhuma vez ele havia visto com um só olhar todas as suas curvas delicadas reunidas em uma imagem única. Ele as olhava, contemplava, acariciava, umas após outras. Desnudando alternadamente cada parte que ele queria saborear e recobrindo-as quando queria provar outra.

No quarto dia, Yasumi tinha dormido pouco e Motokata menos ainda. Aproveitava, pois, até esse ponto de sua sedutora amante? Desconfiava talvez que não teria mais tempo para saboreá-la como gostaria tanto de fazê-lo? Yasumi, por sua vez, sabia que devia partir novamente. Talvez tivesse até pressentido o que deveria acontecer.

O chamado! O chamado de Longa Lua. A irresistível vontade de rever seu cavalo. Sem dormir à noite, nessa manhã Motokata dormia um sono pesado, deixando Yasumi livre. E foi justamente no momento em que apurava o ouvido que escutou um sussurro que recordava-lhe o passo silencioso de Longa Lua sobre a neve.

Intrigada, levantou-se, afastou-se de Motokata, que dormia, com o nariz enfiado sob o cobertor. Tateando, encontrou o corredor que conduzia para fora. A abertura da caverna permitiu-lhe sair, visto que agora conhecia o mecanismo. Por que retornou seguindo seus passos? Por que apanhou a mala cheia de todas as suas lembranças, quando, por ora, só contavam as que escondia nela, no mais profundo de seu coração, de sua alma, de sua cabeça? Yasumi estava repleta dessas lembranças.

Um instante mais tarde, estava no espaço iluminado por essa espécie de chaminé que o alto das rochas formava. Uns passos de cascos fizeram-se ouvir. Yasumi suspendeu a respiração e, levando sua mão aos olhos, porque a claridade que lhe havia faltado durante todos esses últimos dias a deslumbrava, distinguiu Longa Lua.

Ela se pôs a correr e o cavalo fez um salto para a frente, deixando o cavaleiro literalmente deitado sobre ele para não se desequilibrar pelo impulso prodigioso do animal.

— Sishi! — gritou ela.

Depois, correu mais. Tropeçando em uma pedra, quase caiu.

— Longa Lua!

Finalmente, chegou perto dela, agarrando com todas as suas forças à crina que se oferecia. Sishi inclinou-se e, ajudando-a a montar, falou com voz trêmula:

— Não acreditava nisso. Foi ela que insistiu em vir por aqui. Foi ela que te encontrou. Achei, em um momento, que tivesse ficado louca e que me arrastasse para um perigo, do qual praticamente não poderia ter escapado. Ela te sentiu, Yasumi. Ela farejou teu cheiro desde que saímos do rochedo onde estávamos escondidos.

A égua já tinha tomado uma marcha de corrida. Inebriado na febre de sua alegria, Sishi prosseguia, volúvel:

— Quando me preparava para retornar a Amazu como tu me havias indicado, ela relinchou, hesitou, girou por muito tempo, como se não soubesse o que fazer, depois, subitamente, lançou-se ao lado oposto ao que eu queria fazê-la tomar.

As palavras que Sishi pronunciava às pressas se misturavam com as imagens vivas e indeléveis que Yasumi tentava repelir. Era necessário correr tão rapidamente de modo a esquecer em alguns segundos as horas deliciosas que acabara de viver. Sentiu lágrimas rolando de suas pálpebras.

— Depressa, vamos para o templo de Enryakuji antes que mude de ideia. Depressa, Sishi!

— Mas por que mudarias de ideia?

— Nem eu mesma o sei — murmurou a jovem.

A neve não caía, mas um vento frio tinha levantado-se, um vento que cortava a respiração e paralisava as mãos. Cavalgaram a toda brida e foi somente bem mais longe, quando Yasumi compreendeu que não voltaria, mas que Ramo Ardente a perseguia talvez, aguilhoado pela ira de Motokata, que voltou a cabeça para persuadir-se do contrário. Foi nesse momento que Sishi viu seu rosto inundado de lágrimas.

— Yasumi! — exclamou.

Depois fechou a boca e calou-se, ciente de que uma pergunta seria sem dúvida uma indiscrição. Então não insistiu e cercou com seus braços o corpo de Yasumi, deixando-se levar em suas meditações. Mas, pouco tempo mais tarde, despertou de suas reflexões e percebeu que a melancolia de sua companheira não havia desaparecido.

— Vamos cumprir nossa missão. Graças a nós, o templo será salvo do saque e da morte. Graças a nós, Yasumi. Sim! Graças a nós.

Sishi não sabia se devia rir ou ficar sério. Levantava os braços para o alto e os projetava no espaço, balançando-os como as asas de um grande pássaro planando perto do solo e não cessando de gritar: "Graças a nós! Graças a nós!" E, de repente, Yasumi pensou que seus nervos iriam estalar. A longa espera nas depressões dos rochedos, temendo uma provável morte, parecia ter desorientado seu espírito. Descobrir-se como uma alma com energia mental dividida não lhe caía bem.

A jovem deixou escapar um longo suspiro. "Estou feliz ou estou triste? A neve vai cair ainda, a lua será branca e o tempo vai passar! Estou prestes a perder tudo? Não! Porque vamos evitar um grande massacre. Ah! Sishi, é unicamente por essa razão que retornei."

Sua cabeça estava pesada. Parecia-lhe que, em lugar do coração, tinha agora uma pedra. Uma enorme e pesada pedra que ela nunca poderia jogar por sobre a montanha para desvencilhar-se dela. Acabava de trair Motokata. Era um peso de que não se aliviaria jamais. Ela zombava de seu belo amor. Enganava vergonhosamente a confiança do homem que a havia amado durante quatro dias e quatro noites. Como poderia olhá-lo de novo frente a frente, se Buda o repusesse um dia em seu caminho?

Ah! Por que devia ser ele um pirata e ao mesmo tempo um senhor? Ela tinha soltado a presa em troca da sombra? Como podia esquecer que Motokata havia proposto levá-la a encontrar seu pai? Com ele, tudo teria sido tão fácil: a introdução na corte, o encontro com seu pai, seus irmãos, sua família e, melhor ainda, a reabilitação de seu nome na grande família dos Fujiwaras, visto que ele era um deles. O que tinha feito? Motokata iria persegui-la doravante com seu rancor, com sua vingança, talvez até mesmo com um ódio implacável, e iria barrar-lhe definitivamente as vias do sucesso social.

Havia largado tudo para salvar um templo que não era nada para ela e onde não conhecia ninguém. Tinha cedido à honra e ao dever por um homem de quem ignorava tudo: Yu Tingkuo. Quem era realmente? Um ladrão também ele, como tantos outros sacerdotes budistas ou xintoístas que procuravam apropriar-se dos bens que não lhes pertenciam, a fim de aumentar seus templos e ao mesmo tempo reforçar seu poder?

Se não estivesse em jogo a vida de todos esses pobres monges, Yasumi certamente não teria agido assim.

◆

Chegaram às portas do templo pouco antes da noite. Longa Lua não parecia exausta, apesar de ter percorrido um longo trajeto desde sua partida das cavernas do monte Hiye.

Maior que o templo de Amazu, o de Enryakuji impunha-se por seus múltiplos tetos de extremidades arrebitadas que se superpunham e entre as quais colunas esculpidas alinhavam-se. Mesmo de longe, podiam ser notadas, tão altas eram. Uma imensa estátua de Buda sorridente os acolheu. Posta sobre um pedestal de pedra polida, ela ficava frente a uma aleia de salgueiros de troncos negros e desnudados que conduzia a uma das entradas do templo, mas Sishi notou que essa não era a porta pela qual deviam entrar.

Bem no fundo, contornando um dos lados, um conjunto de grandes ciprestes cobertos de neve guiou-os até a porta central. À direita, estendia-se um lago gelado. Houve quem dissesse que esperava os primeiros raios de um sol tardio para rachar sua frágil camada de gelo.

Em tempo bom, os monges deviam fazer ali suas abluções cotidianas. À esquerda, uma ponte toda branca atravessava um rio, também congelado. Somente os seixos marcavam ainda sua posição, toda impregnada pelas belezas da última estação. Sentiam-se os últimos dias do inverno estremecer e, pela primeira vez, Yasumi pressentiu que a primavera não iria tardar.

O monge porteiro mostrou seu rosto e, observando detalhadamente o hábito de Sishi, viu que se tratava de um monge do templo de Amazu. Indicou-lhes que deviam contornar o santuário e bater a uma das portas que estavam na parte de trás. Em alguns segundos, apresentaram-se ali, e outro monge dessa vez fez deslizar a porta externa que se encontrava exatamente à direita e que dava diretamente sobre o lago.

A grande porta na fachada do pagode só devia abrir-se nas cerimônias oficiais, quando o imperador deslocava-se, escoltado por seu séquito e por seus guardas.

— Vimos do templo de Amazu e temos uma mensagem de mestre Yu Tingkuo. Podemos entrar?

— Mas quem são? — exclamou o monge budista, vendo o rosto de Yasumi. — Teu companheiro é um monge de Amazu, mas tu?

— Sou aquela a quem mestre Yu entregou a mensagem. Chamo-me Suhokawa Yasumi, do ramo dos Fujiwaras.

— Bem! Bem! — fez o monge, observando Yasumi com a maior atenção, como se pudesse desvendar o que ela pensava realmente.

E, nesse momento preciso, ela pensava que Motokata não era realmente o responsável pelas atrocidades que se preparavam e que, ao ler a mensagem, o superior de Enryakuji o amaldiçoaria e o puniria talvez com a morte. Motokata pagaria por seu irmão, agora Yasumi o sabia. Aí está o que seu senso da honra e do dever para com mestre Yu provocaria. Seu sangue se pôs a borbulhar e suas têmporas a tamborilar.

Foi nesse momento também que ela se deu conta de que, muito absorvida pela atração que sentia por Motokata, havia se esquecido de pedir-lhe o nome do irmão dele. Como poderia doravante acusá-lo para inocentar Motokata? Que dizer de plausível para desculpar a vontade selvagem de um Fujiwara de recuperar os bens que lhe haviam sido roubados sem, no entanto, fazê-lo por meio de crueldade e matança?

Fomos atacados selvagemente por quatro bandidos — apressou-se em contar Sishi — e fomos jogados no lago congelado, onde meu cavalo pereceu. Pareceria que...

— Gostaria de ver teu superior — interrompeu Yasumi. — Leva-nos a ele. É urgente. Deve tomar providências rapidamente.

— Providências! Que queres dizer?

— Cabe dizê-lo ao superior deste templo.

O tom de Yasumi era bastante seco, porque desejava terminar com isso o mais rapidamente possível para ficar sozinha. Só pensava no cumprimento dessa missão que detestava. Poderia, finalmente, cavalgar pela estrada de Kyoto, sonhar em recomeçar tudo, aprender tudo e esquecer tudo.

O monge não insistiu. Conduziu-os para uma grande sala vazia, onde somente um santuário exibia um Buda cercado de velas vermelhas, que queimavam, desprendendo um forte odor de incenso.

— Quem lhes disse que eu deveria tomar rapidamente providências? — ouviram atrás de si.

Voltaram-se bruscamente e viram o superior. De baixa estatura e de silhueta bastante arredondada, vestia uma longa túnica branca e seus pés estavam despidos, enfiados em sandálias de junco trançado. Seu rosto refletia o que refletem todos os dos sacerdotes budistas: serenidade de alma e uma aparente tranquilidade no gesto e nas palavras. Mas o que esse homem escondia dentro dele? Sede de poder! Uma ambição que o levava a apropriar-se do que não lhe pertencia. De repente, pensou em todo esse ouro e em todas essas riquezas de que lhe havia falado Motokata e teve vontade de excitar a curiosidade do superior.

— Meu companheiro e eu sabemos que deves tomar providências, porque fomos obrigados a ler a mensagem.

— Por quê?

— Porque teria sido impossível para nós reagir sem saber o que devíamos esperar. Esses quatro homens podiam roubar o documento e, caso o tivessem encontrado, mas nós tivéssemos conseguido escapar, era realmente necessário revelar-te o conteúdo. Não nos mataram, contudo, e tampouco encontraram a mensagem.

Yasumi observava a impassibilidade do monge. Nenhuma ruga de seu rosto se movia. Em uma fração de segundo, ela perguntou-se qual dos dois irmãos iria realmente atacar o mosteiro no vigésimo dia desse mês... Motokata não parecia de acordo com o que seu irmão havia tramado, mesmo que os tivesse perseguido para apropriar-se da mensagem.

Remexendo em uma das largas dobras de suas amplas calças, Yasumi tomou o embrulho e o entregou.

— Soubemos que eram ameaçados não somente de roubo, mas de morte. Só esse motivo nos fez aguentar até o fim. Tivemos dez vezes a oportunidade de voltar a Amazu.

O superior a observava com seus pequenos olhos apertados, procurando adivinhar seu pensamento.

— Podes alojar-nos uma noite ou duas e alimentar o monge Sishi? À parte alguns bolinhos, nada mais comeu já faz cinco dias.

— E tu, minha jovem?

Seus olhos inquisidores a prescrutavam, esquadrinhavam-na. Yasumi não gostava desse homem. Não parecia ter a generosidade de alma de mestre Yu.

— Eu, eu estava... estava sequestrada pelo chefe do bando.

— Ele a torturou?

— Não.

— Interrogou-te?

— Sim. Mas eu não disse nada.

— Sabes seu nome? Ele não revelou a ti?

— Não. Não sei nem o dele, nem o dos outros.

Como insistia em esquadrinhar seu rosto, ela continuou com voz firme, a fim de fechar de uma vez por todas esse ponto delicado:

— Estava amarrada e amordaçada.

— És corajosa e parece-me que soubeste tomar as rédeas da situação. Que posso fazer para te agradecer?

— Nada mais que acompanhar o monge Sishi de volta ao templo de Amazu, depois que tiver comido e dormido pacificamente. Longa Lua é meu cavalo e penso em partir amanhã pela aurora.

— Yasumi! — exclamou o jovem monge —, tu não voltas comigo?

— Não, Sishi, meu caminho prossegue em frente. Devo dirigir-me o mais rapidamente possível a Kyoto.

— Mas por que tão bruscamente? Mestre Yu...

— Mestre Yu ficará contente comigo, contigo, com nosso sucesso, e tu o sabes. Salvamos este templo do perigo em que incorria. É o essencial.

Voltou-se para o superior, cujos olhos não a deixavam.

— Gostaria simplesmente de levar um cobertor, porque o meu ficou lá onde estava sob sequestro.

— Será feito como desejas.

Yasumi aproximou-se de Sishi e tomou as duas mãos dele nas suas. Acariciou-as um instante, fixando ao mesmo tempo seu olhar.

— Se ficaste sem comida durante esses cinco longos dias, para mim fez falta o sono e só penso em dormir. Partirei amanhã de manhã e não vou rever-te. Adeus, Sishi. Obrigado por tua gentileza e por tua agradável companhia.

Largou as mãos dele como se fosse com pesar e recuou.

— Diz a mestre Yu que não o esquecerei nunca e que, se nossos caminhos cruzarem-se de novo, eu mesma lhe agradecerei por tudo o que me ensinou. Graças a ele, sinto-me mais rica.

Depois conduziram-na para um local calmo, onde pôde repousar. E bem cedo, no dia seguinte, foi o próprio superior que a despertou.

— A neve parou de cair e não faz muito frio. Parte agora. É preferível chegar às portas de Kyoto antes do cair da noite. Os guardas são numerosos, nem sempre deixam entrar aqueles que não conhecem. E, com o nome que tens, minha jovem, as curiosidades vão aguçar-se e as coisas não serão fáceis! Yu Tingkuo já deve ter-te deixado de sobreaviso.

— Sim.

— Então, desejo-te uma estrada tranquila.

Yasumi levantou os olhos na direção dele e, como na véspera, ele a observava com grande atenção.

— Ontem — explicou ela — perguntou-me o que poderias fazer para me agradecer. Pois bem, gostaria somente de ter a certeza de que, se tiver necessidade de me esconder ou de me preservar de um perigo, as portas de teu templo não serão fechadas para mim.

— Tens minha palavra.

CAPÍTULO 6

Kyoto não estava muito longe. Finalmente, Yasumi chegava ao fim de sua longa viagem. Um périplo que, certamente, não deveria se concluído com os batimentos de coração que a atormentavam tão violentamente. Sentia que um nada, um simples floco de neve, um leve sopro do ar que animava esse rude inverno, o perfume da lembrança, a imagem de uma carícia, podia desviá-la do objetivo ao qual tanto agarrava-se.

Sabia que podia ainda dar meia-volta, cavalgar para a caverna que havia abrigado seus primeiros amores. Depois, esperar! Esperar que Motokata viesse renovar esse poder imenso que havia exercido sobre ela e do qual acreditava não poder mais prescindir.

Mas Kyoto estendia-se, ali, na magia de suas cores e de seus ruídos, majestosa, imperial, erguendo-se a seus pés, soberba e triunfante. Kyoto, com que tanto havia sonhado!

Yasumi conhecia a história de Kyoto. Seu tio a havia contado e mestre Yu de Amazu tinha completado as lacunas, detalhando-lhe pontos que haviam permanecido na sombra.

Fundada em 794, a capital japonesa tinha também o nome de Heiankyo, a "Cidade da Paz", e se sua história era tão prestigiosa, é realmente porque havia substituído a antiga capital Nara, cujas origens remontavam ao século VIII.

Geograficamente, Kyoto estendia-se em uma vasta planície cujo norte, leste e oeste estavam cercados de colinas, propícias ao estabelecimento dos templos. O plano da cidade fora concebido segundo um sistema quadriculado em tabuleiros irregulares, separado no meio por uma larga avenida que chamava-se "Avenida do Pássaro Vermelho". A nordeste, erguia-se o palácio do imperador Ichijo. A leste e a oeste estendiam-se os grandes mercados e, mais ao sul, os comerciantes, com suas cem lojas.

Todo esse quadriculado de ruas e de grandes avenidas estava cercado de santuários e templos que, pela proximidade com a cidade, podiam ser frequentados quase diariamente.

Quanto mais Yasumi aproximava-se das portas da cidade, mais perguntava-se a que se assemelharia sua entrada no palácio, se pelo menos conseguisse convencer que ela era realmente uma Fujiwara.

O que ignorava ainda, pois ninguém a havia informado a respeito, era como estava organizado o palácio. Este compreendia várias partes, e aquela reservada aos apartamentos imperiais dividia-se em três: o pavilhão da Pureza e do Frescor, reservado ao imperador, e o pavilhão dos Perfumes, reservado à rainha; um pouco mais longe, separado deles pela avenida do Pássaro Vermelho, mas perto da grande porta, estava o pavilhão dos Guerreiros, onde os Tairas e os Minamotos dividiam casas e apartamentos.

Cada um dos oito grandes bairros da cidade era administrado por um alto funcionário do clã dos Fujiwaras e cada bairro comportava uma delegacia de polícia, dirigida por um oficial da guarda responsável pela vigilância de seu distrito.

A família Fujiwara tinha seus bairros a leste da capital, bem perto do palácio. Imensamente extensos, seus domínios ocupavam um quarto da cidade. Outro quarto da cidade pertencia aos nobres, aos grandes dignitários, a todos os altos funcionários, que eram responsáveis pela administração do palácio. Enfim, uma parte era reservada aos governadores de província que mantinham estreitas relações entre o palácio e as diversas regiões do país.

Restava o último quarto, dividido em parcelas miúdas entre os pequenos funcionários, as cortesãs, os comerciantes e a população da cidade.

◆

Yasumi chegou pela porta Leste. Não era certamente a melhor para entrar na cidade quando se era estranho na capital. Essa parte era sistematicamente a mais vigiada, porquanto ali se situava o palácio do imperador Ichijo, mas Yasumi o ignorava.

Por isso foi rejeitada sem cerimônia pelos guardas e enviada para a porta Sul. Esse primeiro fracasso a levou a refletir e disse a si mesma que, antes de ser repelida uma segunda vez, devia tomar o cuidado de informar-se do nome dos jovens oficiais que guardavam essa entrada. Talvez tivesse a chance de encontrar ali um que respondesse pelo nome de Tamekata.

Mas a porta Sul não trouxe-lhe mais informações que a Leste. Como Yasumi não possuía nenhum documento explicativo, não era nem comerciante nem mesmo ligada a um trabalho da cidade e seu nome não figurava no registro, foi afastada sem mais explicações e mandada para as artérias externas. Tratada rispidamente, humilhada pelos guardas da vigilância, não pôde sequer pedir o nome dos oficiais encarregados do comando. Tomou, pois, a decisão de contornar a cidade para tentar entrar pelo lado oeste.

Sem desanimar, Yasumi ruminava algumas amarguras alimentadas pela dificuldade que tinha em penetrar na cidade. Mestre Yu e o superior de Enryakuji a haviam realmente advertido a respeito.

"Por que não fiquei com Motokata"? — não cessava de repetir a si mesma em voz baixa. "Teria entrado nesta cidade de outra maneira, certamente, em certa medida como conquistadora, em vez de esmolar o mínimo favor. Será necessário que eu lamba as botas de todos esses belos senhores antes de encontrar um ouvido atento? Como fui tola ao escutar os conselhos de minha alma e não os de meu coração! Como fui, portanto, negligente, inconsciente em favorecer mestre Yu antes que ouvir Motokata!"

Yasumi iria pagar caro por seu ato de bravura, sua ação gratuita e generosa? Longa Lua trotava suavemente. Ao mesmo tempo em que observava ao redor dela as pessoas que se atarefavam em suas atividades pessoais, a jovem perguntava-se agora como, sem abrigo, iria poder alimentar sua égua e ocupar-se dela.

Na porta Oeste, foi mais bem acolhida. Um jovem guarda primeiramente a encarou com surpresa e, como ela sorria-lhe — era melhor jogar a próprio favor —, aproximou-se dela, devolvendo-lhe o sorriso. Com toda a certeza, devia achá-la majestosa sobre seu cavalo branco, com o busto ereto como um verdadeiro senhor, rosto levantado e a mão que segurava as rédeas com uma graça incontestável. Yasumi sentiu que, dessa vez, esse jovem guarda poderia talvez ajudá-la. Era necessário, pois, pôr de lado a triste feição que mostrava desde sua partida de Enryakuji e mostrar-se atenciosa. Por ele, se soubesse como fazer, conseguiria sem dúvida ficar a par do que queria saber.

Lançou-lhe um olhar que o perturbou, tanto mais que ela abaixou modestamente os olhos, como toda dama bem-nascida devia fazer, depois levantou-os para ele somente para dar-lhe a compreender que não era tola a ponto de submeter-se à primeira recusa grosseira. Por último, fez Longa Lua realizar um breve jogo equestre que gostava de impor-lhe quando queria deslumbrar as pessoas. Yasumi deitou sobre a espinha dorsal de sua égua que, bruscamente, ergueu-se para o alto, depois ficou parada sobre suas patas traseiras, levantando as dianteiras, e bateu o ar, agitando ao mesmo tempo sua crina. Um pequeno relincho para terminar a demonstração, e a apresentação estava feita. Certamente seria necessário ainda que Yasumi tivesse diante dela um espectador capaz de ficar encantado com essa bravata.

O jovem guarda estava deslumbrado. Arregalava os olhos sem nada dizer. Então ela o interpelou, sempre afável e sorridente.

— Que é necessário fazer para entrar aqui? — disparou ela em tom jovial. — Sou estranha na cidade, mas não no país, porque venho da província do Sul, Musashi. Devo a todo custo entrar em Kyoto. Podes dizer-me como devo proceder?

— De onde vens? — perguntou o jovem guarda, que não tinha escutado, tão deslumbrado estava pela bela apresentação dessa desconhecida.

— Como acabo de dizer, da província de Musashi.

Esse rapaz, que devia ter mais ou menos sua idade, parecia agora querer aceitar a conversa.

— Musashi! É longe — replicou, parecendo retomar sua atitude de guarda vigilante.

— Tu me dirias que é do outro lado do mundo e eu acreditaria facilmente, tamanha dificuldade tenho para entrar em Kyoto. Da porta Leste, fui mandada para a porta Sul, e da Sul, mandaram-me para a Oeste. Poderias gentilmente abrir-me esta cidade ou, se isso não é de tua competência, pôr-me em contato com a pessoa autorizada a fazê-lo?

Yasumi não abaixava mais os olhos para mostrar-se galanteadora, mas fitava-o intensamente. O jovem guarda corou um pouco e abaixou os seus, para logo levantá-los. Repentinamente, outro guarda chegou.

— Yoshira! Esta jovem gostaria de entrar na cidade, mas é estrangeira e...

— Não sou uma estrangeira, venho da província de Musashi.

— Por que desejas entrar na capital? — perguntou o recém-chegado.

— Para encontrar minha família.

— Estás inscrita no registro da cidade?

— Não, pois é a primeira vez que venho aqui.

— E não tens nenhum apoio, nenhum protetor?

Ela hesitou.

— Não.

— Tens pelo menos uma pessoa de tua família que podes contatar? — insistiu Yoshira.

Quase respondeu: "Sim! Meu pai. É isso. Quero contatar meu pai". Mas conteve-se. Os dois guardas iriam sem dúvida zombar dela, como os outros. Pensou que era mais prudente dar o nome de uma pessoa menos elevada que um membro da corte imperial. E, para não mentir, um só nome era possível, o de um de seus irmãos. Infelizmente, não sabia seus nomes.

— Procuro um jovem oficial da guarda das portas. Não o encontrei no Leste, nem no Sul, mas como rejeitaram-me sem nada perguntar, talvez ele encontre-se aqui.

Decidiu então apear de sua montaria para ficar diante de Yoshira, cujo porte e aparência destacavam-se. Um pouco jovem, mas belo rapaz!

— Vão, talvez, poder me informar? — prosseguiu ela, plantando-se diante dele.

— Como chama-se aquele que procuras?

A ideia que tinha até há pouco de não citar o nome de seu pai apagou-se para dar lugar a uma hesitação que logo sumiu. Ela avançou subitamente, como alguém que se precipita no oceano gritando, absorvido pelas ondas.

— É o filho de Tamekata Kenzo.

Surpresos, os dois guardas a observaram com um pouco mais de atenção, sem, no entanto, parecerem totalmente convencidos. Mas a forma como tinha proferido seu pedido, falando do filho e não do pai, correspondia melhor às exigências dos jovens.

— Qual? — perguntou Yoshira, sustentando seu olhar.

Por todos os Budas da terra! De qual trata-se? Yasumi pensou que, se Yoshira fosse mais velho, seria necessário que abaixasse os olhos para seduzi-lo mais. Talvez tivesse até tido necessidade de seu leque. Era necessário que agora tomasse o hábito de não separar-se mais dele. Uma dama da aristocracia não viaja sem seu leque. Mas ora, como era tola! Uma nobre dama não viaja tampouco a cavalo, mas em uma liteira.

Enfim, no momento, era necessário responder a esse guarda. Sim! "Qual?" Como não tinha pensado nisso? Seu pai tinha três filhos, dois de uma primeira concubina, outro de uma segunda concubina. Que podia responder? Ignorava seus nomes. E se Motokata não tivesse afirmado que dois deles eram guardas das portas da cidade, não teria podido encontrá-los antes de muitas semanas.

Se revelasse a esses rapazes que não sabia o nome daquele que indicava, eles a enviariam logo para outra porta, sabendo que ela bateria ali de novo, como uma mosca enlouquecida contra uma vidraça.

— O mais velho! — respondeu, baixando dessa vez os olhos para esconder seu embaraço.

— Ah! Kanuseke está na porta Leste. É surpreendente que não o tenhas visto lá.

— Na porta Leste! Como podia sabê-lo, se não me perguntaram...

— Quem viste?

— Não sei. Logo afastaram-se. Não sei mais como fazer. Por favor, ajudem-me a encontrá-lo.

Yoshira afastou seu companheiro com a mão, empurrando-o levemente, como para indicar que isso não era mais de sua alçada e que tomaria conta do caso. Depois mergulhou seus olhos no olhar sombrio de Yasumi. Seu rosto pareceu-lhe de repente tão patético que hesitou algum tempo.

— És a namorada dele?

Como não respondeu, ele julgou que a resposta era afirmativa.

— É estranho, Kanuseke nunca falou-me de ti.

— Ah! — fez ela, sem estender-se mais sobre essa constatação que só poderia embaraçá-la.

— O que é mais estranho ainda é que teu rosto não me é desconhecido. Juraria já ter-te visto.

Yasumi esboçou um sorriso pensando nesse irmão que não conhecia. Ela se parecia, pois, com ele? Se seu rosto indicasse semelhanças com o de Kanuseke, isso talvez facilitasse as coisas.

— Ah! — fez ela de novo, sem ousar insistir nesse ponto.

Mas parecia-lhe que agora seu companheiro estava totalmente livre de suas dúvidas, se realmente as tivesse tido.

— Kanuseke ocupa um alto posto de vigilância. Posso te conduzir até ele depois que tiver terminado meu serviço. Mas deves esperar o fim do dia. Retorna à décima segunda hora, quando estarei livre.

Ela o deixou, agradecendo-lhe calorosamente, com um certo bálsamo no coração. Enfim um acontecimento favorável vinha pontuar seu exaustivo e longo dia. Dentro de apenas algumas horas, iria ser confrontada com seu irmão mais velho, Kanuseke, que, logicamente, deveria levá-la a seu pai.

Kanuseke assemelhava-se a ela. Já era um ponto conquistado nos poucos elementos de que dispunha sobre sua família. Será que iria rejeitá-la covardemente, zombando dela? Será que iria ter compaixão dela e olhá-la com arrogância ou dedicar-lhe rapidamente viva simpatia?

Conduzia tranquilamente Longa Lua em torno de toda a cidade, visto que não podia entrar, mas a calma que demonstrava era apenas aparência. Com efeito, Yasumi estava tão impaciente como um botão que prepara-se para desabrochar sob o sol primaveril.

Dirigiu seu cavalo para o rio que costeava o oeste da cidade. Era um longo curso de água que chamava-se Katsura e que, mergulhando abruptamente em um vale profundo, reaparecia um pouco mais longe, bem perto de um pequeno templo que mostrava seu teto inclinado com as pontas recurvadas. Ao longo de suas margens, a neve havia derretido e, em certos lugares, viam-se os seixos inertes, amontoados pelo inverno, estranhamente sombrios sob o brilho da brancura que recobria ainda o monte vizinho.

Transeuntes atarefavam-se. Pessoas se agitavam. Poucos deles pareceram-lhe desocupados para que pudesse iniciar uma conversa que teria ensinado-lhe os rudimentos da vida cotidiana de Kyoto. Mas disse a si mesma que cada coisa viria em seu momento oportuno e que era necessário ter paciência ainda. Por ora, tomava o tempo para observar, julgar, compreender. Tentava parecer calma, embora grande impaciência batesse-lhe nas veias.

De repente, foi acometida de uma fome que não parou mais de titilar em seu estômago. Há dois dias não ingeria nada, e Longa Lua devia também suportar corajosamente sua barriga vazia.

Viu um mercador ambulante, cuja banca parecia tentadora. Depois de ter dado uma olhada em suas mercadorias, que limitavam-se a alguns espetos de peixe seco e alguns bolinhos de arroz enrolados em algas, comprou de uns e outros com o pouco dinheiro de que dispunha.

Terminou suas compras com algumas nozes e um bolo de gengibre, que encontrou em uma pequena loja. Ao mesmo tempo em que devorava sua refeição, disse para si mesma que retornaria a esses bairros populares da cidade, que pareciam-lhe mais acolhedores.

Depois, com o tempo passando, voltou de novo os olhos em direção da montanha de encostas suaves, cobertas de neve, em direção do rio ainda adormecido, cujo minúsculo filete prateado perdia-se na imobilidade de uma campanha invernal, a ponte de madeira que o atravessava, o céu branco onde passavam pássaros apressados em chegar a seu refúgio. Tudo isso, disse para si, era tão belo como às portas de sua província. Depois deu meia-volta e retornou ao local do encontro, logo que a décima segunda hora tocou.

◆

Yoshira não tinha mentido. Ele a esperava, já montado em seu cavalo, um alazão preto que exibia alegremente crina e cauda ruivas. De marcha sem dúvida menos suntuosa que Longa Lua, o cavalo tinha assim mesmo uma bela aparência e era um animal valente.

Ereto em cima de sua montaria, com o nariz empinado e peito erguido, com um chapéu laqueado de preto dissimulando sua cabeleira, exceto uma longa mecha que lhe caía ao longo da nuca, Yoshira tinha, ele também, distinção.

Seu largo quimono estava apertado na cintura por um largo cinto amarelo e suas calças amplas, amarradas nos tornozelos, deixavam aparecer botas entrelaçadas com fibras de bambu. Viu o sabre pendendo de seu cinto e pôs-se a pensar naquele de Motokata. Levava-o com certa desenvoltura e, no entanto, a extremidade dobrada despontava ameaçadora sob a cintura. Mas percebia-se que Yoshira não esperava de modo algum a hora em que seria necessário servir-se dele, enquanto Motokata tinha os olhos incessantemente à espreita e a mão nervosa pronta para agarrar, ao menor ruído, a empunhadura da arma.

Falaram pouco pelo caminho. Pelo lado oeste da cidade, seguiram a via que contornava os bairros mais ricos. Depois o jovem guarda entrou na cidade pela Segunda Avenida, que se situava entre a avenida da Extremidade Oriental e a avenida do Grande Palácio.

Yasumi mantinha seus olhos bem abertos, observando tudo, sem deixar transparecer muito sua surpresa. Ficou maravilhada ao não ver muralhas fortificadas diante das portas do palácio. Mas Kyoto não tinha sido batizada a "Cidade da Paz"? Nenhum conflito de gravidade excessiva vinha incomodar sua calma e sua lendária tranquilidade há mais de um século, a não ser os piratas que, de vez em quando, perturbavam a capital. Sozinhos, guardas estavam a postos diante das portas. Certamente, sua supervisão e sua vigilância eram constantes e sua eficácia era inegável, tendo em vista a dificuldade com que um estrangeiro penetrava na cidade.

Os guardas, oficiais e suboficiais, iam de um lado a outro inspecionando tudo, inclusive os arredores, enquanto outros ficavam à espreita diante das portas, com um cavalo amarrado não muito longe deles.

— Aqui estamos. Podes esperar-me aqui?

Seguiu uma larga aleia que conduzia à grande porta e a cruzou, após ter trocado algumas palavras com aqueles que guardavam a entrada. Depois Yasumi viu-o desaparecer nos labirintos dos anexos do palácio.

Não teve de esperar muito tempo, porque ele voltou quase imediatamente.

— Disseram-me que Kanuseke terminou seu serviço e que voltou para casa.

— Oh! — fez Yasumi, desconcertada por esse contratempo.

— Como vou fazer?

— De qualquer maneira — replicou Yoshira, levantando a sobrancelha, que era muito negra e espessa — eu irei vê-lo. Queres me acompanhar?

Yasumi suspirou.

— Agradeço-te. Realmente, sou muito grata. É com imenso prazer que te sigo. É muito longe daqui?

— Não. É no bairro dos Guerreiros, bem na extremidade daquele das Paulównias. Chegaremos lá rapidamente.

Yasumi teve vontade de perguntar quem vivia nesse bairro que levava um nome tão bonito, mas Yoshira o explicou sem mesmo dar-se conta.

— São os membros do séquito da imperatriz Akiko que habitam nesse bairro, pois está colado ao palácio.

Partiram para a Terceira Avenida. Difundindo ainda o perfume da estação precedente por meio das árvores despidas pelo inverno, sentindo o belo mundo da nobreza urbana, a Segunda Avenida tinha mais de vinte e quatro metros de largura. Acontecia, de resto, que, além das corridas, realizavam-se ali, na primavera, competicões de tiro com arco, da mesma maneira que na aleia principal, que separava a cidade em duas, aquela que era chamada avenida do Pássaro Vermelho.

— Aí está o bairro dos Fujiwaras — disse, estendendo a mão em direção às amplas residências que eram vistas ao longe. É o maior e o mais rico da cidade.

Grandes jardins cercavam as casas. Esses jardins, há pouco tempo livres da neve do inverno, eram o charme das residências nobres, e seu tamanho indicava a posição do proprietário na hierarquia administrativa da cidade.

Tais jardins tinham tamanha importância para os dignitários, que lhes era quase impossível pensar na compra de uma residência sem incluir o jardim. Era de todo conveniente construir nele a réplica de uma paisagem de montanha, do campo ou da beira do mar. Por isso desdobravam-se muitos cenários, tais como uma pequena ponte sobre o braço de um lago onde nadavam carpas, uma minúscula torrente que escorria de um rochedo montado, uma ilha onde eram colocadas aves aquáticas, tarambolas, milhafres, garças, patos de bico vermelho e gansos selvagens. Todos os elementos que constituem o esplendor do universo eram assim reconstituídos em miniatura.

Podiam ser vistos também hortas, pomares e mesmo pequeninos arrozais cultivados pelos criados dos proprietários. Árvores em profusão, sebes impecavelmente podadas, arbustos de folhagem caduca, aleias bem traçadas, amplos espaços, mas nenhum local para reunir-se.

Para conversar, as pessoas só encontravam-se nas praças dos mercados, entre os comerciantes e as pessoas de pequenos ofícios. Nos bairros residenciais, escondiam-se dentro das casas para conversar e, nos jardins contíguos, passeavam tranquilamente, admirando as belezas do local.

Yasumi suspirou com a ideia de que uma das casas desse esplêndido bairro fosse a de Motokata. Tinha de esquecer imediatamente essa ideia. Depois dirigiu a atenção ao novo bairro que Yoshira apresentava-lhe. Aleias mais estreitas separavam as casas de menor importância. Ruas paralelas e perpendiculares quadriculavam o conjunto e, obviamente, jardins bem menores, mas cuidadosamente mantidos.

— Este é o bairro menos importante, mas igualmente luxuoso, que pertence à pequena nobreza da corte. São os funcionários de segunda e terceira categorias, de que faz parte Kanuseke. É chamado também "bairro dos Guerreiros". São os membros dos clãs Taira e Minamoto que habitam nestas casas.

— Não fazes parte de um deles também tu? — perguntou a jovem.

Acabava de dar um passo em falso e compreendeu que ele devia pertencer à classe dos funcionários de quarta ou quinta categoria e que seu bairro não era esse. Ele não respondeu, ou melhor, desviou o assunto:

— Pronto, chegamos. O palafreneiro vem buscar nossos cavalos e depois vai escová-los e alimentá-los. É um verdadeiro prazer para eles descansar nas cavalariças dos Tamekata. Ficam tão bem ali, que não querem mais ir embora.

Como Yasumi não respondia nada, prosseguiu:

— Nós os retomaremos mais tarde, pelo menos no que me diz respeito, porque sem dúvida vais ficar na casa de teu amigo.

— Não sei. Depende.

Quando desceu de sua montaria, ele a viu vasculhar na mala e, para seu grande espanto, tirar dois objetos. O primeiro era um leque vermelho que ela enfiou em uma das mangas do quimono. O outro era um pequeno sabre de lâmina recurva que prontamente enfiou na outra manga, a fim de que não fosse visto.

— Uma arma! — murmurou ele.

— Evidentemente, é necessário defender-se.

— Mas na família Tamekata estás em segurança.

— Certamente, chegamos na casa de Tamekata Kenzo e de seu filho Kanuseke — respondeu ela, rindo. — E acho que agora teriam de matar-me para que eu vá embora daqui sem ter visto aquele que quero encontrar.

— Mas por que levas uma arma? — inquietou-se, com os olhos sempre esbugalhados.

Tinha diante dele uma rebelde? Uma mulher que queria vingar-se de um amante infiel? Quanto mais refletia, mais dizia para si que não era a noiva prometida a seu amigo Kanuseke. Essa jovem — porque não tinha muita idade, dezesseis anos, dezoito, no máximo — era talvez uma intrigante. Teria cometido um pavoroso lapso ao conduzi-la até ali?

Começava a temer pelo pior, quando ela cruzou com seu olhar sempre assustado.

— Não temas nada, Yoshira, não sou uma assassina — tranquilizou-o com um sorriso enigmático. — Fui educada como um rapaz, é tudo. Venho de uma província distante, tu o sabes. É útil para mim que saiba servir-me desta arma. Cruzei muitas vezes com bandidos e malfeitores.

— Mas por que a tomas agora? Tenho certeza de que ficaria melhor em tua mala.

— E eu te asseguro de que não tens nada a temer de minha parte.

◆

Alguns momentos mais tarde, Yasumi estava diante de um jovem extremamente sedutor, cujo porte assemelhava-se mais ao de um membro da corte imperial que ao de um suboficial da guarda do palácio.

— Eu o avistei de longe — disse este a seu amigo. — Por isso vim a teu encontro. Quem está contigo? Não me recordo, por ocasião de nossa última entrevista, ter-te ouvido falar de tal visita. Mas talvez a tinhas anunciado a meu irmão Tameyori?

Yasumi deixou escapar um leve suspiro de satisfação. Eis que sabia agora o nome de outro de seus irmãos. Tameyori!

— Não — respondeu Yoshira.

Dizendo isso, lançou um olhar de soslaio à jovem que acabava de fazer entrar na casa de seu amigo. Esta mantinha o olhar baixo, a cabeça inclinada para o chão, porque não queria ainda desvendar uma evidência que, logo mais, ficaria patente. Porque, em um rápido piscar de olhos, ela havia descoberto que esse jovem parecia-se com ela, traço a traço.

— Esta jovem quer ver-te. Não se conhecem? — perguntou, em tom de surpresa.

— Não. Não tenho essa honra.

Ele plantou-se diante de Yasumi, esperou que ela levantasse a cabeça e fitou-a diretamente nos olhos. Ela compreendia agora porque Yoshira parecia ter visto seu rosto em algum lugar. Mas a realidade ultrapassou suas dúvidas. Os três foram tomados pela mesma certeza. Kanuseke, no entanto, ficou inquietantemente impassível, enquanto Yoshira afastava-se prudentemente de seu camarada e da jovem que observava, com o coração em sobressalto, os olhos frios de seu irmão.

De repente, o ar pareceu ficar pesado, como se porventura se misturasse com um céu carregado de tempestade, de que se espera continuamente relâmpagos e trovoadas. Depois de hesitar algumas vezes, Yoshira havia aproximado-se um pouco e voltava seu rosto ora para Yasumi, ora para Kanuseke. Seus olhos observavam os dois atentamente, recomeçavam incessantemente o trajeto de um para outro, procurando compreender. Depois disse para si, subitamente, que julgava conhecer seu amigo e que, de fato, nada sabia a respeito dele.

Yasumi parecia por ora nada querer dizer, tampouco Kanuseke. Seus olhares idênticos avaliavam-se, suas frontes idênticas batiam-se e seus idênticos queixos obstinados, levemente sombreado em Kanuseke e só um pouco mais modelado em Yasumi, apontavam agressivamente um para o outro.

Enfim, Yoshira compreendeu tudo. Esses dois rostos que, no silêncio, confrontavam-se, já prometiam causar muitas controvérsias na corte. A tinta iria inevitavelmente escorrer nos elegantes folhetos que circulavam entre as damas e os dignitários, e as palavras iriam pressurosamente passear de boca em boca, como era costume em todas as cortes imperiais e reais.

Diante desses dois rostos que pareciam ser cada um a réplica do outro, um de homem, outro de mulher, não havia mais necessidade de explicação.

Um pesado silêncio pairava sempre na atmosfera e, agora que não estava mais tomado pela assustadora suspeita, mas pela certeza, Yoshira não sabia como começar a conversa. E se fosse embora? Se, sem nada acrescentar, desse meia-volta, deixando os dois conversarem?

Como se Kanuseke tivesse adivinhado a intenção do amigo, estendeu a mão para ele e disse com tom perfeitamente tranquilo:

— Vem, vamos entrar. Vou pedir para que nos sirvam um chá.

Depois voltou-se para Yasumi e prosseguiu:

— Acredito que temos coisas a esclarecer. Queres acompanhar-nos?

Não era útil para ela acrescentar algo, senão responder da maneira mais graciosa do mundo:

— Sou tua convidada.

Felizmente Yasumi tinha reencontrado sua presença de espírito e prontificou-se a segui-los, pois, sem mais preocupar-se com ela, Kanuseke havia tomado o braço de seu camarada e conversava com ele.

Eles caminharam por uma espécie de passarela que conduzia a uma sequência de pequenos pavilhões separados por jardinzinhos, que a neve acabava muito recentemente de abandonar. Pontes ligavam as margens de filetes de água ainda temerosos com o inverno. Sebes de bambu separavam conjuntos de arbustos que a primavera iria logo reflorescer. Pedras redondas e chatas postas sobre a erva ainda congelada conduziam a quiosques de rosas, onde, na primavera como no verão, os caminhantes tinham prazer em descansar.

Yasumi contemplava os lugares em silêncio, esforçando-se em caminhar a passos curtos para não chegar muito perto de seus companheiros.

Logo penetraram em um largo corredor a céu aberto, ladeado por uma rampa de madeira de acácia, sob a qual cresciam pequenos arbustos de folhas caducas. Refletindo, Yasumi seguia-os sempre. O pavimento de pedra rosa onde punha os pés recordou-lhe aquele das varandas da casa de seu tio em Musashi.

No fim do corredor, um terraço dava para uma grande sala. Divisórias de madeira e biombos possibilitavam dividir o espaço interno. Mas atravessaram essa sala e seguiram por outro corredor, mais estreito e coberto por um teto de casca de cipreste.

Finalmente, chegaram ao apartamento de Kanuseke. Compunha-se de vários cômodos, divididos por leves paredes corrediças. Cada cômodo tinha quatro ou cinco biombos que, ao serem dobrados, abriam um amplo espaço, onde Kanuseke podia receber seus amigos.

♦

Depois que Kanuseke apontou a Yoshira a almofada sobre a qual podia assentar-se, voltou-se enfim para Yasumi e convidou-a a sentar-se também.

Foi então que pareceu interessar-se pelo porte da jovem. Certamente tinha passado seu quimono de seda — o único de gala que possuía — e segurava na mão seu belo leque laqueado de vermelho. Quando pôs os olhos nela, abaixando-os até seus quadris para inspecionar o *obi* que fechava sua cintura, o único também que possuía, ela escondeu o rosto atrás de seu leque.

Enquanto Yoshira permanecia em silêncio e o olhar de Kanuseke subia de novo para o rosto de Yasumi, uma das portas corrediças da sala entreabriu-se e a cabeça de um senhor idoso apareceu.

— Serve-nos o chá, Sato.

Em seguida, dirigindo-se à jovem:

— Preferes chá verde ou chá perfumado de jasmim?

— Na verdade, prefiro chá verde.

Depois que o velho criado saiu, seu exame da jovem foi retomado de maneira mais intensa. Mergulhou seu olhar para as largas mangas de seu kimono, como se já suspeitasse que ela guardava ali um pequeno sabre.

Yasumi escondia-se sempre atrás do sol poente de seu leque. Por ora, os belos reflexos avermelhados que decoravam a laca, que Kanuseke tinha detectado ser de boa qualidade, protegiam-na de qualquer agressão externa.

Ela deixou passar alguns segundos suplementares e sentiu que agora devia falar.

— Venho da província de Musashi — começou com voz suave, passeando um olho sobre a borda externa do leque.

Kanuseke não respondeu, sem dúvida decidido a não dizer nada, antes que ela revelasse-se, a fim de poder responder só o que lhe conviesse. Como a espera prolongava-se pesadamente, ela livrou seu rosto do leque, que dobrou com um gesto gracioso e depositou no chão, perto de sua mão, porque tinha tomado lugar dobrando os joelhos sobre a almofada e as nádegas sobre os calcanhares.

— Fiz esta longa viagem para conhecer meu pai.

Depois, com um lento movimento, levantou o rosto, para que ele o visse como era, ali, cara a cara. Em seu canto, Yoshira tremia. Por que teve de levar essa jovem a seu amigo?

— Temos os mesmos olhos, parece-me — continuou Yasumi em um sorriso mal esboçado. — E a forma de tua boca é exatamente a da minha. Quanto à fronte e ao queixo, parece que foram feitos com o mesmo molde.

Viu sua mão tremer ligeiramente. Era o primeiro sinal de uma suspeita de medo ou de emoção, ou talvez de cólera.

— Querendo conhecer-te — prosseguiu ela —, nunca teria suposto que nos assemelhássemos a tal ponto. Confesso que isso não me aflorou ao espírito um só instante.

Viu-o levar prontamente a mão a seu largo cinto verde, sobre o qual vestia um quimono de tonalidade ameixa. Como parecia querer permanecer calado, ela continuou, tentando desencadear uma reação para que ele respondesse alguma coisa:

— Minha mãe, que era a primeira esposa de meu pai, que é também o teu, acaba de morrer.

Ele a observava sempre sem nada dizer, com os olhos voltados para ela. Quando iria, pois, decidir-se a falar?

— Então — prosseguiu ainda — tinha de vir a Kyoto, porque não tinha mais nada a fazer ao lado da mulher que casou com meu tio, morto também, logo depois de minha mãe. Este era para mim amável, atento, cheio de solicitude. Realizou o trabalho de educação que meu pai deveria ter feito. Criou-me e ensinou-me as coisas que me servem hoje, e transmitiu-me os valores morais de que estou impregnada.

Enfim, esse longo discurso pareceu dispô-lo a responder.

— Não tenho nada a ver com essa história.

O tom soava vazio. Yoshira gostaria de fazer um buraco no qual pudesse esconder-se totalmente. Sentiu as pernas formigarem e as mãos crisparem-se nas bordas da almofada sobre a qual estava sentado. Dir-se-ia que começava a recriminar seu amigo por não parecer mais feliz ao descobrir uma irmã tão linda.

Ignorando o mutismo de Kanuseke e tomando um ar levemente arrogante, ela prosseguiu com um tom aparentemente tranquilo:

— Até agora, eu pensava assemelhar-me à minha mãe, cuja graça e beleza eram notórias. Mas, hoje, vejo que com um rosto idêntico ao teu, provavelmente herdei toda a aparência física de meu pai, pois não é a de sua concubina...

— Minha mãe era sua esposa! — gritou subitamente Kanuseke.

— Era sua concubina, nunca casou-se com ela.

— Quem te disse isso? — falou em tom irascível.

— Meu tio. Fez investigações.

— Pois bem, enganou-se. É tua mãe que era uma cortesã, não uma esposa.

— Vim a Kyoto para provar o contrário e só vou partir daqui quando a luz esclarecer toda essa história.

Kanuseke enervava-se. Sua pele tornava-se mais colorida e suas mãos, cada vez mais nervosas.

— E eu digo-te que voltarás decepcionada para tua província, pois tua mãe era apenas uma cortesã, sem dúvida muito bonita, admito-o, mas era apenas uma cortesã, como o é Kijiyu.

— Kijiyu! Quem é Kijiyu?

As ranhuras nas quais deslizava a porta corrediça rangeram levemente e os três jovens ergueram os olhos. A cabeça de Sato apareceu na pequena abertura, depois passou seu braço, que segurava uma bandeja e, enfim, seu corpo inteiro apareceu. Era baixo, magro e seu rosto branco, ossudo e atormentado deixava adivinhar todos os trabalhos que devia ter realizado em sua vida para servir aos patrões.

Silenciosamente, veio depositar a bandeja em cima de uma das mesas baixas. Dela exalava um perfume forte, áspero, violento, que se harmonizava com o desacordo dessa conversa. O aroma do chá verde!

Sato dispôs as chávenas, a chaleira e alguns bolinhos de arroz com gengibre.

— Obrigado, Sato, podes ir. Nós nos serviremos.

— Quem é Kijiyu? — repetiu instantaneamente Yasumi.

— Uma cortesã que meu pai visita frequentemente. Nem é mesmo uma concubina, a exemplo de Asashi que, como minha mãe, era do séquito da imperatriz.

Ela respondeu com um olhar irado ao olhar sombrio e gelado de seu irmão. Ela sabia que ele falava da segunda concubina de seu pai, aquela que havia também posto no mundo dois filhos, dos quais ela não sabia ainda os nomes.

— Osuki! Asashi! Kijiyu! — interveio Yasumi, em um tom fustigante e tomando seu leque sem, no entanto, abri-lo. — Queres me dizer, meu irmão, de quantas mulheres dispõe meu pai? Três, quatro, cinco, ou mais... Quantas mais tiver, mais quer esconder sua verdadeira esposa e a filha que concebeu com ela!

Kanuseke pareceu incomodado. Para tentar distender a atmosfera, apanhou a chaleira, mas Yasumi tomou-a das mãos dele.

— Permite-me servir o chá, meu irmão? É uma atividade, entre tantas outras, que minha mãe ensinou-me perfeitamente. Sei preparar e servir o chá como uma verdadeira cortesã.

Depois se pôs a rir.

— Estou brincando, naturalmente. Não tenho vontade alguma de calcar minha vida na daquela que tu chamas Kijiyu. E, visto que tua própria mãe morreu, bem como a minha, fala-me antes de Asashi, aquela que tu chamas de "concubina", uma vez que dizes que tua mãe era a "esposa", embora eu persista em contradizer-te nesse ponto.

— Tua mãe não passava de uma cortesã.

— Provarei que era sua primeira esposa.

— Mesmo que chegasses a demonstrá-lo, eu, por meu turno, provaria que meu pai nunca voltou para tua família e que, nessas condições, teu nascimento lhe é estranho. Tu foste gerada por outro homem.

Ela serviu o chá nas três chávenas com grande arte e Kanuseke não pôde deixar de admirar os gestos perfeitos da jovem.

— Com nossa semelhança, será difícil para ti provar o que desejas fazer-me crer.

— Terias de entrar na corte para mostrar teu rosto. Ora, nunca entrarás! Farei de tudo para barrar-te a passagem, bem como meu pai e meu irmão.

— Tu te enganas, encontrarei alguém que me introduzirá nela. Ele a olhou com um ar de desprezo:

— Quem quer que encontres e por maior personagem que seja, alto dignitário ou dama de honra, se isso ocorrer, será necessário que teu rosto suporte a maquiagem, que apagará toda semelhança com nossa família.

— Encontrarei um meio para entrar no palácio sem nenhuma maquiagem, acredite nisso.

— Quebrarás os dentes, pois encontrarás alguém pior ainda que eu, que meu pai e meu irmão.

— De quem queres falar?

— De Yokohami.

— Quem é ela?

Como hesitasse, ela voltou à carga, após ter sorvido um pequeno gole de chá fervente:

— Vamos ver, se desejas desencorajar-me mais, vai até o fim de tuas malevolências.

— Yokohami é a filha de Tachibana Asashi.

— Acreditava que tivesse tido um filho.

— Sim, Shotoko, o incapaz, mas um ano mais tarde, ao morrer, pôs no mundo uma menina e, acredite em mim, essa peste não te deixará frequentar seus ambientes.

Nada como essa curta frase, com a qual Yasumi ficava sabendo de três coisas que pareciam-lhe de uma importância capital. Em primeiro lugar, a morte da segunda concubina, depois a existência de sua irmã e de seu outro irmão: Yokohami, a peste, e Shotoko, o incapaz! Dessa breve constatação, concluía-se que os filhos Tamekata não deviam praticamente prezar os filhos Tachibana. Uma bela brecha no tabuleiro de xadrez, onde Yasumi preparava-se para pôr seus peões.

Kanuseke voltou-se enfim para Yoshira, que recuperava-se aos poucos de seus assombros.

— Digo a verdade, tu que a conheces?

Yoshira começou a corar como um adolescente, girando em seus dedos a pequena chávena de chá fervente.

— Ele gostaria realmente de namorá-la — continuou Kanuseke —, mas meu pai não parece disposto a cedê-la. Diz que ele deve suas provas antes de solicitá-la.

Fitou o teto alguns segundos, baixou o rosto e sorveu um pequeno gole do líquido acre e perfumado ao mesmo tempo, e depois continuou:

— Sim, meu amigo! Deverias partir para combater nas províncias dominadas pelos bandidos e pelos piratas. Estou certo de que conseguirias o que te falta, o prestígio que substituiria tua falta de fortuna.

Yasumi julgou esse aparte inútil e deselegante para com o amigo. Seu irmão não tinha nenhuma necessidade de ressaltar diante dela a classe social inferior deste. Yoshira pareceu zangar-se, pois murmurou em voz baixa:

— Sem dúvida, eu me cansaria de esperar, Kanuseke.

— Isso me surpreenderia — replicou seu amigo.

— Teu pai não brinca, Kanuseke.

— Brinca, sim — ironizou Yasumi. — Não faz outra coisa senão brincar, pelo menos com o amor.

— Proíbo-te de julgar meu pai — exclamou Kanuseke.

— Nosso pai! — retificou a jovem, medindo-o por sua vez com arrogância.

Kanuseke tinha um porte distinto, encantador, gestos finos e estudados. Ele também, exatamente como seu pai, devia agradar às damas e às moças de sua idade. Yasumi não podia contestá-lo. O sorriso era ambíguo, o olhar frio, bastante equívoco, e ora parecia direto e honesto, ora parecia dissimular e fugir sob uma aparente desenvoltura um tanto ameaçadora.

Quando ela desviava seu rosto de Kanuseke e olhava Yoshira para estabelecer uma espécie de comparação, este último parecia-lhe de tal modo mais sensível, mais generoso, mais comunicativo, que teve vontade de tranquilizá-lo sobre seus amores com essa terrível Yokohami.

De toda essa discussão, que a jovem já esperava, pois certamente em nenhum momento havia pensado em afagar sua família, só a existência de sua irmã a surpreendia. E, enquanto defrontava-se com Kanuseke, dizia para si mesma que, quanto mais estava impaciente por conhecer as reações de seus outros irmãos, tanto mais hesitaria em conhecer Yokohami.

— Eu juro-te, meu irmão — concluiu ela —, que farei de tudo para encontrar meus outros irmãos Tairas!

— Teus irmãos Tairas! — zombou Kanuseke. — E tu, que és, pois?

— Uma Fujiwara! Tu o sabes muito bem.

Ela hesitou exatamente o tempo que era necessário para combater com mais força e jogou estas palavras com voz extremamente inocente:

— Eu, por parte de minha mãe, sou uma Fujiwara. Meu ancestral Jinichiro serviu dois imperadores.

— É falso. Tudo é mentira.

— Pois bem, veremos. É Tamekata Kenzo quem te informará a respeito.

— Já teria-nos notado.

— Nunca falou porque nunca lhe perguntaste nada. Nessas condições, era fácil para ele calar-se.

Levantou-se e pediu licença com um sorriso luminoso:

— Pergunte-lhe e aproveita para pedir-lhe um encontro comigo.

CAPÍTULO 7

Yoshira tinha alcançado Yasumi na Segunda Avenida. Desamparada, cavalgava lentamente, sem mesmo olhar para a frente. Parecia ir aonde os passos de Longa Lua a levavam, ultrapassando distraidamente as residências e os jardins onde, às vezes, uma silhueta perfilava-se em uma ponte ou sobre os seixos que ladeavam uma fonte. O ar difundia o perfume das primeiras azaleias e os ramos dos salgueiros que agitavam-se sob o vento da noite deixavam aparecer minúsculos botões, menores que cabeças de alfinete.

Yasumi começava a compreender que as dificuldades não seriam poucas. Sem nada dizer, Yoshira chegou perto dela e respeitou seu silêncio durante mais de meia hora. Depois, ao chegar à Terceira Avenida, criou coragem:

— Para onde vais? O que vais fazer?

Ela voltou lentamente o rosto para ele e sorriu tristemente.

— Não sei. Realmente não sei. Estou ainda atordoada pela malevolência de meu irmão. O que vai trazer-me a sequência de meus encontros?

— Não deves desistir.

— E Tameyori...

— Ai! Mostrar-se-á ainda mais virulento que seu irmão, mas estou certo de que Shotoko será sensível à tua figura.

— Com esta afirmação, queres tranquilizar-me?

— Talvez.
— E a bela Yokohami...
— A bela Yokohami! — murmurou. — Ah! Tu és dez vezes mais sedutora que ela.
— Vamos! Vamos! — se pôs a rir Yasumi. — Não respondeste à minha pergunta. Qual é a idade de Yokohami?
— Dezessete anos.
— Quase minha idade.
Yoshira acompanhava a marcha de sua companheira, que parecia ter recobrado um pouco o entusiasmo.
— Não poderei fazer nada com Tameyori, é muito próximo de seu irmão e o imita em tudo. Mas tentarei convencer Shotoko a pensar como eu.
— Muito gentil, Yoshira. Agrada-me que sejas meu amigo.
A noite caía, desenhando uma suave luz a meio caminho do inverno e da primavera. Atrás das paliçadas de bambu e das sebes de folhas caducas, toda uma vida íntima desenrolava-se. Percebiam-se silêncios e cochichos, vozes baixas, passos, roçar de quimonos e de mantos. Agora que a conversa com Yoshira a tranquilizava um pouco, Yasumi detalhava mais as imagens que descortinavam diante dela. Podia ver nos jardins das residências alguns recantos de terreno ainda congelados pelas últimas neves, como aquelas que derretiam tão depressa nos flancos dos montes que cercavam Kyoto.
Yoshira retornou às suas perguntas:
— Por que disseste-lhe que eras uma Fujiwara?
— Porque é a verdade, a estrita verdade. Sou uma Fujiwara por parte de meu avô.
— Isso o pôs em um furor que não o deixará tão cedo.
— Deverá forçosamente aceitar essa verdade. Meu avô era um Fujiwara, conselheiro íntimo do imperador Murakami, mas banido da corte pelo imperador Reizei por ter ousado opor-se a ele.
Ela fixava seu caminho reto diante dela, desviando brevemente os olhos de vez em quando para um pássaro que vinha pousar onde a neve acabava de derreter.

— Não procuro simplesmente conhecer minha família e recuperar o que me pertence legalmente da parte de meu pai, quero acima de tudo restabelecer minha honra e meu lugar na corte. Quero que os Fujiwaras reconheçam-me como uma deles.

— Nunca chegarás lá.

— Sim!

— Então será um longo caminho.

— Tenho todo o meu tempo e, acredite-me, não vou fracassar. Yoshira meneou a cabeça.

— E enquanto aguardas — resolveu acrescentar, desconfiando realmente que sua pergunta iria desorientar a jovem —, onde vais dormir e comer? E quem vai ocupar-se de tua égua? Ela precisa de sua ração de aveia todos os dias.

— Bom! Temos o hábito, ela e eu, de dormirmos ao relento, e não comíamos todos os dias quando andávamos pelas estradas.

O jovem deu de ombros. Parecia muito contristado pelo resultado dessa entrevista com Kanuseke e não cessava de levantar as sobrancelhas.

— Parece-me que não o reconheço mais. Julgava-o afável e generoso. Quando penso que ele nem sequer propôs abrigar-te até a época em que pretendesses regressar...

— Não podia fazê-lo, pois, ao propor-me a pousada, teria deixado supor que aceitava pedir a entrevista com meu pai. Ora, realmente compreendi que não fará nada. Pior, fará de tudo para atrapalhar.

— É também meu parecer. E por essa mesma razão, eu a apresentarei a Tameyori e tentarei fazer com que sua opinião seja oposta à de seu irmão.

— Pensas verdadeiramente que vais conseguir?

— Não! — murmurou.

Ela parou seu cavalo e voltou a cabeça para Yoshira.

— Dormirei abrigada sob o pórtico de um jardim ou sob o teto avançado de um templo.

Sua voz tornou-se mais alegre:

— Sim! Aí está! Vou procurar um pequeno santuário na cidade, que não me seja hostil. Pela manhã, os monges me encontrarão à porta e me alojarão talvez na noite seguinte.

— Tenho uma ideia melhor. Vou apresentar-te à minha tia.

— Por que farias isso por mim?

Foi pego de surpresa, refletiu e observou:

— Quando chegaste ao posto de guarda da porta Oeste, tu pediste-me conselho.

— Sim.

— Então, meu dever é ajudar-te. Por isso vou começar por apresentar-te à minha tia.

— E por que tua tia?

— Ela mora sozinha em uma pequena casa situada no centro do bairro dos artesãos. É irmã de minha mãe. Ela confecciona buquês e vende-os aos notáveis de Kyoto para decoração de suas residências. Vez por outra faz também arranjos florais para a corte. Ela ganha honrosamente sua vida.

— Mas...

— Ela diz com frequência que tem muito trabalho e que necessitaria de uma mão para ajudá-la. Talvez possas aprender esse trabalho.

— Sei fazê-lo. Minha mãe ensinou-me a arte de compor buquês.

— Então, perfeito, e isso te permitirá prosseguir tuas investigações sem ter que deitar ao relento.

— Mas que vou fazer de Longa Lua? Não quero separar-me dela. É por isso que pensava em pedir asilo em um pequeno mosteiro de Kyoto, onde sempre há lugar para um cavalo. Senão vai ser necessário que saia da cidade para deixar Longa Lua pastar nos campos.

— Não faças isso, não estás ainda inscrita no registro e, se saíres, não poderás mais entrar.

— Mas agora eu o conheço.

— Talvez eu não esteja mais lá.

Ela pensou no conselho que ele recebeu de Kanuseke: combater na província e ganhar a promoção e o prestígio de que tinha necessidade para casar-se com Yokohami.

Ele refletiu. A égua de Yasumi não era um grande problema.

— Posso cuidar dela. Há lugar nas cavalariças das portas da cidade. Todos nós temos um cavalo e alguns possuem dois, mesmo três. Direi que Longa Lua me pertence.

Como ela hesitasse, insistiu:

— Não confias em mim?

— Oh, sim!

Ele achou seu leve grito tão pungente que seu coração teve um sobressalto. Yasumi sentiu sua mão tremer sob as rédeas, que mantinha frouxas. Enfim, uma pessoa em Kyoto que seria um amigo. Agora Yoshira sabia tantas coisas sobre ela. Agradeceu-lhe com um grande sorriso e falou:

— De acordo, aceito que me apresentes a tua tia.

◆

Alta para uma japonesa, vestida com elegância e requinte, Susue Sei, em seus trinta anos bem passados, tinha charme, por sua aparência e pela majestade de seu porte.

Seu rosto não era, propriamente falando, de uma beleza extraordinária, apresentava até mesmo um ponto negativo com seus olhos muito apertados, o perfil do queixo um pouco pesado e a fronte muito baixa, que levava a raiz de seus cabelos até perto de suas sobrancelhas depiladas, que ela redesenhava com uma fina linha traçada com creme à base de carvão de madeira perfumado de cravo.

Ela simpatizou imediatamente com Yasumi. Era necessário dizer que entendia-se melhor com seu sobrinho que com sua irmã, que só procurava sufocar o filho.

De resto, as duas irmãs viam-se raramente, só por ocasião das grandes manifestações anuais, quando das oferendas feitas a Buda Amida nas festas do Novo Ano, da Primavera, do mês dos Crisântemos, das Colheitas ou da Espiga de Arroz. Todas essas festas que traziam tantas alegrias ao povo e à corte. Nessa época, toda a população reunia-se nos templos, a fim de fazer suas oferendas para atrair o bom humor de Buda. Cantavam, dançavam, comiam mais que de costume e bebiam, entre outros, o saquê, um bom vinho de arroz recém-saído dos tonéis.

Quando Yoshira contou a desventura de Yasumi, sua tia ficou com o rosto consternado.

— Posso ajudar-te — afirmou ela, sorrindo para seu sobrinho, que esperava sua reação com uma impaciência de adolescente. — Por exemplo, se me ajudares em meu trabalho e se o realizares corretamente, não há nenhuma razão para que não te conserve comigo. Oferecer-te-ei cama e comida. Está bem assim?

— É mais do que eu esperava. Tu és minha providência e não sei como agradecer-te.

Susue Sei pesava todas as suas palavras, todos os seus gestos e, sem dúvida, todas as suas reflexões, com uma serenidade de monja. Certamente não teria destoado em um templo budista feminino. Cada um de seus movimentos tomava o aspecto de uma bela caligrafia cujos sinais, de resto, gostava de traçar em folhas de cores ternas.

— Entretanto, minha querida filha — disse ela —, minha clientela não poderá aceitar a visão de uma jovem de atitude tão bárbara como a tua. Digo "bárbara" para não dizer "qualquer" ou "camponesa", uma vez que conheço tuas nobres origens. Não deverás mostrar a ponta de teu sabre.

Elas puseram-se a rir às gargalhadas e Yasumi guardou sua arma em um baú que Susue Sei havia emprestado-lhe, onde, além disso, pôde guardar também seu belo quimono de seda e seu *obi* bordado.

As duas mulheres conviviam em harmonia. Sei mostrava-se encantadora e alegre. Yasumi continuava gentil e aberta. Agora ela maquiava-se como sua companheira havia mostrado-lhe, pois esse era um ponto que realmente sua mãe não ensinou-lhe, pois morrera quando Yasumi era ainda muito jovem para transformar seus traços.

Sei depilava e redesenhava as sobrancelhas da moça em uma fina arcada quase invisível, que sublinhava, no entanto, o contorno de seus olhos. Passava um vermelho carmim em seus lábios e um leve toque do mesmo creme em suas bochechas. Esses não passavam de rudimentos de uma maquiagem de dama requintada. Yasumi estava ainda muito longe daquilo que seria levada a fazer um dia de seu rosto para não ser reconhecida.

Sem ser afortunada, a senhora Susue Sei vivia de maneira até abastada. Sua rica clientela pagava-lhe bem e ela rapidamente felicitou-se por ter acolhido Yasumi, ao ver com que arte sua jovem companheira mesclava os ramos floridos e as folhagens de todas as espécies. Ramos violetas de paulównia e ramos alaranjados de tachibana, folhas púrpura de salgueiro e folhas sagradas de *aoi* que coroam tão bem as cabeças por ocasião das procissões de Buda, ramos de cerejeira e de ameixeira, ramos de meliáceas e de espinheiro da China de folhas vermelhas. Sei e Yasumi deixavam correr seus leves dedos nos arabescos perfumados de suas criações que, de vez em quando, a flexibilidade de um ramo barrava e deixava passar sombras e luzes.

— Minha irmã só pensa em casar bem seu filho — disse-lhe Sei um dia, enquanto preparava um arranjo floral para uma das damas do séquito da imperatriz Akiko. — É melhor não encontrá-la, pois, seria capaz do pior para fazê-la ser expulsa da cidade.

— Mas por quê? — perguntou a jovem.

— Porque aconteceu o que devia acontecer. E é precisamente o que mais receia.

— Mas o que aconteceu e o que receia?

— Que seu filho apaixone-se por uma jovem mais pobre que ele. Yasumi que, com uma mão, segurava um ramo vermelho e, com a outra, uma folha amarela de tachibana, levantou os olhos para Sei:

— Mas eu não sou qualquer uma — protestou.

— Ela não quer uma camponesa vinda de sua remota província, a menos que seja uma filha de governador. Certamente ela mudaria de parecer se tu fosses reconhecida como uma verdadeira Fujiwara.

— Mas Sei — articulou pausadamente a jovem —, que fique bem claro entre nós, não estou apaixonada por Yoshira e não fiz nada, acredite nisso, para seduzi-lo.

— Vejo-a muito bem — suspirou Sei. — Nunca a vi provocá-lo, enquanto a jovem Yokohami é só provocação e arrogância. Será infeliz com ela, porque ela não lhe será fiel. Mas que queres, sua mãe o empurra para essa jovem porque seu pai vive na corte. E Yoshira não pode resistir diante dela.

Suspirou novamente, enquanto colocava em seu buquê uma grande folha de videira que suavizava o conjunto.

— Pelo menos até tua chegada. Posso dizer-te que, a teu lado, Yokohami parece pálida.

— Sei! Não quero que Yoshira apaixone-se por mim. Dize-lhe que amo outro.

— É verdade?

— Sim.

Ela se pôs a rir em pequenos e leves risos, deixando cair os confetes cristalinos sobre o buquê concluído.

— Então, é isso. Entendo por que não sucumbiste aos encantos de meu Yoshira.

— Nunca ousei dizer a ele. Podes fazê-lo por mim?

— Quem é esse homem que corrói assim teu coração?

— Prefiro calar. É meu segredo.

— É bom, Yasumi, respeito teu silêncio. Mas vou me apressar a dizê-lo a Yoshira, para impedi-lo de alimentar muitas ilusões a teu respeito. De seu lado, sua mãe o exorta a combater contra os piratas que instalaram-se no mar Interior. Eles detêm e saqueiam todos os navios que vêm do oceano Pacífico ou do mar do Japão.

— Esses piratas são numerosos?

— São acima de tudo bem comandados e bem estruturados, parece, e seu chefe é Nariakira, célebre pirata procurado por todos os guerreiros.

Yasumi deixou escapar um leve suspiro de alívio que sua companheira não notou. Teria receado nesse ponto que Sei tivesse citado o nome de Motokata?

◆

Depois veio o dia das festas do Nascimento da Primavera. Ao amanhecer, as procissões começaram nas ruas da cidade, perto dos templos e nos santuários de Daitoku e de Goyasha. Nessas ocasiões de júbilos sazonais, budistas e xintoístas misturavam-se com a multidão, recitando suas orações sob uma chuva de flores de cerejeira atiradas pelas meninas de Kyoto. Notas de flautas ressoavam até nos cantos mais afastados do palácio e dos templos da cidade. Os flautistas infiltravam-se facilmente na multidão, enquanto os músicos que carregavam seus incômodos instrumentos de sopro ficavam sentados em posição de lótus na frente das portas dos santuários.

O dia inteiro, da aurora ao cair da noite, cantos e danças pontuavam as manifestações de júbilo.

Depois das primeiras procissões, que duraram várias horas, todos os jovens guardas das portas de Kyoto, dos quais Yoshira fazia parte, deviam enfrentar-se em uma grande competição de arremesso de flechas. O ganhador era coroado pelo imperador Ichijo, que entregava-lhe um arco laqueado e decorado da coleção imperial. Elevado a essa distinção, o vencedor guardava para sempre o arco sagrado que, sem dúvida alguma, devia dar-lhe sorte ao longo de toda a sua vida.

As corridas de cavalo realizavam-se na Segunda Avenida, na metade do dia, depois seguia-se o banquete organizado às margens do lago Biwa, onde se desenrolava, no início da noite, uma coleta de conchas, seguida de um concerto ao qual compareciam o imperador e sua esposa.

Enfim, à noite, depois de ter invocado sete vezes a estrela consagrada do ano — nessa primavera, tratava-se da última estrela da Ursa Menor —, dois guerreiros mascarados combatiam com sabre. Aquele que permanecesse a cavalo, sem ter sido ferido, devia beber três taças de saquê, depois tirar sua máscara e escolher por esposa uma das jovens da corte, que a imperatriz Akiko lhe apresentava.

Susue Sei, ajudada por Yasumi, havia há muito tempo preparado arranjos florais, que deviam ser disseminados pela cidade, e coroas de flores para cingir a fronte das moças durante as procissões. Todas, umas mais belas que as outras, rivalizavam em harmonias surpreendentes de cores e de aromas, cuja sutileza bafejava as narinas delicadas. A cada hora do dia correspondia um perfume diferente. O perfume da manhã não devia de modo algum ser o mesmo que o perfume da tarde.

Em cada festa sazonal, fosse ela da primavera, do verão ou do outono, a senhora Susue Sei era solicitada o dia inteiro. Da aurora ao crepúsculo, tinha à disposição daqueles que vinham procurá-la grandes buquês odoríferos ou volumosos cestos de palha trançada repletos de pétalas de flores, que as jovens lançavam à passagem do casal imperial. Essa obrigação, ligada a seu trabalho, impedia-a de assistir às festividades.

Não ocorria o mesmo com Yasumi, que nunca tinha participado dessas manifestações de júbilo. Certamente essas festas desenrolavam-se também nas províncias, mas se o júbilo das multidões era o mesmo, elas não eram acompanhadas dos grandiosos prazeres e dos ágapes imperiais. Para que pudesse dirigir-se ao local das festas sem que tivesse de misturar-se ao povo de classe inferior, Sei emprestou-lhe sua carruagem, porque não era recomendado a uma dama nobre da família dos Fujiwaras ir a pé ou a cavalo para o local das festividades.

Embora tivesse preferido cavalgar Longa Lua o dia todo, Yasumi se esforçava em persuadir-se de que agora devia romper com seus hábitos de jovem "bárbara", se não quisesse que a cognominassem dentro de algum tempo de uma *ebisu*, denominação dada aos rebeldes refugiados na província do norte de Honshu e que os guerreiros de Kyoto combatiam.

Por essa razão, aceitou a carruagem de sua amiga, dizendo-se ao mesmo tempo que essa era a ocasião de ver essa Segunda Avenida, onde deveria realmente, um dia, dirigir-se para discutir sobre o eventual treinamento de sua égua, se desejasse que esta participasse das corridas. Mas cada coisa a seu tempo, ela encontraria em primeiro lugar seus outros irmãos e talvez até mesmo sua irmã e seu pai. Ficar vigilante durante esse longo dia, aparecer em vantagem, olho alerta e ouvido atento continuariam sendo suas primeiras preocupações.

A carruagem de Sei compunha-se de uma carroceria de madeira de paulównia de forma cúbica, cujos estores de bambu eram abaixados e levantados a bel-prazer das fantasias da dama que a ocupava. Essa carroceria pintada de vermelho vivo era realçada por duas pesadas rodas de grandes raios que bamboleavam sobre o solo. A carruagem era puxada por um boi conduzido por um boiadeiro que devia ser escolhido diretamente na rua. Felizmente, não era um obstáculo, pois eram encontrados por toda parte, e era suficiente levantar a mão e chamar um deles em voz alta para vê-lo acorrer.

◆

Envolto em seu traje de arqueiro, Yoshira cavalgava ao lado da carruagem, da qual Yasumi havia levantado os estores para observar as residências que contornava. Ela começava a conhecer as casas de todos os grandes dignitários. Só a residência de Motokata ainda permanecia um mistério para ela, e não ousava perguntar a seu companheiro onde se situava. Ter-lhe-ia parecido estranho que ela se preocupasse com um homem que passava por pirata, por mais Fujiwara que fosse.

Não muito longe do templo de Daitoku, guardas gritavam que era necessário deixar as carruagens e os bois para seguir a pé o caminho até o templo. Somente os cavaleiros eram admitidos. Na multidão, os jovens boiadeiros maltratavam os bois e gritavam mais alto que os guardas. Aqueles que acompanhavam as carruagens pareciam alterados, porque para eles não haveria festa, sendo obrigados a vigiar animais e arreios para que não fossem roubados.

A carruagem de Yasumi, como a dos outros, não podia mais nem avançar, nem recuar, tampouco podia encostar nos espaços laterais, como os guardas mandavam fazer.

— Monta, Yasumi! — gritou-lhe Yoshira — eu te levo até o templo. Vou te deixar lá e, dali, poderás assistir à procissão.

— Mas a carruagem...

— Como todas as outras, ficará bloqueada onde a deixaste. Os boiadeiros a vigiarão. Não te preocupes, minha tia os pagou para isso.

Yasumi deixou, portanto, a carruagem com um alívio não fingido e saltou prontamente sobre o cavalo de Yoshira.

— Assistirás à competição dos arqueiros? — perguntou ele, voltando levemente a cabeça para ela.

— Certamente, Yoshira. Vou assisti-lo atirar e vou gritar mais alto que os outros para te incentivar.

— Estou certo de que encontrarás teu pai. É impossível que não acompanhe o arremesso de flechas de seus dois filhos mais velhos.

A jovem meneou a cabeça. Aí estava uma sequência de acontecimentos na qual havia pensado durante noites inteiras e, quando vislumbrava a eventualidade de um fracasso, sentia seus membros tremerem.

Impelidos pela multidão, chegaram perto do templo de Daitoku. As árvores estavam cobertas de pequenos e tenros brotos verdes, mas era apenas o início da primavera e a neve aparecia ainda sobre os montes pouco elevados. Sozinhas, misturadas às primeiras íris e jacintos mal desabrochados, as flores de cerejeira e de ameixeira pontuavam a natureza circundante, que ainda era vista estremecendo com as últimas geadas.

Os dois jovens pararam sua montaria exatamente diante do templo onde, nas calçadas laterais até o fim da grande aleia central, as pessoas do povo acotovelavam-se, vindas desde a aurora para tomarem seu lugar.

— Yoshira! — ouviram subitamente atrás de si, enquanto Yasumi apeava do cavalo.

Ambos se voltaram.

— Yokohami! — exclamou Yoshira, com os olhos arregalados pela surpresa.

Uma jovem estava ali, frágil e pequena, vestindo quimono verde como a primavera e bordado de flores de cerejeira. Ela o usava por cima de um vestido azul-escuro com bordados de pequenas flores de mélias violeta. A pintura de seu rosto não era mais acentuada que a de Yasumi.

Yoshira, mal recuperado de seu espanto, deixava seus olhos caminharem de uma a outra. Parecia incomodado, enquanto um sorriso malicioso se desenhava nos lábios pintados de Yasumi. Como iria abordar as apresentações? Sua companheira seria obrigada a apresentar-se por si própria? Observava Yokohami com um ar embaraçado, de modo que Yasumi decidiu tomar a iniciativa. Mas, antes que ela abrisse a boca, Yokohami perguntou bruscamente, com as pupilas negras voltadas para seu pretendente:

— Quem é esta jovem?

O pobre Yoshira, porém, cada vez mais petrificado, incapaz de falar, preferiu não responder. Que podia dizer ele, para quem o diálogo de seu amigo Kanuseke e de Yasumi havia sido tão penoso... Reteve a respiração e as olhou alternadamente. A habilidade de seus gestos na competição dos arqueiros parecia realmente comprometida se não se recuperasse rapidamente de suas emoções.

— Quem é esta jovem que apeia de teu cavalo como se fosse tua prometida? — proferiu Yokohami, mais secamente ainda.

— Não sou sua prometida — protestou Yasumi, que já havia compreendido que não se tornaria amiga dessa jovem agressiva que, dentro de instantes, ficaria sabendo que era sua irmã.

— Quem o prova?

Yasumi deu um passo na direção dela e olhou-a face a face.

— Uma coisa essencial e muito simples. Não roubarei teu Yoshira porque amo outro.

O jovem voltou-se para Yasumi, cada vez mais assombrado, mas não ousou replicar porque nunca tinha abordado esse assunto com ela.

— Estou confusa, acredita-o — continuou Yasumi —, porque parecia-me ter compreendido que tu eras namorada dele.

— Quem te disse? — replicou Yokohami, observando com arrogância o quimono de Yasumi, cujas cores e bordados estavam completamente fora de moda.

— Teu irmão Kanuseke, que é também o meu.

Dessa vez, acabava de desestabilizar a bela altivez de sua irmã, que reagiu com voz oca e incerta, voz da qual haviam sumido segurança e firmeza.

— Que dizes?

— Que sou a filha da esposa legítima de Tamekata Kenzo, nosso pai comum.

Diante dela, a jovem teria estranhamente empalidecido se a maquiagem já não tivesse branqueado seu rosto. Recuou, quase cambaleando. Yoshira correu para ela e tomou-lhe o braço:

— É verdade, é tua irmã, Yokohami.

— É mentira, não tenho irmã! — exclamou a jovem, voltando-se furiosa para sua companheira, com toda a arrogância recobrada.

— Tranquiliza-te, não sou de teu clã. Tu és uma Taira, ao passo que eu sou uma Fujiwara.

— Uma Fujiwara!

Yokohami triturava nervosamente a borda de seu cinto. Yasumi pressentiu que só as boas maneiras que havia aprendido na corte a impediam de saltar violentamente sobre ela para arranhá-la ou puxar-lhe os cabelos.

Yokohami sabia conter-se. Isso lhe haviam ensinado. Vinha de uma corte cujos costumes refinados, estabelecidos há mais de duzentos anos, ancoravam-se em uma orgulhosa capital, ciosa de suas conquistas. Yasumi, por sua vez, chegava da província, conhecia os piratas, os rebeldes, as fronteiras ameaçadas, gostava da liberdade, dos grandes espaços, das longas cavalgadas... Uma vez cumprida sua missão na corte, missão que havia jurado cumprir, não ficaria confinada entre quatro paredes divididas por biombos e portas corrediças, que separavam os cômodos e os tornavam minúsculos.

Abandonando toda discussão para evitar o escândalo, mas guardando em si essa informação surpreendente, Yokohami deixou o rosto de Yasumi e dirigiu seus olhos ao longe, dizendo ao mesmo tempo em tom mais calmo:

— Olha! Aí está Shotoko, estou certa de que te avistou, Yoshira, e vem desejar-te boa sorte na competição de tiro.

O jovem avançava com um passo macio. Um caniço não teria sido mais flexível. Tão baixo, tão fino como sua irmã, seu rosto, no entanto, não tinha ainda amadurecido bastante para parecer adulto. Um ano mais velho que Yokohami, parecia ter um a menos, mostrando o aspecto de adolescente que se desprendia dele.

Pareceu seduzido pela figura de Yasumi, mas seus olhos se esbugalharam quando ouviu Yokohami anunciar-lhe:

— Esta jovem diz que é nossa irmã.

— Nossa irmã!

— Creio realmente que não passa de uma mentirosa e que procura apropriar-se dos bens que não lhe pertencem. É, portanto, uma ladra também.

As faces de Yasumi ficaram roxas, mas, sob sua pintura branca, seu rubor não se notava. Saberia fazer bela figura como essa terrível Yokohami.

— Não tenho necessidade do que é teu, nem de teus irmãos, nem de teu pai — afirmou ela com voz tranquila. — Tenho aquilo de que necessito e não quero nada mais que a reabilitação de meu nome e de minha família.

— Mas... — começou o jovem Shotoko, que parecia não compreender nada ainda. — Quem és tu verdadeiramente?

— Minha mãe era a primeira esposa de nosso pai — reiterou Yasumi, mergulhando seus olhos do rapaz.

Era curioso como a impressão que ela queria transmitir a esse jovem irmão, cujo jeito era inocente, revelava-se diferente daquela que desejava impor à sua irmã. Com o jovem Shotoko, não queria parecer nem conquistadora, nem agressiva, nem mesmo segura de si. O adolescente a olhava com seus grandes olhos cândidos, nos quais dançavam brilhos dourados. E, por essa razão, ela não havia pronunciado os termos "esposa legítima" relativos à sua mãe.

— Sim! És meu irmão, Shotoko. Sei que isso pode te parecer estranho, mas é assim. Tardei em vir até Kyoto porque minha mãe, até há pouco, estava viva ainda. Acaba de morrer e eu queria simplesmente conhecer minha família.

— Pois bem, é isso então!

— É tudo o que tens a dizer? — articulou Yokohami, com voz branda. — Sim, verdadeiramente, é tudo o que tens a dizer!

Mas o rapaz não ouvia mais sua irmã. Seus propósitos não pareciam mais interessá-lo. Só o rosto de Yasumi o perturbava.

— O pai sabe?

— Não sabe nada, porque teu irmão Kanuseke me impede de vê-lo.

— Mas por quê?

— Não sei. Sem dúvida tem os mesmos temores que tua irmã.

— Mas claro! — exclamou de repente. — Ele é como Yokohami, acredita que vais despojá-los de todos os seus bens.

— Não tenho, contudo, essa intenção, acredita-o. E se ninguém quer me encontrar nem me conhecer, gostaria muito de que tu aceitasses ser meu amigo, Shotoko.

— Oh! — exclamou o adolescente, com os olhos brilhantes.

— Aceito.

— Por quê? — interveio sua irmã, elevando o tom. — Por que acreditas nela?

Tranquilamente, Shotoko sorriu:

— Porque assemelha-se muito a Kanuseke para inventar essa história.

Furiosa e cheia de arrogância, Yokohami deu de ombros, depois voltou-se para Yoshira.

— Ajuda-me a montar em teu cavalo e vamos ver a procissão.

◆

Voltando aos olhos para Yokohami e Yoshira, que se afastavam a cavalo, Yasumi suspirou. Esse interlúdio lhe havia feito perder a saída do casal imperial que, há pouco, havia deixado o templo para dirigir-se à Terceira Avenida, onde se desenrolava a disputa dos arqueiros.

Mas pelo menos, e era realmente o essencial, ficava com seu jovem irmão Shotoko, que parecia bem-disposto para com ela. Nenhuma malevolência nem insolência perturbavam seu olhar claro. Ele se aproximou dela com passo de gazela.

— Não viste a procissão dos bonzos em volta de Buda — disse sorrindo para ela.

— Não! Mas estou contigo e é o que me importa. Isso me comove tanto que fico sem voz. Terei oportunidade de ver o casal imperial sair do templo outra vez, mas quem sabe se eu te reveria tão cedo?

Essa tirada sentimental encheu de alegria o coração do jovem e ele se pôs a rir.

— Então, perdeste também os cantos e as danças rituais. É uma pena, é lindo.

— Mas talvez possamos ver juntos a sequência das comemorações?

— Com prazer. Mas vamos a pé, porque há muita gente.

De repente, Yasumi puxou seu irmão pelo braço:

— Olha, Shotoko, as danças!

Apontava o dedo em direção à Terceira Avenida.

— Sim! As dançarinas! — exclamou Shotoko. — Estou vendo as da imperatriz. Elas se distinguem pelo manto chinês que usam como no dia do Dragão.

Era um uniforme de grande gala e elas deviam passar no último momento, logo depois da saída do templo. O traje se constituía de um manto de brocado, ornado de estampas azuis, vestido por cima de uma roupa violeta e branca com flores bordadas, amarelas como o sol do zênite. Shotoko havia tomado a mão de Yasumi:

— Acho que Yokohami irá juntar-se às jovens da corte que devem lançar flores sob os passos da imperatriz. Após a passagem do palanquim real, estará nas tribunas para olhar a competição do tiro com arco.

— E o imperador, onde está?

— Deve estar no campo das corridas. Meu pai... Ele parou, olhou a jovem e continuou gentilmente:

— Nosso pai informou-nos que o administrador de Kamo devia apresentar-lhe dois ou três cavalos brancos para sua própria cavalariça.

Yasumi se pôs a rir:

— Então vamos, só o campo de corridas me interessa.

Depois, jogando-se sobre o irmão, beijou-o no rosto.

— Isto, por tua gentileza para comigo, irmãozinho. Agora, vamos ver os cavalos da Segunda Avenida.

Um tapete de flores juncava o chão que os passos da imperatriz haviam pisado. Mas dentro de pouco tempo, quando milhares de pés tivessem esmagado esse revestimento, cujo aroma misturava-se aos odores da cidade, não haveria mais nada senão uma camada suja e derrapante.

Viram as dançarinas afastar-se. Sem dúvida iam começar seu espetáculo logo que o palanquim da imperatriz chegasse à outra extremidade do templo.

Coroas de flores pendiam das portas das residências. Em um momento, Yasumi pensou em todas aquelas que havia manuseado nos arranjos com Susue Sei, mas não falou disso a seu jovem companheiro. Fazia questão de deixar em suspenso o mistério de sua vida cotidiana.

Subitamente, um grupo de bonzos os deteve. Mãos juntas, cabeças curvadas, crânios reluzentes, pés descalços, longa túnica branca envolvendo seu corpo, eles salmodiavam o sutra do Lótus. Uma multidão, vindas do povo de classe inferior, chegava em sentido oposto e houve confusão, tanto mais que outro grupo procurava abrir passagem, gesticulando ao mesmo tempo que executavam os passos da velha dança do Macaco, muito grosseira para ser apreciada pela corte.

Os componentes desse grupo eram seguidos de bailarinos e malabaristas, aos quais a multidão teve de abrir espaço, o que repeliu os bonzos para longe, atrás deles.

Tornava-se impossível sair da Terceira Avenida para seguir em direção ao campo das corridas.

— Por força das circunstâncias, vamos ver o tiro com arco — disse Yasumi sem soltar a mão de seu jovem irmão.

No fim da grande avenida, duas tribunas haviam sido montadas de cada lado. A imperatriz já havia tomado lugar entre os nobres, os ministros, os conselheiros, os fidalgos, os funcionários do protocolo, os governadores de província, o grande capitão da guarda real e o das cavalariças do palácio. As damas do séquito da imperatriz Akiko mantinham-se atrás dela, observando com os olhos ávidos todos os fatos e gestos, aqueles que lhes pareciam comuns e aqueles que iriam comentar em seguida por suas características inusitadas.

Não era difícil imaginar o que era uma corte imperial nessa capital poderosa e suntuosa, mas onde com frequência sufocava-se de aborrecimento e onde as calúnias, indiscrições e insinuações diversas faziam com muita frequência as vezes de relações sociais. As recaídas deviam, não poucas vezes, deixar queimaduras e ferimentos.

— Onde está nosso pai? — murmurou Yasumi.

— Ficou com o imperador na Terceira Avenida.

— E Tameyori, que não conheço ainda?

— Faz parte do concurso de tiro com arco. Está com Yoshira. Yasumi meneou a cabeça.

— E Kanuseke? Não está com eles?

— Foi treinar para o combate de sabre desta noite.

— Ah! Há muitos?

— Não! Porque a imperatriz dá uma jovem em casamento ao vencedor.

A essa ideia, Yasumi estremeceu e, sob sua pele, sentiu um pequeno estremecimento de desprazer. Assim, essa noite, por ordem da imperatriz, uma jovem iria tornar-se a esposa submissa de um guerreiro que ela não conhecia ainda. Nada teria a dizer e nada a fazer senão aceitar essa decisão. Dividir a cama desse esposo que a corte impunha seria sua condenação. Pelo menos estava certa de que o marido em questão não seria um viúvo velho e feio, dignitário, governador ou administrador do palácio, porque o combate de sabre da festa da Primavera exigia somente jovens guerreiros saudáveis, valentes e bem-apessoados.

Yasumi voltou seu rosto para as tribunas. A imperatriz estava longe demais para que ela distinguisse seus traços.

— Quem está a seu lado? — perguntou.

— Seu pai, Fujiwara Michinaga, à sua direita, e seu irmão, o príncipe Yorimichi, à sua esquerda.

— E mais afastados?

— Mais afastados, na mesma fila, sua jovem irmã, a princesa Kenshi, e seu outro irmão, o príncipe Toremishi.

— E aquele mais afastado ainda?

Shotoko lhe sorriu. Sua nova irmã, que não tinha certamente a intenção de abandonar, intrigava-o. Ele a achava loucamente sedutora.

— Aquele mais afastado é seu primo Koreshika, filho de Fujiwara Michitaka.

— E na extremidade da fila?

— Seu outro primo Kamekata, filho de Fujiwara Michikane.

— Toda a família imperial, em suma! Shotoko — afirmou de repente Yasumi, puxando a manga de seu jovem irmão —, eu também sou uma Fujiwara.

— Ah! — fez o adolescente, ficando de boca aberta. Estendeu a mão para a tribuna.

— Os Fujiwaras — continuou ele — estão todos lá! Observa-os na segunda fila. São quase todos grandes poetas.

Depois voltou a cabeça para o outro lado da avenida, onde se erguiam as segundas tribunas:

— São os Tairas, os Minamotos e os Tachibanas. É o clã dos guerreiros.

— Agora, menciona todos aqueles lá — disse Yasumi, indicando os Fujiwaras da segunda fila, dos quais ele tinha falado há pouco.

Shotoko conhecia todos. No palácio, tinha adquirido a reputação de meter-se em toda parte e de conhecer todas as histórias que eram cochichadas nos corredores ou por trás dos biombos e das treliças que as damas, no entanto, puxavam até embaixo para que ninguém ouvisse.

Orgulhoso por tornar-se útil junto daquela que passava a adorar, Shotoko começou pelo primeiro da lista:

— Ali está Akihira, o grande letrado, que conhece todos os poemas chineses e do qual o imperador não pode prescindir. Ao lado, está Akimitsu, ministro da Esquerda, pois cada posto importante no palácio é duplo: a Direita e a Esquerda. Depois, mais afastado, está Kinto, outro grande poeta, que é amigo da senhora Murasaki Shikibu, autora do célebre *O conto de Genji*. Ela não está no palácio agora, mas retornará, porque é a dama preferida do séquito da imperatriz. A seu lado, está Yukinari, célebre calígrafo, e, mais longe, Takaie, governador de Kyushu que, neste momento, combate os piratas no mar Interior.

— Os piratas!

— Sim, os piratas que sulcam os oceanos e o mar do Japão. Atacam também os navios chineses que se aproximam de nossas costas. Yoshira vai partir logo com outros arqueiros do clã dos Tairas.

Meu pai disse que deveria retornar como vencedor, se quisesse casar-se com Yokohami.

— Eu sei.

Yasumi não escutava mais. Já suas ideias voltavam-se para os rebeldes e os piratas. Por todos os demônios! Todos falavam deles e ninguém tinha citado ainda o nome de Motokata. Só havia figurado na mensagem de mestre Yu. Estava sem entender mais nada.

◆

O concurso do tiro com arco ia começar a qualquer momento. Shotoko ficava atento, diante da linha impecavelmente reta dos jovens arqueiros, que se mantinham impávidos na frente do alvo que estava situado a cem pés deles.

O rufar dos tambores se fez ouvir, anunciando a chegada do imperador, que devia assistir ao tiro. Conselheiros, fidalgos, grandes chanceleres e grandes capitães já a postos levantaram-se para acompanhá-lo dignamente ao lado da imperatriz.

Yasumi viu uma silhueta chegar a toda pressa na tribuna oposta.

— É meu pai — murmurou Shotoko.

— Então, vem! Vamos para lá.

Dessa vez, os olhos do adolescente apertaram-se e suas mãos tremeram um pouco.

— Sim! Vamos — repetiu ela, em um tom incisivo para dar-se coragem.

Chegaram à tribuna no momento em que as flechas começaram a voar de todas as partes. Atiradas com fúria por uns, com serenidade por outros, rasgavam o ar com uma rapidez incrível. O céu havia se repentinamente escurecido com esse jato negro e fugaz que arranhava o espaço. Gritos agudos, seguidos de silêncio, provinham das duas tribunas. Pontos eram distribuídos aos arqueiros, e aqueles que obtinham mais pontos eram selecionados para a final. Sempre que um tiro acabava de ser disparado, outro se seguia.

Tamekata Kenzo olhou seu jovem filho com descontentamento. Por que não estava em seu lugar antes que ele próprio chegasse? Não deixou de observar a jovem que o acompanhava. Caramba! Seu filho era um pouco jovem para apresentar-lhe já uma moça que não tinha o ar de sair da corte. Era bonita, no entanto, como uma lua de primavera, jovem como um broto que mal saiu do ramo do arbusto, frágil como uma folha de salgueiro que o vento balança a bel-prazer.

Ho, ho! Seu filho trazia-lhe uma das mais belas jovens de Kyoto. Avaliou por instantes o porte dessa graciosa aparição. De Kyoto? Não, ela vinha da província. Seu quimono estava fora de moda, embora a seda fosse bonita. O olhar de Kenzo procurou aquele da jovem que, agora, estava de frente. Olhos muito ousados para uma dama da corte! Ela escondia um olho, porém, por trás de seu leque, que havia levantado ao nível do rosto.

Seu leque! Kenzo empalideceu. Depois dirigiu novamente o olhar para o quimono fora de moda. Era dessa púrpura luminosa, essa púrpura incomparável, extremamente intensa, profunda, pura com um cinto e um *obi* amarelo dourado que cingia sua cintura fina. Os motivos do quimono representavam um sol poente, uma ponte, um rio, montes ainda nevados e, no belo *obi* amarelo dourado, uma sequência de flores primaveris.

Yasumi viu as mãos de seu pai tremerem, e as suas agitaram-se também, contra sua vontade. Kenzo, no entanto, reaprumou-se, ou pelo menos deu a impressão disso.

— Onde estavas? — perguntou a seu filho. — Faltaste ao primeiro arremesso de teu irmão e ao de Yoshira pouco depois.

Falava a Shotoko, mas seu olhar não deixava o leque de Yasumi, cujos desenhos e a montagem dos caixilhos de madeira tenra de bordo vermelho reconhecia. Seus olhos esbugalhados fixavam alternadamente o leque e o quimono.

De repente, Yasumi tomou uma folha branca e um bastonete de carvão enfiados em sua manga. Depois, rápida e habilmente — quantas vezes havia repetido esse gesto que teria de fazer e refazer na corte —, traçou o *waka* e estendeu-o na ponta de seu leque.

Kenzo tomou-o com frieza. Não podia fazer outra coisa, senão aceitar e ler seu conteúdo. O largo manto que recobria suas outras roupas não deixava ver nada das cores que usava. Baixou os olhos e leu:

> O SOL POENTE ACABA DE MORRER,
> MAS DEPOIS VEIO A AURORA
> UMA AURORA FRÁGIL MAS TENAZ
> QUE ESPERARÁ QUE SE APAGUE NO CÉU
> O PRÓXIMO SOL POENTE.

As mãos de Yasumi tinham parado de tremer, mas agora era seu coração que batia em disparada, seu sangue que afluía às suas veias, suas têmporas que palpitavam como a martelar.

Seu pai levantou os olhos em direção a ela. Eram negros e reluzentes, duros como um sílex e frios como o cume nevado do Fuji. Teria bastado, no entanto, um olhar terno, um sorriso, uma mão estendida, um gesto mesmo abortado, para que a jovem se derretesse em lágrimas e caísse a seus pés. Shotoko teria aprovado certamente tal espetáculo, mais ainda talvez que as flechas que cruzavam o céu e que ele não olhava mais. Bruscamente, seu pai o chamou à ordem.

— Onde estavas?

Yasumi sentiu sua garganta estremecer. Diante da indiferença e da frieza de seu pai, toda a sua força havia voltado:

— Estava comigo. Nós nos conhecemos.

— Quem és tu?

— Tua filha, a de tua esposa legítima.

Ele engoliu lentamente, baixou os olhos como se procurasse uma resposta e os reergueu, proferindo estas palavras estúpidas:

— É falso!

— É verdade! Vi em teus olhos que reconheceste o quimono de minha mãe. Estou feliz em usá-lo hoje, porque me terá servido para desafiar-te, para te fazer tremer, para te fazer voltar vinte anos.

Ele se levantou, coisa que não havia feito até agora, estendeu o braço e apontou o indicador em direção à Terceira Avenida:

— Sai daqui! Não quero ver-te.

Ela lhe opôs sua energia e seu vigor, proferindo palavras antecipadamente preparadas para o caso em que semelhante situação se apresentasse.

— Não tens nenhuma ordem a dar-me, Tamekata Kenzo. Não, nenhuma! Porque não me criaste, nem me educaste, nada mais tens feito que ignorar minha existência e a de tua esposa legítima.

— Sai!

— Sim! Vou sair e não te importunarei mais. Mas fica sabendo que um dia, não muito distante, entrarei no palácio pela grande porta e reabilitarei minha família, que é do clã dos Fujiwaras. Então, não serás mais nada perante mim, Tamekata Kenzo. Nada! Já viveste teus dias mais felizes.

— Pai! — exclamou Shotoko, em um impulso que tocou Yasumi em pleno coração. — É tua filha, olha como se parece com Kanuseke. Ninguém vai contestar isso.

Yasumi dirigiu para ele um olhar reconhecido. Não sabendo o que dizer diante da frieza obstinada de seu pai, murmurou:

— Nós nos veremos em breve. Eu sei.

Como para romper essa promessa cochichada, Kenzo irrompeu com voz aterrorizante:

— Shotoko! Proíbo-te de rever esta moça.

A violência da decepção tinha feito Yasumi esquecer o concurso dos arqueiros e não chegou a ver a imperatriz Soshi entregar o arco imperial ao feliz vencedor, que não era nem Yoshira nem Tameyori. Deixou sem mais nada dizer a esse pai que se recusava a reconhecê-la e foi procurar sua carruagem, emaranhada no meio das outras.

Evitando voltar a cabeça para a tribuna, ordenou ao jovem boiadeiro que a conduzisse às margens do lago Biwa.

◆

Para não assistir ao banquete imperial, para o qual, de resto, não era convidada (teria assistido se não tivesse entrado em choque com sua família), Yasumi tinha mudado de ideia enquanto andava e havia pedido ao boiadeiro que voltasse para a cidade, dizendo-se que iria um pouco mais tarde para as margens do lago Biwa.

Em toda parte, sobre a erva que mal saíra da terra, diante das barracas, nas laterais das ruas e das avenidas, haviam sido estendidas esteiras, e braseiros faziam ferver sopas de ervas. Eram servidas às pessoas do povo com bolinhos de arroz e biscoitos de soja.

Foi, portanto, somente no final do dia que Yasumi chegou às margens do lago Biwa. Grandes palanquins agitavam-se suavemente sob um leve vento e a água do lago estava maravilhosamente tranquila. Na praia, dignitários e governadores já tinham sua taça de saquê na mão. Algumas damas que os acompanhavam, deliciavam-se com mariscos.

Munidos de grandes ancinhos, homens encarregados desse trabalho nivelavam a areia da praia onde seriam erguidas choças, a fim de passar a noite no local. Elas serviam também para as mulheres que desejassem trocar de roupa, porque seus vestidos de gala só eram usados nas procissões e nos rituais dos templos, todos concluídos.

A partir desse momento, vários espetáculos realizaram-se simultaneamente, em locais diferentes. Danças desenrolaram-se, cantores entoaram a ária "Margens do Udo", acompanhados por tamborins. Os dançarinos batiam os pés, seguindo o ritmo e fazendo voar os laços de suas calças bufantes.

Mais ao longe, dançarinas evoluíam ao ritmo de uma harpa e de uma flauta. Suas longas caudas de seda brilhante ondulavam a cada gesto lento, que elas marcavam com um leve grito de pássaro cativo.

Diante dos palanquins, sob os alpendres das tendas decoradas de cães e dragões, atores vestidos de cores gritantes, vermelho-cereja e verde-abeto, com máscaras de maxilares articulados, vieram apresentar sua pantomima, realizando saltos e cambalhotas que os espectadores aplaudiam.

Em toda parte havia diversão. Na margem do lago, homens lançavam pipas soberbamente decoradas que flutuavam no céu com muita graça e leveza. Quem levantasse os olhos para elas não conseguia mais deixar de olhar.

No lago, barcos balouçavam ao ritmo dos remadores. Frágeis barquinhos que não temiam a profundidade da água faziam alegremente a travessia e, nas margens, a coleta das conchas começava.

Todos os barcos utilizados pelas senhoras da corte estavam cobertos por um toldo, para protegê-las do vento que começava a levantar-se. As velas desfraldadas nessas frágeis embarcações assemelhavam-se a folhas de bambu dispersas que teriam sido lançadas negligentemente na água.

Vendo as moças recurvadas sobre a areia à cata das mais belas conchas, Yasumi se pôs a pensar em Mitsuka. Aquelas que ela recolhia em Tagonura eram certamente as mais belas do Japão. Nenhuma podia ser-lhes comparada. Estas lhe pareciam quase descoradas e sem originalidade e, no entanto, todas as damas extasiavam-se com sua beleza.

Não! Olhando-as de perto, as conchas do lago Biwa não eram tão brilhantes de cores! Yasumi começou a sonhar. A imagem de Mitsuka não a deixou mais. Será que havia se casado com Kasumo? Uma sombra de nostalgia passou por seu rosto, uma bruma flutuante, uma lágrima talvez...

Demorando em seu sonho, no qual sentia um pouco de prazer, uma voz chegou a ela, uma voz delicada, cantante, esmaltada de poesia:

> As conchas
> não passam de ilusão,
> deve-se admirá-las
> ou acariciá-las
> para que cantem?

Yasumi voltou-se. Uma mulher achava-se atrás dela. Bela e sorridente, estava vestida com uma roupa de seda com desenhos violeta, com revestimento azul-vivo, sobre a qual usava um quimono verde-cipreste, estampado de algas azuis e ondas brancas. Seus cabelos caíam sobre os ombros e as costas. Chegavam até a cintura. O leque que carregava estava dobrado em sua mão pequena, roliça e bem-feita.

Yasumi ergueu os olhos. De joelhos na areia, apoiada em seus calcanhares, saiu bruscamente do sonho em que havia mergulhado e respondeu à senhora desconhecida com o poema seguinte:

> As melodias também são ilusão
> e o gesto e a dança
> e mais ainda o amor,
> quando a flauta se cala
> e a concha se fecha.

— Teu espírito é mais rápido que o vento que sopra em teus cabelos, pequena. Nunca vi tão belos e tão longos. Quantos anos tens?
— Tenho dezoito anos.

A jovem mulher a observava com grande atenção, pousando sobre ela um olhar tranquilo e benevolente.

— Pareces muito mais jovem. Eu tenho dez a mais. Gostaria muito de ter uma cabeleira tão bela como a tua.

Yasumi sorriu-lhe, com um sorriso singularmente luminoso. Pela primeira vez desde a morte de sua mãe, alguém lhe dizia que sua cabeleira era incomparável. E, para cúmulo de felicidade, essa pessoa era uma mulher, sem dúvida bastante bem colocada na aristocracia para saber que semelhante tesouro valia uma fortuna. Por isso respondeu com uma voz alegre:

— Não a darei, porque é a única coisa que possuo no mundo para me valorizar.

— Falas do valor de tua pessoa física, mas o de teu espírito parece-me grande, a julgar pela pronta resposta que deste a meu poema. Tens um sentido de réplica extraordinário. Tão vivo quanto o meu.

Estendeu suas mãos à jovem.

— Eu sou Izumi Shikibu. Yasumi pareceu surpresa.

— A grande dama da corte que escreve tão belos poemas!

— Sem dúvida falas de mim — pôs-se a rir a jovem mulher.

— Sim! Eu te conheço. Minha mãe falava com frequência de ti, bem como da senhora Murasaki Shikibu e da senhora Sei Shonagon.

— A senhora Sei Shonagon morreu pouco depois de ter deixado a corte, mas ela nos deixou suas célebres *Notas de cabeceira*. Quanto a Murasaki Shikibu, seu *O conto de Genji* encanta-nos. Ela regressou há algum tempo à sua província, mas retornará à corte, pois a imperatriz o exige.

— Escreveste um diário como ela?

— Sim! Mas não está concluído. Por ora, estou muito mais ocupada com meus poemas.

Depois a senhora Izumi acomodou-se sem cerimônia ao lado de Yasumi, de joelhos, apoiada sobre seus calcanhares.

— Por que dizes que não tens nada mais no mundo, a não ser tua cabeleira?

Yasumi desfiou um pequeno riso que não tinha nada a ver com aquele que a senhora Izumi havia mostrado há pouco, semelhante ao de um grande pássaro que voa, livre no espaço.

— Infelizmente, sou pobre! Olha, meu quimono está fora de moda. Era o de minha mãe. Usei-o hoje, acreditanto que, dezoito anos depois, meu pai o reconheceria.

— Mas reconheceu-o, estou certa disso.

— Sim, vi que suas mãos tremiam, mas isso não o impediu de ordenar-me que deixasse o local para nunca mais retornar.

— E agora, que esperas?

Amarga, Yasumi deu de ombros:

— Que a jovem que encontrar a mais bela concha seja felicitada pela imperatriz. Isso me traz uma terna lembrança.

— E depois que essa feliz jovem for felicitada pela imperatriz, que farás?

— Não sei.

— Vais ver o combate de sabre?

— Sim, sem dúvida. É possível que meu irmão, que me rejeitou da mesma maneira que seu pai, seja um dos dois combatentes. Gostaria de ver seu rosto, se perder.

— Mas estará mascarado. Somente o grande capitão da guarda imperial conhece o nome e o rosto dos dois combatentes, e somente aquele que ganhar deverá revelar seu rosto.

— Então, tanto pior, verei o rosto do ganhador.

— Vamos! Vem comigo assistir à corrida que acontece na Segunda Avenida! Ali devo encontrar meu marido.

— Oh, senhora Izumi! É meu desejo mais caro. Não ousava ir sozinha.

◆

Izumi Shikibu revelou-se uma companheira encantadora para Yasumi. Era engraçada e cheia de humor. Seu espírito se igualava à sua gentileza e à sua inteligência. Falava, analisava, perguntava e Yasumi respondia quando julgava que suas respostas não a prejudicariam. Sem que houvesse outros poemas entre elas, Yasumi compreendeu que havia impressionado sua companheira pela presteza com que tinha respondido a seu *waka*.

A senhora Izumi Shikibu tinha feito questão de que ela subisse em sua carruagem, a fim de prosseguir uma conversa tão bem aviada. Por isso a carruagem da jovem as seguia, e o rapaz que conduzia seu boi tomava o cuidado de não ultrapassá-las.

Sem ser tão luxuosa como os palanquins dos grandes dignitários da corte imperial, a carruagem em que as duas mulheres tinham subido era mais confortável que a de Susue Sei. Os painéis da carroceria de madeira estavam cobertos de magníficas decorações e, no interior, perto dos estores finamente tecidos, rolos de seda estavam suspensos, relembrando todos os atrativos das estações.

Demasiado absorta por sua conversa, Yasumi não olhava as residências que as carruagens roçavam com as grandes rodas nas avenidas de Kyoto. Pela primeira vez, a beleza dos jardins que contornavam as casas deixava-na indiferente. A senhora Izumi Shikibu a cativava tanto!

— Não me disseste teu nome.

— O nome de minha mãe é Suhokawa Hatsu, da família dos Fujiwaras de parte de meu avô. Eu me chamo Yasumi.

A senhora Izumi mal se espantou ao ouvir o nome Fujiwara, tanto ela desconfiava que, apesar de sua pobreza, essa jovem não era uma simples camponesa.

— E aquele de teu pai, tu o declinarás?

— Não, não ainda. Seria necessário que ele me aceitasse para isso. Ora, não o fez. Posso simplesmente precisar que seu nome não tem o teor de nobreza daquele de minha mãe.

Como Izumi Shikibu olhasse sua companheira com um sorriso de benevolente compreensão, ela acrescentou:

— Não! Realmente, é muito cedo. De resto, já o expressaste há pouco, precisamente quando estávamos na praia de Biwa.

— Compreendo. Pois bem! Yasumi, nós nos reveremos, mesmo que seja apenas para que eu venha a saber esse nome que queres me esconder. Onde moras?

— No bairro dos artesãos, na casa de uma amiga que exerce um dos mais belos ofícios que possa haver. Ela faz arranjos de flores. Porém, em um dia bem próximo, entrarei na corte. Eu o prometi a mim mesma.

— Queres que te dê um conselho?

— Certamente.

— Não estás suficientemente maquiada e podem reconhecer-te. Aqueles que não gostam de ti te olharão sempre com maus olhos. Se quiseres entrar na corte, frequenta os lugares que ela frequenta nos dias dos ritos e das cerimônias. Não faltes a nenhuma e muda tua aparência. Pode ocorrer que os teus venham a ti sem saber quem és. Então, terás ganhado. Faz escândalo, pequeno certamente, um escândalo que não tenha consequências, a corte gosta das fofocas, dos mistérios, das histórias que se enredam e se desenredam. Acredita em mim, pequena Yasumi, falo-te disso por ter vivido esses felizes ou tristes episódios que fazem com que a corte te abrace e te rejeite a seu bel-prazer. Não tens nada a perder por esse lado, mas muito a ganhar.

— Aconteceu, pois, contigo de fazer escândalo?

Izumi Shikibu deu uma bela gargalhada. Levantou os braços e fez voar suas largas mangas. Tinha o ar de um grande falcão que voa em pleno céu. Depois curvou-se para o ouvido de sua companheira e cochichou:

— O imperador chegou até a expulsar-me da corte.

— E retornaste?

— Sim! Depois de meu casamento. Sem dúvida disseram que meu marido saberia acalmar-me.

Ambas se puseram a rir. Tinham chegado ao campo das corridas.

— Senhora Izumi! Posso confessar-te algo?

— O quê?

— Gostaria de fazer correr meu cavalo, mas não sei como proceder.

— Tens um cavalo!

— É uma égua branca. Chama-se Longa Lua.

— Tu a montas?

— Como uma cavaleira da época das rainhas guerreiras, aquelas do clã dos Sogas contra o clã dos Mononobes. Monto Longa Lua em pelo, de calças, para melhor interagir com ela.

Parou, refletiu alguns segundos e terminou, brincando ao mesmo tempo com seu leque:

— Bem antes da era dos Naras, a senhora Suiko, portadora de influência chinesa, combatia ferozmente em sua montaria. Será sempre meu ídolo. Se tomar outra aparência para entrar na corte, então serei a senhora Suiko.

Izumi Shikibu voltou-se para sua jovem companheira e dirigiu-lhe um olhar que dizia tudo. Essa pequena respondia prontamente aos poemas e parecia brilhar em tudo. Conhecer a história do Japão não estava ao alcance de todos. Quantos jovens nobres de província ignoravam o que havia sido a evolução do Império japonês, de suas origens a esse atual período de Heian...

— Falaremos novamente de tudo isso, porque vejo meu marido que me faz sinal. Escuta, é possível que fiquemos separadas, sem que possamos nada mais nos dizer. Nesse caso, procura em Kyoto a casa de chá chamada "pavilhão das Glicínias". Vez por outra vou para lá para conversar com amigos poetas.

A senhora Izumi foi rapidamente engolida por uma lenga-lenga de nobres, entre os quais estava seu esposo. Mostrou-se tão discreta para com sua companheira, que provavelmente ninguém a percebeu. Yasumi logo disse a si mesma que sua nova amiga achava esse momento muito prematuro para apresentá-la. Então ela entrou no meio da multidão e eclipsou-se, para refletir sobre a maneira como encarnaria seu papel com sucesso.

CAPÍTULO 8

Retornando às margens do Biwa, Yasumi mal havia se dado conta de que a noite tinha lentamente substituído o dia. A lua tinha surgido como um crescente de ouro pálido e, nessa noite, no céu escurecido, vieram brilhar as Plêaides.

Aproximando-se tão prudentemente quanto possível, Yasumi viu que o imperador Ichijo e a imperatriz Akiko estavam sentados lado a lado sob um grande dossel de seda bordada. Sob seus pés, um tapete tinha sido desenrolado para que a areia da praia, refrescada pela noite, não viesse a resfriá-los.

Atrás deles estava uma fileira de monges, todos eles bonzos budistas que, de mãos juntas e cabeças curvadas, pareciam não ver nada, mas cujos pequenos olhos perspicazes e apertados olhavam e observavam tudo. Os menores fatos e gestos que se desenrolavam, nada lhes escapava. Era, de resto, um excelente sistema de guarda para o casal imperial nesses dias de festa, porque um grande número de oficiais, capitães e prepostos da polícia tinham ingerido tanto saquê, que não viam mais nada.

Se a imperatriz tinha à sua direita o imperador, de torso ereto e olhos um pouco embaçados por ter, ele também, bebido saquê mais do que devia, à sua esquerda estavam alinhadas dez meninas de aproximadamente dezesseis anos. Yasumi constatou com alívio que Yokohami não estava entre elas. Em que essa constatação podia acalmá-la? Nem sequer pensou nessa questão. Mas todas essas jovens tinham o coração apertado e as pernas trêmulas, pois terem sido selecionadas pela imperatriz não era senão a primeira etapa. Agora o vencedor do combate de sabre devia fazer sua escolha.

Todas elas tinham seu leque na mão e usavam suntuosos vestidos de gala de brocado, mantos com amplas dobras, por cima de cintilantes túnicas que deixavam atrás delas uma cauda que se arrastava no tapete.

Quando Yasumi se aproximou, permanecendo um pouco afastada, mas com os olhos voltados resolutamente para o espetáculo que devia seguir-se, chegavam ao fim deslumbrante os concertos de alaúde, harpa e flauta. Um flautim, cujo som parecia-se com o ruído que os gafanhotos produzem em uma noite de outono, acompanhavam-no.

A fumaça das tochas espalhava um perfume de incenso que vinha embalsamar até as carruagens alinhadas na extremidade da praia. Feixes de luz vinham aqui e acolá romper a superfície da água frágil como cristal. Todos os barcos e jangadas, com suas velas despregadas, haviam-se recolhido no porto.

Ao rufar dos pequenos tamborins acompanhados desse mesmo flautim que repercutia tão desmedidamente os sons, vieram juntar-se as batidas do grande tambor. O grande oficial da guarda imperial pediu silêncio, e os dois combatentes apareceram lado a lado aos olhos de todos.

Eram tão fogosos como seus cavalos e se mantinham altivos e eretos em suas montarias, suntuosamente ajaezadas. Segurando ferozmente seu sabre, que faziam voltear para impressionar os espectadores, vieram colocar-se, segundo as ordens do grande oficial da guarda imperial, não mais lado a lado, mas frente a frente.

As máscaras com caretas que usavam escondiam inteiramente seu rosto, da raiz dos cabelos até a base do pescoço. As tochas iluminavam singularmente o fundo branco das máscaras, deixando brilhar os arabescos dos desenhos, pintados de vermelho e amarelo para um, verde e azul para outro.

Tamborins, pequenos tambores e flautim cessaram, e um grande silêncio veio romper a noite profunda, iluminada por um céu onde brilhavam a lua crescente e as Plêiades, cujo brilho realçava aquele das múltiplas tochas.

Os combatentes recuaram pelo menos cinquenta pés cada um, de modo que, perdida em seu refúgio, Yasumi viu de repente ao lado dela um dos guerreiros. Ele se deteve alguns segundos diante dela, depois, levantando seu sabre no espaço, soltou um grito que Yasumi logo tomou como um grito de vitória. Indubitavelmente, ela ignorava quem estava por trás dessa máscara amarela e vermelha, mas estava persuadida de que seria o vencedor.

Vestido com um amplo manto recobrindo túnica e calças bufantes, para não ser incomodado pelos movimentos que teria de executar logo a seguir, pareceu-lhe muito seguro de si. Ele girava agora ao redor dela, avaliando-a por detrás de sua máscara.

Yasumi teria desejado recuar, mas permanecia subjugada por essa figura que forçava seu olhar. De repente, ela começou a tremer. E se esse homem fosse Kanuseke, seu irmão? Talvez a dança que realizava conscientemente em torno dela fosse apenas agressividade e provocação... Como saber?

Um novo rufar de tambores avisou os dois combatentes e uma louca cavalgada aproximou-os um do outro. Ficaram de frente, de sabre erguido. As lâminas afloraram, rangeram, chocaram-se e, logo, tornaram-se mortais, mas cada um permanecia agachado sobre seu cavalo.

Por ora, pareciam de força igual. Mas a primeira etapa era apenas um aquecimento. A segunda etapa arriscava fazer cair o mais fraco, mas, como havia a terceira e a última etapas, o combate podia terminar a pé, de sabre em punho. O vencedor era aquele que conservava sua arma na mão.

Terminado esse primeiro aquecimento, os combatentes afastaram-se de novo até que o tambor desse o toque. Yasumi, que não tinha mudado de lugar, sempre acocorada sobre a areia, longe das tochas acesas, tremeu quando o guerreiro voltou a ela. Ele se deteve e, por trás de sua máscara implacável, observou-a sem nada dizer. Que queria dela? A jovem não ousou romper o silêncio por uma palavra que teria quebrado o encanto. Era Kanuseke? Ela sabia por meio de Shotoko que ele havia treinado com o sabre o dia inteiro. Mas tinha sido selecionado para o combate?

O tambor tocou e, em uma nuvem de poeira branca provocada pela areia fina da praia, ele chegou estremecendo diante do dossel estendido, onde estava o casal imperial. As jovens estavam imóveis e cada uma perguntava-se com uma ansiedade crescente se seria a feliz eleita do vencedor.

Os dois guerreiros tinham terminado com o roçar de seus sabres e passavam agora ao ataque. A arma voou várias vezes acima do homem de máscara vermelha e amarela, arriscando decepar-lhe a cabeça de um só golpe. Mas ele tinha prontamente dobrado o pescoço e dava rapidamente meia-volta com seu cavalo que, ao retornar, sentiu a ponta do sabre roçar seu dorso.

Em torno do casal imperial, os dignitários e suas esposas suspendiam a respiração, fascinados pelo combate. O guerreiro de máscara amarela e vermelha parecia mais rápido, o outro parecia mais forte. Novo golpe bem desferido quase atingiu o braço do guerreiro de máscara vermelha e amarela, enquanto o homem de máscara azul e verde julgava obter já a vitória. Mas seu adversário, com um sutil jogo de arte equestre, havia empinado seu cavalo como se quisesse abater-se sobre aquele de seu oponente. O outro cavalo se assustou e deu um pulo para sua direita, o que desequilibrou seu cavaleiro.

O grito da multidão chegou até Yasumi, que ficou com raiva por não ter-se aproximado mais. Mas agora sabia que, se o guerreiro de máscara vermelha e amarela não tinha morrido, ela o veria novamente perto dela para a terceira etapa, a mais longa.

Desequilibrado, o homem resvalou sobre o flanco de seu cavalo e o outro, com um golpe de sabre, cortou a correia de couro que o mantinha em sua montaria. O guerreiro caiu e ficou no chão, enquanto, na multidão dos espectadores, um grito único, potente, um grito que subia até o céu vinha traspassar os ouvidos de Yasumi.

O combatente que havia caído levantou-se rapidamente e, para proteger-se, pôs seu sabre diante do peito. Depois levantou-o, soltando um grande grito seguido de um assobio, que anunciava um golpe mortal.

A lâmina brilhou na noite espessa e sombria, iluminada pelas tochas, e levou em sua queda fulgurante um pedaço da capa de seu adversário. Todos os olhos haviam se erguido para ver o tecido voltear no espaço e recair, como uma asa quebrada de abutre, sobre a areia.

Como se o homem de máscara vermelha e amarela quisesse aproveitar desse novo desafio, sem saborear imediatamente seu triunfo, tirou precipitadamente o que restava de sua capa e jogou-o por terra. O tecido roçou o rosto de seu adversário e, quando finalmente caiu a seus pés, viu seu rival diante dele: tinha saltado de sua montaria por sua própria vontade, sob os gritos histéricos do público. Esse era um combate que agradava à multidão, porque, na próxima etapa, os dois homens iriam enfrentar-se com os pés apoiados na areia.

A terceira e última pausa foi anunciada pelo rufar dos tambores. Gritos, clamores, exclamações, urros vinham de todos os lados, abafando a música. O público reclamava com grandes gritos a sequência do combate. Mas o tempo de pausa devia ser respeitado e o grande oficial da guarda imperial não aceleraria mais do que devia a retomada do combate.

Surpresa com tamanha histeria na multidão, Yasumi tinha-se levantado como se uma força instintiva a obrigasse a isso. Seu pai gritava, ele também, no meio de todos esses loucos? E o jovem Shotoko? Como um combate de sabre podia causar tanto delírio?

As corridas de Kamo provocavam tanto entusiasmo também?

O rufar do tambor prosseguia e a pausa se prolongava. Yasumi avistou ao longe o guerreiro que vinha em sua direção. Depois, foi tão rápido que não soube como ele fez para levantá-la do chão e colocá-la sobre seu cavalo, diante dele. Seu coração explodiu e seu espírito vacilou. Foi então que ela reconheceu os braços de Motokata que apertavam seu peito.

◆

Atordoada pela alegria que afluía nela, ainda estupefata pelo galope que a levava não sabia para onde, Yasumi estava bem longe de pensar no que se passava ali, na praia do lago Biwa. Quando o rufar do tambor anunciasse o terceiro combate, os espectadores surpresos não veriam retornar o homem de máscara vermelha e amarela. Os oficiais da guarda agitariam-se sob as exclamações desconcertadas da multidão, gritariam, jurariam, insultariam os subalternos, pois seria realmente necessário encontrar responsáveis.

Os monges meneariam a cabeça, porque nada teriam visto, nada teriam entendido, eles que, no entanto, eram observadores tão sagazes. Mas nada havia chamado sua atenção, porque o cavaleiro de máscara vermelha e amarela tinha ido tomar sua pausa muito naturalmente, a exemplo de seu adversário.

Os dignitários fariam perguntas sem encontrar respostas e, ao amanhecer, perguntariam ainda o que realmente poderia ter acontecido para que tamanho escândalo viesse perturbar, na primavera desse ano, a festa que, há décadas, a corte de Kyoto organizava.

Quanto às jovens escolhidas pela imperatriz Akiko, as dez "meninas do céu", todas virgens da nobreza da corte, esperariam no ano seguinte o prestigioso noivo que deveriam ter tido nessa noite, pelo menos se a corte não as tivesse casado nesse meio-tempo.

Aí está um fato que seria comentado por muito tempo na corte e que correria todo o Japão, para que os governadores de província se deleitassem eles também com a atraente história.

Mas, por ora, Yasumi provava a felicidade extrema de sentir as calorosas mãos acariciadoras de Motokata. Elas pressionavam seu peito, suas costas, seu ventre e todo o seu corpo já sentia o calor do fogo. Ele as tinha deslizado em torno dela, ao mesmo tempo em que segurava as rédeas de Ramo Ardente, que ia em um galope do inferno.

Kyoto foi atravessada em uma velocidade vertiginosa, mas ninguém os seguia. Nenhum oficial da guarda imperial tinha podido imaginar tal desfecho, nenhum rumor de galope se fazia ouvir atrás deles. E, de repente, chegaram diante dessa residência que Yasumi tanto havia procurado no bairro dos Fujiwaras, a de Motokata.

Entraram pela parte de trás da moradia, com a maior discrição. À primeira vista, Yasumi disse para si que o pessoal da casa havia sido comprado há muito tempo por seu patrão e não diria nada se alguém perguntasse sobre suas idas e vindas.

Motokata parecia calmo, e todos os seus gestos eram medidos. Um palafreneiro correu para tomar seu cavalo, e um criado, de rosto enrugado e peito curvado pelos anos, apressou-se para abrir-lhe as portas de sua propriedade. Então Yasumi compreendeu que havia se enganado e que Motokata tinha apenas velhos criados devotados e fiéis. Não eram numerosos e, excetuando-se sua velha ama, que havia amamentado a ele e a seu irmão, toda a criadagem era do sexo masculino.

Longos corredores seguiam as paredes externas da residência. Davam em amplas varandas, mas estas estavam escurecidas pela noite, porque Motokata não tinha nenhuma vontade de iluminá-las para mostrar-se. As lâmpadas e as tochas que, outrora, estavam quase sempre acesas, permaneciam obstinadamente apagadas.

Yasumi deixava-se levar como em um sonho. Dessa vez, não tinha missão a cumprir e Motokata podia levá-la para onde quisesse, ela o seguiria, dócil e submissa.

Passando as varandas escurecidas pela noite e os numerosos corredores igualmente escuros, Yasumi distinguiu, bem ao fundo, as portas corrediças que se abriam para a moradia.

Precedido pelo velho criado, que não tinha certamente a intenção de deixá-los antes que estivessem ao abrigo de todo olhar indiscreto, Motokata a empurrou suavemente para a frente. Depois, lançando um olhar atrás de si, a fez entrar em um belo e grande cômodo, que mais parecia um escritório que um quarto, apesar das esteiras confortáveis e das fofas almofadas espalhadas aqui e acolá.

— Deixa-nos, Sosho. Eu te chamarei se precisar de alguma coisa. Acorda-me amanhã na primeira hora. Devo partir novamente.

Depois fez deslizar o painel móvel da janela na ranhura escavada para esse efeito e puxou a cortina de junco.

Com os olhos, Yasumi percorreu discretamente todo o cômodo. Em um ângulo carregado de sombra, avistou um Koto pousado no chão. Essa pequena harpa de treze cordas, da qual saíam tão suaves melodias, mostrava que Motokata era músico em suas horas vagas e, ao lado, sobre uma mesa baixa, um jogo de gamão, com seus grandes dados brancos e pretos, revelava seu gosto pelo lazer.

Yasumi estava ali, de pé, nesse mesmo quimono que Motokata já a tinha visto na caverna. Ela estava sob o choque do êxtase. Seu olhar se fixou em outra mesa baixa, onde estava uma bandeja, oferecendo alguns bolinhos de arroz, rebentos frescos de soja, frutas secas e, em uma garrafa de porcelana, saquê, do qual Motokata se serviu em um belo copo antes de começar qualquer diálogo.

Foi nesse momento que alguém bateu à porta corrediça.

— Entra, Bambu. Vou te apresentar Yasumi, Fujiwara por parte de seu avô. Durante minha ausência, ela poderá vir aqui se tiver vontade ou necessidade. Tu o dirás a todos os outros. E, se isso ocorrer, não penses em mandá-la embora.

A velha ama deu de ombros:

— Para trazeres uma menina aqui, Motokata — replicou ela, medindo Yasumi com seus pequenos olhos negros cercados de rugas —, compreendi muito bem que lhe reservavas outro destino que o de todas as outras. Queres que traga gengibre em conserva?

Motokata lançou um breve olhar à bandeja.

— Não. Dispuseste tudo de que precisávamos. Agora, deixa-nos. Pedi a Sosho que me desperte na primeira hora.

— Para onde vais amanhã e onde está teu irmão?

— Nariakira está em algum lugar nas costas do mar Interior.

— Vais para junto dele?

O jovem Fujiwara sacudiu a cabeça.

— Um dia acabarás morrendo em lugar dele. Tu o proteges demais.

— Tu me disseste isso cem vezes, Bambu.

— Eu o digo porque é a verdade.

Motokata deu de ombros, depois, dirigindo-se à velha ama, tomou-a pelos ombros e a empurrou devagar para fora do cômodo.

— Vamos! Não te preocupes, nem por mim, nem por Nariakira.

— De qualquer modo — resmungou a velha Bambu —, teu irmão faz qualquer coisa. Fazer-se passar por um pirata! Ele brinca com o fogo.

E tu, Motokata, não procures tampouco recuperar todos esses bens que te tomaram. Já és bastante rico como estás. Não precisas de mais.

◆

Quando ficaram sozinhos, Motokata aproximou-se de Yasumi e a tomou em seus braços.

— Julguei ganhar esse combate rapidamente. Não teria podido então aproveitar da pausa para te levar.

Yasumi não respondeu. Não tinha nenhuma vontade de conversar sobre o combate, pois estava demasiado absorta pela imperiosa necessidade de falar-lhe do templo de Enryakuji e da mensagem de mestre Yu que ela tinha entregado ao prior.

— Era necessário que eu partisse — murmurou. — Aproveitei de teu sono.

— Por quê?

— Ouvi Longa Lua à porta de tua caverna. Ela me chamava.

— Longa Lua!

Yasumi suspirou:

— É meu cavalo. É a égua branca que perseguiste no monte Hiye.

— Quem a conduzia?

— Eu, com certeza.

Observou-a em silêncio, dardejando sobre ela seus olhos vivos e reluzentes. Depois foi para a janela fechada, refletiu um instante e voltou para perto dela em largos passos:

— Então eras tu o terrível cavaleiro que perseguíamos... Agora, isso não me surpreende mais. E teu companheiro?

— Era um jovem monge do templo de Amazu. Tremia de medo com a ideia de cair em tuas mãos. Eu o encorajava incessantemente. Seu cavalo já havia se afogado no lago congelado, onde tu nos precipitaste. Eu sabia nadar, consegui salvar o monge, mas não o cavalo dele.

— Por que não tinhas mais o teu quando te abordamos?

— Tinha deixado Longa Lua com o monge, que me esperava escondido no monte Hiye. Eu havia lhe dito para voltar ao templo de Amazu, caso eu não retornasse para procurá-lo.

Um perfume de lilás flutuava no cômodo. As fofas almofadas que se espalhavam sobre as esteiras de vime, finamente trançadas, requeriam outras palavras, mais ternas. Mas Yasumi fazia questão de que tudo ficasse claro entre eles.

— Motokata! — prosseguiu com voz trêmula. — Eu devia deixar a mensagem ao prior de Enryakuji.

— Por quê?

— Mestre Yu me deu abrigo, ajudou-me. Depois transmitiu-me seu saber. Graças a ele, aprendi tudo sobre o Japão. Graças a ele compreendo coisas que não teria podido explicar antes. Para mim era um dever responder à sua confiança. Enryakuji não ficava longe do caminho que me restava para chegar a Kyoto.

Afastou-se dele e, mergulhando seus olhos nos dele, murmurou:

— E depois, eu não podia suportar a ideia desse massacre.

— Nariakira foi lá no dia combinado, mas não pôde entrar no templo, porque os monges o esperavam.

— E tu?

— Voltei lá. Sem derramar uma gota de sangue, consegui recuperar parte de minhas riquezas. Eu até negociei com o superior de Enryakuji.

— Negociaste!

— Sim, eu lhe prometi que restituiria parte daquilo que retomava.

— Não compreendo.

— Vou para o norte expulsar os piratas e retornarei coberto de glória e de novas riquezas. Darei uma parte a Enryakuji, outra ao imperador para me reabilitar na corte, e o resto, vou guardar.

Com ímpeto, ela se jogou em seus braços:

— Então, se compreendo bem, nós dois estamos na obrigação de resgatar-nos diante da corte. Eu, da rebelião de meu avô contra o imperador, e tu, de tua raiva em retomar teus próprios bens.

Aliviada, Yasumi começava a perceber a intensidade de suas emoções, que havia rechaçado até então. Motokata a apertou contra si:

— Tens uma coragem extraordinária. Se não fosse a raiva que se apoderou de mim quando constatei tua fuga...

— Motokata!

Uma grande gargalhada pontuou a exclamação de Yasumi. Envolto em uma túnica de brocado, com suas calças bufantes de cavaleiro, com o coque do cabelo retorcido e cercado por uma faixa de cetim preto, Motokata ergueu a mão e aproximou-a do rosto de sua companheira. Depois levantou-a lentamente mais para cima e tirou o grande alfinete que retinha para o alto todos os seus cabelos.

— Assim, além desta longa e linda cabeleira, possuis a mais bela égua que já pude ver correndo perto das montanhas de Hiye!

Fez deslizar seus dedos na espessa cabeleira brilhante e negra como uma asa de corvo, que caía até o chão. Ah, esses cabelos com que tinha sonhado tantas vezes desde que ela havia fugido da caverna! Eles se retorciam como uma corda trançada, apertada, pronta a estrangular seu desejo de homem. Depois rolaram até ele. Uma mecha longa e fina caiu sobre um bonsai plantado em um pote de porcelana azul e branco, que liberava um fraco odor de resina.

— Desejo-te como nunca desejei outra mulher — cochichou. "Outra mulher!" Quantas amantes Motokata tivera? Duas? Oito? Dez ou mais... Pouco importava. Yasumi estava ali, encolhida em seus braços. Tinha ouvido a observação da velha Bambu: "Para trazeres uma menina aqui, compreendi muito bem que lhe reservavas outro destino que o de todas as outras". Que palavras mais tranquilizadoras para Yasumi teria pronunciado a ama? Suspirou de satisfação e felicidade contida, enquanto Motokota, curvado sobre seus cabelos revoltos, respirava seu delicioso perfume. Tamboretes de bambu e baús de madeira de cerejeira dissimulavam-se atrás dos biombos envernizados com laca da China, para onde logo a arrastaria sem dúvida. Esse grande cômodo liberava uma atmosfera calorosa.

Foi então que observou a biblioteca no fundo da peça. Não era, portanto, um quarto, mas um escritório, como tinha pensado de início. As estantes de madeira de aloés ocultavam belas obras, que pressentia serem ricos textos escritos em chinês, porque a escrita em japonês apenas começava a difundir-se. Ao lado, havia uma pequena mesa sobre a qual Motokata tinha posto folhas, uma caixa com material para escrever e tinteiros com tintas frescas. Alguns rolos empilhados logo lhe confirmaram sua inclinação para a escrita e a poesia.

— Meu doce pássaro! Desejo-te muito, muito!

Os lábios de Yasumi tinham tomado a cor de uma cereja madura. Viu acender a cobiça nos olhos de Motokata. Ele a tomou pelos ombros e a derrubou. Sob seu quimono, via sua pele brilhar. Um queimador de perfume difundia um aroma que ia perder-se atrás da cortina de tiras de bambu.

Ele a agarrou pela cintura e ergueu suas pernas acima de seu peito. As unhas rosas de seus pés estavam delicadamente feitas.

Desde que Yasumi passou a morar na casa de Susue Sei, conferia a seu corpo todos os cuidados que uma senhora de boa condição devia dar-lhe.

Rosto contra rosto, seus narizes se roçaram, esmagaram-se um contra o outro. Yasumi não tremia ainda, não fechava ainda os olhos. O clarão da única lâmpada iluminava apenas o que era necessário para que cada um visse nos olhos do outro o desejo transbordar. Mas Motokata sabia ser paciente para que a mulher sentisse seu prazer antes dele.

Graças ao queimador de perfume atrás dele, o biombo desviava o perfume de seus ramos de ameixeiras silvestres. Via-se a doce magia dos cumes nevados e o voo pesado de uma coruja, que se preparava para pousar na ponta de um pinheiro de copa arredondada.

O jovem Fujiwara voltou-se lentamente. Yasumi avistou sua espessa e curta trança preta. Ela tinha caído atrás de sua cabeça, mas estava tão apertada que ainda se mantinha intacta.

Tomando-a pela cintura, Motokata virou-a para trás, para que seu quimono se levantasse até a cintura. A vista de sua lombar, de suas nádegas, de suas coxas brancas e lisas o excitou, e ele logo se livrou de suas calças bufantes.

Estava à beira do êxtase, mas ele a retomou pelas costas para ver brilhar seus olhos. Yasumi deixou filtrar em seu olhar uma onda de prazer. Viu-o brandir seu sexo como um troféu de guerra, que lhe reservava a glória. Ela se enrolou em torno dele, com as pernas levantadas para que ele pudesse aproximá-la em sua exaltação decuplicada pelo perfume de lótus que ela liberava. Dessa vez, o membro ereto, dirigido para a fenda sedosa, não admitia mais espera alguma. Quando a penetrou, a carne de ambos pareceu absorver a luz da lâmpada que, no chão, tremulava entre dois tamboretes.

Ele a havia possuído com tal intensidade que sua vontade cambaleou e seu espírito vacilou, até não saber mais quem era nem onde estava.

◆

Voltando para a casa de Susue Sei, Yasumi só falou das procissões que havia visto desenrolar-se sob as pétalas de flores atiradas à passagem da imperatriz, precedida pelos bonzos dos templos que salmodiavam seus sortilégios divinos.

Contou também sobre o lago Biwa, os barcos, as barcaças de grandes velas multicoloridas, as catadoras de conchas, o lançamento de pipas de papel de cores vivas que se equilibravam tão harmoniosamente no céu ao capricho dos ventos. Mas não falou do combate de sabre, porque não sabia como relatar a história autêntica.

Enfim, ela abordou o tiro com arco da Terceira Avenida, durante o qual seu pai a havia rejeitado como se fosse uma bastarda, filha de outro e não dele. Susue Sei meneou tristemente a cabeça. Sua pequena boca em forma de coração e suas finas sobrancelhas exprimiam uma surpresa da qual não chegava a definir o teor, tanto o ocorrido lhe parecia incrível. Rejeitar a filha de sua primeira esposa era inconcebível quando se era membro da corte imperial!

Porém, quando Yasumi falou de Shotoko, o único que a escutou e compreendeu, seus olhos iluminaram-se com um pequeno brilho de esperança. Não se estendeu, no entanto, sobre esse assunto, muito incerta ainda sobre seu futuro.

Observando há algum tempo os gestos precisos e seguros de Sei, seus dedos voando de ramo em ramo e de folhagem em folhagem no buquê que armava, Yasumi notou como era grande sua contrariedade.

— Teu pai é um insensato! Qual o interesse dele para agir desse modo?

— Acredito realmente que teme as represálias do imperador e da imperatriz por não ter reconhecido a filha de uma primeira esposa. Como sou uma Fujiwara, isso é ainda mais grave.

— Se compreendo bem, é o fato de não ter repudiado tua mãe que o torna culpado.

— Certamente! Repudiada, ele não tinha mais que se preocupar com ela, mas, não tendo pedido o divórcio ou o repúdio, ele devia preocupar-se com seu futuro e saber que tinha tido uma filha pouco depois de sua última passagem na casa dela.

— É evidente que agora tua existência o incomoda.

— Deverá, contudo, aceitá-la mais cedo ou mais tarde, e juro pelo bem-aventurado Buda que o forçarei a isso.

— Vamos, Yasumi, para de atormentar-te! Porque vejo realmente que este assunto te deixa nervosa e infeliz. Dize-me antes se meu sobrinho viu Yokohami.

— Com certeza! Além do mais, partiu com ela no cavalo dele enquanto, a meu lado, Shotoko levava-me a ver a competição dos arqueiros.

— Praticamente não me falaste dela.

— Talvez porque não tenha nada a dizer sobre essa moça que me ignorou.

— À parte sua indiferença, que achaste dela?

— Tola e pretensiosa. Sei deu de ombros.

— É meu parecer também.

A noite desse início de primavera caía suavemente sobre as casas do bairro dos comerciantes. Nem todas possuíam um jardim. O de Sei era muito pequeno, mas pelo menos via em cada primavera as primeiras flores aparecerem sobre os jovens ramos de sua única cerejeira e, a cada outono, as folhas matizadas de amarelo-ouro e de púrpura-luminoso caindo silenciosamente na pequena ponte sob a qual corria um minúsculo riacho artificial.

◆

Enquanto as duas mulheres conversavam ainda, Yoshira chegou tarde da noite na casa de sua tia, falando alto, com ar alegre e passo hesitante.

— Que acontece contigo? — perguntou Sei. — Tu me pareces um tanto embriagado.

O jovem se pôs a rir e sacudiu as mangas de sua túnica, que usava fechada à moda chinesa por cima de um quimono, sob o qual suas calças bufantes deixavam ver os laços que apertavam seus tornozelos.

— Bah! Bebi um pouco mais de saquê que de costume, mas não te preocupes, tia, não fiquei bêbado.

Infelizmente, tudo dizia o contrário e, nessa noite, ele fitou mais demoradamente Yasumi, mais que de costume, deixando transparecer um brilho matreiro que inquietou as duas mulheres.

Depois Yoshira ajoelhou-se sobre uma das esteiras da peça, entre um biombo e uma mesa baixa, onde estavam pequenas taças de faiança e um frasco de saquê. Yoshira serviu-se copiosamente, desprezando as taças e bebendo o licor diretamente do gargalo. A cada gole, com as costas da mão secava sua boca, observando ao mesmo tempo o rosto surpreso de Yasumi.

Postada atrás dela, Sei não parecia menos inquieta. Não ousava retirar o saquê sem saber o motivo dessa repentina bebedeira.

Com a mão trêmula, o que provava seu estado de embriaguez, Yoshira começou a desenrolar uma folha que tirou, com um gesto desmedido, de sua manga.

— Ah! Yasumi — gritou ele, com uma voz que não era a sua, uma voz a um tempo rouca e cavernosa —, sabes que teu irmão Tameyori teve muita sorte?

— E por quê?

— Sabes que foram previstas ações de contra-ataque a perpetrar contra os piratas que povoam o mar Interior. O ministro da Direita, com Michinaga, ministro dos Negócios Supremos, já tinha mandado proceder à votação. O nome de teu irmão não fazia parte dessas primeiras nomeações.

— Ah! — fez Yasumi, com apreensão na voz.

Ela ficou com o espírito em alerta. Tratava-se de seu irmão, o que despertava sua atenção, mas, além disso, Yoshira punha em jogo o problema dos piratas que, havia algum tempo, assombravam o povo japonês.

— Mas no último momento — acrescentou o jovem, tomando outro gole de saquê — quatro nomes foram acrescentados e Tameyori fazia parte deles. Ele exultava, gritava de alegria, cortava o ar com grandes golpes de sabre e bebemos à nossa saúde. Partiremos, portanto, juntos.

— Quando? — perguntou Sei.

— No fim da primavera.

— Então — replicou ela, percebendo a garrafa de saquê quase vazia — resta-te ainda o mês da Pequena Erva e o mês Florido para treinar e preparar tua partida.

Yoshira concordou com a cabeça e, com mão trêmula, começou a tirar de sua manga outra pequena folha que desenrolou e se pôs a ler lentamente. Era a lista dos cavaleiros e dos arqueiros designados para combater com ele. Quando chegou a seu próprio nome, pôs-se a rir.

— Yoshira, para de beber! Basta com isso.

Quis tomar-lhe a garrafa de saquê, na qual nada mais restava senão um fundo de álcool, mas ele a retomou. Sei esboçou um ar contrariado e, para mudar de assunto, Yasumi disse então, em um tom ao qual se esforçou para conferir impacto:

— Casar-te-ás com Yokohami, se retornares coberto de glória?

Essa pergunta só foi lançada para fazê-lo falar mais e retornar ao assunto da organização dos combates previstos.

— Se me distinguir nessa batalha, talvez vá procurar melhor partido. Uma Fujiwara, por exemplo!

Um leve rubor invadiu as faces de Yasumi.

— Vamos, Yoshira! — interveio ela, tomando o cuidado de parecer que não havia compreendido nada. — Yokohami seria uma excelente esposa para ti.

— Uma Taira!

— Não exageremos, os Tairas também são de uma excelente família.

Com o rosto soerguido, Yoshira esvaziou o frasco de saquê, deixando escorrer as últimas gotas entre os lábios.

— És tu que quero desposar, porque eu te amo; aliás, vou dizê-lo a meu amigo Tameyori, que já ouço chegar.

Sei virou o rosto com a rapidez de um escorpião, e o rosto de Yasumi, que a declaração inesperada de Yoshira havia um segundo fizera corar, começou a empalidecer.

— Que dizes? — exclamou Sei. Yoshira levantou-se titubeando.

— Que vou anunciá-lo a Tameyori sem mais esperar, uma vez que ele chega neste exato momento. Tomei a liberdade de convidá-lo, tia. Penso que não vejas nisso inconvenientes. Vamos festejar esse feliz acontecimento.

— Por todos os demônios! O que fizeste?

Dessa vez, com Yasumi apoiada ainda sobre seus calcanhares, Sei precipitou-se para o corredor e penetrou na varanda externa que contornava a pequena casa. Um jovem chegava, de porte distinto, bem apessoado, mãos estendidas. Seus olhos negros amendoados brilhavam com essa juventude que mal continha ainda, pois não tinha outra ambição senão a de sobrepujar as aptidões de seu irmão, por quem nutria tanto respeito e admiração.

— Yoshira convidou-me para passar, a fim de festejarmos juntos nossa nomeação.

Sei se deu conta de que era tarde demais, mas o que fazer? Yasumi se mantinha paralisada, sem nada dizer. Sei tomou as mãos de Tameyori nas suas, em um gesto amigável de boas-vindas, temendo ao mesmo tempo o que se seguiria.

— Yoshira já bebeu demais e não gostaria que se embriagasse mais ainda — declarou ela, com voz sumida e chilreante.

Tameyori provavelmente não a ouviu, como tampouco deve tê-la visto, a partir do instante em que só se preocupou com o rosto que aparecia por trás dela. O olhar, a boca, o molde do rosto, a testa larga, tudo nesse rosto era idêntico ao de seu irmão.

Parou bruscamente, como que hipnotizado, diante de Yasumi, que, para a noite em casa somente com Sei, não estava pintada. Tameyori, no entanto, recompôs-se rapidamente: seu irmão e sua irmã lhe haviam feito compreender que estava diante daquela que assumia ser o que não era.

— Yoshira! — gritou ele.

O jovem inconsciente chegou, com os braços abertos para seu amigo.

— Aqui está tua irmã, Tameyori! Eu a amo e quero desposá-la.

— Estás bêbado, Yoshira — replicou seu camarada com uma ponta de nervosismo. Estás bêbado e perdoo teu desatino, se esta moça partir agora mesmo.

— Esta jovem é minha convidada — protestou Susue Sei.

— Tua convidada! E com que direito?

— Com o direito, meu jovem amigo, de estar aqui em minha casa, onde recebo quem eu quiser.

Yoshira tomou o braço de seu camarada, mas este livrou-se com um movimento brusco.

— Vamos! Tameyori — insistiu o jovem embriagado —, um gesto de bondade! Reconhece tua irmã Yasumi.

— Que ela saia daqui! — urrou o jovem.

Com a mão, Yasumi afastou Yoshira. Depois, avançando em direção a seu irmão, disse em tom seco:

— Não cabe a ti expulsar-me desta casa. Quanto a mim, já discuti bastante com teu irmão mais velho, com tua irmã e, finalmente, com teu pai, os quais, eles também, rejeitaram-me. Não tenho nenhuma vontade de conversar contigo, pois isso não me interessa mais. Avisar-te-ei no dia aprazado. É tudo o que tenho a dizer-te. Adeus, senhor!

— Não, nenhum adeus — exclamou Yoshira, voltando ao ataque. — É tua irmã, Tameyori! Tua irmã! Uma Fujiwara.

O pobre Yoshira certamente não esperava o que lhe aconteceu. O punho de seu amigo acertou em cheio seu rosto e ele foi chocar-se violentamente contra a parede da varanda.

Horrorizadas, Sei e Yasumi tinham afastado-se prudentemente, e Yoshira, recompondo-se prontamente do choque, lançou-se sobre Tameyori e agarrou-o pela garganta.

— Não te permito que renegues tua irmã. Pede-lhe desculpas por tua indelicadeza. Deixei teu irmão gritar contra ela porque era mais velho que eu, mas tu tens minha idade.

Outro soco em pleno rosto jogou-o contra a parede. Tameyori acertou-lhe outro no ventre, depois um terceiro entre as coxas. Yoshira desmoronou, caindo no chão.

— Sai daqui, Tameyori! — urrou Sei. — Sai imediatamente. Não quero mais te rever em minha vida. Amaldiçoo-te!

— Está bem assim — zombou o jovem, esfregando as mãos —, porque como esta moça, que fede a impostora, aparentemente vive em tua casa, não voltarei mais.

Em sua raiva, Yasumi tinha perdido o longo alfinete que prendia seus cabelos, e sua opulenta cabeleira lhe tinha descido até os pés. Os olhos de Tameyori lançavam brasas e sua respiração tornou-se rouca. Por todos os budas da Ásia, de onde saía, pois, essa jovem, para assemelhar-se tanto a seu irmão?

— Terei minha revanche, Tamekata Tameyori, e veremos bem quem de nós ganhará: os Tairas ou os Fujiwaras...

— Ela te esmagará, meu amigo — balbuciou o pobre Yoshira que se levantava lentamente. — Ela te esmagará, porque um dia todos os Fujiwaras estarão do lado dela.

Mas não pôde dizer mais nada, pois a dor era atroz em sua cabeça e em seu baixo-ventre. Caiu novamente no chão, e as duas mulheres correram logo para perto dele.

— Yoshira, tu nos ouves?

As mãos macias de Yasumi afagavam seu rosto.

— Não te ouço, minha doce pomba! Mas eu te sinto.

— Yoshira, não quero mais que me fales de amor, senão tu não me verás nunca mais. Gosto de outro e quero que isso fique claro entre nós.

— É... Não falarei mais!

Se ainda sofria por causa dos socos, o choque parecia ter reabsorvido o álcool.

— Deita-te, Yoshira.

Sei trouxe-lhe uma chávena de chá fervente, que engoliu em pequenos goles.

— Vou partir e vou voltar vencedor.

— Que piratas vais combater, Yoshira, tu o sabes?

— Com certeza, mas não se deve divulgá-lo, porque queremos apanhá-los de surpresa. Trata-se de Nariakira e do irmão Motokata. Vamos surpreendê-los no mar Interior, ao longo da costa de Sanyo. Parece que seu refúgio não está muito longe de Kyoto, em uma caverna do monte Hiye. Nós os seguiremos para encontrá-los.

Yasumi tremeu. Ela já arquitetava seu plano. Era-lhe insustentável enganar assim seu amigo Yoshira, impedindo-o de vencer. Mas que outra coisa podia fazer para salvar Motokata? Se o céu de Buda lhe concedesse sua confiança e se saísse triunfante dessa dupla luta, reabilitar sua família na corte e salvar Motokata, ela ajudaria seu amigo Yoshira de outra forma. Encontraria efetivamente o meio para pagar-lhe a dívida.

Partiria de manhã cedo, deixaria uma palavra a Sei, explicando que lhe era necessário retirar-se algum tempo em um templo. O de Amazu era o ponto ideal. Iria rever mestre Yu e se explicaria com ele a respeito de Motokata. Sim! Yasumi tinha tomado sua decisão.

CAPÍTULO 9

Yasumi havia partido de madrugada. Quando falara a Sei de seu desejo de retirar-se algum tempo em um templo para refletir sobre o que devia fazer, esta não havia demonstrado nenhuma surpresa. Compreendia que sua companheira deveria ficar sozinha para refletir sobre a confusão que afetava seu espírito. Ela lhe havia perguntado somente a respeito do lugar para onde iria. O local religioso de Amazu que a jovem tinha citado pareceu satisfazê-la. Os monges praticavam ali o budismo com toda a sabedoria, e sua reputação era boa com a corte imperial.

Havia tantos templos onde os conflitos internos minavam os que vinham recolher-se ou depositar suas oferendas, que era preferível saber onde Yasumi se encontrava.

Depois Sei a pôs em guarda contra os piratas que sulcavam não somente o mar Interior e o mar do Japão mas também as terras desérticas e as pequenas aldeias sem defesa, atacando viajantes, peregrinos e camponeses. Esses piratas que vagavam pelos oceanos vinham às vezes da China, transportando as mercadorias saqueadas nos navios. Entre elas, especialmente seda, porcelanas, pérolas, esmaltes e madeira exótica.

Os piratas haviam aparecido incialmente no Norte. Sem dúvida vinham da Mongólia ou da Tartária para alcançar o mar Amarelo. Contornavam a Coreia, e alguns deles, penetrando nas terras, sulcavam agora as margens do mar Interior para apropriar-se do comércio japonês e partir em seguida para o Sul, para atacar as costas chinesas.

Antes de Yasumi partir, Sei tinha-lhe recordado, abraçando-a calorosamente, que ela já estava inscrita no registro da cidade e que, em seu regresso, poderia indicar a casa da senhora Susue Sei como sendo sua. Se Yoshira não estivesse ali para acolhê-la em sua chegada, nenhum guarda das portas de Kyoto poderia, dessa maneira, aborrecê-la.

De resto, Yasumi tinha deixado a Sei sua mala, provando-lhe assim que pretendia realmente voltar. Sim! Sua mala que continha o quimono de sua mãe, seu leque, seu pequeno altar, seu *hashi* e seus grampos de cabelo. Tinha levado somente seu cobertor e o pequeno sabre para o caso de precisar defender-se.

Longa Lua parecia encantada por retomar a estrada. A erva da primavera que crescia nos campos garantiria-lhe pelo menos o alimento essencial. Certamente Yasumi não era rica, mas que necessidade tinha de dinheiro, se iria reencontrar Motokata dentro de alguns dias apenas...

Cavalgou a toda brida até o monte Hiye e chegou às portas do templo de Amazu na mesma noite. Mas, diante da grande entrada principal onde, bem no fim da aleia central, o gigantesco Buda de feições sempre sorridentes parecia desejar-lhe as boas-vindas, ela hesitou. Que dizer a mestre Yu, sem saber mais sobre as atividades desses piratas?

Yasumi não era mais tão inexperiente como outrora. Agora sabia que, se existiam conflitos psicológicos em certos templos budistas ou xintoístas, não era raro ver guerras intestinas de ordem material que alimentavam entre si monges de um mesmo santuário. Isso se traduzia em presentes e oferendas, cujo valor desproporcional atiçava a cobiça dos menos privilegiados.

Mas o que Yasumi também havia aprendido no decorrer de sua permanência em Kyoto é que ocorria às vezes que os monges dos templos próximos das costas requisitavam o lucro de certos navios quando o prior negociava o preço com eles. Muitos templos costeiros haviam se enriquecido dessa maneira. Era realmente a razão pela qual Yasumi desconfiava de mestre Yu e de seu amigo, o prior de Enryakuji, suspeitando que eles tiravam proveito de algumas negociatas lucrativas desse tipo. E era também a razão pela qual Yasumi atribuía doravante mais crédito moral a Motokata que a mestre Yu e a seu companheiro.

Os navios piratas! Como Yasumi podia saber o que ocultavam e sobretudo o que Motokata e seu irmão tinham intenção de fazer? No momento, ela estava convencida de que Nariakira não hesitava em suprimir aqueles que, em seu caminho, atrapalhavam-no. Mas tinha compreendido igualmente que o irmão não se rebaixava a essas práticas ignóbeis e que se contentava em comercializar da melhor maneira em prol de seus interesses, como de resto certos governadores de província que viviam no extremo norte ou no extremo sul do Japão. Era um método perigoso, porque muitas vezes lhes custava a vida, mas eficaz para enriquecer.

Quanto à corte de Kyoto, era outro negócio! Michinaga e seus ministros à frente estavam perfeitamente a par desses tráficos clandestinos e, precisamente nessa primavera, o ministro dos Negócios Supremos tinha repentinamente decidido tomar sua parte do bolo, enviando contingentes militares para combater esses piratas por sua própria conta. Diante da experiência dos homens de Nariakira e de Motokata, prontos para todas as formas de combate e para todos os disfarces de pirataria, Yasumi percebia que Yoshira e seus companheiros, mesmo bem comandados, nunca estariam à altura.

No fim da aleia central, o enorme bonzo olhava Yasumi com benevolência, incitando-a a entrar no templo. Mas, nada tendo a dizer a mestre Yu, pelo menos por ora, deu meia-volta e tomou a direção da caverna onde ficava o refúgio de Motokata. Mal havia se aproximado da primeira barragem, aquela que era necessário saber abordar, e depois atravessar para chegar ao caminho rochoso, estreito e sombrio, que conduzia à grande pedra central, quando dois cavaleiros a seguiram na corrida.

Para não perder velocidade, ela só se voltou uma única vez. Nesse lapso de tempo, não lhe pareceu reconhecer Ramo Ardente, mas o perigo que corria exigia extrema vigilância e não podia voltar novamente a cabeça sem correr o risco de ser alcançada, talvez até mesmo agarrada.

Longa Lua não podia correr mais depressa. Deitada sobre ela, com a barriga roçando seu dorso, ela se agarrava à sua crina, e o contato entre a égua e sua senhora deu a ambas energia e coragem. Já havia ultrapassado há muito tempo a caverna de Motokata quando se deu conta de que não ouvia mais o ruído dos cavalos atrás dela.

Refreando a marcha, voltou-se finalmente. Os cavaleiros tinham desaparecido. Que podia fazer? O menor passo em falso a levaria para a morte. Voltar para trás era correr o risco de encontrá-los de novo. Prosseguir era afastar-se de Motokata.

Pôs-se a observar os contrafortes da montanha para encontrar uma falha, uma dessas rachaduras bastante profundas que a rocha lhe ofereceria generosamente para esconder-se. Foi então que se lembrou da parte côncava rochosa que havia abrigado por vários dias o monge Sishi e sua égua. Pareceu-lhe que não estaria muito longe. Devia seguir na direção de Enryakuji.

Depois de ter-se localizado, porque a noite caía rapidamente nesse mês do Nascimento da Primavera, percebeu que estava no bom caminho. Mais alguns longos minutos de corrida e estaria lá. O céu se iluminava de estrelas. Ela não conhecia todas, mas a mais brilhante, a do Boieiro, tranquilizou-a. Com a ajuda de Longa Lua, que reconhecia os lugares, encontrou o abrigo pouco tempo mais tarde e se enfiou nele prontamente.

O lugar parecia mudado, como se tivesse sido remexido de alto a baixo. Sishi não o havia deixado nesse estado pela simples razão que não tinha podido dispor de lenha e carvão para acender um fogo. Ora, brasas ainda tépidas juncavam todos os cantos da caverna, e os restos de uma refeição mostravam que o local havia sido ocupado depois dele.

De repente ficou com medo de que um bando de piratas viesse desalojá-la e matá-la sem piedade. Depois criou coragem com a ideia de rever Motokata. Desdobrando o cobertor que havia trazido, adormeceu apoiada no flanco de Longa Lua.

◆

De manhã, rumores a despertaram. Com suas apreensões de volta, aproximou-se da abertura em silêncio. Sua surpresa foi grande quando ouviu a conversa que se desenrolava entre os cinco ou seis homens que se mantinham junto do orifício da caverna:

— Passamos esse buraco no crivo, não é seu refúgio — dizia um, do qual Yasumi avistava a ponta da capa bater na borda da rocha.

Acreditou em um momento que ele iria entrar pela fenda.

— E eu te digo que é ali que se encontraram — afirmava outro.

— As brasas do fogo que acenderam e a refeição que tomaram provam-no suficientemente. Que é preciso ainda?

— Sei que existe outra caverna onde se escondem, mas não sei onde está a entrada. Uma pedra deve camuflá-la.

— Então é preciso encontrá-la rapidamente, antes que os soldados de Kyoto cheguem.

— Os Tairas da corte não são suficientemente treinados para o combate. No máximo, atiram com arco, e muito poucos sabem manejar o sabre e a espada.

— Além disso, não estarão prontos antes de dois meses. Temos muito tempo para encontrar os piratas e ganhar a batalha.

— O imperador é um mole!

— Desconfiemos, no entanto, do ministro dos Negócios Supremos. Ele não é um mole.

— Talvez, mas não dispõe de guerreiros competentes para nos enfrentar.

Yasumi ouviu uma risada, depois outra, finalmente uma terceira que as acompanhava. Quem eram esses homens? De que soldados, portanto, podia tratar-se? Quem procurava Motokata e o irmão Nariakira? Seu ouvido ficava intensamente suspenso às vozes que ressoavam contra as pedras. A mais grave parecia tomar as decisões.

— Procuremos mais longe, deve haver algum disfarce que nos levará a essa porta dissimulada na rocha.

Através da fenda, Yasumi viu a ponta da capa voar e desaparecer. Mas uma das vozes persistia:

— Por que tu, Minamoto do sul, recusaste o apoio dos Minamotos do norte? Alguns homens a mais teriam-nos sido úteis.

— Ser quinze ou vinte para suprimir um punhado de homens não faria diferença. Nariakira e Motokata não têm mais de seis ou oito acólitos. Quanto menos numerosos formos nesse negócio, maior será a parte do butim.

Enquanto o rumor das vozes se afastava, Yasumi compreendeu de repente que era uma guerra entre os clãs Taira e Minamoto, mas que os Tairas enviados por Fujiwara Michinaga agiam por conta da corte de Kyoto, enquanto os Minamotos trabalhavam em seu próprio benefício. Tudo tornou-se claro, e essa explicação pareceu-lhe essencial. Agora devia sair desse buraco, mas se os soldados Minamotos ficassem nas paragens, não via como avançar em suas investigações.

Ela teve de esperar muito tempo para assegurar-se de que as vozes não retornariam e para pôr sua cabeça prudentemente para fora. Saindo da exiguidade da caverna, Longa Lua já se preparava para uma louca corrida. O dia tinha levantado inteiramente e o alto do monte Hiye se recobria de uma cor azulada que os primeiros raios solares vinham coroar.

Para evitar ser localizada, Yasumi contornou o rochedo em direção de Amazu. De repente, um rumor de galope chegou novamente a seus ouvidos. Isso queria dizer que alguém ainda a seguia.

Não ousou voltar-se. A sorte não haveria de lhe sorrir talvez duas vezes e, com um frio na barriga, esporeou Longa Lua.

Concentrada em sua corrida, percebeu um som estranho no meio da cavalgada. Sim, um som estranho! O ar fresco da manhã que roçava seu rosto e o fraco vento que fustigava os flancos de sua égua incitaram-na a redobrar de esforços, mas o som bizarro a interpelava sempre. Distinguia apenas algumas entonações. Era como uma série de *on... on... on... on...*, seguida de *u... u... u... u...* que o vento levara para além da montanha.

De repente compreendeu que se tratava do nome de Longa Lua. Nenhuma dúvida era ainda possível: Motokata chamava seu cavalo. Uma brusca alegria no fundo de si mesma freou um impulso, um salto que se preparava para dar. Seu coração batia que parecia explodir.

Longa Lua não conhecia ainda Motokata. Nenhum pressentimento a havia advertido. Ela se pôs a relinchar. O rumor dos oito cascos atrás dela se fez mais pesado, mais surdo e, em uma nuvem de poeira azul, essa fina poeira que as montanhas deixavam cair lentamente no chão com o passar das horas, dois cavaleiros pararam.

Yasumi viu um só. O outro lhe era indiferente. Sem mais refletir, apeou de sua montaria e se viu poderosamente enlaçada pelos braços de Motokata. Mas as efusões foram de curta duração:

— Depressa! — gritou. — Monta na sela e vamos direto para o refúgio.

Yasumi obedeceu sem discutir. Não sabia quem era o outro cavaleiro porque ainda não o tinha olhado, mas pouco importava: era necessário chegar ao abrigo antes que os soldados Minamotos os caçassem, pois, embora tivessem abandonado esses lugares para perscrutar em outros as falhas da montanha, retornariam sem tardar.

O refúgio não estava mais muito longe e, por sorte, chegaram antes de encontrar-se cara a cara com seus perseguidores. A vasta e profunda caverna ofereceu-lhes a segurança de algumas noites, pelo menos para Motokata e Yasumi, porque as coisas com Nariakira foram muito mal.

Quando Motokata já tinha feito as apresentações, Yasumi compreendeu que não poderia jamais entender-se com esse homem que se assemelhava tão pouco a seu irmão. Nariakira gostava de sua vida de pirata e de saques. Tinha o rosto anguloso e curtido. Seus olhos reprimidos que escondiam seus pensamentos, seus gestos muito vivos e muito seguros e sua atitude arrogante desagradaram de imediato a Yasumi, mas não disse nada e se contentou em deixar seu coração saltar de alegria com a ideia de ter encontrado Motokata.

Quando terminou de explicar que se tratava de soldados Minamotos, que os havia ouvido discutir e que nenhuma dúvida era possível, os dois homens não pareceram mais contrariados do que se acaso se tratasse dos Tairas ou dos Fujiwaras.

— Um deles — prosseguiu Yasumi — afirmava que deveriam pedir ajuda a alguns Minamotos do norte, a fim de cercar vocês mais depressa. Estão certos de que chegarão a combatê-los antes que os Tairas de Kyoto cheguem a tanto.

— Não é certo.

— Sim, Motokata! Sei por um jovem guarda das portas de Kyoto que treinam desde agora e que estarão prontos para o mês de Deutzia.

Lançando um olhar em Nariakira, que a observava com certa crueldade, Yasumi perguntou:

— Por que os Tairas e os Minamotos querem matá-los? De que combates falam? Motokata, é necessário que me expliques todos esses pontos que permanecem obscuros em meu espírito.

— Não há nada a explicar a ela — falou agressivamente Nariakira.

— Tu te enganas, meu irmão! Ela saberá tudo o que nos diz respeito, porque eu não lhe esconderei nada.

— Estás louco? Conhecer nosso refúgio já é demais. Por que confias nessa menina?

— Porque estou apaixonado por ela e porque ela se tornou necessária para mim como o ar que respiro. Não vês que ela nos ajuda?

A essas palavras, Yasumi correu para Motokata, que a enlaçou e a apertou contra si, respirando ao mesmo tempo o perfume de sua nuca. Ah! Como teria gostado de tomá-la, ali, naquele instante! Mas ele se recompôs e respondeu:

— Os Minamotos querem combater os piratas que se infiltram nas costas japonesas, porque os produtos que saqueiam nos navios chineses são de grande importância e de imenso valor. Os Minamotos não têm senhores que os governam, enquanto os Tairas são governados pelo todo-poderoso Fujiwara Michinaga, que persegue o mesmo objetivo que os Minamotos: requisitar o butim dos navios piratas.

— Certamente! Compreendo muito bem que os dois clãs, aos quais se acrescentam os Fujiwaras, querem apropriar-se de todos os bens, mas em que tu e teu irmão entram nesse negócio?

Nariakira andava furiosamente em passos largos na caverna, indo de seu cavalo ao de seu irmão, batendo na rocha com seu sabre, riscando a parede.

— Vou te deixar sozinho, Motokata, se teimas em ficar junto com esta aventureira.

Deu um salto para a frente e colocou seu sabre na garganta da jovem. Motokata saltou sobre ele em um segundo e o fez voar, com um magistral soco, contra a parede rochosa.

— Não te arrisques a fazer isso de novo!

— Tenho o direito de me insurgir contra tua aventureira! — vociferou Nariakira. — É um elemento que não estava previsto em nosso plano.

— Não estava previsto tampouco que tu te entregasses a selvagerias bárbaras, a mortandades inúteis, a assassinatos de monges inofensivos. Perdoo-te até mesmo tua audácia em assinar com meu nome alguns atos, como já o fizeste com a fracassada agressão contra o templo de Enryakuji. Se fecho os olhos, é porque és meu irmão.

— Não quero esta aventureira entre nós — gritou Nariakira. — Ela nos trairá na primeira ocasião.

— Esta aventureira é uma Fujiwara como tu — protestou Yasumi, dirigindo-lhe um olhar de fogo.

Motokata tomou-lhe o braço.

— Não tens que explicar a ele por que e como estás aqui. De qualquer modo, não compreenderá nada, porque se recusará a compreender.

Yasumi deu de ombros, mostrando que era indiferente à opinião desse homem brutal e estúpido.

— Mudaste muito, meu irmão! — murmurou Motokata. — Esses combates de piratas te viram a cabeça e te tornas pior que eles.

— E tu, tu te tornaste covarde — escarneceu Nariakira.

— Tu te enganas redondamente. A sabedoria, a prudência e a previdência nunca foram covardia. Prossigo com a mesma obstinação que tu o objetivo de saquear os piratas. Mas tuas irreflexões, teus arroubos que não passam de imprudência e, agora, teus assassinatos insensatos e inúteis, tuas crueldades e teus propósitos que não têm nenhum sentido nos levarão à morte.

— Fala por ti!

— Justamente, falo por mim. No momento, devo entrar em acordo com a corte de Kyoto, portanto com Michinaga.

— Conversa fiada! Tolices! É impossível, Motokata, e tu o sabes. Ousa dizer-me que não trocaste de casaca!

— Se agirmos diversamente, seremos mortos, mais cedo ou mais tarde, pelos Tairas ou pelos Minamotos. Estão todos afirmando que nós mesmos nos tornamos piratas. Tu deixaste correr demais esse boato. Mesmo os Fujiwaras pensam assim e estão prontos para nos massacrar. Esqueceste as riquezas que nos roubaram e que tivemos tanta dificuldade em recuperar?

— Insisto em dizer que esta menina te virou a cabeça. Não raciocinavas dessa maneira antes de conhecê-la.

— Pois bem, agora raciocino assim. Se quiseres partir, podes fazê-lo, não te detenho. Prosseguiremos cada um nosso caminho da maneira que nos convier e veremos bem quem de nós dois terá a cabeça decepada.

— É esta tua última palavra?

— Sim.

— Perfeito! Parto, mas que não te encontre mais em meu caminho, porque te considerarei como um inimigo.

— E eu, da mesma forma, meu irmão! Não levantarei um dedo sequer para te tirar de uma situação, se te encontrar em dificuldade.

◆

Depois da partida de Nariakira, Motokata respirou fundo. Certamente o ar confinado dessa caverna não era da melhor qualidade, mas fissuras aqui e acolá nas paredes rochosas tornavam o espaço suficientemente respirável para não sofrer falta dele. Quando expeliu esse ar com uma longa expiração, sentiu-se mais aliviado.

Yasumi tinha-se estirado sobre uma esteira e começava a desenrolar seus longos cabelos. Ele veio estirar-se perto dela, sussurrando-lhe palavras ternas. Deixando de escorrer suas longas mechas negras e sedosas entre os dedos da mão esquerda, ele começou a deslizar os da mão direita sob seu vestido para sentir o calor de seus seios.

— Eu também vou partir, minha doce pomba! — disse, beijando sua boca.

— Eu sei. Mas não deixes que os soldados de Kyoto te surpreendam. Que vais fazer? Tens um plano?

— Não quero ficar à margem de minha família, isto é, continuar a passar por um pirata, como meu irmão. Ah! Talvez eu já o tivesse feito se não a tivesse encontrado, meu belo pássaro! Mas agora, ser bravo para meu simples amor-próprio não me interessa mais. Quero vencer por ti, para que vivamos juntos quando tiver recuperado minha posição social. Em seguida, ajudarei-te a recuperar a tua.

Yasumi aconchegou-se a ele, sorvendo em pequenas doses seu odor, roçando com seus lábios sua pele fosca, procurando um contato mais profundo por meio de carícias audaciosas. Continuou sofregamente seu jogo e logo ele não era nada mais que um objeto em suas mãos.

— Oh! Motokata — cochichou —, ficar contigo é meu mais ardente desejo.

E, enquanto ela o deixava deslizar sobre ela, com as pernas erguidas e afastadas, ouviu-o murmurar:

— Quero casar-me contigo, Yasumi. Sim! Logo que realizar meu plano.

O momento supremo elevou-os ao céu feliz de Buda e os fez gritar de gozo. Quando chegou a paz reparadora desses fogosos instantes, Yasumi pediu em voz baixa:

— Mas qual é esse plano?

Motokata ergueu o peito e deu um suspiro:

— Voltar do Norte triunfante, depois de ter combatido os piratas que ainda não desceram até o mar da China e provar assim que sou inocente dos crimes que me atribuem. Depois irei ver Michinaga e lhe proporei parte de meu butim. Ele se deixará convencer quando lhe propuser varrer as costas do Sul, como terei varrido as do Norte.

— Partirás por muito tempo?

— Infelizmente, é o que receio!

— Mas o que vou fazer durante todo esse tempo?

— Irás morar em minha casa. Doravante ela é tua.

Não! Não podia ir morar na casa de Motokata sem chamar a atenção de Susue Sei e de Yoshira. A menos que... sim, a menos que retomasse essa velha ideia de metamorfosear seu aspecto físico e que, de uma semibárbara cavalgando Longa Lua, tornasse-se a misteriosa e bela senhora Suiko, que assombrava seu espírito.

Com alguns passos, Motokata dirigiu-se para esse baú de onde havia tirado da última vez uma caixa com tinta e folhas, que lhes haviam servido para se conhecerem e se seduzirem. Dessa vez, tirou um punhal.

— Guarda-o. É mais fácil para uma mulher usar um punhal que um sabre.

— Meu tio me criou como um rapaz. Sei usá-lo.

— Vamos, minha doce! Nunca mataste um homem com teu sabre e não poderás fazê-lo. É necessária uma força masculina. O sabre é feito para decepar cabeças. Por ora, só serve para tranquilizar-te. Toma este punhal, é leve e manejável. Poderás enfiá-lo no coração ou nas costas de quem te agredir sem piedade.

Depois dirigiu-se para uma das paredes rochosas e tirou, de uma brecha profunda e bem dissimulada, uma pequena bolsa redonda.

— Contém moedas de prata e de bronze. Elas te permitirão viver bem, enquanto me aguardas. Se tiveres dificuldades ou se tiveres necessidade de conselhos, vai até Kamo e pede para ver Mitsukoshi, o governador. É um Minamoto. Não deveria ser meu amigo, mas é mais sincero e mais fiel para comigo que muitos Fujiwaras. Salvou-me um dia de um golpe de sabre mortal e fez sua fortuna graças aos cavalos que lhe cedi e que ganharam as corridas de Kamo.

Agora, delicadamente envoltos nos braços um do outro, não falavam mais de piratas e combates, mas de coisas banais e cotidianas.

— Sabes que eu gostaria de fazer Longa Lua participar das corridas?

— Então, vai a Kamo, Mitsukoshi te ajudará. Confia nele. Não podemos mais trair-nos um ao outro e, no momento, confio mais nele que em meu próprio irmão.

— Acho que vou seguir teu conselho. Será que eu poderia comprar outros cavalos?

— Todos os cavalos que desejares.

A noite passou suave e tranquila. Viveram assim dois outros dias e duas outras noites. Tinham dificuldade em separar-se. Yasumi saboreava sem descanso essa felicidade que a envolvia por inteiro, deixando-a sempre estremecendo e trêmula quando a aurora chegava.

Essa calma não podia durar. Já fora da caverna, enquanto Yasumi devia ir para Kyoto e Motokata preparava-se para tomar a direção do Norte, foram surpreendidos pelos Minamotos. Eram doze cavaleiros no total e cavalgavam seus cavalos com destreza. Yasumi apertava com todas as forças as rédeas de Longa Lua.

— Corre! — gritou-lhe Motokata. — Deixe-me agora, não é mais teu negócio.

Ele acabava de reconhecer seu irmão, que enfrentava três dos Minamotos.

— Vai embora! — gritou ele outra vez.

E, como ela o via pronto a voar em socorro de Nariakira, urrou por sua vez:

— Não vás! Meu amor, suplico-te, não vás para lá!

— É impossível, devo salvar meu irmão.

— Não!

Ela o viu atirar-se sobre os cavaleiros, de sabre erguido.

— Vai embora! — urrou ele ainda.

Mas Yasumi estava petrificada. Instintivamente, tirou seu pequeno sabre e crispou seus dedos sobre a empunhadura de bronze. E foi ali que se deu conta de que Motokata tinha razão ao dizer-lhe que nunca teria a força de um homem para manejar essa arma. Se um dos Minamotos se aproximasse dela, poderia em um segundo decepar-lhe a cabeça. Mas de que lhe serviria o punhal nesse exato momento? Deveria descer do cavalo para combater. Essa certeza a fez estremecer.

Durante esses poucos dias, Nariakira havia reunido seus companheiros de combate. Com Motokata, eram oito contra o clã dos doze Minamotos. De longe, Yasumi reconheceu o anão Kyo. Ele ficava afastado e, com a aljava às costas, arco apoiado em seu ventre, arremessava suas flechas. Um dos adversários já tinha caído com suas flechadas, atingido em pleno coração.

Cercado por dois homens, Motokata tentava atacar, mas estava com dificuldade pelo cerco que o havia surpreendido. Ah! Como esse combate parecia diferente daquele do lago Biwa, onde os sabres tiniam, enfrentavam-se, chocavam-se, mas em nenhum caso deviam desferir golpes mortais. Lá, diante de seus olhos, Motokata lhe parecia tão vulnerável!

Ela dirigia o olhar em sua direção. Com um golpe de sabre, Nariakira tinha cortado a cabeça de um de seus adversários, mas dois dos seus jaziam prostrados em sangue.

Caído do cavalo e tendo apenas saído de sua má posição, Motokata que, com um movimento rápido de ida e volta de seu sabre, havia matado seus dois atacantes, veio em socorro do irmão. Conseguiu tirar do cavalo o Minamoto. O homem caiu pesadamente. Tiveram de combater frente a frente, com os pés apoiados no chão, com os olhos vermelhos de chama mortífera.

Desvencilhado de seu inimigo, Nariakira veio traspassar o peito do cavaleiro que o atacava por trás. Cortou-o em dois na altura da cintura. O sangue esguichou aos borbotões, cobrindo os quadris do homem.

Yasumi permanecia lá, a um tempo estoica e trêmula. Motokata se defendia bem. Ele também havia decepado uma cabeça e cortado um homem em dois.

De seu posto de observação, o odor do sangue afluía até suas narinas. Yasumi fixava a mão longa e ameaçadora que, de sabre em punho, saía da manga de uma pesada túnica como um diabo sai de sua caixa. Depois viu voar outra cabeça que rolou pelo chão. Era a de Nariakira. Ela ouviu Motokata urrar de dor, porque acabava de reconhecer seu irmão decapitado. Sua força e sua raiva decuplicaram-se. Cortou, golpe após golpe, dois homens e, quando o terceiro quis por sua vez atacá-lo por trás, brandindo o sabre com velocidade vertiginosa, o anão desferiu-lhe uma flechada nas costas e o homem caiu.

Agora, os últimos Minamotos se obstinavam mais em salvar sua vida que atacar seus adversários, três dos quais estavam mortos. Ela viu dois deles fugirem. O último foi decapitado com uma fúria diabólica pela mão vingativa de Motokata.

Não restava mais um só Minamoto. Yasumi tinha vontade de gritar de alegria diante de Motokata, que combatia encarniçadamente o último. Três cabeças decepadas e um braço cortado juncavam o chão. Seis homens tinham caído de bruços, com o rosto na terra que, aos poucos, bebia seu sangue fresco. Tinham as costas traspassadas por uma flecha e a ponta saía pelo ventre. Quatro outros tinham sido partidos e seus crânios deixavam à vista o cérebro.

Motokata era vencedor, mas a que preço? Yasumi havia compreendido que as palavras trocadas entre os dois irmãos na caverna haviam sido ditas em momento de raiva, não de ódio, e que cada um não aceitava a morte do outro.

Viu Motokata procurar o corpo e a cabeça de Nariakira, quando se aproximou. O anão Kyo a reconheceu. Um ricto amargo desenhou-se em seus lábios finos e torcidos. Mas a hora não era para propósitos acerbos e maldosos. Os homens de Nariakira respeitavam a dor de Motokata. Este recolheu o corpo do irmão e o manteve por um instante contra si. O anão apresentou-lhe a cabeça, segurando-a com os braços. Sem titubear, Motokata olhou-a longamente. Os olhos e a boca tinham ficado abertos, ainda surpresos pela violência do golpe. A pele se tornava cérea e, na base do pescoço, onde a garganta não palpitava mais, o sangue tinha parado de escorrer.

Motokata olhou Yasumi aproximar-se. Ela lhe estendeu o cobertor para que enrolasse corpo e cabeça, a fim de depositá-los na cova, ali mesmo no chão, que os cinco homens restantes puseram-se a cavar com as próprias mãos.

CAPÍTULO 10

Aliviada ao saber que Yoshira não seria morto por Motokata ou vice-versa, uma vez que não o encontraria onde o procurava, Yasumi tomou a estrada de Kamo, contornando a capital. Seus pensamentos a deixavam feliz e leve.

Yasumi conduzia Longa Lua animadamente. Suas reflexões a tinham levado a seguir o conselho de Motokata e a encontrar Mitsukoshi, o governador da cidade. Se os acasos da vida o tinham feito seu fiel amigo, nada o impediria então de ajudá-la. E foi por essa razão, cujo interesse lhe parecia cada vez mais essencial, que se dirigia para o rio de Kamo.

O encanto do local pareceu-lhe incomparável. Chegando ali pouco depois, Yasumi diminuiu a marcha de seu cavalo e observou o conjunto das pontes, cascatas e colinas que se desenhavam diante dela. O local transparecia beleza e doçura tanto quanto a luz que Buda enviava encerrava magia. Verdejante e perolada pelo nácar úmido da madrugada, a terra se abria a inestimáveis delícias. As águas do rio recém-liberadas da neve do inverno brilhavam sob o sol primaveril. Uma erva tenra crescia sob as cerejeiras em flor e a brisa, a cada sopro, trazia um aroma novo.

Yasumi ultrapassou uma carroça puxada por um grande boi branco de manchas negras, atrelado aos varais que roçavam seus flancos pesados. Um carregamento de lenha transbordava de cada lado e um homem, sentado entre os sacos de mercadorias, tentava ajeitar no centro da carroça os pedaços que, a cada curva da estrada, esbarravam para os lados.

Ela passava muitas vezes por luxuosas carruagens de carroceria de madeira ricamente pintada e decorada. As cortinas de bambu abaixadas ocultavam o interior, mas Yasumi sabia que uma dama da corte estava ali instalada, porque diversas esposas de dignitários eram apaixonadas por corridas. Por isso, com muita frequência aproveitavam essas manifestações campestres para passar um dia em um deslumbrante cenário cujo prazer ainda sentiam depois de voltar ao palácio ou às residências que lhes eram destinadas.

Nesse dia havia treino de corrida para os cavalos que chegavam da província, o que atraía muitos e decuplicava a agitação já intensa em tempos normais.

Yasumi, que não tinha pressa alguma, deixava-se ultrapassar por vendedores ambulantes, mercadores de cavalos e palafreneiros.

Às vezes, um grupo de jovens ficava sentado sob uma cerejeira, braços apoiados nos joelhos, discutindo os prognósticos e sua eventual chance ao apostar em uma ou em outra corrida. Em geral, eram filhos de dignitários ou cortesãos, rapazes de classe aristocrática, jovens nobres à espera de um posto lucrativo no palácio. Mas a esses pequenos círculos de amigos juntavam-se também jovens guardas do palácio, como Yoshira e os filhos de seu pai, que tinham necessidade de um bom cavalo. Com muita frequência, quando havia uma feira de cavalos em Kamo, todos encontravam o que queriam.

Em um momento, Yasumi julgou ver Kanuseke ou Tameyori, tanto esses jovens se pareciam por causa do vestuário e do porte. Por isso, para evitar constantes e desagradáveis encontros que atrapalhariam sem dúvida seus planos, decidiu começar sua metamorfose física logo que visse Mitsukoshi e logo que tivesse reorganizado sua nova vida em Kyoto.

Conquistar o reconhecimento público! Esse era seu objetivo. Sei a ajudaria sem dúvida alguma. Faria uso das moedas de prata e de cobre que Motokata lhe havia deixado para montar seu primeiro guarda-

-roupa, comprar uma carruagem e alugar um condutor de bois, talvez até mesmo procurar uma cavalariça na cidade, pois, contava comprar mais dois ou três cavalos que faria correr em Kamo ou na Segunda Avenida de Kyoto.

Enfim, Yasumi chegou à entrada do campo de corridas. Uma multidão indescritível passava e repassava diante dela, gritava andando no meio dos mercadores ambulantes que serviam biscoitos quentes de soja, enrolados em folhas de chá, e bolinhos de pasta de arroz. Odores de alimentos grelhados provinham de toda parte. Via-se até mesmo mercadores vender peixe seco ou espetinhos de aves assadas. Fervilhavam ainda quando o cliente, passando a língua em seus lábios, seduzido, apanhava-os. Homens divertidos, postados atrás de jarras de vinho ou frascos de saquê, serviam ruidosamente seus clientes com sonoras risadas e cantos de bêbados.

O tamborim dos bailarinos, os gritos de crianças, as olhadelas das mulheres fáceis que se infiltravam nas filas dos aristocratas, propondo em voz baixa seus serviços, os escribas à procura de um cliente iletrado, tudo isso se misturava na mais perfeita desordem.

Em Kamo, as corridas se realizavam todos os dias e sucediam-se até a hora do zênite. Os *paddocks*, onde se refestelavam na erva fresca as éguas e os potros, agrupavam-se de cada lado das tribunas que altas barreiras separavam das pistas de corridas, para evitar a agitação da multidão.

Em Kamo havia as manifestações cotidianas do hipódromo. Era também o lugar das festividades imperiais. Nesse período é que se desenrolavam em cada estação as procissões, os ritos e as oferendas nos templos, os banquetes, as danças e jogos cujo tema referia-se aos cavalos. O imperador Ichijo, como todos os imperadores que o haviam precedido, era um grande amante de festas e de corridas, exigindo sem cessar os mais belos cavalos para melhorar suas cavalariças e aumentar seu prestígio.

Yasumi, que pela primeira vez banhava-se em semelhante euforia, observava com interesse e atenção a raia da corrida de impressionante largura onde, em um percurso retilíneo, os dez cavalos corriam.

Bem no fundo, perto da massa do povo, estendiam-se as cavalariças. Yasumi parou perto de um palafreneiro que conduzia uma égua ao *paddock*, onde estavam agrupados os potros à espera de treinamento.

— Onde posso encontrar o governador Mitsukoshi? — perguntou. O rapaz era jovem, magro, esbelto, de apenas vinte anos. Admirou essa moça que montava tão bem a cavalo e quase assobiou de admiração à sua passagem. Conteve-se, contudo, quando viu que se dirigia a ele para solicitar uma informação.

— E por quê? — perguntou, por sua vez, olhando-a com um pouco de atrevimento.

Como Yasumi ficasse alguns segundos sem responder, ele continuou, atribuindo-se somente o benefício de uma olhadela bem ponderada:

— Se for para comprar um cavalo, pode ir diretamente a um mercador; se for para treinar um animal, pode ir diretamente...

— Ver um treinador — cortou a jovem, rindo. — Não, não é para uma coisa nem outra. É para falar-lhe de um amigo em comum.

A resposta surpreendeu o jovem palafreneiro, e a risada que se formava parou no fundo de sua garganta.

— Um amigo em comum! — repetiu, com os olhos arregalados.

— É surpreendente isso?

— Oh, não!

— Então, onde posso vê-lo?

O rapaz estendeu a mão em direção aos grandes pavilhões que eram vistos por trás das inúmeras barreiras de cerejeiras em flor.

— Em sua casa. Deve estar lá a esta hora. Em princípio, só vem ao hipódromo para as últimas corridas.

◆

Como quase todas as residências de aristocratas, a de Mitsukoshi Minamoto era espaçosa e tinha uma longa galeria coberta ligando a ala direita à ala esquerda por meio de um corredor com grades floridas. No centro, um pátio interno comunicava-se com os jardins dos arredores, onde uma paisagem em miniatura apresentava suas ilhotas, suas pontes e seus riachos.

Um homem baixo, de idade incerta, aproximou-se dela. Vendo Longa Lua, que ela segurava pelas rédeas, acreditou em uma troca de cavalo, o que ocorria com frequência em períodos de adestramento. A vista de uma mulher, no entanto, surpreendeu-o e ele manteve um tempo de suspense antes de perguntar algo, embora Yasumi fosse a primeira a falar.

— Gostaria de encontrar o governador Mitsukoshi Minamoto.

— Quem devo anunciar-lhe?

— Suhokawa Yasumi, da família dos Fujiwaras.

— Parece-me conhecer-te, jovem senhorita! — falou uma voz baixa e grave, logo atrás do criado.

Yasumi viu o criado afastar-se para deixar o dono do local avançar. Com um espanto compreensível, voltou seus olhos para ele, que apresentava fina, distinta e elevada estatura. Yasumi esboçou um sorriso. Como não reconhecer esse homem que havia se mostrado tão cortês para com ela quando, na província de Oito Pontes, tinha comprado Longa Lua? Ela teria reconhecido entre mil esse físico que havia observado tão atentamente, nesse dia, perguntando-se se esse homem procurava enganá-la ou não.

— Oh! — fez ela, não escondendo nem seu espanto nem sua emoção. — É verdade, lembro-me de ti.

Ele apontou para Longa Lua e continuou em tom afável:

— E este cavalo, te satisfaz inteiramente? Ao vê-lo hoje, sinto-me tão seduzido quanto no dia em que o arrancaste literalmente de minhas mãos.

— Longa Lua é minha grande amiga. Não nos deixamos nunca.

— Então não lamento por teres fechado negócio.

— Teria gostado de agradecer-te, mas era necessário voltar para a casa dos amigos que me alojam.

— Fiquei te olhando partir com muita admiração, mas também com pesar, pois eu estava muito ligado a este cavalo. Era o mais belo e o mais nobre do mercado de animais.

Estendeu a mão em um gesto de boas-vindas.

— Entra! Vamos falar, já que desejava ver-me.

Um longo corredor ladeado de folhagens verde-claras os conduzia a uma varanda. Ele a introduziu em uma ampla sala, onde móveis confortáveis estavam decorados com um vaso de íris violetas e de ramos de cerejeira.

Outro, cheio de folhas de salgueiro e de ameixeira silvestre, misturava seus caules em um recipiente com água ornado de glicínias. Tudo se destacava com harmonia em um arranjo perfeito e agradável ao olhar.

Mitsukoshi usava uma espécie de roupa da corte, de seda lisa, sob a qual duas outras peças mais longas deixavam ver os motivos de seus ornamentos bordados. Luxuosamente vestido, certamente impunha-se por sua distinção e aparência.

Ele a fez sentar-se em uma esteira finamente trançada, repleta de almofadas, perto das quais um biombo dissimulava uma cama baixa e uma escrivaninha, que podiam ser vistas pelo jogo de sombras e luzes que vinham de lâmpadas postas sobre mesas baixas.

Yasumi sentiu, pela forma como ele a olhava, com os olhos sombrios e apertados, ar impenetrável, que precisava testar seu saber, seu espírito, sua cultura antes de iniciar uma conversa mais completa com ela. Iria utilizar sua escrivaninha? Não foi até lá, mas a exemplo da senhora Izumi Shikibu, pronunciou em voz baixa, esperando uma pronta réplica:

> Varrido o inverno que só deixou lembranças sombrias
> de uma lamentável indiferença
> enquanto as cerejeiras da primavera precedente
> guardaram todas as suas flores.

Queria dizer que se lembrava dela mais ainda do que deixava transparecer? Ela respondeu:

> Se as cerejeiras da primavera precedente
> guardaram todas as suas flores,
> é que não tinham a intenção de morrer
> e se o inverno varreu suas sombrias lembranças,
> é que não tinha nada a conservar.

Como a senhora Izumi Shikibu, pareceu satisfeito e mostrou-o com um largo sorriso.

— Minhas felicitações, menina, teu espírito é vivo e brilhante. Depois bateu palmas e dois criados logo acionaram o mecanismo da porta corrediça de comunicação. Passando primeiramente o rosto pela abertura, aproximaram-se e curvaram-se diante de Mitsukoshi, que pediu bebidas frescas com canela e gengibre.

— Como sabias que eu era governador de Kamo? — iniciou, tomando lugar ao lado dela. — Não te falei disso no mercado de Oito Pontes, ao que me parece.

— Foi nosso amigo em comum que me disse. Mitsukoshi levantou uma sobrancelha.

— Nosso amigo em comum?

— Fujiwara Motokata.

O governador de Kamo a observava sem nada dizer, mas levantou a outra sobrancelha, o que indicava sua grande surpresa.

— Nosso amigo em comum Fujiwara Motokata! É verdade, eu o conheço.

— Não somente o conhece, mas revelou-me que uma amizade indestrutível os unia e que, aconteça o que acontecer, jamais se trairiam.

Mitsukoshi tinha olhado com olhos sombrios. Após seu primeiro instante de desconfiança, estava outra vez na defensiva?

— O que te revelou ainda?

— Que podia confiar no senhor e que me ajudaria se tivesse necessidade.

Pareceu distender-se, e um esboço de sorriso circundou seus lábios vermelhos e finos.

— E tu tens necessidade de mim!

— Sim!

— Por quais razões?

— Quero mudar de aparência. De certa forma, transformar-me. Mitsukoshi deu uma bela gargalhada. Sua sedução fugia do comum, pois lhe acrescentava um pouco de fantasia e muito humor.

— Queres te tornar feia?

De imediato, Yasumi não soube o que responder, tendo consciência de que seu pedido podia parecer extravagante. Mas como dizer a razão disso sem entrar em longas explicações que poriam sua vida inteiramente a descoberto?

Mitsukoshi observava-a com sagacidade. Com seus quarenta anos apenas, mostrava um rosto oval com uma leve ruga nas faces, que se afundava ligeiramente quando ria, com olhos alongados serenos e distendidos, testa alta e pálida, uma compleição e um porte de grande senhor.

— Posso emprestar-te um *Hannya*.

— Fala dessas máscaras de velhas e horríveis mulheres chifrudas, de tez verde e olhos oblíquos?

— Preferes um *Otafuku*? Essas máscaras são menos vulgares, mas bem mais cômicas — continuou Mitsukoshi, com nova gargalhada.

— Nem uma nem outra, creio — retorquiu Yasumi, acabando por rir também.

Ele se plantou diante dela e observou-a.

— Em que queres transformar-te?

— Quero um rosto novo, o de uma nobre dama da corte de Kyoto, para enganar meu pai e sua descendência.

Uma leve e sinuosa ruga formou-se na larga fronte de Mitsukoshi. Não ria mais, mas dardejava sobre ela um olhar reluzente.

— Não rio mais agora, porque ou zombas de mim, ou deves explicar-me tudo em detalhes. Creio que a segunda solução seria a melhor.

Deixando seu sorriso, ela meneou a cabeça:

— Estou na mesma situação de Motokata. Devo reabilitar minha família na corte de Kyoto. No caso dele, é a má reputação que arrasta após si, isto é, a imagem dos piratas que sulcam as costas japonesas, e dos quais não faz parte. Para mim, é uma paternidade que me ignora, ou pior, que me rejeita totalmente para meu grande desespero, embora eu seja filha de esposa legítima. Procuro, portanto, infiltrar-me na corte com um rosto que ninguém reconhecerá.

Depois ela lhe contou toda a sua história.

— Se compreendo bem, introduzindo-te nos meandros da corte com uma aparência diferente da tua, pensas conseguir teus fins?

— Conseguirei.

Ele refletia, esfregando a unha de seu dedo indicador no queixo que nenhuma sombra de barba perturbava, tão bem barbeado estava.

— Em um primeiro momento, é necessário evidentemente mudar tua aparência de jovem bárbara cavalgando pelas estradas, a exemplo de Motokata, que, ele sim, pode permitir-se isso, embora todos os aristocratas da corte viajem de carruagem ou de liteira como suas esposas.

— O senhor, por exemplo!

Ele lhe lançou um olhar ondulante de prazer.

— Às vezes, somente. Quando não posso deixar de fazê-lo.

— As mulheres são sempre enclausuradas nessas carrocerias de madeira montadas sobre grandes rodas que bamboleiam pelos caminhos?

— Existem outras muito confortáveis.

— Então vou comprar uma delas para mim.

Não conhecendo seus meios de subsistência, ele não ousou dizer-lhe que essas liteiras podiam custar assustadoramente caro, no entanto prosseguiu:

— Depois de tua aparência geral, será a vez de teu rosto. Posso apresentar-te a uma de minhas velhas amigas que tem uma casa de chá em Kyoto e que saberá transformar-te muito mais do que possas imaginar.

Os olhos de Yasumi iluminaram-se.

— Ela o fará realmente? Não quero tornar-me ridícula.

— Saberá desenhar-te um dos mais belos rostos que se possa ver na corte. Ela o fará unicamente porque possuis a vantagem essencial que te acompanha e que não se aprende: a presença de espírito.

Mitsukoshi mantinha-se sempre de pé diante dela. Inclinou-se e ela julgou que ia tomar-lhe a mão, mas ele se recompôs e ergueu o peito.

— Conhecias nosso amigo em comum quando nos encontramos em Oito Pontes?

— Não ainda.

— É teu amante?

— Devo responder?

— É imperativo.

Yasumi abaixou a cabeça, hesitou alguns segundos e depois, erguendo os olhos para ele, afirmou com voz categórica:
— Depois de seu regresso da ilha do Norte, nós nos casaremos.
— Não respondeu à minha pergunta. É teu amante? Dessa vez, não tergiversou mais:
— Sim.
A intensidade de seu olhar a incomodou, mas não se deixou tomar por nenhuma timidez ou submissão momentânea. Ela simplesmente mudou de assunto:
— Gostaria de que Longa Lua fosse treinada para participar das corridas. É uma égua fora do comum. Ela ganhará, estou certa.
Ele se aproximou dela e, finalmente, tomou-lhe o braço.
— Vem, faltam três corridas. Falaremos em seguida de teu pedido.

◆

Ao longe, bem antes do horizonte carregado com o peso dos raios solares, viam-se os telhados do santuário de Kamo, pelo menos o maior e o mais próximo, porque múltiplos templos espalhavam-se pela região: os de Byodo, de Ishiyama, de Otsu e tantos outros...
As árvores que começavam a cobrir-se de folhas verdejantes e de ramos ainda tenros, nos quais cantavam os melros, as pegas e os estorninhos, dissimulavam uma parte dos telhados vermelhos e recurvos dos pagodes. Mas avistavam-se as pontes que, entre as alfenas de afiladas agulhas, uniam as margens dos rios, e distinguiam-se os lagos cercados de pinheiros onde se divertiam marrecas e gansos selvagens.
— Iremos visitar logo em seguida o grande templo de Kamo — precisou Mitsukoshi —, mas antes vamos ver as últimas corridas.
O vento zunia com múltiplos ruídos e se enchia de aromas que se esvaíam no espaço. A brisa trazia as notas acres que ao longe os monges do templo beliscavam em suas cítaras e em seus alaúdes de madeira de paulównia.
Sobre o relvado, perto dos recintos, a multidão havia se reunido desde o início das corridas. A alegria se espalhava pelas tribunas. As pessoas urravam quando um cavalo, passando diante dos dignitários, parava de pernas abertas para urinar ruidosamente ou quando outro

batia os cascos no chão, agitando a crina e chutando o ar com as patas dianteiras, em um frenesi que levava à loucura os palafreneiros.

Não era dia de cerimônia imperial, contudo os aristocratas de Kyoto mostravam seus mais belos ornamentos, e as damas, seus vestidos de gala. Quanto aos filhos dos cortesãos, tinham maquiado o rosto de branco, os lábios de vermelho e pintado de preto os dentes. Todas as extravagâncias eram permitidas, mas a ostentação se manifestava sempre de uma maneira mais flagrante nas primeiras filas das tribunas que nas últimas.

Entre as corridas eram apresentados galopes de teste. Todos os cavalos recém-chegados participavam, o que permitia à multidão já fazer prognósticos sobre as corridas futuras. Somente após suas primeiras tentativas é que eram treinados.

A multidão tinha os olhos fixos na raia das corridas. Nada mais importava senão a passagem dos dez primeiros cavalos, que levantavam tanta poeira que os espectadores protegiam por alguns segundos o rosto com um pano. Na segunda volta, os cavalos estavam menos agrupados e, na terceira, abriam espaço, deixando os demais passar à frente.

Amontoados nas tribunas e ao longo de toda a pista, os espectadores não desviavam o olhar do cavalo no qual haviam apostado.

Varrendo com o olhar a massa de cabeças, Yasumi, da mesma maneira que os outros, só tinha olhos para os cavalos que passavam. Mitsukoshi a havia levado para a primeira fila de uma tribuna, onde só se acomodavam os administradores das corridas, os treinadores e os grandes mercadores de cavalos. Era uma das mais bem situadas, pois, de seu lugar, deviam observar os trunfos dos cavalos bem como suas falhas.

A cada nova corrida, ouvia-se o rufar dos tambores e via-se o desfraldar das bandeiras escarlates com inscrições a tinta de ouro. Algumas desejavam as boas-vindas aos visitantes na província de Kamo, outras convidavam a prolongar uma estada na cidade e a visitar os templos ou a ali permanecer para recolher-se e purificar-se.

Antes de partir, os cavalos mantinham-se na barreira, cada um preso pelas rédeas por seu palafreneiro, que o soltava somente ao toque dos tambores.

Yasumi se entusiasmava, não podendo deixar de imaginar Longa Lua correndo na frente de todos os seus congêneres, sob os aplausos delirantes do público.

Além do tumulto da multidão e do turbilhão de poeira que cegava, além dos gritos dos criados das cavalariças e do relinchar dos cavalos que terminavam as corridas, todos começavam a festejar os vencedores.

— É um momento que não esquecerei nunca — falou a jovem.
— Senhor Mitsukoshi, devo isso ao senhor.

Ele percebeu o brilho dos olhos dele.

— Se o desejares, haverá outros.
— Quer fazer-me crer que aceita deixar Longa Lua correr?
— Veremos, pois sou tentado a isso! Não é um pouco meu cavalo?

Yasumi olhou-o de frente. Uma atitude que iria abandonar em seguida, porque não era realmente assim que as damas agiam na corte. Mas não tinha tomado seu leque para fazer como uma jovem aristocrata, e lamentou.

— Senhor Mitsukoshi...
— Senhor! Vamos, não me chames de senhor e trata-me como amigo. Farei Longa Lua correr.

O olhar que lhe lançou a jovem mulher brilhou com mil e um agradecimentos, mas não conseguiu acrescentar nada, porque a multidão, que havia descido em massa na raia de corridas, agora que não havia mais cavalos, festejava as vitórias e encobria todos os ruídos. Através dos pequenos bosques de árvores, da brotação das cerejeiras e dos estames amarelos das flores primaveris, o brilho dos telhados vermelhos acima dos pavilhões traspassava o espaço. Depois foi a confusão da saída.

Mitsukoshi tomou o braço de Yasumi e arrastou-a para fora do campo de corridas.

— Agora vem ver os cavalos.

Ela entrou nas grandes cavalariças com uma espécie de reverência tão grave e tão concentrada que, por um instante, o governador de Kamo se pôs a sorrir. Yasumi entrava em uma cavalariça como se entrasse em um templo.

Uns cem cavalos de corrida estavam instalados nela. Rapazes e palafreneiros ocupavam-se com destreza daqueles que acabavam de correr, escovavam-nos, esfregavam-nos e lhes distribuíam sua ração de aveia. Alguns deles ofegavam ainda e seus flancos cobertos de suor estremeciam com a última corrida.

Mitsukoshi conduziu sua jovem amiga a um recinto perto das cavalariças. O local com clarabóia estava cercado de paliçadas de madeira recobertas de trepadeiras com flores de variadas cores.

— Aqui estão os cavalos que são treinados de manhã e à tarde e que, dentro de algum tempo, deverão correr.

— De quem são?

— Alguns pertencem a proprietários que os confiaram a nós para treinamento. Outros são dos mercadores de cavalos que os venderão mais caro que um cavalo comum. Aqueles que estão no fundo são os meus.

— Entre aqueles que pertencem aos mercadores, não há nenhum à venda?

— Por quê? Gostarias de comprar um?

Yasumi concordou com a cabeça e ele a levou para seus próprios cavalos, belas montarias sólidas, de olhos redondos e vivos, músculos potentes e crina reluzente. Alazões, cavalos brancos, garanhões árabes, grandes pôneis ainda selvagens, tarpans e cavalos anglo-saxônicos que, havia pouco tempo, apareciam no Japão, mas que pareciam comportar-se melhor no combate que nas corridas.

Dois cavalos brancos tinham sido colocados no centro da cavalariça. Não era certamente usual possuir um, e é por isso que aquele que Mitsukoshi havia deixado a Yasumi na província de Oito Pontes lhe havia agradado tanto.

— São teus também? — perguntou a jovem, apontando-os com o dedo.

— Sim.

— Então gostarias de ter um terceiro.

— Não! Um quinto. Tenho dois outros em minha cavalariça de Mikawa.

— Por que tantos cavalos brancos?
— Tu sabes muito bem, são os mais belos. São cavalos celestiais! Outrora eram considerados como sagrados pelos xintoístas. Pensava-se que levavam aos céus os desejos dos fiéis.

Ela apontou as selas penduradas na parede.

— Não tenho tão lindas assim. Mas sabia que selas tão ricamente decoradas existiam.

— Então vou ter que te dizer que foi no período Nara que a sela de madeira tipo chinês foi adotada pelos japoneses? Mas foi em nossa época, a dos Heian, que começamos a decorá-las.

— Mas estas não são de madeira.

— Não, são de couro, recobertas de laca.

— E as incrustações?

— São de nácar.

Lançou-lhe um olhar divertido:

— Não viste, pois, aquela de Ramo Ardente?

— Sim!

— Então, estas são praticamente idênticas. O imperador Ichijo não possui nenhuma sela que não seja decorada de laca incrustada de ouro ou nácar. Não viste as cavalariças de Motokata?

Yasumi sentiu que ele queria em um momento ou em outro desestabilizá-la, levando-a a confessar o pouco tempo de sua relação amorosa com Motokata. Mas decidiu nada revelar a respeito.

— Não conheci Motokata em Kyoto — limitou-se a responder.

Ele não insistiu e estendeu o braço:

— Aqui estão Ameixeira Selvagem, Fogo do Céu, Rosa Silvestre, Prata Viva, Bela Aurora — disse, apontando-os um após outro. Qual deles gostarias de comprar?

— Há dois que me agradam: Ameixeira Selvagem e Fogo do Céu.

— São teus por dois *wado-keihin*.

Isso representava uma grande soma, mas Yasumi não hesitou:

— Eu os levo.

Se ele não conhecia ainda a história integral de Motokata e de sua jovem amiga, compreendeu pelo menos, nesse momento, que ela tinha dinheiro e que podia propor-lhe os serviços de sua velha amiga chinesa.

— Ameixeira Selvagem é um belo alazão que mantém muito bem a corrida, mas é igualmente apreciável na resistência. Voltarás com ele e me deixarás Longa Lua. Nós a treinaremos sem demora, junto com Fogo do Céu. Mas, por ora, vem! Ofereço-te jantar e pousada e poderás partir amanhã cedo.

Mitsukoshi lançou um olhar em volta da cavalariça. Os cavalos estavam todos calmos, perfeitamente cuidados, escovados, alimentados.

— Posso montar Ameixeira Selvagem para experimentá-lo?
— Desamarra-o e monta.

Em alguns segundos, Yasumi estava no dorso de Ameixeira Selvagem. Parecia-lhe que o cavalo transformava-se logo em seguida em um só corpo com ela. Segurando firmemente as rédeas, porque desconfiava de uma reação inesperada, esforçou-se de início em conduzi-lo suavemente, afagando-o, acariciando-o, levando-o aos poucos a seguir um ritmo mais forte. Depois, como Mitsukoshi o havia treinado na pista de corrida, ela se encorajou, dobrou as costas e inclinou-se sobre seu pescoço.

— Vai, Ameixeira Selvagem, corre! Mostra-me o que sabes fazer.

Já há algum tempo o governador de Kamo tinha compreendido que Yasumi era uma amazona exímia e que podia mostrar isso a muitos homens que gostariam de apoiar sua proeza. Com as sobrancelhas levantadas, a mão em suspenso, olhou a corrida. Essa menina não cometia nenhuma falta.

Quando Yasumi terminou de testar Ameixeira Selvagem como desejava, voltaram à mansão do governador. Era crepúsculo. O chiar dos grilos espalhava-se por toda parte nos arredores. Os cucos tinham se calado. As mariposas começavam sua longa dança nos arbustos em flor e as libélulas pousavam sem ruído na superfície prateada dos lagos.

O jantar foi servido com requinte, e Mitsukoshi mostrou-se um anfitrião notável. Tinha trocado seus trajes de gala por uma roupa caseira confortável, mas que nada tinha de negligente. Por cima, duas peças dobradas, que se cruzavam, das quais se via o marrom das folhas de bordo e o vermelho das papoulas. Um quimono de seda bordada de verde de abeto, fechado na cintura por um largo cinto, completava sua indumentária.

Nada de chapéu laqueado e nada de calçados forrados! Quanto aos cabelos, ele os tinha amarrado em anéis apertados na nuca, e um laço vermelho os retinha.

— Onde estás morando? — perguntou ele, apontando-lhe uma esteira lindamente trançada, ornada com penas de aves.

— Na casa de uma amiga no bairro dos comerciantes. Mas Motokata me aconselhou a ir para a casa dele e ali instalar-me.

— A meu ver, isso seria um erro.

Yasumi havia se sentado, com as nádegas apoiadas nos calcanhares, a mão na altura da mesa, onde uma caixinha com material para escrever de laca preta estava ao lado de um bonsai de espinhos afiados.

— Dá-me a razão disso.

— A casa dele é uma das mais bem situadas no bairro dos Fujiwaras. Conheço-a por ter entrado nela com frequência na época em que ele não era banido da corte. Ela é constantemente vigiada. Enquanto Motokata não for inteiramente inocentado das suspeitas que pesam sobre ele, ali estarias em perigo.

— Então vou me dirigir para lá à noite.

— Seria, de fato, mais prudente. Conheces Bambu? Pela terceira vez, tentava saber mais.

— Sim.

— E Pequeno Salgueiro?

— Não. Mas conheço Sosho.

— Podes ter total confiança neles. Todos eles se deixariam matar por seu patrão.

Trocaram alguns poemas de cortesia precisamente com essa pequena ambiguidade que tornava a atmosfera palpável, mas não tensa. Depois, já noite bem adentrada, Mitsukoshi puxou as corrediças das janelas, indicou-lhe a esteira confortável estendida atrás do biombo e foi para outro cômodo da casa, mais afastado, tomando o cuidado de fechar a porta.

CAPÍTULO 11

O pavilhão das Glicínias, situado na Quinta Avenida, estendia-se em uma vasta área. Esta era cercada por um jardim, onde pontes e fontes artificiais misturavam-se harmoniosamente com bordos vermelhos e paulównias abundantemente floridas de púrpura. Entre eles se disseminavam as kérrias de coração amarelo e o algodoado vaporoso e branco das dêutzias, cujos ramos estavam tão carregados que caíam sobre o solo formando arcadas, sob as quais o caminhante podia sentar-se. E, na frente da casa, cravos, jasmins e peônias decoravam os longos corredores com claraboia, abrindo-se para terraços.

Um local encantador, tranquilo e repousante... As numerosas peças do pavilhão das Glicínias eram todas separadas por divisórias de corrediça, atrás das quais havia biombos laqueados ornados com grandes folhagens, ramos floridos e pássaros exóticos.

O pavilhão das Glicínias cheirava a malva almiscarada, a madeira de aloés, a lótus e a cânfora purificada. Às vezes, a essência de uma íris ou de uma azaleia púrpura misturava-se aos outros aromas e, quando o odor do chá e do saquê se juntava a eles, tudo era só felicidade e encantamento. Em poucas palavras, flutuavam perfumes pesados e tenazes que agradavam aos clientes da senhora Song Li, proprietária do local.

Era a casa de chá mais conceituada da cidade. Só acolhia os aristocratas de Kyoto, as damas nobres e os governadores de província. No pavilhão das Glicínias, não havia quartos onde os casais pudessem passar a noite, mas vastas salas onde os homens reuniam-se para discutir acontecimentos da corte, propósitos do imperador, nomeações votadas pelo Conselho do Ministro dos Negócios Supremos, política interna e externa e negócios militares. Mas também os homens de letras e os eruditos reuniam-se nesse mesmo local para confrontar suas ideias, seu saber e seus conhecimentos em literatura chinesa.

As mulheres faziam o mesmo, discutindo sobre festividades imperiais, moda do vestuário, oferendas aos templos, procissões sazonais e, certamente, um ponto de uma exigência primordial: testar reciprocamente sua cultura.

Quando dignitários e damas encontravam-se ali no mesmo dia e na mesma hora, Song Li os acomodava. Ela separava as mesas baixas por meio de biombos para que as discussões não se intercruzassem. Bonsais, ramos de cerejeira dispostos em vasos de gargalo longo e arranjos florais decoravam o cômodo.

Se um casal viesse para namorar, como a sedução na corte do imperador Ichijo passava pelo encontro da cultura e do espírito, o pavilhão das Glicínias era o local mais adequado. Nesse caso, os dois clientes pediam para isolar-se em uma peça menor e mais aconchegante. É assim que namorados, uma vez que só tinham vontade de seduzir, harmonizavam-se espiritualmente antes de frequentar outra casa de chá onde, dessa vez, o casal podia entregar-se a aconchegos mais íntimos.

Nesse local de elevado saber, falava-se tanto chinês como japonês, e não era a senhora Song Li que refreava esse impulso; muito pelo contrário, ela punha à disposição mestres que ensinavam as tradições e as culturas chinesas, a começar pelo confucionismo, ensinamento atribuído ao sábio chinês Confúcio, transmitido no Japão havia cinco séculos. Todos os letrados japoneses que escreviam em chinês estavam impregnados deles. Só as mulheres se esforçavam em redigir seus poemas, seus relatos e seus diários íntimos em ideogramas japoneses, mas era prestigioso para elas conhecer a escrita e a literatura chinesas.

É assim que, em sua casa de chá, a senhora Song Li recebia os maiores eruditos de sua época. Quase todos faziam parte da grande família dos

Fujiwaras. Era visto ali, com frequência, Akihira, o grande literato que o imperador convidava seguidamente à corte. Sua produção, até esse dia, totalizava mais de catorze rolos escritos e sua fama chegava até a China.

Via-se também Kinto, um renomado poeta que era amigo da senhora Murasaki Shikibu, e Yukinari, célebre calígrafo que tinha sido preceptor do imperador Ichijo na época de sua juventude.

Quando Yasumi chegou nesse dia ao pavilhão das Glicínias, sentiu um deslumbramento especial. As surpresas ainda não tinham acabado, e, por ora, ela se esforçava em compreender tudo e se contentava em observar tudo, escutar tudo.

◆

A senhora Song Li permanecia, pequena e encarquilhada como era, na frente dela, dardejando seus olhos amendoados nos da jovem. Estava vestida de vermelho e, quando se ajoelhava diante de seu altar budista de cor púrpura e ouro, posto sobre um pequeno estrado de madeira de paulównia, perdia-se em meio à ornamentação.

Nunca vestia quimono e roupas longas, nunca usava *obi* e cinto largo que lhe apertasse a cintura. Vestia-se à moda chinesa com calças largas e uma túnica bem solta, mas curta, deixando-a livre em todos os seus movimentos.

Quem teria dito que outrora Song Li, que chamava-se na China "Libélula", tinha sido uma cortesã respeitada e uma das mulheres eruditas de seu tempo? Musicista, calígrafa, poetisa, ela conhecia muito da política, dos ensinamentos de Confúcio e de Buda. A senhora Song Li possuía ainda, em sua idade, uma memória tão extraordinária que era um prazer para um erudito fazer-lhe perguntas e esperar sua resposta.

Se a senhora Song Li tinha decidido chegar em um belo dia de inverno na capital de Kyoto, sozinha, sem cavalo, sem carruagem e sem boi, com os pés na neve, levando sua trouxa atravessada sobre os ombros, é porque sabia que outrora o Japão era chamado de "país das rainhas", por causa da influência que as mulheres exerciam. Como a senhora Song Li, banida de seu país, podia não ser seduzida por essa denominação tão prestigiosa para as mulheres? E não havia se desiludido, porque nessa sociedade onde, com suas mãos delicadas, que seguravam tão habilmente o pincel, as senhoras escreviam as mais belas obras literárias, Song Li havia traçado seu caminho.

E que caminho! Inconscientemente, as mulheres eruditas, de que ela havia se cercado, tinham contribuído para isso. Como não compreender que tudo viria delas? Eram consultadas porque eram instruídas. Tinham direito à sua parte de herança, possuíam sua própria casa, dirigiam, comandavam. Aquilo que Li sonhava desde sua mais tenra infância. Chegava em um país completamente civilizado, talvez até em excesso, muito refinado, muito delicado, do qual poderia explorar o letrismo e a cultura.

De pé, diante da jovem protegida de seu amigo Mitsukoshi, fitava nela seus pequenos olhos amendoados e brilhantes para tentar analisar o que se passava no espírito dessa menina. Sem dúvida alguma, não se ajustava ao gosto da corte imperial. E quando o governador de Mikawa a havia informado de que era necessário fazer outra personagem dela, Li tinha meneado a cabeça, fazendo de início algumas perguntas às quais Mitsukoshi tinha respondido, mas que Yasumi tinha pontuado de explicações complementares e indispensáveis.

Como essa jovem lhe relembrava o dia em que tinha vindo instalar-se em Kyoto, fugindo de um país onde, envolvida em um negócio de Estado, arriscava sua vida! Os homens do imperador Zhengzong, da dinastia dos Songs, não brincavam e tinham posto sua cabeça a prêmio.

Pouco tempo após sua chegada ao Japão — era no reinado do imperador Enyu —, as mulheres da corte de Kyoto a haviam elevado ao pináculo, porque ela apresentava-lhes as finezas da língua chinesa e, por meio delas, tinham vindo em seguida os homens, os príncipes, os dignitários, os governadores, todos apaixonados pela cultura chinesa.

Havia quarenta anos que a senhora Song Li mantinha o pavilhão das Glicínias, trabalhava em prol do espírito japonês, e expunha a seus clientes o espírito chinês.

Nessa época, não existiam locais de reunião para os aristocratas desejosos em manter grandes e longas discussões fora do palácio, onde ouvidos indiscretos vagavam sem trégua à sombra de todos os corredores ou por trás dos biombos e dos arbustos em flor.

Os bairros residenciais das cidades japonesas não dispunham de praças públicas onde os homens pudessem se reunir, comercializar, discutir. Restava certamente a casa que cada dignitário, mesmo vivendo no palácio, possuía no bairro dos notáveis. Mas como encontrar ali as personalidades marcantes de seu século, os letrados, os calígrafos, os grandes mestres, as celebridades, as pessoas de qualidade, além dos amigos próximos?

Song Li havia chegado no momento certo. Sua intuição a havia guiado e, permanecendo em estreita ligação com as sumidades chinesas que vinham ao Japão e que não sabiam onde dirigir-se para passar confortavelmente o tempo de sua estada na capital, ela lhes havia sugerido abrir às suas custas, à disposição da comunidade, um local para esse fim, uma casa de chá que só recebesse os eruditos que procuravam um contato com seus congêneres. O sistema funcionava tão bem que tinha atraído fortemente a atenção das senhoras da corte e, em seguida, a dos dignitários.

Song Li avaliava Yasumi com olhos de furão. A refinada raposa que havia dentro dela tinha pressentido perfeitamente que a jovem não queria revelar toda a sua história diante de Mitsukoshi. Por isso adiou para mais tarde algumas perguntas indiscretas que devia fazer. Isso não tardaria, de resto, porque a grande sala onde estavam os poetas há pouco acabava de ficar livre.

Pessoas importantes, nessa noite! Entre elas figurava o célebre calígrafo Sadaie, que havia desenhado um jogo ao mesmo tempo atraente e cultural de cem cartas, sobre as quais um poema estava escrito no anverso e uma personagem desenhada no reverso. A caligrafia era soberba e as ilustrações, arejadas, leves, coloridas. Tudo imaginado com tal sutileza que os membros da corte jogavam esse novo jogo com um prazer evidente ao mexer e remexer em suas mãos a pequena pilha de cartas, cujos detalhes pintados a ouro os maravilhavam.

Tinham discutido longamente ao redor da mesa baixa onde o saquê lhes tinha sido vertido em profusão. No pavilhão das Glicínias nunca faltava saquê, que era o melhor de Kyoto, da mesma maneira que o vinho de arroz ou os pequenos petiscos com recheio de caranguejo e envoltos em uma folha de lótus perfumada com gengibre.

Durante toda a noite, Sakyo e Jujuku, as duas jovens criadas da senhora Song Li, tinham recarregado os queimadores de perfume. Os clientes tinham discutido em voz tão alta e chegado a tal estado de excitação que Li havia ouvido tudo o que diziam. Aquele que gritava mais alto tinha afirmado que Michinaga, Ministro dos Negócios Supremos, jamais aceitaria que o sobrinho Takaie, filho de seu falecido irmão Michitaka, suplantasse-o. É por isso que falava em enviá-lo a combater os piratas instalados no Sul, desde que Fujiwara Motokata, sobre o qual tinham pesado muitas suspeitas, retornasse, depois de ter vencido os piratas do Norte.

Ah! É que a senhora Li conhecia bem esse Motokata do qual falava e que, poucos meses antes, era ainda a ovelha negra de toda a corte e agora estava prestes a tornar-se herói! Com efeito, ele exterminava todos os piratas das ilhas Okushiri e Rishiri.

Ao ouvir o nome Fujiwara Motokata, a senhora Li tinha visto o rosto da jovem Yasumi agitar-se anormalmente e um brilho inquieto iluminar seus olhos. Mitsukoshi não lhe havia falado de um eventual casamento entre Motokata e ela. Nesse instante, a velha chinesa, que tinha suspeitado de uma ligação entre os dois Fujiwaras, não sabia se, para a jovem, ele era um amante momentâneo ou se representava muito mais em seu coração.

O que sabia em detalhes — assunto que Yasumi não havia abreviado nem evitado — era o desejo da jovem de reabilitar sua família na corte de Kyoto. Uma Fujiwara que desejava fazer-se reconhecer como tal! Factível, mas complicado, porque, mesmo que essa jovem soubesse replicar prontamente a um *waka*, mesmo que conhecesse a história de seu país, teria a cultura necessária para impor-se na corte?

— Conheço quinhentos ideogramas chineses — afirmou a jovem.

— Muito bem, mas isso não é suficiente — interrompeu a velha mulher. — Conheces as obras de Po Kyuyi? — prosseguiu, fixando-a com um interesse misturado de suspeita. — Conheces a história da dinastia dos Hans, a dos Suis, dos Tangs, dos Songs? Conheces os livros do Tao e os diálogos de Confúcio?

— Não conheço os clássicos chineses.

— Então será necessário aprender.

— Aprender! — exclamou Yasumi, com os olhos esbugalhados de espanto.

Song Li não respondeu imediatamente, por isso ela prosseguiu:

— Na província onde nasci, meu tio criou-me como um rapaz e ensinou-me a cavalgar e a lutar com o sabre. Ensinou-me também tudo o que sabia dos imperadores do Japão. Depois, em meu caminho vindo para Kyoto, um monge do templo de Amazu explicou-me a história de Nara e das épocas antigas. Mas nada me ensinou sobre a China, apesar de ser ele um chinês.

— Como se chama?

— Yu Tingkuo.

— Eu o conheço. Era um amigo antes. Manchou a imagem de teu amigo Motokata e isso não me agradou.

— Sei disso. Mas, em meu espírito, permanecerá sempre um mestre que admiro.

A velha Li mexeu a cabeça em sinal de aprovação, como se a resposta de Yasumi lhe agradasse.

— Quem poderia ensinar-me o chinês? — ousou perguntar subitamente.

— Um amigo que te apresentarei. Se acaso se entenderem bem, ele te ensinará tudo o que deverás saber para parecer instruída na corte do imperador Ichijo. O Ministro dos Negócios Supremos será particularmente sensível a isso. Ora, é ele que, verdadeiramente, dirige o palácio.

— Mais que o imperador?

— Fujiwara Michinaga tem todos os poderes.

Li voltou-se para Mitsukoshi, sempre elegantemente vestido e cujo olhar não deixava Yasumi. Usava uma bela roupa cor de ameixa verde, cuja parte inferior era decorada de voos de gruas selvagens e, por cima dessa primeira roupa, a segunda deixava aparecer um entrelaçado de folhas de salgueiro e pontas de pinheiro de tom castanho.

"É surpreendente", pensava a velha Li observando seu amigo, "ver como um homem de quase quarenta anos conservava assim todos os cabelos!". Com efeito, sempre que Song Li detalhava o rosto de Mitsukoshi, constatava que suas têmporas ainda não estavam desguarnecidas e que tinha sempre sua opulenta cabeleira, semeada de alguns fios prateados apenas, arrumada e trançada na nuca. Tinha elegância até para amarrá-los com faixas de tecido, combinando com o cinto bordado de azul-noite que prendia suas roupas.

Mitsukoshi não proferia palavra, contentando-se em escutar a conversa entre sua velha amiga e a jovem Yasumi, satisfeito, contudo, em constatar que o entendimento entre ambas parecia bom.

— Não sabes grande coisa, pequena! De fato, se o *waka* que escreveste há pouco é perfeito em sua concepção poética e espiritual, a escrita é muito ruim. Será necessário aprender caligrafia.

Compreendendo que sua velha amiga não teria insistido se Yasumi lhe tivesse parecido tola ou insignificante, Mitsukoshi achou bom intervir:

— Não fiques apreensiva, Li. Esta jovem poderá pagar todos os serviços que lhe prestares. Ela comprou de mim dois esplêndidos cavalos de corrida.

— Não lhe falei ainda de custos. Veremos isso mais tarde.

Um sorriso aflorou aos lábios do governador. Seu julgamento se confirmava. Song Li apreciava essa pequena.

Depois as horas se escoaram e Li terminou a entrevista.

— Agora, meu velho amigo, estou um tanto cansada e gostaria de deitar-me. Prosseguirei amanhã cedo a conversa com esta jovem, cujo encargo aceito. Regressarás para tua província?

— Neste momento.

— Não queres esperar o amanhecer?

— Não! Parto agora. As noites primaveris são suaves e curtas. Amanhã, na primeira hora, já estarei em Mikawa.

— Que seja! Tua carruagem está pronta.

Mitsukoshi caminhou em direção de Yasumi e tomou-lhe a mão.

— Julgo ter cumprido meu dever para com Motokata.

— Nunca te agradeceria o suficiente. Depois de Longa Lua, que quiseste realmente deixar-me adquirir outrora, é a senhora Song Li que agora me apresentaste.

— Voltarei a Kyoto logo que teu rosto tiver tomado outro aspecto. Contudo — acrescentou plantando seus olhos naqueles da jovem —, não mudes tua natureza profunda, seria uma pena se adotasses as atitudes irrefletidas das damas da corte e, acima de tudo, das jovens damas de honra da imperatriz.

Li se aproximou, por sua vez.

— Vem, Yasumi, vamos reconduzir nosso convidado à porta.

— Obrigado, Li, por ocupar-te dela. Sei que nosso amigo Motokata te retribuirá cem vezes mais.

Mal tomavam os longos corredores que conduziam para fora do pavilhão e Jujuku, uma das criadas, correu para eles:

— Três clientes chegaram, senhora Li.

— A esta hora! Quem é?

— O governador Fujiwara Yasumasa, sua esposa e um de seus amigos, o governador de Gion.

— Oh! — não pôde deixar de exclamar Yasumi. — Trata-se realmente da senhora Izumi Shikibu?

— Tu a conheces?

A pergunta do governador, que, de fato, era apenas uma exclamação, divertiu-a. Mas, antes que ela respondesse, Izumi Shikibu já havia fixado seus olhos na jovem, observando ao mesmo tempo a presença do governador de Mikawa.

— Sentimos muito pelo adiantado da hora — disse ela, curvando-se diante da velha Li. — Aceitar-nos-ás, apesar de tudo?

— Sim, a noite já caiu há muito tempo, mas isso não faz diferença. Entrem! Vou destinar-lhes uma pequena sala tranquila, onde poderão jantar e conversar. Sakyo e Jujuku se ocuparão de todos.

Os setenta anos largamente passados de Song Li obrigavam-na a deitar cedo, mas no dia seguinte, desde a aurora, levantava-se fresca e disposta.

— Pois bem, senhora Izumi, deixo todos juntos e, visto que pareces conhecer minha jovem amiga Yasumi, eu a confio a ti por esta noite.

Aproximou-se da jovem e teve um gesto espontâneo que supreendeu a todos. Ela a tomou em seus braços, apertou-a contra si e pousou os velhos lábios franzidos sobre sua testa.

— Até amanhã, pequena — cochichou-lhe —, temos ainda muito a falar.

Depois, com pequenos passos apressados, afastou-se e foi ao anexo do pavilhão, onde se situavam seus apartamentos pessoais.

◆

O governador de Tango logo tinha monopolizado o de Mikawa, que conhecia havia muito tempo, enquanto o homem que permanecia afastado, o governador de Gion, lançava um rápido olhar a essa modesta jovem que a senhora Izumi conhecia. Para dizer a verdade, ele não tinha notado o caloroso abraço que a senhora Li havia dado a ela, nem mesmo a tinha visto, pois não encontrava nela nenhum atrativo particular, a não ser a fineza dos traços de seu rosto sem pintura.

Enquanto Sakyo se atarefava com os três governadores, Jujuku correu para as duas mulheres e informou-se de seus desejos. Izumi Shikibu pediu uma pequena mesa afastada dos homens para conversar mais longamente com Yasumi.

Jujuku trouxe um queimador de perfume que difundia um agradável odor de jasmim, uma lâmpada de óleo, que pôs no chão, além de posicionar outra sobre a mesa; a novo pedido da senhora Izumi, ocultou as duas jovens mulheres por trás de um biombo com decoração campestre. Sobre a mesa, uma pequena caixa com material para escrever havia sido posta, contendo tinteiro e folhas de papel coloridas.

Antes de Mitsukoshi ser monopolizado pelo governador de Tango, o olhar de Yasumi tinha cruzado longamente com o olhar dele e, nessa troca, uma grande cumplicidade havia se desenhado.

Bem dissimuladas atrás da fina parede laqueada do biombo, as duas jovens mulheres pareciam contentes em rever-se.

— Não pensava encontrar-te aqui.

— Não me deste o nome e o endereço?

— Sim, de fato, mas...

— Tens razão, pois, na verdade, é o governador de Mikawa que me trouxe para este local. Sozinha, talvez tivesse vindo, talvez não!

— Tu o conhecias antes de nosso encontro no lago Biwa?

— Sim! Conheci-o na região de Oito Pontes, perto de Mikawa, onde eu queria adquirir um cavalo no mercado de animais.

Izumi Shikibu meneou a cabeça:

— Tu és uma estranha jovem, Yasumi, sim, estranha. Pareces sozinha, amarga, desamparada, pelo menos é a impressão que me havias deixado, até que te encontro junto com dois eminentes personagens, de rosto luminoso e ar conquistador. A meu ver, não seguiste meu segundo conselho.

— Depois das festividades da primavera, onde nos conhecemos, ausentei-me algum tempo da capital e retornei só ontem.

— E a senhora Song Li?

— Está pronta a ajudar-me. Vai me transformar.

— Fará maravilhas contigo, estou certa disso.

— Eu também, e tenho pressa em rever-te na corte.

— Não tardes muito, contudo, porque meu esposo deve voltar neste inverno para sua província de Tango e deverei, naturalmente, acompanhá-lo.

De repente, Jujuku se aproximou das duas jovens mulheres:

— O senhor Mitsukoshi gostaria de despedir-se, pois parte dentro de alguns momentos.

— Que venha! — exclamou Izumi Shikibu em voz alta. — Que venha!

Ela havia bruscamente apanhado seu leque, cuja estrutura em madeira de acácia estava recoberta por uma seda fina ornada de montes nevados, acima dos quais voavam andorinhas. Sua mão fina e branca, que a manga do quimono cobria pela metade, levantou-se até a altura de seus olhos. O leque com andorinhas revelou somente uma de suas pupilas negras e brilhantes, encimada por uma sobrancelha perfeitamente redesenhada em um arco de uma fineza extrema, quando Mitsukoshi curvou-se diante dela. Olhando-a, declamou em voz baixa:

> DEVE-SE OUVIR O CANTO DO CUCO
> ANTES DAQUELE DO GALO
> OU LEMBRAR-SE DO RUFLAR DAS ASAS

QUE OS INSETOS PRODUZEM NA NOITE?
A QUE PODEMOS NOS COMPARAR?

A senhora Izumi respondeu imediatamente:

COMPARO A SUAVE NOITE DO CUCO
COM A RUIDOSA MADRUGADA DO GALO
MAS NÃO SONHO MAIS COM O SUSSURRO DOS INSETOS
QUE COM O COAXAR DAS RÃS.

Mitsukoshi deu um sorriso ambíguo. Depois fitou por alguns segundos o único olho visível da senhora Izumi, que, do lado direito do leque, deslizava aventureiramente ao longo de toda a decoração de seda. Então, intrigada, Yasumi se perguntou: Mitsukoshi tinha cortejado Izumi Shikibu antes de seu casamento, em uma época em que ela fazia escândalo na corte? Era realmente possível, levando em conta a recente viuvez pela morte de sua primeira esposa. Sempre sorrindo, ele continuou:

PENSASTE NAS LONGAS CHUVAS DO INVERNO
QUE CONTEMPLAMOS DA JANELA
QUANDO AS ALEGRIAS DO ESPÍRITO
RECUSAM A ROTINA E A INÉRCIA DA VIDA?

Izumi Shikibu descobriu de repente os olhos e dobrou seu leque, que enfiou discretamente na manga de seu quimono.
— Responde em meu lugar, Yasumi.
Mal havia dito essas palavras e a jovem tomou uma folha azul-pálida, cuja cor podia corresponder à nostalgia do *waka* de Mitsukoshi.

NÃO HÁ BEM EM MIM SENÃO MINHA LONGA LUA
DA QUAL SINTO DESESPERADORA SAUDADE
E SEM ELA SINTO-ME SUBITAMENTE OBRIGADA
A POLIR E A ALISAR O ROSTO
HERDADO DE MEUS ANCESTRAIS.

Yasumi estendeu a folha ao governador.

— Lê! — disse imperativamente Izumi Shikibu.

Mitsukoshi o fez como que a contragosto, mas uma recusa à injunção da jovem mulher poderia fazer surgir uma falsa ideia no espírito da senhora Izumi.

— Magnífico! — exclamou. — Absolutamente magnífico!

— Pois bem, adeus! — disse Yasumi.

— Não, até logo! — replicou o governador de Mikawa.

◆

A noite foi doce e quieta para Yasumi, que, no dia seguinte, ficou surpresa ao ver a velha Li a seu lado, arrumando um vaso de flores primaveris.

— A senhora Izumi te reteve até tarde?

— Não! Na verdade, partiu imediatamente depois do governador Mitsukoshi, porque o marido queria ir para casa.

— Ela ficava até a madrugada quando não era casada. Contou-te suas extravagâncias amorosas?

— Não! Teria gostado de saber, no entanto, quem ela tinha namorado na corte do imperador.

— Seus próprios irmãos.

— Oh! Não é escabroso?

— Sua ligação com o príncipe Tamekata não fez muito escândalo, mas a segunda, com o príncipe Atsumichi, pôs o palácio de cabeça para baixo. Este queria repudiar sua mulher para desposá-la, tão apaixonado estava. O Ministro dos Negócios Supremos foi obrigado a exilá-lo para bem longe, no Norte. Nunca mais voltou.

— Que história! — murmurou Yasumi.

— É pouca coisa perto da minha, pequena! Queres conhecê-la?

Desorientada por essa mudança de atitude, esse tom íntimo, esse brusco desejo de aproximar-se dela, Yasumi ficou imóvel, de boca aberta.

— Sim, pequena! Confio em ti porque gosto de ti, pois, ninguém em Kyoto conhece essa história. Mas não penses em trair minha confiança, pois, não a dou a qualquer um e jamais externo meus sentimentos. Compreendes?

Sem nada dizer, a jovem concordou com a cabeça. Song Li terminou o arranjo do buquê de flores que havia começado alguns minutos antes e pôs o conjunto em um vaso que Jujuku havia colocado ao pé da mesa baixa menor. Depois veio sentar-se sobre a esteira ao lado de Yasumi.

— Ninguém em Kyoto sabe realmente quem sou e de onde venho, a não ser que sou oriunda da China e que pus meu saber e meus conhecimentos a serviço dos aristocratas deste país, oferecendo-lhes ao mesmo tempo um local de reunião agradável, distinto e calmo.

Estavam sentadas uma diante da outra e se olhavam. Song Li começou com uma voz que não tremia:

— O irmão do imperador chinês Zhengzong cortejava-me quando eu tinha dezoito anos. Eu fazia parte da dinastia dos Songs, cujo nome tomei, a justo título. Essa ligação desagradou muito à corte e, como insistíamos em nosso desejo de prosseguir nossa relação, expulsaram meu belo príncipe para uma região desértica e distante. Pelo menos foi o que me disseram, embora eu não acreditasse realmente. Tinha razão, pois fiquei sabendo um pouco mais tarde, incidentalmente, que lhe haviam decepado a cabeça. Quanto a mim, impuseram o casamento, mas minha educação muito avançada no palácio imperial permitiu à minha natureza independente escapar do velho homem feio, avarento e estúpido com o qual queriam que eu me casasse. Deixei o palácio e, visto que, além da inteligência, Buda me havia dado também a beleza do rosto e do corpo, passei a viver tanto de meus encantos como de meu saber. Conheci grandes letrados, homens ilustres, eruditos.

Depois, um dia, para minha felicidade ou minha desgraça, pois ainda me pergunto a respeito, pactuei com um rebelde que estava à frente de um movimento militar, fomentando um plano para desestabilizar o governo imperial. A ideia de derrubar o imperador, que havia ousado banir e depois matar o homem a quem eu amava, agradava-me, e trabalhei nisso tão ferozmente como o chefe do clã rebelde, e pelo qual me havia apaixonado. Infelizmente, durante uma emboscada, ele foi preso e os soldados imperiais cortaram-lhe a cabeça e a minha foi logo posta a prêmio. Minha fuga começou, portanto, e os dias se revelaram tanto mais penosos porque eu estava grávida. Durante quase um ano, vaguei pelo norte da China, porque se fugisse para o sul logo seria presa. A Mongólia me oferecia mais segurança. As impressionantes e perigosas montanhas detinham meus perseguidores. Dei à luz pelo caminho uma menina que, infelizmente, morreu depois de alguns meses, por falta de leite e de cuidados. É o grande pesar de minha vida, por isso não falarei mais disso. Minha fuga durou quase quatro anos. Toda manhã, enrolava meus pés em grandes folhas de árvore. Amarrava-as firmemente com fibras de bambu, caniços leves ou mesmo com finas tiras de casca de amoreira que, quando são compridas, formam uma espécie de cordão muito sólido. E, toda noite, desnudava meus pés e os massageava longamente para descansá-los das longas horas de marcha, ciente de que eram meu único meio para escapar desse inferno e que, sem eles, só me restava morrer. No decorrer de todas essas etapas, encontrei alguns sábios que, surpresos por meus conhecimentos, completaram-nos com seu próprio saber. Aí está de onde vem minha ampla cultura que, no decorrer dos anos, nessas montanhas da Mongólia, pude e sobretudo soube acumular. Enfim, depois de quase três anos de marcha pontuada de paradas, às vezes necessárias, às vezes voluntárias, resolvi descer para a Coreia. Os chineses a vasculhavam e a frequentavam, mas minha história sem dúvida estava suficientemente esquecida para que eu ali pudesse ficar. A única coisa que não podia mais fazer era retornar para a China, uma vez que o imperador era sempre Zhengzong. Tive, portanto, de atravessar o mar do Japão pelo estreito da Coreia, no local onde o oceano oferece sua margem mais estreita. Em seguida, tive de seguir mais ou menos o mesmo trajeto que o teu para chegar na capital japonesa.

Esse longo relato tinha comovido Yasumi até as lágrimas. Como sua história era simples ao lado daquela da senhora Song Li!

— Obrigada por ter contado-me tua história — murmurou — e, acima de tudo, obrigada por ter confiado em mim.

Depois ela se jogou nos braços da velha senhora e abraçou-a calorosamente.

— Creio que estarei ao abrigo de tudo contigo — confessou ela em voz baixa.

— Não quero que estejas ao abrigo — replicou Li. — Os refúgios, os retiros, os asilos devem representar apenas um breve momento na vida de um ser humano desamparado. Sim! O tempo de um sopro, de uma respiração. A oportunidade de se preparar para então melhor partir novamente. Caso contrário, o indivíduo se enfraquece, amolece e desaba. É a mesma coisa para ti, pequena! Eu te ensinarei tudo o que sei e, por tua vez, tu serás maior, mais forte. Todos esses banimentos da corte revoltam-me, com exceção do que ocorre com os tolos e os cretinos. Todos esses exílios que cortam as raízes dos homens de valor me repugnam. Teria gostado tanto de fazer na China o que faço aqui! Somente, este é o ponto, eu odeio o imperador Zhengzong.

Endireitou o tronco, que seu longo relato havia encurvado. Seus cabelos brancos estavam trançados e amarrados atrás da nuca. Embora amarga, ela sorria.

— Aí está porque ajudo Motokata a recuperar seu prestígio e aí está porque fiquei zangada com meu amigo, o monge chinês Yu Tingkuo, que não compartilha sempre meus pontos de vista, preocupado em demasia com o bem-estar dos templos. Esquece muitas vezes o dos seres humanos.

— Por ora, não falemos dele, senhora Li. Temos tantas outras coisas a dizer.

E Yasumi contou lentamente, com palavras simples e precisas, a história de seus amores com Motokata, da caverna nos rochedos de Hiye, da bolsa repleta de moedas com as quais havia comprado Ameixeira Selvagem e Fogo do Céu, do combate perto da montanha, de Yoshira que se preparava para partir com Tameyori para matar Motokata e, finalmente, da morte do irmão de seu amado, que era tão diferente dele.

— Tu o conhecias? — perguntou, concedendo-se uma pausa.

— Muito pouco — respondeu Li, com os olhos fixos no biombo que as separava do resto da peça. — É a personalidade de Motokata que me agrada e não a do irmão dele, de cuja morte me informas subitamente. Quando me conheceres melhor, pequena, saberás por que e como reajo. Quando gosto de alguém ou tenho afeição por ele, posso dar-lhe tudo. Em contrapartida, os que me são indiferentes não me fazem levantar o dedo mínimo.

Olhava sua jovem companheira com um ar quase severo e, por meio dessas palavras, Yasumi julgou compreender que os sentimentos de amor ou de fidelidade que a senhora Song Li devotava àqueles de sua escolha requeriam, em troca, as mesmas exigências.

— Sei que Kanuseke, Tameyori e Shotoko são teus irmãos, mas quem é Yoshira?

— Um rapaz gentil que me ajudou muito quando me vi às portas de Kyoto sem poder entrar. Creio que gostaria de casar-se com minha irmã, essa tola que, a exemplo dos irmãos, detesta-me sem mesmo me conhecer.

— E essa Susue Sei, da qual me falaste, é tia de Yoshira?

Yasumi inclinou levemente a cabeça.

— Será necessário que a reveja. Eu a ajudava a compor os arranjos de flores e minha presença deve lhe fazer falta.

— Deverás escolher, pequena, entre a arte dos arranjos florais, que não te adiantará nada na corte, e o ensinamento precioso que te ofereço e que te abrirá totalmente as portas do palácio.

Li tinha falado um tanto secamente e lamentou logo. Yasumi deixou transparecer em seu olhar um leve espanto, provocado pela mudança súbita de sua voz.

Quando a velha senhora lhe tomou a mão, recuperando sua doçura usual, a jovem compreendeu que deveria aceitar a exclusividade da afeição que ela lhe oferecia.

— Certamente, Yasumi, irás visitá-la e seria, de resto, extremamente descortês de tua parte se não o fizesses. Queria simplesmente dizer que não poderás levar adiante tudo. Deverás, portanto, proceder por ordem.

— Com exceção do amor que sinto por Motokata, do qual não abrirei mão, o desenvolvimento de meu plano é para mim a coisa essencial. Seguirei, portanto, teus conselhos ao pé da letra e não me furtarei a eles. Aceito todas as tuas condições, senhora Li.

— Então, estamos de acordo.

◆

As coisas se engrenaram com tal velocidade que os dias e meses se sucediam sem que Yasumi os visse passar. Suas longas horas de estudo com o mestre calígrafo Sesonji-nyu e com o mestre Kinto, que lhe ensinava língua e literatura chinesas, a deixava em uma felicidade intensa. Ciente de que, sozinha, nunca teria podido seguir esses ensinamentos com tais mestres, ciente também de que essa oportunidade lhe abriria portas insuspeitas, empenhava-se em trabalhar com concentração e perseverança.

Longa Lua, Ameixeira Selvagem e Fogo do Céu prosseguiam os treinamentos em Kamo, e ela tinha esquecido, por um tempo pelo menos, suas cavalgadas e suas noites ao relento. E somente à noite, após longas conversas em companhia de Li, quando estava estendida em sua esteira, um tanto cansada e esperando o sono, Motokata vinha perturbar seus sonhos. Então ela sentia as mãos suaves e quentes dele percorrer seu corpo à procura das sensações que sabia tão bem fazer brotar nela. O sabor de seus beijos! O toque de suas carícias! Yasumi se deixava invadir e, de olhos fechados, voava com as andorinhas da primavera à procura da caverna do monte Hiye e só saía dela na madrugada, envolvida por suas visões, e que devia esquecer até a noite seguinte. Motokata lhe fazia falta cruelmente, e, sem seus dias plenamente ocupados, ela teria partido sem dúvida à sua procura.

Desde a chegada de Yasumi ao pavilhão das Glicínias, Li tinha decidido passar à fase da maquiagem quando ela tivesse adquirido experiência no desenho de suas caligrafias e no conhecimento aprofundado do chinês.

Depois, certa manhã, uma mulher bateu suavemente à porta de seu quarto. Antes de responder, Yasumi percorreu com os olhos a volta desse grande cômodo que tão generosamente Li havia lhe destinado. Dentro de algum tempo, iria olhar diversamente todos esses objetos que a cercavam, apesar de serem os mesmos.

Em um canto, bem perto de sua esteira, tão luxuoso que levava uma faixa de seda presa em toda a sua volta, estava disposto um pequeno braseiro que Jujuku acendia todas as noites. As brasas ardentes crepitavam a noite inteira e, de manhã, Jujuku as recolhia ainda vermelhas e incandescentes, antes que se tornassem um monte de cinza esbranquiçada.

Duas mesas baixas e laqueadas, lindamente decoradas com motivos florais, estavam uma e outra repletas de coisas. Sobre a maior, uma caixa com material de escrita, pincéis, tintas frescas e folhas esperavam que ela os usasse, o que não tardava, pois Yasumi passava a maior parte de seu tempo livre a escrever tudo o que havia aprendido durante o dia. Ordenava cuidadosamente suas folhas escritas em um pequeno estojo que estava ao lado da caixa.

Sobre a outra mesa, frutas, chá, bolinhos, pequenos pedaços de gengibre fresco, biscoitos de arroz, bolos de soja, nada faltava para que o apetite de Yasumi estivesse sempre desperto.

Telas móveis sabiamente decoradas separavam o quarto das refeições daquele do trabalho. Ao longo das paredes alinhavam-se bancos de madeira de aloés, e perto do braseiro havia um suporte para a chaleira, na qual esquentava seu chá, sempre que tivesse vontade de tomar um pouco.

Nas paredes, rolos de seda estavam estendidos, e contra um biombo situava-se um grande móvel, onde Yasumi punha em ordem seus quimonos, seus vestidos e seus cintos, pois agora seu guarda-roupa estava completo. A conselho de Li, tinha até mesmo adquirido um *karaginu* velho rosa com tiras amarelas, um *kakama* violeta-escuro com tiras azuis e um *uchiji* púrpura. Essas vestes de gala eram completadas por vários vestidos de baixo, de tela fina e de seda, por um número considerável de *obis* bordados de flores e duas caudas estampadas com ramagens, que usaria no dia em que fosse convidada no palácio.

Quando finalmente ordenou à mulher que entrasse, dizendo-lhe que a porta não estava fechada à chave, ela a viu entrar e curvar-se diante dela. Era de idade madura, em torno dos cinquenta anos, e de bela aparência. Li caminhava levemente atrás dela, com um sorriso flutuando nos lábios.

— É o grande dia, pequena! A partir de agora, ninguém mais te reconhecerá.

A mulher começou a instalar-se, reunindo em torno dela bancos e mesas que lhe serviriam de suporte. Tinha trazido pequenas caixas de laca vermelha que logo abriu, para tirar delas frascos de pintura, pentes, escovas, alfinetes.

Song Li, que havia se sentado ao lado dela, querendo acompanhar segundo após segundo as fases intermediárias do trabalho, julgou bom tranquilizar sua jovem amiga.

— Suyari, em seu tempo, foi a maior maquiadora do palácio. Mas não temas, ela não revelará o que faz aqui pela simples razão que não trabalha mais para as damas da corte e porque, sem mim, não teria este trabalho, do qual ainda precisa para viver e criar seu filho.

— A corte te rejeitou? — perguntou Yasumi, surpresa.

— Infelizmente! — suspirou Suyari. A corte é cruel, faz mudanças constantemente. As jovens damas de Kyoto não têm mais os mesmos imperativos em matéria de maquiagem e, atualmente, a juventude masculina exige pinturas que seus pais e avós não utilizavam antes. Agora, os homens se maquiam como as mulheres. Há igualmente quem não quer mais escurecer os dentes.

— Não é tampouco a pintura que me seduz mais — confessou um tanto lastimosamente Yasumi.

— Sim, mas é o que transformará teu sorriso — replicou Li.

— Pensa que teus irmãos e teu pai não esqueceram o encanto de teu sorriso. É, portanto, essencial transformá-lo, da mesma maneira que teus olhos e tua boca.

Depois a mulher começou a agir. Ajoelhada sobre uma almofada, Yasumi, posicionada exatamente diante dela, não perdia nenhum gesto daquela que devia transformá-la. Ela desdobrou um grande penhoar branco, semelhante a um quimono e nele envolveu-se inteiramente. Tirou uma multidão de pincéis e escovas e os depôs, uns ao lado dos outros, sobre a mesa baixa.

Ela se pôs primeiramente a depilar completamente as sobrancelhas da jovem com uma pomada que passava de vez em quando para facilitar a operação, depois apanhou cera, com a qual passou a extirpar toda pequena porção de cabelo cuja cor já não existia mais.

Feito isso, friccionou a pele do rosto com uma espécie de pedra rugosa para apagar todas as asperezas. Yasumi evitava fazer caretas, mas sentiu sua pele primeiramente arder, depois queimar. Estoica, não se agitou, no entanto.

Duas horas se passaram antes de seguir com os cuidados da limpeza e da regeneração da pele. Limpando constantemente suas mãos em panos limpos, Suyari parecia satisfeita e, com muita frequência, Yasumi a surpreendia sorrindo. Pôs sobre seu rosto um pano recoberto de uma loção rosa e perfumada e esfregou suavemente a fronte, as faces e o queixo, desvencilhados das impurezas que acabava de tirar. Depois de ter secado tudo, recomeçou essa manipulação com um unguento mais espesso, de cor mais ocre. No fim de aproximadamente uma hora, o rosto estava pronto para a camada de cerusa.

Tomando um pequeno pote de faiança da China — tinha a delicada cor verde-claro que os chineses tinham conseguido encontrar no século precedente para a composição química de suas cerâmicas e que os japoneses cobiçavam, tão linda essa tonalidade era de se ver —, Suyari mergulhou nele um pincel, com uma larga superfície de cobertura. Era uma pomada espessa e branca, que ela passou com cuidado em todo o rosto de Yasumi, sem tocar nos olhos e na boca.

Bastonetes de pigmentos lhe serviam para sombrear certas partes, como o contorno do nariz, a parte côncava sob os olhos e as bordas do queixo. Às vezes, Suyari procedia a certos ajustes meticulosos que tomavam mais tempo que toda a maquiagem em si.

Song Li não deixava de olhar sua protegida, com um pequeno sorriso nos lábios. Será que pensava na época em que também tinha sofrido a prova das pinturas para melhor encantar os dignitários do palácio?

Logo o rosto de Yasumi se mostrou de uma brancura espectral. Mais de quatro horas tinham passado quando Suyari tomou os bastonetes de pigmento vermelho para aplicá-los suavemente no alto das bochechas.

— Deverás vestir um quimono ou uma roupa cuja tonalidade combine com o vermelho de tuas faces.

Sua boca, seus dentes e suas sobrancelhas ainda não estavam prontos. Suyari tirou três pequenos potes que continham uma pasta vermelha para redesenhar os lábios, um pó de óxido de ferro que serviria para revestir os dentes de Yasumi e unto de carvão de madeira delicadamente perfumada para a linha refeita de suas sobrancelhas.

— Abre mais a boca, depois estica os lábios.

Yasumi dobrou-se sem palavra à ordem e ficou parada em uma terrível careta. Seus dentes receberam uma camada preta de óxido de ferro, e ela ficou surpresa ao constatar que o gosto era bem agradável. Depois Suyari retomou o branco de cerusa para passar nos lábios, que havia deixado até agora intactos, a fim de poder redesenhá-los com a pasta vermelha, na qual mergulhava delicadamente o fino pincel.

Traçou uma linha fina no lugar do lábio superior e outra muito mais espessa no lábio inferior, fazendo-os encontrar-se nas bordas por uma dobra levemente em queda. Essa astúcia tinha por objetivo oferecer ao rosto um sorriso muito diferente daquele que era na realidade, quando a personagem não estava maquiada.

— Agora vamos mudar a forma de tuas sobrancelhas. Elas são naturalmente arqueadas, vamos fazer um leve traço oblíquo, recurvado só na ponta. Vamos desenhá-lo com um cinza muito suave, o que lhes dará um aspecto elegante e nobre.

Song Li permanecia impassível, avaliando com um olhar severo o trabalho de Suyari.

— Poderá conservar vários dias essa maquiagem?

— Se não se revirar dormindo, poderá permanecer assim quatro ou cinco dias. Ocorre o mesmo com o coque que vou fazer. Trouxe um travesseiro de madeira para sua nuca.

— Um travesseiro de madeira! Nunca usei um!

Jujuku chegou a seguir e pôs diante de Yasumi o estranho objeto. Quase tão alto como um tamborete, era delicadamente forrado, mas continha um largo vão para encaixar a nuca e deixar a cabeça livre sem que roçasse no que fosse.

— Dizem que a célebre Sei Shonagon levava com ela em toda parte seu travesseiro de madeira — garantiu Suyari, que a havia realmente conhecido na corte no período da imperatriz Sadako.

— Por que sempre tinha necessidade dele?

— Tinha horrorosos cabelos ruivos e conservava dia e noite seus cabelos postiços, que não podia dar-se ao luxo de tirar toda vez que se deitava. Não será teu caso.

— Não, Yasumi, não será teu caso, uma vez que vamos nos dirigir amanhã para a Segunda Avenida, por ocasião das próximas corridas — interrompeu Li. — Trabalhaste tanto que nem sequer te preocupaste com a data em que teus cavalos vão correr.

— E conseguiste? — exclamou Yasumi, com os olhos brilhantes de alegria.

— Certamente que consegui.

— Longa Lua vai correr?

— Disseram-me que ela não estava ainda pronta, mas que Ameixeira Selvagem e Fogo do Céu estariam.

Enquanto conversavam, Suyari, após ter escovado por longo tempo a cabeleira de Yasumi, puxou-a para o alto da cabeça, trançou-a, enrolou-a e separou-a em duas, inserindo faixas de tela branca para realçar sua cor negra e reluzente. Depois, puxou do conjunto algumas mechas que caíam até o chão, sugerindo àquele que a olhasse que ela possuía os mais belos e os mais longos cabelos do mundo. Finalmente, enfiou uma longa agulha recoberta de pérolas brancas, que deu um toque refinado ao penteado.

CAPÍTULO 12

A Segunda Avenida tinha reencontrado sua agitação e seu ar de festa. Os degraus das tribunas enchiam-se de rumores e de pessoas. Na primeira fila, Michinaga, Ministro dos Negócios Supremos, sentado à esquerda de sua filha, a imperatriz Akiko, mergulhava seus olhos de brasa nos olhos de todo aquele que cruzava seu olhar. Akiko, jovem e bela, cujo corpo não estava ainda deformado pela gravidez, pois tinha posto ao mundo apenas um filho, aparecia entre seu pai e seu esposo, o imperador Ichijo.

Tinha sido necessária muita paciência para que a carruagem da senhora Song Li chegasse até lá, e os rapazes que conduziam as outras carruagens tiveram de afastar-se sob as chicotadas e os rugidos de Bordo Vermelho que, agora, trabalhava unicamente para a senhora Song Li. Até então, esse homem vigoroso, de potente musculatura e de ombros saltados, perambulava dia e noite pelas ruas de Kyoto à procura de um cliente para dirigir-lhe a carruagem. Agora que tinha comida e pousada, esfregava as mãos de felicidade e emprestava suas forças hercúleas à sua nova senhora.

Invadida de ruídos que as cores do outono envolviam, a Segunda Avenida se perfilava diante de Li e sua companheira em todo o esplendor que as festividades das corridas lhe conferiam. Song Li parecia calma e, no entanto, suas velhas artérias ferviam de impaciência, de tão orgulhosa que estava por apresentar sua jovem amiga.

Há quanto tempo seu rosto agora macilento e sua silhueta esguia, que permaneceu, no entanto, reta como um sólido bambu, não se tinham imposto no campo das corridas da Segunda Avenida? Com um sorriso mal esboçado, seus pequenos olhos negros perscrutavam a multidão com acuidade. Sabia que suas velhas pernas a levariam mais uma vez diante do imperador. E se tivesse de ser a última vez, pois bem, seria pelo famoso golpe de cena que consagraria Yasumi por meio de outra mulher.

Para encontrar um lugar que não atrapalhasse a visão das duas mulheres sobre o que se passava nas tribunas e sobre a pista das corridas, Bordo Vermelho teve de distribuir cotoveladas e mesmo chicotadas. Depois de algumas discussões e alguns socos para livrar-se da multidão, conduziu a carruagem até o fim da Segunda Avenida, onde estava uma das extremidades das tribunas. Finalmente, chegando em um local onde a vista se abria diante delas, Li e Yasumi deram um longo suspiro de alívio. O grande boi branco parecia tranquilo, e seus quatro cascos descansavam sem nervosismo no chão de terra batida.

Acomodada na carruagem, Yasumi tinha avistado seu pai e seus irmãos nos degraus da tribuna posta de frente à do casal imperial. Seus olhos os haviam medido com uma curiosa mescla de amargura, autoridade e agressividade. Tirando o olhar deles, voltou o rosto para a imperatriz, cujos traços não conseguia distinguir. Certamente já os tinha visto nas festividades da primavera e havia podido observar seu delicado rosto oval, pintado de pasta de cerusa branca e realçado com rosa púrpura nas faces.

As duas mulheres permaneceram na carruagem durante toda a duração das corridas. Ameixeira Selvagem corria na quarta corrida e Fogo do Céu na quinta e última, que logo era seguida pelas felicitações do imperador aos proprietários dos cavalos e de seus incentivos àqueles que os conduziam à vitória.

Os tambores rufavam em cada corrida. O imperador levantava as mãos sempre que um vencedor passava diante dele, inclinando o tronco para cumprimentá-lo. Era nesse momento que Michinaga espiava a tribuna defronte, onde se instalavam os funcionários e os oficiais da guarda do palácio. Nada então lhe escapava, nem mesmo gestos e atitudes bem como as breves conversas que eles mantinham de vez em quando com um membro hierarquicamente mais elevado, o que o deixava sabendo das afinidades ou das dissensões entre uns e outros.

— Não tremas, Yasumi. Estou certa do efeito que, dentro de alguns momentos, vais causar na corte.

— Não estou tremendo, Li.

— Sim, estás tremendo! Vejo-o em tuas mãos. Toma teu leque e não o deixes mais, e se teus olhos lacrimejarem...

— Meus olhos não lacrimejarão.

Song Li insistiu:

— Se teus olhos lacrimejarem, não os mostres, esconde-os atrás de teu leque. Ele está aí para dissimular tuas emoções.

De repente, Yasumi pensou em Motokata, e sua ausência lhe pesou tanto que seu coração se pôs a bater loucamente. As veias de suas têmporas saltavam sob a máscara branca de sua maquiagem. Seus olhos negros e alongados brilhavam como vaga-lumes. Seu nariz delicado palpitava como as asas das pequenas borboletas brancas que eram vistas à noite a esvoaçar em torno das flores primaveris.

"Tu és sedutora e bela!" não cessava ela de pensar. "E, o que não atrapalha em nada, não és tola, tens espírito e cultura, então para de transtornar-te, Li disse que tudo iria bem!" Sua reflexão, há algum tempo, só girava em torno dessas palavras, mas, quanto mais as repetia para si mesma, mais lhe davam coragem. Ela devia confiar em sua velha amiga.

Lançou um olhar em direção dela. Song Li tinha afastado a cortina de fibras de bambu e observava com atenção a tribuna.

— Michinaga não vem mais ao pavilhão das Glicínias desde que sua filha tornou-se imperatriz, mas eu o recebi numerosas vezes quando seu irmão estava no poder. Será que vai me reconhecer? Tenho mais necessidade de falar com ele do que com o imperador.

◆

De repente foi anunciado o resultado da terceira corrida, depois seguiu-se o da quarta. Ameixeira Selvagem tinha chegado na segunda posição. Decepcionada, Yasumi suspirou.

— Longa Lua teria ganhado. Sim! Só para me dar prazer, teria ganhado.

Li deu um tapinha em sua face.

— Suplico-te, não fiques tão nervosa!

— Oh! Li, tenho medo de subitamente ficar sozinha. Desces da carruagem agora?

— Não! Vou esperar a última corrida.

Quando foi anunciado que Fogo do Céu tinha vencido, Yasumi recobrou a esperança e sentiu seu coração pular de alegria. O imperador felicitaria o corredor que ele não conhecia e pediria para ver o proprietário do cavalo. Receou um instante que, partindo para outro lugar, Michinaga não assistisse a esse primeiro contato, mas depois se tranquilizou dizendo a si mesma que o objetivo essencial era fazer-se convidar ao palácio. Realizada essa primeira proeza, o resto seguiria naturalmente.

— Tu vais permanecer aí, Yasumi, e, de longe, observar todos os meus gestos, e, quando eu levantar meu leque em tua direção, sairás da carruagem e virás em minha direção, majestosa, como a digna neta da nobre senhora Song Li. Vou apresentar-te como tal.

O rosto de Yasumi, que não podia empalidecer mais que sua pintura, surpreendeu-se. Seus olhos arregalaram-se, e sua boca se entreabriu, deixando ver a linha sombria de seus dentes escurecidos com óxido de ferro, o que lhe conferiu o ar de um personagem representando uma peça teatral. Li sorriu.

— Tens alguns minutos diante de ti própria, para acostumar-te a essa ideia e saber o que responder ao imperador. Tu serás a dama Suiko, minha neta que nunca apresentei a ninguém. Tomaste tuas folhas e teu bastonete de tinta nas dobras de tuas mangas?

Desorientada por essas palavras, Yasumi corou, mas assim como a palidez de momentos antes não se mostrava, a púrpura de seu rosto não se tornava visível. Suas emoções não mudaram em nada a pintura que a envolvia. Quis falar, mas Li descia da carruagem e Bordo Vermelho a ajudava a pôr o pé nos degraus da carroceria de madeira.

Com a mão um pouco trêmula — era necessário, no entanto, que voltasse a firmar-se em alguns segundos —, ela afastou a cortina e não deixou de olhar Li. Esta avançava lentamente para a tribuna no meio de uma louca agitação, onde todos se misturavam. Yasumi viu os ocupantes das duas tribunas descendo degraus e chegando ao centro, onde o palanquim do casal imperial aguardava.

Michinaga felicitava os cavaleiros e conduzia cada um até o imperador, que lhes dava a honra de algumas palavras. Em seguida, avistou a senhora Song Li e pediu para lhe falar brevemente.

Antes que chegasse até ela, ele a viu levantar o leque na direção de uma carruagem, o que o levou a franzir as sobrancelhas, porque era proibido às carruagens aproximar-se tanto da pista das corridas.

— Perdoa esta liberdade que tomei, grande ministro supremo, minhas velhas pernas não poderiam dar mais passos que aqueles que deram para chegar até aqui.

Michinaga tomou-lhe o braço e inclinou levemente a cabeça para cumprimentá-la.

— Há quanto tempo tua presença não veio ornamentar nossas corridas, senhora Song Li!

— Bem! Estou ficando tão velha agora que praticamente não saio mais do pavilhão das Glicínias.

— Então por que este passeio primaveril na Segunda Avenida? Queres reviver uma antiga tradição?

— Eu desejava ver Fogo do Céu ganhar.

Michinaga franziu as sobrancelhas, que eram negras e espessas, desenhadas em acento circunflexo. Ele usava bigode fino que recaía em dois traços oblíquos nas comissuras de seus lábios.

O imperador, ao perceber Song Li, aproximou-se. A velha chinesa curvou-se tão profundamente quanto pôde, ficou um tempo parada para manifestar seu respeito e lentamente reergueu o busto quando ouviu a voz dele:

— Lembro-me que tinhas cavalos, em outros tempos. Tu és a proprietária deste?

— Não, em absoluto, Majestade.

— O que quer dizer...

Song Li agitou seu leque, o suficiente para fazer estremecer as estruturas de madeira leve que a fina seda pintada recobria. Então, olhando Yasumi aproximar-se, falou:

> NÃO HÁ NECESSIDADE DE TUDO GUARDAR PARA SI
> QUANDO BUDA TE CHAMA
> E DIANTE DO DESFILAR DOS DIAS
> O CÉU SE ESCURECE,
> NÃO QUERENDO MAIS BRILHAR SENÃO NO ALÉM.

Houve um intervalo morto, sem dúvida um tempo em que Michinaga e o imperador procuravam o sentido desse belo poema. Um espanto se apoderou deles quando dirigiram os olhos para essa esplêndida aparição que se aproximava deles.

Yasumi escondia o rosto pela metade com seu leque. Seu *karaginu* azul de cinco pregas, ornado com um oceano de ondas espumantes, recobria o outro vestido mais longo, no qual o voo de uma garça se perdia no nevoeiro. O conjunto era harmonioso e sedutor. Atrás dela, seu largo cinto, no qual estava ligada a cauda, repetia o desenho das ondas que se viam em seu segundo vestido forrado de carmesim.

Semioculta pelo leque, viu a imperatriz aproximar-se e se curvou profundamente. Havia uma única mulher que fosse tão sedutora como ela? Ao levantar a cabeça, viu o imperador e o cumprimentou, por sua vez. Então cruzou com o olhar negro e penetrante de Michinaga e abaixou graciosamente a cabeça.

O Ministro dos Negócios Supremos não deixava de olhá-la, mas, como Yasumi não levantava seu rosto, ele se voltou para Li:

> A QUEM RESTITUIR O QUE BUDA DEU
> QUANDO A NOITE
> QUE VAI BRILHAR
> AINDA MUITO TEMPO PARA TI
> NÃO DEIXOU ESTRELAS?

Li sorriu. Aí está realmente o ambicioso, o insaciável Michinaga que, ouvindo o poema de Song Li, respondia-lhe de uma forma muito corriqueira: para quem ficariam seus bens e suas riquezas depois de sua morte? O momento tão esperado chegava.

— Na verdade — explicou ela —, Fogo do Céu pertence à minha neta, a senhora Suiko, que tenho a honra de apresentá-la hoje. Será ela quem vai me substituir no pavilhão das Glicínias quando eu morrer.

— Tua neta! — exclamou a imperatriz.

— Por que nos escondeu essa joia? — perguntou Michinaga, dardejando novamente seus olhos naqueles que Yasumi tinha finalmente descoberto.

— Porque não era o momento, grande ministro supremo.

— Nunca quiseste, pois, casá-la?

— Ela é viúva.

— Uma viúva muito jovem, na verdade — prosseguiu Michinaga, com novo ardor.

Yasumi não podia responder antes que o imperador ou a imperatriz lhe tivessem dirigido a palavra. Ela esperou, pois, pacientemente, levantando de vez em quando seu leque à altura do rosto e abaixando-o quando julgasse oportuno.

— Não perguntarei tua idade, senhora — disse finalmente a imperatriz —, mas o grande ministro supremo, meu pai, tem razão, tu nos pareces muito jovem para ser viúva.

— Tenho dezoito anos, Majestade.

Song Li julgou bom acrescentar algumas explicações, sem querer, no entanto, aprofundar-se na questão. Quanto menos dissesse, melhor seria.

— Minha neta casou-se aos treze anos de idade, ficando viúva aos quinze anos. Seu marido estava na China, enquanto ela já estava havia tempo no Japão.

— Estás dizendo que a senhora Suiko tornou-se viúva depois de um casamento não consumado?

— Não me interpretes mal, grande ministro supremo. Eu disse que seu marido nunca tinha vindo ao Japão e eu...

— Não, não o disseste — interrompeu Michinaga, esboçando um sorriso ambíguo. — Mas poderias nos dizer o que ela fazia no Japão, tão ciosamente guardada por sua avó?

— Ela estudava literatura e história japonesas.

— Ela estudava! — repetiu a imperatriz.

Izumi Shikibu separou-se bruscamente do pequeno grupo de suas damas de honra. A jovem mulher sorriu e, em seguida, voltando-se para a imperatriz, confirmou com voz clara:

— Majestade! De fato, eu vi três ou quatro vezes a senhora Suiko no pavilhão das Glicínias. Permite-me dirigir-lhe um poema?

— Por favor.

Então, voltando-se para Yasumi, Izumi Shikibu dirigiu-lhe, com os olhos cintilantes de malícia:

> QUANDO SE VOLTOU PARA O SEGREDO
> O SABER É INSÍPIDO
> E QUANDO O SEGREDO SE FAZ MISTÉRIO
> O SABER SE TORNA INÚTIL.

Depois prosseguiu em voz baixa:

— Senhora Suiko! Dá tua resposta à imperatriz, por favor.

Tendo compreendido muito bem a alusão de Shikibu a seu novo rosto e a seu novo visual, a jovem olhou para a imperatriz:

— Posso?

— É uma ordem!

> MAJESTADE! QUANDO O SEGREDO E O SABER SE MESCLAM
> É QUE O MISTÉRIO NÃO TEM MAIS NEM COR NEM FORMA,
> ENTÃO É A CLARIDADE DO DIA
> QUE SE TORNA VIVA E TRANSPARENTE
> PARA DAR IMPULSO A ESSE SABER.

— O poema é hábil, mas permanece um mistério — falou o imperador com voz desleixada. — É necessário outro.

— Então explica teu mistério — ordenou Michinaga —, curioso em saber como ela iria sair-se dessa.

Song Li sentiu uma inquietação apoderar-se dela. Izumi Shikibu talvez não tivesse desvendado a verdade, mas colocava sua jovem amiga em uma posição perigosa. Como explicar o mistério de que, agora, todos falavam? Yasumi olhou para ela, mas em seus olhos Li não viu transparecer nenhum pânico e ficou orgulhosa por ela quando a ouviu proferir:

> Tudo é mistério neste mundo:
> o outono que chega desfolhando as árvores,
> a noite profunda e seus demônios,
> o cume das montanhas,
> até mesmo o olhar de Buda é um mistério para o povo.

Ciente de que o casal imperial não perdia uma palavra dessa troca de poemas, Michinaga deu um passo para a frente e mergulhou o olhar no de Yasumi, que imediatamente levantou o leque para ocultar seu rosto. Por trás da tela de seda, ela o escutou prosseguir:

> Buda não é um mistério
> para quem procura compreendê-lo
> e quando a montanha o atinge
> todo homem pode compreendê-lo.

Cercada das outras damas acompanhantes, Izumi Shikibu também tinha aproximado-se para ouvir cada palavra trocada entre os dois poetas, enquanto o velho sangue de Song Li corria cem vezes em suas veias e batia em suas têmporas. Todos observavam com admiração a senhora Suiko desafiar o grande ministro supremo. Abaixando graciosamente seu leque, Yasumi replicou:

> Buda não se faz homem
> a não ser que desça da montanha
> mas se a montanha subir até ele
> então ele se faz deus
> e é aí que o mistério começa.

— Perfeito — disse Michinaga em tom frio, mas satisfeito. — Perfeito. Tu és digna de honrar esta corte imperial. E, uma vez que é verdade que tudo é mistério, diz-nos agora se pretendes fazer teu cavalo Fogo do Céu correr em Kamo.

— Na verdade, grande ministro supremo, apesar de Fogo do Céu ser um vencedor, nutro maiores expectativas com outro cavalo chamado Longa Lua. Mas está ainda em treinamento e só mostrará suas habilidades dentro de poucos meses.

Cercada por suas acompanhantes, que nunca haviam participado de semelhante torneio poético com seu pai e, se o tivessem feito, não se sairiam de maneira tão espetacular, a imperatriz voltou-se para Song Li:

— O outono acaba de ser concluído com as cerimônias e festas do mês da Espiga de Arroz, e em breve vamos comemorar o mês das Geadas; iremos para o templo de Ise, e depois para o templo de Kamo fazer nossas oferendas e ficaremos por lá alguns dias. Dá-me a honra de aceitar meu convite durante todos esses dias. Tua neta, senhora Suiko, será minha primeira-dama de honra.

— Receio, majestade — respondeu a velha mulher, satisfeita com o desenrolar das coisas —, que ela não queira ir sozinha, uma vez que essas agitações não são mais para minha idade. Se meu espírito está sempre vivo, meus passos são lentos e só aspiro à calma em meu pavilhão das Glicínias. Agora devo guardar a energia que me resta para dirigir essa casa de chá, que é minha vida e meu sustento.

Um grupo se formava em torno delas. Cavaleiros, treinadores e proprietários de cavalos, todos ricamente vestidos, mesclavam-se com os espectadores, divertindo-se com a cena. Mal a imperatriz tinha acabado de fazer seu convite, Yasumi viu seu pai, acompanhado de Kanuseke infiltrando-se no grupo. Seu leque ficou suspenso em sua mão, ela engoliu em seco e chegou a acreditar que sua respiração não passaria mais pela barreira da garganta. Percebeu o sorriso cúmplice que se desenhava no rosto de sua amiga Shikibu e compreendeu que seu novo aspecto lhe permitiria olhar Tamekata Kenzo com considerável segurança e um deleite de cuja força nunca teria suspeitado.

CAPÍTULO 13

Refeita de suas emoções pelo convite imperial e pela inesperada decisão de Li, Yasumi tinha mergulhado novamente em seus estudos, esperando as festividades do mês das Geadas.

— Por que essa resolução? — havia perguntado à velha mulher quando se encontraram a sós.

Li havia meneado a cabeça.

— Porque um dia não estarei mais aqui...

— Mas...

— Cala-te, pequena. Deixe-me falar. Estou envelhecendo, e cada dia me leva um pouco mais em direção do céu. Muitas vezes tenho perguntado-me para quem ficaria esta casa que construí com meu coração, minha alma e minha razão. Ora, no momento, sei que serás tu quem a tomarás. É um dos estabelecimentos mais prestigiados da cidade. Ele te pertencerá e te permitirá ficar sempre livre. Ouves, Yasumi? Livre!

— Mas e Motokata? — havia murmurado a jovem.

— Vamos! Quem te impedirá de amar Motokata? Se ele te pedir em casamento e te pedir para viver em sua casa, contratarás o pessoal de que necessitas para manter este pavilhão e virás até ele quando melhor te aprouver. Muitas mulheres agem assim: não abandonam seu patrimônio sob pretexto de que vão se casar.

— Mas — insistiu Yasumi — essas mulheres de que falas talvez realizem um casamento de conveniência, enquanto eu farei um casamento por amor.

— É o mesmo quando uma herança entra em jogo. A mulher deve preservar tudo o que lhe pertence, é o que lhe permite conservar sua autonomia em toda a sua existência. Se o marido não compreender isso, é um tolo, então que vá procurar em outro lugar outra mulher. Não há escassez de jovens dispostas a aceitar uma posição de concubina. Se for a esposa legítima que recusa seu patrimônio, é ela que é uma tola e tanto pior para ela se o destino a levar a perder tudo.

Vendo sua jovem companheira ligeiramente desamparada, Li insistiu:

— Não recuses, pequena. É uma oferta inestimável. Nada pode valer mais que esta casa de chá, famosa em toda Kyoto. Os aristocratas, letrados, os calígrafos, os sábios, tu os terás todos a teus pés.

— Eu sei.

— A bolsa de moedas que Motokata te deu te servirá. É necessário muito dinheiro para tocar uma casa de chá como a minha.

— Sei que nenhuma outra a iguala.

Yasumi, no entanto, ficava pensativa.

— Falaremos novamente a respeito um pouco mais tarde, pequena. Por ora, guarda esta ideia na cabeça e pensa antes em conseguir tua entrada no palácio.

Elas tinham passado tudo em revista minuciosamente: as atitudes a tomar, as palavras a dizer, os gestos a fazer. No jogo da sedução, Yasumi parecia sem rival.

Suyari tinha sido ocasionalmente substituída por uma jovem maquiadora que a corte não conhecia, e Jujuku, que gostava de servir Yasumi, tinha sido designada para acompanhá-la até a corte. Bordo Vermelho, o boiadeiro, conduziria a carruagem.

Mal chegou e mal lhe indicaram o lugar onde dormiria, e Izumi Shikibu veio ter com ela. Desejou-lhe boa permanência no palácio e, levando-a para os anexos, onde os pavilhões das principais damas de honra estavam situados, murmurou-lhe:

— Vês que minha ideia era boa. Estás irreconhecível. Jamais alguém suspeitaria de teu verdadeiro rosto sob aquele que a maquiadora pintou. Reconheço nisso um trabalho de artista.

Yasumi calou o nome de Suyari, que sua amiga provavelmente devia conhecer, pois era preferível não falar muito. Agora ela só desejava que a jovem substituta fizesse idênticas maravilhas. Ela havia observado tanto seu novo rosto no espelho que poderia ditar-lhe a forma das linhas, o pintar das sobrancelhas e dos lábios, os toques rosados de sombra a aplicar nas bochechas e os pontos de luz em todo o rosto.

Apontando com a mão o conjunto de edifícios, Izumi Shikibu lhe fez descobrir a parte central do palácio imperial, que continha os apartamentos imperiais. Uma muralha com portas nos quatro pontos cardeais o cercava, o que impedia a entrada de quem quer que fosse quando não era esperado. Guardas especiais destinados a esse ofício abriam as portas quando tivessem recebido permissão.

Os apartamentos imperiais estendiam-se em uma área imensa, chamada pavilhão dos Perfumes. Todos os lugares em que se desenrolava a vida da corte estavam ligados. Largos e múltiplos espaços separados por galerias cobertas e vãos com fachada continham salas para as oferendas dos templos imperiais. Outros se compunham de salas de reunião para os dignitários e os funcionários. Espaços intermediários, salas, escritórios e gabinetes serviam de locais de descanso e lazer, e ali se encontravam as salas de música e as bibliotecas, que abrigavam às vezes os letrados, convidados pelo imperador para trabalhar no palácio. Divisórias móveis separavam todos os cômodos. Eram-lhes conferidos nomes de arbustos ou de flores e nenhum deles era fechado a chave.

No interior dessa corte, onde a atmosfera se tornava muitas vezes pesada e até opressiva, cada um era informado do que dizia ou fazia o outro. É por isso que os dignitários e as damas da corte, cujos cargos eram importantes, gostavam de encontrar-se para conversar com calma e na maior discrição no pavilhão das Glicínias.

Grandes salas eram utilizadas para os banquetes, outras para reunir as concubinas do imperador e as damas de honra, que muitas vezes se alojavam nas alas do lado oeste, enquanto os apartamentos dos dignitários estavam nas alas norte e sul.

Izumi Shikibu e sua companheira ultrapassaram os pavilhões dos dignitários, em torno dos quais havia grandes e longas alamedas pavimentadas, abrigadas sob alpendres. As residências, levantadas sobre espécies de estacas, situavam-se em níveis diferentes. Grandes pilares redondos suportavam pesados telhados, dissimulados por tetos ornamentados, e balaústres terminavam as galerias que se comunicavam entre si por portas corrediças.

Desse imenso conjunto espaçoso, arejado, confortável, Yasumi não conseguia desviar seus olhos recém-chegados. No entanto, estava também estupefata ao constatar que não poderia viver constantemente nesse emaranhado de telhados, pilares, halls, portas e corredores que conduziam todos uns para os outros. Aqui, nenhuma solidão é permitida, nenhum segredo e mistério, nenhuma intimidade nem privacidade.

Ah! Como sua liberdade e sua independência estavam longe! Como iria viver essa existência reclusa entre as paredes sufocantes de Kyoto, onde, mesmo no pavilhão das Glicínias, obrigava-se a ficar durante horas a aprender, a escrever e a refletir. Às vezes, em meio a dúvidas, deixava-se levar e imaginava estar cavalgando Longa Lua durante longas horas nas regiões desérticas das longínquas províncias. Dormia ao relento e comia grãos de soja, mel e frutas silvestres. Bebia nas nascentes, nas torrentes das montanhas e nos rios e, acima de tudo, partia em busca de Motokata, com os cabelos ao vento e de rosto natural, sem pinturas e sem artifícios.

Entretanto, tudo a retinha em Kyoto. A reabilitação de seu nome, depois seu pai e seus irmãos que queria ver curvados diante dela. Enfim, Song Li, e a casa de chá que lhe legaria um dia. Song Li que ela tinha passado a amar profundamente e que inconscientemente não queria mais deixar, pressentindo que era perto dela que forjaria seu futuro.

Finalmente, Izumi Shikibu deteve-se diante de seu próprio pavilhão, aquele que dividia com seu esposo, quando estavam em Kyoto.

— Tu vais ser convocada de um momento a outro para os apartamentos privados da imperatriz — preveniu-a a amiga. Não te preocupes, o protocolo muitas vezes está ausente, embora a noite possa ser muito longa. Tudo vai depender do passatempo que o casal imperial exigir. Mas, como ele não te conhece ainda, não escaparás das trocas de poemas entre as acompanhantes, o que, com muita frequência, é um constrangimento para muitas delas. Somente as mais talentosas ficam encantadas.

— Isso não será um desgosto para mim. Trabalhei tanto os poemas com minha mãe e meu tio...

— Certamente! Nesta área, confio em ti. Tu és tão talentosa como eu, e o imperador, mais apaixonado ainda por poesia que a imperatriz, não te deixará facilmente.

Ela se pôs a rir com um breve riso leve e cristalino. Tinha-se a impressão de ouvir pequenos seixos caindo de uma cachoeira e batendo nas grandes pedras do Monte Hiye. Então ela tomou a mão de Yasumi e apertou-a calorosamente.

— Desconfia do grande ministro supremo. Tu lhe agradaste, é inegável. Todos o notaram. E se o imperador não te pedir nada mais que compartilhar tua arte da poesia, não será o mesmo com Michinaga. Esse homem sempre obtém o que quer.

— Ficarei muito atenta.

— Eu não estarei aqui para seguir as festas do inverno, pois devo voltar com meu marido para Tango. Meu convite para conhecer nossa propriedade está sempre de pé. Vem me visitar, desde que tiveres condições de fazê-lo. Isso me daria realmente prazer, e tu terias muito a contar-me. Não esqueças de que fui fiel a ti, e espero de ti muitas outras confidências.

— Eu te prometo.

Ela mergulhou seus olhos negros nos de sua companheira:

— Não me contaste ainda as preferências amorosas de teu coração.

— As inclinações de meu coração são complexas e não estão resolvidas ainda, mas quando o forem e se tornarem oficiais, tu serás a primeira a saber.

— E teu pai?

— Vamos deixá-lo por enquanto. Falaremos disso mais tarde.

— Mais tarde... Yasumi aquiesceu.

— Eu subo lentamente, passo a passo, e cada vez que ponho o pé em um degrau acima, vejo o céu de minhas aspirações se desenhando. Compreendes, senhora Izumi?

◆

Na primeira noite, ela foi, de fato, convocada para dirigir-se aos apartamentos imperiais.

Guiada por dois jovens pajens do palácio, impertinentes e volúveis, ficou sabendo por eles que as damas de companhia, que estavam nessa noite no palácio, eram suas colegas de quarto. Orvalho da Noite e Merlinho, os dois adolescentes a serviço da imperatriz, tinham-lhe até confidenciado que elas haviam falado longamente a respeito dela e que não se deixariam suplantar por uma desconhecida caída do céu. Yasumi já sabia que deveria ficar alerta.

Quando ela chegou na sala onde a família imperial estava reunida, Soshi Akiko estava cercada por seu esposo, o imperador Ichijo, por seus irmãos Yorimichi e Toremishi e por sua jovem irmã Kenshi. A noite se parecia, pois, a uma reunião essencialmente familiar, como lhe havia predito Izumi Shikibu.

Afastadas em um canto, estavam as damas de honra, que, presumivelmente, seriam suas futuras colegas. A princesa Kenshi, cujo rosto era jovem e risonho, levantou-se e apresentou-as a ela, depois que Yasumi havia se curvado longamente diante do imperador e da imperatriz.

Yasumi conheceu desse modo as damas Kyubu, Kuniko, Omoto e Hatsu. Primeiras-damas de companhia, eram ligadas aos mais altos cargos do palácio e seguiam, em princípio, a imperatriz em todos os seus deslocamentos. Somente as convidadas ocasionais de elite para as festas sazonais, como o era Yasumi, recebiam o título de "primeira-dama de honra".

Kyubu tinha a testa muito baixa e a raiz dos cabelos plantada muito perto das sobrancelhas. Mas sua maquiagem, feita com habilidade, corrigia esses defeitos. Ela encarou Yasumi com insistência, fazendo-a acreditar que ela tinha toda autoridade para não se deixar levar por ninguém.

Ao lado dela, Kuniko escondia-se atrás de seu leque, mostrando apenas o canto do olho direito. Enquanto deslizava lentamente o olho esquerdo para fora de seu leque, Yasumi notou sua boca, fina, um pouco torta, com lábios cujas fissuras desagradáveis caíam para baixo. Depois voltou o olhar para suas outras colegas.

Omoto, cujo rosto nem belo nem feio estava levemente pintado, tinha, no entanto, a particularidade de possuir olhos indiscretos que perscrutavam por toda parte. Omoto era como uma mosca que, sem virar-se, via na frente, atrás e nos lados. Sem dúvida já havia visto a mão de Yasumi que se apressava a cada instante em retirar o pequeno tinteiro e a folha de papel, caso o imperador lhe solicitasse um *waka*. A exemplo de suas colegas, Omoto não parecia muito bem-disposta para com ela.

Quanto a Hatsu, que tinha o mesmo nome de sua mãe, Yasumi reparou imediatamente que nenhuma animosidade transparecia em seu rosto e que um sorriso doce a iluminava. Tinha um ar um pouco insubmisso e os pequenos olhos negros brilhavam como duas pérolas de azeviche. Sua atitude dolente e seus gestos lentos sugeriam um temperamento do tipo que não gostava de ser contrariado.

O príncipe Toremishi abordou-a sem cerimônia.

— Como podes ser viúva e tão jovem, senhora?

— E tu, meu jovem irmão — replicou a imperatriz rindo —, como podes ser tão descortês com aquela que será minha primeira-dama de honra durante estas festividades?

— Perdoa-me — disse o príncipe, indicando-lhe uma almofada sobre as esteiras dispostas diretamente no assoalho.

O imperador tinha esboçado uma pequena saudação e a imperatriz, sempre sorridente, prosseguiu:

— É o último dia do mês dos Crisântemos. Amanhã, quando deixarmos o palácio, será o primeiro dia do mês das Geadas. Procederemos às cerimônias habituais em diferentes templos e continuaremos as festividades com alguns banquetes, cantos, danças e jogos organizados.

A imperatriz Akiko voltou-se para seu esposo, sentado de pernas cruzadas sobre uma almofada posta sobre sua esteira. Com uma flauta na mão, havia posto uma caixinha com material para escrever, um tinteiro e pincéis ao lado dele, sobre o assoalho de madeira. Com uns trinta anos de idade, o imperador não tinha nenhuma beleza particular. Os traços da varíola, que tinha contraído em sua juventude, marcavam ainda seu rosto e o tornavam pouco atraente, mas seus olhos brilhavam com um fulgor caloroso e seu sorriso era gracioso.

— Não queres, meu esposo, que nossa convidada se apresente por meio de um poema que traduza o aspecto desta estação que acaba por deixar seu lugar ao inverno?

— Sim, isso mesmo!

Soshi Akiko voltou-se para Yasumi.

— Vem acomodar-te perto do imperador e escreve um poema, depois nós o leremos em voz alta.

Depois, dirigindo-se à dama Omoto, prosseguiu:

— Seria divertido se confrontasses tuas ideias com a senhora Suiko. Tu lhe responderás, portanto, Omoto! O imperador dirá em seguida aquele que preferiu.

Diante da caixa, Yasumi hesitou entre uma folha branca e uma azul-nuvem ou rosa-alteia, mas prontamente, para ocultar esse breve embaraço, tomou a branca, a fim de mostrar, por essa escolha, que não estava ainda muito bem integrada nessa atmosfera imperial, que tomava um aspecto familiar. O branco podia também significar que ela queria dar um tom neutro a essa troca de textos poéticos.

Ela esfregou com delicadeza e habilidade seu bastonete de tinta sobre a pedra de desgastar e verificou em seguida que a ponta de seu pincel não continha as impurezas de mau desgaste. Segura de si, escreveu seu texto com uma rapidez que surpreendeu a senhora Omoto. Depois, Yasumi pôs o poema na ponta de seu leque e o estendeu ao imperador que, depois de lê-lo, devolveu-o com um amplo sorriso, pedindo-lhe para que o lesse em voz alta. Ela o fez sem hesitar. Falava de crisântemos vermelhos e dourados, de céu nublado e chuvoso, de luas crescentes, de pardais de cabeça vermelha assustados pelo vento e da impaciência em ver cair os primeiros flocos de neve.

— Senhora Suiko — exclamou a imperatriz Akiko —, teu poema é deslumbrante e nos mergulha inesperadamente no inverno. Dá-me teu texto. Quero ver tua caligrafia.

Ela tomou a folha que Yasumi lhe estendia e observou-a atentamente. Depois apresentou-a à senhora Omoto.

— Observa o elegante desenho de seus ideogramas. Gostaria que lhe respondesses em seguida.

Depois, voltou-se para a senhora Hatsu:

— E tu — continuou sorrindo — prepara agora tua resposta. Omoto escolheu uma folha azul-nuvem e Hatsu tinha tirado uma folha cinza-pérola. Em princípio, só as moças muito jovens tiravam uma folha de cor viva, exceto o roxo, que só era utilizado para as mensagens e os poemas de amor. Em seguida, ambas puseram-se a trabalhar, porque não se devia contrariar a imperatriz e, acima de tudo, mostrar-se inferior a essa nova convidada que parecia agradar tanto ao casal imperial.

Yasumi julgou os poemas bem-feitos, mas a caligrafia da senhora Omoto não era tão bela como a sua. Não havia como negar que o trabalho do grande mestre Kukinari, que lhe ensinou todos os aspectos, tornava-a singularmente hábil. Quanto àquela da senhora Hatsu, era pontuada de pequenos borrões desagradáveis que seu pincel tinha feito por causa de apoios indevidos sobre a folha, o que afetava o todo. Mas sua poesia se revelava excelente.

— Príncipes, meus irmãos — disse em tom alegre Akiko —, não vão competir com estas damas com sua viva imaginação para descrever o inverno? Seriam menos hábeis que elas?

Os príncipes Yorimichi e Toremishi logo o fizeram e leram em voz alta o que acabavam de escrever. Depois dessa troca de poemas, o imperador tomou sua flauta e começou a tocar. A noite terminou com partidas de gamão em um tabuleiro entrecruzado de jade e madeira. Yasumi retirou-se e foi deitar-se com suas novas companheiras.

◆

Ao amanhecer, as carruagens ocupavam todos os pátios internos do palácio. Não houve permissão para que Yasumi utilizasse sua própria carruagem durante o curto percurso que deveria levá-los aos templos de Ise e de Kamo, pois, a imperatriz desejava vê-la constantemente em seu séquito. Bordo Vermelho conseguiu, no entanto, a permissão da intendência imperial para seguir o comboio e levar em sua carruagem Jujuku e a jovem maquiadora que substituía Suyari.

A dama Kyubu não tinha ainda dirigido palavra a Yasumi, contentando-se em observá-la com bastante arrogância para dar-lhe a entender que não desejava sua companhia. Por seu lado, Yasumi respondia a seu desprezo com frieza e indiferença.

As damas Kuniko e Omoto, por seu lado, tinham iniciado uma conversa breve e banal no caminho de volta, antes de deitar, mas, logo que se retiraram para trás de seu biombo, cujas pinturas representavam as cerimônias do palácio, calaram-se.

Quanto à dama Hatsu, ela havia se entretido amavelmente com sua nova colega quando as lâmpadas se apagaram e somente os queimadores de perfumes difundiam seus aromas de íris e de madeira de aloés.

Pela manhã, quando o céu escuro ainda envolvia a cidade, todas elas resmungavam atarefadas, vestindo roupas quentes para a viagem e arranjando apenas o estritamente necessário, que encerravam em uma pequena mala que não as deixaria durante a viagem.

Enquanto ela fechava sua maleta e se preparava para juntar-se às colegas, Yasumi viu um rapaz que, segundo ele, havia procurado-a por longo tempo nos locais das simples damas da corte.

— A senhora Suiko sou eu — disse ela ao moço, que lhe estendia um pequeno pacote com toda a aparência de uma missiva enrolada e cercada por um fino ramo de salgueiro, cuja cor puxava para o vermelho-marrom.

— Aqui está uma mensagem que devo entregar-te em mãos.

— De quem vem? — perguntou Yasumi, surpresa.

O jovem mensageiro virou a cabeça à direita e à esquerda e, não vendo ninguém, sussurrou:

— Do grande ministro supremo.

— Do regente Michinaga?

— Dele mesmo. Tens uma resposta a enviar?

— Não. Diz ao grande ministro supremo que só tomarei conhecimento dela mais tarde, pois agora devo partir e receio perder o comboio imperial, se eu tardar mais.

Quando ficou sozinha, no entanto, desamarrou o laço em que estava preso o fino ramo de salgueiro e desenrolou a mensagem escrita em uma folha de uma cor tão púrpura como o sangue de um coração vivo.

> ESTA MANHÃ, UMA GOTA DE ORVALHO VEIO POUSAR SOBRE A ÚLTIMA ROSA DA GRADE DE MINHA JANELA. APANHEI-A. ELA CAIU VOLUPTUOSAMENTE EM MINHA MÃO E DEPOIS ESCORREU EM MEU BRAÇO, DEIXANDO-ME UMA DELICIOSA QUEIMADURA.

Yasumi sentiu um calafrio percorrer sua espinha. Até que ponto sua amiga Shikibu tinha razão? O grande ministro supremo iria forçá-la a suportar cortejos? Deveria passar pelas intoleráveis exigências desse senhor que, mais que o próprio imperador, governa o país? De repente, a ausência de Song Li pesava. Ela teria sido capaz de encontrar palavras que não fossem ofensivas nem conflitantes e talvez até mesmo a resposta com ambiguidade exatamente adequada para tirá-la dessa situação.

Mas Song Li não poderia ajudá-la, e Yasumi deveria resolver o problema sozinha. Um longo suspiro subiu de seu peito. Ela sentia-se desamparada.

Um olhar através da cortina da janela ao dia que não tardaria a clarear, apressou-a. Guardava sua resposta para mais tarde, sabendo que o grande ministro supremo a perseguiria implacavelmente até que ela cedesse. Depois dirigiu-se até as carruagens que começavam a partir. Todos os bois eram marrons malhados de branco, e os condutores usavam seu belo traje de viagem, pois seria desagradável se estivessem sujos e malvestidos aos olhos de todos aqueles diante dos quais deviam passar.

A carruagem de cerimônia em que viajava o casal imperial estava recoberta de folhas de palmeira e folhagens entremeadas com os últimos crisântemos do outono. Avançava com uma serena lentidão, precedida por uma escolta de oficiais da guarda e uma fileira compacta de arqueiros, e seguida por uma dúzia de criados a pé.

Yasumi se apresentou. Um funcionário de quinto escalão do gabinete dos negócios dos ritos e das cerimônias indicou-lhe a carruagem, e ela se viu acomodada entre a dama Kyubu e a dama Hatsu que, mesmo levantando cedo, ainda não estavam pintadas.

Quanto a Yasumi, nada lhe faria remover a maquiagem durante toda a viagem.

Foi decidido que a primeira parada seria no templo de Kamo para depositar oferendas e ler o sutra do lótus. Depois se seguiria a parada no mosteiro de Kiyomisu para admirar as famosas cerâmicas vindas da China, guardadas ciosamente pelos monges do templo.

Dali, o comboio partiria para Ise, onde se rezaria não para um Buda, não para um deus, mas para uma deusa, a da iluminação celestial! A grande deusa do sol! Amaterasu!

O comboio imperial atravessou Kyoto e seguiu ao longo do rio Kamo, que corria através dos bosques de bambu e de bordos despojados de sua folhagem, até a encruzilhada onde, com o rio Katsura, desemboca no Yodogawa.

Não havia nenhum palanquim, nenhuma carruagem nem viajante, pois o caminho havia sido desimpedido pelos guardas. A paisagem oferecia árvores desfolhadas, campos desérticos que se estendiam ao longe, arrozais cultivados em terraços, mas que, após a colheira, tornavam-se vastas áreas secas.

Yasumi reconheceu o monte Hiye e o templo de Enryakuji com seu Buda de cento e dezessete pés de altura, mas o comboio não passou diante do de Amazu e ela não pôde vibrar senão de amargura com a lembrança de seu encontro com Motokata e de sua grande descoberta do amor.

Suas companheiras de carruagem eram loquazes, e ela foi obrigada a acompanhá-las, quando, pela primeira vez, Omoto lhe dirigiu a palavra:

— Conheces o templo de Ise?

— Não, mas conheço os de Amazu e de Enryakuji.

— Não vamos parar ali — disse Omoto, dando levemente de ombros.

— Oh! Somente em Kiyomisu, na realidade. Olha, Omoto! — exclamou Hatsu. — Parece que houve uma mudança, estamos indo para Ise.

Depois houve uma grande confusão. As carruagens pararam com um barulho indescritível em que se entrecruzavam os gritos dos condutores, que tentavam fazer-se obedecer por seus bois, os quais o pandemônio havia levado a se atravancarem uns contra os outros. Um mordomo da intendência gritava a plenos pulmões, metendo-se no meio das carruagens:

— Devem vestir-se nas carruagens, senhoras. Chegaremos logo mais em Ise.

— Mas e nossos vestidos?

— Eles lhes serão entregues.

Kuniko e Kyubu, que haviam descido da carruagem, enlouqueciam com a ideia de vestir-se nela, embora isso lhes acontecesse sempre que ocorria uma mudança de última hora.

Omoto e Hatsu escondiam o rosto não maquiado atrás do leque. Yasumi lamentou não ter deixado sua bagagem entre as de suas colegas. Precisava encontrar agora Bordo Vermelho nessa balbúrdia, para poder vestir-se como as outras.

Ela também desceu e levantou a mão na altura dos olhos, porque um raio de sol repentinamente a cegava. Por sorte, na indescritível confusão, percebeu Jujuku, que lhe fazia sinais insistentes. Ambas abriram passagem na balbúrdia e se encontraram com gritos e risos.

— Pede a Bordo Vermelho para trazer minha mala.

Algumas horas mais tarde, a calma tinha voltado e todas elas haviam vestido o quimono, suas roupas de gala, por baixo e por cima, com seu *obi* e sua cauda amarrados, de cabelo penteado e com o rosto pintado. Depois o comboio entrou na província de Owari e chegou na magnífica baía de Ise.

A excitação do inesperado tinha quebrado um pouco o gelo entre Yasumi e suas companheiras. Ela havia até ajudado Omoto a enfiar os grampos em seu coque e ajeitado o *obi* de Kuniko, que pendia para o lado, porque ela o havia enrolado precipitadamente. De fato, ela havia pensado de início em colocá-lo pela frente e não por trás, depois, tinha mudado de parecer no último momento, o que a havia atrasado consideravelmente, já que enrolar o cinto era um longo trabalho.

◆

Alcançava-se o grande santuário de Ise por caminhos estreitos e difíceis de seguir. Duas carruagens não passavam ao mesmo tempo. Os condutores eram obrigados a apertar os bois contra as barras de madeira que os mantinham junto das carruagens, a fim de impedir que deslizassem para os lados.

Um riacho corria ao longo de toda a colina e descia a pique na planície, nas grandes zonas desérticas onde só cresciam bambus, arbustos e ervas silvestres. Quando foi preciso atravessar a ponte, muito frágil para suportar o peso das carruagens, as dificuldades foram tais que os viajantes tiveram de descer das viaturas, arregaçar as roupas e atravessar o córrego, colocando os pés sobre grandes pedras planas dispostas para esse fim.

Do fundo da colina via-se destacar os telhados vermelhos de pontas curvas e de vigas magnificamente decoradas. Pinheiros e pendentes estavam dispostos em toda a volta e se ligavam a largos alpendres, sob os quais desenrolavam-se as procissões.

O conjunto se situava em um cenário de árvores de inverno. Os salgueiros e os bordos tinham perdido suas folhas, mas os altos pinheiros conservavam durante todo o inverno suas verdes agulhas, e as tuias permaneciam suficientemente carregadas de folhas para dar à paisagem o verde essencial e necessário à sua beleza. Um grande carvalho branco das montanhas, plantado ao lado do santuário, trazia algo de mágico.

Dedicado à deusa Amaterasu, o templo de Ise, que venerava o sol, encerrava o espelho sagrado, símbolo da claridade e da luz. O templo era dirigido por sacerdotisas, e todos os meses os bonzos dos santuários dos arredores vinham ali recitar sutras. As damas de honra da imperatriz tinham vestido uma túnica vermelha com toques de branco, e Yasumi teve de tomar uma emprestada na intendência imperial para estar vestida da mesma maneira. Mas ela havia se atrasado e devia reunir-se a suas companheiras rapidamente, as quais já cercavam a imperatriz, enquanto o imperador tinha permanecido entre os altos dignitários.

Um primeiro pórtico de madeira de cipreste se erguia no fim da subida. Yasumi avistou ali uma fileira de meninas vestidas de branco. Reconheceu Yokohami, sua irmã, que, tomando-a pela senhora Suiko, dirigiu-lhe de passagem um sorriso radiante. Yasumi sabia que dentro de algum tempo reencontraria seu pai e seus irmãos; se não fosse em Ise, seria inevitavelmente em outro local.

O interior do santuário era tão resplandecente como o exterior e, apoiado em enormes colunas esculpidas em madeira, o teto decorado trazia ao conjunto um encanto indefinível. Aos lados, claraboias invisíveis, escondidas na arquitetura, deixavam o sol penetrar, confundindo-se com a luz das lâmpadas. Uma estátua de tamanho natural da deusa estendia seus braços em um gesto protetor.

Bonzos vestidos de amarelo, de cabeça raspada brilhante e com a nuca curvada, recitavam sutras. A imperatriz, seguida de suas damas de honra e de suas meninas da corte, depositou sobre o altar oferendas em forma de flores. Os outros dons mais condizentes — arroz, soja, chá, tecidos, objetos diversos — haviam sido trazidos antes e depositados pelas sacerdotisas encarregadas desse serviço religioso.

Um grupo de meninas chegou e, ao som das cítaras e dos Kotos de cinco cordas, deram início com gestos comedidos e lentos às antigas danças religiosas de origem xintoísta. Flautas, harpas e grandes guitarras de madeira de paulównia mesclaram-se aos cantos e aos outros instrumentos, e as danças continuaram até a chegada da grande sacerdotisa.

Ela chamava-se Osuke e havia dado àquela que, mais tarde, a substituiria o nome da deusa Amaterasu, sob o diminutivo Amasu. Ambas avançaram lentamente. Osuke, a mais idosa, carregava um grande vaso de porcelana, cuja cor admirável era incomum. Era um verde suave e acetinado, uma cor que atraía os olhares dos estetas. Essa porcelana vinha da China.

Em seguida, Osuke fez um sinal para a jovem Amasu aproximar-se. Yasumi distinguiu um rosto fino e juvenil. Tinha em suas mãos pequenos crisântemos amarelos que floresciam no início do inverno. Ela os depositou cuidadosamente no vaso de céladon e juntou-se às outras sacerdotisas ajoelhadas diante do altar.

As cerimônias duraram o dia todo. Yasumi, que havia se retirado por algum tempo para respirar o ar fresco, enquanto suas companheiras rivalizavam entre si para conseguir um lugar decente nas salas arrumadas para a noite, saiu sem ser notada.

Enquanto estava sob os alpendres do telhado do mosteiro, encontrou-se com uma jovem vestida de branco, que parecia desvairada. Ela segurava em suas mãos trêmulas, como se acabasse de roubá-lo, o vaso de céladon que havia admirado, depois dos cantos e das danças xintoístas. Yasumi o havia contemplado de longe, como o haviam feito igualmente o casal imperial e todos os altos dignitários, quando a grande sacerdotisa o havia depositado sobre o altar para que Amasu o enchesse de flores.

— *Longe do santuário secreto* — murmurou ela — *o vento tudo dispersou.*

Yasumi, que acabava de reconhecer Amasu, sussurrou por sua vez:

— O que dispersou?

— A cobiça! É preciso esconder este vaso. Não digas nada a ninguém, eu te suplico.

O belo rosto da jovem tinha um ar patético. Ela implorava a Yasumi sem mesmo saber em que dariam as confidências que se preparava para fazer-lhe.

— Por que queres escondê-lo? — perguntou Yasumi com voz doce.

— Porque será roubado esta noite ou na próxima.

— Quem vai roubá-lo?

— Não posso te dizer.

Yasumi aproximou-se e fitou seu olhar na porcelana que, na claridade estrelada da noite, assumia brilhos opalescentes.

— Se quiseres que eu te ajude, deves explicar-me.

Amasu sacudiu suavemente a cabeça e deu um longo suspiro.

— Quem vai roubá-lo? — repetiu Yasumi.

— Os rebeldes do sul, que trabalham com os piratas do mar Interior.

Céus! Motokata estaria envolvido nesse caso? Não, certamente, pois varria o norte. E por que estava tremendo, se sabia que ele realizaria missões mais perigosas ainda?

— Dize-me, Amasu.

— Um navio de comércio está ancorado em Kii.

— Kii, no sul?

Dessa vez, Yasumi tomou a menina pelo braço e levou-a para mais longe.

— Vem! Vamos para um canto mais discreto e conta-me o que sabes, eu vou te ajudar. Sei teu nome, mas não sei exatamente quem és. Eu sou Suiko, neta da senhora Song Li, que possui a casa de chá mais renomada de Kyoto. Aparentemente, parece que és a protegida da grande sacerdotisa Osuke.

— Eu ainda sou monja, mas nossa mãe Osuke afirma a todas que eu a substituirei um dia, porque sou mais pura que as outras. E eu não estou certa disso.

Ah! Como essa jovem, que devia ter aproximadamente sua idade, talvez um pouco menos, parecia-lhe repentinamente mais atraente que suas companheiras, damas de honra da Imperatriz! E como teria gostado de ajudá-la!

— Por que não falas disso à tua mãe prioresa, uma vez que ela é tua protetora?

— Porque...

— Por quê? — insistiu Yasumi.

— Porque meu pai poderia cair em uma armadilha mortal.

— Ele faz parte dos rebeldes do sul?

A jovem inclinou a cabeça e sussurrou:

— Onde vou esconder este vaso, aguardando que o navio parta?

— Infelizmente eu não posso levá-lo para minha carruagem, poderiam acusar-me de roubo, se o encontrassem. Mas deve haver um lugar seguro.

Yasumi refletia e hesitava.

— Por que esses rebeldes tentam roubar esta porcelana? Existem outras de igual valor.

— Não! Não igual. Esta porcelana é única no Japão e representa um dos raros objetos fabricados segundo um processo que somente os chineses conhecem: é a técnica de vidrado do céladon, que ninguém conhece.

— Procuram roubar esse processo dos chineses?

— Sim, mas é necessário um modelo e só existe este vaso. Yasumi começava a entender. Nenhum processo sem vaso, mas nenhum vaso sem processo!

— Se a luz se fez em mim — afirmou ela — e, em poucas palavras, se eu soube traduzir tua mensagem, é necessário salvar este vaso para que retorne ao templo de Ise a vantagem da descoberta desse processo quando esse momento vier!

— Não, em absoluto! — exclamou Amasu tristemente. — Não penso no templo, tampouco em seu poder ou em suas riquezas, mas em meu pai. Eu o amo e quero salvá-lo.

Que angústia para Yasumi e que amargura! Essas poucas palavras gritadas com paixão, "Eu o amo e quero salvá-lo", cortavam-lhe o coração, tornavam-na triste, mutilada de uma parte de si própria. Nesse momento, que fazia seu pai, que, sem dúvida, estava no templo com seus filhos, pois já tinha visto Yokohami? Será que o veria amanhã? Fitou seu olhar na jovem companheira que esperava dela uma espécie de salvamento. Mas Yasumi não sabia ainda bastante para analisar a fundo esse caso.

— Que riscos corre teu pai?

Amasu respondeu claramente às perguntas, e Yasumi teve de reconhecer que nenhuma ambiguidade perturbava seu relato.

— Os piratas querem este céladon, e meu pai, se o conseguir, se deixaria matar para conservá-lo. Eu não quero que ele se aproprie do vaso.

— Ele vai, portanto, aproveitar a agitação que as cerimônias no templo de Ise causam para enviar seus homens.

Antes de decidir-se, Yasumi perguntou:

— Podemos ter um cavalo para a noite?

— Sim, creio.

Os olhos de Amasu se iluminaram. Ela estendeu o vaso à sua companheira, que o tomou. Mas logo o restituiu a ela.

— Esconde-o sob teu vestido. É bastante amplo para que ninguém o veja.

Depois, passando a mão na testa, prosseguiu com suas perguntas:

— Conheces o monte Hiye?

— Claro, não está muito longe daqui.

— Podemos estar de volta antes do amanhecer, se partirmos agora?

— Sem dúvida.

◆

O alazão que tinham cavalgado não possuía a impetuosidade de Longa Lua, mas, por um atalho que Amasu conhecia, elas chegaram ao monte Hiye em duas horas. Foram necessárias, contudo, mais duas horas para Yasumi se localizar e encontrar o local onde a caverna de Motokata se ocultava. Enfim, passando e repassando nos locais que reconhecia, ela descobriu a brecha que levava à parede de rocha e à pedra que funcionava como porta.

— Dá-me o vaso e aguarda aqui com o cavalo. Eu voltarei em uma hora aproximadamente.

Ela puxou as rédeas do cavalo e o obrigou a entrar na brecha.

— Esconde-te ali, porque de vez em quando passam temíveis cavaleiros, suspeitos e intrometidos. Jamais conseguiram encontrar a pedra rolante, mas é preferível que ninguém te note, se for o caso.

— É... é uma caverna!

— Não me perguntes mais nada, Amasu. Não posso revelar o que não me pertence. Ora, este lugar me foi emprestado e não dado. Mas posso assegurar-te que o céladon estará bem escondido aqui.

Mas não estava tudo terminado. Antes de esgueirar-se na caverna, Yasumi tirou de sua maleta o pequeno estojo com material para escrever. Ela o abriu e tirou a única folha que havia posto ali na véspera. Depois estendeu-a à jovem com o tinteiro e o pincel.

— Agora, caso as coisas corram mal, devo desculpar-me deste ato que pode parecer pouco honroso aos olhos de qualquer um. Escreve que tu me confiaste o céladon, porque sabias que deveria ser roubado durante as cerimônias imperiais das festas do mês das Geadas e que eu devo restituí-lo a ti, desde que esse risco seja afastado. Escreve também que trabalhamos em favor do templo de Ise.

Amasu redigiu o texto que sua companheira lhe pedia. Yasumi leu-o e achou-o perfeito. Ela o enrolou e o introduziu no vaso, depois entrou pela brecha e desapareceu aos olhos da jovem monja, cujo coração começava a bater emocionado.

Amasu não estava assustada, de modo algum. Se não temia estar perdida no sopé de uma montanha árida, sem nenhuma moradia nos arredores e, além disso, na eventualidade de encontrar-se diante de cavaleiros sem escrúpulos, ela temia, em contrapartida, o momento do retorno.

Se, ao amanhecer, não estivesse presente diante do altar para as devoções da manhã, as sacerdotisas a procurariam e esperariam dela explicações que não poderia dar.

Aguardando Yasumi, Amasu refletia e, quando mergulhava nesse tipo de meditação, perguntava-se sempre se tinha feito bem em deixar seu pai. Ele assumia comportamentos estranhos desde que ela havia entrado no templo. Envolvia-se em operações suspeitas, zombava do exército, da polícia, da justiça e até mesmo do poder dos Fujiwaras, família à qual não pertencia. E Amasu amava profundamente esse pai que teria podido abandonar quando, em seu nascimento, sua mãe tinha morrido.

Educada, envolta nesse amor filial, desapegada dos bens terrenos — sem dúvida porque nunca lhe havia faltado nada — Amasu havia se voltado para a espiritualidade. Mas essa abertura de espírito não teria sido feita sem o auxílio de uma mulher que, desde sua mais tenra infância, a guiava passo a passo. Essa santa providência era Osuke, a grande sacerdotisa do templo de Ise, cujo pai havia sido mestre de letras e poesia do pai de Amasu. Foi decidido então que a jovem Amasu entraria na religião no templo de Ise desde a idade requerida e se tornaria um dia a grande sacerdotisa.

Perdida em suas reflexões, a jovem estremeceu. Sentada no chão ao lado do cavalo, não tinha ouvido Yasumi chegar.

— Depressa, vamos voltar. Poderemos estar em Ise antes do amanhecer.

CAPÍTULO 14

No dia seguinte, durante as cerimônias, Yasumi e Amasu se viram, mas não conseguiram falar-se. Três vezes, no entanto, haviam dirigido um sorriso uma à outra. A jovem monja, que ignorava ainda o quanto era grande o sobressalto que invadia o coração de sua companheira, a observava de longe. Desde que Amasu tinha voltado dessa corrida maluca através do monte Hiye, tinha dúvidas sobre seu verdadeiro destino, tamanho o prazer que tivera ao sentir o vento fresco chicotear seu rosto e ao provar o galope do cavalo na estrada. O perfume da noite caindo sobre a montanha a envolvia ainda, e seus braços enlaçando o corpo de sua companheira lhe haviam lembrado antigas carícias da infância, quando seu pai a levava a cavalgar nas distantes regiões de Awa e de Tosa.

Amasu havia sentido colar-se a ela outra personagem e subitamente tomava consciência de que seu estado de espírito se transformava.

Voltou novamente os olhos para Yasumi, que a olhava, enquanto salmodiava os sutras que as sacerdotisas cantavam. Como teria podido supor que, durante todas as purificações que haviam se desenrolado desde o início da manhã, sua companheira tivesse sido alvo de terríveis dilemas? Esse pai que a havia odiosamente rejeitado estava diante dela, sem reconhecê-la. Mas como ele poderia encontrar nela alguma semelhança com ele — uma centelha nos olhos, um franzir das sobrancelhas, o tremor de sua mão na moldura do leque —, visto que doravante ela era a senhora Suiko?

Ele a havia simplesmente observado em detalhes, sem vergonha, para demonstrar que ela era sedutora e que lhe agradava. Ela havia cruzado com ele mais tarde, durante o dia, por ocasião da última procissão, a que precedia a celebração das orações recitadas para a deusa ancestral de Ise.

Ele estava acompanhado de uma mulher linda e jovem, que ela imediatamente supôs que fosse sua terceira concubina, a que chamava-se Kijiyu e com quem ele não tinha filhos, o que, a seus olhos, a tornava quase simpática. Kijiyu lhe havia dirigido um sorriso, ao qual Yasumi havia respondido.

As purificações se desenrolaram no último dia. Nos templos, não eram exatamente como aquelas que se faziam regularmente no palácio, em especial no sexto e no décimo segundo meses do ano. Na corte, elas tinham por objetivo afastar os demônios e as desgraças: peste, ciclones, erupções vulcânicas, mortes de crianças. A essas purificações se acrescentavam sempre desfiles de lanternas, banquetes, tiro com arco, corridas malucas em torno dos pavilhões e, à luz de archotes, rituais de exorcismo, onde todos se entregavam aos ritos e à alegria.

As purificações do templo de Ise, como as de quase todos os templos, praticavam-se por ocasião de intermináveis procissões nos arredores do santuário. Folhas e flores secas eram jogadas nas aleias quando a estação era invernal, enchia-se o ar de incenso, e o casal imperial, seguido por toda a sua corte, respeitava as devoções com profunda piedade.

Amasu havia se afastado no momento em que o comboio se preparava para partir e dirigir-se para Kamo, onde as verdadeiras celebrações esperavam a corte. As duas jovens se abraçaram como irmãs.

— Pensarei em ti, senhora Suiko, e rezarei a Buda para que te conceda toda a felicidade que mereces. Posso fazer-te uma pergunta?

— Claro.

— Qual é tua idade?

— Vou completar vinte anos no sexto dia do mês Sem Deuses. E a tua, Amasu?

— Somos quase da mesma idade. Tenho dezenove. Yasumi aproximou sua mão e lhe acariciou a face.

— Pareces muito mais jovem. Eu te havia tomado por uma garota.

Depois, retirando sua mão, prosseguiu:

— Terias a possibilidade de manter-me informada do resultado de nosso negócio?

— Eu te enviarei uma mensagem. E visto que ainda não professei meus votos, posso ir a Kyoto. Talvez eu vá para lá.

Subitamente, ela tomou o braço de Yasumi e o apertou nervosamente:

— Eu não quero... não quero mais tornar-me uma sacerdotisa presa à vida do mosteiro.

— Por que o serias, se esse não é teu desejo? Agora devo partir. Se fores a Kyoto, procura-me no pavilhão das Glicínias, pois é lá que vais me encontrar. Se eu não estiver, pede para ver... para ver minha avó Song Li. Podes confiar nela como se fosse em mim mesma.

— Entendido.

Mais uma vez se despediram e o comboio partiu. Na carruagem, Yasumi ficou esmagada entre Omoto, Hatsu e Kuniko, que estavam sentadas quase uma em cima da outra, visto que a carruagem só podia conter três pessoas. Mas elas pareceram a Yasumi de excelente humor, a julgar pela conversa que correu.

Hatsu afirmou que o filho mais velho do funcionário Tamekata Kenzo havia apostado com seus companheiros que conseguiria da senhora Suiko a promessa de um encontro especial.

A essas palavras, Yasumi deu uma bela risada, e a pobre Hatsu não chegou a entender a imensa graça de sua companheira, de modo que Kuniko replicou secamente:

— Esse jovem não é um bom partido para ti?

— Não é bem isso — respondeu Yasumi, rindo —, mas é que ainda não me enviou um poema. Ora, sabes muito bem que um encontro especial deve ser preparado. O pai dele, ao que parece, não lhe ensinou as maneiras refinadas.

Depois ela continuou em tom realçado:

— É um soldado, além de tudo. Sim! Não passa de um Taira!

— O que tens contra os Tairas? — interveio rudemente Omoto, cujo bom humor se esvaíra.

— És uma Taira? — perguntou Yasumi em um tom que beirava a arrogância.

— Sou antes de tudo dama de honra de Sua Majestade, a imperatriz Akiko, e isso deve bastar.

Não querendo levar a discussão adiante, Yasumi estendeu o dedo em direção à pequena janela com a cortina de bambu levantada.

— Olha! Chegamos em Gion para as festas.

— Vais assistir à competição de tiro com arco? — arriscou Hatsu, que agora compreendia que sua companheira nunca iria aceitar um encontro marcado com o filho de um funcionário de terceira categoria.

— A imperatriz o pediu. Para mim, é difícil desobedecer-lhe. Ela deseja também minha presença à sua mesa, por ocasião do banquete que será seguido de danças e de música.

— Não é antes o pai dela, o grande ministro supremo, que te requisita à mesa? — interveio Omoto. — Minha querida, nós acreditamos que ele sucumbiu diante de teu charme. Talvez tenha mais chance que o filho de Tamekata Kenzo.

— Tu não pensas nisso! — exclamou Kuniko. — Mesmo que a senhora Rinshi, sua esposa, não esteja presente nessas festividades, ele é sempre fiel a ela.

Omoto esboçou um leve riso mordaz:

— Exceto quando viaja para lugares onde pode encontrar mulheres fáceis...

— Senhoras, eu as deixarei depois das comemorações de Gion — interrompeu Yasumi para evitar prolongar uma discussão que não lhe agradava.

Depois se fechou em um mutismo que a senhora Hatsu tentou romper, sem, no entanto, conseguir.

◆

Em todas as suas cerimônias oficiais, a corte reservava sempre uma grande parte para a música e as danças. Apaixonado por música, assim como por poesia, Michinaga havia instituído um gabinete de música encarregado de controlar o recrutamento e a formação de músicos e dançarinos que, frequentemente, interpretavam peças do folclore das províncias.

Assim, no dia seguinte, por ordem do grande ministro, Yasumi compartilhou da mesa do casal imperial, do chanceler e dos dois ministros dos negócios da corte e dos ritos e cerimônias. Além da imperatriz e de algumas damas de honra presentes, Yasumi só conhecia a jovem princesa Kenshi. A seu lado estavam a imperatriz-mãe, que ainda tinha certa influência sobre seu filho Ichijo, e a dama Akazome Emon, poetisa de cerca de quarenta anos. Diante de Akazone estava Michinaga, admirando-a, como fazia diante de toda mulher culta.

Yasumi, que não tinha conseguido cruzar o olhar com seu pai, porque não estava em seu ângulo de visão, por várias vezes tinha notado o olhar de Tamekata Kanuseke, que havia se arranjado para poder ficar na mesa ao lado, de modo que não cessava de observá-la.

Michinaga, cujos olhares em direção de Yasumi eram discretos, certamente não havia deixado de notar a insistência do jovem Tamekata em observar a senhora Suiko e, se não franzia as sobrancelhas diante desse fato, era para esconder da corte seu próprio interesse pela jovem. De fato, todos diziam que ele era fiel à sua mulher e que nunca tinha tido uma segunda esposa, nem mesmo concubinas. Mas sabiam para onde seus passos o levavam quando partia de Kyoto à noite?

Sobre as mesas baixas e laqueadas, incrustadas de madrepérolas, entre os arranjos florais e os talheres de prata, haviam posto pratos de comidas variadas. Vinho de arroz, chá e outras bebidas eram servidas em profusão e, em torno de toda a mesa imperial, a discussão versou sobre a cultura chinesa. Depois de muitas constatações, chegaram à conclusão de que a prosa chinesa era negócio de Estado e que a poesia japonesa era negócio do coração.

A grande sala continha uma dezena de mesas, e o saquê fazia as cabeças girarem. Quando o alvoroço das vozes chegou ao auge, foi pedido silêncio e os músicos foram chamados. Eles se apresentaram um por um, prostrando-se diante da mesa imperial. Quando todos haviam desfilado, foi a vez dos bailarinos, a quem a corte cedia as roupas de teatro, correspondendo sempre às peças representadas e às danças que deviam executar.

Nessa noite, os artistas foram particularmente hábeis, especialmente quando Michinaga se levantou e lhes pediu a interpretação de peças musicais como O *passo do agachamento*, em que os dançarinos em trajes regionais saltavam batendo no chão com seus joelhos, e Os *prazeres dos dez mil séculos*, em que o público batia as mãos em cadência.

E como era exigido pelo costume, quando os convivas estavam satisfeitos, um dignitário oferecia aos dançarinos uma de suas vestes em sinal de agradecimento. Por isso, uma vez concluída a última dança, Michinaga levantou-se, tirou com um gesto eloquente sua túnica de brocado que havia vestido por cima das outras roupas e a jogou. A peça subiu, volteou, e foi um jovem dançarino, cujos saltos haviam impressionado o público, que, com um salto no ar, agarrou-a em pleno voo.

Terminadas as danças, a noite de festa, contudo, não terminava ali. A imperatriz, que quase não falava quando seu pai estava perto dela, pediu para passar aos poemas. Com um pequeno movimento da cabeça, o imperador aquiesceu, e os poemas foram sendo trocados entre os convivas. Michinaga pediu que os melhores fossem declamados.

— Comecemos pelo teu, pai! — exclamou a jovem princesa Kenshi, sua filha.

Com olhar incisivo, Michinaga percorreu a sala. O brilho que iluminava seus olhos negros por pouco não se perdeu no rosto de Yasumi, mas ela abaixava os olhos e não olhava para ele. Com um tom rouco, ele recitou:

> ESTA IDADE, SIM ESTA IDADE É REALMENTE MINHA QUANDO POSSO
> PENSAR QUE NADA VEM DIMINUIR A PLENITUDE DA LUA.

A isso, a senhora Akazome respondeu:

> POR QUE ALIVIAR-SE COM PALAVRAS CONSOLADORAS?
> É QUANDO A LUA É REDONDA E CHEIA QUE OS ANOS PESAM.
> ENTÃO ESTA IDADE NÃO É MAIS MINHA E EU RECUPERO AS FORÇAS.

— Que sejam cantados! — disse um dos dignitários sentado em outra mesa. Sim! Que sejam cantados!

Todos eles entoaram alegremente o poema do grande ministro e fizeram-no seguir imediatamente por aquele da senhora Akazome. Finalmente, Michinaga voltou-se para Yasumi.

— Cabe a ti, agora! — ordenou-lhe.

A jovem tinha compreendido que o tema imposto pelo grande ministro supremo se referia à idade. Queria valorizar-se perante ela? Dar-lhe a entender que os anos traziam charme, experiência, força e poder? Procurava diminuir as chances do jovem Kanuseke, que queria combater no mesmo terreno que ele? Exatamente como seu pai, aliás, quando outrora havia posto os olhos na bela Sukefusa, quando ele próprio a cobiçava! De fato, Kanuseke não tinha deixado de notar o interesse que a bela viúva suscitava no grande ministro supremo.

Yasumi não se fez de rogada. Inútil procurar um tema sobre o inverno com os lugares comuns habituais, as chuvas, o vento, o frio e os flocos de neve. Muito vivaz de espírito para não compreender a mensagem de Michinaga, devia sair-se dessa respondendo a um tempo ao texto que acabava de recitar e ao ardente poema que lhe tinha enviado. Precisava cortar rente qualquer equívoco.

NÃO É SENÃO ESTAÇÃO APÓS ESTAÇÃO QUE A IDADE NOS EMBELEZA E TRANSFORMA EM SONHO O ORVALHO QUE SE EVAPORA NA ROSA.

Michinaga se surpreendeu sorrindo. Realmente, ele soube traduzir o sentido do poema, que foi declamado em voz alta. Mas, embora Yasumi lhe tenha dado a entender que ela preferia a idade madura à juventude, apagava essa imagem pelo orvalho que evapora. Apesar disso, continuava convencido de que toda a esperança não estava perdida para ele. A partir desse momento, não falou mais de poemas e direcionou a discussão sobre os rebeldes do norte e do sul.

Com o ouvido atento, Yasumi estremeceu com a pergunta da senhora Akazome:

— Dizem que um Fujiwara vigia os navios dos piratas que sulcam o mar do Norte... é verdade?

— É isso mesmo! Ele os humilhou — interveio o imperador.

— Por que não enviaste os Taira? — cochichou a rainha-mãe no ouvido de seu filho.

Seu cochicho, que havia sido ouvido por todos, fez o grande ministro supremo levantar o nariz. Depois que havia tirado sua túnica para dá-la aos dançarinos, as mangas de suas roupas voavam em torno dele sempre que fazia um comentário.

— Porque eu tinha um membro dos Fujiwaras nas mãos, extremamente competente nessa área e que só poderia aceitar meu pedido, explicou ele à rainha-mãe.

Yasumi sentiu seu coração palpitando.

◆

A partir de então, ela só pensava em deixar essa assembleia para passar pela residência de Motokata, convencida de que uma mensagem ali a esperava. Felizmente, as festividades chegavam ao fim. Mal ingressou no palácio com suas companheiras, usou o pretexto da fadiga de Song Li para voltar para casa. Sua inquietação quanto ao retorno de Motokata deixava nela uma marca de angústia que Soshi Akiko interpretou como a apreensão de encontrar Song Li em mau estado.

Ela se despediu das damas de companhia, dizendo que tinha ficado muito feliz em compartilhar desses momentos com elas, e, como a hipocrisia corria solta na corte, todas fingiram acreditar.

Para agradecer sua presença, a imperatriz deu-lhe de presente um espelho de nácar e pedras semipreciosas, e o imperador ofereceu-lhe uma caixinha de escrever em laca chinesa.

Não teve oportunidade, contudo, de rever o grande ministro supremo, nem seu pai, nem Kanuseke.

Bordo Vermelho a esperava perto da carruagem em que Jujuku já havia se instalado. Quanto à jovem maquiadora, ela restituíra o lugar a Suyrai, que permanecia perto de Song Li. Nada mais tendo que fazer no palácio e contente por ter estabelecido um sólido trampolim que lhe permitiria prosseguir em seus projetos, Yasumi pediu para o cocheiro que a conduzisse sem mais tardar para a casa de Motokata.

Pequeno Salgueiro estava na cavalariça.

— Não te preocupes — disse-lhe ela —, vou ver somente se há uma mensagem para mim e parto novamente.

Ela entrou na casa. Agora Bambu e Sosho reconheciam tão bem seu rosto maquiado como seu rosto natural. Cumpre dizer que eles ficaram chocados na primeira vez, e Suyari, que ela havia chamado, teve de proceder a uma limpeza completa de sua pele para provar-lhes de que se tratava realmente da mesma pessoa.

— Por Amida Buda! — havia exclamado a velha Bambu. — Duas pessoas em uma! Mas onde e Motokata foi te encontrar?

— Na caverna dos bárbaros! — tinha respondido Yasumi, rindo.

— Ah sim! — havia retorquido a criada. A caverna dos bárbaros! Lá onde seu irmão teve a cabeça decepada. Motokata é um louco, um insensato! Um dia será a dele que vai rolar aos pés dos piratas.

Depois, dando um suspiro de despedaçar a alma, havia acrescentado:

— Ou talvez até mesmo aos pés do imperador. Quem vai saber, com um tolo desses?

Yasumi havia imediatamente replicado à velha criada:

— Bambu, sabes muito bem que Motokata é um banido da corte e que só a morte de seu irmão — que, no entanto, lamentou — permite-lhe reabilitar-se. Não pode de qualquer forma fazê-lo simplesmente estalando os polegares!

— Admitamos!

Depois disso, Bambu havia inspecionado sob todos os ângulos o rosto limpo de Yasumi e tinha terminado por admitir que era realmente a jovem que, em uma noite primaveril, "seu Motokata" havia trazido para sua casa, recomendando-a como se se tratasse dele.

Desde então, Yasumi aparecera muitas vezes, à noite para não deixar Song Li sozinha durante o dia. De resto, as aulas diárias de caligrafia e de cultura chinesa com os mestres Kukunari e Kinto a ocupavam muito para que ela gastasse seu tempo em outros lugares.

Ocorria o mesmo com sua amiga Susue Sei, que só via de vez em quando, para dizer-lhe que não a esquecia.

Quanto a Yoshira, diante da impossibilidade de seduzir Yasumi e, sem dúvida também, na esperança de conquistar a fria Yokohami, tinha feito um pedido de transferência para um posto afastado, onde poderia provar seu valor. Tinha recebido do ministro dos Negócios militares um cargo de funcionário na província de Iwaki. Agora, cabia a ele mostrar sua competência, havia dito Sei.

Yasumi jogou-se literalmente sobre Bambu, arriscando levá-la a perder o equilíbrio.

— Há uma mensagem?

Bambu fez um sinal ao velho Sosho, que aparecia atrás dela e não a deixava nunca. Além disso, tudo indicava que, há muito tempo, os dois compartilhavam o mesmo quarto.

— Traze-a!

Sosho correu até o cofre laqueado que estava na sala adjacente. Tirou de lá uma folha enrolada e amarrada com uma tira de vime. Sem dúvida, nada mais tinha à mão no momento em que fechava sua carta. O vime era tão banal para amarrar uma mensagem de amor!

Yasumi tomou-a e levou um segundo para abri-la. A tira de vime estalou com um leve estremecimento seco. Ela leu sem mais delongas:

> Minha bela andorinha!
> Minha louca e intrépida bárbara!
> Voltarei nos primeiros dias do mês Sem Lua.
> Eu te amo.

— Ele me ama! — explodiu ela. — Ele me ama!

Correu para abraçar a velha Bambu, que sentiu uma lágrima perolar sua pálpebra totalmente enrugada.

— Vou deixar um recado que entregarás a ele, caso eu esteja ausente quando ele chegar. Deverá vir imediatamente para o pavilhão das Glicínias.

Yasumi sentia-se feliz, leve. Leve como uma andorinha em um céu de primavera. Tinha certeza de que não fecharia os olhos à noite. Muitas lembranças iriam invadi-la, e muitas palavras, gestos, sensações que entreteriam sua insônia.

— Estou realmente com fome, Bambu.

A velha criada só esperava essas palavras. De resto, havia ainda feijão vermelho cozido, bolinhos de arroz quentes, que ela envolvia em folhas de lótus, e legumes em conserva no vinagre.

Yasumi comeu com apetite. Uma única coisa a apressava agora: contar tudo a Song Li.

CAPÍTULO 15

Song Li apertava Yasumi em seus braços.
— Houve dias em que pensava que não voltarias.
Sua voz ligeiramente trêmula se perdeu no calor do pescoço de Yasumi.
— Agora sei que, para cada partida tua, haverá um regresso. Ela se afastou finalmente, segurando Yasumi pelas extremidades dos braços.
— E essa certeza me reconforta.
— É uma promessa que te faço, Song Li, e antes morrer que não mantê-la.
— Então agora quero saber tudo.
A velha chinesa não parava de olhá-la.
— Por ora, só me informaste sobre a próxima chegada de Motokata e tua alegria em reencontrá-lo. Que pensas fazer depois?
A pergunta era perturbadora. Que iria fazer depois de ter-se saciado de amor nos braços de Motokata? Que decidiria depois que Motokata lhe tivesse contado as histórias acumuladas durante todos esses meses? Nesse dia, não podia nada prever, nada prometer senão voltar ao pavilhão das Glicínias toda vez que partisse dele. Sabia que se casaria com Motokata. Mas e depois? A vida não terminaria com ela trancada na casa de seu marido, por mais espaçosa que fosse, ainda que ela não fosse mais uma das acompanhantes da imperatriz Akiko. Não podia responder a essa pergunta, então voltou para as festividades da corte.

— Ninguém me reconheceu, Li, ninguém.

O rosto macilento de Song Li se iluminou. Sua magreza havia se acentuado nesses últimos tempos. Jujuku é quem dizia que a aparência dela era tão ruim que, continuando assim, acabaria caindo doente.

Yasumi, por sua vez, tinha notado especialmente como sua velha amiga estava ansiosa por saber mais. Por isso, prosseguiu:

— Até mesmo Kanuseke pensa em cortejar-me. Parece que ele tinha apostado com amigos que conseguiria marcar comigo um encontro especial.

Um sorriso divertido aflorou aos lábios da velha mulher.

— Mas não conseguiu. Ah! Se soubesse que sou irmã dele! A irmã que ele jogou para fora de casa de forma tão desprezível. Creio realmente tê-lo pago com a mesma arrogância que ele tão facilmente adota para com os outros.

— E teu pai, pequena?

— Estava acompanhado, creio, de sua concubina. Song Li meneou a cabeça.

— Ela não me pareceu desagradável.

— Falaste com ela?

— Não, mas nos dirigimos um sorriso.

— Não será ela que encontrarás em teu caminho, pois pouco lhe importa que sejas filha de Kenzo. Ela não tem filhos com ele, mas, se os tivesse, acredito que sua aparência não teria sido tão graciosa.

— Eu sei.

— Que vais fazer agora?

— Da próxima vez que for ao palácio, talvez eu fale dos Fujiwaras.

— De que maneira?

— Direi que meu caminho me pôs um dia na presença de uma mulher maravilhosa, chamada Suhokawa Hatsu, da família dos Fujiwaras.

— E depois?

— Por que não revelar que essa nobre dama me contou sua vida e também a de seu pai... Que achas disso, Li?

— Não é a melhor ideia — murmurou Song Li — Tens outra?

— Sim.

Tranquilizada com seus judiciosos conselhos, Yasumi a observou durante algum tempo. O rosto de Li estava marcado por uma gravidade que atestava que ela já havia amadurecido a questão.

— Qual?

— Tua história chamaria a atenção da imperatriz, mas não a do grande ministro supremo. Não sei se seria com essa ideia que recuperarias tua posição legítima no palácio.

— Ah! — fez Yasumi, desapontada.

— Por que não colocas antes abertamente a qualidade dos serviços que teu avô prestava outrora ao imperador Murakami, para quem, eu o sei, ele era mais que um conselheiro, um amigo? Os velhos dignitários da corte se lembrarão do imperador Reizei, que lhe sucedeu e que, banindo a obra de seu predecessor, na mesma ocasião baniu teu avô. Ora, eu sei que Michinaga se volta para as ideias do falecido imperador Murakami.

— Então?

— Então, que gostaria de renovar os contatos com a China. Não houve embaixada na China por mais de cinquenta anos, e os chineses fizeram experiências com técnicas em várias áreas que os japoneses cobiçam.

— Conheceste meu avô?

— Faz quarenta anos que estou em Kyoto. Não conheci teu avô, mas, quando cheguei, ainda se falava do governo de Murakami e de seu grande conselheiro.

— Meu avô!

— Sim, teu avô!

— Mas essas explicações me obrigariam a revelar imediatamente meu verdadeiro nome.

— Talvez seja o momento de fazê-lo.

Li fez uma pequena careta e, então, foi procurar em uma caixinha algumas folhas enegrecidas de sinais.

— Tu lerás estas folhas, que te fornecerão informações úteis sobre a história dos Fujiwaras — disse, estendendo-lhe as folhas. — Desde que essa poderosa família teve ascendência sobre a corte, oferecendo suas filhas em casamento aos príncipes herdeiros, seu poder só fez crescer. Não sendo guerreiros nem homens de combate, os Fujiwaras se inclinaram para a vida administrativa e comercial do país e nele instauraram os principais sistemas. Mas quando o imperador Reizei chegou ao poder, rompeu todas as relações com os chineses, sob pretexto de que o Japão havia se tornado um país pacífico e não tinha mais necessidade de seus vizinhos, a Coreia e a China. Era verdade, mas esse voltar-se do Japão sobre si mesmo não lhe foi benéfico.

Yasumi escutava com muita atenção.

— Aqui está meu plano — prosseguiu Song Li. — A próxima vez que Michinaga vier ao pavilhão das Glicínias, há que dirigir a discussão a esse assunto, e assim o nome de teu avô vai aparecer naturalmente. De fato, ele era um fervoroso defensor da continuidade de nossas relações com a China. Os chineses aperfeiçoaram técnicas que nos seriam proveitosas, como aquela da laca, por exemplo...

— Ou do céladon — acrescentou Yasumi, com uma expressão cheia de segundas intenções.

Song Li deu um leve sorriso. A perspicácia de sua jovem companheira não a surpreendia mais.

— Como sabes disso?

Quando Yasumi havia terminado de contar-lhe o episódio do vaso de céladon de Amasu, elas concluíram com satisfação que estavam no bom caminho.

◆

Pouco tempo depois do regresso de Yasumi, Michinaga veio uma noite ao pavilhão das Glicínias, luxuosamente vestido com sua indumentária da corte.

Sakyo e Jujuku, auxiliadas por duas outras jovens criadas, não cessavam suas idas e vindas por toda a casa, instalando biombos e telas decoradas entre as mesas baixas, servindo saquê ou chá e, de olhos voltados para o chão, cumprimentando em voz baixa os clientes.

Deve-se dizer que, em todos esses últimos dias, o pavilhão das Glicínias não havia ficado sequer uma parte vazio. Depois que Yasumi havia se mostrado na corte, os dignitários vinham passar algumas horas no local, na esperança de ver a senhora Suiko, que tinha agradado tanto à imperatriz, que esta fizera dela sua primeira-dama de honra para as cerimônias do primeiro mês de inverno.

Kanuseke foi, evidentemente, um desses homens, acreditando ainda que conseguiria ganhar sua aposta. Tinha chegado com dois amigos desejosos de ver como ele faria para seduzir a jovem. Mas Song Li havia assegurado aos jovens que a senhora Suiko estava ausente e que não teriam oportunidade de falar com ela, embora eles tivessem deixado a casa de madrugada, depois de beber muitos copos de saquê, depois de rir e discutir ruidosamente, e sem tê-la sequer vislumbrado.

Na noite seguinte, Kanuseke havia voltado, mas dessa vez com seu irmão Tameyori. A senhora Song Li, em uma saudação de boas-vindas, havia curvado sua frágil silhueta e lhes havia anunciado que a senhora Suiko estava ainda ausente. Evidentemente, Yasumi se reservava um encontro de outro tipo com seus irmãos. Mas o tempo não tinha ainda preparado o que era necessário para isso e, pacientemente, ela aguardava sua hora.

— Daqui a pouco tempo será teu pai que verás nesta casa — havia concluído Song Li —, talvez até mesmo acompanhado de sua concubina!

Kenzo Tamekata, contudo, não tinha vindo. Sem dúvida, reservava para mais tarde essa intenção, preferindo obviamente ver aparecer diante de sua taça de saquê a senhora Suiko em vez da senhora Song Li, com quem ele não sentia nenhuma afinidade, porquanto as artes, a cultura e a literatura não faziam parte da vida dele.

Porém, naquela noite, era o grande ministro supremo que honrava com sua presença o pavilhão das Glicínias. Song Li, avisada pelas criadas, mandou imediatamente Suyari maquiar Yasumi, que, em princípio, não se deslocava a não ser quando Li lhe solicitava. Nesse caso, era sempre para dar as boas-vindas a alguns notáveis da corte a quem ela a apresentava, dizendo em alto e bom som que era sua neta que, mais tarde, tomaria a seu encargo essa casa. Quando se tratava de governadores de províncias, ela só solicitava Yasumi se os clientes eram poderosos e influentes. Quem mais que esses poderiam ajudá-la em tempos futuros, quando Li não estivesse mais ali, se a corte por acaso lhe virasse as costas? A política do palácio era tão volúvel!

Quando Suyari a havia avisado da presença de Michinaga, Yasumi estava concentrada em um texto chinês que traduzia para o japonês. O mestre Yukinari exercia seu virtuosismo, o que exigia dela esforços permanentes. Diante de Suyari e suas explicações, Yasumi se levantou com uma precipitação que teria podido espantar a maquiadora, se não soubesse que seu ímpeto era causado por outro que não o grande ministro supremo. Pomada, unguento, frasco de cerusa, bastonete com extrato de carvão de lenha, pasta com óxido de ferro e pequenos frascos de perfume, tudo foi tirado prontamente da caixa de maquiagem, e Suyari se pôs a trabalhar. Yasumi ia desaparecendo em sua nova pele. Em algumas horas, foi maquiada, vestida, penteada e se apresentou diante de Michinaga, enquanto Song Li acabava de lhe desejar as boas-vindas em seu estabelecimento.

Deslizando um dos olhos pela borda de seu leque, Yasumi viu-se subitamente diante de um dilema que não esperava. Michinaga não estava sozinho. À sua direita, sentado sobre uma almofada de seda púrpura, acabava de reconhecer Yu Tingkuo, o monge do templo de Amazu. Ele dirigiu seus olhos para ela, mas esperou que Michinaga falasse primeiro.

Sob suas sobrancelhas grossas e carvoentas, pontudas como acentos circunflexos, os olhos do grande ministro supremo a fitavam com insistência. Curvou a cabeça, aproximando-se enquanto ela escondia parte de seu rosto por trás do leque azul-pálido, no qual corria uma multidão de pequenas nuvens brancas. Mestre Yu a observava com ar estranho, sem dizer nada. Finalmente, Michinaga falou:

— É um prazer rever-te, senhora Suiko, mesmo que seja somente para confirmar o prazer de minha filha ao ver-te a seu lado durante as festividades de inverno. Ela não deixará de convidar-te em breve ao palácio.

Foi então que Song Li julgou oportuno intervir:

— Eu a estou instruindo para manter esta casa como eu mesmo a mantive, e, como ela estuda sempre para sentir-se à altura dos maiores letrados de Kyoto, o tempo a pressiona e a desafia, mas estou certa de que ela vai encontrar um meio de se liberar caso a imperatriz lhe pedir para que vá por algum tempo à corte.

Percebendo o ar satisfeito de Michinaga, voltou-se para Yasumi e, apontando Yu com a mão:

— Suiko — precisou ela —, este monge é um amigo do senhor Michinaga. É chinês como nós.

Li lançou à sua companheira um olhar, que Yasumi soube logo traduzir. Elas se compreendiam tão bem que, às vezes, uma lia nos olhos da outra. Nesse momento em que os dois homens as observavam sem dizer nada, Li pedia em silêncio à sua parceira para conversar com Yu em chinês, a fim de conduzir a conversa ao tema que lhes interessava. Yasumi declamou audaciosamente um poema chinês que perturbou o monge. Essa jovem não era a neta de Song Li!

Procurando compreender quem ela era na realidade, ele se concentrou sem nada dizer, recordou o texto e o timbre da voz e, em uma fração de segundo, reconheceu o som que saíra de sua garganta! Lembrou-se das perguntas que essa mesma voz dirigia-lhe quando ele ensinava a história do Japão, a origem dos Kofuns no período de Nara.

Não havia nenhuma dúvida, essa jovem que se dissimulava sob a perfeição da maquiagem de seu rosto não era outra senão a pequena Suhokawa Yasumi da família dos Fujiwaras, que, na época, procurava um meio de entrar no palácio, para ali encontrar seu pai. Revelou-o a ela com o seguinte poema:

> A LONGA LUA DESAPARECERÁ DESDE QUE A PONTA DA MONTANHA DISSIMULADA ATRÁS DE SEUS VÉUS DE NEBLINA SUBIR PARA O CÉU ILUMINADO POR BUDA.

Pela escolha das palavras que tinha utilizado, Yasumi percebeu que ele a havia reconhecido. Não ficou com receio algum, porque Yu conhecia sua história e poderia guardar seu segredo.

Ela respondeu com um curto poema em chinês, de uma clareza límpida, suficientemente preciso para explicar a mestre Yu que ela conservaria esse aspecto até o pleno restabelecimento de sua situação familiar. Com um olho sempre escondido por detrás das nuvens de seu leque, proferiu com voz clara:

> QUANDO OS VÉUS DA NÉVOA QUE ESCONDEM AS MONTANHAS SÃO PESADOS E ESPESSOS, SÓ SE DISSIPAM DEPOIS DO INVERNO.

Mestre Yu respondeu:

> O INVERNO SERÁ TALVEZ DEMASIADO LONGO E, SE OS VENTOS CONTRÁRIOS SOPRAREM, O MAIS FORTE SEMPRE PREVALECE SOBRE O MAIS FRACO.

Por um instante, Yasumi ficou perplexa. Julgou ver no rosto de Yu uma recomendação que ele tentava transmitir-lhe. De que armadilha queria avisá-la? Deveria desvendar mais cedo do que previsto sua verdadeira identidade a seu pai? Nesse caso, o resultado poderia não ser nada bom para ela, e Tamekata Kenzo, como seus filhos, zombaria de sua ideia extravagante. Yu não podia sugerir-lhe essa ideia!

Ou seria com relação a Michinaga que Yasumi devia tomar certas precauções, sem enganá-lo por muito tempo? Ele poderia se zangar e não perdoá-la.

Song Li poderia traduzir o sentido do poema talvez melhor que ela. Por isso não se demorou muito mais, pois Michinaga a observava com uma insistência crescente.

O grande ministro supremo, que, com toda a simplicidade, havia tirado seu chapéu laqueado, usava um coque levantado e preso no alto da cabeça, como o faziam quase todos os dignitários da corte. A cada gesto, fazia voar suas largas mangas. Seus olhos raramente pousavam sobre Song Li e, quando a ela dirigiam-se, logo voltavam para Yasumi. Considerando-a evidentemente uma chinesa, seu conhecimento do japonês o deslumbrava tanto como a perfeição de seu rosto e o porte principesco de sua pessoa. Desde que tinham trocado *wakas* que toda a corte havia escutado, ele só pensava nela e no instante em que voltaria a vê-la em um local mais íntimo. Por isso, para pôr fim a esse estranho diálogo entre seu amigo monge e a senhora Suiko, interrompeu em tom peremptório:

— Temos que discutir, senhora Song Li, e eu ficaria satisfeito se tua neta assistisse a nossa conversa. Que fique, portanto, entre nós. Se há alguns chineses em Kyoto, em sua maioria grandes comerciantes com os quais negociamos, não há deles, segundo sei, suficientemente letrados para dar um parecer sobre o que tenho realmente em conta e do que não falei ainda a ninguém.

Inclinou o peito e pôs a mão sobre a pequena caixa de escrever perto dele, caso tivesse de redigir algo, e continuou:

— Senhora Suiko, confio plenamente em ti e peço-te segredo absoluto sobre a discussão que vamos ter.

Agora que ela havia se separado de seu leque, enfiando-o em sua manga, ele a fitava nos olhos, e Yu perguntava-se por quais meios tinha conseguido chegar até esse grau de intimidade, a menos que o grande ministro supremo, totalmente obcecado por seu charme, não pudesse mais identificar com rigor o risco em que incorria.

Sim, não poderia ser outra coisa. Conceder tão rapidamente sua confiança sobre o delicado assunto que se preparava a abordar provava realmente que ele não largaria tão cedo sua presa!

Mestre Yu não se enganava. Michinaga por ora sonhava com Yasumi, que, a seu convite, havia sentado-se entre Song Li e mestre Yu.

— Não estivemos praticamente em boas condições nesses tempos — começou a velha chinesa, voltando-se para o monge budista. — Por que não me mantiveste informada sobre a ajuda que davas ao templo de Enryakuji? Eu te haveria imediatamente dissuadido. Fujiwara Motokata não era em absoluto o responsável por esse saque.

Yu levantou lentamente a mão e, em seguida, a colocou sobre os joelhos.

— Mas o irmão dele o era.

Ao nome de Motokata, Yasumi estremeceu, mas um rápido olhar de Li temperou o ardor que já a invadia.

— O irmão dele morreu, só teve o que merecia — decretou Song Li.

Depois, voltando-se para o monge:

— Sabes muito bem que Nariakira não passava de um cabeça quente capaz do pior e que Motokata é de outra têmpera. Além disso, se o senhor Michinaga confia nele, é porque o merece. Ele não o trairá.

— De fato, eu sei. Não falemos mais nisso.

Depois Yu calou-se. Obviamente, ele não fazia questão de falar de Motokata, persistindo em considerá-lo um homem desqualificado. Mas eis que voltava ao assunto com uma pitada de provocação nos olhos:

— Ele vai retornar das regiões do norte, mas talvez não como vencedor.

— Dessa vez te enganas — corrigiu Michinaga, que ainda não tinha tomado parte na discussão. — Circulam boatos de que combateu brilhantemente. Por que não queres acreditar na vitória dele?

— Acreditarei nisso quando ela for oficial.

— E que pensas dos rebeldes que controlam o sul? Presumo, meu amigo — interveio Michinaga, mostrando um sorriso ambíguo —, que tu és aliado de quem te cumula de oferendas.

— Aqueles que enchem de oferendas o templo de Amazu não são forçosamente rebeldes. Nem todos eles conspiram com os piratas.

— Não tenho tanta certeza.

— Ah! — fez Yu, em tom irônico. — No entanto, o templo do palácio...

— Falas de Ise?

— Claro! Falo do templo de Ise, cujas ofertas são fornecidas pelo maior governador do sul, Yorimitsu Minamoto, que trafica com os piratas. Nunca tiveste nada com isso?

Michinaga não respondeu. Yasumi sentiu, nesse momento, que não tardariam em falar de sua jovem amiga, a monja Amasu, e ficou preocupada a respeito do vaso de céladon escondido na caverna de Motokata.

— Isso não é tudo — prosseguiu Yu. Todos os teus templos no norte da capital tiram proveito de presentes consideráveis feitos por outro Minamoto.

Em nada contrariado por essa dupla verdade, Michinaga só franziu as sobrancelhas.

— Minamoto Mitsukoshi?

— Ele mesmo.

— Que sugeres, pois?

— Não poderia tratar-se de usar dois pesos e duas medidas — falou Yu com voz seca.

Essa austeridade de tom não pareceu, contudo, ofuscar Michinaga, o que deixava Yasumi supor que sua amizade devia ser de longa data.

— Dois pesos e duas medidas! Explica-te, Yu!

— Os templos de Amazu e de Enryakuji, bem como todos aqueles que os cercam, não entram nos domínios do palácio, embora estejam situados às portas de Kyoto. O santuário de Ise se beneficia do apoio de dois poderosos governadores que dispõem, cada um deles, de vastos territórios cultivados com arroz, chá, além de explorarem a madeira das florestas e de trabalharem a tecelagem, a cerâmica e até mesmo o bronze e o ferro. Nessas condições, terias a coragem de nos recusar a ajuda que recebemos dos governadores menores?

— Nunca contestei as oferendas que te são feitas — disse Michinaga. — Eu sempre te deixei pleno usufruto delas. Eu só reclamo um direito de controle.

— É exatamente onde eu queria chegar. Suprime esse direito de controle e te apresento os nomes dos rebeldes que se recusam a dar aos templos uma parte dos despojos que recebem dos piratas.

Michinaga meneou a cabeça. Yu propunha-lhe uma negociação aceitável. Em suma, suas ideias batiam, porquanto um e outro desejavam que uma parte dos saques realizados pelos rebeldes lhes tocasse.

Yasumi e Song Li, que não tinham intervindo na discussão, serviam o chá, mas cada palavra as penetrava, e a velha chinesa esperava o momento oportuno para colocar o que tinha a dizer. A agitada discussão, que não impedia Michinaga de observar os gestos graciosos da senhora Suiko, continuou por algum tempo, até que Yu obtivesse total ganho de causa.

Suyari não teve tempo para pentear Yasumi. Só havia escovado cuidadosamente seus cabelos, cujo enfeitiçante comprimento seguia a curva de seu vestido de cauda e o recobria com uma opulenta faixa preta. Ela havia tomado o cuidado também de deixar algumas mechas na frente, deixando-as recair até o chão. Como Michinaga poderia não ser seduzido por esse espetáculo de beleza que fazia virar a cabeça dos homens?

O bom aroma do chá enchia toda a sala, e os dois homens se calaram por um instante, a fim de saborear a deliciosa fragrância. Esse foi o momento em que Song Li falou:

— E a fina porcelana chinesa, da qual tanto desejas adquirir a técnica, pensas nela ainda?

A xícara de chá se deteve na borda dos lábios de Michinaga, depois, refletindo, ele a repôs sobre a mesa.

— De fato, é um assunto que me preocupa. Tens alguma ideia sobre isso, Song Li?

Quando Michinaga não a chamava mais "senhora Li", é que solicitava um serviço da parte dela.

— Por que não enviar uma embaixada para a China? Há mais de cinquenta anos que o Japão rompeu todo comércio com os chineses.

— E quem enviar? — perguntou Yu, interessada com a possibilidade desse plano, no qual, inevitavelmente, estaria envolvido.

— A resposta exige reflexão.

Yasumi sorriu para Song Li. Ela sabia por que sua amiga havia trazido a questão à tona. Essa ideia de uma embaixada enviada para a China iria reabilitar o fiel conselheiro Jinichiro, seu avô, que sempre tinha apoiado o comércio com a China.

Michinaga, que já parecia montar seu plano, coçava o queixo com seu dedo indicador bem cuidado.

— Vamos falar disso em outra ocasião — desconversou. Dirigiu seu olhar distraído para Li, depois, apanhando a caixinha de escrever posta sobre a mesa baixa, abriu-a e tirou uma folha branca, sobre a qual traçou apressadamente uma sequência de palavras, como se não devesse esquecê-las.

Finalmente, ele as leu com a mesma pressa e enrolou a folha, que enfiou em sua manga.

— Sim! Vou pensar nisso, e voltaremos a falar a respeito em breve.

◆

Yu Tingkuo tinha manifestado o desejo de passar a noite no pavilhão das Glicínias, e Michinaga tinha voltado ao palácio com a firme intenção de retornar sozinho ao salão de chá.

Ele havia se despedido de Li em uma reverente saudação, mostrando todo o respeito que lhe dedicava. Depois mergulhou seu olhar sombrio nos olhos de Yasumi, que os havia abaixado e, em seguida, levantado com uma altivez arrogante. Michinaga tinha aceitado de bom grado essa atitude que poderia revelar-se descortês, somente vindo de uma mulher que ele não cobiçasse.

Na verdade, retornar sozinho ao pavilhão das Glicínias para ali seduzir a jovem não era talvez a melhor das soluções, pois ele se perguntava se Song Li deixaria os dois sozinhos e, prevendo que ela criaria obstáculos, renunciou a essa ideia. Song Li parecia vigiar ferozmente a jovem, e ele concluiu que seria preferível que ela voltasse ao palácio, onde poderia convocá-la sozinha para um local mais íntimo.

Enquanto, nesse trajeto de retorno, Michinaga cogitava sobre a hora e o dia desse encontro no palácio, Yu reclamava por querer saber mais a respeito de sua antiga protegida.

— Eu sabia que me havias reconhecido! — exclamou Yasumi.

— Na verdade, não reconheci teu rosto, mas tua voz não me enganou. Tinha-a ouvido demais fazendo-me perguntas para poder esquecê-la.

— Estou feliz por rever-te, mestre Yu.

O monge inclinou lentamente a cabeça para o lado e sorriu.

— Quanto a mim, estou contente ao constatar que não me havia enganado a respeito de tua inteligência. Tu sabes falar minha língua nativa como uma verdadeira chinesa. Todos os meus cumprimentos, Song Li.

— Foi o grande mestre Yukinari que a ensinou a ela.

— O mestre da escola dos Três Pincéis!

— Ele mesmo.

Yu parecia atordoado.

— Compreendo que com tal mestre fizesses maravilhas. Então levantou a cabeça e cruzou as mãos sobre o estômago.

— Yasumi! — proferiu ele, em um tom imperioso, mantendo ao mesmo tempo os olhos abaixados sobre suas mãos juntas. Tu podes talvez conservar este rosto diante de teu pai para ter tempo de estudá-lo, de conduzi-lo para o que desejas, mas certamente não diante do grande ministro supremo.

— Por quê?

— Porque te punirá por teres zombado dele.

— Mas eu não...

— Ele se sentirá ridicularizado e não te perdoará. Nunca irá restabelecer teu nome na corte. Pelo contrário, ele te banirá como foi banido teu avô.

Li aprovou com a cabeça.

— Acho que ele tem razão, Yasumi. Já é tempo de desvendar tudo a Michinaga e, por isso mesmo, voltar a falar desse projeto da embaixada na China que irá restaurar o nome e o valor de teu avô.

— Esse projeto da embaixada me encanta — interveio Yu. — Mas temo realmente que ele designe para comandá-la esse bandido do Motokata.

— Nunca mais digas isso, mestre Yu! — exclamou Yasumi. Surpreendido pela veemência de sua exclamação, Yu arregalou os olhos.

— Quero continuar sendo tua amiga, mas não poderei sê-lo se insultares esse homem.

— Que te fez ele, pois, para que o defendas até esse ponto? — disse finalmente Yu, que havia se recuperado.

— Eu o amo.

Yu deu um longo suspiro, depois seu rosto se contraiu, e uma ruga de contrariedade se estendeu por sua larga fronte.

— Acho que o encontraste antes de tua chegada a Kyoto. Yasumi sacudiu a cabeça em sinal de concordância.

— Ele era um desses bandidos que te perseguiram e do qual Sishi me falou...

— Sabes muito bem que não! Foi o bando do irmão dele.

— É a mesma coisa.

— Não, absolutamente! — exclamou Yasumi. — És um teimoso, mestre Yu, e isso é lamentável. Recordo-te que cumpri a missão que me havias confiado e que, sem mim, o jovem Sishi teria dado meia-volta sem mais esperar. Ele tremia como uma folha de salgueiro prestes a cair diante de uma rajada de vento.

Yu não respondeu, e a jovem prosseguiu:

— Entreguei tua mensagem ao prior do templo de Enryakuji para preservar os monges do sangrento saque programado por Nariakira. Desse modo eu pagava minha dívida. Motokata foi para lá depois do irmão dele, com intenções pacíficas, unicamente para recuperar bens que lhe tinham sido roubados. Não houve nenhum saque, nenhuma violência, nenhum assassinato. Não podes dizer o contrário.

— Não é o que me foi relatado — disse Yu friamente.

— Quem se atreveu a negociar mentiras?

— E em quem devo acreditar? — replicou secamente Yu.

— Em mim! Eu nunca poderia mentir para ti, mestre Yu.

O rosto de Yu conservava uma rigidez de que Yasumi não gostava. Mas que poderia fazer senão clamar pela inocência de Motokata?

O monge acabou por duvidar daquilo que lhe havia contado seu amigo, o prior de Enryakuji. Não teria mentido para se vingar daquele que tinha retomado seus bens? Ah, certamente, ele iria sabê-lo. Ele o saberia por meio do interrogatório minucioso que se propunha fazer logo após seu regresso ao templo.

— Por favor, mestre Yu, tenta saber a verdade e guarda tua resposta.

Song Li, que não havia dito nada ainda, interveio:

— Por que não explicas tudo, Yasumi? Motokata prometeu oferendas para Enryakuji, logo que estivesse em condições de fazê-lo. Isso prova realmente sua boa-fé.

Mas Yu se fechou em seu mutismo e pediu seu quarto para retirar-se.

CAPÍTULO 16

Um pequeno rangido entre a parede e a porta corrediça... um ruído discreto, um olho se arriscando através da fresta... até que Sei abriu a porta para Yasumi.

— Finalmente! — exclamou ela. Cheguei a pensar que me tivesses esquecido definitivamente. Há quanto tempo não vens visitar-me?

— Sei, minha última passagem por aqui data do mês dos Crisântemos, não faz tanto tempo. Um mês apenas!

— Sim, mas tua mensagem de ontem deixou-me preocupada. Yasumi entrou na casa de sua amiga e tirou o grande manto que a envolvia. Seu quimono recobria uma roupa ornada de montanhas nevadas e de voos de aves. Yasumi gostava de vestir-se de modo a identificar-se com a estação. Parecia-lhe então retomar uma liberdade há muito abandonada. Com um vestido em tons primaveris, ela cavalgava nas estradas ladeadas de ameixeiras em flor. Com um quimono de motivos de verão, galopava no meio dos campos repletos de cravos e de peônias.

Que imaginava nesse inverno rigoroso? Deixou seus lábios se abrirem em um sorriso. Não precisava sonhar com suas antigas cavalgadas! Não iria, dentro de alguns dias, encolher-se nos braços de Motokata? Pouco importava o vestido ou o quimono que usaria e pouco importava o rosto maquiado ou não que lhe apresentaria.

Só contariam as carícias, os beijos e as palavras sussurradas.

— Sinto muito, Sei. Não tive tempo para te avisar. O grande ministro supremo apresentou-se no pavilhão das Glicínias sem que Song Li e eu fôssemos avisadas. Tu te zangas comigo?

Sei trazia o chá que liberava um delicioso aroma.

— Como zangar-me quando se trata do homem mais influente do Japão? Teu caso vai tomando um bom caminho?

— É muito cedo ainda para dizê-lo, mas mantenho as esperanças para não ficar entristecida.

— E eu tenho uma novidade para te contar que te dará grande prazer.

— Vamos, Sei! Conta-me logo.

— Teu irmão vai aparecer aqui a qualquer momento.

— Shotoko!

— Ele não é teu irmão?

Yasumi correu para sua companheira e tomou suas mãos nas dela, com um largo sorriso iluminando-lhe o rosto.

— Será que não vai incorrer na ira de seu pai?

— O pai dele é também o teu! Não te esqueças. Tem, portanto, o direito de te encontrar em minha casa. E que Tamekata Kenzo não venha me recriminar, pois lhe atiro uma tigela de arroz no rosto ou um vaso cheio de água suja.

Elas se puseram a rir diante da visão de duas mulheres enfurecidas atirando-lhe em pleno rosto algo que sujasse suas belas vestimentas da corte.

— Como conseguiste realizar essa proeza?

— Da maneira mais simples do mundo. Shotoko veio ontem saber notícias de Yoshira e eu lhe disse que, como não pudeste vir ontem, deverias sem dúvida passar hoje.

Yasumi tomava seu chá lentamente, enquanto pensava em seu jovem irmão que não tinha mais visto desde o dia em que seu pai lhe proibiu de encontrá-la. Seu coração estremecia de alegria. Levantou-se para ajudar Sei a compor um imenso buquê em tons de inverno.

— A jovem que Song Li enviou te agradou?

Sei ajeitava um grande ramo de salgueiro entre evônimos e ramos secos de bordo vermelho. Misturava caules espinhentos de abeto e um grande girassol. Depois arranjou seu buquê, colocando diante das galhadas de tuia um pequeno toco de árvore seco, sobre o qual havia crescido um musgo verde com tonalidades esmaecidas. Finalmente, distribuiu aqui e acolá em seu arranjo algumas folhas amarelas e vermelhas de espinheiro da China e folhas sagradas de aoi.

Afastando-se do buquê para contemplar o conjunto, replicou:

— É menos inventiva que tu, mas é mais flexível. Faço dela o que eu quero.

Outra vez elas se puseram a rir. Depois Yasumi avançou e, lentamente, caminhou em volta de todo o grande buquê colocado em uma espécie de bacia de cerâmica.

— Oh! — fez ela, apontando com o dedo indicador para a base do cepo chato e cheio de musgo.

— Pois bem, que foi? É uma concha. Foste tu realmente que tiveste essa ideia. Agora, sempre ponho uma em meus arranjos de inverno e, olha, eu as pinto e lhes confiro a tonalidade que combina com o buquê. A corte parece ficar enlouquecida com esta nova inspiração.

— A corte...

— Pois bem, Yasumi, parece que esqueceste tudo! Não te lembras que falaste de meus buquês à imperatriz e às damas da corte? Agora todas elas vêm a minha casa. Nunca poderia agradecer-te o suficiente por ter-me ajudado tão generosamente.

— Não o fizeste por mim quando eu não tinha nem teto, nem asilo para dormir? Sem ti e Yoshira, como teria me arranjado?

— Ora, audaciosa como és, terias conseguido.

— Talvez, mas à custa de esforços desnecessários.

— Estavas tão cansada! Tinhas realmente que descansar depois dessa longa viagem de Musashi a Kyoto.

Aproximando o nariz do grande girassol de coração amarelo-dourado, Yasumi suspirou.

— Parece-me que está tão longe. A próxima primavera será a terceira que passo em Kyoto. Oh! Sei, creio que o próximo mês Florido vai realmente trazer mudanças para mim.

— Teu pai?

— Tudo, menos ele.

— Que queres dizer? O palácio?

— Tudo, menos isso.

Sei a encarou, tentando adivinhar o que ela queria dizer.

— Tu me pareces subitamente bem misteriosa. Não haveria, pois, algo em teu rosto que fosse dúbio?

— Vais saber, Sei!

— Que queres então fazer-me compreender?

Mas batiam à porta de entrada, e Sei correu para abrir.

Mais de um ano havia se passado desde o dia em que Kenzo proibira seu filho mais novo de rever Yasumi. O adolescente tinha crescido. Sua silhueta havia se encorpado e seu rosto tinha perdido o aspecto arredondado da infância.

— Oh! Shotoko — exclamou Yasumi —, agora és um jovem guerreiro.

Ela se aproximou dele e, em um ímpeto recíproco, irmão e irmã abraçaram-se.

— Por todos os Budas do céu e da terra — murmurou ela a seu ouvido —, como sinto-me feliz por ter, pelo menos, um irmão que não me rejeita!

— Te rejeitar? Oh! Odeio meu pai por aquilo que te disse e te fez, e odeio também meus irmãos.

— Eles não gostam de ti?

— Como queres que te aceitem quando nunca sequer se interessaram por mim?

— Gostaria que eles tivessem a gentileza e o calor humano que demonstras para comigo. Ai! Tudo é diferente. É por isso que quero e terei minha vingança.

— Que vais fazer?

— Não posso falar por ora. Mas acredita em mim, Shotoko, vou fazer de modo que tu não sejas atingido nesse caso. Bem pelo contrário, se eu puder apoiar positivamente teu destino, eu o farei. Sim, eu o farei.

Eles falaram de Yoshira, transferido para Iwaki, no norte. Os jovens funcionários enviados pela corte às províncias distantes deviam esforçar-se para obter uma promoção que lhes permitiria conseguir um posto de governador em um lugar mais próximo da capital ou regressar ao palácio com um título de oficial ligado aos negócios fiscais, militares, da justiça, da polícia ou dos controles. Esses jovens oficiais atingiam então o escalão da nona categoria na terceira classe e deviam, no decorrer dos anos, subir na hierarquia que lhes era proposta.

O caso de Yoshira era diferente daquele de Kanuseke e de seu irmão Tameyori, que, não querendo exilar-se na província, prefeririam permanecer como guardas das portas do palácio. Mas se Yoshira, de modesta origem social, não tinha nenhuma esperança de subir na hierarquia dos funcionários sem realizar atos brilhantes, seus companheiros poderiam, graças à posição de seu pai, tornar-se oficiais superiores.

A noite foi alegre, e Shotoko mostrava ser uma agradável companhia. Loquaz e sempre de bom humor, falou pouco, no entanto, de sua irmã, pela qual também Yasumi não se interessava.

Ao mesmo tempo em que se deliciava com o jantar servido por Sei, a jovem refletia sobre o que se preparava para fazer. Vinha-lhe subitamente uma ideia com a qual, segundo após segundo, montava seu plano.

— Já te aconteceu, Shotoko, de ver-te diante do grande ministro supremo a ponto de que ele cruze teu olhar?

— Não! Mas isso não aconteceu nem a Kanuseke nem a Tameyori. Somente nosso pai é que, por vezes, fica frente a frente com ele. E, ainda assim, é muito raro.

— Gostarias de estar nessa situação?

Shotoko arregalou os olhos, e Yasumi viu uma pequena luz alegre brilhando.

— Como?

Yasumi voltou-se para Sei.

— Guardaste minha caixa de escrever, Sei?

— Claro.

Com pequenos passos precipitados, Sei passou para a outra sala e trouxe a caixa contendo o material para escrever. Yasumi tirou dela uma folha branca e começou a redigir a mensagem que destinava a Michinaga.

Neste dia, o oitavo do mês das Geadas, ao grande ministro supremo da corte imperial. Sob a lua que se levanta acima das montanhas nevadas, eu, a humilde senhora Suiko do pavilhão das Glicínias, solicito um encontro com Sua Grandeza, desde que suas múltiplas atividades permitam-lhe um momento de descanso. Posso esperar que esse privilégio me seja concedido quando o fim do inverno fizer retornar um frio orvalho?

— Aqui está — disse, enrolando a mensagem. — Que laço poderias dar-me, Sei? Nenhum ramo florido, de resto nesta época não há mais.

— Uma longa tira de casca de abeto? Yasumi fez uma careta.

— É picante e muito agressiva.

— Então, um caule de lótus?

— É romântico, e não quero que o poderoso Michinaga sonhe comigo.

— Um raminho de salgueiro ou um simples fiapo de vime.

— Vou escolher a simplicidade. Um simples fiapo de vime parece bem adequado a esta mensagem.

Ela se voltou para Shotoko:

— Queres ser meu mensageiro e entregar este envelope a Michinaga? Como o jovem a olhou estupefato, ela prosseguiu:

— Em suas próprias mãos, evidentemente.

— Mas como posso fazer isso? Devo dirigir-me à residência dele?

— Em hipótese alguma! Esta mensagem é confidencial, e, na residência, só conseguirias fazer com que algum criado a arrancasse de tuas mãos. É no palácio que deves levá-la, no local onde Michinaga tem seu apartamento privado.

— Mas nunca vou conseguir. Seus guarda-costas não me deixarão passar.

— Eu sei. Haveria tua irmã, que faz parte do séquito da imperatriz, mas...

— Oh, definitivamente não — interrompeu de improviso Shotoko.
— Ela própria a entregaria, aliás, muito feliz em valorizar-se perante o grande ministro supremo.

— É minha opinião também. Além disso, és tu que eu quero valorizar aos olhos dele. É por isso que vou te entregar uma segunda mensagem que darás à dama Hatsu. É uma das primeiras-damas de companhia da imperatriz. Ela encontrará um meio para fazer-te entrar nos apartamentos do palácio sem passar pelos guarda-costas.

— Que devo dizer-lhe?

— Que tens uma mensagem da senhora Suiko a entregar nas mãos de Michinaga.

— A senhora Suiko! — exclamou, surpreso. — Quem é?

— Eu te explicarei depois.

Então ela começou a redigir o segundo texto:

> À HONORÁVEL DAMA HATSU, FLOR ENTRE AS FLORES DE INCOMPARÁVEL AROMA, DA PARTE DE DAMA SUIKO, QUE PEDE QUE AJUDES O JOVEM TAMEKATA SHOTOKO A ENTREGAR ESTE ENVELOPE AO GRANDE MINISTRO SUPREMO. SUA GRATIDÃO TE SERÁ VALIOSA. EM AGRADECIMENTO, ESTE PENTE É PARA TI.

— Vai! A esta hora, encontrarás dama Hatsu em seu quarto e, com a mensagem, tu lhe darás isto.

Ela tirou de seus cabelos um pente laqueado de preto e incrustado de pérolas e pétalas de ouro. Depois o envolveu em um papel fino e o entregou a Shotoko.

— Ela gostava deste pente, tu o oferecerás a ela. Mas cuidado! Tu nunca viste nenhuma Yasumi. Só conheces a dama Suiko. Teu êxito só depende deste nome: dama Suiko. Entendeste bem?

◆

Shotoko manteve-se no dorso de seu cavalo por um instante, arquitetando silenciosamente o caminho que devia percorrer para chegar sem obstáculos ao apartamento pessoal do grande ministro supremo.

Diante dele se estendia a avenida do Pássaro Vermelho, que atravessou sem mesmo ver as carruagens que ultrapassava. Corria diante das residências mais luxuosas sem respirar nem levantar os olhos e contornava os jardins engolidos pela neve, nos quais as gralhas vinham bicar na esperança de encontrar algo para comer. Na altura da Terceira Avenida, onde duas seções iguais, a do oeste e a do leste, separavam a capital e a isolavam do exterior pelos dois grandes pórticos de entrada, Shotoko diminuiu seu ritmo.

Como deveria agir? Pergunta que se fazia desde que tinha deixado Sei e Yasumi, e para a qual não encontrava nenhuma resposta. Ciente de que sua irmã dava-lhe a oportunidade de se destacar entre seus irmãos e, talvez, atiçar seus ciúmes, não pretendia de forma alguma falhar em sua missão. Seu pai nunca lhe ofereceria semelhante oportunidade.

Shotoko dirigiu-se, portanto, para o recinto das Paulównias, onde encontraria a dama Hatsu. O recinto que dava para os jardins era amplo e ventilado. Grandes galerias cobertas conduziam a terraços que se abriam diretamente para os grandes cômodos onde moravam as damas de companhia.

Cruzou com Pequena Sabiá, uma das jovens criadas ligadas ao serviço das quatro grandes damas de honra da imperatriz.

— Procuro a dama Hatsu.

Depois de tê-lo medido com olhos meio complacentes, meio insolentes, e constatado que parecia muito jovem para deixar-se seduzir pela dama Hatsu, de quem não se conhecia nem aventura nem ligação, Pequena Sabiá, que não tinha mais de dezesseis ou dezessete anos, não deixou de dizer-lhe com uma voz em que transparecia muita audácia:

— Dama Hatsu não poderá te dedicar muito tempo, porque tenho de prepará-la para dirigir-se aos aposentos da imperatriz.

— Devo entregar-lhe uma mensagem da parte de uma pessoa, cujo nome não quero declinar.

Um sorriso iluminou o rosto de Pequena Sabiá. Esse jovem mensageiro não era, portanto, uma conquista de dama Hatsu, e ela mesma podia dirigir-lhe abusadas olhadelas, o que fez sem pudor, notando ao mesmo tempo o rubor que invadia as faces do rapaz.

— Segue-me — disse ela, guiando-o pelos corredores que levavam às portas corrediças, atrás das quais estavam as damas.

Ela parou sob um grande dossel fechado por uma paliçada, através da qual um vento frio se infiltrava. A neve tinha parado de cair, mas uma massa compacta envolvia as imediações.

— Quem devo anunciar? — disse ela, diante da parede móvel que poderia ser aberta tanto do exterior como do interior.

— Shokoto, filho de Tamekata Kenzo, funcionário dos negócios de controle militar.

O jovem ouviu uma voz irônica:

— Hatsu, poderias ter escolhido o mais velho dos Tamekata, este jovem peixinho deve ser bem inexperiente!

Percebendo Pequeno Sabiá no limiar da porta, Hatsu levantou-se, lançou um olhar a Shotoko e lhe dirigiu um sorriso amável. Depois, vendo que segurava um envelope, ela fez deslizar suavemente a porta, que rolou pelo trilho.

— Vem — sussurrou ela —, vamos para um local mais tranquilo.

Sem acrescentar mais nada, ela apanhou um manto forrado, que enfiou por cima de suas roupas de inverno. O caminho que levava aos apartamentos da imperatriz era uma sequência de corredores ao ar livre, e o vento de inverno entrava insidiosamente sob as roupas mais quentes.

Guardando silêncio, com passo apressado, ela levou Shotoko para um anexo que dispunha de uma vasta sala de repouso, destinada às concubinas e às damas de companhia. De um lado, dava para uma sala de música, onde tocavam cítara e harpa e, do outro, para uma biblioteca, provida de muitos rolos com bela caligrafia.

— No momento, não há ninguém aqui, e ficaremos tranquilos. É para mim a mensagem que tens nas mãos?

— Sim.

— De quem é?

— Da senhora Suiko.

— Dama Suiko! — murmurou ela.

Ela desenrolou a folha e leu. Depois observou calmamente o rosto imperturbável do jovem Shotoko que, agora, estendia-lhe um pequeno pacote fechado em um papel fino.

— É um presente que ela manda para te agradecer por permitir-me entrar nos apartamentos do grande ministro.

Com um gesto rápido, Hatsu se apressou em desfazer o pequeno pacote e deixou escapar uma exclamação de surpresa ao ver o pente que ela tanto havia admirado nos cabelos de sua companheira. Acariciou a parte polida da laca, brilhante como um espelho, e, com seus dedos finos, seguiu por um momento as incrustações de pérola.

— Acho que posso conduzir-te até lá. Vem!

Hatsu sentiu o vento passando através de seu manto e apertou contra si os largos panos de suas mangas. Seguindo as galerias externas, fez Shotoko passar por trás dos principais edifícios, para evitar serem parados pelos guardas do palácio.

Evidentemente Hatsu conhecia um caminho pouco utilizado para dirigir-se aos aposentos do grande ministro, tendo-o seguido várias vezes com a imperatriz, quando esta queria visitar seu pai sem escolta.

— Prefiro não ser vista — disse ela em voz baixa. — Segue este corredor até o fim, que te levará até uma pequena porta. Bate, um criado virá, mas como ficará desconfiado, não lhe entregues a mensagem e não saias até que tenhas visto o grande ministro. Ele sempre descansa aqui às vésperas de uma grande assembleia e amanhã precisamente haverá uma.

Ela deu alguns passos para trás, depois reconsiderou e aproximou-se do jovem, sorrindo:

— Minhas companheiras são tolas. A meu ver, tu não tens nada de jovem peixinho inexperiente. Tenho certeza de que irás mais longe que teus irmãos!

Ela viu um lampejo de alegria iluminar o rosto dele.

— Boa sorte. Talvez nossos caminhos se cruzem novamente e,

quando vires a dama Suiko, dize-lhe que fiquei muito emocionada com o presente.

Ela o deixou. Shotoko avançou com cautela pelo corredor, que o conduziu a uma porta de madeira de cedro, encimada por um lintel esculpido com uma grande goela de dragão. Baixa e pouco larga, só tinha uma folha, que se entreabriu prudentemente logo que ele bateu. Depois, diante da roupa e da aparência corretas do jovem, a porta se abriu quase totalmente.

Um criado inclinou a cabeça sem, no entanto, abaixar os olhos.

— Eu tenho um envelope para entregar ao grande ministro supremo.

— O grande ministro Michinaga não chegou ainda.

— Ah! — fez Shotoko, desapontado.

— Quem te trouxeste até aqui?

Como a dama Hatsu não lhe tinha confiado nenhuma resposta a esse respeito, nem mesmo Yasumi, devia encontrá-la ele próprio.

— Já estive aqui — mentiu.

— Quando?

— Com algumas damas de honra e... a imperatriz... que devia ver seu pai às ocultas.

— Não te reconheço. Parece-me até que nunca te vi.

— Meu rosto talvez tenha mudado.

— Isso me surpreenderia. É necessário uma máscara para mudar um rosto. Lamento, não posso deixar-te entrar. Visto que encontraste o caminho secreto, volta mais tarde.

— Mas...

Ele ouviu a batida seca da porta que se fechava. Contrariado, furioso, bateu violentamente na madeira da porta:

— Estou certo de que o ministro Michinaga está no interior deste pavilhão. Tenho uma mensagem muito importante para ele. Abre!

— Se tens uma mensagem, podes entregá-la, jovem — ouviu a suas costas.

Shotoko voltou-se bruscamente. Michinaga estava à sua frente e lhe estendeu a mão. Com extremo alívio, apresentou-lhe o envelope.

— Sou Shotoko, filho de Tamekata Kenzo, funcionário dos negócios militares — disse ele precipitadamente. — Esta mensagem me foi confiada pela dama Suiko, que me recomendou entregá-la em suas próprias mãos.

Shotoko viu brilhar os olhos escuros do grande ministro. Ele o viu hesitar e observar um instante a cor branca da folha, indicando que se tratava de um bilhete relativo a uma questão administrativa ou de simples rotina diária. Que lhe poderia realmente escrever a senhora Suiko?

Em seguida, lançou a Shotoko um breve olhar, que perguntava-lhe sobre a escolha do mensageiro enviado pela senhora Suiko. Que queria ela com ele?

— Entra — acenou ele. — Quero fazer-te algumas perguntas. Michinaga entrou em uma sala grande, clara, que dava para um jardim coberto por uma espessa camada de neve. Tudo se curvava sob um incrível peso, os ramos, a pequena ponte de que se distinguia apenas a forma arredondada, o rio que não emitia mais nenhum som, enterrado também ele sob a neve, até o céu imensamente branco.

Michinaga tirou seu manto forrado, seu chapéu laqueado, suas botas, que o criado levou para outra peça e, chamando-o novamente, recomendou-lhe que ninguém viesse interrompê-lo. Finalmente, desamarrou a corda de vime que envolvia a folha e desenrolou a mensagem.

Shotoko o observava. Ele viu suas maxilas se contraírem e compreendeu que refletia depressa, mas intensamente. Aparentemente não parecia encontrar resposta ao que procurava.

— Foi a senhora Suiko que te deu esta mensagem? Shotoko hesitou.
— Sim.
— Como e por que a conheces?

O jovem hesitou. Yasumi não lhe havia sugerido nada para esse tipo de pergunta, por isso devia jogar duro e não cair nas armadilhas que fatalmente tramava-lhe o grande ministro.

— Eu a conheci na casa da senhora Susue Sei.
— Quem é a senhora Susue Sei?
— A tia de meu amigo Yoshira, transferido no último inverno a Iwaki com a seção de arqueiros formada no palácio.
— E que faz a senhora Susue?

— Arranjos florais para seus clientes de Kyoto, mas ela trabalha também para a imperatriz e suas damas da corte.

Michinaga indicou-lhe uma esteira e uma almofada.

— Senta-te.

Depois tomou lugar na frente de Shotoko, desconcertado por essa súbita familiaridade.

— Por que não a conheceste como todos no pavilhão das Glicínias?

— No pavilhão das Glicínias!

— Sim. Como teu irmão, provavelmente.

— Meu irmão! Que tem ele a ver com esta história?

Logo lamentou ter feito essa pergunta, porque de um salto Michinaga levantou-se, e Shotoko perguntava-se a razão dessa súbita fúria.

— Escuta, pequeno! Eu sei que és o último filho de Tamekata Kenzo. Eu posso causar a tempestade e o bom tempo no seio de tua família. Então eu te ordeno a dizer-me tudo o que sabes a respeito da senhora Suiko. O que é que ela está fazendo na casa da senhora Susue Sei? Como ela te conheceu?

Todas essas perguntas começavam a perturbar Shotoko e ele não sabia como interpretar essa ameaça disfarçada. Todos no palácio sabiam que Michinaga poderia banir quem o desgostasse e fazer subir na complexa hierarquia da administração quem soubesse seduzi-lo.

Shotoko não se moveu e dirigiu seu olhar inquieto para Michinaga.

— Quero que me contes mais sobre a senhora Suiko. Quando ela conheceu essa Susue Sei? — recomeçou este, elevando o tom.

— Quando ela chegou em Kyoto.

— Em que dia e em que ano?

— Faz três primaveras.

Assim, não fazia tanto tempo que morava na capital. A senhora Song Li havia deixado subentender que ela teria chegado bem antes.

— Ela era viúva?

— Viúva!

Michinaga apontou para ele com indicador imperiosamente.

— Parece que não o sabes.

— Ela não me falou nada disso.

— Espera! Parece que tu não a conheces muito bem. E teu irmão... Ele te falou dela? Ele te disse que girava em torno dela como um animal no cio?

Dessa vez Shotoko caiu em gargalhada.

— Oh! Isso me surpreenderia.

— Por que motivo?

— Mas... mas eu não sei.

— Sabes que posso interromper tua carreira antes que ela comece.

— Certamente! Grande ministro supremo, eu preferiria muito mais que a favorecesses. De qualquer forma, pretendo realmente mostrar isso a meus irmãos, que nunca se preocuparam comigo.

— Então tu não gostas deles!

— Eu não disse isso. Eu só quero provar a eles que eu existo.

— Posso oferecer-te os meios.

Ele se levantou e caminhou lentamente em torno do jovem, sem deixar de olhá-lo.

— Eu posso fazer tudo, já te disse — continuou, plantando-se diante dele. — Então vais comportar-te exatamente como eu te ordenar e saberei agradecer-te como se deve.

Shotoko inclinou a cabeça em sinal de consentimento.

— Eu posso obedecer sem restrição, com a condição de que nada venha a prejudicar a senhora Suiko.

A inesperada e violenta reação de Michinaga surpreendeu o jovem, e ele perguntava-se se sua resposta era a causa dela. Com seu dedo indicador sempre apontado, aproximou-se e bateu brutalmente no peito dele.

— Então mentes, tu a conheces mais do que dizes.

— Que me ordenas, grande ministro?

— Vou te dar uma carruagem e dois guardas, e vais voltar aqui acompanhado da senhora Suiko. Visto que ela me pede um encontro, eu o ofereço a ela na hora que se segue.

Depois se acalmou e acariciou o queixo com ar distraído. Nunca antes Michinaga havia feito entrar uma mulher em seus apartamentos privados, como, de resto, não havia feito entrar nenhuma em sua casa de Kyoto, que sua esposa Rinshi nem sempre ocupava, pois residências de província certamente não lhe faltavam.

CAPÍTULO 17

A carruagem ia em boa marcha, e os dois bois atrelados faziam ressoar o ruído carregado de seus passos sobre o pavimento das avenidas, de onde haviam retirado a neve com a ajuda de pás.

Quando Shotoko chegou na casa de Sei, Yasumi já tinha ido embora.

— Sem dúvida, ela já deve ter chegado no pavilhão das Glicínias, tu a encontrarás por lá sem dificuldade.

— Agora ela mora lá?

— Sim! Desde que deixou minha casa. Foi, aliás, nessa época que Yoshira partiu para Iwaki.

— Eu sei onde se situa o pavilhão das Glicínias, mas nunca estive lá.

O jovem estava, algum tempo depois, diante da porta da tão renomada casa de chá, na qual nunca tinha entrado. Seu pai a frequentava regularmente na época em que não conhecia ainda Kijiyu, sua última concubina.

Kanuseke, por sua vez, conhecia o local, e talvez até mesmo Tameyori! Mas geralmente os dois frequentavam casas de chá mais acessíveis e de menor reputação, onde se podia passar momentos de prazer com uma linda mulher. No pavilhão das Glicínias não se fazia o jogo do amor, mas se tomava chá ou saquê, discutia-se, confrontava-se a própria cultura com a de outro, falava-se de política e eram postas em causa as ideias do país.

Na casa de Sei, Yasumi não tinha tido tempo de lhe falar do pavilhão das Glicínias, nem da senhora Song Li, e Shotoko sentia muito bem que todo um mundo o separava ainda de sua irmã. Criavam-se mistérios em torno dela, problemas, segredos de que ele não fazia parte ainda. Mas havia pouco tempo Shotoko tinha feito sua escolha. Ele jogaria as cartas de Yasumi e não mais as de seus irmãos. E se ele fosse apoiado pelo grande ministro supremo, Tamekata Kenzo não poderia mais ditar as cartas sobre seu futuro.

Como toda vez que abria a porta do estabelecimento, Jujuku pôs seu nariz pela fresta. Avistando esse jovem alto, de aparência benevolente, dirigiu-lhe um largo sorriso. Os traços da adolescência que, nesse instante, ele ainda trazia em seu rosto a tornaram, contudo, cautelosa.

— Quem queres ver? — perguntou ela, em vez de dizer educadamente as habituais expressões "Entrem, senhores!", quando se tratava de um grupo de amigos ou "Entrem, meus senhores!" quando eram apenas dois nobres do palácio ou dois governadores de província. Palavras que Jujuku fazia inevitavelmente seguir da frase: "O pavilhão das Glicínias tem o prazer de acolhê-los".

Diante da pergunta embaraçosa da jovem criada, Shotoko ficou sem saber se devia pedir por dama Suiko ou Yasumi. Suas reflexões, durante o trajeto, que não havia levado mais de uma hora, deram-lhe a certeza de que sua irmã desempenhava o papel de uma e de outra. Então pensou que, se na casa de Sei ela era Yasumi, aqui devia ser senhora Suiko, a famosa viúva de quem Michinaga havia falado. Foi, portanto, este nome que pronunciou.

— E eu — retorquiu Jujuku —, quem devo anunciar?

— Shotoko.

Um grande vento varreu o espaço. Yasumi já acorria em direção ao irmão, com seu longo cabelo tocando o chão.

— O grande ministro quer ver-te imediatamente, anunciou Shotoko. Deu-me uma hora. Infelizmente, essa hora já passou. Da presteza que eu levar para te conduzir até ele dependerá a gratificação que me concederá.

— Então não se deve fazê-lo esperar. Vamos já.

— Ele me fez perguntas que eu não soube responder.

Ela o tranquilizou com um gesto afetuoso, tomando a mão dele.

— Como poderias agir de outra forma, uma vez que não estás a par de nada? Não te preocupes, eu vou contar-lhe tudo o que ele não sabe.

Com pequenos passos apressados chegava Song Li, que era sempre atraída pelos ruídos dos clientes, a partir do momento em que Sakyo ou Jujuku abriam a porta.

— Li — disse a jovem —, este é Shotoko, meu meio-irmão.

— Muito bem, eu te cumprimento, meu jovem. É uma sorte que haja pelo menos um na família que tenha sabido honrá-la.

Ela se voltou para Yasumi.

— Eu acho, pequena, que deves ir tal como estás! Mostra-lhe, dessa vez, teu verdadeiro rosto e procura não contrariá-lo, pois ele tem teu destino nas mãos.

Ela balançou a cabeça, esboçando uma careta.

— Tampouco te rebaixes muito, isso te desvalorizaria e, mais importante, não te deixes seduzir, porque, obviamente, é o que ele espera. Em uma palavra, deves saber dosar minhas recomendações antes de chegar a teus julgamentos e escolher tuas decisões.

— Mas se ele se obstinar em uma ideia que não admito, que devo fazer?

— Não cedas em qualquer circunstância. Podes sempre recuar na reflexão e prometer uma resposta posterior. Nesse caso, ele te imporá um prazo, aumenta-o, isso não vai lhe causar problemas, e ele vai aceitar. A espera e a paciência fazem parte da sabedoria. Relembra a ele, se precisares, desse argumento. Ele saberá apreciá-lo.

— Li, teus conselhos me tranquilizam, e sinto-me mais forte.

A velha mulher se aproximou e, tomando-a nos braços, apertou-a contra si.

— E depois, não esqueças que, se tudo der errado, tu serás sempre a dona nesta casa.

— Não o esquecerei, Li.

Duas longas mechas, flexíveis e brilhantes, dispostas na frente, caíam até o chão. Ela as pôs para trás, para misturá-las com o restante dos cabelos, e seguiu Shotoko.

◆

Chegaram ao palácio quando a neve tinha recomeçado a cair. Uma rajada os surpreendeu ao saírem da carruagem. O criado abriu-lhes inteiramente a porta e os fez entrar sem esperar.

Yasumi não tremia, mas se preocupava com o rumo que esse diálogo poderia tomar. Ele seguiria a seu favor ou jogaria contra ela? Na pior das hipóteses, Michinaga recusaria conceder-lhe o restabelecimento de seu nome na linhagem dos Fujiwaras, e, nesse caso, Motokata não se casaria com uma simples Suhokawa, mas faria dela somente uma concubina.

Certamente, essas eram as duas possibilidades mais sombrias que se desenhavam diante dela, e a visão acolhedora do pavilhão das Glicínias a tranquilizou. Nesse ponto, havia um fato que representava uma conquista: ninguém poderia tomar-lhe as riquezas dos ensinamentos que mestre Yukinari lhe ministrava ou roubar-lhe os conhecimentos acumulados pacientemente, dia após dia.

A neve começava a derreter no pavimento do corredor em que o criado os havia feito entrar. De olhar baixo, Yasumi olhava distraidamente a pequena poça de água que escoava a seus pés e, quando levantou a cabeça, viu Michinaga diante dela.

Sem tempo para tirar da manga seu leque, não podia esconder seu súbito embaraço. Pela primeira vez, o grande ministro supremo via o rosto sem maquiagem da senhora Suiko. Seus olhos reluzentes pesaram sobre ela, que teve a impressão de que a despia e deixaria seu corpo desnudo. Finalmente, ele disse:

— Vem a meu gabinete, há um braseiro. Poderás te reaquecer. Introduziu Yasumi na mesma sala onde Shotoko havia entrado há pouco e, voltando-se para ele, prosseguiu:

— Não preciso mais de ti, meu rapaz. Eu te chamarei dentro de algum tempo para te recompensar, como prometi.

— Grande ministro supremo — objetou veementemente Yasumi —, eu preciso da presença dele para o que devo te revelar.

— Por quê?

— Porque ele é meu irmão!

A palavra, de pesadas consequências, mas tão leve no coração da jovem, foi lançada. Michinaga esboçou um sorriso, cujo significado escapou à jovem.

— Então Kanuseke também é teu irmão! Yasumi aquiesceu, prosseguindo com voz clara:

— E Tamekata Kenzo é meu pai — Michinaga deu uma estrondosa gargalhada.

Depois o riso se deteve, e ele a tomou pelo braço, apertando-o violentamente, com toda a hilaridade sumida de seu rosto.

— Assim, Kanuseke é teu irmão! — repetiu.

— Shotoko também.

— Falo de Kanuseke! — interrompeu bruscamente. — Como é que ele contou a toda a guarda imperial que ele tinha auferido os favores de tua cama e que tu divulgavas sem vergonha alguma que não há melhor amante que ele?

— É falso! — exclamou Shotoko, com a vermelhidão avivando subitamente suas faces. — É falso!

— Sim! — replicou Yasumi, queimando de vergonha. — É um monte de mentiras e de calúnias. Solicito uma reparação imediata.

— Vou investigar essa questão. Mas se for verificado que és tu a mentirosa, então vou conspurcar a reputação de teu belo pavilhão das Glicínias até fazer-te afundar na desgraça.

Em alguns segundos, promoveu uma verdadeira confusão ao convocar criados, guardas, oficiais de polícia, oficiais de justiça e deu ordens para ir procurar a família Tamekata.

Durante esse tempo, Michinaga perguntava:

— Quem é Song Li para ti?

Yasumi esboçou em seus lábios não pintados um simples sorriso que queria tornar límpido, não humilde.

— Song Li é tudo para mim. É minha mãe, minha avó e minha

amiga íntima. Song Li é minha consciência, minha força e minha nova energia.

— Que mais? — disse secamente Michinaga.

— Quando entrei na capital, fui ver meu pai e meus irmãos, que eu não conhecia. Todos eles me rejeitaram, exceto Shotoko. Então, julgando-me sensível e sensata, Song Li adotou-me. O oficial de justiça, que redigiu os documentos testamentários poderá confirmar isso. Está tudo em ordem.

Michinaga fitava seus olhos na jovem sem tirá-los um segundo, como para deixar neles uma impressão que não poderia mais apagar.

— Que seja inquirida também a senhora Song Li no pavilhão das Glicínias — falou ele, medindo nervosamente a sala.

— Grande ministro supremo — interveio Yasumi —, ela é idosa e não pode se deslocar tão rapidamente como nós.

— Ela sabe muito bem trotar, quando necessário. Quero que ela esteja presente nessa confrontação.

Ele se postou diante dela, indignado. Temia que fosse ela a mentirosa. Seu riso deu lugar à cólera.

— Qual é teu nome verdadeiro?

Yasumi teve um imperceptível piscar de pálpebras. De fato, ela esperava essa pergunta há muito tempo e se preparava para enfrentar esse ponto, que fazia questão de esclarecer.

— Eu me chamo Suhokawa Yasumi, do clã dos Fujiwaras por parte de minha mãe, aquela que foi a primeira esposa de Tamekata Kenzo. Meu avô, Fujiwara Jinichiro, era conselheiro e amigo do imperador Murakami. Foi banido da corte por seu sucessor, o imperador Reizei, que não compartilhava o ponto de vista sobre questões de política externa.

O furor de Michinaga desapareceu em um instante, como se essas informações de capital importância lavassem a jovem das calúnias que seu irmão fazia pesar sobre ela. Tal ascendência, se fosse verdadeira, não podia dar à luz uma vulgar cortesã. Teria ele receado que a senhora Suiko fosse apenas filha de uma banal concubina, não podendo gerar senão uma moral duvidosa?

Aproximando-se dela, apanhou uma mecha de seus longos cabelos, que recaíam sobre seu peito, e a deixou deslizar entre seus dedos.

— Tu tinhas a liberdade de mudar, com uma maquiagem excessiva, teu rosto, que todas as damas da corte, aliás invejam. Mas não tinhas o direito de me enganar com relação à tua identidade.

Percebendo o olhar espantado do jovem Shotoko, ele deixou recair a mecha de cabelos negros sobre o peito da jovem.

— Se eu não tivesse visto a senhora Suiko com esta mesma e extraordinária cabeleira, teria duvidado de que fosses a mesma pessoa. Mas nenhuma mulher na corte tem cabelos tão longos como tu.

Yasumi achou prudente recuar um passo.

— Além disso, nunca vi cabelos tão lindos.

Depois se recompôs:

— Mas a verdade é que me enganaste.

— Longe de mim estava a ideia de te enganar, grande ministro supremo. Devia simplesmente me aproximar de meu pai e de meus irmãos sob outra aparência, visto que rejeitavam aquela que lhes apresentei. Mas posso jurar que Kanuseke é um mentiroso. Suas palavras são monstruosas e me conspurcam de maneira intolerável.

Ela se aproximou do braseiro, observando ao mesmo tempo Michinaga.

— Deves acreditar em mim, senhor Michinaga.

— Quero ouvir com meus ouvidos a confrontação.

Sua voz havia se suavizado, mas persistia ainda uma sombra de ameaça. Por isso a jovem replicou:

— Realmente, senhor Michinaga, esse rapaz pretensioso que alega ter obtido meus favores é o oposto daquilo que eu gosto em um homem. Ele é de uma tolice que ultrapassa os limites aceitáveis. Se não posso tolerá-lo como irmão, como poderia suportá-lo como amante?

Michinaga não replicou. Rumores se fizeram ouvir na porta. Michinaga, impaciente por saber mais, deu ordens para que fizessem entrar Tamekata Kenzo e seus filhos.

◆

A surpresa foi tão grande como espetacular. Yasumi se mantinha perto do grande ministro supremo, e Shotoko, de pé e não muito longe dela, deixava transparecer uma atitude um pouco fria, quase indiferente. Pai e filhos, atordoados, olhavam ora para Michinaga, ora para Yasumi.

De rosto frio e olhar grave, o grande ministro deu-lhes todo o tempo para recuperarem-se do assombro. Kenzo foi o primeiro a recompor-se. Agora seus olhos pousavam em Shotoko. Imóvel, o jovem estava calmo. Shotoko o surpreendia consideravelmente: havia infringido suas ordens e tinha desafiado sua autoridade, deixando-se influenciar por essa jovem que ele se recusava a reconhecer.

Embora Kenzo não fosse tolo, ele já havia perdido algumas boas promoções no decorrer de sua carreira administrativa e, se jamais tinha galgado os escalões superiores, foi porque as mulheres o haviam adormecido, levaram-no a perdição. Kenzo, no entanto, via de modo diferente as coisas e preferia pender para um julgamento totalmente diverso. Quantas havia seduzido durante sua vida? Aos quarenta anos, podia orgulhar-se de ter tido todas as mulheres que, de olhos lânguidos e gestos provocantes, rodeavam-no, cortesãs e criadas inclusive e, se não havia tentado nada com Yasumi, é que desconfiava que ela não mentia quando sustentava ser sua filha. Sua semelhança com Kanuseke era por demais evidente, e esse quimono de Hatsu que ela usava no dia em que veio vê-lo na tribuna das corridas da Segunda Avenida... Mas Kenzo se obstinava. Que dizer a seus dois filhos mais velhos sem lhes confessar que não tinham nascido de sua primeira esposa, mas de uma simples concubina?

Sua reação inicial passou, ele já reunia os argumentos que oporia ao grande ministro supremo diante dessa filha muito ousada, que ameaçava sua estabilidade familiar, pois, na época em que havia desposado Hatsu, Michinaga não estava no poder e não tinha nenhuma autoridade sobre o rumo dos negócios da corte. Mas as coisas não ocorreram como ele havia previsto, e não se tratava especificamente de seu casamento com Hatsu, filha de Fujiwara Jinichiro.

Ignorando Kenzo e voltando seus olhos frios para Kanuseke, o grande ministro interveio em um tom glacial:

— Qualquer que seja o nome desta jovem que está perto de mim, ela pede reparação pelo ultraje que cometeste contra ela.

Equivocando-se exatamente como seu pai sobre o tema da discussão, Kanuseke replicou educadamente:

— Apesar de nossa semelhança, grande ministro, esta mulher te engana precisamente como a nós todos, alegando ser filha da esposa principal de meu pai.

Michinaga fitou nele um olhar sulfuroso e o tom de sua voz tornou-se mordaz:

— Quem te fala da primeira esposa? Que semelhança rejeitas? Eu disse: "Qualquer que seja o nome desta jovem que está perto de mim, ela pede reparação pelo ultraje que perpetraste contra ela".

— Grande ministro supremo — interveio Kenzo —, quem prova que ela é filha de...

— Basta! — gritou Michinaga. — Não escutas nada do que digo ou nada compreendes?

Deu alguns passos para a frente, com o olhar plúmbeo de raiva.

— Repito que não se trata nem do nome desta jovem, nem de quem ela nasceu.

E, apontando o dedo indicador para Kanuseke, prosseguiu com uma voz cuja ira inflava:

— É a ti, e não a teu pai, que ela pede reparação, e isso se refere aos boatos que espalhaste sobre ela.

Equivocando-se outra vez, Kanuseke sorriu, seguro de si:

— Eu não espalho nada, grande ministro, bem pelo contrário, porque não somente não falo dela, mas quero esquecer até seu rosto.

— Então como é que tu andas contando a quem quiser ouvir que compartilhaste a cama com ela?

Dessa vez, o ar arrogante do jovem apagou-se instantaneamente em seu rosto. Estupefato, abriu a boca, mas nada conseguiu expressar como resposta. Para desvencilhar esse emaranhado, Kenzo deu um passo à frente.

— É insensatez! — exclamou ele. — Como meu filho poderia ter qualquer ligação com esta jovem? Sem dúvida, não é dela que se trata, mas...

— Mas de quem? Vamos! Desculpa-te!

Yasumi, por sua vez, deu também alguns passos à frente e se viu debaixo do nariz de seu irmão. Ela destacou cada palavra friamente:

— Tu espalhaste por toda a corte que deitaste em minha cama e, mais ainda, ousaste dizer que, de todos os meus amantes, eu te julgava o melhor.

— Em que rede queres me jogar, mulherzinha?

— Naquela da senhora Suiko, que nunca levantou os olhos para ti. Ela te julga por demais inculto para isso.

Agora os olhos de Michinaga não estavam mais zangados, mas agressivos, maldosos. Apontando novamente o dedo para Kanuseke, vociferou:

— A senhora Suiko e tua irmã não são senão uma só pessoa.

Shotoko voltou o rosto para seu pai. Ele estava desestabilizado com essa história incrível, na qual somente seu filho parecia estar em jogo. Começava a compreender que havia se colocado em uma péssima situação. Yasumi, filha de Hatsu, era sem dúvida vulnerável, mas a senhora Suiko era intocável! Foi bem por isso que ele, Tamekata Kenzo, o infiel que se julgava irresistível às mulheres, nunca tinha tentado seduzir a bela mulher, senhora Suiko, bem ciente de que os olhos de Michinaga já haviam pousado sobre ela. Como podia ter esquecido de prevenir seu filho que, nesse aspecto, parecia-se tanto com ele?

Foi nesse momento, quando Kenzo buscava um meio para salvar seu filho, que Shotoko caminhou até ele:

— Sim, pai, sob o rosto maquiado da senhora Suiko, há aquele de Yasumi, tua filha.

Tameyori, que até então não tinha dito nada, na maior perplexidade, olhava seu irmão Kanuseke. Ele tinha ido longe demais, certamente! Mas restava uma questão a elucidar, e, exatamente como Kenzo, seu pai, sentia que esse tema permaneceria um ponto de atrito, sobre o qual o grande ministro supremo se deteria.

Agora Yasumi encarava o olhar de seu pai.

— Com a ajuda de Song Li, que me adotou porque tu me rejeitavas tão facilmente, levei oito estações para me transformar, para incorporar dia após dia a personagem de dama Suiko. Toda a corte me admira e me venera.

De um salto, ela se pôs diante de Kanuseke:

— Não és tu, meu irmão, que, com um piparote, vais expulsar-me do palácio. E para que eventualmente haja clemência depois de tua condenação, confessa tua mentira desde já e afirma em alto e bom som que eu nunca fui tua amante.

— Eu te expulsarei de Kyoto — garantiu Michinaga, com voz baixa e rouca. — E banirei também teu pai e teu irmão. Somente este rapaz vai permanecer sob minhas ordens diretas no palácio.

Ele apontou Shotoko que, vendo que a situação de seu pai se deteriorava mais do que teria imaginado, tentou fazer-lhe compreender, por um piscar de olhos, que era necessário levar Kanuseke a submeter-se.

— Vamos, meu filho — disse Kenzo, voltando-se para seu filho mais velho —, muitas vezes aconteceu de me gloriar impunemente de conquistas que não eram minhas. Isso não é grave, mas o que é realmente é causar danos a uma mulher. Confessa e esta pessoa não ficará mais aborrecida contigo.

Yasumi fitou seus olhos nos de seu pai.

— Então, dize-lhe que me inocente completamente.

Michinaga foi abrir a porta para que os criados e os servos ouvissem as palavras que o jovem iria pronunciar. Era evidente que desejava que todo o palácio estivesse a par dessa confissão que iria limpar a honra da senhora Suiko.

— Confessa, meu filho! — falou Kenzo em voz baixa. Kanuseke olhava seu pai com um ar abatido. Yasumi o observava, agora com o semblante triunfante.

— Preferes escrevê-lo?

Michinaga estendeu-lhe logo uma folha e um pincel.

— Vamos! — disse ele, em tom zombeteiro. — Compõe um poema sobre teu estado de espírito atual.

Viva como uma cotovia, Yasumi apanhou a folha e redigiu um pequeno texto que estendeu a seu irmão:

— Responde-me por outro poema e vou perdoar-te as mentiras que espalhaste.

— Lê! — ordenou Michinaga em voz alta.

— Lê! — repetiu Yasumi. — E responde-me imediatamente.

Olhando seu pai, Kanuseke leu em seus olhos a ordem de obedecer.

O AMANHECER DESALOJOU A SOMBRA DA FILHA ESQUECIDA. FOI SUFICIENTE, NO ENTANTO, UMA PALAVRA PARA QUE A ESCURIDÃO VIESSE SOMBREAR O DIA. É NECESSÁRIA OUTRA PALAVRA PARA QUE O OURO DO SOL ILUMINE OS OLHOS DE BUDA QUE VÊ E OUVE?

Diante do aspecto abatido de seu filho, foi Kenzo que, com voz hesitante, leu o texto de sua filha.

— Vê! — interveio Yasumi, voltando-se para Michinaga. — Este rapaz é incapaz de compor um poema como é incapaz de compreender o significado do meu. Como poderia ter-me apaixonado por semelhante homem? Esta ideia é insustentável.

Depois ela calou-se e abaixou modestamente a cabeça. Esse gesto fez com que uma longa mecha negra de seus cabelos caísse sobre seu peito. Seus cabelos deslumbrantes atraíam todos os olhares, e o grande ministro não conseguia tirar os olhos deles.

◆

Pela porta aberta, a história do poema que o filho mais velho de Tamekata não havia conseguido compor espalhou-se por todo o palácio. Correu de boca em boca, de criadas a damas de companhia, de arqueiros a oficiais e de primeiras-damas de honra à imperatriz Akiko. A jovem Yokohami, alarmada, andava em círculos em seu quarto, perguntando-se que delito havia realmente cometido sua família para ser tratada desse modo diante do grande ministro supremo.

Foi nessa agitação que Song Li chegou, apoiada em Bordo Vermelho e Jujuku, que não consentiam em deixá-la partir sozinha.

— Eu ouvi o que diziam, senhor Michinaga — deplorou ela, passando a porta da grande sala onde a família Tamekata recuperava-se a custo do incidente causado por Kanuseke.

— Quem é aquele que, impunemente, manchou a honra de minha neta? — prosseguiu ela, plantando-se diante de Kenzo, cuja idade madura não deixava dúvidas de que ele era o pai.

Tameyori se afastou, e Song Li percebeu que o faltoso era o jovem ao lado de Kenzo. Ela o fulminou com o olhar, e Kanuseke, cujo primeiro impulso tinha sido o de enfrentar essa velha intrépida, teve de abaixar os olhos diante de sua imperiosa insistência.

— Meu rapaz, não vou admitir tal indecência. Renegar tua irmã já era uma infâmia, mas conspurcar minha Suiko, que adotei por amor, é uma coisa imunda pela qual não te perdoarei nunca.

E continuou com sua voz firme e de timbre alto:

— Negaste tuas afirmações, rapaz? Não! Pois bem, tu te arrependerás. Não cessarei de acossar o grande ministro supremo para que te expulse do reino, como outrora Fujiwara Jinichiro, avô desta jovem, foi banido pelo imperador Reizei por questões mil vezes menos sórdidas que as que te dizem respeito.

Michinaga pediu uma cadeira para Song Li, que vacilava sobre suas pernas. Ela continuou, no entanto, sua arenga dirigida a Tamekata Kenzo e a seus filhos:

— Rejeitar esta menina vai prejudicá-los mais do que reconhecê-la. Uma Fujiwara os sobrepujará em todas as áreas, e seu destino será mais brilhante que o de vocês.

Voltando-se para Michinaga, Yasumi percebeu rapidamente que os conselhos que Song Li lhe havia dado antes que deixasse o pavilhão das Glicínias tornavam-se inúteis para ela. Li se preparava para enfrentar o grande ministro, correndo o risco de irritá-lo. Mas ela conduzia corajosamente seu caso, decidida a levá-lo até o fim. Por isso, expôs o seguinte:

— Esta menina é uma Fujiwara esquecida por um destino que se pôs contra ela e sua mãe. A reparação que não conseguiu obter quando veio morar em Kyoto junto de seu pai e de seus irmãos deve ser compensada pela reabilitação de sua herança materna. Outrora foram confiscados todos os bens que lhe cabem, aproveitando-se alguns da desgraça de Fujiwara Jinichiro. Esse homem era um dos teus, senhor Michinaga, tu tens o dever de reparar esse erro.

Yasumi olhou o grande ministro. Sua atitude não parecia contrariada pela vivacidade das palavras de Song Li. Ao contrário, escutava-a calmamente, sem interrompê-la. Depois voltou-se para Yasumi, que lhe dirigiu um leve sorriso, no qual ele viu uma ponta de esperança. Bastava uma só palavra para que *o ouro do sol ilumine os olhos do Buda que vê e ouve*.

Song Li, que se dava conta da complexidade de todos esses acontecimentos, analisava cada detalhe da situação. Compreendia que, em tempos futuros, Yasumi não teria um caminho fácil a percorrer, pois ela seria, um dia, motivo de conflito entre Michinaga e Motokata, cada um reclamando seus respectivos direitos, visto que um e outro lhe teriam dado tudo de que ela tinha necessidade para viver: a liberdade e o amor com Motokata, a reintegração de seu nome, a honra de sua mãe e seus títulos patrimoniais com Michinaga.

Seria um ponto difícil a debater, doloroso talvez... Como Yasumi haveria de assumir o perpétuo confronto entre os dois homens? O poder e a autoridade de Michinaga eram superiores às vontades do imperador. Em duas palavras e alguns gestos, traduzindo-se pela assinatura de três ou quatro documentos, ele exilava para terras distantes aqueles que lhe criavam obstáculos.

Hoje Kanuseke... Amanhã, talvez, Motokata...

Song Li sabia que, graças aos combates que havia travado contra os piratas no norte, Motokata já havia apagado a má reputação que tinha maculado sua família. Mas ela sabia também que, no momento em que soubesse da aliança entre Yasumi e Motokata, o grande ministro procuraria uma vingança por todos os meios. Quais utilizaria? A força de caráter do casal haveria de vencer?

Ela tranquilizou-se, persuadindo-se de que a jovem, retirada no pavilhão das Glicínias, encontraria ali um meio de se proteger. As pessoas de elevada condição, os letrados, os cientistas, os poetas e os calígrafos, de que ela se cercava desde agora, constituiriam sua verdadeira couraça.

Por ora, a discussão não foi mais longe. Michinaga, com voz seca, mandou Kenzo e seus filhos retirarem-se. Pediu a Song Li e Yasumi para ficarem, a fim de debater o problema da reabilitação.

CAPÍTULO 18

No último dia do mês Sem Lua, um mensageiro apareceu no pavilhão das Glicínias. Entregou um pequeno pacote a Yasumi. Com mão impaciente, ela desamarrou o fino laço de fibra de bambu que retinha um raminho de hera de coloração avermelhada pelo frio. Desenrolou a breve mensagem que esperava há mais de um mês.

— Li! — exclamou a jovem. — Motokata voltou!

A velha mulher suspirou. Sentiu-se repentinamente triste com a ideia de que Yasumi passaria longos dias na casa de Motokata. Como se medisse, quase nos mínimos detalhes, a dificuldade que Song Li teria em ficar sozinha, a jovem aproximou-se, inclinou-se em sua direção e a tomou em seus braços.

— Não temas, estarei de volta em poucos dias — prometeu ela. — Eu me aborreceria muito sem ti, Li. Preciso sentir-te perto, tu o sabes.

Essas palavras, que a velha chinesa esperava, despertaram um sorriso em seu rosto pálido e redondo, invadido pelas rugas. A luz que brilhava, contudo, em seus olhos a tornava ainda tão jovem que, por vezes, Yasumi esquecia o momento em que ela não estaria mais ali. De fato, haveria de chegar um dia em que Song Li, a chinesa vinda da capital de Kaifeng, passando pela Mongólia, partiria para o além, para unir-se a todos os seus.

— Sei que retornarás, pequena, e somente por isso eu te esperarei.

Yasumi ninou Li como uma criança que reclamava o carinho materno. Elas cochichavam palavras afetuosas, e a velha mão de Li passava interminavelmente pelos cabelos de Yasumi como para tirar deles a energia de que teria necessidade quando estivesse sozinha.

A voz de Jujuku as trouxe repentinamente de volta à realidade. Ela gritava que o mensageiro, que esperava em um dos corredores do pavilhão, queria falar com a jovem.

— Ele disse que não veio sozinho — acrescentou a criada —, e o senhor Motokata o aconselhou a voltar a pé, se ficasse sem cavalo.

— Sem cavalo?

E, subitamente, teve o clique...

— Longa Lua! — exclamou ela.

Precipitou-se para fora. Foi como um furacão se jogando sobre a égua branca, que relinchou de alegria por encontrar sua patroa. Yasumi se esfregou em seu flanco, acariciou seu pescoço, apertou suavemente sua cabeça entre seus dedos afilados. A cauda chicoteava a parede da baia, e as orelhas levantavam-se altivas e retas, à espreita das palavras e dos suspiros que a jovem lhe sussurrava.

— Longa Lua! — continuou ela. — Minha linda égua, minha rainha! Não tenho mais coragem de te deixar partir novamente e, se não estivesses ansiosa pelas corridas, eu te deixaria na cavalariça do pavilhão, só para ver-te todos os dias. Mas, por esta noite, vou dizer a Bordo Vermelho para te mimar, para te acariciar como nunca foste acariciada. Ele te cantará até mesmo uma melodia de outros tempos. Ele conhece todas, tu verás.

Ela abandonou-se à felicidade dessa delicada atitude de Motokata. Foi tomada subitamente por uma louca vontade de cavalgar pelas montanhas, com a carícia do vento em seu rosto e a magia da velocidade.

Voltando ao pavilhão ao entardecer, passou a noite ao lado de Li, que havia solicitado sua presença.

Por estar envelhecendo, ficava tomada por essa vontade de sentir a jovem perto dela antes de adormecer. Depois, ao raiar do dia, Yasumi enlaçou seus braços em torno de seu pescoço e a abraçou carinhosamente. Jujuku havia lhe preparado chá, que ela tomou rapidamente com alguns biscoitos de soja, antes de ir para o estábulo.

Longa Lua empinou-se levemente quando Yasumi pulou sobre seu dorso. Elas saíram para a rua ainda deserta na aurora que mal despontava.

Longa Lua fez ouvir a batida de seus cascos no pavimento. De lenta e cadenciada, sua marcha se tornou rápida e ritmada. Depois, como se um vento forte a impelisse para a frente, nada pôde detê-la, e foi em uma corrida desenfreada que passou pela Segunda Avenida e alcançou o bairro dos nobres da cidade.

Havia vários dias que a neve não caía mais, e, em certos locais, via-se nos jardins a espessa camada branca que começava a derreter-se, para deixar emergir uma primavera subjacente. Observava-se isso com as primeiras flores das campânulas brancas, cujo núcleo pouco colorido fundia-se no gelo do solo.

De longe, Yasumi reconheceu a mansão de Motokata e, como se tivesse antenas, ele estava lá muito antes de Bambu e Sosho para acolhê-la em sua casa.

◆

Passaram dois longos dias seguidos de duas longas noites nos braços um do outro. Mal tinham deixado a cama. Bambu lhes havia servido tudo o que era necessário para que não morressem de fome.

O quarto em que estavam era quadrado e espaçoso. Abria-se e fechava-se à vontade, graças às portas corrediças que o separavam do escritório e da sala de estar. O piso de tábuas, sobre o qual estavam dispostas esteiras confortáveis, acolheu mais de uma vez o desejo e o amor, entre almofadas de seda. Agora, estavam um diante do outro, sentados na posição de lótus, e se olhavam nos olhos.

Yasumi tinha dificuldade para concentrar-se. Motokata acabava de informá-la que eles partiriam de madrugada para casar-se nas montanhas, longe de Kyoto, longe do barulho da cidade. Ela tomou uma folha para começar a escrever a Song Li. Não passaria para vê-la. Uma segunda partida a mergulharia na ansiedade. Era preferível que suportasse pacientemente uma separação mais longa, mas única, esperando seu retorno.

Encostou-se na parede, com as costas apoiadas em uma almofada, e começou a encher a folha com elegantes sinais japoneses que Li saberia apreciar em seu justo valor. Sua caligrafia era elegante, suave e densa ao mesmo tempo. Quando terminou sua página, ela a colocou sob uma grande pedra vulcânica que Motokata lhe havia dado e começou a segunda. Não redigiria mais de três, porque convinha realmente escrever apenas o necessário. Em três páginas, Yasumi devia tranquilizar Li com palavras sóbrias e delicadas. Em três páginas, Yasumi devia dizer-lhe ainda que o pavilhão das Glicínias era seu porto de paz e que, mesmo com um esposo, teria necessidade dele.

Motokata estava diante dela e a observava sem nada dizer, como se esvaziasse seu espírito de todo um passado que o entulhava. Amanhã, cavalgariam para a caverna de seus primeiros amores. Amanhã, retomariam suas loucas cavalgadas. O sangue de Yasumi fervia intensamente. E, nesse intervalo, não havia mais lugar para a família Tamekata, para a corte da imperatriz e para o imperioso Michinaga.

Uma batida à porta lhes indicou que Bambu esperava seu consentimento para entrar.

— Entra, Bambu!

— Será que um dia vão levantar? — resmungou ela, depositando a grande bandeja laqueada, separada em vários compartimentos para não misturar os alimentos recobertos de molhos variados.

Yasumi lançou um olhar guloso sobre as variedades de peixes crus cortados em dados e os pequenos frascos de molho de especiarias diversas, cujas cores compunham um conjunto extraordinário. Elas iam do ocre-alaranjado ao verde-escuro e do vermelho-fogo ao branco-gelatinoso. Bambu conhecia todos os segredos da culinária japonesa.

— Levantaremos quando tivermos comido tudo, Bambu — falou alegremente Yasumi.

Duas tigelas de arroz perfumado, duas chávenas de chá fumegante e biscoitos de amêndoa completavam o ritual desse jantar.

— Dirás a Pequeno Salgueiro que prepare nossos cavalos para amanhã de manhã.

— Para onde partem?

— És realmente curiosa, Bambu — brincou Motokata.

— É que ambos vão partir — replicou a criada.

— E antes, o que fazias?
— Eu me virava.
Mas Yasumi não tinha desistido de falar.
— Partimos para as montanhas para casar-nos — a criada ficou sem fôlego.
— Já era tempo de arrumares uma mulher, meu rapaz! — falou ela, meneando a cabeça. E fico realmente feliz que seja esta gentil jovem.

Depois observou Yasumi. Ela estava envolta em um longo vestido verde-pálido com grandes flores rosas, sobre o qual caía um quimono verde-pinho. Seu leque estava perto dela, ao lado da caixinha de escrever e do pincel que havia usado há pouco.

— Vou acender o queimador de perfume — disse ela, deixando de olhar Yasumi.

A atmosfera foi imediatamente tomada por um aroma de lilás e de jasmim misturado com o de incenso. Um perfume sutil e delicado que se podia apreciar. Isso era o suficiente para Yasumi fazer-se desejar. Mal Bambu saiu e Motokata deslizou silenciosamente até ela e, tomando-a pelos ombros, a fez inclinar-se para trás. Suas costas bateram suavemente na almofada fofa que a havia recolhido. Motokata retirou o pente que retinha a pesada cabeleira da jovem, e a massa voluptuosa se estendeu e a recobriu como um suntuoso estandarte.

Seu quimono havia se aberto e, lentamente, ele arregaçou seu vestido até as coxas. Yasumi estendeu as mãos para aconchegar-se a ele. Foi outra noite embalsamada com o perfume dos últimos sobressaltos do inverno.

De madrugada, quando Yasumi abriu os olhos, Motokata dormia ainda. Ela admirou sua beleza viril, menos efeminada que a dos aristocratas da corte. Ela o observava com os olhos semicerrados, para que, caso ele abrisse os seus, não desconfiasse da atenção que despertava. Ele era irresistivelmente lindo e sua felicidade clamava pelo assentimento de todos os Budas da terra.

Motokata despertou. Ela roçou o corpo dele como uma gata amorosa, e ele decidiu desfrutar de um último abraço, o mais forte, o mais intenso, aquele que não poderia ser esquecido. Com o sexo ereto, ele aproximou o doce ventre de Yasumi para si e desfrutou de um prazer de intensidade louca. Yasumi soltou um longo gemido enternecido e, depois, enroscou-se nos braços com que seu amado a enlaçava.

♦

Algumas horas mais tarde, deixaram a cidade, galopando em direção das montanhas. Após terem passado diante do templo de Kyomizu com seu grande pórtico pintado de vermelho, chegaram ao rio Kamo, que escorria suas águas com uma limpidez cristalina. As colinas estavam cobertas de pinheiros de Karazaki. Seus galhos, tão grossos como o tronco, estendiam suas ramagens em linhas horizontais. Os mais baixos recaíam até o chão, oferecendo um refúgio confortável aos gansos selvagens, que dormiam ainda, esperando que os primeiros raios de sol os despertassem.

A neve primaveril derretia-se, deixando filetes de água que iam perder-se nos pequenos rios cujas pontes de madeira, das quais se contemplava novamente sua graciosa curvatura, ligavam as margens.

Uma calma lânguida, repleta desse orvalho matinal que chamava silenciosamente o voo das primeiras andorinhas, envolvia as redondezas. Dentro de algum tempo, grandes ervas surgiriam da terra, arrastando suas cabeleiras mescladas de musgo esverdeado.

Estava inteiramente claro, e o céu corria acima de algumas nuvens de algodão. Yasumi logo soube que estaria fora do mundo. Tudo a levava a esse êxtase, do qual tinha perdido o gosto. Quando Motokata se voltou para vê-la, o som de um gongo ecoou pelos campos das cercanias, e dois galos cantaram.

Então, depois de Gion e suas ruas populosas que ainda não estavam invadidas pela agitação cotidiana, eles chegaram ao lago Biwa, cujas águas de azul-pálido fugiam até o horizonte, piscando sob o sol. Aos poucos, o vale de Kyoto perdeu-se na montanha de Heizian. As culturas se estendiam, enquanto na margem oposta uma cadeia de pequenos montes arenosos de cumes de rochas vulcânicas deixava avistar as casas de uma aldeia e o telhado recurvo de alguns templos.

Ébrio por velocidade, Motokata dobrou à direita em direção de Kobe, na baía de Osaka, onde o rio se alargava e se lançava furiosamente em direção às ilhas do mar Interior. Os arrozais se estendiam a perder de vista, e, na beira do mar, homens carregavam e descarregavam embarcações de cores vivas.

Yasumi respirava a plenos pulmões o vento que chicoteava seu rosto. Nenhuma maquiagem, nessa manhã, criava-lhe obstáculo. Era assim que Motokata gostava dela. Sim! Era assim que a preferia, mostrando-se com sua pele de jovem "bárbara". Ela sabia que ele estava dando essa grande volta para lhe agradar, para excitá-la, para mergulhá-la na atmosfera da liberdade.

Se Kyoto tinha seus templos, Kobe tinha suas fontes, seus canais, suas mil pequenas pontes, que desfrutavam do céu, da água e da terra. Uma harmonia perfeita! Yasumi teria gritado de alegria se não tivesse estado tão ocupada em admirar tudo. Parecia-lhe voltar três anos quando, em seu caminho que a levara para uma Kyoto desconhecida, descobria uma nova paisagem a cada curva do caminho. Estava ciente de que Motokata a levava a dar a volta nas regiões que circundavam Kyoto com um objetivo bem preciso.

Nara não estava mais muito longe. A primeira capital do Japão possuía os mais antigos mosteiros do mundo, como Todaiji, com seus colossos de bronze esculpido e suas estátuas budistas, com seus santuários do xintoísmo, como Kasuga, dedicado aos ancestrais dos Fujiwaras. Nesse local, o caminho tornou-se íngreme e pitoresco. Por isso, tiveram de diminuir consideravelmente a marcha.

— Aqui, as dançarinas são célebres — disse Motokata, apontando com o dedo para Todaiji. — Mas elas nunca vão à corte. Até mesmo o imperador e a imperatriz são obrigados a deslocar-se para vê-las dançar. São tão belas como tu, pois seus cabelos caem até o chão. Sua graça é incomparável. Dançam usando um longo vestido branco com flores verdes, recoberto por um largo manto de seda púrpura, e a testa é adornada com um buquê de flores rosa sustentado por uma faixa de ouro.

Ele abaixou seu dedo e prosseguiu, com os olhos fixos no mosteiro:
— Suas danças são realizadas diante dos bonzos que tocam flauta e tamborim, e elas agitam com uma das mãos seu leque e, com a outra,

guizos. Celebram as divindades antigas do Japão sob a direção de uma deusa.

Agora que Ise não estava mais longe, Yasumi lembrou-se de sua jovem amiga Amasu. Antes da noite, Motokata veria o vaso de céladon. Seria então o momento de falar sobre sua recente viagem e sobre o que Michinaga pediria-lhe para fazer nas regiões do sul, mil vezes mais perigosas que aquelas do norte, porque elas contornavam o famoso mar Interior, onde se escondiam os piratas que retornavam da China.

Passando Nara, voltaram em direção de Kyoto, deixaram o templo de Enryakuji para trás e depois, duas horas mais tarde, passaram diante daquele de Amazu. Quando os cavalos retomaram sua louca cavalgada, Yasumi reconheceu o rochedo que abrigava a caverna.

Finalmente, a porta rolou e as paredes de pedra brilharam aos olhos de Yasumi como se estivessem recobertas de ouro. Erguendo os olhos para Motokata, ela fitou seu olhar. Em alguns segundos, ela viu a transformação se operar. Ele já tinha reassumido seu estilo e suas atitudes de aristocrata rebelde. Ele a tomou em seus braços, e nada mais contava a não ser a hora deliciosa que a eles se oferecia.

Exatamente antes de fechar os olhos, Yasumi viu cintilar o brilho esverdeado do vaso de céladon.

◆

Sua primeira noite foi repleta de um arrebatamento incomparável. Seus dois corpos igualmente vigorosos, aguerridos, impulsivos se enfrentavam completamente nus como dois sabres tilintando gloriosamente um contra o outro.

E foi no final da terceira noite, no calor da ternura, que eles começaram a falar.

Com os olhos fixos no vaso de céladon, Motokata refletia. Finalmente, tomou a palavra:

— Por uma estranha coincidência, tu possuis o céladon e, por um golpe de sorte extraordinário, eu detenho o processo para reproduzir essa maravilha.

Ele se levantou e se dirigiu para o baú. Ela o viu retornar com um rolo de folhas:

— Olha!

Ele estendeu-lhe o rolo.

— Desenrola-o!

Desenhos, esboços, palavras e cálculos preenchiam as três páginas. Sua mão tremeu um pouco. Três páginas! Como aquelas que ela tinha escrito a Song Li para explicar-lhe que não retornaria antes da próxima estação. Esses documentos continham certamente revelações extremamente importantes.

— Podes me explicar?

— Estes são cálculos relativos à porcelana. Mas não se trata aqui de nossa velha terracota que requer a domesticação do fogo, aliada à água e à terra para criar tons amarelo-ocre ou vermelho-marrom. Estamos ainda no forno moldado em argila, do qual saem somente cerâmicas rudes e antigas. Olha a beleza deste céladon. Quando Michinaga o viu pela primeira vez, quis apropriar-se dele e, quando a sacerdotisa de Ise se recusou a entregá-lo, ele só pensou em apoderar-se de sua técnica.

— Minha amiga Amasu não me falou disso. A meu ver, ela ignorava esse detalhe. De resto, ela nada disse, tampouco sobre o segredo dessa técnica.

— O processo é chinês, e, no Japão, ninguém conhece sua fórmula.

— E estes papéis?

— Estes documentos explicam-na. Trata-se do vidrado ou vitrificação verde, descoberta pela China dos Song.

— Mas o que vais fazer com eles?

— Escondê-los aqui. Apenas tu estás a par disso. E, caso eu não retorne de minha segunda viagem...

Yasumi jogou-se em seus braços.

— Nunca mais digas isto. Tu voltarás, eu sei.

— Se eu não voltar de minha viagem ao sul — disse Motokata em tom obstinado —, tu negociarás este documento com Michinaga. Ele te dará muito mais que consideração e prestígio. Ele te fará rainha de Kyoto!

Yasumi deu uma gargalhada.

— Motokata, não quero ser a rainha de Kyoto, e depois tu voltarás. Obstinado, Motokata continuou:

— Mas antes de vender este documento a Michinaga, darás sua composição a meu amigo Mitsukoshi, que possui ateliês de cerâmica, pois não seria conveniente que somente Michinaga detivesse o segredo.

— E tu, quando voltares, o que vais fazer?

— Exatamente o que acabo de explicar-te. Eu procederei da mesma maneira.

— Então não falemos mais disso, pois o faremos juntos.

— Espero que sim, meu doce pássaro!

Pousou a boca sobre sua nuca e aspirou profundamente seu perfume, mas recusando-se a deixar-se levar a mais abraços, continuou:

— Aprendi que o vidrado verde dos chineses, que se chama céladon, é feito à base de chumbo, mas tingido com cobre. A mistura é cozida juntamente com a cerâmica, o que diminui consideravelmente o custo de fabricação. Darei as fórmulas ao grande ministro do palácio e guardarei uma cópia para Mitsukoshi. Ele tem os fornos, e eu tenho a fórmula. Vamos dividir os lucros.

— E o palácio não será lesado, portanto Michinaga não poderá criar-te aborrecimentos.

— Isso não é tudo. Nada me obrigará a entregar estas três folhas a Michinaga.

E retirou a última.

— Observa bem esta.

A jovem inclinou-se e notou que os cálculos eram mais densos e mais compactos. Era necessário, no entanto, observá-los bem para notar.

— Esta folha explica como, partindo do processo do vidrado verde, chega-se à esmaltação. Há aqui todos os dados para trabalhar o arenito com cinza vegetal e com óxido de ferro, antes que o conjunto seja enfornado.

Ele enrolou com precaução as três folhas reunidas.

— Por tempo demais privilegiamos os critérios de arte em detrimento da técnica. É por isso que as cerâmicas e as porcelanas chinesas nos sobrepujam.

— Mitsukoshi dispõe de muitos fornos?

— Há outros que possuem mais do que ele, mas somente os seus se adaptarão às fórmulas chinesas. Os ceramistas de Echizen e de Tamba produzem intensamente, mas deverão reconstruir seus fornos para adequar-se às exigências destas novas fórmulas. Durante o tempo de que Michinaga necessitar para compreender isso, os fornos de Mitsukoshi já terão produzido em numerosas e belas obras.

— E o céladon de minha amiga Amasu, que vamos fazer com ele? O pai dela tenta recuperá-lo.

— Tentarei encontrar o pai dela, Yorimitsu Minamoto, e explicar-lhe em parte nosso projeto. Ele, Mitsukoshi e eu deveremos nos entender.

— Posso explicar tudo isso, caso me encontrar com Amasu?

— Não somente podes, mas deves fazê-lo. De resto, já terás a oportunidade para fazer isso a partir de amanhã.

— Amanhã?

— Não queres mais casar-te comigo?

— Em Ise?

— Por quê? Não há ali monges e bonzos como em todos os templos?

— Mas Ise é um mosteiro de mulheres!

— Então, tu o visitaste mal. Uma multidão de pequenos templos o circundam. Quem te confundiu a cabeça para que não notasses esse detalhe importante?

— Devia estar pensando muito em ti, sem dúvida — respondeu ela, rindo.

— Vamos fazer algumas oferendas a esses templos. Mas é no pequeno santuário de Toyuké que nos casaremos.

Ele tirou do baú alguns objetos de luxo e uma pequena bolsa de moedas.

— Nós os ofereceremos ao bonzo do templo que celebrará nossa união.

◆

Ise foi uma parada da qual Yasumi deveria se relembrar por toda a sua vida. Certamente, foi uma união quase privada, uma vez que nenhum membro da família podia comparecer. Mas pelo menos respeitavam a primeira condição, a de que os dois jovens deveriam ter passado uma noite juntos para se casarem. Quanto à segunda, eles não podiam honrá-la, porquanto o costume exigia que o novo esposo fosse hospedado por algum tempo na casa dos pais de sua esposa.

Para compensar essa falta, Motokata e Yasumi assistiram às cerimônias budistas em vários templos circunstantes.

Yasumi sonhava, ao escutar as orações. Sonhava observando ao mesmo tempo Motokata. Mesmo sem vestes da corte, ele tinha essa aparência de grande príncipe que ninguém na corte poderia roubar. E, enquanto os monges oficiavam, salmodiavam, caminhavam a passos lentos, de mãos juntas e cabeça baixa, ela começou a comparar Motokata a seu pai, e depois Motokata a Michinaga.

Ela só se concentrou diante das sacerdotisas do grande templo de Ise. A visão frágil de Amasu a subjugou. Pequena, fina, extremamente graciosa, tão fresca como um ramo de salgueiro saindo do rio, com seus cabelos salpicados de flores de jasmim, nos quais um grande grampo marrom em escamas prendia seu alto coque, a jovem monja era resplandecente. Ela recitou os sutras com uma voz cristalina, levantando os braços finos e brancos, que se livravam das largas mangas de sua túnica diáfana. O ofício prosseguiu até o cair da noite com oferendas e procissões que também os monges de pequenos templos anexos seguiam, em meio à fumaça de incenso e de sândalo. Dois deles estavam sentados ao lado de um grande tambor em que batiam com as costas da mão e com uma grande baqueta. As batidas graves que ecoavam até longe acompanharam as procissões ao longo de toda a noite. Essas batidas foram retomadas com toques mais leves, aqueles dos *tsutsumi*, e, quando a madrugada chegou, os músicos deixaram o espaço para as dançarinas.

Foi na noite seguinte, sem que eles tivessem realmente querido, que as festividades terminaram. Certamente durariam muito mais tempo em outras circunstâncias, mas um mensageiro enviado por Song Li, que era a única que sabia onde encontrá-los, explicou-lhes que o grande ministro havia enviado soldados em todas as províncias em busca de Motokata e que queria encontrá-lo o mais depressa possível.

— Desta vez, devemos voltar. Estou ciente de que tardei muito em vê-lo, e ele sabe que estou nestas paragens. Isso deve contrariá-lo.

— Então, vamos partir.

— Vou dizer-lhe que te desposei e que nosso casamento adiou meus outros projetos.

Puseram-se a caminho e cavalgaram em silêncio. Yasumi refletia, pressentindo que essa notícia não agradaria a Michinaga. As calúnias de Kanuseke permaneciam um ponto delicado entre eles. Teria realmente acreditado que ela se tivesse oferecido a seu irmão, sob a aparência de Suiko?

— Não é bom que lhe contes sobre nosso casamento — disse ela, em um tom tranquilo.

— E por quê?

— Porque tu não terás o jeito. Deixa que eu o faço.

Ele voltou a cabeça para ela, meio contrariado, meio malicioso:

— Como achas que vais proceder?

— Da maneira mais simples do mundo. Eu vou dizer a ele que te amo.

Mal tinha acabado essas palavras, cuja doçura ainda ressoava aos ouvidos de Motokata, e uma flecha silvou e roçou o ombro de Yasumi. Três cavaleiros os seguiam.

— Eles estão em nosso encalço desde o templo de Ise e adivinharam que eu tinha uma bolsa comigo.

— Tens certeza?

— Eu não queria preocupar-te e pensei que eles desviariam na encruzilhada de Enryakuji e de Amazu. Nós não podemos mais voltar para trás. Devemos apertar a marcha.

Do pequeno trote, passaram ao galope. Acostumada há quase dois anos a correr nos terrenos de Kamo, Longa Lua se distanciava sem dificuldade algumas cabeças de Ramo Ardente.

— Estamos longe da caverna — disse Motokata. É impossível dirigir-se para lá sem comprometer nosso segredo. Os documentos que te mostrei são inestimáveis. Não quero arriscar perdê-los e muito menos vê-los roubados.

— O que faremos? Os cavaleiros estão longe ainda, mas sinto que se aproximam. A menos que lhes demos esta bolsa, solicitando-lhes que nos deixem ir...

— Olha aquele rochedo ali — interrompeu Motokata.

— Eu o conheço, faz parte do monte Hiye, mas não oferece nenhum refúgio, nenhum abrigo.

— Eu sei! Mas, se o contornarmos habilmente, conseguiremos nos esconder ali por alguns minutos, tempo suficiente para que nos alcancem. Vamos, portanto, preparar-lhes uma armadilha. Logo que estivermos atrás do bloco de rochedo, tu sairás correndo a toda velocidade, passando diante deles em direção a Kyoto.

— E tu?

— Eu vou tomar o caminho à esquerda, o que leva a Mikawa.

— Para a casa de Mitsukoshi!

— Devo vê-lo de qualquer maneira. Tanto pior para o grande ministro, deverá esperar mais. Tu poderás dizer-lhe que os salteadores varrem também os arredores da capital.

Yasumi fixou o horizonte com atenção redobrada.

— O rochedo não é tão grande.

— Suficiente para provar que minha ideia é um bom estratagema. Nossos ladrões não esperam por isso. Separar-nos logo em seguida vai desorientá-los. Não saberão mais quem seguir, pois de longe não podem identificar-nos. Os poucos minutos de reflexão que tomarão para decidir nos permitirão estar longe.

— Oh! — lamentou Yasumi. — Eu queria ficar contigo ainda.

— Nós nos encontraremos em Kyoto.

Motokata se pôs a rir enquanto dizia:

— Agora que estamos casados, poderei dormir no pavilhão das Glicínias.

Essa ideia entusiasmou a jovem. Assim Song Li não estaria sozinha enquanto ela própria suspiraria nos braços de seu marido.

Chegaram rapidamente perto do rochedo. Não mais alto que duas ou três vezes a estatura de um homem, sua largura mal permitia escondê-los. Era preciso ir depressa, pois o olhar de um bandido era sempre vivo e atento a qualquer coisa que se mexesse. Sua separação devia ser feita tão rapidamente quanto um relâmpago.

— Vai em frente! — gritou Motokata. — Não olhes para trás. Perderás velocidade.

Com os olhos fixos ao longe, Yasumi hesitou. Depois, voltando a cabeça para o esposo, sorriu, enquanto ele gritava-lhe ao vento:

— Logo que fores recebida pelo grande ministro, dize-lhe que o encontrarei no palácio dentro de uma semana e que então estarei pronto para me dirigir para onde me enviar!

Ela esporeou Longa Lua, um pouco nervosa. Não havia nada a responder-lhe sem arriscar ficar enternecida. O tempo a pressionava.

— Que devo dizer-lhe ainda?
— Que tu me amas!

CAPÍTULO 19

— Li, quero que recuperes tuas forças. Deves estar de pé quando Motokata chegar. Jujuku e eu vamos ajudar-te a levantar.

— Mas me sinto tão cansada!

— Deves alimentar-te. Parece que não ingeriste nada depois que eu parti.

— Bem! — replicou Li, dando de ombros. — Meu velho corpo já não necessita de alimentos. É meu espírito que o alimenta. Vamos, para de preocupar-te comigo. Enviaste a mensagem a Michinaga para dizer-lhe que agora és casada?

— Mandei entregar-lhe um envelope esta manhã, solicitando uma entrevista.

— Receio que esta notícia vá contrariá-lo.

— Eu também, estou com medo. E, no entanto, que mal há que eu tome um homem por esposo?

— Yasumi, não és tola e sabes muito bem que ele teria preferido encontrar ele próprio um marido para ti. Não esqueças que és uma Fujiwara agora e que toda a corte tem conhecimento disso.

Yasumi endireitou o tronco de Li e pôs uma grande almofada por trás de suas costas. Pareceu gostar de ficar assim, com um sorriso leve flutuando nos lábios e com os olhos ligados a todos os gestos da jovem.

— Não é uma razão para me impor um esposo.

— Tu te enganas. O grande ministro supremo tem direito de vigiar as uniões de todos os Fujiwaras. Há dois séculos, os regentes do reino conferem-se todos os privilégios. É assim desde que conquistaram o poder.

— Por que te inquietas? Eu sou uma Fujiwara e Motokata também. Nada aqui pode contrariar o grande ministro. Compreendo que, se tivesse havido casamento desigual, ele teria se irritado por não ter dado seu parecer.

— As coisas são mais complicadas, pequena!

Li sentia-se impotente diante da possibilidade desse perigo. Como explicar-lhe que, se Michinaga havia detestado aquele leviano Kanuseke, tolo e sem envergadura, porque tinha ousado pôr os olhos sobre a sedutora Suiko, reagiria mais violentamente ainda ao saber que ela acabava de desposar o brilhante vencedor dos rebeldes da província... Um mau pressentimento torturava seu espírito, mas ela esforçou-se por aparentar bom humor e exclamou, quase alegre:

— Dá-me tua mão e aperta-a com força, vou me levantar. Pronto! Perfeito. Sinto-me mais forte.

Deram alguns passos juntas, e Yasumi a conduziu até uma confortável poltrona, onde podia repousar seus braços sobre grandes apoios. Jujuku serviu-lhe, em uma pequena chávena de cerâmica azul, um chá fumegante, que ela degustou lentamente.

A mensagem que a jovem havia mandado levar ao palácio solicitava um encontro urgente. A espera não foi longa. Na mesma tarde, o grande ministro informou-a de que uma liteira viria buscá-la no pavilhão das Glicínias. Suyari maquiou seu rosto com a habilidade e a arte costumeiras, e Yasumi retomou sua aparência de senhora Suiko, embora agora se fizesse anunciar como Yasumi Fujiwara.

Ela vestiu um *karaginu* em tom carmesim, sobre o qual contrastava um quimono azul violeta.

Apanhou um leque combinando com o azul de seu quimono, no qual estavam pintadas aves silvestres em um céu de tempestade. Em seguida, após alguns segundos de reflexão, dirigiu-se para sua caixa de escrever e tirou um bastonete de carvão e uma folha azul, que enfiou em sua manga para o caso de precisar.

Assim preparada, Yasumi deixou-se guiar pelos dois portadores que, na frente e atrás, mantinham os varais da liteira sobre os ombros. O caminho estava livre ao longo de todo o percurso. Nenhum soldado nem guarda-costas perguntou-lhe nada. Chegando diante da grande porta sul que se abria na mureta do recinto, tomou uma aleia oculta aos olhares e que conduzia diretamente aos aposentos de Michinaga.

O grande ministro a aguardava em um traje refinado, composto de várias peças de roupa, dentre as quais as mais curtas recobriam as mais longas, a fim de que se pudesse ver os ornamentos bordados na fímbria de cada uma delas.

Ela avançou em passos curtos. Seus cabelos levantados estavam presos por um longo pino de escamas incrustado de madrepérola. Yasumi dissimulava o rosto atrás de seu leque, deixando, como toda mulher distinta, um só lado se sobressair.

Ele deu um passo para frente:

— Por que querias me ver?

Suas espessas sobrancelhas franziram-se. Levantando uma das mãos, fez sinal para que se aproximasse.

— Para te informar que Fujiwara Motokata atrasou-se, mas virá encontrar-te no palácio dentro de uma semana, contando a partir de hoje.

De pé, com as pernas levemente afastadas, ele observava com seus olhos reluzentes a delicada e flexível silhueta da jovem, cujo rosto tinha acabado de livrar-se do leque.

— Por que és tu que vens me trazer a notícia? — perguntou com uma voz que de repente tornou-se desconfiada.

— Porque eu estava com ele — respondeu Yasumi, voltando a levantar o leque à altura de seu rosto.

— Onde?

— Fora de Kyoto.

— Em que local?

— Estávamos no templo de Ise.

De um salto, o grande ministro levantou-se e passou por cima da mesa baixa que estava na frente dele.

— Será que vou ter de arrancar as palavras uma a uma? Por que estavas com ele?

— Porque nós nos casamos há quatro dias.

Com o olhar chamejante e o rosto repentinamente crispado, curvou-se e, com as costas da mão, varreu o serviço de chá que estava sobre a mesa baixa. Xícaras de cerâmica e chaleira voaram pela sala e caíram em pedaços sobre as esteiras sedosas do chão.

— Tu não tinhas o direito! — rugiu ele. — Eu tinha minha palavra a proferir.

A jovem não esperava certamente tal gesto de ira.

— Senhor Michinaga, sou livre para amar quem eu quiser.

— Não! Tu só tens os direitos que eu te conceder.

Estupefata, tanto pela violência de seu arroubo como pela autoridade de suas palavras, Yasumi começava a inquietar-se.

— Tu não amas esse homem — ironizou o ministro.

Com um pontapé de raiva, jogou contra a parede o pedaço maior da chaleira quebrada. Mil pequenos fragmentos espalharam-se em chuva. Depois, em um ímpeto de fera, semelhante àqueles dos grandes felinos selvagens, aproximou-se dela, tomou seu leque e atirou-o no chão.

— Tu me enganas desde o início. Sob o pretexto de reabilitar teu avô, tu me extorquiste esse nome de que tinhas necessidade para desposar um Fujiwara.

— É falso, senhor Michinaga.

— Tu só terias sido sua concubina ou sua segunda esposa. Tu o sabes muito bem.

A isso, Yasumi nada podia opor. Por isso, enveredou para outro assunto, igualmente delicado, mas que talvez haveria de tornar a atmosfera menos pesada.

— Lembra, senhor Michinaga, eu te disse que nunca teria podido interessar-me por um rapaz tão insignificante como meu irmão e, para desculpá-lo da difamação que difundiu a meu respeito, acrescentei que eu amava os homens inteligentes, instruídos e refinados.

Michinaga não se acalmava. A brasa de seus olhos incendiava Yasumi até levá-la a perder o controle de si mesma.

— Embora seja um Fujiwara, Motokata é um bandido! — urrou ele.

— Não, senhor Michinaga, Motokata é alguém como tu, é um príncipe.

Essa palavra pareceu embaraçá-lo por um momento e restabelecer a calma em seu rosto.

— Ele retorna como vencedor — prosseguiu ela. — Expulsou todos os piratas do norte e, sob tuas ordens, prepara-se para expulsar aqueles do sul. Que queres mais?

— Tu!

Atordoada, ela deu um passo para trás, depois dois, três e viu-se com as costas contra a parede. Suas têmporas latejavam, suas pernas tremiam. Devia recompor-se rapidamente para que ele não se aproveitasse desse momento de confusão. Se ele a forçasse, ali, imediatamente, ela se poria a gritar. Não! Ela o arranharia, bateria nele ou... que fazer contra a vontade do grande ministro supremo? Opor-se a ele era o mesmo que ver retirados seus títulos, seu nome, sua glória e seu prestígio, tudo o que tinha ardentemente desejado desde sua partida de Musashi. Se ela se rebelasse, ele a esmagaria...

Ele a encarava como uma águia pronta para agarrar a presa, avançando sobre ela as garras de sua onipotência. Foi então que ela abaixou-se lentamente para recolher seu leque, depois enfiou sua mão direita na manga esquerda e tirou o bastonete de carvão e a folha azul, que desenrolou. Decidiu que era hora de responder ao poema que ele lhe havia entregado no palácio. Rapidamente, redigiu seu texto, dobrou-o e colocou-o na ponta de seu leque. Ele o apanhou e leu:

> O FRESCOR DA MANHÃ CAÍDO SOBRE A ÚLTIMA ROSA JÁ ESTAVA PESADO DE LEMBRANÇAS. ERA OUTONO! QUE SE TORNARIAM NOSSOS JARDINS PREFERIDOS, SE AS BORRASCAS DO INVERNO ESMAGASSEM O QUE RESTA DE FLORES?

O poema acalmou o grande ministro. Ele foi para a outra extremidade da sala e murmurou:

— Desculpa-me. Eu não deveria ter-me enfurecido.

— Está esquecido.

Não! Nada estava esquecido, e Yasumi sentia cair sobre ela o peso do incrível erro que um dia ou outro teria de pagar. Mas nada a faria mudar de atitude. Ela amava Motokata mais que tudo, era seu marido, e queria revê-lo o mais breve possível.

— Quando o conheceste? — indagou o grande ministro, com voz metálica.

— No caminho que levava para Kyoto, há três anos.

— Devo-lhe agradecimentos por aquilo que fez no norte e eu os transmitirei a ele.

Voltando ao centro da sala, a jovem mulher ficava alerta. Essas palavras aparentemente serenas escondiam outras. Não demorou muito para descobri-las, pois ele continuou:

— Ele também deve reabilitar-se. O irmão dele cometeu graves erros e, visto que está morto, cabe a ele pagá-los. Ele se resgatou pelos serviços prestados a mim nas regiões do norte, mas deverá partir para as do sul.

Yasumi meneou a cabeça.

— Estava previsto, senhor Michinaga.

— Mas o que não estava, e que ficarás sabendo antes dele, uma vez que és sua esposa, é que ele partirá em uma embaixada para a China dos Song.

— A China dos Song!

Ela o olhou assombrada, como se não compreendesse o significado dessas palavras.

— Das regiões do sul, em Buzen, Chikuzen, Chikugo, Osumi, Satsuma, onde tentará humilhar os governadores rebeldes e expulsar os piratas que varrem as costas, ele vai embarcar na baía de Hakata, atravessará o mar do Japão, a Coreia do Sul e desembarcará na China, na foz do rio Amarelo, que seguirá até Kaifeng, capital dos Song.

— Mas... é uma viagem que vai exigir...

— Alguns anos, é provável! Ele voltará, no entanto, coberto de glória, pois trará aquilo de que o Japão necessita.

— Como a técnica do vidrado verde que os chineses desenvolveram para sua bela porcelana de céladon.

— Vejo que já estás a par.

— Estou a par de tudo o que diz respeito à China, senhor Michinaga. Não há como esquecer que, antes de me tornar uma Fujiwara por inteiro, fui adotada por uma chinesa, cuja erudição é grande.

Partindo desse seu lance e como ele a observava em silêncio, recomposto de toda a sua ira, ela prosseguiu:

— É por isso que posso dizer que, agora, pelos laços que me unem a Song Li, sou tanto chinesa como japonesa. Nada me impede de partir com Motokata para Kaifeng, se tua intenção for afastar-me por muito tempo dele. Poderíamos até mesmo ficar por lá mais tempo do que nos autorizarias.

Confundido por essa constatação tão justa, Michinaga retorquiu:

— A China está em plena mudança. As regiões dos mongóis procuram há muito tempo atacá-la. Ali não estarias muito protegida.

— Eu não disse que vou partir. Essa é apenas uma possibilidade.

— Então aconselho-te a tirá-la de tua mente, porque, de qualquer maneira, eu não te deixarei partir.

O tom que havia tomado era frio, impessoal, e ele parecia querer pôr um ponto-final nessa questão.

Yasumi levantou o leque até o rosto e curvou-se para indicar sua partida. Depois, erguendo seu busto, ela viu Michinaga passar por cima dos cacos espalhados do serviço de chá. Ao passar, esmagou alguns deles com os pés e plantou-se diante dela.

— Escuta-me mais uma vez. Não terminei ainda. Vou enviar teu irmão para a China junto com teu marido. Sei que é um bom cavaleiro e que coragem não lhe falta. Teu esposo saberá cuidar dele e, se ele se comportar bem e for brilhante, vou casá-lo com uma Fujiwara depois de seu regresso. Então, ele poderá concorrer a um dos postos mais elevados na administração do palácio.

— Em nome de Shotoko, agradeço-te calorosamente, senhor Michinaga. De fato, é uma oportunidade inesperada para ele.

Sentia que ele já começava a comprá-la. Até onde iria? Sua astúcia e seu poder certamente não teriam limites. Ela curvou-se novamente e ouviu o que ele ainda tinha a dizer-lhe:

— Song Li é uma velha senhora desgastada pelos anos, Suiko! Não a abandones. Tu a encontrarias morta em teu regresso e terias remorsos pelo resto de tua vida. Ela te ama como teria amado sua própria filha.

— Que sabes a respeito?

— Ela me contou.

Yasumi passou uma mão trêmula no próprio rosto. Essa revelação era sem dúvida falsa. Ele procurava de novo desestabilizá-la. Fosse o que fosse, contudo, ele tinha razão e ela o sabia, Li tornava-se frágil como vidro, e deixá-la por mais de algumas semanas a mataria.

— E não esqueças de que o pavilhão das Glicínias é tua mais bela herança. Se partires, não o reencontrarás mais.

CAPÍTULO 20

Acompanhado por seu amigo Mitsukoshi, Motokata chegou mais depressa do que havia prometido. Sem dúvida, temia a ira de Michinaga, mas este o havia recebido amavelmente, havia elogiado sua brilhante atuação contra os rebeldes e piratas das regiões do norte e não tinha demonstrado nenhum ressentimento ao anúncio de seu casamento. Não havia, aliás, feito nenhum comentário, tampouco havia citado que Yasumi já o havia informado a respeito.

Em seguida, o debate prosseguira em uma aparente serenidade. Diante da indiscutível ordem do grande ministro, educadamente disfarçada em proposta, Motokata, por sua vez, não protestou. Certamente, a seu ver, partir para a China era no mínimo algo sedutor e, pró-forma, eles tinham trocado alguns poemas sobre a natureza de suas impressões imediatas. Michinaga as havia tingido de agradecimentos por sua aceitação e Motokata as havia pontuado do ardor com que se dedicaria a cumprir sua missão. Mas saíra desse encontro perguntando-se se essa viagem, que resultaria em uma longa ausência, não entristeceria Yasumi. Por isso explicou-lhe que a ideia de abrir uma embaixada na capital da China dos Song, Kaifeng, era indispensável para o futuro comercial do Japão e garantiu-lhe que não ficaria mais de um ano ou dois.

— O que Michinaga quer exatamente? Tu já tens o processo para a fabricação do céladon.

— Ele o ignora.

— Então deixa-o saber.

— De início pensei nisso, mas a garantia de possuir a técnica do céladon o incitará a exigir outra coisa.

— Que outra coisa podes oferecer?

Mitsukoshi caminhava de um lado para outro da sala, com ar preocupado.

— Ele pode trazer informações sobre o esmalte, muito mais resistente que o nosso — disse ele, voltando-se para a jovem.

Mitsukoshi mostrava-se sempre reservado diante de Yasumi, revestindo seu olhar com um pudor delicado que disfarçava sua admiração. Não queria chamar a atenção de Motokata sobre seus verdadeiros sentimentos para com a jovem. Embora fosse seu mais fiel amigo, o governador de Mikawa não era, como Motokata, um homem de ação. A exemplo do grande ministro Michinaga ou de qualquer outro dignitário da corte, ele não podia prescindir do luxo e do conforto. Motokata havia solicitado a seu amigo para velar por Yasumi em sua ausência. Mitsukoshi havia aceitado prontamente. Como recusar a oportunidade de vê-la de vez em quando? A jovem parecia-lhe ainda mais bela do que na época em que corria pelas estradas.

— Eu fico me questionando — cochichou ela, aproximando-se de Mitsukoshi. — Tenho a impressão de que esta partida para a China não desagrada a ele, muito pelo contrário.

Essa reflexão, que havia proferido a meia voz para que Motokata a ouvisse, o havia feito sorrir.

— Que queres? — replicou Mitsukoshi —, falar-se-á dele nos anais! É sem dúvida o que ele quer.

— Yasumi — falou Motokata em um tom bastante convincente —, é o que aconteceu com teu avô Jinichiro.

— Os anais da corte falam disso?

— Claro. Michinaga extraiu dos arquivos o texto que relatava sua viagem à China.

Ele aproximou-se da esposa e, como ela descobrira a nuca, pousou os lábios sobre a pele branca e acetinada, precisamente na base do pescoço.

— Vês, meu belo pássaro, eu não posso fazer menos que ele. Ela se voltou rapidamente e, plantando seus olhos nos dele, perguntou:

— Foi o imperador Murakami que o enviou, não é?

— Ele próprio e teu avô não estavam ainda instalados em Kyoto.

— Ele era, portanto, muito jovem.

— Na verdade, mais jovem que eu.

— Era casado?

Yasumi sentia sua curiosidade aguçada. Sua mãe lhe havia falado tão pouco dessa época. Motokata tomou a mão dela entre as suas e a acariciou lentamente.

— Está registado nos arquivos que não era apenas casado, mas tinha um filho.

— Sim, era o irmão de minha mãe, meu tio que tanto amei... Essas lembranças adormeciam um pouco o espírito de Yasumi, mas, à brusca pergunta de Mitsukoshi, ela reagiu sobressaltando-se:

— E tuas relações com o grande ministro são boas?

— Ele é o senhor todo-poderoso — replicou Yasumi — e seria necessário às vezes que alguém o repusesse em seu lugar.

— Tu o terias feito?

— Eu falhei.

Motokata soltou uma bela gargalhada. A decisão de partir para tão longe e por tanto tempo não parecia preocupá-lo além da medida. Yasumi ficou pensativa. Desde que chegara ao pavilhão das Glicínias, a jovem havia desfrutado do prazer dos ensinamentos e do estudo. Pela cultura é que teria sucesso na vida, não por sua ousadia de cavaleira ou por suas intermináveis correrias pelas estradas. Certamente, seu desejo de liberdade e de independência permaneceria fortemente ancorado nela, mas agora seria conduzido de outra forma. Song Li havia lhe ensinado que a autonomia, a audácia, e a livre decisão poderiam ocorrer tanto entre as quatro paredes de uma sala vasta e arejada, aberta para jardins em flor, como nas grandes estradas desconfortáveis.

Esposa de Motokata, ela permaneceria, portanto, no pavilhão das Glicínias durante sua ausência e encontraria uma solução para a partilha quando ele retornasse da China. Ela não se resignaria, contudo, a uma aprovação completa:

— Eu te acompanharei até o sul e te deixarei na baía de Hakata, exatamente antes de teu embarque para a Coreia.

— Certamente não, meu belo pássaro — protestou seu marido —, lá para onde vou, no sul, os piratas pululam. É uma zona por demais perigosa.

— Mais do que no norte?

— Não há comparação. Não tenho a intenção de ficar viúvo.

— Nem eu de ficar viúva.

Veio esfregar seu nariz no dela, rindo.

— Tu me deixarás na província de Bingo ou na de Iwami. Essas estradas não estão ainda infestadas de salteadores, estão muito afastadas do mar Interior. Assim que eu puser o pé na China, vou enviar-te um mensageiro.

O semblante de Motokata parecia tão feliz, que Yasumi pensou que ele aguardava há muito tempo essa partida. E, quanto mais Yasumi pensava nisso, mais se dizia que essa viagem era feita para ele. De fato, ele tinha a energia física e mental indispensável. A isso, acrescentava a astúcia, a diplomacia e o tino para os negócios. Em suma, Michinaga sentiu que ele era o homem para essa missão.

◆

Diante da residência de Motokata, em seu estábulo, os cavalos esperavam. Vários deles, destinados a tornar-se cavalos de guerra e treinados nos exercícios de combate pela milícia da cidade, pertenciam à corte. Haviam sido cedidos a Motokata pelo grande ministro para a viagem à China.

Carruagens fariam parte da expedição. Continham peças de metal, sabres e facas, alguns sacos de pérolas, bolsas repletas de moedas de bronze e objetos laqueados destinados aos chineses, com os quais a expedição deveria comercializar.

O príncipe Yorimichi levaria seus homens e seu próprio comboio. Quanto ao governador da ilha de Kyushu, ele era suficientemente poderoso para levar aquilo com que contava viajar, combater e comercializar.

Para deixar seu marido com os mercenários que ele havia recrutado, Yasumi tinha ido ao pavilhão das Glicínias. Cheia de barulhos, risadas e palavras lascivas — ela lembrava-se dos homens a soldo de Motokata que a haviam capturado perto do monte Hiye —, a casa do marido fora invadida, e a jovem preferia ficar na companhia de Li, que deixaria dentro de alguns dias.

Na manhã seguinte, no dia em que Yasumi havia decidido assumir o pavilhão, viu seu irmão Shotoko chegar todo animado. Tinha corrido a ponto de perder o fôlego, porque estava longe do pavilhão das Glicínias e não havia encontrado nem carruagem nem cavalo. O suor escorria de sua testa e seus olhos brilhavam com uma luz estranha, como se ali se escondesse um pouco de loucura. Era com dificuldade que conseguia explicar-se claramente.

Foi somente depois de alguns segundos, esforçando-se em retomar o fôlego, que pôde articular de modo distinto:

— Yasumi! Parto com Motokata para a China! Vou ser seu guarda-costas!

— Seu guarda-costas! Mas ele não precisa de ninguém, muito menos de alguém tão jovem como tu.

Diante da decepção do irmão por sua resposta, Yasumi continuou:

— Essa viagem é perigosa, Shotoko, e tu nunca viajaste.

— Oh! Yasumi, como podes refrear assim meu entusiasmo? — protestou o rapaz em um tom alarmado.

— Perdoa-me, é a preocupação que me faz reagir dessa forma.

— Não tenho medo de nada, não sou mais criança. Sabes muito bem, Yasumi, que é a ocasião para me destacar. Voltarei coberto de glória e serei nomeado o mais jovem dignitário da corte! Michinaga prometeu-me isso.

A jovem esboçou um suspiro.

— Para que essa promessa, se ele te envia para a morte?

— Devolvo-te a pergunta: vês, portanto, a morte de teu marido durante essa viagem?

— Não, claro. Outros além dele já foram para a China. Mas nada me impede de pensar que se tratava de épocas em que o comércio entre os dois países era intenso. Song Li me afirma que, há algum tempo, a China dos Songs está permanentemente em alerta diante das ameaças da Mongólia. Essa situação de temores não é propícia ao comércio exterior, e, a meu ver, os chineses não estão à espera de uma embaixada japonesa.

— Motokata é astuto, ele sabe o que faz.

Convencida por essa resposta, Yasumi sacudiu a cabeça:

— Sua astúcia, sua bravura e sua inteligência não te colocarão a salvo dos clãs adversários que poderiam ameaçar-te. Além de ti e Motokata, quem parte?

— Yorimichi, o filho mais velho de Michinaga, e Takaie, sobrinho dele.

— Takaie é o governador geral da ilha de Kyushu. Iria abandonar seu posto? — perguntou Yasumi, surpresa.

— O grande ministro afirma que ele já preparou sua defesa nas obras do mar Interior.

— Isso quer dizer, de um lado, que os piratas estão instalados ali e, de outro, que Michinaga está em boas relações com seu sobrinho!

— Sim, é o que parece.

— E Yorimichi? Ele é ministro do Centro — continuou Yasumi.

— É verdade. É estranho que Michinaga o envie para a China. E de repente ela compreendeu que, se Motokata não partisse com seus homens, nada o impediria de agir a seu bel-prazer.

Michinaga só tinha uma confiança relativa nele. Foi então que Yasumi animou-se com a ideia de que o processo do vidrado verde do céladon já estivesse de posse dele.

— Takaie terá seus homens, é incontestável. Quantos homens, no total, comporão essa expedição?

— Talvez uns trinta.

Bruscamente, ela jogou-se nos braços de Shotoko.

— Cuida bem de ti mesmo, irmãozinho. Não te encontrei tão tardiamente para perder-te agora. Promete-me ser prudente e não cometer loucuras que te exporiam inutilmente ao perigo. E depois, mantém um olho aberto em meu marido, eu gostaria tanto que ele voltasse!

— Vamos voltar ambos! Sim, vamos voltar.

Com uma mão, ela despenteou sua espessa cabeleira, sempre indócil e hirsuta. Depois deslizou seus dedos na testa dele e acariciou suas sobrancelhas espessas e negras:

— E tu obterás um título mais importante que o de teus irmãos.

Os olhos de Shotoko brilharam alegres.

— Vou dar-te um conselho, irmãozinho!

— Qual?

— Esforça-te em segui-lo.

Ela lhe tomou firmemente o braço.

— Vem!

Conduziu a seu quarto, onde havia uma pequena caixa de escrever sobre uma mesa baixa, perto de sua cama, escondida atrás de um biombo de seda púrpura. Ela a apanhou e a estendeu para ele.

— Toma. Ela contém folhas em quantidade e bastonetes de tinta. Sei que não és muito hábil na escrita, mas certamente o és muito mais que teus irmãos e, sem dúvida, tanto quanto tua irmã, que tem a vantagem de estar junto com as maiores poetisas da corte.

— Que achas? Eu sei escrever!

— Perfeito! Então redigirás as palavras que te vierem à cabeça, tudo o que se referir a tua viagem.

— Tudo?

— Sim, tudo! As paisagens, as pessoas, as discussões, os acontecimentos e, acima de tudo, tuas impressões.

— Não sei se vou conseguir ordenar tudo.

— Então eu te prometo que, depois de teu regresso, vou retomar ponto por ponto tudo o que tiveres escrito e fazer um relato ao mesmo tempo inteligente, útil e judicioso que tu apresentarás a Michinaga. Ele será mais sensível do que pensas. Senta-te — continuou sua irmã — e toma uma folha e um bastonete de tinta.

Ela o observou diluir lentamente o bastonete de tinta no recipiente de água com gestos desajeitados.

— Agora vais olhar o que te cerca: os ruídos, as cores, os odores e até mesmo o que te falta para desfrutar de uma felicidade mais completa ou de uma satisfação mais intensa.

— Vai levar tempo.

— Pouco importa, não estás na corte do imperador. Toma o tempo necessário para tua reflexão, mas não esqueças nada!

Ela se dirigiu para a porta corrediça e, com a mão na maçaneta, declarou:

— Voltarei em seguida e analisaremos juntos o que escreveste. Uma hora mais tarde, Yasumi retornou. Shotoko havia preenchido três folhas. Tinha começado seu texto indicando que a sala onde estava lhe agradava infinitamente, mas que nada compensaria o instante em que pousaria os pés nesse país desconhecido, do qual esperava tanto. Depois havia sonhado o suficiente para contar em três folhas as impressões que fervilhavam em seu espírito em ebulição.

— Mas está ótimo! — falou Yasumi, brandindo o texto de seu irmão.

— Tu te desembaraças muito bem. Sabes que, se teu relato seduzir o imperador, ele pode dar-te uma distinção honorífica e remunerada, que conservarás por toda a tua vida?

— E o grande ministro? — inquietou-se logo o rapaz.

— Oh! Mas essa condecoração certamente não teria nada a ver com a ascensão social que ele te ofereceria. Pensa em tudo isso, irmãozinho. Gostaria tanto de que tivesses sucesso, enquanto teus irmãos nada conseguirão.

"Seus outros irmãos!" pensou ela, de repente. "Onde estavam e o que faziam?" Deu de ombros e continuou:

— Nenhum boato a respeito deles chegou a meus ouvidos.

— Tameyori partiu para unir-se a Yoshira. Deverá, tanto como o outro, provar seu valor.

— E, se não me engano, nosso pai deveria pensar que escaparia dessa exigência, em vista de sua condição na corte.

— Sem dúvida.

— E Kanuseke?

Foi Shotoko, dessa vez, quem deu de ombros.

— Não queria falar-te disso para evitar que tivesses de retomar todas essas lembranças que te magoam.

— Tu te enganas, irmãozinho! Eles deixam-me indiferente. Agora somente Song Li, Motokata e tu contam em minha vida. É só uma pergunta da qual gostaria de obter a resposta. Aqui, no pavilhão das Glicínias, Li tinha de saber tudo. Devo estar também a par dos acontecimentos. Faz parte de meu dever de anfitriã.

— Parece que Kanuseke indispôs profundamente o grande ministro. Ele o enviou para uma província mais distante ainda que aquela onde se encontram Yoshira e Tameyori.

— Onde?

— Na ilha de Sado.

— Mas é o fim do mundo! Uma ilha cercada de montanhas e habitada por agricultores... O que vai fazer ali?

— Dizem que os náufragos refugiam-se nela e que se tornou um ninho de piratas. Os agricultores queixam-se e não ousam mais sair para suas terras. A meu ver, ele terá muito que fazer.

— Partiu sozinho?

— Sim, porque uma milícia já está no local.

— Pois bem — interrompeu Yasumi —, agora falta ainda nosso pai! Tu o vês?

— Sim, mas não fala nada. Ele anda calado. Sem dúvida não ousa mostrar-se muito por medo de ser demitido. Ele quase não vive mais na corte e volta para casa à noite.

— Por todos os Budas da terra! Por que ele foi tão injusto comigo?

◆

Se os preparativos foram breves, a despedida de Li foi longa e cheia de melancolia. O quarto da velha mulher liberava um perfume de incenso. Era o único aroma que ela suportava agora.

— Ah! Yasumi — suspirou Li — como eu teria gostado de que fosses conhecer a China e que partisses com teu marido.

— Li, não estás muito bem neste momento para que eu te abandone, tira isso de tua cabeça.

— Não é quando estiveres velha que poderás suportar tal viagem. Deverias aproveitar tua juventude.

— Não quero deixar-te sozinha por muito tempo. Tu bem sabes disso. E, além do mais, ver-me partir com Motokata não parece que agradaria Michinaga.

— É exatamente isso que me preocupa. Por que ele te dissuadiu?

— Deu o pretexto do pavilhão das Glicínias e a posição que eu devia ter nele depois...

— Depois de minha partida! Nisso ele tem razão. Somente tu és capaz de me substituir. Eu te preparei para isso. Michinaga o sabe e o compreende. Melhor ainda, se esse não fosse teu desejo, creio realmente que ele te obrigaria a fazer isso.

— Ele chegaria a esse ponto?

— Sim, a esse ponto! Kyoto precisa de um local de alta cultura, dirigido por uma mulher de valor, para reunir a aristocracia do país. É assim, pequena! Tu tens um papel a desempenhar e deves assumi-lo até o fim. Michinaga não te largará.

— E meu marido?

— Vamos, Yasumi! És suficientemente fina e inteligente para não te iludires. Achas que teu marido ficaria tranquilamente em casa vendo seus filhos crescerem e sua mulher servindo chá ou ou saquê a seus amigos? Acreditas que ele passaria seu tempo em contemplar-te através das treliças da casa, enquanto colhes ramos de cerejeiras no jardim em flor?

Yasumi deu um sorriso consciente:

— Claro que não!

— Motokata é um homem de ação. Eu sei que tu estás convencida disso. Não era de uma esposa como tu que ele necessitava, mas muito mais uma de mulher doce e submissa que soubesse aguardá-lo depois de cada uma de suas longas viagens. Depois da China, haverá outra e mais outra.

Yasumi sacudiu a cabeça:

— Justamente, Li, eu sou a mulher de que ele precisava, uma vez que é no pavilhão das Glicínias que vou aguardar seus regressos.

— Neste ponto, tens razão.

Depois, balançando a velha cabeça da direita para a esquerda, suspirou e perguntou com voz ainda clara e distinta:

— Agora falemos mais de tua partida. Como pensas em fazê-la?

— Vou deixar Motokata na província de Bingo, é menos distante que Iwami, onde havia previsto despedir-me dele.

Deslocando a longa cabeleira para as costas, foi agachar-se aos pés de Li.

— Logo estarei de volta, eu te prometo. Gostaria de prolongar minha viagem até Nagato, para ver os ateliês de fundição das moedas, mas não estás bastante forte para que eu te deixe por tanto tempo.

— Tua ausência já será pesada para mim. Mas saberei esperar. Por que não paras em Izumo? Essa província é a última antes das fortificações que levam para a ilha de Kyushu. É relativamente tranquila, e poderias até mesmo ficar um pouco mais com teu marido.

Então ela se pôs a falar sobre as fortificações que cercavam a ilha do Sul e que conhecia muito bem por tê-las cruzado na época de sua juventude, quando tinha chegado da China. Essa região, dizia ela, que se tornara um local perigoso agora, já tivera seu tempo de paz. Mas sua proximidade com a península coreana fazia dela um lugar estratégico, pois, desde que os japoneses tiveram de retirar-se da Coreia do Sul, onde tinham em numerosos territórios, os homens mantinham-se em pé de guerra atrás das fortificações.

Li falava muito. Depois que Yasumi havia decidido partir por um período indefinido, embora prometesse voltar em breve, Li não cessava de contar-lhe sua juventude na corte, sua infância, dourada certamente, mas estrita e severa, concedendo-lhe apenas poucas divagações. Estupefata, a jovem descobria por meio de seus relatos uma menina viva e inteligente, sem dúvida, mas calma e de forma alguma predestinada a trilhar o excepcional destino que lhe fora reservado.

Yasumi fazia-lhe vez por outra uma pergunta, e Li logo fazia vir à tona suas lembranças, deixando-se ninar por imagens que a reconduziam à sua terra natal. Ela evocou o rio Amarelo, utilizado pelas delegações japonesas que vinham vender aos chineses pepitas de ouro, pérolas e mercúrio, enquanto compravam especiarias, medicamentos, tecidos, sedas, livros.

— Achas que Motokata trará informações sobre a esmaltação chinesa?

— Não sei nada disso. Os chineses guardam ciosamente seus segredos. A ajuda de Tukaie, governador de Kyushu, será-lhe valiosa. Esperemos somente que a harmonia reine entre eles!

CAPÍTULO 21

Ao amanhecer, o comboio se pôs a caminho. Yasumi não fazia questão de mostrar-se antes que tivesse saído da capital. Ela havia se trancado em uma das carruagens que transportavam as bagagens e os presentes para as personalidades chinesas, que os japoneses da embaixada pretendiam oferecer-lhes.

Se Yasumi havia levado em suas malas algumas roupas de gala, nessa manhã estava vestida com uma saia confortável e calças largas que lhe permitiam cavalgar quando o comboio tivesse ultrapassado as fortificações do palácio.

Mas dois fatos novos vieram chamar a atenção da jovem. O primeiro era o mais surpreendente. Não só Yorimichi, filho mais velho de Michinaga, fazia parte da expedição, mas também Toremishi, seu filho mais novo, da mesma idade de Shotoko, que estava ao lado dele. O entusiasmo transparecia em seu rosto, e ele cavalgava orgulhosamente sua montaria.

Através da janela de sua carruagem, a jovem mulher observava Toremishi, cujos olhos mantinham-se fixos na figura de seu irmão mais velho, que cavalgava na frente do comboio. Ela procurava compreender a razão pela qual Michinaga havia enviado seu jovem filho, quando a composição da escolta, prevista na partida, não o havia incluído. Por isso, chegou naturalmente a dizer-se que, para agradar a ela, o que muito pouco a surpreendia, Michinaga tinha decidido dar um companheiro de viagem a Shotoko.

Michinaga teria chegado até a pensar que Yorimichi e Motokata teriam outras ocupações exceto a de vigiar constantemente os dois jovens e que, portanto, a estes não faltariam ocasiões, no decorrer da viagem, de aproximar-se um do outro? Bela atenção que Yasumi apreciava em sua justa medida, se é que era o caso!

A segunda surpresa a mergulhava em uma alegria extrema. Quatro mensageiros haviam sido recrutados para manter informado o grande ministro sobre o avanço da expedição. Fariam, portanto, a ida e a volta entre a capital e o local em que estava o comboio quando os acontecimentos os obrigassem a isso. Assim Yasumi estaria, ela também, informada sobre os variados episódios que pontuariam a viagem. Ela conhecia o trajeto, de tanto falar sobre ele com Motokata. Primeiramente, chegariam às costas do mar do Japão, depois, seguindo para o sul da ilha de Kyushu, onde encontrariam o governador Takaie, eles embarcariam nos dois navios que os aguardariam em Hakata. Era dali que partiam outrora todos os navios das embaixadas que se dirigiam para a China. Atravessando em seguida a Coreia do Sul, atingiriam as costas do mar Amarelo, que os conduziria para o interior da China, e de lá chegariam à capital de Kaifeng, seguindo o rio que atravessa toda sua parte norte.

Esses dois fatos novos sugeriam-lhe repentinamente que era inútil que se mantivesse camuflada em sua carruagem, visto que, evidentemente, Michinaga estava informado sobre sua partida. Por isso, saiu logo e saltou nas costas de Longa Lua, cavalgando ao lado de Shotoko, a quem havia cedido Ameixeira Selvagem.

Junto da grande porta Rasho, ou porta da Muralha, inserida entre as duas embaixadas estrangeiras da Coreia e da China, que praticamente não tinham mais utilidade nessa época em que o comércio entre os três países declinava, Toremishi veio cavalgar ao lado de Shotoko.

Ambos tinham esse olhar ainda adolescente feito de inconsciência e de ingenuidade que uma viagem tão longa iria, com certeza, remover prontamente. Nesse momento, se tivessem dito a Yasumi que os dois jovens iriam rapidamente apreciar-se mutuamente e tornar-se bons e fiéis amigos, ela não se surpreenderia nem um pouco. Ao ver seu entusiasmo idêntico e suas constantes imperícias, era de desconfiar que aprendessem lado a lado não somente a dura escola da vida, mas aquela da sobrevivência, quando os grandes obstáculos surgissem.

— Vais fazer um grande trecho do caminho a nosso lado, senhora Suiko? Onde nos deixarás?

Na corte, era sempre chamada Suiko, nome de uma antiga imperatriz japonesa que tinha lutado corajosamente por seu país, bem antes da época de Nara. Um nome que tinha escolhido sozinha, sem que ninguém a obrigasse e sem que ninguém a conhecesse ainda. Agora esse nome parecia estar irremediavelmente colado à sua pele. Mas não importa! Ela não queria separar-se dele. Além do mais, fora sob o nome Suiko que havia se dado a conhecer no pavilhão das Glicínias, e nada a levaria a trocá-lo.

— Eu os deixarei na província de Bingo.

— Onde aprendeste a cavalgar tão bem? É pouco usual para uma dama.

— Não sou uma mulher comum, príncipe Toremishi! Se um dia fores amigo e confidente de meu irmão, talvez ele te faça revelações que irão te surpreender. Quem sabe? Shotoko sabe muitas coisas a meu respeito agora!

Os dois rapazes olharam-se. Nos olhos de seu irmão, que ela começava a conhecer muito bem, Yasumi julgou discernir uma sombra de admiração para com seu companheiro. Não era bom que Shotoko se maravilhasse tanto com Toremishi pelo simples fato de ele ser um príncipe instruído. Seria preferível que o filho de Michinaga demonstrasse, por sua vez, algum interesse por seu irmão, para equilibrar as competências. Ora, a única área em que Shotoko se destacava era o tiro com arco.

— Vejo que tua aljava está cheia de flechas — disse ela ao irmão.

— Nunca te separas delas. Conheço estas paragens, haverá sempre um pirata ou um rebelde na curva de um caminho. Fica de olhos atentos e sempre pronto para atirar. Não as trouxeste contigo, príncipe Toremishi?

O jovem Fujiwara pareceu surpreso e declarou:

— Não faltarão soldados neste comboio para desencadear uma ofensiva, se necessário.

— Certamente! Mas quando os inimigos atiram pelas costas, é preferível defender-se por si próprio. E pior! Quando há uma confusão de combatentes, inimigos contra inimigos, cada um deve defender-se com suas próprias armas.

Se Yasumi pintava de negro o quadro, era realmente para levar o jovem Toremishi a questionar-se sobre a utilidade de defender a si próprio. Shotoko, a quem não faltava vivacidade de espírito, aproveitou a ocasião:

— Eu poderia ensinar-te a atirar, príncipe Toremishi.

— Com o arco?

— Com aquele que vais comprar na primeira escala. Vamos parar em Yamashiro.

— E o que poderia oferecer-te em troca desse ensinamento?

— Ensina meu irmão a lidar com seu cavalo como tu o fazes. Tens grande habilidade em manejar as rédeas, príncipe Toremishi. E, em uma batalha, aquele que faz meia-volta rapidamente sempre tem vantagem, porque pode dominar a situação antes dos outros.

Contente pela utilidade dessas palavras que deixavam os jovens surpresos com suas respectivas competências, ela deixou-os sob o pretexto de que queria ver seu marido.

◆

A província de Yamashiro fazia parte do departamento de Kyoto. Era uma importante região habitada por uma poderosa família do mesmo nome no século anterior, época durante a qual a capital não pôde ser instalada em Kuni, a sul de Kyoto, que continuou sendo o grande centro político do país.

O governador de Yamashiro acolheu o comboio com muita consideração. Envolto em suas inúmeras vestes de brocado e penteado com um coque levantado em cone acima da testa, Fujiwara Nobutaka era o próprio tipo do velho governador de província, cheio de poder e de autoridade. Mas ele mostrava-se justo e leal durante toda a sua vida com aqueles que lhe haviam prestado bons serviços. De sua primeira esposa, Nobutaka teve vários filhos, dos quais três eram homens. Suas concubinas haviam lhe dado alguns filhos, embora sua descendência estivesse assegurada. Quanto a Murasaki Shikibu, sua segunda mulher, ela tinha dado à luz uma filha, mas não lhe tinha dado outros filhos.

As concubinas de Nobutaka não viviam com a senhora Murasaki Shikibu. O governador de Yamashiro a admirava demais e se mostrava por demais respeitoso para impô-las a ela. Em Kyoto, como na província, contudo, todos sabiam que esse não era um casamento de amor, mas um casamento de conveniência que haviam contratado. Aliás, muitas vezes a senhora Murasaki partia por algum tempo com sua filha para uma das propriedades de seu pai, governador de Echizen.

As concubinas de Nobutaka, jovens e belas como convinha e que justificavam assim suas riquezas, habitavam grandes anexos adjacentes à sua residência. Era raro vê-las passar ou passear na frente da residência. Aproveitavam dos grandes jardins que ficavam atrás e admiravam tranquilamente as estações do ano, uma após outra. Através de uma fresta da porta corrediça ou de uma treliça da janela, os convidados do dono da casa podiam entrever de maneira fugaz suas silhuetas passando, de leque na mão. Às vezes, uma delas voltava a cabeça para mostrar o rosto ou dava um gritinho de pássaro assustado para marcar sua fugitiva presença. Isso fora o suficiente para que os convidados de Nobutaka espalhassem o boato que o governador de Yamashiro possuía as mais belas concubinas da região.

Os membros da pequena embaixada mantinham-se diante dele, e o jogo de cortesia poética se fez presente desde o início do encontro. Foi Yorimichi que deu início à competição:

> POR BAIXO DO ORVALHO
> AS VERDES AGULHAS DOS PINHEIROS
> ACUMULADAS NO FUNDO DAS MONTANHAS
> E O SUAVE ESCORRER DO RIACHO SOBRE AS PEDRAS
> NOS GUIARAM PARA TI.

Nobutaka inclinou-se tão profundamente quanto sua idade permitia-lhe. Mãos brancas e um pouco nodosas saíam de suas largas mangas. Motokata adiantou-se por sua vez e disse:

> Prestamos grande atenção
> aos perfumes de teus jardins
> quando, no final da ponte de madeira,
> avistamos as árvores em flor.
> Nossas reverências de outrora são também as de agora.

Nobutaka soergueu o peito e, com uma rápida olhada, examinou os membros do comboio. Ele não poderia ficar devendo a seus convidados. Levantando uma das mãos e estendendo a outra, declamou com voz baixa e grave:

> O furacão dos oceanos ainda está longe
> e quero crer que não o enfrentarão.
> Mas de além das nuvens voltarão
> carregados de experiência e glória
> porque Buda os acompanha.

Depois, com pequenos passos tranquilos, a senhora Murasaki aproximou-se e os recebeu com cortesia. Percebendo Yasumi, que ficara um pouco afastada, ela se inclinou de longe, mas não disse nada antes que Motokata a apresentasse. O governador afastou-se com seus convidados, para que sua esposa a conhecesse melhor.

As duas jovens mulheres logo entraram em sintonia. Depois de alguns *wakas* bem produzidos que trocaram entre si, dispostos generosamente na ponta de seus respectivos leques, concederam-se o direito de conversar informalmente. Esse exercício de estilo e de espírito permitia conhecerem-se melhor e melhor se apreciarem.

— Eu sei — disse a senhora Murasaki — que és a dama do pavilhão das Glicínias.

— Que sabes ainda? — perguntou maliciosamente Yasumi.

— Que a senhora Song Li deve admirar-te muito para adotar-te tão rapidamente e deixar-te como herança o que mais contava para ela: a obra de sua vida.

Yasumi balançou lentamente a cabeça. Estava sentada na posição de lótus e ficava de frente com a senhora Murasaki.

Havia retirado o longo alfinete de seu coque logo que chegara a Yamashiro, deixando cair sobre as costas sua longa e brilhante cabeleira, e a senhora Murasaki só podia admirá-la. Os cabelos dela nunca tinham chegado a um comprimento tão impressionante.

— O pavilhão das Glicínias é tudo para mim — afirmou Yasumi. Aprendi seus contornos, suas armadilhas e seus constrangimentos também. Conheço seus clientes, seus desejos, suas esperanças. Sei que no pavilhão das Glicínias estão seguros e que ali falam de política, arte e cultura. Minha alma e meu espírito aprenderam a compreender e a comunicar-se com eles. Tenho a impressão de que agora sou cúmplice deles.

— Vais ficar ali após o regresso de teu esposo?

— Vamos encontrar uma solução conveniente.

— Não receias que tome então uma ou várias concubinas?

— Não, porque Motokata não é um homem que fique definhando na corte ou governando um domínio. É feito para os grandes espaços, como eu própria o era quando o conheci. Mas, enquanto mantiver esse privilégio, não poderei continuar a cavalgar pelas estradas como um guerreiro. É por isso que vou esperá-lo sempre no pavilhão das Glicínias. Ali me sinto em casa.

— Essa casa de chá é a mais honrada de Kyoto, uma vez que, ao contrário das outras, não é um lugar de prazer. Muito antes de meu casamento, eu a frequentei várias vezes. A senhora Song Li sempre me estimou. É algo recíproco. Para mim ela continua sendo uma mulher de grande envergadura, sensata, inteligente e de imensa cultura, uma mulher que não se pode esquecer. Já não era muito jovem quando eu encontrava nessa casa a senhora Sei Shonagon.

— Sei Shonagon! Falam muito dela no pavilhão.

A senhora Murasaki serviu o chá com todo o cuidado e com todos os gestos requeridos. Uma nuvem de vapor fino rosado elevou-se, mascarando por um instante seus rostos, e um aroma delicioso de frutas invadiu a sala. A senhora Murasaki suspirou, explicando ao mesmo tempo:

— Nunca haverei de entender por que me chamam a "dama das crônicas do Japão", visto que foi Sei Shonagon quem realmente traduziu as crônicas da corte.

— Certamente, eu li suas *Notas de cabeceira*, mas tua história do príncipe *Genji* está repleta de crônicas que nos dizem respeito. Este título te cabe, portanto, de direito.

— Talvez sim, talvez não! — falou Murasaki Shikibu, sorrindo modestamente. — Sei Shonagon tinha um espírito incisivo e uma profunda compreensão da natureza e dos homens; eu gosto de seu estilo mais viril que o meu.

— Terias preferido escrever com menos...

— Romantismo?

Yasumi sacudiu a cabeça, o que fez esvoaçar duas ou três mechas de seus cabelos.

— Não! A meu ver, muita reflexão, muito pensamento profundo e raciocínio entram em tua história de *Genji* para te classificar, sob esse aspecto, como romântica. E, no entanto, traduzes tão bem a natureza do sentimento!

— Meu *Genji* te agradou?

— Seduziu-me voluptuosamente, a tal ponto que, às vezes, procuro em meu marido algumas de suas atitudes.

Elas se puseram a rir, enquanto degustavam o chá servido em belas chávenas esmaltadas de preto, decoradas com folhas de salgueiro desenhadas com ouro em pó.

— Por que Sei Shonagon deixou a corte? — indagou Yasumi.

— Porque a estrela da imperatriz Sadako empalidecia. O grande ministro Michitaka, seu pai, tinha morrido, e seu irmão Michinaga, impaciente para ser regente, acabou por substituí-la por sua própria filha Soshi Akiko.

— Teishi Sadako morreu pouco tempo depois, não é mesmo?

— Sim! Sei Shonagon tinha ficado muito ligada à sua imperatriz. Não conseguiu suportar as mudanças da corte. Ela também morreu pouco depois.

— Dizem que ela havia instruído a imperatriz Sadako com clássicos chineses, como tu fizeste com a imperatriz Akiko.

— Por causa disso, aliás, o grande ministro Michinaga sempre foi grato para comigo.

— Gostaria de saber mais a seu respeito. Fala-me dele.

— Tu o conheces? Ah, mas claro! Como sou tola! Tu o conheces, porquanto foi ele que desvencilhou teus problemas patrimoniais e trouxe à luz a notoriedade de teu avô Fujiwara Jinichino, grande conselheiro do falecido imperador Murakami.

Ela veio posicionar-se ao lado de sua companheira e a observou com atenção. Seus olhos cintilantes de espírito procuravam entender por que Yasumi solicitava informações a respeito do grande ministro supremo. Ela se esforçou então para esboçar um quadro fiel.

— Michinaga é um ser ambicioso que não admite qualquer fraqueza, nem dos outros nem de si próprio. Ele sabe ser generoso, justo e benevolente, mas gosta do esforço e da disciplina, que, aliás, recompensa com seu justo valor. É feroz se não obtiver o que quer. É por isso que sempre está pronto a tudo para alcançar seus fins. Como a maioria dos dignitários, ele gosta da riqueza, do poder, das honras e, infelizmente, seus apetites desmedidos têm precedência sobre seu senso de integridade e sobre suas aspirações espirituais. Assim é que não suporta os templos xintoístas ou budistas mais poderosos que a corte, como tampouco tolera os governadores de província mais ricos que ele.

— A meu ver, este é exatamente seu retrato.

De repente, a senhora Murasaki tomou a mão dela e a aconchegou na sua.

— Fica alerta, Yasumi. Tu és atraente em múltiplos pontos, e, embora nenhum boato desagradável tenha circulado sobre ele e as damas da corte e embora sua esposa Rinshi dedique-lhe extrema confiança, ele queima por vezes com um estranho fogo que o devora por inteiro, particularmente quando a dama em questão o fascina pela qualidade de sua cultura.

◆

Ficaram uns dias em Yamashiro. Yasumi não deixava a senhora Murasaki, que não queria privar-se da presença de sua nova amiga. A poetisa, tantas vezes solicitada pela imperatriz, não podia passar todo o seu tempo na corte. Uma relativa solidão era necessária para concluir o romance *Genji*, cuja primeira parte tinha entusiasmado tanto a capital.

Yasumi falava, ria, discutia e, um pouco afastada dos homens, admirava com Murasaki Shikibu os esplendores da natureza.

Na solidão desses lugares, obstinadamente silenciosa, tudo era esplêndido: as colinas de azaleias, os vales recobertos de íris, as encostas atapetadas de cravos e, bem no fundo, uma sombria floresta de pinheiros que cercava o horizonte. Pequenos santuários com telhados de cobertura vermelha surgiam aqui e acolá, recordando que era bom, de vez em quando, deslocar-se até eles para fazer algumas oferendas. A esse respeito, Nobutaka não era mesquinho, muito pelo contrário, distribuía facilmente arroz, saquê, cereais, frutas secas, legumes, além de tintas, pincéis e rolos de papel fino, para que os monges transcrevessem neles seus sutras.

Motokata e Yasumi só se encontravam à noite. A senhora Murasaki havia lhes deixado um cômodo afastado dos outros, para que nele abrigassem seus amores.

Uma noite, porém, escapando ambos para cavalgar pelos arredores da propriedade, apaixonados por liberdade, perdidos sob as estrelas, não voltaram para a casa do governador, e ninguém, para dizer a verdade, procurou-os.

Quatro dias mais tarde, depois de muitos agradecimentos e de muitas promessas de rever-se em breve, a pequena embaixada se pôs a caminho para a província de Tamba, onde, conforme decidido, não iria deter-se. Foi somente depois de ter desviado em direção da costa oeste e ter alcançado Tango, depois Tajima, que uma parada se impôs.

Tajima era um lugar divino por sua posição, mas trágico por sua história. Região de montanhas e de elevados planaltos, sua costa ao longo de todo o mar do Japão era cercada de recifes e de impressionantes falésias, oferecendo poucos refúgios para as embarcações provenientes do continente. Não passava um inverno sem que um navio, uma barcaça, um barco não naufragasse, deixando somente destroços, velas rasgadas, cordames emaranhados, remos quebrados, pedaços de madeira, jarras de terracota, objetos diversos e corpos afogados que as ondas faziam refluir sobre a areia. Yasumi logo percebeu que Motokata conhecia muito bem o local. Deve-se dizer que em numerosas angras abrigavam locais bastante escuros e que a dez passos pressentia-se que não era de bom alvitre aproximar-se das fissuras enrascadas nas rochas, sob pena de ver-se cara a cara com um sabre que, com rapidez fulminante, podia decepar a cabeça de qualquer um.

Yasumi constatava com alegria que Shotoko e Toremishi eram inseparáveis. Ela se felicitou por tê-los incentivado a ajudar-se mutuamente desde a partida de Kyoto.

Shotoko, que a cada dia ficava mais seguro, começava a fazer proezas com Ameixeira Selvagem, e Toremishi, a quem o governador havia dado de presente um arco, aprendia a atirar.

Logo depois da chegada em Tajima, Motokata ausentou-se por várias horas, sem que Yasumi nem ninguém soubesse onde ele estava. Preocupada, a jovem decidiu partir à sua procura com Longa Lua. Diante da insistência de Shotoko em acompanhá-la, ela recusou categoricamente, pensando que, se Motokata tinha algo a esconder aos olhos dos outros, seu irmão não devia saber.

Tomando o caminho que ele havia seguido, não demorou muito para distinguir ao longe sua silhueta e a de seu cavalo. Mas o que pareceu-lhe estranho era a presença do cavaleiro que o acompanhava. E, ainda mais estranho, quando ele a viu, logo retomou o caminho de volta.

— Quem era aquele homem? — perguntou simplesmente a jovem, aproximando-se da montaria de seu marido.

Motokata não parecia incomodado. Só uma ruga aparecia em sua testa, como se não soubesse por onde começar as explicações.

— Não tive tempo de falar-te disso e, de qualquer maneira, não gostaria de fazê-lo para não te deixar preocupada. Mas caramba! Por todos os demônios que nos observam, tu não mudarás nunca, meu belo pássaro — disse brincando —; é preciso que metas teu belo nariz em tudo. Agora vais pensar que assumo riscos irrefletidamente e que...

— Quero que me digas quem era aquele homem!
— Claro. Mas não fales disso a ninguém, nem mesmo a teu irmão. A propósito, eu teria preferido que ele não fosse tão íntimo de Toremishi.
— Por quê?
— Porque agora eu não poderia confiar-lhe mais nada, uma vez que ele pode abrir-se com seu novo amigo.
— Evidentemente! — suspirou Yasumi. — Eu não tinha pensado nessa possibilidade.

Ele apeou de seu cavalo, e a jovem fez o mesmo.
— Vem! — fez sinal, levando-a para uma fenda cavada na rocha. — Não é nossa caverna, mas pelo menos estaremos escondidos dos olhos de eventuais intrusos.
— Motokata! — insistiu a jovem em um tom rude. — Eu quero saber! Tu não me acostumaste a esconder-me o que fazes.

Ele a tomou pelo braço e a empurrou delicadamente contra a parede rochosa:
— Relaxa e escuta-me.

Mas ele não começou seu relato e achegou-se a ela com alguns gestos apressados, desencadeando o ardor de seus desejos súbitos.
— Motokata! Não! Eu quero saber quem era aquele homem. Caiu sobre ela, levantando ao mesmo tempo, com uma mão impaciente, as vestes que recobriam suas calças largas, mas sua mão foi detida pela de Yasumi que, com um gesto ríspido, afastou-a da direção que ela queria seguir, sob a amplidão das calças.
— Ah! Peste do inferno! — jurou ele. — Tu me obrigas a dizer o que eu queria te esconder. Mas eu teria te amado se não fosses feita dessa matéria...? Está bem! Vou explicar!

Ela se livrou e começou a rir:
— Fujiwara Motokata, talvez não vou te acompanhar para a China, mas, antes de nos separarmos, quero saber o que negocias com esse homem.

Foi então que ela teve um gesto terno para com ele e pôs seu rosto contra o dele:

— Meu doce esposo! Será mil vezes menos penoso para mim conhecer uma verdade que me assusta do que uma dúvida que me pesa.

— Esse homem é um fora da lei — disse ele finalmente.

— Um pirata! Eu desconfiava.

— Um pirata, não! Um dignitário expulso outrora pelo regente da corte. Ele controla uma parte das chegadas dos navios provenientes da Coreia e da China. E o governador Takaie, que devemos encontrar em Kyushu, é seu pior inimigo. Ele pretende afastá-lo da expedição.

— Mas é impossível! Tu precisas dele, ele conhece os lugares, os perigos, as armadilhas e os rebeldes dessa região. Está informado de todos os navios que atracam e que partem.

— Isso é exato, mas eu conheço tudo isso tão bem quanto ele.

Yasumi calou-se. Não estaria ele fazendo um jogo perigoso se, já na partida de Kyushu, enganasse o governador Takaie?

— Estás arriscando tua vida nesse jogo — completou ela em um tom sombrio.

— Arrisco muito mais ainda quando sei que Takaie não me aceitou nessa expedição com grande alegria.

— Como o sabes?

— Ele tinha planejado partir para a China sem falar com Michinaga.

— Para apropriar-se sozinho dos benefícios da viagem?

— Precisamente.

— Que vais fazer?

Motokata tomou-a nos braços e a obrigou a aceitar seu abraço. Dessa vez, ela entregou-se e envolveu sua boca na dele. Passaram algumas horas sem mais se preocupar com nada, esquecendo os homens, a natureza, a montanha e até mesmo o pequeno temor que pungia seu espírito com a ideia de que, dentro de alguns dias, eles se separariam.

◆

Quando retornaram, Motokata aconselhou-a a não ficar no território de Tajima. O comboio andou em marcha mais acelerada para Izumo, onde se desenrolavam festividades provinciais. Música, danças e cantos tiveram lugar na praia. A efervescência agitava cada onda que vinha morrer nos seixos, onde as meninas recolhiam conchas marinhas. Observando-as, Yasumi prometeu a si mesma ver um dia a amiga Mitsuka. Talvez ela já tivesse dado a Soyo um ou dois filhos, talvez até três? Deu um longo suspiro, olhando ao mesmo tempo as ondas que se arrebentavam em uma espuma branca. Como esse tempo parecia-lhe distante!

As danças no Japão eram quase sempre de origem antiga e pertenciam a uma tradição popular mesclada com a religião. Representavam as tradições das *Kagura*, relembrando episódios da mitologia xintoísta. Com suas roupas coloridas, as dançarinas apresentavam belos movimentos. Seus passos batiam no solo arenoso, e seus gestos elevavam-se para um espaço esponjoso de névoa, ritmados ao som de uma música primitiva.

Houve procissões, pontuadas pelos cantos dos monges. Nenhuma festa, em princípio, era realizada sem que houvesse a representação do mosteiro mais próximo. A multidão se acotovelava para ver melhor. Os gritos e os risos fundiam-se por toda a parte e o saquê era vendido em todos os locais da festa.

Enquanto os grandes tambores já anunciavam outros espetáculos, um grupo de seis cavaleiros surgiu, perturbando a assembleia. Os cavaleiros tiveram de conduzir com prudência suas montarias, marchando um atrás do outro, para que os espectadores do festival não os fechassem em cerco.

Foi Shotoko que notou imediatamente o olhar do primeiro da fila, voltado em sua direção. O homem fez um sinal a um de seus companheiros, que repetiu o mesmo gesto aos quatro cavaleiros seguintes.

Instantaneamente, Yasumi aproximou-se de Motokata.

— Parece que eles querem chegar até nós.

Apressando a marcha de seus cavalos, apesar da dificuldade que tinham para livrar-se da multidão, os seis cavaleiros conseguiram sair do meio da onda de gente.

— Queremos falar com Fujiwara Yasumi, a senhora Suiko — falou logo um deles, dirigindo seu olhar para a única mulher do pequeno grupo, que, nesse caso, era exatamente ela.

— Sou eu.

— Então, devemos reconduzir-te a Kyoto. A senhora Song Li, do pavilhão das Glicínias, está muito mal.

Em seguida, outro entregou-lhe uma mensagem. Motokata notou a palidez súbita de sua companheira. Aproximando-se dela, sussurrou a seu ouvido:

— Que vais fazer?

— Partir!

— É realmente necessário?

— Sim, é necessário. Não posso suportar a ideia de que Li morra sem me ver uma última vez.

Yasumi concentrou-se longamente na leitura do envelope, pois acabava de notar um detalhe importante: o selo, no final do texto que exigia sua presença junto de Song Li, era o da corte imperial.

— Quem te enviou a mensagem?

— O grande ministro supremo. Estamos ligados à sua guarda pessoal.

— Por que o pavilhão das Glicínias não enviou um de seus mensageiros?

— Porque a senhora Song Li pediu ao grande ministro. Nossa proteção será cem vezes mais eficaz que a de um simples portador de mensagem.

Essa explicação não conseguiu convencer Yasumi. Ela pouco acreditava nisso, mas a ideia de que Li estava doente suprimiu suas hesitações.

Motokata voltou-se para os cavaleiros.

— Deixem-nos alguns minutos.

Ele apertou a esposa contra si e murmurou-lhe:

— Até breve, meu belo pássaro. Encurtarei esta viagem o mais que puder.

Seu beijo era um último aconchego, invadido pela lembrança, oprimido pelo temor de ficar sozinho. Cada um tentou absorver na nuca do outro a fragrância da pele que não queriam esquecer.

Quando se separaram, Shotoko correu até Yasumi para apertá-la em seus braços.

— Zelem um pelo outro — disse ela, abraçando-o. — Quero rever os dois.

◆

Desde a saída de Izumo, os cavaleiros cortaram caminho pelo interior, o que encurtava o trajeto em um terço. Yasumi falou pouco, mas seus olhos e seu espírito estavam despertos e sua concentração, intacta. Era sensível à admiração de seus companheiros de viagem por seus talentos como amazona. Tal como eles, conduzia muito bem seu cavalo. Longa Lua gostava de seguir um ritmo tal que, após a região de Mimasaka, que desembocava imediatamente na de Harima, ultrapassou facilmente os seis cavaleiros. Ficaram surpresos de início ao ver o cavalo tomar a frente com tanta facilidade.

Longa Lua não fazia nenhum esforço, suas longas passadas eram de uma notável flexibilidade.

— Essa mulher — resmungou o cavaleiro que mais se empenhava em segui-la — cavalga como um homem!

E esporeou seu animal para tentar ultrapassá-la, sem sucesso. O espírito de equipe de repente jogou em seu favor, quando ouviu um de seus companheiros gritar:

— Vamos fazer uma parada. Os cavalos estão exaustos.

— Não o meu! — exclamou Yasumi. — Longa Lua e eu prosseguiremos até a capital, sem nos determos.

Ao ouvir o ruído dos cascos diminuir no chão da estrada, ela se voltou para gritar de novo:

— Eu conheço o caminho, não preciso de ajuda.

Essas poucas palavras chicotearam o sangue dos cavaleiros que, não podendo aceitar a superioridade daquela que eles tinham por missão conduzir ao grande ministro supremo, foram obrigados a segui-la.

— Julgaram, pois, senhores cavaleiros, que poderiam cercar-me nas proximidades de Tóquio?

O vento levou parte de sua frase, mas teve de chegar em parte aos ouvidos do mais intrépido, pois ela ouviu quase em eco:

— Tu deves dirigir-te ao palácio, senhora Suiko. O grande ministro te aguarda.

— E por que não ao pavilhão das Glicínias? A mensagem que me entregaram afirma que a senhora Song Li está muito mal.

— Ela está doente, mas sem dúvida poderá esperar.

— Lamento! Só irei até o gabinete do grande ministro depois de tê-la visto!

As palavras que ela gritava ao vento eram quase inaudíveis. O cavaleiro mais veloz conseguiu alcançá-la. Os dois galoparam por um momento lado a lado, enquanto os outros os acossavam de perto. Os seis guardas da cavalaria pessoal do grande ministro supremo nunca esperaram pelas proezas equestres da senhora Suiko; talvez até julgassem que deveriam acomodá-la na garupa para evitar que chegasse exausta. Entretanto, retomavam vigor e se obstinavam agora a não se deixarem mais ultrapassar.

Quando chegaram às portas da capital, a noite caía. Os cavalos estavam exaustos. Longa Lua, porém, sob a condução ainda vigorosa de sua patroa, deu um salto para a frente, a fim de livrar-se de seus congêneres e, com a boca espumando e os flancos banhados de suor, seguiu firme em direção ao pavilhão das Glicínias.

CAPÍTULO 22

Li estava deitada, rosto descarnado, mas olhos ainda vivos.
— Estás aqui, minha filha! Não fui eu quem impôs teu regresso. Eu respeitava por demais teu desejo de ficar com teu esposo para exigir-te isso.
— Li, o que houve, pois, com o grande ministro?
— Aconteceu que Michinaga veio ver-me, constatou meu estado debilitado e decretou que tu devias voltar. A meu ver, só esperava esse pretexto para ordenar que regressasses.
— Estou convencida disso. Mas, apesar de tudo, tu me pareces bem fraca.
A jovem dissimulou o suspiro que saía de sua garganta, mas a velha senhora o pressentiu e tomou a mão dela. Seus dedos agarraram firmemente os de Yasumi.
— Agora que Motokata partiu — disse Yasumi com voz calma para tranquilizar sua companheira —, vou tomar o tempo para te mimar e te amar. Sim, Li, amar-te, ninguém mais que tu!
— Minha linda e louca Suiko! Minha pequena Fujiwara! — murmurou a velha senhora, apertando a mão de Yasumi. —Confesso que eu estava feliz com a ideia de voltares. Seria uma hipócrita se te afirmasse o contrário. Acho que cheguei até a agradecer esse monstro do Michinaga pela liberdade que tomava. Tinha tanto medo de morrer antes de te rever! Yasumi, quantos anos coroam minha velha cabeça?

— Bem, não contemos mais, Li!

Sakyo e Jujuku entraram no quarto. Elas curvaram-se respeitosamente para desejar as boas-vindas a Yasumi.

Com a cabeça inclinada também, Suyari mantinha-se atrás delas, e Li pediu-lhe para que se aproximasse.

— Eu a assumi totalmente — disse ela a Yasumi. — Suyari é viúva, e seu filho não precisa mais dela. Como ele tomou a casa dela para ali morar com sua esposa, Suyari não tem mais domicílio. Ela gosta daqui e aqui ficará.

— Fico feliz por essa decisão, Suyari — replicou Yasumi, voltando-se sorridente para aquela que estava por trás de sua transformação em senhora Suiko.

Li inclinou a cabeça, cansada por tudo o que acabava de dizer. Prosseguiu em voz baixa:

— Como Jujuku quer manter o posto para o qual a treinei, ou seja, acomodar os clientes nas respectivas salas, esperando que tu venhas cumprimentá-los, e como Sakyo prefere administrar a casa, destaquei Suyari para uma tarefa delicada. Uma tarefa que exige extremo cuidado e que seus dedos ágeis saberão executar: o ritual do chá.

Essas palavras tiraram-lhe o fôlego. Penosamente, continuou:

— Sei que és exímia na arte de servir o chá — disse a Yasumi —, mas deverás concentrar-te nas conversas de teus convidados, pois nada deverá te escapar. Entendido?

A jovem aquiesceu.

— Para substituir Sakyo, que não fará mais a limpeza, contratei duas novas criadas. Não serão demais para te respaldar.

Após uma pausa, ela prosseguiu:

— No estábulo também encontrarás um novo palafreneiro. Era complicado deixar Bordo Vermelho fazer tudo sozinho. Para as corridas, os suprimentos, a manutenção dos animais e da cavalariça, necessitavas de outro criado. Agora não terás mais de te preocupar com a administração do pavilhão quando quiseres passar algum tempo com teu marido. Entretanto, pequena, não fiques muito tempo sem retornar. Este local precisa de ti. Nada mais que de ti!

Essa longa explicação a havia deixado exausta. Fechou a boca, e seus olhos percorreram todo o cômodo. Depois pediu para ficar a sós com Yasumi e exigiu que esta lhe segurasse as mãos até que ela adormecesse.

O sopro da vida de Song Li só mantinha-se por um fio. Quantos dias, talvez horas, resistiria ainda? Buda a espiava com seus olhos benevolentes para levá-la para onde tanto queria ir, para além de seu país de origem...

Durante a noite, a febre subiu. Ela delirou um pouco, e Yasumi mandou chamar o médico, que descobriu um abscesso na base do pescoço. O bubo devia ter saído horas, pois Jujuku, que procedia à sua toalete cotidiana, não tinha notado nada. O médico examinou o abscesso atentamente e sacudiu a cabeça, pessimista. Lavou cuidadosamente a chaga supurante com água de lótus e colocou no local uma cataplasma à base de sumo de gardênia e ruibarbo.

Em seu delírio, Li perguntou se a lua estava visível e chamou um astrólogo. Essa era uma incompreensível extravagância de Li, que nunca havia recorrido aos serviços de magos nem de astrólogos.

Song Li reverenciava Buda como se devia e, segundo as crenças do yin e do yang, ela própria observava no céu o movimento das estrelas e, no calendário das constelações, o deslocamento dos planetas.

— Há ruibarbo por aqui? — perguntou o médico. — Era necessário trocar a cataplasma a cada três ou quatro horas.

— Infelizmente, não há mais — respondeu Jujuku.

— Vou mandar trazer. No aguardo, deixem-na repousar. Ela está sem ar.

— Ela falou demais — murmurou Yasumi. — Mas o que tinha a me dizer era necessário. Partirá mais tranquila.

Depois voltou-se, inquieta:

— Ela pediu um astrólogo, que não virá. Deve-se mandar celebrar um rito?

— É indispensável. Há alguém que possa cuidar disso?

Yasumi sentiu-se de repente sozinha. Uma enorme responsabilidade pesava subitamente sobre seus ombros. Como iria assumir dignamente essa morte? Então pensou em Susue Sei. Sim, sua amiga Sei a ajudaria a superar esse momento difícil. Mandou logo Bordo Vermelho procurá-la. Sabia que, na hora seguinte, ela estaria ali e iria ao templo mais próximo para mandar celebrar, durante os indispensáveis sete dias, o ritual necessário.

Depois ela dispôs telas e divisórias móveis para isolar a moribunda e assegurou-se de que nada mais pudesse infiltrar-se para perturbar seu espírito enfraquecido.

Logo que Sei chegou, ela correu até o templo de Goyasha para mandar recitar por três monges o sutra do Chamado da Alma. Yasumi havia lhe confirmado que mandaria levar sua oferenda ao mosteiro logo que o estado da doente tivesse evoluído em um sentido ou em outro, visto que somente Buda sabia a resposta.

◆

No dia seguinte, Yasumi recebeu uma mensagem de Michinaga que pedia sua imediata presença no palácio. Ela hesitou de início em dirigir-se para lá, mas quando percebeu a carruagem que esperava do lado de fora do pavilhão, compreendeu que não poderia tergiversar.

Chegou ao palácio na hora seguinte e, como o condutor tinha recebido a ordem de evitar a grande porta central e as largas aleias que enquadravam os pátios externos do palácio, onde todos podiam reunir-se, ela não viu ninguém conhecido.

Michinaga a aguardava em seu gabinete, diante dos papéis que lia e assinava, apondo seu timbre. Levantou-se prontamente e, com alguns passos largos, estava diante dela, comprimindo-a quase contra a porta, que o criado acabava de fechar silenciosamente.

Yasumi logo ergueu o leque e escondeu seu rosto atrás dele. Então ele se afastou e se inclinou. Yasumi fez o mesmo.

— Como está a senhora Song Li?

— Meu retorno não era tão urgente, senhor Michinaga — mentiu Yasumi.

— Vou ser franco: temia muito tua partida para a China.

— Certamente! Teu pressentimento não estava errado. Teria seguido meu esposo, se Song Li não ficasse tão infeliz sem mim.

— Eu não poderia proibi-la de acompanhar Fujiwara Motokata para a China, mas poderia falar-te do estado alarmante da senhora Song Li.

— Pensaste muito bem. Foi precisamente o que me fez voltar mais rápido que o previsto.

Ele plantou-se diante dela e, com uma mão imperiosa, tomou seu leque para que não pudesse mais esconder-se atrás dele.

— Teu amor por teu esposo seria mais fraco que a afeição que sentes pela senhora Song Li?

— São sentimentos diferentes.

Desta vez, tomou-lhe o braço suavemente e a conduziu para sua mesa de trabalho. Depois, estendeu-lhe uma folha e um pincel:

— Explica-te.

O mal-estar invadiu Yasumi. Não tinha vontade de prestar-se a esse jogo. Sem leque, tornava-se impossível para ela ocultar a expressão que animava seus olhos. Faiscavam quase de raiva.

Com um breve aceno de cabeça, ele apontou a folha que ela segurava agora entre seus dedos.

— Explica-te... — repetiu ele.

— E se eu te dissesse, grande ministro, que não tenho nenhuma vontade de me explicar sobre este assunto e que prefiro outro?

— Eu quero este assunto!

Não, isso era impossível! Yasumi não haveria de compor um *waka* sobre o amor que sentia por seu esposo, nem sobre aquele que sentia por Song Li, porquanto eram incomparáveis. Ela encarou Michinaga com seu olhar soberbamente seguro, mas, uma vez mais, devia dobrar-se à fantasia abusiva do grande ministro.

Ela observou um instante a folha que segurava, concentrou-se alguns segundos e escreveu:

Com seu bico firme, suave e longo, a bela e altiva garça real alisa as penas da jovem cotovia que, lasciva, mas atenta a todos os rumores, escuta a velha andorinha que a chama. Mas, como acima delas a águia as desafia e as espreita com seus olhos afiados, a cotovia voa para longe e não volta mais.

Ela tomou seu leque que ele havia posto sobre a mesa e, bem na ponta, ali onde a extremidade se afina, pôs a leve folha dobrada em quatro.

Ele a desdobrou lentamente e tomou conhecimento do conteúdo com a máxima atenção, pontuando sua leitura com minúsculos meneios da cabeça.

— A liberdade é necessária para ti até esse ponto?

— É minha razão de viver.

— Nesse caso, a casa de teu marido não é menos constrangedora que o pavilhão das Glicínias?

— Na casa de meu marido, estarei livre talvez para pensar, mas, a meu ver, é insuficiente. Para que pensar, se nada se puder fazer? No pavilhão das Glicínias, vou ter a liberdade de discutir e de agir.

— Agir?

Yasumi decidiu surpreendê-lo, talvez até mesmo perturbá-lo.

— A exemplo de Song Li — explicou ela —, receberei todos os grandes homens do Japão. Que dirás quando receberes de mim temas de discussão...

Ela viu que uma sombra havia deslizado em seu olhar e prosseguiu:

— Mesmo que tais discussões não passem de migalhas de debates, de controvérsias ou de altercações, como ocorre muitas vezes entre os dignitários que discutem cultura ou política. Sim, digo realmente migalhas, porque terei decidido de antemão não desvendar mais que isso.

Com sua boca pintada de carmim, ele esboçou uma mímica que deixava entrever sua surpresa, mas se recompôs, e seus lábios dobraram-se ironicamente.

— Que mais?

— Alusões — respondeu a jovem. — Propostas, sugestões, e não sei que outras intervenções desse tipo...

— Assim farás como Song Li.

— Porque ela me treinou para esse trabalho e porque gosto desse trabalho.

— Esqueces teu esposo. Partiu para a China, certo. Mas vai voltar.

— Motokata partirá sempre, mas voltará depois de cada partida.

— Ele sabe que me dividirei entre minhas funções de esposa e meus deveres no pavilhão.

— Então eu te ajudarei e te mandarei cavalos, carruagens e dois guardas para tua proteção pessoal.

— Eu não preciso de nada.

— Seria desagradável para mim se acontecesse algo contigo — insistiu ele. — Song Li é uma velha senhora que fez seu caminho e que não espera mais nada.

— Sim, eu... Li me espera.

— Sim, tu, na verdade. Tu, que és jovem, bela e desejável! É precisamente por essa razão que eu quero te proteger.

Yasumi afastou-se dele, pois seus troncos quase se tocavam.

— Compreendamo-nos bem, grande ministro — disse ela, recuando alguns passos —, tu reabilitaste meu avô e meu nome, e te agradeço por isso. Sou admitida na corte, embora não queira ficar nela, porque lá a vida se desenrola como em uma prisão dourada. Sou reconhecida por todas essas generosidades a meu respeito. Mas não quero mais nada além disso.

— Por quê?

— Porque não quero te dever nada.

— Isto não é um presente, é uma ordem.

— Nesse caso... — Yasumi inclinou-se:

— Permite-me sair agora, grande ministro.

Ah! Como ela havia cercado bem essa águia voraz que, com seus olhos afiados, desafiava e espreitava a todos implacavelmente.

Recuando em passos curtos para não perdê-lo de vista, ela dirigiu-se à porta. Mas, com um pulo de fera selvagem, ele estava junto dela.

— Sabes que conheci alguns amantes da senhora Song Li? Eu era jovem nessa época, e ela era ainda muito bonita.

Bloqueada! Sim, Yasumi estava bloqueada. Por que ela o demonstrava de forma tão estúpida, com a testa enrugada e os lábios entreabertos? Ela permanecia ali, imóvel, com a mão na maçaneta da porta.

— Não se pode obter a liberdade sem pequenos constrangimentos, especialmente quando se é mulher. Tinhas esquecido isso?

Como permanecia muda, ele prosseguiu em seu argumento:

— Song Li o sabia, ela não era exceção à regra. Sempre soube voltar-se para o lado que mais lhe convinha. Esse é o segredo de seu sucesso.

Yasumi sentiu seu hálito em seu rosto. Ela o repeliu suavemente e, com a mão por trás das costas, fez deslizar a porta.

Quando estava fora, o ar fresco a revitalizou. O condutor e a carruagem de Michinaga tinham desaparecido. Bordo Vermelho a aguardava, segurando as rédeas dos bois atrelados à carruagem.

◆

De volta ao pavilhão, teve a surpresa de ver sua amiga Murasaki Shikibu em companhia de duas personagens, o mestre calígrafo Yukinari e Koreshika, grão-chanceler do palácio imperial.

— Minha querida Yasumi, quando fiquei sabendo de teu retorno apressado a Kyoto, deixei Yamashiro para vir visitar a senhora Song Li. Teria sido pesaroso para mim se deixasse este mundo sem que eu a revisse. Ela aconselhou-me tanto em minha vida de literata, que eu lhe devia realmente esse gesto.

Ela tomou a mão de sua companheira:

— E depois, eu tinha o desejo de rever-te.

— Ontem, ela estava muito mal. Hoje, sua lucidez retornou, mas o médico disse que este breve intervalo não se repetirá. Permite-me vê-la antes que te leve até o quarto dela.

O médico, que havia refeito a compressa de sumo de ruibarbo e de gardênia, acabava de sair. Jujuku e Sei estavam à cabeceira da moribunda. Com um sinal de Yasumi, elas se retiraram.

A jovem fitou por alguns instantes o olhar da velha Li, quase extinto.

— Li! — cochichou ela, aproximando-se de seu rosto. — Preciso saber algo muito importante para administrar melhor esta casa de chá.

— Fala, pequena!

— Tiveste amantes no pavilhão?

Como se Li estivesse esperando essa pergunta, ela fechou os olhos por um instante e os abriu de novo para fixá-los intensamente em sua companheira.

— Se tu amares apaixonadamente somente um homem, serás forçosamente prisioneira dele. Portanto, teu papel aqui vai ser difícil.

— Que queres me dizer?

— Que tive amantes, sim! Mas não foram numerosos. Três ou quatro em uma vida tão longa como a minha não é nada comparado com as cortesãs das casas de prazer. O pavilhão das Glicínias não é uma casa qualquer. Nele, alguns homens tiveram meus favores, mas eu sempre soube escolhê-los. E eu também tive de lutar contra um regente imperial, cujo poder era maior que o do imperador. Toma muito cuidado contigo, Yasumi, não caias jamais no excesso nem no exílio sentimental e, acima de tudo, raciocina e nunca percas a cabeça.

À noite, Li teve um horrível acesso de tosse, e foi necessário que Yasumi e Jujuku a sustentassem para que ela não se sufocasse.

Infelizmente, a senhora Murasaki só pôde vê-la quando já estava inconsciente. No entanto, decidiu que sua presença no pavilhão não seria inútil e, exatamente como Sei, quis ficar até o triste fim.

◆

Minamoto Mitsukoshi não conseguiu revê-la viva. Uma imensa tristeza o invadiu, pois Song Li estava entre suas maiores amigas. Muitas vezes ela havia desempenhado para ele o papel de sábia conselheira.

Algumas mulheres vieram preparar o corpo e untá-lo com um unguento perfumado. Vestiram-no de branco, e seu rosto foi recoberto com uma tela fina que cheirava a lilás e incenso. Na véspera, embora Li estivesse em um estado em que já não podia ver nem ouvir, havia-se procedido ao rito abreviado da "entrada na religião", para preparar a alma da moribunda para sua vida no além. Depois chegaram os monges para salmodiar as orações, e a vigília fúnebre começou.

Diante dela, dispuseram seu pequeno altar budista, acenderam velas, espalharam por toda a sala algumas lamparinas a óleo e queimaram varetas de incenso. Um monge do templo de Goyasha, que já havia recitado sutras, veio escrever o nome da falecida em uma tabuleta que colocou perto da pequena estátua de Buda, onde estavam as folhas escritas por Li, contendo suas últimas vontades.

Mitsukoshi, antes que a vigília fúnebre começasse, tinha pensado nesse detalhe cuja importância revelava-se imensa, visto que Yasumi não tinha laços de parentesco com a senhora Song Li, a não ser por adoção. Todos puderam tomar conhecimento do documento atestando que o pavilhão das Glicínias lhe era entregue nas próprias mãos.

Cansada e infeliz, Yasumi não podia, contudo, nem chorar, nem pensar. Toda a cidade de Kyoto desfilou diante da câmara ardente: Nasamune, o grande camareiro, Koreshika, o grão-chanceler que ela tinha visto recentemente com a senhora Murasaki, Akimitsu, ministro da Esquerda, e Nakamikado, capitão das cavalariças do palácio.

Os conselheiros da corte, Tametoki, Inabukata, Atsumichi e até Sanuki, comandante dos arqueiros imperiais vieram também para despedir-se daquela que os havia tantas vezes convidado a seu pavilhão. Por um instante, Yasumi perguntou-se se seu pai viria. Mas, por dupla razão, não veio. Tinha frequentado muito pouco o pavilhão e certamente não tinha vontade de encontrar novamente sua filha.

Restavam, finalmente, os governadores de província. Quantos haviam parado à noite na casa de Song Li para passar tranquilamente o tempo, quando nada mais tinham em mente a não ser cultivar seu espírito... Os outros se detinham nas casas de prazer, que não faltavam em Kyoto. Desfilaram, portanto, todos os poderosos, aqueles das proximidades da capital, os governadores de Tamba, de Ise, de Tango, de Wasaka, de Omi, de Harima, de Sagami, de Owari, de Suruga e muitos outros.

O grande ministro supremo foi a última grande personalidade a entrar na sala. Ele se recolheu como era conveniente, orou a Buda e recitou suas preces. Depois, antes de sair, olhou longamente Yasumi, em atitude e postura perfeitas. Vestida de branco, como haveria de permanecer por sete meses, não deixava transparecer nenhuma expressão em seu rosto, apesar das lágrimas que tanto se esforçava para não deixar escorrer.

Ele deixou a sala sem proferir palavra e curvou-se diante da jovem antes de sair. Depois, dignitários e governadores deixaram um a um a sala, murmurando que uma grande dama da cultura havia partido.

— Vem — acenou Mitsukoshi quando a sala estava vazia —, vamos conversar um pouco antes que te encerres em teu período de luto.

Ele tomou-lhe delicadamente o braço e a conduziu para um dos cômodos, que conhecia muito bem por ter vindo tão frequentemente ali. Ambos sentaram-se em posição de lótus diante da mesa baixa e, diante da tristeza de sua companheira, ele tentou mudar de assunto:

— Tens ainda as fórmulas do vidrado de céladon?

— Claro. Estão na caverna de Motokata. Ele me falou que, se não voltasse coberto de glória, poderia pelo menos oferecê-las a Michinaga. Ele te falou delas?

Mitsukoshi aquiesceu.

— Sei que, para não deixar o benefício integral ao grande ministro — disse ela —, sua intenção é de compartilhar contigo o resultado que tuas oficinas darão. Motokata deseja revelar-te o processo.

Depois ela se achegou e apoiou sua cabeça no ombro dele.

— Oh! Mitsu, fala-me de Motokata para tentar esquecer minha tristeza.

Por que, de repente, dizia "Mitsu"? O diminutivo agradou-lhe, e passou lentamente a mão em seus cabelos.

— Dentro de duas estações apenas, irás me ver em Mikawa, e, se Motokata não tiver voltado, pois bem, não importa, eu te levarei a visitar meus ateliês de cerâmica.

— E eu te levarei a visitar nossa caverna, e nela verás esse vaso de céladon que pertence ao templo de Ise. Assim terás um modelo genuíno para o que teus ateliês deverão produzir.

Finalmente descontraída, Yasumi estendeu-se tranquilamente sobre a esteira. Seus olhos fecharam-se pela metade. Compreendendo sua extrema fadiga — ela não pregava os olhos havia quase uma semana —, Mitsukoshi pediu um cobertor a Jujuku, que vinha saber notícias, e ele mesmo o estendeu sobre a jovem com gestos cautelosos.

Depois saiu da sala para encontrar Murasaki Shikibu, com quem tivera muitas conversas no pavilhão. Evidentemente, falaram sobre *O conto de Genji*, e a autora teve de explicar por que as aventuras amorosas de seu herói o reduziam a nada. Submerso pela negligência da vida fácil que levava na corte e a profundidade de seus amores, o príncipe *Genji* da senhora Murasaki agitava-se em um mundo ideal, onde a sutileza psicológica competia com as belezas da natureza.

— Vais terminá-lo em breve?

— É uma grande crônica da vida da corte. Ainda não revelei tudo.

— E teu príncipe?

A senhora Murasaki tinha o rosto voltado para o governador de Mikawa. Um pouco de rosa transparecia em suas faces pálidas. Falar de seu *Genji* a emocionava.

— Ainda não terminei sua vida, mas sei que terá um destino trágico.

— Trágico! — surpreendeu-se Mitsukoshi. — Por quê?

— Talvez porque sua vida seja muito fácil e porque não tem de lutar contra verdadeiros problemas. Ele encontra tantos personagens, que fica como que distraído de seu próprio destino.

— Não te perdes um pouco nesses personagens? — a senhora Murasaki se pôs a rir.

— Por que me perderia, uma vez que fui eu mesma quem lhes deu à luz?... Uma mãe confunde seus filhos?

Eles conversaram ainda até o clarear do dia. Então Jujuku apareceu e voltou-se para a senhora Murasaki.

— Queres passar para o quarto da senhora Suiko, embora ela não esteja só? A senhora Susue Sei dorme ao lado dela. Mas coloquei no quarto um confortável acolchoado atrás de uma bela tela de seda, decorada com um sol nascente sobre uma revoada de pássaros.

A senhora Murasaki aquiesceu, e Jujuku a deixou no cômodo onde as duas mulheres dormiam. Depois conduziu o governador de Mikawa para seu quarto e, finalmente, concluída sua jornada, ela própria foi deitar-se.

◆

Oito dias mais tarde, após a partida da senhora Murasaki e do governador de Mikawa, Yasumi recebeu a visita de Michinaga. Estava acompanhado por homens **letrados, que ela conhecia,** todos Fujiwaras: o grande poeta Kinto, o letrado em textos chineses Akihira e seu mestre de caligrafia, o célebre **Kukinari**.

Era a primeira vez que a jovem ia ver-se frente a frente, sozinha e sem Song Li, com seus hóspedes. A primeira vez que não poderia descansar no ombro de sua velha companheira, pedir-lhe ajuda.

Ela inclinou-se educadamente e lhes falou com todo o respeito que devia. Li teria agido assim:

— Eu te recebo, grande ministro, porque te reverencio demais para deixar-te partir. Devo informar-te, contudo, que fecharei o pavilhão durante meu período de luto. Nenhuma entrada será permitida.

— E nosso ensino? — interveio mestre Kunikari.

— Eu te deixarei por algum tempo entregue a teus trabalhos, mestre.

O poeta Kinto voltou-se para Michinaga para lhe falar. De grande erudição, ele era muito versado na arte dos ritos e das cerimônias e conhecia as ciências musicais.

Ele se destacava na poesia chinesa como seu amigo Akihira. Ambos tinham, portanto, assunto para discutir. Michinaga os escutava, evitando ao mesmo tempo pousar seus olhos em Yasumi, que servia o chá.

Os três homens discutiram assim sobre um tratado que analisava todas as formas de poesia no decorrer dessa época de Heian.

Depois enveredaram para outro tratado, que expunha as formas do protocolo e das cerimônias imperiais, cujo autor era Kinto.

Yasumi sentiu todos os olhares voltados para os gestos que fazia para servir o chá. Um aroma levemente acre se despregava, e espirais de vapor subiam agredindo o teto de madeira de cipreste.

Por um instante, Michinaga levantou o olhar para ela, e seus olhos cruzaram-se. Kinto falava muito. Começava a se excitar, fazendo grandes gestos com suas largas mangas que varriam o espaço. O tecido de seu quimono verde-escuro com folhagem castanha e ouro caía em dobras sedosas em torno dele.

Tinha mantido por muito tempo no palácio um posto importante a serviço dos negócios supremos. Nomeado para a segunda categoria principal da hierarquia da corte, ele se preparava para retirar-se no norte a fim de ali prosseguir seus trabalhos sobre uma antologia de textos poéticos chineses.

Seu amigo Akihira, aparentemente mais jovem — o mais idoso parecia tê-lo tomado sob suas asas —, lançava, por sua vez, o brilho de seus olhos escuros sobre Yasumi. Promovido à função de adjunto secundário do departamento de ritos e cerimônias, ele havia sido instruído e educado por Kinto na escala hierárquica das categorias sociais. Versado nos textos do confucionismo e do budismo, não simpatizava, contudo, com o xintoísmo, filosofia religiosa demasiado moralista para suas ideias.

O mestre Yukinari havia começado no palácio. Protegido de Michinaga e promovido por este, tornara-se mestre no ensino da caligrafia depois de demonstrar sua competência em matéria de procedimentos administrativos. Depois abrira uma escola denominada "Os Três Pincéis".

Foi quando Jujuku trouxe o saquê que as línguas se soltaram. A discussão voltou-se para os acontecimentos da corte e para a política. Yasumi finalmente tomou parte na discussão.

Trataram das novas funções do conselheiro da terceira categoria e da nomeação daquele que assumiria o cargo de ministro do Centro.

Durante o debate, Michinaga não desgrudou os olhos de Yasumi. O poeta Akihira tomou a palavra.

— Poderíamos ter algumas folhas, um pincel e tinta? Estou com muita vontade de compor um *waka*.

Yasumi levantou-se e trouxe a caixinha de escrever. Seu quimono, em que ondas desfazendo-se em espuma mostravam-se e caíam em dobras ondulantes até o chão e seus longos cabelos que flutuavam em suas costas conferiam-lhe uma extrema juventude. Mas é verdade que tinha apenas vinte anos!

— Eu vou ler em voz alta, senhores — disse Akihira.

Ele concentrou-se em seu texto. Não levou mais que alguns segundos para redigi-lo e o leu a seus amigos, olhando ao mesmo tempo para Yasumi:

> LONGE DE SEU PAÍS,
> A MIL LÉGUAS DAQUI
> OS BRAÇOS DO PODER
> SE AGITARÃO POR OUTRO SOBERANO.
> ENTÃO UM DOS DOIS SE MOLHARÁ NA ONDA AMARGA.

— Por que me olhas com tanta intensidade? — perguntou Yasumi.
— Tens uma resposta? — respondeu Akihira. Yasumi criou coragem:
— A que fazes alusão?
— A teu esposo, senhora Suiko — interveio Michinaga, que, pela primeira vez, abria a boca.

Então, uma vez que a palavra lhe foi finalmente dada e que ela não tinha nehuma vontade de responder a esse jovem poeta por um *waka*, expressou-se de viva voz:

— Fujiwara Motokata não é o único que partiu para a China. Todos sabem que os dois filhos mais velhos do grande ministro o acompanham, e o entendimento entre eles parece bom.

Ela deixou um silêncio se escoar e, voltando-se para Michinaga, prosseguiu:

— Mas, para responder ao poema, direi que uma forma de poder poderia pender para o lado da ilha Kyushu, e os braços do soberano que se esconderiam sob essas mangas não seriam as tuas, grande ministro.

— O que te leva a dizer isso? — indagou Kinto.
— Uma impressão!

Diante do sorriso desafiador do poeta, ela acrescentou:

— Toma-o como quiseres. Mas minhas intuições revelam-se muitas vezes corretas.

— Tens outras?

Ela percebeu o sorriso sarcástico e um pouco pedante.

— Sim, mas guardo-as comigo.
— O governador de Kyushu é o único que conhece muito bem as agitações do sul.
— Não estou certa sobre isso, grande ministro. Meu marido também as conhece muito bem. Somente quando embarcarem todos para atravessar o mar do Japão, ninguém, nem meu marido, nem teus dois filhos, conhecerá os homens e os marinheiros que o governador Takaie terá recrutado. Talvez nem seja mais necessário fazer escala na Coreia.

Akihira não sorria mais, e Kinto a escutava. Quantas vezes teria de suportar esses tipos de testes que lhe seriam impostos antes de confiarem nela?

— Eu disse que guardei somente para mim minhas outras impressões, mas posso assegurar um ponto.

Michinaga levantou o dedo.

— Qual?

— O governador Takaie havia planejado montar uma expedição para a China com seus próprios meios, e não partir em uma embaixada comandada por seu tio, o grande ministro supremo, com o qual as relações parecem bastante tensas.

Ela se encorajou talvez um pouco demais na elaboração dessa hipótese, ciente de que misturava impressões e confirmações. Pouco importava, ela reforçava assim a atitude correta de seu marido e desmerecia a de Takaie.

Michinaga refletia, mas não interveio mais, e a discussão voltou às nomeações da próxima assembleia. Quando a noite tornou-se mais escura, nesse espaço de tempo muito breve e muito escuro entre o instante em que a lua desaparece e o instante do primeiro raio da aurora, os dignitários se levantaram.

Despediram-se educadamente, e Yasumi reiterou sua intenção de fechar o pavilhão por algum tempo para viver melhor seu período de luto. Deixando seus três companheiros passar diante dele, Michinaga demorou-se perto de Yasumi e tirou de sua manga uma folha que ela apanhou, mas não leu imediatamente.

Ela se inclinou para lhe dizer adeus e, quando ficou sozinha, desdobrou a folha:

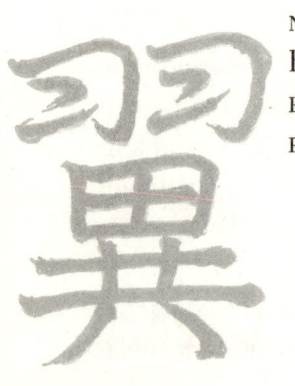

> SE A ÁGUIA VOA TÃO ALTO ACIMA DAS MONTANHAS, É PORQUE BUDA LHE DEU AS ASAS DE QUE NECESSITAVA, NÃO PARA DESAFIAR E ESPREITAR, MAS PARA VIGIAR TUDO. E SE A COTOVIA VOA PARA LONGE, ELA A AGARRARÁ NA PASSAGEM, NÃO PARA LHE ALISAR AS PENAS, MAS PARA PROTEGÊ-LA DOS ABUTRES.

CAPÍTULO 23

Yasumi se encerrou algum tempo no pavilhão, fechando as portas. Deu férias para Jujuku e Sakyo, que decidiram visitar a família em sua província. Sakyo não via sua mãe havia quatro estações, e Jujuku não voltava para sua região natal desde que Yasumi tinha entrado na casa de Song Li. Uma era de Mino, na região centro-norte do país, e a outra de Wasaki, província da costa leste.

Suyari, que não sabia para onde ir, uma vez que sua casa estava ocupada por seu filho, casado, preferiu ficar no pavilhão.

Cercada pelo pessoal restrito que preparava o que comer e beber, Yasumi não deixou mais seu quarto por algumas semanas. Depois, quando a dor foi abrandando um pouco e sua solidão transformou-se em vontade de ver nascer a primavera nos jardins que cercavam a casa, decidiu passar algum tempo na casa de Motokata, onde a velha Bambu a recebia sempre com muita consideração. Suyari tomaria conta do pavilhão e, como ela deixava-lhe a vigilância completa, inclusive a intendência, só voltaria quando a primavera tivesse chegado em definitivo.

Quando ela retornou, Jujuku e Sakyo já tinham voltado, e a vida retomou seu curso. Yasumi, que sentia-se investida da missão que Li lhe havia confiado, pôs-se a refletir para abordar com serenidade sua nova vida.

Mas, infelizmente, estava escrito em seu destino que o luto afetaria de modo cruel sua vida. Nesse dia, pela terceira vez, tudo desmoronou para ela. E sua vida balançou.

Ela estava em um dos terraços do pavilhão, e as roseiras em flor difundiam seus primeiros aromas. Não muito longe do pátio central, atrás da grande canforeira de mil ramos e das alfenas de folhas finas, um cavalo batia os cascos. A silhueta de um cavaleiro apeando de sua montaria atraiu seu olhar.

Em dois saltos ele estava diante dela, de capacete, botas, ar impassível. Reconheceu nele um dos quatro mensageiros do palácio recrutados para a expedição chinesa. Seus dedos tremeram ao tomar a mensagem que ele estendia-lhe.

Desenrolando-a com gestos bruscos, irregulares, leu rapidamente, sem entender. As palavras oscilavam diante de seus olhos. A mensagem havia sido escrita por Shotoko. Por que o próprio Motokata não a havia redigido? Por que essa folha confusa, inexplicável, não dizia simplesmente: *Estamos finalmente na China e a viagem correu muito bem*? Ou melhor: *Depois de enormes dificuldades, em que temíamos o pior, estamos instalados na corte da China*? Ou mesmo, ainda, o que teria sido lamentável, mas pelo menos claro para entender: *Somos prisioneiros dos soldados do imperador chinês, mas pensamos em evadir-nos, até breve, meu doce pássaro*?

Não! Nada disso! A mensagem era totalmente diferente:

> Minha gentil irmã!
> Sê corajosa e valente como sempre foste, enérgica e forte como me ensinaste a ser. Motokata se viu cercado entre duas emboscadas de piratas chineses, uma das quais era comandada por Takaie. Foi morto por um golpe de espada pelas costas. Deu seu último suspiro precisamente em meus braços. Eu quis voltar, mas Toremishi convenceu-me que eu devia ficar e só voltar vitorioso. Penso em ti intensamente.
> Teu jovem irmão bem-amado.

Yasumi teve um riso nervoso e silencioso. Shotoko não tinha cometido erros em sua carta, mas a escrita não era boa. Seu ricto transformou-se subitamente em um terrível medo. Passou uma mão trêmula pela testa, deslizou-a sobre sua boca e abafou um grito que parou na garganta. Depois releu a mensagem, e um nevoeiro espesso passou diante de seus olhos. Quando Jujuku a recebeu em seus braços, os demônios giravam em torno dela, escarnecendo. Ela desabou, enquanto lágrimas rolavam por suas faces.

◆

A solidão que havia se seguido à morte de Li não era nada perto daquela que, agora, apoderava-se dela por inteiro, impelindo-a para um céu rançoso, putrefato, estragado, pontuado de lembranças que lhe queimavam a alma e o coração, recortando-a em mil pequenos pedaços, impossibilitando para sempre a reconstituição do todo.

A morte de sua mãe a havia deixado triste e solitária, a de Li a havia tornado cética, desconfiada, à espreita das traições e das armadilhas. A morte de Motokata a aniquilava, matava-a com esse mesmo golpe de espada que ele recebeu nas costas.

Ela não deixava mais seu quarto, ficava estendida na cama, sonhava com impossíveis realizações. Que proveito teriam todos esses ensinamentos recebidos nesses três últimos anos? Excetuando Shotoko, por quem sentia verdadeira ternura, seu pai, seus irmãos e sua irmã não contavam mais para ela.

Em sua dor, Yasumi não ficou, contudo, desamparada. A senhora Murasaki tinha voltado de Yamashiro para apoiá-la e incentivá-la a compor poemas. Sei reaparecera no pavilhão para incitá-la a levantar os olhos para a janela e ver as flores subindo até as treliças. E Jujuku a todo momento trazia-lhe pratos que ela recusava. Yasumi definhava.

Nos braços das três mulheres que tentavam dar-lhe novamente o gosto pela vida, ela havia deixado de fazer perguntas e se fechava em si mesma.

Depois, a senhora Murasaki teve de regressar para sua casa, e Susue Sei foi recontatar sua clientela. Jujuku sugeriu-lhe então que ficasse por algum tempo na casa de Motokata, onde velas e bastonetes de incenso queimavam continuamente diante do altar de Buda, uma vez que nenhuma cerimônia fúnebre acontecera.

Nada de exéquias... Ela apreciava essa ausência do corpo de Motokata, que não suportaria ver estendido, lívido, inerte, sem nenhum sopro de vida, irremediavelmente morto!

Michinaga lhe havia enviado uma breve mensagem de cortesia, afirmando que lamentava o desaparecimento de um de seus melhores elementos políticos. Acrescentava também que havia feito oferendas em vários templos para que Buda acolhesse sua alma e, acima de tudo, tinha tido a decência de não importuná-la. Ela, no entanto, queimou a mensagem, pois tinha a insuportável sensação de que o próprio papel queimava seus dedos. Olhando para as minúsculas chamas engolindo lentamente os ideogramas elegantemente traçados, Yasumi mergulhou novamente em sua imobilidade e em seu mutismo.

Foi Mitsukoshi que a tirou de seu torpor. Ele chegou ao pavilhão em uma manhã de verão para convencê-la a ir para Mikawa visitar seus ateliês de cerâmica.

— Yasumi, não tens o direito de deixar a obra de Motokata inacabada por causa de tua inércia — objetou-lhe. — Isso não se parece contigo. Acorda! Sacode-te! Fala e age, que diabos!

— Que queres que eu faça, que eu diga? Minhas forças estão aniquiladas.

Ele tomou suas mãos e as apertou com força, quase esmagando-as. Ela gritou de dor, mas não as retirou.

— O céladon, Yasumi! O céladon! É necessário reproduzi-lo. Era a ideia de teu marido. É preciso tirar a limpo o processo do vidrado verde. Lembras-te?

Yasumi deu de ombros e corou.

— Julgas que estou abobada a esse ponto?

— Não! Abobada não, mas adormecida. Motokata ficaria decepcionado ao ver-te subitamente desleixada e mole. Não o tinhas habituado a essa imagem.

As bochechas de Yasumi coraram mais. Mitsukoshi, percebendo que tinha tomado um bom caminho, prosseguiu, imperturbável:

— Olha-te! Eu te trarei um espelho para que possas contemplar tua inércia.

Ela se soergueu. Dessa vez teve a impressão que ele zombava dela, talvez até mesmo a desprezava! Seus olhos habitualmente benevolentes permaneciam frios e insensíveis. Havia visto apenas uma vez esses clarões glaciais passar em suas pupilas. Foi no dia em que, após sua longa jornada, encontrara-o em Kamo. Ela segurava Longa Lua pelas rédeas, e, de novo, ele tinha admirado a graça e a nobreza do cavalo. A jovem dessa época tinha sabido fitar seu olhar. Quando o havia acompanhado até a casa dele e lhe havia afirmado que a grande família dos Fujiwaras era a sua, ele tinha pensado por um instante que mentia atrevidamente, e seu olhar havia se tornado duro e desconfiado.

Yasumi cruzou seu olhar, cujo brilho sombrio ele não tinha vontade de suavizar.

— Que queres que façamos? — disse ela, com voz trêmula.

— Primeiramente, vamos até a caverna. Não é mais um lugar para ti. Vamos esvaziá-la e levarás ao pavilhão tudo o que ela encerra. Sei que nela estão moedas de bronze e objetos de valor. Agora esses bens te pertencem. Depois, feito esse trabalho, faremos ponto por ponto o que Motokata desejava.

— E o céladon? Devemos devolvê-lo a Amasu. Mas não estou certa de querer revelar o processo de sua técnica a Michinaga.

— Devemos, no entanto. É o único meio para que possamos, também nós, obter lucros. Tu bem o sabes.

— Mas é de tal modo indispensável ceder-lhe essas fórmulas?

— Ele suspeitaria de ti desde o primeiro céladon posto no mercado. E, acredita em mim, Yasumi, não teria nenhuma piedade para contigo, ao passo que fecharia os olhos sobre nossa produção se, por seu lado, pudesse proceder à sua própria fabricação.

A jovem mulher suspirou, surpresa com o interesse que acabava de ter nessa conversa que a tirava, finalmente, de sua apatia.

— Temos, no entanto, todo o tempo à nossa disposição — continuou Mitsukoshi. — Esperemos para ver o que a expedição trará da China.

Aliviado por ver a jovem retomar um pouco de sua loquacidade costumeira, ele retomou a expressão benevolente que Yasumi conhecia.

E Mitsukoshi teve o privilégio de ver seu primeiro sorriso desde a leitura da trágica mensagem.

Bah! Que lhe traria agora o retorno da expedição chinesa, senão o tranquilizador reencontro com seu irmão...

— Eles só trarão promessas — falou ela, em tom leve. — Li afirmava que o imperador da China estava mais preocupado com a ameaça dos mongóis do que com negócios comerciais. Motokata o sabia muito bem e, se aceitou essa missão, era por duas razões.

— Eu sei de tudo isso — replicou seu companheiro. — A primeira, para obedecer às ordens de Michinaga, que o mantinha sob seu tacão, e a segunda, para encontrar não o imperador, mas os grandes comerciantes que sulcam as costas do mar da China.

— Lá onde foi morto.

— Sim — prosseguiu Mitsukoshi, cada vez mais satisfeito ao ver que a jovem aceitava discutir sobre a expedição.

— Foi Takaie que mandou matá-lo — disse ela raivosamente —, tenho certeza! Ele queria excluí-lo da expedição.

— Era recíproco. Era necessário que um dos dois desaparecesse. Infelizmente, Motokata julgava-se invencível!

— Mitsu! Vamos partir amanhã ao amanhecer.

Ele sorriu a esse diminutivo que, pela segunda vez, Yasumi usava: "Mitsu!" Era terno e afetuoso. Era uma palavra que, a seu ouvido, assumia um tom leal, sincero, fiel. Aproximando-se dela, tomou uma de suas mãos:

— Recomeça tua vida, Yasumi.

— Não, Mitsu. Recomeçar não serviria para nada. Vou simplesmente continuá-la com um olhar diferente.

— Que seja! — mumurou ele.

Ficou decidido, portanto, partirem para Mikawa ao amanhecer seguinte e levar Jujuku, que não queria deixar sua patroa sozinha em outra casa que não fosse a sua. Quanto a Suyari, que, com firmeza, levava o papel de vigilância muito a sério, ela as viu partir com o espírito já preocupado por todas as questões de gestão que se apresentavam a ela.

◆

Quanto mais se aproximavam de Kobe, mais respiravam os odores das praias vizinhas. O rumor das ondas chegava até seus ouvidos, e eles as imaginavam sem perigo, impelidas e levantadas por um vento leve, com bordas de espuma branca e rolando com finas conchas.

Chegaram ao monte Hiye sem ter cruzado ou ultrapassado um único cavaleiro. O caminho estava livre, e o sol já dardejava seus quentes raios, que, ao longo de todo o percurso, faziam desabrochar as glicínias e os cravos silvestres.

Deixando o templo de Enryakuji à esquerda e o de Amazu à direita, Yasumi observava de longe o rochedo que, dentro em pouco, abriria-se magicamente sob seus dedos. Desde a véspera, a vida corria um pouco nela. Mas como a vida era cruel! Que malefício poderia ter decretado a morte de Motokata?

Mitsukoshi não havia dito uma só palavra desde sua partida de Kyoto. Yasumi havia permanecido fechada com ele e Jujuku na carruagem puxada por dois cavalos. As montarias seguiam, amarradas atrás.

A carruagem tomou o caminho rochoso e seguiu o que levava à falha que dava acesso à caverna. A jovem desceu e tateou. Era necessário abrir essa parede de rocha vulcânica. A emoção enfraquecia-lhe as pernas, e o receio de não conseguir abrir lhe tirava a respiração. Finalmente, seus dedos tocaram a pedra que fazia rolar o conjunto sobre seus gonzos. A rocha oscilou, e o caminho abriu-se para eles.

— A passagem é larga, podemos fazer entrar a carruagem e os cavalos.

No final do corredor escuro, foi preciso abrir a parede do fundo. Aqueles que procuravam um refúgio e tinham encontrado a primeira galeria pensavam que esse era o refúgio ideal e abençoado e, convencidos dessa descoberta, não exploravam mais adiante.

Mas dessa vez Yasumi conhecia a pedra exata que, com uma pressão, fazia rolar a parede. Pequena e mais rugosa que as outras, ela se encontrava bem embaixo, à esquerda, e mal podia ser vista. Um aperto com o dedo por alguns segundos, um pouco mais forte que um simples toque, e a parede oscilou.

A caverna entristeceu Yasumi. Estava com o coração apertado e as lembranças assaltavam-na. Mais tarde! Sim, mais tarde ela faria ressurgir tudo, a caverna e sua descoberta do amor, os grandes espaços e as liberdades que se outorgavam, e também as longas cavalgadas lado a lado. Mas ela não podia fazer reaparecer tudo isso agora, sob o risco de recair na mais completa inércia.

— Tu a conhecias? — sussurrou ela em tom melancólico. Mitsukoshi hesitou.

— Não!

— É preciso esvaziá-la. Não deixar mais nada aqui. Quero que essas paredes tornem-se impessoais. Se tiverem de abrigar alguém mais, então que não fique nenhuma lembrança, nenhum vestígio, nenhum sinal de reconhecimento.

Com um gesto de raiva, arrancou as imagens de Buda, as armas, as lamparinas a óleo penduradas aqui e acolá nas fendas da rocha, enquanto Jujuku enrolava os tapetes e Mitsukoshi, ajudado pelo cocheiro, carregava os baús para empilhá-los na carruagem.

— Espera! — gritou repentinamente Yasumi.

Ela correu para os baús que carregavam e abriu o maior. A seus olhos abaixados, o grande céladon ofereceu a mais maravilhosa visão que poderia haver no mundo. Uma suave opalescência de um verde inimitável envolvia harmoniosamente os contornos do vaso. Mitsukoshi tomou-o delicadamente e o volteou em suas mãos hesitantes, quase envergonhadas ao apalpar um objeto tão belo. Depois o depositou no baú e Yasumi fechou a tampa.

— Está bem — disse ela. — Podemos partir.

Ela se proibiu de lançar um olhar para trás e, tomando as rédeas de Longa Lua, falou com voz firme:

— Vou cavalgar por uns instantes. Isso me fará muito bem.

— Então vou a teu lado — disse incisivamente seu companheiro.

Deixando Mikawa para ir até Kyoto, ele havia parado em Kamo para assistir a algumas corridas, pôr em dia dois ou três problemas administrativos, organizar as próximas vendas de cavalos e discutir orçamentos ligados às festividades equestres e de verão da região. Partindo, havia levado Fogo do Céu, um dos cavalos de corrida que havia vendido a Yasumi.

— Pensei que gostarias de ver o extraordinário desempenho desse cavalo que te fez ganhar tantas corridas. É mais rápido que Longa Lua, mas só aguenta percursos curtos.

— Sei que Longa Lua é capaz de manter seu ritmo desde os primeiros raios do sol até os últimos do entardecer.

— Eu o tinha predito, esse cavalo é uma exceção.

— Eu te serei para sempre grata.

— Que resposta banal! — retorquiu ele, desapontado.

— Desculpa-me, Mitsu. Tenho tanto a reaprender para não cair no ridículo. Tua ajuda e teu apoio me são indispensáveis. Sem ti, eu não teria podido superar meu desgosto. Obrigada. Obrigada, mil vezes!

— O brilho resplandecente que retornou a teus olhos compensa todos os meus esforços. Em Mikawa, faremos os mais deslumbrantes passeios possíveis e, para ti, não será tão fácil esquecê-los.

Cavalgaram tranquilamente ao longo da costa. O mar estendia-se a perder de vista. O horizonte desse lado parecia fora de alcance, tão vasto era o oceano. Owari não estava longe, e dali já se percebiam as montanhas e os vales que conduziam a Mikawa.

◆

Mikawa era uma província fortemente ligada à de Ise por via marítima e tinha estreitas relações com as regiões de Kinai e Aichi.

A residência do governador de Mikawa era mais vasta e mais luxuosa ainda que a do governador de Yamashiro e, exatamente como na mansão deste, espaçosos anexos atrás da residência abrigavam suas três concubinas. Não tendo mais tomado outra esposa oficial após a morte da primeira, ele contentava-se com suas concubinas, que só visitava de vez em quando. Era, pelo menos, o boato que corria a respeito dele.

Para não criar uma situação que poderia parecer ambígua aos olhos de seu séquito e em palavras, para evitar a imediata instalação da jovem em seu domicílio, Mitsukoshi lhe propôs a visita a seus ateliês, logo após sua chegada.

As construções situavam-se ao sopé do monte Kinai, perto do rio Yokawa, em um local encantador chamado Kii. O monte Kinai apresentava uma curva graciosa coberta de uma floração estival que, repentinamente, acabava de dar lugar às flores primaveris.

Como não compreender a imensa riqueza de Mitsukoshi, governador de Mikawa, que, a exemplo de alguns outros grandes governadores de província, tinha em suas mãos a prosperidade do país? Como não imaginar os furores de Michinaga diante dessas fortunas que eles sozinhos abarcavam? Oficinas de tecelagem, de cerâmica, de laca, imensos arrozais e vastas áreas de cultivo, florestas suntuosamente arborizadas, haras repletos com os mais belos cavalos, na província tudo lhes pertencia.

Entre pinheiros, bordos e lárices, três grandes prédios, dois dos quais com telhados de vidro, erguiam-se às margens do rio. A água doce deste e a argila estavam nas proximidades, para facilitar o trabalho.

O primeiro ateliê confeccionava as telhas envernizadas que cobriam os telhados dos pagodes. Os primeiros telhados de mosteiros remontavam à época de Nara. Sua técnica era muito antiga e tinha sido aperfeiçoada pela China. Aí está realmente por que o grande ministro desejava apropriar-se dela.

No segundo prédio, eram fabricados tijolos, ocos ou compactos. Todos eram secados e cozidos no forno, depois decorados por uma pressão de argila fresca em um molde oco. Às vezes, eram moldados em relevo e pintados em seguida, mas o próprio processo revelava-se tão antigo, que Mitsukoshi só pensava na maneira de melhorá-lo.

O último prédio, o mais longo e mais importante, era destinado à produção de objetos de terracota e de cerâmica. Surgidas de um processo coreano, eram chamadas de cerâmicas sue. Não tinham vidrado nem esmalte e eram classificadas como utensílios, como as grandes ânforas destinadas a armazenar sementes e cereais, os potes e vasos de diversos tamanhos, as tigelas, as xícaras e outros recipientes úteis para a vida cotidiana.

Os fornos eram escavados e distribuídos em uma colina. Eles alongavam-se seguindo o declive. Bem no fundo, um túnel estreito tinha uma abertura de alimentação, e a temperatura subia gradualmente.

— Olha, Yasumi — explicou Mitsukoshi, apontando com o dedo os fornos —, aqui o ar se rarefaz durante o cozimento e provoca um vidrado natural, infelizmente de fraca intensidade. São as cerâmicas.

— Saem sempre com uma tonalidade tão acinzentada?

— Não, a adição de cobre à cinza dá os verdes, a adição de terra cor ocre dá os marrons-avermelhados e as misturas arenosas resultam nas tonalidades esbranquiçadas. Infelizmente, estamos longe do puro céladon.

Mas Yasumi ainda não tinha visto tudo. Isso não se parecia em nada com os fornos de pequena dimensão que seu tio fazia funcionar para cozinhar algumas cerâmicas indispensáveis para a vida doméstica. Tampouco o bairro dos ceramistas em Kyoto era comparável a esses gigantescos montes de terra para cozinhar a greda. Davam com frequência a aparência de pequenas casas escavadas no solo, com fornos que só recebiam pequena quantidade de combustível e onde não se podia enfornar senão cinco ou seis peças por vez.

Mitsukoshi conduziu-a para um forno subterrâneo integralmente escavado em plano inclinado em uma encosta argilosa.

— Ali a terra endurece à medida dos cozimentos e confere ao forno grande robustez — disse ele, inspecionando as tarefas atribuídas a cada homem.

— É impressionante.

A jovem ficava estupefata diante da envergadura desses fornos e compreendia agora por que Motokata tinha escolhido o estabelecimento de Mitsukoshi para moldar e cozinhar os futuros céladons. Ela observou atentamente os homens que, ao longo de toda a colina, enfornavam ou retiravam os objetos da imensa fornalha. Logo o calor a incomodou e, percebendo o suor que escorria em sua testa, seu companheiro a puxou pelo braço e a levou para mais longe.

— Vamos ver os ceramistas agora. É um trabalho que te agradará.

Yasumi deixava-se ir ao ritmo da visita e à conveniência de Mitsukoshi. As torres dos ceramistas a impressionaram menos que os fornos, de onde se desprendia uma estranha atmosfera. Um ambiente por vezes do inferno e de renascimento. Uma magia que destrói e reconstrói... Os fornos de Mitsukoshi ficariam por muito tempo gravados em sua memória.

As torres eram movidas por uma corda enrolada em seu eixo, que era puxado à mão com um movimento alternativo. Com mão firme, os operários apanhavam um bloco de argila para depositá-lo sobre uma bandeja que girava tão depressa que ela não conseguia mais ver seu movimento.

— É um sistema que data de mil ou dois mil anos, provavelmente mais.

Yasumi observava os homens trabalhando. Quando um vaso ou um pote estava concluído, eles o tiravam da bandeja com a ajuda de um fio que passavam entre os dois. Isso deixava traços concêntricos atestando que a torre tinha sido utilizada e que a velocidade tinha sido suficientemente rápida para fazer um objeto sólido. Perto dos ceramistas, todo um instrumental de madeira servia-lhe para dar acabamento a certas formas que exigiam um bico ou um pé.

Logo que as grandes tinas de água dispostas ao lado dos ceramistas se esvaziavam, os aprendizes as enchiam. Caminhavam até o rio e traziam a água em dois baldes pendurados em cada uma das extremidades de um bastão de madeira que atravessavam por sobre seus ombros. Outros eram encarregados de zelar pelo nível dos montes de terra e de areia. Quando um monte de argila, muitas vezes preparada com antecedência, parecia muito seco, os ceramistas a umedeciam com a água dos baldes.

— São todos excelentes artesãos — explicou o governador —, que sabem a proporção de cobre, de ocre ou de areia que é necessário amassar com a greda, a fim de obter a cor adequada.

Tantas coisas aprendidas em um só dia tinham como deixar estupefata Yasumi, e o olhar de gratidão que ela dirigiu à noite a seu amigo governador, quando estiveram frente a frente para jantar, tocou-o em pleno coração.

◆

Foi uma refeição em que os pratos mais finos foram servidos. Falaram novamente do céladon e das fórmulas, que Mitsukoshi tinha pressa em copiar para devolver o documento à sua companheira.

— Verifiquei na caverna — cochichou ela, para que ninguém ouvisse. — A folha em que tudo é registrado está realmente no vaso. Ninguém sabe disso, só tu e eu.

Ele aquiesceu com um sorriso, conferindo assim a seu rosto extrema doçura.

— Eu a reporei ali.

Mandou servir um bom vinho, mas não tomaram saquê.

— Queres ficar uns dias? — perguntou ele, sem parar de sorrir. Ela ergueu seus olhos para ele e abandonou-se por um instante ao charme do quarentão. Depois, concordou.

No dia seguinte, ela acordou tarde. O dia que penetrava através da treliça da janela a havia obrigado a abrir os olhos. Um delicado aroma de chá veio acariciar suas narinas. Percebeu perto dela Jujuku, que lhe servia a odorífera bebida em uma pequena chávena laqueada de vermelho.

Pela primeira vez depois de muito tempo, Yasumi tinha passado uma noite tranquila e repousante, sem pesadelos nem suores frios. E o dia passou da maneira mais agradável do mundo nos jardins floridos da residência. Uma pequena ponte de madeira, da qual recaía uma glicínia roxa, erguia-se em uma curva harmoniosa acima de um filete de água. Aleias sinuosas e pavimentadas com pedras brancas pareciam perder-se no meio de uma natureza perfeitamente ordenada. Uma conduzia aos terraços, outra aos pequenos bosques floridos que exalavam aromas de canforeiras, de peônias e malvas almiscaradas. Uma terceira terminava na ponte e outra levava ao fundo de um minúsculo vale artificial, cuja terra havia sido cuidadosamente arranjada para o prazer dos olhos do dono da casa.

Yasumi ficou livre o dia inteiro e aproveitou para relaxar. Jujuku não a deixava um minuto, como se temesse que ela se apegasse a esse homem e não retornasse mais ao pavilhão. As duas dormiam lado a lado sobre os aconchegantes acolchoados estendidos no chão mesmo.

— Não temas, Jujuku — disse-lhe Yasumi na manhã do terceiro dia —, não vou voar nem passar a morar aqui.

— Então eu gostaria muito de que voltássemos para Kyoto. Recobraste tuas forças agora. Deves pensar no pavilhão.

— Tu me pareces bem ousada, Jujuku, no que me diz respeito.

— Sou ousada — replicou a jovem criada —, porque seria desagradável para mim ter outra patroa que não fosses tu e porque esta é minha única maneira de dar-te a entender isso.

— Quem te fala de outra patroa? Vejamos, Jujuku! Sabes muito bem que Motokata nunca me teria impedido de manter o pavilhão das Glicínias. Não será certamente outro homem que me dissuadiria disso.

Ela se pôs a rir. Um pequeno riso, ainda muito desajeitado, muito incerto, mas que, de qualquer forma, dava alguma esperança à jovem criada.

— Vamos lá! Não temas nada. Amanhã, Mitsukoshi deve levar-me a ver seu haras e suas cavalariças. Em seguida, partiremos para um longo passeio na região e, no dia seguinte, iremos ver suas propriedades, suas florestas e suas culturas. Depois voltaremos e eu vou reabrir o pavilhão.

Por pouco Jujuku não pulou de alegria. Finalmente, a vida normal seria retomada. Os convidados retornariam para discutir e passar a noite nos espaçosos ambientes do pavilhão. Ela os receberia, traria-lhes papel e tinta, e Suyari lhes serviria o chá, enquanto a senhora Suiko, maquiada e com vestido de gala, inclinaria-se diante deles, de leque na mão.

Essa perspectiva tranquilizadora lhe deu vontade de cantarolar uma antiga melodia provincial que sua mãe lhe havia sussurrado quando tinha ido vê-la durante suas férias. Mas cruzou com uma das criadas do governador e calou-se.

Mitsukoshi tinha criados que não se mostravam. Discretos, dissimulados atrás das numerosas portas corrediças, Yasumi só percebia sua respiração e seus passos de veludo. Somente um criado atencioso, da mesma idade que seu patrão, seguia-lhe todos os passos.

◆

As pastagens onde estavam os cavalos do governador de Mikawa estendiam-lhe a perder de vista. Mitsukoshi, como todos os outros governadores, não ignorava as regras da criação de cavalos e não se afastava do código de Daiho, que colocava o domínio da criação sob o controle do departamento dos negócios militares e dos representantes das províncias na corte. Um chefe de pastagens era nomeado e devia prestar contas ao ministro dos negócios militares do número e da qualidade dos animais que tratava.

Quanto aos cavalos destinados a servir de montaria, o que era o caso de quase todos aqueles de Mitsukoshi, o proprietário devia ceder uma parte deles às milícias locais. As pastagens que pertenciam à corte e nas quais era criado o gado do palácio incluíam também os cavalos destinados aos funcionários do palácio, para os desfiles da corte.

Mitsukoshi havia contratado vários mercadores que se dedicavam não somente ao comércio de seus cavalos mas também de seus bois, representando grandes transações comerciais. Cada mercador estava ligado a um setor e não podia intrometer-se no de outro proprietário, sob pena de graves sanções. Os homens responsáveis pelos cuidados e pela boa saúde dos rebanhos velavam também pelas remessas para comercialização e pelos nascimentos. Durante o dia inteiro percorriam os imensos territórios em busca de animais a tratar.

O haras de Mitsukoshi era o mais prestigioso da região e não era necessário muito tempo para perceber que os estábulos do palácio não eram mais bem contemplados que os seus.

Yasumi admirou longamente os cavalos do haras. Eram todos magníficos animais saudáveis e fortes, de potente peitoral. Ela não se cansava de acariciá-los. Deu um suspiro:

— Deixei Ameixeira Selvagem com meu irmão. Ele precisava de um bom cavalo para partir para a China, um animal seguro e corajoso. Pareceu-me que era o melhor para ele.

— Fizeste bem. Esse cavalo de raça não o decepcionará.

— Mitsu! — disse ela, em um sopro, com os olhos voltados para ele. — Acho que Longa Lua não voltará para Kamo. Não necessito mais ganhar corridas de cavalo para viver. E não terei mais tempo para ocupar-me disso.

— Entendo.

— Não tenho mais as mesmas motivações e as mesmas esperanças que tinha quando cheguei à capital, e lá se vão já quatro anos.

— Sim, entendo — repetiu o governador.

Ele analisava o olhar da jovem, procurando outra explicação do que aquela que acabava de lhe dar. Ela percebeu e explicou:

— Preciso manter Longa Lua comigo. Só ela pode agora relembrar-me as grandes cavalgadas que fiz com Motokata. Só ela pode compreender minha dor.

— É uma excelente decisão.

— Com as moedas de bronze que estavam guardadas na caverna, vou comprar uma pradaria perto do pavilhão e ali vou colocar Longa Lua durante o dia para que desfrute de uma boa pastagem. Assim estará perto de mim e, quando tiver vontade de deixar a capital e cavalgar, não vou deixar de fazê-lo.

— Então espero que venhas me ver. Agora sabes que Mokawa não está muito longe de Kyoto.

— Sim, virei visitar-te, Mitsu.

CAPÍTULO 24

Yasumi e Jujuku voltaram para Kyoto e encontraram Suyari. Tudo tinha ido bem em sua ausência. Mas que podia acontecer de preocupante, uma vez que o pavilhão estava fechado e ninguém havia entrado nele?

Yasumi fez a volta da vasta casa, inspecionou os cômodos, como se os descobrisse agora, inclusive as cozinhas e os anexos onde se alojava o pessoal, abriu as portas corrediças, dispôs aqui e acolá biombos e telas de seda. Deslocou os vasos de flores. Abriu as janelas, aspirou o ar e deu um gemido tão leve, que poderia ser comparado a um sussurro de libélula.

Ela passava de uma peça a outra. O pavilhão das Glicínias compreendia uma imensa sala para acomodar quinze ou vinte pessoas, quando uma reunião tomava o aspecto de uma assembleia geral. Mas, quando não era o caso, poderia ser facilmente dividida em pequenas seções com telas móveis.

Duas outras peças ficavam constantemente separadas por duas portas corrediças e, como eram também de grandes dimensões, cada uma delas podia se fragmentar em três ou quatro por meio de estores de bambu, que eram levantados ou abaixados segundo as necessidades.

Essas duas peças eram ocupadas quase todas as noites. Flores estavam nelas dispostas permanentemente, e mesas baixas laqueadas de preto davam ao conjunto uma harmonia luxuosa e bela. Song Li acomodava ali os grupos de quatro ou cinco que preferiam as conversas em pequeno número.

Finalmente, o pavilhão dispunha de alguns locais um pouco mais retirados, espécies de quartos mais íntimos. Nenhum convidado, contudo, tinha permissão para passar a noite ali, fosse só ou acompanhado; Li fazia uma exceção para seu amigo governador de Mikawa. Mas Li nunca o havia visto no pavilhão com uma mulher, mesmo com uma de suas concubinas.

Todas essas peças constituíam o piso térreo, construído sobre uma base de pedras, o que evitava as infiltrações de água na casa por ocasião de grandes intempéries. No primeiro andar, um vasto terraço de tábuas abria-se para os cômodos que Song Li havia destinado para sua residência pessoal.

O pavilhão das Glicínias não era uma residência qualquer. Era também uma das razões pelas quais senhores, nobres e aristocratas tanto desejavam encontrar-se nela. Antigo pequeno templo xintoísta, o estabelecimento construído quase um século antes, com paredes de tijolo perfuradas com portas em três lados erguia-se graciosamente no bairro mais privilegiado da cidade, o dos Fujiwaras.

O telhado de quatro águas inclinadas e recurvas era recoberto com telhas envernizadas, bem como os alpendres sustentados por vigamentos de madeira ao piso superior. Poucas casas tinham coberturas com telhas. Eram muitas vezes cobertas com tabuinhas de madeira, sobre as quais se depositava uma camada de argila ou uma cobertura de sapé. Uma bela estrutura, constituída de duas colunas que suportava o peso da viga principal, completava o aspecto confortável do pavilhão.

Yasumi saiu para o jardim. Em torno do edifício cercado pelas glicínias, os terraços estendiam-se descendo pelas aleias de pedra que terminavam em um pequeno lago repleto de lótus. A água era clara e perfumada. Esse pequeno lago conferia uma grande harmonia a todo o conjunto decorativo.

O jardim não era grande, mas agradavelmente proporcional. Song Li tinha feito as coisas com capricho. Havia reunido em pouco espaço, com um gosto perfeito, toda a floração primaveril e estival para o deleite dos olhos. Uma ameixeira, uma cerejeira, um bordo vermelho, kérrias de coração de ouro, uma paulównia de flores púrpuras, um grande salgueiro e dois pinheiros de agulhas verdes e brilhantes ofereciam todo o reflexo de uma natureza completa em miniatura. Yasumi abraçou com um olhar essa maravilhosa decoração que, ao longo do ano inteiro, apresentava suas múltiplas cores. "Eu vou propor a Sei para que se instale aqui", pensava ela, observando a abundância da vegetação. "Ela vai viver melhor. Poderá me ajudar a decorar as peças do pavilhão."

Com efeito, Sei vivia em um pequeno local muito caro com um jardim sem árvores e era obrigada a comprar tudo para fazer seus arranjos.

Depois, haveria de rever mais vezes Yoshira, que, ela sabia, havia finalmente casado-se com Yokohami. Ele voltará da província não como conquistador, pois não havia conquistado nada, mas consideravelmente ajudado por sua amiga Yasumi, que conseguira para ele o posto de primeiro arqueiro da corte imperial. Além disso, a jovem tinha pedido o apoio indispensável de Michinaga.

Yoshira seria feliz com sua irmã afetada, arrogante e superficial? A vida se encarregaria sem dúvida de dominar e mitigar suas loucuras de grandeza e, se ela deixasse o palácio com o nascimento de seu primeiro filho, seus lindos pezinhos recairiam depressa em um chão mais modesto.

◆

Mal tinha reaberto o pavilhão, e Michinaga se fez anunciar no primeiro dia do mês da Espiga de Arroz. Era exatamente no início do pleno verão, quando a natureza misturava tão lindamente seus verdes encantadores. Um camafeu de cores por meio das quais o sol brincava de produzir encantos.

Yasumi refletia. Se suas sobrancelhas não tivessem sido tão depiladas, seria possível notar seu franzimento, que alterava a perfeição de seu rosto, e compreender também que ela estava diante de um dilema. Esse encontro não a agradava. Ela sentia-se ainda tão vulnerável! O grande ministro tinha todos os direitos. Agora quem poderia barrar-lhe o caminho? Motokata estava morto...

Ela teve vontade de enviar-lhe uma mensagem explicando que nesse momento não estaria no pavilhão, mas na casa de seu falecido marido.

Só conseguiria, contudo, indispô-lo para o pedido que queria fazer-lhe e cuja aprovação dependia apenas dele. A jovem queria dar mais liberdade a Longa Lua, mas não havia encontrado nenhum terreno nas proximidades, a não ser aquele contíguo ao pavilhão, que não lhe pertencia. Ora, não queria que Longa Lua ficasse dia e noite trancada em um estábulo.

Michinaga se fez anunciar, como tinha avisado, no primeiro dia do mês da Espiga de Arroz. Chegou em uma bela carruagem puxada por dois soberbos cavalos baios. Vestido como sempre com um hábito de gala luxuoso, coque no alto da cabeça plantado sob seu chapéu laqueado, foi introduzido por Jujuku, que havia recebido de Yasumi instruções para acomodá-lo em um dos pequenos salões privados do pavilhão. Esse cômodo, cujas janelas abriam-se para os jardins, podia ser aberto ou fechado à vontade por meio da porta corrediça que o separava de um escritório, onde podia instalar-se para escrever.

Enquanto ainda estava no piso superior, Yasumi sentia-se tensa. Desconfiava que, ao deter o segredo de uma corte que aumentaria sua onipotência, esse homem não a largaria mais. Michinaga tinha decidido fazer o jogo da sedução, e ela sentiu, muito antes de sentar-se diante dele sobre a esteira de vime, que ele já havia preparado seu poema. Ela tentou descontrair, mas como poderia ficar serena quando sabia que, em uma ou duas horas, o grande ministro exigiria seus favores e que ela já procurava o meio de furtar-se a isso...

A hora da noite deixava filtrar pela janela, cuja treliça estava levantada, todos os perfumes da glicínia malva e das rosas púrpuras violáceas.

Sem proferir palavra, ele a fixou longamente com seus olhos amendoados. Suas pupilas eram negras e brilhantes. Como Yasumi esperava, ele lhe estendeu a folha que retirou de sua manga. Ela a apanhou e a pousou tranquilamente na pequena mesa baixa que os separava, onde o laqueado preto deixava aparecer algumas pequenas incrustações de nácar. Depois ela chamou Suyari e pediu o chá.

— Mandei prepará-lo acre e perfumado como tu gostas.

Mas o grande ministro, que não a deixava com seus olhos, tinha esse brilho imperioso em suas pupilas que exigia que ela lesse seu poema sem mais delongas. Ela esperou, contudo, alguns instantes ainda e tomou o tempo para observar os gestos de Suyari, que delicadamente servia o chá fervente e perfumado nas chávenas de cerâmica azul.

Finalmente, quando Suyari saiu, ela tomou lentamente a folha, desdobrou-a e leu.

> A VELHA ANDORINHA NÃO ESTÁ MAIS E A BELA GARÇA REAL FOI PARA O PAÍS DE BUDA. QUE RESTA SENÃO A ÁGUIA BENEVOLENTE E PROTETORA QUE, ACIMA DAS MONTANHAS, OLHA ONDE A COTOVIA DESPREGA SUAS ASAS?

Ele sentiu sua relutância em responder-lhe e, em sua pupila sombria, passou um brilho de despeito. Então, ele disse a si mesmo que nem a ira nem a amargura viriam em seu socorro:

— Por favor, responde-me. Eu só vivo para este instante. — Yasumi pareceu surpresa por esse tom queixoso. Escreveu, então, sem mais tardar:

> A ÁGUIA PODE ESPREITAR SUA PRESA EM OUTRO LOCAL, NÃO TEM MAIS QUE VIGIAR A COTOVIA, VISTO QUE ELA NÃO VOARÁ MAIS PARA LONGE. AGORA, ELA PREFERE FICAR EM SUA GAIOLA.

Ele esboçou um sorriso gélido. Poderia esperar outra resposta? A frustração podia ser lida em seu rosto. Sem dúvida, não tinha gostado da palavra "presa". A crispação de seu sorriso, contudo, apagou-se para dar lugar à descontração do rosto. Abaixando os olhos sobre a folha em branco que acabava de apanhar, redigiu prontamente o texto seguinte:

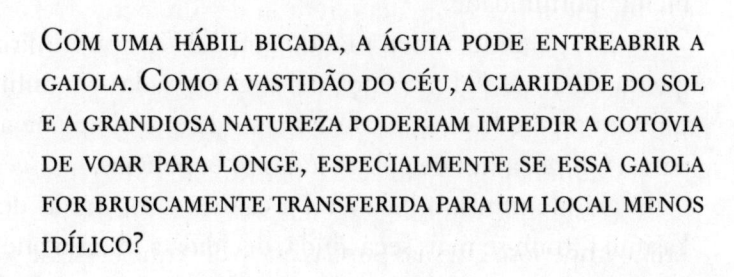

> COM UMA HÁBIL BICADA, A ÁGUIA PODE ENTREABRIR A GAIOLA. COMO A VASTIDÃO DO CÉU, A CLARIDADE DO SOL E A GRANDIOSA NATUREZA PODERIAM IMPEDIR A COTOVIA DE VOAR PARA LONGE, ESPECIALMENTE SE ESSA GAIOLA FOR BRUSCAMENTE TRANSFERIDA PARA UM LOCAL MENOS IDÍLICO?

Quereria ele dizer que poderia outorgar-se o direito de tirar-lhe privilégios do pavilhão das Glicínias? Certamente, era bem capaz disso. Song Li havia lhe advertido que ele seria tenaz e cruel e que deveria sem dúvida saber apaziguar sua cólera. Uma jovem livre não mantinha uma casa de chá, por mais prestigiosa que fosse, sem o apoio de um homem e, quanto mais importante fosse o homem, mais ela estaria tranquila.

Yasumi encontrava-se bruscamente diante da inevitável escolha, que não precisaria fazer se seu marido estivesse vivo. Morto, Motokata não poderia mais, aos olhos de todos, servir-lhe de protetor.

Tão jovem ainda, Yasumi ficava sozinha, alvo das armadilhas, das traições, das usurpações de seus bens e, acima de tudo, da cobiça dos homens.

Michinaga arranhava nervosamente com sua unha bem-feita a borda da mesa. O verniz era sólido e não se esfarelaria. Yasumi mergulhou seus olhos nos dele, ciente de que ele estudava o sentido de sua reflexão. O que iria dizer e fazer? Ele ficou surpreso quando ela lançou estas palavras com uma voz neutra, quase fria:

— Estou certa de que foi teu sobrinho Takaie Fujiwara quem matou meu marido.

— O que te leva a dizer isso?

Yasumi deixou escapar um leve suspiro. Que perderia em revelar o que sabia? Pelo contrário, tinha tudo a ganhar.

— Eu o ouvi de um antigo governador do sul, que tornou-se rebelde quando foi expulso pelo falecido imperador precedente — extrapolou ela, visto que não tinha nenhuma certeza a respeito.

Mas todos os indícios provavam que era verdade. Motokata lhe havia feito sentir suficientemente que ele se desvencilharia dele na primeira oportunidade.

— Ele garantiu a meu marido que Takaie o suprimiria porque não queria saber de sua presença nessa embaixada — continuou ela, em um tom seco e frio. — E afirmava ainda que ele planejava ir sozinho para a China, a fim de colher todos os benefícios.

O grande ministro balançou a cabeça com um ar de impotência. Yasumi tornou-se mais seca ainda, decidida a obter o que queria.

— Manda fazer uma investigação — exigiu ela.

Ela estava consciente de seu tom demasiado imperioso, que beirava à impolidez, mas prosseguiu:

— Se não puderes fazê-la, eu mesma vou requisitá-la no departamento dos negócios da justiça do palácio. Tenho bons e sólidos argumentos para apoiar meu pedido.

Ele pareceu reagir diante da importância da requisição. Takaie não era filho de seu falecido irmão? Uma investigação causaria escândalo na corte. Apesar disso, muitas vezes acontecera de um príncipe ser exilado em uma província distante, por causa de um negócio escuso em que havia se envolvido.

— Não faças nada — pediu ele com voz convincente. — Vou ocupar-me disso como um caso estritamente pessoal. Eu te prometo.

— Sem contrapartida de minha parte?

— Nenhuma.

Surpresa com esse assentimento fácil, acrescentou:

— Tenho outro favor a pedir.

Não deixou de perceber a satisfação que brilhou em seus olhos.

— Qual?

— Gostaria de manter minha égua perto de mim, mas precisaria do terreno gramado contíguo ao pavilhão. Sei que ele pertence a um Fujiwara e sei que tu o conheces bem. Ele poderia vendê-lo para mim?

— Para ti? Certamente que não. Em vez disso, tentaria apoderar-se de uma parte de teu jardim que, ao que parece, deveria caber a ele, pois teria pertencido a seus ancestrais. Outrora, esse pedaço de teu jardim que está exatamente atrás do pequeno lago teria sido alugado ao templo xintoísta que corresponde agora ao pavilhão das Glicínias.

— Quem é esse homem?

— Trata-se de Fujiwara Koremazo. É um ancião mal-humorado e autoritário, mas com boas pernas e bons olhos. Ele te provocará com frequência.

Yasumi fez uma careta. Ela era bem jovem para conduzir a seu modo esse grande pavilhão, e mais de um homem procuraria destruí-la. Teve a intuição de que Michinaga tentava fazê-la compreender isso.

— Ele reclamou o terreno a Song Li?

— Certamente, não cessou de importuná-la quando ela instalou-se. Era um período em que, muito jovem ainda, ela devia submeter-se a alguns poderosos protetores. Um deles encerrou o caso.

— Ela não podia fazer de outro modo?

Michinaha se pôs a rir, e Yasumi sentiu-se corar. Que tolice acabava, pois, de proferir!

— Foi necessário que sua juventude passasse para que pudesse livrar-se de toda tutela.

— Quem era esse protetor cuja ajuda e apoio livraram Song Li?

Michinaga hesitou em revelar o nome que lhe queimava, no entanto, os lábios.

— Quem? — insistiu a jovem mulher.

— Meu irmão mais velho, o regente do reino na época do falecido imperador Kazan.

Agora Yasumi compreendia que Li não lhe havia contado tudo. Sem dúvida ela não quisera assustá-la e vê-la recuar diante de sua decisão. Retomar em mãos os negócios do pavilhão não era um empreendimento qualquer. Ao lado de Li, todos os grandes do reino a haviam incensado, admirado, e os elogios caíam sobre ela como as pétalas odoríferas de um grande buquê que vai se desfolhando. Mas agora que estava sozinha, esses mesmos homens a espreitariam implacavelmente para tirar proveito da menor falha que ousasse cometer.

A jovem tomava repentinamente consciência de que estaria na obrigação de curvar a cabeça, ela também, se quisesse administrar com toda a liberdade o pavilhão das Glicínias.

— Que posso fazer com este problema do terreno? — murmurou ela, abaixando os olhos.

— Nada!

— Nada? — repetiu ela, surpresa, erguendo para ele o olhar.

— Tu, nada! Mas eu posso te ajudar. Posso forçar Fujiwara Koremazo a vender-me esse terreno. Em seguida, eu o cederei a ti.

— Sem contrapartida?

Um sorriso alongou sua boca, com os lábios coloridos por um unguento perfumado de malva almiscarada.

— O processo do governador Takaie é sem contrapartida, mas o terreno inclui uma!

Mais uma vez, seus olhares encontraram-se. Yasumi não tinha nenhuma vontade de apanhar seu leque para esconder parte de seu rosto. Não pedia para fazer o jogo da sedução, pois era o próprio destino que jogava inexoravelmente por ela. Procurou um meio para desestabilizá-lo, mas não conseguiu.

— Darei minha resposta amanhã.

◆

Yasumi não tinha conseguido pregar os olhos durante a noite. Em quem poderia confiar a não ser em sua velha e querida Li? Ela só havia recebido seu aconselhamento em relação à vida que iria ter ao lado de Motokata. Mas que lhe teria sugerido diante do desaparecimento deste? Yasumi teria ficado sem dúvida surpresa.

Quando adormeceu ao amanhecer, sua decisão estava tomada. Ela dirigiria o pavilhão das Glicínias como única dona, como o havia feito Song Li, e se dobraria às mesmas exigências que a haviam levado esta à notoriedade da qual havia se beneficiado na idade mais avançada.

Yasumi só se proibia uma coisa. A estranha e forte paixão que vivera com Motokata não se reproduziria mais. De resto, como poderia amar da mesma maneira outro homem? Li, que tivera de viver as mesmas turbulências afetivas em sua juventude, havia chegado a um grau de sabedoria e de filosofia que lhe fizera descobrir outra felicidade e outras alegrias que as da excitação dos sentidos. Sua vida havia contado com alguns amantes selecionados da aristocracia japonesa.

Michinaga retornou na noite seguinte, suntuosamente vestido. Como todos os homens da corte, ele tinha gosto requintado.

Na sala onde se viam privadamente e diante da mesa baixa, Yasumi estendeu uma esteira de vime maior e nela dispôs duas almofadas bem macias. Havia preparado sua resposta para dar-lhe em seguida e permitir-lhe apostar nas duas eventuais hipóteses?

As laterais de seu nariz tremiam e um minúsculo lampejo de medo brilhava em seus olhos, mas era tão pequeno, que ela o dissimulou por um luminoso sorriso em seu fino rosto branco, maravilhosamente maquiado.

Será que ele percebeu que, em duas voltas completas da clepsidra que indicava a hora bem no fundo da sala, Yasumi havia mudado de estado de espírito? Não fez, contudo, nenhuma observação sobre as duas almofadas colocadas lado a lado e se instalou silenciosamente ao lado dela, esperando que Suyari acabasse de servir o chá.

A atitude que deveriam tomar no momento não era fácil nem para um nem para outro. Michinaga pressentia que uma palavra a mais faria surgir o oposto daquilo que desejava, e Yasumi adivinhava que um gesto muito apressado precipitaria o que ela queria retardar. Ela devia encontrar a justa medida, mostrar simplesmente que, se consentisse em favor de Michinaga, não seria sem reserva.

Erguendo a cabeça e endireitando o busto, ela o viu seguir com o olhar a curva de sua nuca. Sem querer brincar com ele, ela decidiu que não se entregaria ainda a ele nessa noite. Michinaga era suficientemente fino para compreender que ela tentava apenas retardar o instante e cedeu com graça.

Embora lhe tivesse afirmado que aceitava sua ajuda para o terreno gramado contíguo de seu jardim, Yasumi o fez voltar uma terceira vez. Desta vez, o recebeu em outro cômodo, menor, isolado por uma porta corrediça, que podia ser trancada graças a seu trinco por dentro.

Lado a lado, discutiram sobre cerâmicas japonesas e céladon, do qual pretendia adquirir o processo de fabricação. Yasumi tinha posto sua mão fina e branca sobre a mesa para que ele a tomasse e a levasse aos lábios. Tinha optado por manter a vantagem de "mulher convidativa". Antigas lendas provinciais corriam a esse respeito e, como a liberdade das relações eróticas entre homens e mulheres era comum, um ou outro poderia conduzir o jogo. Michinaga compreendeu e, ali mesmo, cedeu.

Assim, pois, após as hesitações iniciais, os recuos e as recusas que a jovem lhe havia imposto, ela quis, dessa vez, colocar-se do outro lado da ponte do rio, lá onde o topo da montanha mostrava um rosto diferente, o da cotovia que voava mais alto que a águia. De fato, de forma alguma seria-lhe submissa.

Essa foi sua decisão! Ela tomaria as iniciativas, sem se preocupar com o vento da insolência e da hipocrisia que pudesse soprar na sala. Uma só coisa importava: Li a guiaria em suas palavras e em seus gestos.

Ela se levantou, cresceu, empurrou o trinco da porta e posicionou diante deles um biombo com painéis articulados e pintados com flores e pássaros exóticos. Imperturbável, Michinaga esperava, com a testa molhada e a respiração rouca. Graciosa em excesso, ela dirigiu-se para uma pequena lamparina a óleo que acendeu e colocou no chão, perto da esteira de vime.

Tão fresca como um ramo de salgueiro saindo do rio, ela sacudiu seus cabelos com um vivo movimento da cabeça. Depois, prendeu neles uma flor de jasmim que tirou do vaso que estava perto dela.

Ela viu o desejo iluminar-se nos olhos de seu companheiro, tomou lugar a seu lado e se aproximou dele tão perto que, abaixando a cabeça, sua nuca roçou os lábios dele. Ele a agarrou bruscamente e ela se enrolou em torno dele.

寺院

EPÍLOGO

Dois anos mais tarde, Yasumi abraçava seu irmão Shotoko. Voltando da China, a pequena embaixada só trouxe promessas. Takaie, acusado de cumplicidade no assassinato de Motokata, foi exilado no sul, mas como ali tinha concubinas e propriedades, não ficou nem um pouco entristecido por essa sentença que nada tirava de seu estilo de vida.

Quanto a Toremishi, ele pedira a seu pai para contratar Shotoko a seu serviço, embora este não tivesse mais que se dobrar às exigências de Tamekata Kenzo. Seu futuro configurava-se brilhante, ao passo que seus irmãos não tinham encontrado ainda um meio de distinguir-se por suas proezas militares.

Yasumi administrava o pavilhão das Glicínias com mão de mestre, aperfeiçoando seu comando no decorrer dos dias. Ditava as leis junto de Michinaga, que só recebia raramente. Alegava que, por um lado, a ética conjugal, que tanto privilegiava, poderia sofrer se ele agisse de outra forma e, por outro lado, ela não queria nenhuma história comprometedora com a esposa dele. Era preferível, portanto, ficar na discrição e na raridade dos encontros. Ele nunca insistia sobre esse ponto e parecia até mesmo nem se preocupar mais com os laços afetivos que Yasumi tecia em torno dela. O essencial era que ela não lhe escapasse.

Portanto, deixando de lado o grande ministro, que só ia ao pavilhão três ou quatro vezes por ano, Yasumi, a exemplo de Li, só fazia outra exceção entre seus convidados: somente seu amigo Mitsukoshi poderia passar a noite na casa dela quando vinha para Kyoto.

No dia em que ele lhe propôs que se tornasse sua esposa principal, visto que ele só tinha concubinas, Yasumi recusou. Ela nunca dividiria uma casa com outras mulheres, fossem elas concubinas ou segundas esposas. Demasiadas más lembranças a esse respeito a perseguiam ainda.

A jovem não havia escapado de todos esses anos escabrosos para cair na mesma armadilha de suas compatriotas. Quem melhor que ela compreendia o papel das mulheres nessa época da corte de Kyoto? Elas tinham certamente um belo papel a desempenhar na sociedade, porque sua cultura era tão vasta quanto a dos homens, mas não gozavam seguramente dos mesmos privilégios.

Como Song Li, Yasumi havia decidido por sua vida. Visto que os deuses lhe haviam tirado Motokata, ela não aceitou o casamento com Mitsukoshi, mas uma ligação duradoura que enchia seu coração de afeição e de ternura, mais que de amor e de paixão.

Então, um ano após o retorno da China, no dia em que dos ateliês de Mitsukoshi finalmente saíram os primeiros céladons, Yasumi ofereceu as fórmulas do processo a Michinaga em troca do direito que ele havia se outorgado sobre ela. Mas ele recusou, alegando que a amava demais para subscrever esse comércio.

Assim viveu Yasumi até o fim de seus dias, dividida entre seus três grandes centros de interesse: sua autoridade crescente, as personalidades que recebia no pavilhão das Glicínias e os poucos vínculos que pontuaram sua vida.

Yasumi não foi infeliz, muito pelo contrário! A marca de Song Li permitiu-lhe conseguir o que ela tanto desejava quando havia deixado Musashi para percorrer a longa estrada de sua liberdade.

PERSONAGENS HISTÓRICOS

Akihira Homem de letras em poesia chinesa.
Atsuyasu e Atsuhira Filhos do imperador Ichijo e de Soshi Akiko.
Fujiwara Kamekata Filho de Michikane, príncipe.
Fujiwara Koreshika Filho de Michitaka, príncipe.
Fujiwara Kenshi Filha de Michinaga, princesa.
Fujiwara Michikane Irmão de Michinaga e de Michitaka.
Fujiwara Michinaga Pai de Soshi Akiko.
Fujiwara Michitaka Pai de Teishi Sadako.
Fujiwara Takaie Filho de Michitaka, príncipe.
Fujiwara Toremishi Filho de Michinaga, príncipe.
Fujiwara Yorimichi Filho de Michinaga, príncipe.
Ichijo Imperador do Japão na era Heian.
Izumi Shikibu Autora de poemas e de um diário íntimo.
Kinto Poeta e amigo de Murasaki Shikibu.
Kukinari Calígrafo.
Murasaki Shikibu Autora do romance *O conto de Genji*.
Osuke Ise Sacerdotisa do templo de Ise, autora de poemas.
Rinshi Esposa de Michinaga.
Sarashina Dama da corte, autora de um diário íntimo.
Sei Shonagon Dama da corte, autora de *Notas de cabeceira*.
Soshi Akiko Imperatriz, segunda esposa do imperador Ichijo.
Teishi Sadako Imperatriz, primeira esposa do imperador Ichijo.

Copyright da presente edição ©2013 PRI Primavera Editorial Ltda.

TÍTULO ORIGINAL **Au bout de l'éventail**
Copyright © 2008 by Jocelyne Godard
PUBLICADO ORIGINALMENTE POR **Éditions Philippe Picquier, Arles**

Equipe editorial LINDSAY GOIS, LOURDES MAGALHÃES E TÂNIA LINS
Tradução CIRO MIORANZA
Revisão LINDSAY GOIS E TÂNIA LINS
Capa, projeto gráfico e diagramação PAULA PARON
Ilustração de capa COISAS DA LOLLA
Ideogramas MISAO HARA

Dados Internacionais de Catalogação na Publicação (CIP)
(Câmara Brasileira do Livro, SP, Brasil)

Godard, Jocelyne

Na ponta do leque / um romance por Jocelyne;
tradução Ciro Mioranza –
1ª edição, 3ª tiragem – São Paulo: Primavera Editorial, 2016.

Título original: Au bout de l'éventail.
ISBN 978-85-61977-10-8

1. Romance francês I. Título.

| 12-13627 | CDD-843 |

Índice para catálogo sistemático:
1. Romances: Literatura francesa   843

PRIMAVERA
EDITORIAL

Av. Queiroz Filho, 1700 Vila B 37
05319-000 – São Paulo – SP
Telefone: (55 11) 3031-5957
www.primaveraeditorial.com
contato@primaveraeditorial.com

Todos os direitos reservados e protegidos pela lei 9.610 de 19/02/1998. Nenhuma parte desta obra poderá ser reproduzida ou transmitida por quaisquer meios, eletrônicos, mecânicos, fotográficos ou quaisquer outros, sem autorização prévia, por escrito, da editora.

PRIMAVERA
EDITORIAL

Alinhada ao conceito de "butique de livros",
a Primavera Editorial estimula no cidadão brasileiro
o hábito da leitura com conteúdos prazerosos,
inteligentes e instrutivos.

Entre no site e conheça nossos selos e títulos:
www.primaveraeditorial.com

NA PONTA DO LEQUE

foi impresso em São Paulo pela gráfica
Rettec, para Primavera Editorial
em abril de 2016.